U0044705

囡仔古
囡仔話 · 囡仔詩

阿鳳姨 ê
五度 ê 空間

|二版 · QR Code有聲冊|

文　**A-hōng**（張裕宏）
插圖　Sherry Thompson

目　次

圖 文 工 作 者 簡 介

鵝媽媽 A-hōng (阿鳳) 也是主角, 是永遠十一二歲的女孩, 本尊是注釋者張裕宏。她有個青少年的哥哥, 名字不重要; 有個五六歲的妹妹, 沒有名字。

注釋者 張裕宏 不久前還當台灣大學外文系教授, 也當語言所教授。(或者說: 當台灣大學語言所教授, 也當外文系教授。) 他少年就嘗試創作, 筆名很多, 但是尚未成家, 是個少產作者, 而且常常小產。後來走進語言學的曠野, 拾取嗎哪 (manna), 長久以來只剩心律不整的文學脈動, 欠缺文學的衝動。最近兩年 A-hōng 好不容易一鼓作氣, 寫了四百多首台語兒童故事韻文, 自選其中大部分, 湊成這個集子。本尊很高興為她作注。

插繪者 Sherry Thompson (唐雪莉) 作畫時是高三學生。父親也是台灣大學外文系教授。A-hōng 從她幼時就很欣賞她的藝術天份。這次得到她欣然同意插繪, A-hōng 非常感謝。

弁 言

(中 文)

作者過去在台大使用的台語教材完全沒有漢字, 發現台文作品若不受漢字、漢文影響, 會顯得非常活潑。這個經驗導致作者努力用全羅馬字創作兒童故事韻文, 集成本書, 提供兒童另類台語讀物。

各篇雖有深淺的差別, 但都限制篇幅, 每則只有十行, 容易吟誦, 聽與讀都適宜。許多故事留下懸疑, 讓讀者、聽者想像、討論。有些故事則將世界出名的故事加以 "扭曲", 使產生幽默、皆大歡喜、重新思考等等效果, 並引起讀者、聽者對原著、原傳說的興趣。

然而由於許多人不習慣全羅馬字文, 也有許多人因為方言或認知有所不同而對本集的拼寫法有意見甚或疑惑, 因此作者不厭其煩, 每則故事的每一個語詞或詞組都逐一加以中文註解, 並於書後附錄方言差與修辭詞表。每則故事及其注解共只佔一頁, 以利尋找、選讀。

本集並特約 Sherry Thompson 小姐插繪。所插繪的故事盡量選有關一般人所能理解的人物的故事。也就是凡涉及形體未有共識的精靈、鬼怪等, 都不插繪, 以免限制讀者的想像空間。

張裕宏　2004.11.

感　謝

三四年前，我寫 "Pa-pa Ma-ma Sái-chhia" (本集 p.68)，goán牽手非常欣賞，一直鼓勵，致使我積極寫作，集做 chit 本專集。感謝伊 tī 背後做 "推手"，iah 無我可能寫無幾篇。

Sòa 落來，goán 就開始 chhōe 人插圖。Goán最後透過 Kirill Thompson (唐格理) 教授 kap 夫人 ê 連絡 kap 對 in 查某 kiáⁿ Sherry ê鼓勵，Sherry為 chit 本專集畫出眞 chē 眞趣味 ê插圖。Tī chia，我 boeh kā in 說謝。

有文、有圖了後，出版 ê實務是眞複雜 ê代誌。佳哉有陳豐惠女士一直替我走 chông，向台灣羅馬字協會申請出版、hoa̍t 落一切 ê出版、發行 ê事務。我 tī chia 特別 boeh 表達我 ê感激。

我 mā tī chia 感謝處理電腦排版 ê劉杰岳、楊允言兩位先生以及做校對 ê蔣由信、吳玉祥、吳秀麗、魏維箴、林怜利、王淑珍、陳豐惠各位女士、先生，koh有做錄音 ê吳令宜女士、蔣由信先生、陳豐惠女士。

最後，我著愛感謝台灣羅馬字協會全力支持，出版 chit 本專集。

V

台 華 雙 語 人

閱 讀 指 南
(中 文)

1. 作品與注解

本集作品依有否插繪分為兩部分，每部分各依據標題的拉丁字母順序排列。各篇的詞項各自注釋，即各篇所有注解獨立於他篇。

2. 台語白話字

讀者若注意下列主要的標點與字母及其發音，將更容易閱讀本集。(1) 母音符號以及大部分的子音符號讀如拉丁文或世界上絕大多數的文字，有異於舉世特異的漢語拼音、通用拼音。(2) 聲母 *ch-* 讀如北京音的ㄗ或ㄐ，而 *j-* 讀如英語 *jee* 的 *j* 或 *zoo* 的 *z*。(3) 字母 *p-, t-, k-* 或 *ch-* 後的 *-h-* 表示有一股較強的氣流，例如 *chh-* 讀如北京音的ㄘ或ㄑ。(4) 母音後有 *-h* 的音節，其發音較短。(5) 母音後或 *-h* 後升高的小 *n* 表示帶鼻音。(6) 韻母 *ian/-ian* 讀如北京音的ㄧㄢ，或讀如英語的 *yen*，而不讀如 *yarn*；韻母 *iat/-iat* 讀如英語的 *yet*，而不讀如 *yacht*。(7) 母音後右上角一點表示該母音略有異於沒有一點的母音，即 *o*˙ ，讀如英語的 *awe*。(8) 由於讀者至少略通台語，聲調記號的讀法應可在閱讀中習得。(9) 音節前中間一點 (即 " · ") 表示該音節讀輕聲。

阿鳳姨ê五度ê空間

A-lí Bá-bah

Tōa-chhát boeh liȧh A-lí Bá-bah,
A-lí Bá-bah cháu kàu soaⁿ-tōng ê mn̂g,
Hoah kóng: "Môa-á. Kín khui-mn̂g!"
I tiō cháu-·jip-·khì; tōa-chhát tòe-·jip-·khì.
05 A-lí Bá-bah cháu kàu āu-bóe-mn̂g,
Hoah kóng: "Môa-á. Kín khui-mn̂g!"
I tiō cháu-·chhut-·khì; tōa-chhát tòe-·chhut-·khì.
A-lí Bá-bah cháu kàu tē-gȧk ê mn̂g,
Hoah kóng: "Môa-á. Kín khui-mn̂g!"
10 I tiō cháu-·jip-·khì; tōa-chhát tòe-·jip-·khì.

---

0 A-lí Bá-bah: 阿里巴巴　1 tōa-chhát: 大盜　boeh: 想
要　liȧh: 捉拿　2 cháu: 跑; 逃　kàu: 到　soaⁿ-tōng:
山洞　ê: 的　mn̂g: 門　3 hoah: 喝叫　kóng: 說; 道
môa-á: 芝麻　kín: 趕快　khui-mn̂g: 開門　4 i: 他　tiō:
就; 於是　·jip-·khì: 進去　tòe: 跟; 隨後　5 āu-bóe-mn̂g:
後門　7 ·chhut-·khì: 出去　8 tē-gȧk: 地獄

2

A-put-tó-á

Saⁿ ê a-put-tó-á chē tī chhiûⁿ-thâu-á,
Hō͘ hong chhoe-kà hián-kòe-lâi, hián-kòe-khì.
Nn̄g-khak chò ê a-put-tó-á siak-·lo̍h-·khì,
Siak-kà chhùi-chhùi-·khì.
05 Iân-phiáⁿ chò ê a-put-tó-á siak-·lo̍h-·khì,
Siak-kà mau-mau-·khì.
Hái-mî chò ê a-put-tó-á siak-·lo̍h-·khì,
Hoah kóng: "An ·la! Bô tāi-chì."
Hong kā i chhoe-lo̍h-khì kau-á ·khì,
10 Chia̍h chúi chia̍h-pá, tîm-tîm-·khì.

---

0 a-put-tó-á: 不倒翁　1 saⁿ: 三　ê: 個　chē: 坐　tī: 在
於　chhiûⁿ-thâu-á: 圍牆　2 hō͘: 被　hong: 風　chhoe:
吹　kà: 得　hián-kòe-lâi, hián-kòe-khì: 晃過來, 晃過
去　3 nn̄g-khak: 蛋殼　chò: 做　ê: 的　siak: 跌　·lo̍h-
·khì: 下去　4 chhùi: 碎　·khì: 了　5 iân-phiáⁿ: 白鐵皮
6 mau: 凹　7 hái-mî: 海棉　8 hoah: 喊叫　kóng: 說道
an ·la: 放心　bô tāi-chì: 沒事兒　9 kā: 把　i: 它　kau-á:
溝渠　10 chia̍h chúi: 喝水　chia̍h-pá: 吃飽　tîm: 下沈

4

Àm-sî Cháu-chhut-lâi Chhù-gōa

Àm-sî cháu-chhut-lâi chhù-gōa.
Thiaⁿ kap-á teh chhiùⁿ-koa,
Khòaⁿ chhiū-á teh thiàu-bú.
Chhiū-á-téng, àm-kong-chiáu chhiáⁿ sio-chiú,
05 Chhiáⁿ lâng kah i chò pêng-iú.
Chhiū-á-téng, chi̍t chiah niau-á bô seng-khu,
Chhùi-á li̍h-sai-sai, tùi góa chhiò-hai-hai.
Chhiū-á-kha, goán chhù kah lâng teh khí-suh.
Góa liam-kha kiâⁿ tùi thang-á kòe,
10 Khòaⁿ-tio̍h góa teh khùn, bô kah-phōe.

---

0 àm-sî: 夜裡 cháu-chhut-lâi: 出來到... chhù: 家; 房
子 gōa: 外頭 2 thiaⁿ: 聽 kap-á: 小田雞 teh: 正在
chhiùⁿ-koa: 唱歌 3 khòaⁿ: 看 chhiū-á: 樹 thiàu-bú:
跳舞 4 téng: 上 àm-kong-chiáu: 貓頭鷹 chhiáⁿ: 宴
請 sio-chiú: 酒 5 chhiáⁿ: 邀請 lâng: 人家 kah: 和
(... 互相) i: 它 chò: 做; 當 pêng-iú: 朋友 6 chi̍t:
一 chiah: 隻 niau-á: 貓 bô: 沒有 seng-khu: 身體
7 chhùi-á: 嘴巴 li̍h-sai-sai: 裂得裂痕很長 tùi: 對著
góa: 我 chhiò-hai-hai: 裂著嘴笑 8 kha: 底下 goán:
我 (們) 的 khí-suh: 接吻 9 liam-kha: 踮著脚 kiâⁿ
tùi... kòe: 走過... thang-á: 窗子 10 khòaⁿ-tio̍h: 看見
khùn: 睡覺 bô: 沒 kah: 蓋 phōe: 被子

Bán Chhe^n

Sèng-tàn-mê, thô͘-kha choân-choân seh,
Thi^n-téng choân-choân chhe^n.
Săn-tá Khu-lò͘-sù tùi chia kòe,
Chài góa khì bán chhe^n.
05 Chi̍t lia̍p âng, chi̍t lia̍p n̂g, chi̍t lia̍p chhe^n,
Bán-bán chi̍t pò͘-tē,
Bán-tńg-lâi tiàu tòa sèng-tàn-chhiū.
Sèng-tàn-chhiū, sih-ā-sih.
Ma-ma khòa^n-kà hèng-chhih-chhih,
10 Kiò Săn-tá Khu-lò͘-sù chài i khì bán chhe^n.

---

0 bán: 摘　chhe^n: 星星　1 Sèng-tàn-mê: 聖誕夜　thô͘-kha: 地面　choân-choân: 盡是　seh: 雪　2 thi^n-téng: 天上　3 Săn-tá Khu-lò͘-sù: 聖誕老公公　tùi: 打從　chia: 這兒　kòe: 經過　4 chài: 載　góa: 我　khì: ... 去　5 chi̍t: 一　lia̍p: 顆　âng: 紅　n̂g: 黃　chhe^n: 綠　6 pò͘-tē: 麻袋　7 tńg-lâi: 回來　tiàu: 掛　tòa: 在於　sèng-tàn-chhiū: 聖誕樹　8 sih-ā-sih: 一閃一閃的　9 ma-ma: 媽媽　khòa^n-kà: 看得　hèng-chhih-chhih: 興趣盎然　10 kiò: 叫　i: 她

Bē-tàng Lȯh--lâi

Ko͘-tȧk-niau tī chhiū-á-téng bē-tàng lȯh--lâi,
Chin tiȯh-kip, miàu-miàu-háu.
Kî-lîn-lȯk chhun ām-kún boeh ho͘ suh--lȯh--lâi.
Ko͘-tȧk-niau kā kî-lîn-lȯk kóaⁿ-cháu.
05 Kâu peh-khit-lì boeh ka phō--lȯh--lâi.
Ko͘-tȧk-niau kā kâu kóaⁿ-cháu.
Eng-á poe-lȯh-lâi boeh ka kōaⁿ--lȯh--lâi.
Ko͘-tȧk-niau kā eng-á kóaⁿ-cháu.
Ti-tu chǒaⁿ tòa chhiū-á-kha keⁿ ti-tu-bāng,
10 Tán Ko͘-tȧk-niau siak--lȯh--lâi.

---

0 bē-tàng: 不能; 無法　lȯh--lâi: 下來　1 Ko͘-tȧk-niau: 孤癖貓　tī: 在於　chhiū-á-téng: 樹上　2 chin: 很　tiȯh-kip: 著急　miàu-miàu-háu: 喵喵叫　3 kî-lîn-lȯk: 長頸鹿　chhun: 伸 (長)　ām-kún: 脖子　boeh: 想要　ho͘: 給它; 讓它　suh: 爬 (柱子等直立的竿狀物)　4 kā: 把　kóaⁿ-cháu: 趕走　5 kâu: 猴子　peh: 攀爬　khit-lì: 上; 上去　ka: 把它　phō: 抱　7 eng-á: 老鷹　poe: 飛　kōaⁿ: 提 (在手中)　9 ti-tu: 蜘蛛　chǒaⁿ: 於是; 就此　tòa: 在於　chhiū-á-kha: 樹下　keⁿ: (吐絲) 結 (網等)　ti-tu-bāng: 蜘蛛網　10 tán: 等待　siak: 摔; 跌

Bú-sū Chia̍h Chheⁿ-chhau

A-thu̍t-ông chhiáⁿ bú-sū chia̍h chheⁿ-chhau.
Ū-ê bú-sū peh-khit-lì toh-téng sa,
Ū-ê bú-sū iōng chhiuⁿ chhiám,
Ū-ê bú-sū sio-chhiúⁿ, khí-sio-phah.
05 A-thu̍t-ông kóng: "Án-ne thái ē-sái!?"
I kiò lâng khì giâ lián-pôaⁿ lâi,
Khǹg tòa toh-téng îⁿ-îⁿ-se̍h.
Chit ê bú-sū peh-khit-lì chē,
Pa̍t ê bú-sū kā i tòng-chò chit chhut chhài.
10 Hāi i kóaⁿ-kín thiàu--lo̍h--lâi.

---

0 bú-sū: 武士 chia̍h: 吃 chheⁿ-chhau: 豐富的菜餚
1 A-thu̍t-ông: 亞瑟王 (Arthur) chhiáⁿ: 邀請 2 ū-ê:
有的 peh-khit-lì: 爬上去 toh-téng: 桌上 sa: 拿; 抓
3 iōng: 用 chhiuⁿ: 槍; 矛 chhiám: 叉 4 sio-chhiúⁿ:
互相搶奪 khí-sio-phah: 打起架來 5 kóng: 說 án-ne:
這樣 thái: 怎麼; 豈 ē-sái: 行; 可以 6 i: 他 kiò: 叫
lâng: 人 khì: 去 giâ: 扛; 抬 lián-pôaⁿ: 轉盤 lâi: 來
7 khǹg: 放置 tòa: 在 îⁿ-îⁿ-se̍h: 團團轉 8 chit: 一 ê:
個 chē: 坐 9 pa̍t: 別; 其他 kā: 把; 將 tòng-chò: 當
做 chhut: 道 chhài: 菜 10 hāi: 害 kóaⁿ-kín: 趕快
thiàu--lo̍h--lâi: 跳下來

Chhám ·a

Siâm thǹg-khak, tàn tī chhiū-á-oe.
Chôa thǹg-khak, tàn tī chhiū-á-kha.
Chiáu-á poe-lâi chhiū-á-oe,
Khòaⁿ-tiȯh siâm-khak, kioh-sī siâm,
05 Kóng: "Chit siaⁿ, lí chhám ·a!"
"Tók"–·chit–·ē, ka tok–·lȯh–·è.
Siâm-khak lak-lȯh-è kah chôa-khak chò-hóe.
Chiáu-á poe-lȯh-è chhiū-á-kha chhōe,
Khòaⁿ-tiȯh chôa-khak, kioh-sī chôa,
10 Kóng: "Chit siaⁿ, góa chhám ·a!"

---

0 chhám ·a: 慘了 1 siâm: 蟬 thǹg: 蛻 (殼/皮) khak:
殼 tàn: 丟棄 tī: 在於 chhiū-á-oe: 枝椏 2 chôa: 蛇
chhiū-á-kha: 樹底下 3 chiáu-á: 鳥 poe: 飛 lâi: 來
4 khòaⁿ-tiȯh: 看見 kioh-sī: 以爲是 5 kóng: 這下子
chit siaⁿ: 這下子; 這回 lí: 你 6 "tók"–·chit–·ē: (啄一
下的樣子) ka: 把它 tok: 啄 lȯh-è: 下去 7 lak: 掉
(落) kah: 和; 跟 chò-hóe: 在一塊兒 8 chhōe: 尋找
10 góa: 我

14

Chháu-lâng

Ji̍t-·sî, chháu-lâng tiām-tiām khiā,
Chāi chiáu-á tòa thâu-khak-téng thit-thô,
Chāi chiáu-á tòa chhân-·e thó-chia̍h.
Àm-sî, chháu-lâng sì-kè kiâⁿ.
05 Hóe-kim-chheⁿ kā i chhiō-lō͘,
Chôa kā i chhōa-lō͘,
Khì khòaⁿ lò͘-lê ōe-tô͘,
Khì khòaⁿ chîⁿ-chhí óe thô͘.
Thiⁿ kng, chháu-lâng tńg-lâi khiā-ho͘-hó,
10 Chiáu-á koh lâi thit-thô.

---

0 chháu-lâng: 稻草人　1 ji̍t-·sî: 白天　tiām-tiām: 靜靜
地　khiā: 站 (著)　2 chāi: 任憑　chiáu-á: 鳥　tòa: 在
於　thâu-khak-téng: 頭上　thit-thô: 玩兒　3 chhân-·e:
田裡　thó-chia̍h: 討生活　4 àm-sî: 夜裡　sì-kè: 到處
kiâⁿ: (遊) 走　5 hóe-kim-chheⁿ: 螢火蟲　kā: 給; 爲　i:
他; 它　chhiō-lō͘: 照亮脚前的路　6 chôa: 蛇　chhōa-lō͘:
帶路　7 khì: ... 去　khòaⁿ: 看　lò͘-lê: 蝸牛　ōe-tô͘: 繪
畫　8 chîⁿ-chhí: 地鼠　óe: 挖　thô͘: 泥土　9 thiⁿ kng:
天亮　tńg-lâi: 回來　khiā-ho͘-hó: 站好　10 koh: 又

16

Chháu-soh

Chit tiâu chháu-soh phoàh tī chhiū-á-oe.
Chit chiah thò·-á tùi hia kòe.
Chháu-soh kóng: "Góa sī chôa."
Thò·-á kiaⁿ-chit-ē piàⁿ-lé-cháu.
05 Chit ê gín-á tùi hia kòe.
Chháu-soh kóng: "Góa sī chôa."
Gín-á kiaⁿ-chit-ē bè-bè-háu.
Chit bóe chôa tùi hia kòe.
Chháu-soh kóng: "Góa sī chôa."
10 Chôa kóng: "Òe! Lí, tá-chit thâu sī thâu?"

---

0 chháu-soh: 草繩　1 chit: 一　tiâu: 條　phoàh: 披;
掛　tī: 在於　chhiū-á-oe: 樹杈　2 chiah: 隻　thò·-á: 兎
子　tùi: 打從　hia: 那兒　kòe: 經過　3 kóng: 說　góa:
我　sī: 是　chôa: 蛇　4 kiaⁿ-chit-ē: 嚇了一跳　piàⁿ-lé-
cháu: 逃之夭夭　5 gín-á: 孩子　7 bè-bè-háu: 哇哇大哭
8 bóe: 條　10 òe: 喂　lí: 你　tá-chit: 哪一　thâu: 頭;
端　thâu: 頭; 腦袋

18

Chhèng-chí

Chit ki khiau-khiau ê chhèng "piáng"--chit--ē.
Chhèng-chí tōaⁿ-chhut-lâi îⁿ-îⁿ-sėh,
Liam-ni sėh khah koân, liam-ni sėh khah kē,
Liam-ni sóa chiàⁿ-pêng, liam-ni sóa tò-pêng,
05 Sėh-lâi-sėh-khì, sėh-bē-thêng.
Kok-hông-pō͘ kóaⁿ-kín tân chúi-lê.
Tȧk-kē bih-jip-khì pōng-khang-té.
Chóng-thóng chhut-lâi sûn-sûn khòaⁿ-khòaⁿ
·le,
Khih hō͘ chhèng-chí lù-phòa phôe,
10 Kóng: "Ăi--iò--òe! Kiaⁿ-chit-ē!"

---

0 chhèng-chí: 槍彈　1 chit: 一　ki: 把; 桿　khiau-khiau ê: 彎曲的　chhèng: 槍枝　"piáng"--chit--ē: 砰的一聲響起　2 tōaⁿ: 射　chhut-lâi: 出來　îⁿ-îⁿ-sėh: 團團轉　3 liam-ni... liam-ni...: 一會兒... 一會兒...　sėh: 繞　khah...: ... 一點兒　koân: 高　kē: 低　4 sóa: 移　chiàⁿ-pêng: 右邊　tò-pêng: 左邊　5 ...lâi ...khì: ... 來... 去　bē-thêng: 不停　6 kok-hông-pō͘: 國防部　kóaⁿ-kín: 趕緊　tân chúi-lê: 拉警報　7 tȧk-kē: 大家　bih-jip-khì: 躲進... 去　pōng-khang-té: 隧道裡　8 chóng-thóng: 總統　sûn-sûn khòaⁿ-khòaⁿ ·le: 巡視　9 khih hō͘: 被; 遭受 (*khih* 的語源爲 *khit*)　lù-phòa phôe: 擦破皮　10 kóng: 說　ăi--iò--òe: 哎呀 (好險)　kiaⁿ-chit-ē: 嚇一跳

Chìⁿ

Phah-la̍h--ê siā chìⁿ khit-lì thiⁿ-téng.
Chìⁿ hoah kóng: "M̄-hó poe siuⁿ óa!"
"Siŭt"--chi̍t--ē cho̍k tùi eng-á seng-khu-piⁿ ·kòe.
Eng-á tian-tò jiok óa-khì khòaⁿ,
05 Koh ka ti̍t-ti̍t tòe.
Chìⁿ ti̍t-ti̍t cho̍k; eng-á ti̍t-ti̍t poe.
Chìⁿ cho̍k-kà chīn-pōng, khai-sí ti̍t-ti̍t poa̍h.
I tiō tōa-siaⁿ hoah, kóng: "Kín lâi kiù ·góa!"
Eng-á kā chìⁿ kā-cháu--khì.
10 Phah-la̍h--ê ná khòaⁿ thiⁿ, tán-bô i ê chìⁿ.

---

0 chìⁿ: 箭 1 phah-la̍h--ê: 獵人 siā: 射 khit-lì...: 上...
去 thiⁿ-téng: 天上; 天空 2 hoah: 喝叫 kóng: 說
m̄-hó: 不可以 poe: 飛 siuⁿ: 太; 過於 óa: 靠近
3 "siŭt"--chi̍t--ē: 嗖的一聲 cho̍k: 鏢; 射 tùi... kòe: 打
從... 經過 eng-á: 老鷹 seng-khu-piⁿ: 身邊 4 tian-tò:
反而 jiok óa-khì: 追上去 khòaⁿ: 看看 5 koh: 而且
ka...tòe: ... 跟著它 ti̍t-ti̍t: 一直的 7 kà: 達到 chīn-
pōng: 盡頭; 極端 khai-sí: 開始 poa̍h: 墜落 8 i: 它
tiō: 就; 於是 tōa-siaⁿ: 高聲 kín: 趕快 lâi: 來 kiù: 救
góa: 我 9 kā: 把 kā-cháu--khì: 叼走了 10 ná...: ...
著; 持續地... tán-bô: 等不著 i ê: 他的

Chím-thâu

Ū-chi̍t mê, chím-thâu kóng: "A-hōng ·òe!
"Góa hō͘ lí khòe thâu-khak, khòe chiah chē nî.
"Taⁿ, mā ōaⁿ lí hō͘ góa khòe."
Góa kóng: "Lí teh kóng sáⁿ-hòe?
05 "He sī lí ê khang-khòe."
Chím-thâu kan-ná m̄ thiaⁿ-ōe,
Péng-kòe-lâi boeh kâ jih.
Góa ka hàiⁿ-lo̍h-khì bîn-chhn̂g-kha ·khì.
M̄-chai chiâ chiah hó-ì,
10 Ka khioh-khit-lâi khòe tòa góa ê pak-tó͘-piⁿ.

---

0 chím-thâu: 枕頭　1 ū-chi̍t: 有一個　mê: 晚上　kóng:
說　A-hōng: 阿鳳　·òe: 啊　2 góa: 我　hō͘: 讓　lí: 你
khòe: 擱　thâu-khak: 頭　chiah: 這麼　chē: 多　nî:
年　3 taⁿ: 現在　mā: 也得　ōaⁿ: 換　4 teh kóng sáⁿ-
hòe: (在) 說什麼　5 he: 那　sī: 是　ê: 的　khang-khòe:
工作　6 kan-ná: 偏偏　m̄ thiaⁿ-ōe: 不聽話　7 péng-kòe-
lâi: 翻過來　boeh: 要; 欲　kâ: 把我　jih: 按住; 壓住
8 ka: 把它　hàiⁿ-lo̍h-khì... ·khì: 甩下... 去　bîn-chhn̂g-
kha: 床下　9 m̄-chai: 不知道　chiâ: 誰　hó-ì: 好心腸
10 khioh-khit-lâi: 撿起來　tòa: 在於　pak-tó͘-piⁿ: 腹側

Chiȯh-sai

Biō-kháu chi̍t chiah chiȯh-sai chin bô-liâu.
I kiò chi̍t chiah káu lâi sio-thè-ōaⁿ,
Siūⁿ-boeh chhut-khì sì-kè khòaⁿ.
Chhī-á ê lâng chin tiȯh-kiaⁿ,
05 Kóaⁿ-kín khì kiò kèng-chhat kín lâi kóaⁿ.
Kèng-chhat kóaⁿ i khì chhim-soaⁿ.
Chhim-soaⁿ ê tōng-bu̍t kóaⁿ-kín cháu.
Chiȯh-sai khòaⁿ lâng bô hoan-gêng,
Tńg-lâi kah káu sio-thè-ōaⁿ,
10 Hoaⁿ-hoaⁿ-hí-hí kò͘ biō-kháu.

---

0 chiȯh-sai: 石獅　1 biō-kháu: 廟門口　chi̍t: 一　chiah: 隻　chin: 很　bô-liâu: 無聊　2 i: 它　kiò: 叫　káu: 狗　lâi: 來　sio: 互相　thè-ōaⁿ: 替換　3 siūⁿ-boeh: 想要　chhut-khì: 出去　sì-kè khòaⁿ: 到處看看　4 chhī-á: 市井　ê: 的　lâng: 人　tiȯh-kiaⁿ: 驚慌　5 kóaⁿ-kín: 趕緊　khì: 去　kiò: 叫　kèng-chhat: 警察　kín: 快　kóaⁿ: 趕; 驅逐　6 khì: 到...去　chhim-soaⁿ: 深山　7 tōng-bu̍t: 動物　cháu: 逃　8 khòaⁿ: 看; 意識到　lâng: 人家　bô: 不　hoan-gêng: 歡迎　9 tńg-lâi: 回來　kah: 和; 跟　10 hoaⁿ-hoaⁿ-hí-hí: 高高興興地　kò͘: 看守

Chò-phōaⁿ

Chi̍t chiah káu-á ka-tī chi̍t chiah chin ko·-toaⁿ.
Khùn ā bô phōaⁿ.
Chia̍h-pn̄g ā bô phōaⁿ.
Sàn-po· ā bô phōaⁿ.
05 I khòaⁿ chi̍t ê lāu-lâng mā bô phōaⁿ,
I khòaⁿ hit ê lāu-lâng chin ko·-toaⁿ,
Tiō ka chhōa tńg-lâi chò-phōaⁿ,
Khùn ā chò-phōaⁿ,
Chia̍h-pn̄g ā chò-phōaⁿ,
10 Sàn-po· ā chò-phōaⁿ.

---

0 chò-phōaⁿ: 做伴　1 chi̍t: 一　chiah: 隻　káu-á: 狗　ka-tī: 自己　chin: 很　ko·-toaⁿ: 孤獨　2 khùn: 睡　ā: 也　bô: 沒有　phōaⁿ: 伴兒　3 chia̍h-pn̄g: 吃飯　4 sàn-po·: 散步　5 i: 它　khòaⁿ: 看　ê: 個　lāu-lâng: 老人　mā: 也　6 hit: 那（一）　7 tiō: 就　ka: 把他　chhōa: 帶　tńg-lâi: 回來

Chúi-ke Chē Chioh-lún

Soaⁿ-phiâⁿ chit liap chioh-lún.
Chháu-ko͘ ka tòng-tiâu--leh.
Chit chiah chúi-ke thiàu-khit-lì chē.
Chháu-ko͘ tòng-bē-tiâu.
05 Chioh-lún kō-kō-liàn.
Chúi-ke phok-phok-thiàu.
Chioh-lún tiô-chit-ē, chúi-ke tò-thâu-chai,
Siak--loh--lâi, kauh-chit-ē píⁿ-píⁿ-píⁿ.
Chit-sî-á, chúi-ke koh-chài phòng--khit--lâi,
10 Thiàu-khit-lâi jiok chioh-lún, jiok tùi soaⁿ-kha
khì.

---

0 chúi-ke: 田雞　chē: 坐　chioh-lún: 石碾子　1 soaⁿ-phiâⁿ: 山坡　chit: 一　liap: 個　2 chháu-ko͘: 草菇　ka: 把他　tòng-tiâu--leh: 擋住　3 chiah: 隻　thiàu: 跳　khit-lì: 上去　chē: 坐　4 tòng-bē-tiâu: 擋不住　5 kō-kō-liàn: 滾動　6 phok-phok-thiàu: 蹦蹦跳　7 tiô: 跳; 顛簸　chit-ē: 一下　tò-thâu-chai: 倒栽　8 siak--loh--lâi: 摔下來　kauh: 碾　píⁿ-píⁿ-píⁿ: 很扁　9 chit-sî-á: 一會兒　koh-chài: 又　phòng--khit--lâi: 鼓起來　10 thiàu-khit-lâi: 跳起來　jiok: 追　...tùi... khì: ... 到 ... 去　soaⁿ-kha: 山麓

Ê

Chha̍t-á cháu-khì ê-tiàm thau-the̍h ê.
The̍h-tńg-lâi chi̍t-ē khòaⁿ,
Goân-lâi lóng-sī tò-kha-·ê.
I tiō khui chi̍t keng chân-chiàng ho̍k-bū-tiàm,
05 Choan-bûn ho̍k-bū he chi̍t-kha-·ê.
Bô-chiàⁿ-kha-·ê lâi bé ê, ê chin chē.
Bô-tò-kha-·ê lâi bé ê, i kóng: "Chin pháiⁿ-sè!"
Kèng-chhat ké-chò chi̍t-kha-·ê, lâi bé ê.
Chha̍t-á kā ê poaⁿ-·chhut-·lâi.
10 Kèng-chhat kā chha̍t-á lia̍h-·khit-·lâi.

---

0 ê: 鞋 1 chha̍t-á: 小偷 cháu-khì: 到... 去 tiàm: 店
thau-the̍h: 偷拿 2 the̍h-tńg-lâi: 拿回來 chi̍t-ē khòaⁿ:
一看 3 goân-lâi: 原來 lóng-sī: 都是 tò-kha: 左脚 ·ê:
的 4 i: 他 tiō: 就; 於是 khui: 開 chi̍t: 一 keng: 斤;
家 chân-chiàng: 殘障 ho̍k-bū: 服務 5 choan-bûn: 專
門 he: 那些; 那個 chi̍t-kha-·ê: 一隻脚的 6 bô-chiàⁿ-
kha-·ê: 缺右脚的 lâi: 來 bé: 買 chin: 很 chē:
多 7 bô-tò-kha-·ê: 缺左脚的 kóng: 說 pháiⁿ-sè: 抱
歉 8 kèng-chhat: 警察 ké-chò: 冒充 bé: 買 9 kā:
把 poaⁿ-·chhut-·lâi: 搬出來 10 lia̍h-·khit-·lâi: 抓起來

Gû Khiâ Ku

Ku kah gû khì thit-thô.
Ku pê-kà kha sng.
Gû kóng: "Lâi. Góa kā lí āiⁿ."
Ku tiō hō͘ gû āiⁿ.
05 Ku khiâ gû.
Ku kah gû lâi kà ô͘-piⁿ.
Gû bē-tàng kòe.
Ku kóng: "Lâi. Góa kā lí āiⁿ."
Gû tiō hō͘ ku āiⁿ.
10 Gû khiâ ku.

---

0 gû: 牛 khiâ: 騎 ku: 龜 1 kah: 和; 跟 khì: 去 thit-thô: 玩 2 pê: 爬 kà: 到 kha: 腳 sng: 痠 3 kóng: 講 lâi: 來 góa: 我 kā: 幫; 替 lí: 你 āiⁿ: 揹 4 tiō: 就 hō͘: 讓 6 kà: 到 ô͘-piⁿ: 湖邊 7 bē-tàng: 不能 kòe: 過

34

Hô͘-lî-bóe

Hô͘-lî-chiaⁿ piàn-chò chi̍t ê sió-chiá,
Chhēng tiau-phôe hiû-á chhut-lâi ke-á kiâⁿ,
Seng-khu ngiú-ā-ngiú,
Hô͘-lî-bóe sô͘-·chhut-·lâi, hiù-ā-hiù.
05 Kòe-lō͘-lâng khòaⁿ-tio̍h hô͘-lî-bóe,
Lóng kóng: "He chin phāⁿ, káⁿ-sī sin-sî-kiâⁿ."
Gín-á khòaⁿ-·tio̍h, kóng: "A! Hô͘-lî-chiaⁿ."
Káu-á khòaⁿ-·tio̍h, "hm̄-hm̄"-kiò, boeh ka kā.
Hô͘-lî-chiaⁿ piàn-chò chi̍t chūn hong,
10 Cháu-tńg-khì i ê soaⁿ-tōng.

---

0 hô͘-lî: 狐狸 bóe: 尾巴 1 chiaⁿ: 精; 妖精 piàn-chò: 變成 chi̍t: 一 ê: 個 sió-chiá: 小姐 2 chhēng: 穿著 tiau-phôe: 貂皮 hiû-á: 夾衣 chhut-lâi: 出來 ke-á: 街上 kiâⁿ: 遛達 3 seng-khu: 身體 ngiú-ā-ngiú: 一扭一扭的 4 sô͘-·chhut-·lâi: 不意跑出來 hiù-ā-hiù: 一甩一甩地搖 5 kòe-lō͘-lâng: 路人 khòaⁿ-tio̍h: 看見 6 lóng: 都 kóng: 說 he: 那個 chin: 很 phāⁿ: 時髦而好看 káⁿ-sī: 也許是 sin-sî-kiâⁿ: 剛在流行的 7 gín-á: 孩子 a: 啊 8 káu-á: 狗 "hm̄-hm̄"-kiò: (狗或人) 發出低沈的恐嚇聲 boeh: 要; 欲 ka kā: 咬它 9 chūn: 陣 hong: 風 10 cháu-tńg-khì: 跑回...去 i: 它 ê: 的 soaⁿ-tōng: 山洞

Iû-éng-tî

Bí-jîn-hî chhiáⁿ Ông-chú lỏh hái-té.
Ông-chú kóng: "Góa bô bóe,
"Siû-chúi siû-bē-hn̄g."
Ông-chú chhiáⁿ Bí-jîn-hî chiūⁿ liỏk-tē.
05 Bí-jîn-hî kóng: "Góa bô kha,
"Kiâⁿ-lō̄ kiâⁿ-bē-hn̄g."
Kok-ông tiō sóa ông-keng khì hái-kîⁿ,
Kā hái ûi-chò iû-éng-tî,
Bí-jîn-hî ā thang chiūⁿ liỏk-tē,
10 Ông-chú ā thang lỏh hái-té.

---

0 iû-éng-tî: 游泳池 1 bí-jîn-hî: 美人魚 chhiáⁿ: 請 ông-chú: 王子 lỏh hái-té: (下) 到海裡去 2 kóng: 說 góa: 我 bô: 沒有 bóe: 尾巴 3 siû-chúi: 游泳 siû-bē-hn̄g: 游不遠 4 chiūⁿ liỏk-tē: 上岸; 登上陸地 5 kha: 脚 6 kiâⁿ-lō̄: 走路 kiâⁿ-bē-hn̄g: 走不遠 7 kok-ông: 國王 tiō: 就; 於是 sóa: 遷 ông-keng: 王宮 khì: 到... 去 hái-kîⁿ: 海邊 8 kā: 把; 將 hái: 海 ûi: 圍 chò: 成為 9 ā...ā...: 也... 也... thang: 得以

Kâu-ông

Chi̍t chiah kim-kong poaⁿ-lâi tòa soaⁿ-nâ,
Kâu kiaⁿ-kà boeh phòa-táⁿ.
Chi̍t chiah kâu-á-kiáⁿ chin pá-ha̍k.
I kóng: "*Sèng-keng* ū kóng chi̍t ê Tāi-pi̍t-ông.
05 "I iōng chio̍h-thâu phah-pāi tōa kim-kong.
"Lán mā iōng chio̍h-thâu lâi tí-khòng.
"Nā sêng-kong, lín tio̍h hû góa chò kâu-ông."
Kâu tiō khioh chio̍h-thâu, khian kim-kong,
Ná khian, ná cháu, sòaⁿ-liáu-liáu.
10 Kâu-á-kiáⁿ soh bián siūⁿ-boeh chò kâu-ông.

---

0 kâu-ông: 猴王 1 chi̍t: 一 chiah: 隻 kim-kong: (恐怖電影的) 大猩猩; 黑金剛猩猩 poaⁿ-lâi: 搬來 tòa: 居住 soaⁿ-nâ: 山林 2 kâu: 猴子 kiaⁿ: 嚇 kà: 得 boeh: 幾乎 phòa-táⁿ: 喪膽 3 kâu-á-kiáⁿ: 小猴子 chin: 很 pá-ha̍k: 有學問 4 i: 他; 她; 它 kóng: 說 Sèng-keng: 聖經 ū kóng: 有記載 ê: 個 Tāi-pi̍t-ông: 大衛王 (David) 5 iōng: 拿; 用 chio̍h-thâu: 石頭 phah-pāi: 打敗 tōa: 大 6 lán: 咱們 mā: 也 lâi: 來 tí-khòng: 抵抗 7 nā: 如果 sêng-kong: 成功 lín: 你們 tio̍h: 必須 hû: 擁戴 góa: 我 chò: 當; 做 8 tiō: 於是 khioh: 撿 khian: 丟擲 (塊狀物以攻擊) 9 ná... ná...: 一邊... 一邊... cháu: 逃 sòaⁿ-liáu-liáu: 完全散掉 10 soh: 結果; 竟 bián siūⁿ-boeh: 甭想

40

Keh-piah ê Chháu

Nn̄g ê bo̍k-tiûⁿ sio-keh-piah.
Chit pêng ê gû khòaⁿ hit pêng ê chháu khah
　hó-chia̍h,
Tiō tham-thâu kòe-khì hit pêng chia̍h.
Hit pêng ê gû khòaⁿ chit pêng ê chháu khah
　hó-chia̍h,
05 Tiō tham-thâu kòe-lâi chit pêng chia̍h.
Nn̄g pêng ê gû lóng kóng keh-piah ê chháu
　khah hó-chia̍h.
In tiō sio-ōaⁿ chia̍h,
Chia̍h-kà bo̍k-tiûⁿ piⁿ--a ê chháu tah-tah-tah.
Bo̍k-tiûⁿ lāi-té ê chháu bô-lâng chia̍h.
10 Nn̄g pêng ê lâng sái koah-chháu-ki lâi ka koah-
　kà tah-tah-tah.

---

0 keh-piah: 隔鄰 ê: 的 chháu: 草 1 nn̄g: 二 ê: 個
bo̍k-tiûⁿ: 牧場 sio-keh-piah: 相毗連 2 chit: 這 pêng:
邊 gû: 牛 khòaⁿ: 見 hit: 那 khah: 比較 hó-chia̍h:
好吃 3 tiō: 就; 於是 tham-thâu: 伸出頭 kòe-khì: 過...
去 chia̍h: 吃 5 kòe-lâi: 過... 來 6 lóng: 都 kóng:
說 7 in: 它們 sio-ōaⁿ: 互換 8 kà: 得; 到 piⁿ--a: 旁
邊 tah: 很短, 貼近地面 9 lāi-té: 裡頭 bô-lâng: 沒人
10 lâng: 人 sái: 開; 駕駛 koah-chháu-ki: 割草機 lâi:
來 ka: 把它 koah: 割

Khiâ Hî-á

Gín-á khiâ tōa-bóe-hî, khì hái-té,
Ná-chhiūⁿ teh khiâ bé.
Tōa-bóe-hî chài gín-á, hái-té sì-kè sėh.
Hî-á chit-tīn-chit-tīn sio-siám-·kòe,
05 Chiok chē hêng, chiok chē sek, āu tōa, āu sè.
Gín-á kóng: "Ó͘-·ò͘! Hî-á chiah-nī chē.
"Sè-kài ê gín-á ū-thang chit lâng khiâ chit bóe."
Tōa-bóe-hî kóng: "Lín gín-á, lú seⁿ, lú chē ê.
"Goán hî-á, lú liȧh, lú chió bóe.
10 "Kàu-kà bóe, ē bô-kàu thang hun-phòe."

---

0 khiâ: 騎　hî-á: 魚　1 gín-á: 孩子　tōa-bóe-hî: 大魚　khì: 到... 去　hái-té: 海裡頭　2 ná-chhiūⁿ: 好像　teh: 正在　bé: 馬　3 chài: 馱; 載　sì-kè: 到處　sėh: 逛　4 chit-tīn-chit-tīn: 一群群　sio-siám-·kòe: 擦身而過　5 chiok: 很　chē: 多　hêng: 形狀　sek: 顏色　āu: 有的; 也有　tōa: 大　sè: 小　6 kóng: 說　ó͘-·ò͘: 哇　chiah-nī: 這麼　7 sè-kài: 世界　ê: 的　ū-thang: 得以; 足以　chit: 一　lâng: 人　bóe: 條 (魚)　8 lín: 你們　lú... lú: 越... 越　seⁿ: 生; 出生　ê: 個　9 goán: 我們　liȧh: 捕捉; 被捕捉　chió: 少　10 kàu-kà bóe: 到頭來　ē: 將會　bô-kàu thang: 不夠用來　hun-phòe: 分配

44

Khióng-liông Liảh Ka-choảh

Khióng-liông liảh-tiỏh chit chiah ka-choảh.
Ka-choảh kóng: "Lí hiah tōa-chiah.
"Góa chit chiah chiah sè-chiah,
"Bô-tap-bô-sap, bô-kàu lí chiảh.
05 "Lí khì ka-choảh-siū liảh, khah ū-giảh."
Khióng-liông kóng: "Ka-choảh-siū tī tah?"
Ka-choảh kóng: "Tī jîn-lūi in tau."
Khióng-liông kóng: "Jîn-lūi in tau tī tah?"
Ka-choảh kóng: "Tī kâu in chhù-āu.
10 "Lí kiâⁿ chit bān-bān nî, tiō ē kàu."

---

0 khióng-liông: 恐龍 liảh: 捕捉 ka-choảh: 蟑螂 1 tiỏh: 著; 到 chit: 一 chiah: 隻 2 kóng: 說 lí: 你 hiah tōa-chiah: 那麼大 3 góa: 我 chiah sè-chiah: 這麼小 4 bô-tap-bô-sap: 份量極少 (不夠滿足需要) bô-kàu: 不夠 chiảh: 吃 5 khì: 去; 前往 siū: 窩 khah: 比較 ū-giảh: 份量多而足夠 6 tī: 在於 tah: 哪兒 7 jîn-lūi: 人類 in: 他 (們) 的 tau: 家 (裡) 9 kâu: 猴子 chhù-āu: 屋後 10 kiâⁿ: 走 (路) bān-bān: 億; 萬萬 nî: 年 tiō: 就; 於是 ē: 能夠 kàu: 底達

Khòaⁿ Lâng ê Chhù-lāi-té

A-hái kā lâng sé tōa-lâu,
Tiàu-kà koân-koân-koân,
Khòaⁿ-kà hn̄g-hn̄g-hn̄g,
Khòaⁿ-tio̍h ē-kha, kha soah ē nńg.
05 I kóaⁿ-kín thâu oa̍t-·kòe,
Ōaⁿ khòaⁿ lâng ê chhù-lāi-té,
Ū-lâng kek bô-khòaⁿ-·tio̍h ·i.
Ū-lâng chin siūⁿ-khì.
Ū-lâng kā khǎ-tián ha̍p-·khit-·lâi.
10 Ū-lâng kā sàu-chiú-lûi-á gia̍h-·chhut-·lâi.

---

0 khòaⁿ: 看 lâng: 人家 ê: 的 chhù-lāi-té: 屋子裡 1 A-hái: 阿海 kā: 替；爲 sé: 洗 tōa-lâu: 大樓 2 tiàu: 吊 kà: 得；以至於 koân-koân-koân: 很高很高 3 hn̄g-hn̄g-hn̄g: 很遠很遠 4 tio̍h: 到 ē-kha: 下頭 kha: 脚 soah: 竟然 ē: 會 nńg: 軟 5 i: 他 kóaⁿ-kín: 趕緊 thâu oa̍t-·kòe: 轉過頭 6 ōaⁿ: 換；改成 7 ū-lâng: 有人 kek: 佯裝 bô-khòaⁿ-·tio̍h: 沒看見 8 chin: 很 siūⁿ-khì: 生氣 9 kā: 把；將 khǎ-tián: 窗帘 ha̍p-·khit-·lâi: 合上 10 sàu-chiú-lûi-á: 舊掃帚 gia̍h-·chhut-·lâi: 拿出來

Kià-se^n-á

Chi̍t chiah kià-se^n-á tiā^n-tiā^n poa^n sin chhù.
Lú poa^n, lú tōa-keng.
Lú poa^n, lú koài-hêng.
I khòa^n-tio̍h chi̍t ê kū ku-khak,
05 Tiō kā kū chhù tàn-hiat-ka̍k,
Poa^n-ji̍p-khì ku-khak tòa.
Tán i boeh chhut-gōa,
Ku-khak thoa-bē-kiâ^n, koh m̄-kam ka pàng-sak.
I tiō kiò pa̍t chiah kià-se^n-á chò-hóe tòa;
10 Boeh chhut-gōa, chò-hóe thoa, chò-hóe sak.

---

0 kià-se^n-á: 寄生蟹 1 chi̍t: 一 chiah: 隻 tiā^n-tiā^n: 常常 poa^n: 搬 sin: 新 chhù: 房子 2 lú... lú...: 越...越... tōa: 大 keng: 棟 3 koài-hêng: 奇形怪狀 4 i: 它 khòa^n-tio̍h: 看見 ê: 個 kū: 舊 ku-khak: 龜甲 5 tiō: 就; 於是 kā: 把; 將 tàn-hiat-ka̍k: 丟棄 6 ji̍p-khì: 進...去 tòa: 居住 7 tán: 等到 boeh: 要; 打算 chhut-gōa: 外出 8 thoa: 拖 ...bē-kiâ^n: ...不動 koh: 卻 m̄-kam: 捨不得 ka: 把它 pàng-sak: 拋棄; 捨棄 9 kiò: 叫 pa̍t: 別的 chò-hóe: 一道 10 sak: 推

Kok-ông Chhēng Sin Saⁿ

Kok-ông chhēng he sin saⁿ boeh chhut-gōa.
Āu-piah pó-pio chi̍t-tōa-thoa.
Peh-sèⁿ ûi-ûi óa-lâi khòaⁿ.
Kok-ông kôaⁿ-kà phī-phī-chhoah.
05 Chi̍t ê khit-chia̍h khòaⁿ i chin khó-liân,
Khì the̍h chi̍t niá thán-á, chi̍t tiâu ām-moa,
Kóng: "Pē-hā. Chi̍t niá thán-á hō͘ lí moa.
"Chi̍t tiâu ām-moa hō͘ lí phoa̍h."
Kok-ông chin kám-kek,
10 Thán-á the̍h-lâi moa; ām-moa the̍h-lâi phoa̍h.

---

0 kok-ông: 國王 chhēng: 穿 sin: 新 saⁿ: 衣服 1 he:
那 boeh: 將要 chhut-gōa: 外出 2 āu-piah: 後頭 pó-
pio: 保鏢 chi̍t-tōa-thoa: 一大群 3 peh-sèⁿ: 百姓 ûi:
圍 óa-lâi: 靠過來 khòaⁿ: 看 4 kôaⁿ: 冷 kà: 得; 以
至於 phī-phī-chhoah: 一直發抖 5 chi̍t: 一 khit-chia̍h:
乞丐 khòaⁿ: 看 i: 他 chin: 很 khó-liân: 可憐 6 khì:
去 the̍h: 拿 niá: 件; 條 thán-á: 毯子 tiâu: 條 ām-
moa: 圍巾 8 kóng: 說 pē-hā: 陛下 chit: 這 hō͘:
給 lí: 你 moa: 披 8 phoa̍h: 披; 掛 9 kám-kek: 感激
10 lâi: 來

52

Ku kah Thò͘-á Koh Pí-sài

Ku kah thò͘-á koh pí-sài.
Ku sái chûn.
Thò͘-á sái hui-ki.
Ku lāu-sîn chāi-chāi,
05 Kā chûn sái-kòe hái.
Thò͘-á poe kà Ha-óa-ī-ì,
Cháu-khì Oa-i-kí-kì,
Sńg-kà hiám-hiám-á bē-kì-·lì-·khì,
Chiah koh sái hui-ki,
10 M̄-kò í-keng su-su-·khì.

---

0 ku: 龜　kah: 和 (... 互相)　thò͘-á: 兔子　koh: 再次　pí-sài: 比賽　2 sái: 開; 駛　chûn: 船　3 hui-ki: 飛機　4 lāu-sîn chāi-chāi: 鎮定　5 kā: 把; 將　kòe: (渡) 過　hái: 海　6 poe: 飛　kà: 到達　Ha-óa-ī-ì: 夏威夷　7 cháu-khì: 到... 去　Oa-i-kí-kì: 懷基基海灘　8 sńg: 玩兒　kà: 得; 以至於　hiám-hiám-á: 差點　bē-kì-·lì-·khì: 忘記了　9 chiah: (這) 才　10 m̄-kò: 但是　í-keng: 已經　su-su-·khì: 輸掉

La̍h-chhèng

Chhiū-á-téng chi̍t chiah tōa-chiah kâu,
Khòaⁿ chhiū-á-kha phah-la̍h-·ê teh khùn-tàu,
Chi̍t ki la̍h-chhèng khòe tī chhiū-á-thâu.
I tiō lo̍h-lâi chiān la̍h-chhèng,
05 Kā la̍h-chhèng the̍h-khit-lì chhiū-á-téng,
Liâm-ni tōaⁿ tùi chiàⁿ-pêng,
Liâm-ni tōaⁿ tùi tò-pêng,
Liâm-ni tōaⁿ tùi thiⁿ-téng.
Phah-la̍h-·ê chhéⁿ-·khí-·lâi, chin tio̍h-kiaⁿ,
10 Cháu-kà bô khòaⁿ-ìⁿ iáⁿ.

---

0 la̍h-chhèng: 獵槍　1 chhiū-á-téng: 樹上　chi̍t: 一
chiah: 隻　tōa-chiah: (鳥獸) 大　kâu: 猴子　2 khòaⁿ:
見　chhiū-á-kha: 樹下　phah-la̍h-·ê: 獵人　teh: 正在
khùn-tàu: 睡午覺　3 ki: 把; 枝　khòe: 擱; 靠　tī: 在於
chhiū-á-thâu: 樹幹靠根部的部位　4 i: 它　tiō: 就; 於
是　lo̍h-lâi: 下來　chiān: (拿東西) 亂玩　5 kā: 把　the̍h-
khit-lì: 拿上... 去　6 liâm-ni... liâm-ni: 一會兒... 一會兒
tōaⁿ tùi...: 向...(方向) 射擊　chiàⁿ-pêng: 右邊　7 tò-
pêng: 左邊　8 thiⁿ-téng: 天空　9 chhéⁿ-·khí-·lâi: 醒來
chin: 很; 非常　tio̍h-kiaⁿ: 吃驚　10 cháu: 逃　kà: 得;
到　bô khòaⁿ-ìⁿ: 看不見　iáⁿ: 蹤影

56

Lí-hî Khòaⁿ Lâng

Hūi-chú chē tī chúi-piⁿ khòaⁿ lí-hî.
O͘ lí-hî kā âng lí-hî kóng:
"Hit ê lâng siūⁿ-boeh kā lán liáh."
Âng lí-hî kóng: "Lí ā m̄-sī i,
05 "Lí ná chai-iáⁿ i siūⁿ-boeh kā lán liáh?"
O͘ lí-hî kóng: "Lí ā m̄-sī góa,
"Lí ná chai-iáⁿ góa chai-iáⁿ siáⁿ?
"Hit ê lâng siūⁿ-boeh kā lán liáh,
"Tiō-sī siūⁿ-boeh kā lán liáh.
10 "M̄-siàn, lí mn̄g i khòaⁿ ū-iáⁿ áh bô-iáⁿ."

---

0 lí-hî: 鯉魚 khòaⁿ: 看 lâng: 人 1 Hūi-chú: 惠子
chē: 坐 tī: 在於 chúi-piⁿ: 水邊 2 o͘: 黑 kā... kóng:
告訴... âng: 紅 3 hit: 那 ê: 個 siūⁿ-boeh: 想要
kā: 把 lán: 咱們 liáh: 捉 4 lí: 你 ā m̄-sī: 又不是 i:
他 5 ná: 怎麼 chai-iáⁿ: 知道 6 góa: 我 7 siáⁿ: 什
麼 9 tiō-sī: 就是 10 m̄-siàn: 不信 (的話) mn̄g: 問
khòaⁿ: 看看 ū-iáⁿ: 眞的 áh: 還是; 或 bô-iáⁿ: 假的

Mn̂g-āu

Góa pàng-o̍h, tńg-lâi kàu goán tau,
Khui mn̂g ji̍p-·khì, soah gāng-·khì.
Mn̂g-āu kóng sī āu-bóe-mn̂g ê mn̂g-kha-kháu,
Chhù-lāi kóng sī gōa-kháu ê chhù-āu!
05 Góa oa̍t-·le sûi boeh tò-ji̍p-·khì,
M̄-kò āu-bóe-mn̂g khōm-·khì, khui-bē-khui.
M̄-sìn siàⁿ! Se̍h-tńg-khì chhù-thâu-chêng,
Khui mn̂g, chi̍t-ē khòaⁿ, iáu sī chhù-āu-pêng.
Góa tōa-siaⁿ kiò Ma-ma kín khui mn̂g.
10 Ma-ma kóng: "Lí mn̂g ná ē só-·le? Kín khui
mn̂g!"

---

0 mn̂g-āu: 門後 **1** góa: 我 pàng-o̍h: 放學 tńg-lâi: 回來 kàu: 到達 goán tau: 我家 **2** khui: 打開 mn̂g: 門 ji̍p-·khì: 進去 soah: 竟然; 結果; 遂 gāng-·khì: 愣住 **3** kóng: 竟然 sī: 是 āu-bóe-mn̂g: 後門兒 ê: 的 mn̂g-kha-kháu: 門口 **4** chhù-lāi: 房子裡 gōa-kháu: 外頭 chhù-āu: 房子後面 **5** oa̍t-·le: 轉身 sûi: 馬上 boeh: 要; 欲 tò-ji̍p-·khì: 回頭進去 **6** m̄-kò: 但是 khōm-·khì: (未阻止而令門) 砰然關上 khui-bē-khui: 開不開 **7** m̄-sìn siàⁿ: 不信邪 se̍h-tńg-khì: 繞回 chhù: 房子 thâu-chêng: 前面 **8** chi̍t-ē khòaⁿ: 一看 iáu: 仍然 āu-pêng: 後面 **9** tōa-siaⁿ: 高聲 kiò: 叫 ma-ma: 媽媽 kín: 趕快 **10** kóng: 說 lí: 妳 ná ē: 怎麼; 爲什麼 só-·le: 鎖著

Nāu-cheng

A-lí-suh ê sè-kài ta̍k-hāng chin kî-koài.
Chi̍t ê nāu-cheng lâi góa bīn-thâu-chêng,
Ba̍k-chiu chhiò-kà bui-bui-bui,
Chhùi-kak khiàu-khiàu, kóng: "Cha̍p tiám, kòe
  cha̍p hun-cheng.
05 "Khoaⁿ-khoaⁿ khòaⁿ. Bián kóaⁿ-kín."
Koh chi̍t ê nāu-cheng lâi góa bīn-thâu-chêng,
Ba̍k-chiu ok-kà chheⁿ-gîn-gîn,
Chhùi-kak sôe-sôe, kóng: "Chhit tiám, kòe jī-
  gō͘ hun-cheng.
"Taⁿ, lí iáu m̄ kóaⁿ-kín!"
10 Góa chhoah-chi̍t-ē, poa̍h-lo̍h bîn-chhn̂g-kha,
  soah cheng-sîn.

---

0 nāu-cheng: 鬧鐘 1 A-lí-suh: 愛麗絲 ê: 的 sè-kài: 世界 ta̍k-hāng: 樣樣 chin: 很 kî-koài: 奇怪 2 chi̍t: 一 ê: 個 lâi: 前來 góa bīn-thâu-chêng: 我的面前 3 ba̍k-chiu: 眼睛 chhiò: 笑 kà: 得 bui: 眯 (眼) 4 chhùi-kak: 嘴角 khiàu: 翹 kóng: 講 cha̍p: 十 tiám: 點鐘 kòe: 過了 hun-cheng: 分鐘 5 khoaⁿ-khoaⁿ: 慢慢兒 khòaⁿ: 看 bián: 不必 kóaⁿ-kín: 急; 趕快 6 koh: 又 7 ok: 兇 chheⁿ-gîn-gîn: 瞪大 (眼睛) 8 sôe: 下垂 chhit: 七 jī-gō͘: 二十五 9 taⁿ: 現在 lí: 你 iáu m̄: 還不 10 góa: 我 chhoah-chi̍t-ē: 嚇了一跳 poa̍h-lo̍h: 跌下 bîn-chhn̂g-kha: 床下 soah: 結果 cheng-sîn: 醒來

Niau Liȧh Niáu-chhí

Ko͘-tȧk-niau chin hó-miā,
Tȧk jȧt sńg tiān-tōng niáu-chhí.
Tiān-tōng niáu-chhí chin hó-liȧh,
Sńg koàn-sì, chin ê niáu-chhí bô chhù-bī.
05 Ko͘-tȧk-niau sńg tiān-tōng niáu-chhí,
Sńg-thiám, khùn phòng-í.
Phòng-í ē-kha bih niáu-chhí,
Chhut-lâi sńg tiān-tōng niáu-chhí.
Ko͘-tȧk-niau khòaⁿ-tiȯh chin siūⁿ-khì,
10 Boeh liȧh chin ê niáu-chhí.

---

0 niau: 貓　liȧh: 捕捉　niáu-chhí: 老鼠　1 Ko͘-tȧk-niau:
孤癖貓　chin: 很　hó-miā: 命好　2 tȧk: 每　jȧt: 天; 日
子　sńg: 玩　tiān-tōng: 電動　3 hó: 好; 容易　4 koàn-sì:
習慣　chin ê: 眞的　bô: 沒有　chhù-bī: 興趣　6 thiám:
疲倦　khùn: 睡　phòng-í: 彈簧椅　7 ē-kha: 下面　bih:
躲　8 chhut-lâi: 出來　9 khòaⁿ-tiȯh: 看得　siūⁿ-khì: 生
氣　10 boeh: 想要

64

Oʾ-a Chhùi-ta

Oʾ-a chin chhùi-ta,
Chhōe-tióh chi̍t ki chúi-pân-á.
Chúi-pân-á ê chúi kan-na chi̍t-sut-á.
Oʾ-a tiō khì khioh chió h-thâu-á,
05 Lâi kā chúi-pân-á thūn-kà chúi tīⁿ-móa-móa.
Oʾ-a tú boeh chia̍h, chi̍t chiah hôʾ-lî lâi kàu chia,
Lòng-tióh oʾ-a, chhia-tó chúi-pân-á.
Chúi lâu-kà chi̍t thôʾ-kha.
Hôʾ-lî kóng: "Hm̄. Góa chin chhùi-ta."
10 Tiō kā chúi chhūiⁿ-kà ta-ta-ta.

---

0 oʾ-a: 烏鴉 chhùi-ta: 口渴 1 chin: 很 2 chhōe-tióh: 找到 chi̍t: 一 ki: 只; 個; 根 chúi-pân-á: 裝水的瓶子 3 ê: 的 chúi: 水 kan-na: 只 (有); 僅 (有) chi̍t-sut-á: 一點點 4 tiō: 就; 於是 khì: 去 khioh: 撿 chió h-thâu-á: 石子 5 lâi: 來; 以 kā: 把; 將 thūn: 填 kà: 得; 以致於 tīⁿ-móa-móa: 盈滿 6 tú: 剛 boeh: 將要 chia̍h: 喝 (水) chiah: 隻 hôʾ-lî: 狐狸 lâi: 到來 kàu: 到 chia: 這兒 7 lòng-tióh: 撞到 chhia-tó: 推倒 8 lâu: 流 chi̍t thôʾ-kha: 滿地 9 kóng: 講 hm̄: 嗯 góa: 我 10 chhūiⁿ: 舔 ta-ta-ta: 很乾

Pa-pa Ma-ma Sái-chhia

Pa-pa sái-chhia, Ma-ma chē-chhia.
Ma-ma kā Pa-pa kóng:
"Ài án-ne sái, án-ne sái."
Pa-pa kóng: "Bô, lí lâi sái."
05 Ma-ma kóng: "Hó. Góa lâi sái."
Ma-ma sái-chhia, Pa-pa chē-chhia.
Pa-pa kā Ma-ma kóng:
"Ài án-ne sái, án-ne sái."
Ma-ma kóng: "Bô, lí lâi sái."
10 Pa-pa kóng: "Boài. Lí sái. Góa bē-hiáu sái."

---

0 pa-pa: 爸爸 ma-ma: 媽媽 sái-chhia: 開車 1 chē-
chhia: 搭車 2 kā: 跟; 給 kóng: 講 3 ài: 必須 án-ne:
這麼 sái: 開; 駕駛 4 bô: 不然的話 lí: 妳; 你 lâi: 來
5 hó: 好 góa: 我 10 boài: 不要 bē-hiáu: 不懂得

Phàng-khù

A-hái sái-chhia, chêng-lián phàng-khù-·khì,
M̄-káⁿ khì tảh bu-lè-khì.
A-bín-î siūⁿ-tiȯh chȋt ê hó pān-hoat:
Lēng-gōa hit lián chêng-lián, hong làu-tiāu.
05 A-hái sái-chhia, giōng-boeh chhia-pùn-táu.
A-bín-î koh siūⁿ-tiȯh chȋt ê hó pān-hoat:
Āu-lián ê hong mā làu-tiāu.
A-hái sái-chhia phȋh-phȯk-thiàu.
A-bín-î koh siūⁿ-tiȯh chȋt ê hó pān-hoat:
10 Sì lián lóng-chóng ka pak-tiāu.

---

0 phàng-khù: 爆胎 1 A-hái: 阿海 sái: 開; 駛 chhia: 車子 chêng-lián: 前輪 ·khì: 了 2 m̄-káⁿ: 不敢 khì: 去 tảh: 踩 bu-lè-khì: 刹車 3 A-bín-î: 阿敏阿姨 siūⁿ-tiȯh: 想到 chȋt: 一 ê: 個 hó: 好 pān-hoat: 方法 4 lēng-gōa: 另外的 hit: 那 lián: 個 (輪子) hong: 氣; 空氣 làu-tiāu: 洩掉 5 giōng-boeh: 幾乎 chhia-pùn-táu: 翻跟頭 6 koh: 又 7 āu-lián: 後輪 ê: 的 mā: 也 8 phȋh-phȯk-thiàu: 蹦蹦跳 10 sì: 四 (個) lián: (個) 輪子 lóng-chóng: 全部 ka: 把它 pak-tiāu: 拆卸下來

70

Pí Hok-khì

Gû kah bé pí hok-khì.

Bé kóng: "Bé-á hoan-soa chin khùiⁿ-oảh."

Gû kóng: "Chúi-gû kō-ẻk chin sim-sek."

Bé kóng: "Thih-gû hō͘ lâng sái."

05 Gû kóng: "Thih-bé kā lâng chài."

Bé kóng: "Bé-á thoa chiàn-chhia.

"Lāu gû thoa phòa chhia."

Gû kóng: "Chi̍t ê lâng, sì chiah bé thoa,

"Chi̍t chiah kim-gû, chi̍t pah ê lâng thoa,

10 "Só͘-í chi̍t chiah gû ài sì-pah chiah bé thoa."

---

0 pí: 比 hok-khì: 福分 1 gû: 牛 kah: 和; 跟 bé: 馬
2 kóng: 說 á: 兒; 仔 hoan-soa: 在泥沙裡打滾 chin:
很 khùiⁿ-oảh: 快活 3 chúi-gû: 水牛 kō-ẻk: 在水裡
打滾 sim-sek: 有趣 4 thih-gû: 耕耘機 hō͘: 被 lâng:
人家 sái: 駛 5 thih-bé: 脚踏車 kā: 幫; 給 chài: 載
6 thoa: 拉; 拖 chiàn-chhia: 戰車 7 lāu: 老 phòa:
破舊 chhia: 車 8 chi̍t: 一 ê: 個 lâng: 人類 sì: 四
chiah: 隻 9 kim-gû: 金牛 pah: 百 10 só͘-í: 所以 ài:
須要

72

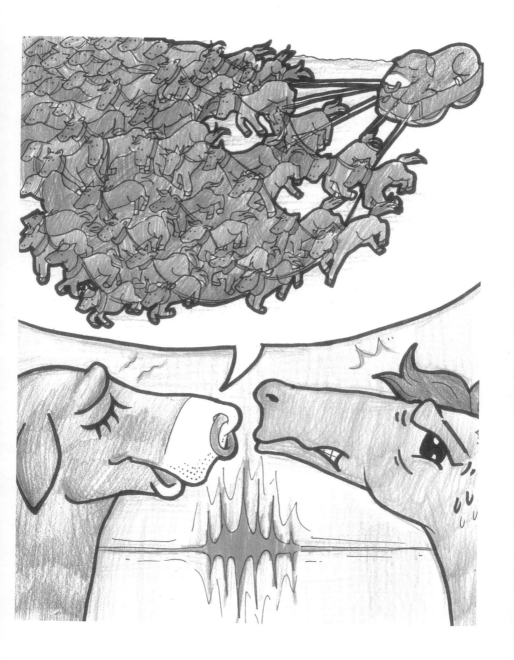

Poàh-lòh Thài-khong

Poàh-lòh bîn-chhn̂g;
Poàh-lòh thài-khong.
Seng-khu khin-khin.
Thâu-khak gông-gông.
05 Lú poàh lú kín.
Lú poàh, lú àm....
A! Hia ū kng.
A! He kám m̄-sī goán chhù?
A! Goán pâng-keng ê thang-á-mn̂g!
10 Ǎ-·à! Tn̂g-lâi-kà goán ê bîn-chhn̂g.

---

0 poàh-lòh: 跌進 thài-khong: 太空 1 poàh-lòh: 跌下 bîn-chhn̂g: 床 3 seng-khu: 身子 khin: 輕 4 thâu-khak: 頭; 腦袋 gông: 昏; 暈 5 lú...lú: 越... 越 kín: 快 6 àm: 暗 7 a: 啊 hia: 那兒 ū: 有 kng: 亮光 8 he: 那個 kám m̄-sī: 可不是... 嗎 goán: 我（們）的 chhù: 家 9 pâng-keng: 臥房 ê: 的 thang-á-mn̂g: 窗子 10 ǎ-·à: 啊 tn̂g-lâi: 回 kà: 到 goán ê: 我（們）的

Sàu-chiú

Bû-pô khiâ sàu-chiú teh ūn-tōng.
Nn̄g ê bû-pô khih sio-chông,
Khì-kà khí sio-phah,
Giȧh sàu-chiú khit-lâi kòng.
05 Sàu-chiú kòng-lak--khì,
Bû-pô siak--lȯh--khì,
Kā sàu-chiú teh chò koȧh.
Sàu-chiú hāi--khì, bē-tàng poe,
Bû-pô tàn-hìⁿ-sak,
10 A-pô khioh lâi chhéng piah-kak.

---

0 sàu-chiú: 掃帚　1 bû-pô: 巫婆　khiâ: 騎　teh: 正在 ūn-tōng: 做運動　2 nn̄g: 二　ê: 個　khih: 不巧　sio-chông: 相撞　3 khì: 生氣　kà: 得; 到　khí sio-phah: 打起來　4 giȧh: 舉; 揭　khit-lâi: 起來　kòng: 猛打　5 lak--khì: 掉了　6 siak--lȯh--khì: 摔下去　7 kā: 把　teh: 壓 chò: 成　koȧh: 截; 段　8 hāi--khì: 壞　bē-tàng: 不能 poe: 飛　9 tàn-hìⁿ-sak: 丟棄　10 a-pô: 老婆婆　khioh: 撿　lâi: 來　chhéng: 撢　piah-kak: 牆角

Seng-seng Chhòng-chhùi-khí

Seng-seng chhùi-khí thiàⁿ,
Khì chhōe khí-kho chhòng-chhùi-khí.
I-seng kóng: "Lí m̄-sī lâng.
"Lâng chiah lâi khòaⁿ khí-kho.
05 "Iá-siù ài khì keh-piah khòaⁿ gê-kho."
Seng-seng tiō khì keh-piah khòaⁿ gê-kho.
I-seng khòaⁿ i ê chhùi, khòaⁿ-khòaⁿ ·le,
Kóng: "Lí kui-chhùi chi̍t ki gê to bô.
"Iá-siù chiah lâi khòaⁿ gê-kho.
10 "Lâng ài khì keh-piah khòaⁿ khí-kho."

---

0 seng-seng: 猩猩　chhòng: 看 (牙)　chhùi-khí: 牙齒
1 thiàⁿ: 痛　2 khì: 去　chhōe: 找; 看　khí-kho: 齒科
3 i-seng: 醫生　kóng: 講　lí: 你　m̄-sī: 不是　lâng: 人
4 chiah: 才　lâi: 來　khòaⁿ: 看 (醫生)　5 iá-siù: 野獸
ài: 必須　khì: 到... 去　keh-piah: 隔壁　gê-kho: 牙科
6 tiō: 就; 於是　7 khòaⁿ: 看; 檢驗　i ê: 它的　chhùi: 嘴
巴　khòaⁿ-khòaⁿ-·le: 看了看　8 kui: 整個　chi̍t: 一　ki:
只　gê: (獸) 牙　to: 也; 都　bô: 沒有

Siâng-ngô͘

Siâng-ngô͘ poe-lâi goe̍h-kiû,
Bē-tàng tńg-khì tē-kiû.
I ta̍k-ji̍t êng-êng, sǹg chio̍h-thâu.
Seng-oa̍h chin bô-liâu.
05 Ū chi̍t ji̍t, thiⁿ-téng poe-lâi chi̍t hāng mi̍h:
Tē-kiû ū lâng lâi thàm-hiám.
Siâng-ngô͘ chiau-thāi lâng-kheh chin chiu-chì.
Sî kàu, lâng-kheh ài tńg-·khì.
Siâng-ngô͘ siūⁿ-boeh tòe,
10 Tòe-tńg-khí tē-kiû, thang siúⁿ-goe̍h.

---

0 Siâng-ngô͘: 嫦娥　1 poe: 飛　lâi: 來　goe̍h-kiû: 月
球　2 bē-tàng: 不能　tńg-khì: 回... 去　tē-kiû: 地
球　3 i: 她　ta̍k: 每　ji̍t: 天　êng-êng: 閑著　sǹg: 算
chio̍h-thâu: 石頭　4 seng-oa̍h: 生活　chin: 很　bô-liâu:
無聊　5 ū: 有　chi̍t: 一　thiⁿ-téng: 天上　hāng: 樣; 項
mi̍h: 東西　6 lâng: 人　thàm-hiám: 探險　7 chiau-thāi:
招待　lâng-kheh: 客人　chiu-chì: 周到　8 sî kàu: 到時
ài: 得; 要　9 siūⁿ-boeh: 想要　tòe: 跟隨　10 thang: 得
以　siúⁿ-goe̍h: 賞月

Sin Bá-suh

Sin bá-suh hoân-ló tiāⁿ cháu, khoài chhàu-lāu.
Lāu bá-suh kóng: "Pōng-lián, tiō bián cháu."
Tē-jī jit, sin bá-suh chhut-khì soaⁿ--e pháu,
Khòaⁿ lō·--e chit ki tî-thâu, tiō khì kauh,
05 Kauh-chit-ē, "piáng"--chit--ē, chhia-pùn-táu,
Siak-lŏe soaⁿ-kau, siak-kà mi-mí-mauh-mauh,
Hông thoa-tńg-khì tàn tòa pó-iáng-tiûⁿ-āu.
I mē lāu bá-suh, kóng: "Lóng-mā lí ké-gâu."
Lāu bá-suh kóng: "Lí chit ê gōng-thâu.
10 "Āu lâng tòa soaⁿ-kau bīn-téng kauh tî-thâu!?"

---

0 sin: 新 bá-suh: 巴士 1 hoân-ló: 煩惱; 擔心 tiāⁿ: 時常 cháu: 出車; 跑 khoài: 容易 chhàu-lāu: (外表) 比實際年紀還老 2 lāu: 老; 舊 kóng: 說 pōng-lián: 爆胎 tiō: 就; 才 bián: 不必 3 tē-jī: 第二 jit: 天; 日子 chhut-khì: 出去 soaⁿ--e: 山中 pháu: 跑步 4 khòaⁿ: 見; 看到 lō·--e: 路上 chit: 一 ki: 把; 支 tî-thâu: 鋤頭 tiō: 就; 於是 khì: 前去 kauh: 軋 5 ...chit-ē: ...了一下 "piáng"--chit--ē: 砰的一聲 chhia-pùn-táu: 翻筋頭 6 siak: 摔 lŏe: 下... 去 soaⁿ-kau: 溪澗 kà: 得; 以至於 mi-mí-mauh-mauh: 盡是凹痕 7 hông: 被人家 thoa-tńg-khì: 拖回 tàn: 丟棄 tòa: 在於 pó-iáng-tiûⁿ: 保養場 āu: 後頭 8 i: 它 mē: 罵 lóng-mā: 都是 (因爲) lí: 你 ké-gâu: (不懂) 裝懂 9 chit ê: 這個 gōng-thâu: 笨蛋 10 āu: 哪有; 豈有 lâng: 人; 人家 bīn-téng: 上面; 頂上

Sio-ōaⁿ Kiáⁿ

Chi̍t ê sè-hàn gín-á cháu-liáu phàng-kiàn--khì,
Hō͘ lông khioh-khì chhī,
Kah lông tòa-chò-hóe.
Gín-á in lāu-bú sì-kè chhōe,
05 Chhōe-kàu lông ê siū,
Kā lông khó͘-khó͘ ai-kiû,
Kóng: "Góa ê kiáⁿ, ko͘ chit ê.
"Chhiáⁿ lí hêng ·góa, thang kah góa chò-phōaⁿ."
Lông kóng: "Góa ê kiáⁿ, kúi-ā ê.
10 "Iah-bô, nn̄g ê kah lí sio-ōaⁿ."

---

0 sio-ōaⁿ: 互換　kiáⁿ: 孩子; 兒子　1 chi̍t: 一　ê: 個　sè-hàn: (人的體形或小孩的年紀) 小　gín-á: 孩子　cháu-liáu phàng-kiàn--khì: 走失了　2 hō͘: 被; 受　lông: 狼　khioh-khì chhī: 收養 (去了)　3 kah: 和; 與　tòa-chò-hóe: 住在一道　4 in: 他 (們) 的　lāu-bú: 母親　sì-kè: 到處　chhōe: 尋找　5 kàu: 到; 抵達　ê: 的　siū: 窩; 巢穴　6 kā: 向; 對　khó͘-khó͘ ai-kiû: 苦苦哀求　7 kóng: 說　góa: 我　ko͘: 只有; 單單　chit: 這 (一)　8 chhiáⁿ: 請; 拜託　lí: 你　hêng: 歸還　thang: 得以　chò-phōaⁿ: 做伴　9 kúi-ā: 好幾; 許多　10 iah-bô: 那麼; 不然的話　nn̄g: 二

Sng Pô-tô

Hô͘-lî khòaⁿ chhiū-á-téng tūi chı̍t kōaⁿ pô-tô,
Khòaⁿ chı̍t chiah o͘-a chiah̍-kà ná iau-lô,
Tiō kā o͘-a thó boeh chiah̍ pô-tô.
O͘-a kóng: "Che pô-tô sng-·ê ·la!"
05 O͘-a hôe-tiòh chı̍t liap̍ sek̍ pô-tô.
Pô-tô lak-·lòh-·lâi; hô͘-lî ka chiah̍-·khì.
"Hm̌-·m̀! Che pô-tô koh chin tiⁿ!"
Tú-hó hô͘-lî in kiáⁿ cháu-·lâi, khòaⁿ-·tiòh,
Tiō kā hô͘-lî thó-boeh bán pô-tô.
10 Hô͘-lî kóng: "He pô-tô sng-·ê ·la!"

---

0 sng: 酸　pô-tô: 葡萄　**1** hô͘-lî: 狐狸　khòaⁿ: 看見 chhiū-á-téng: 樹上　tūi: 下垂　chı̍t: 一　kōaⁿ: 串 **2** chiah: 隻　o͘-a: 烏鴉　chiah̍: 吃　kà: 得　ná: 好像; 宛若　iau-lô: 餓漢　**3** tiō: 於是　kā: 向　thó boeh: 要求; 乞討　**4** kóng: 說　che: 這 (個/些)　sng-·ê: 酸的　·la: 呢　**5** hôe-tiòh: 擦到　liap̍: 顆　sek̍: 熟　**6** lak-·lòh-·lâi: 掉下來　ka: 把它　chiah̍-·khì: 吃掉　**7** hm̌-·m̀: 嗯　koh: 倒是; 竟然　chin: 很　tiⁿ: 甜　**8** tú-hó: 碰巧　in: 它 的　kiáⁿ: 孩子　cháu-·lâi: 來; 跑來　khòaⁿ-·tiòh: 看見 **9** thó-boeh: 吵著要　bán: 採　**10** he: 那 (個/些)

Soa-hî kah Lông

Soa-hî tī hái-piⁿ tú-tio̍h lông,
Oàn-thàn jîn-lūi ka oan-óng,
Oàn-thàn jîn-lūi o͘-pe̍h kóng.
"Jîn-lūi kā lán kóng-kà chin pháiⁿ-thiaⁿ.
05 "Jîn-lūi phò-hoāi lán ê miâ-siaⁿ."
Chi̍t tīn gín-á lâi hái-piⁿ, boeh sńg-chúi,
Khòaⁿ-tio̍h soa-hî kah lông, chin tio̍h-kiaⁿ.
Soa-hî kóng: "Bián-kiaⁿ, bián-kiaⁿ.
"Goán pak-tó͘ iáu-bōe iau."
10 Gín-á iáu-sī cháu-liáu-liáu.

---

0 soa-hî: 鯊魚 kah: 和; 以及 lông: 狼 1 tī: 在於
hái-piⁿ: 海濱 tú-tio̍h: 遇見 2 oàn-thàn: 抱怨; 悲歎
jîn-lūi: 人類 ka oan-óng: 冤枉他 (們) 3 o͘-pe̍h: 胡
亂 kóng: 說; 講 4 kā: 把; 將 lán: 咱們 kà: 得; 到
chin: 很 pháiⁿ-thiaⁿ: 難聽 5 phò-hoāi: 破壞 ê: 的
miâ-siaⁿ: 名聲 6 chi̍t: 一 tīn: 群 gín-á: 孩子 lâi:
到... 來 boeh: 想要 sńg-chúi: 戲水 7 khòaⁿ-tio̍h:
看見 tio̍h-kiaⁿ: 吃驚 8 kóng: 說道 bián-kiaⁿ: 別怕
9 goán: 我們 pak-tó͘: 肚子 iáu-bōe: 還沒 iau: 餓
10 iáu-sī: 還是; 仍然 cháu-liáu-liáu: 逃得光光

Tâng-lâng

Soaⁿ-téng chi̍t sian tâng-lâng,
Éng-hiáng-tio̍h lûi-kong ê im-hiáng,
Éng-hiáng-tio̍h hong ê hêng-tōng.
Lûi-kong tiō chhut-tōa-tōa-la̍t ka kòng.
05 Hong tiō chhut-tōa-tōa-la̍t ka sak.
Tâng-lâng poa̍h-lo̍h soaⁿ, ti̍t-ti̍t siak,
Siak-chhut-khì Tiong-iang Soaⁿ-me̍h,
Siak-chhut-khì lán Tâi-oân,
Siak-chhut-khì Tē-kiû-chhoan,
10 Siak-ji̍p-khì Kim-chheⁿ ê chhim-kheⁿ.

---

0 tâng-lâng: 人身銅像 1 soaⁿ: 山 téng: 巔; 頂上
chi̍t: 一 sian: 個 (偶像) 2 éng-hiáng-tio̍h: 影響到
lûi-kong: 雷 ê: 的 im-hiáng: 音響 (效果) 3 hong: 風
hêng-tōng: 行動 4 tiō: 就; 於是 chhut-tōa-tōa-la̍t:
使勁 ka: 把它 kòng: 搥打 5 sak: 推 6 poa̍h-lo̍h:
跌下 ti̍t-ti̍t: 一直的 siak: 摔 7 chhut-khì: 出... 去
Tiong-iang Soaⁿ-me̍h: 中央山脈 8 lán: 咱們的 Tâi-
oân: 台灣 9 Tē-kiû-chhoan: 地球村 10 ji̍p-khì: 進...
去 Kim-chheⁿ: 金星 chhim-kheⁿ: 深谷

Thài-kong Tiò-hî

Thài-kong tiò-hî bô iōng tiò-kau-á,
Tiò-sòaⁿ bóe-liu pàk tō·-kún-á,
Hî-á, hê-á, kā-khì chiàh.
Thài-kong koh-chài pàk,
05 Hî-á, hê-á, koh-chài chiàh.
Thài-kong tit-tit pàk,
Hî-á, hê-á, tit-tit chiàh.
Thài-kong tō·-kún-á iōng-liáu boeh tńg-·khì.
Hî-á, hê-á, kóng: "To-siā Thài-kong!
10 "Bái-bāi! Bîn-ná-chài chiah koh lâi."

---

0 Thài-kong: 姜太公　tiò-hî: 釣魚　1 bô: 沒有；不
iōng: 用　tiò-kau-á: 釣鈎　2 tiò-sòaⁿ: 釣絲　bóe-liu:
末端　pàk: 綁　tō·-kún-á: 蚯蚓　3 hî-á: 魚　hê-á: 蝦
kā: 咬　khì: 去　chiàh: 吃　4 koh-chài: 再　6 tit-tit:
一直　8 liáu: 完　boeh: 要　tńg-·khì: 回去　9 kóng:
說　to-siā: 謝謝　10 bái-bāi: 再見　bîn-ná-chài: 明天
chiah-koh-lâi: 再來吧

Thang-á-mn̂g-sîn

Chha̍t-á khì lâng ê chhù boeh thau-the̍h.
Mn̂g-sîn ka tòng‑·leh,
Hoah kóng: "Kháu-lēng!?"
Chha̍t-á siūⁿ kóng: "Góa chai-iáⁿ ū mn̂g-sîn.
05 "M̄-kò to m̄-bat thiaⁿ-kòe ū thang-á-mn̂g-sîn."
I tiō peh tùi thang-á-mn̂g ji̍p‑·khì.
Chha̍t-á thau-the̍h-liáu, boeh chhut‑·khì.
Mn̂g-sîn hoah kóng: "Kháu-lēng!?"
I ōaⁿ boeh peh tùi thang-á-mn̂g chhut‑·khì.
10 Thang-á-mn̂g-sîn hoah kóng: "Kháu-lēng!?"

---

0 thang-á-mn̂g: 窗子 sîn: 神 1 chha̍t-á: 小偷 khì:
到… 去 lâng: 人家 ê: 的 chhù: 住宅 boeh: 要; 欲
thau-the̍h: 偷竊 2 mn̂g-sîn: 門神 ka: 把他 tòng‑·leh:
擋住 3 hoah: 喝叫 kóng: 說 kháu-lēng: 口令 4 siūⁿ
kóng: 想道 góa: 我 chai-iáⁿ: 知道 ū: 有 5 m̄-kò:
但是 to: 可 m̄-bat: 不曾 thiaⁿ-kòe: 聽說過 8 i: 他
tiō: 於是 peh: 爬 tùi: 打從 ji̍p‑·khì: 進去 7 liáu: 完
了 chhut‑·khì: 出去 9 ōaⁿ: 改; 換成

94

Thiⁿ Lap-·lȯh-·lâi

Ū chi̍t ê lâng tó tī chháu-po͘, teh khòaⁿ thiⁿ.
I khòaⁿ thiⁿ ná ti̍t-ti̍t kē-·lȯh-·lâi,
Kiaⁿ-chi̍t-ē, bih-ji̍p-khì chhù-lāi,
Hoah kóng: "Thiⁿ lap-·lȯh-·lâi ·a!"
05 I ōaⁿ tó tòa bîn-chhn̂g, ōaⁿ khòaⁿ thian-pông.
I khòaⁿ thian-pông ná ti̍t-ti̍t kē-·lȯh-·lâi,
Kiaⁿ-chi̍t-ē, bih-ji̍p-khì bîn-chhn̂g-kha,
Hoah kóng: "Chhù hō͘ thiⁿ teh-lap-·lȯh-·lâi ·a!"
Bîn-chhn̂g-kha e̍h-e̍h, tú-tio̍h phīⁿ.
10 I siūⁿ kóng: "Taⁿ, sí ·a! Bîn-chhn̂g lap-·lȯh-·lâi
·a!"

---

0 thiⁿ: 天空　lap: 塌陷　·lȯh-·lâi: 下來　1 ū chi̍t ê lâng:
有個人　tó: 躺　tī: 在於　chháu-po͘: 大片的草地; 草原
teh khòaⁿ: 看著　2 i: 他; 她　khòaⁿ: 見; 發現　ná: 似乎
ti̍t-ti̍t: 一直的　kē-·lȯh-·lâi: 變低　3 kiaⁿ-chi̍t-ē:嚇得
bih-ji̍p-khì: 躲進... 去　chhù: 房子　lāi: 裡頭　4 hoah
kóng: 喝道; 大叫說　·a: 了　5 ōaⁿ: 改成; 換成　tòa: 在
於　bîn-chhn̂g: 床　thian-pông: 天花板　7 bîn-chhn̂g-
kha: 床底下　8 hō͘: 被; 受　teh: 壓　9 e̍h-e̍h: 狹窄
tú-tio̍h: 碰到; 接觸到　phīⁿ: 鼻子　10 siūⁿ kóng: 想道
taⁿ, sí ·a: 這下子完蛋了

96

Thiⁿ O͘-o͘

Thiⁿ o͘-o͘, boeh lȯh-hō͘.
A-kong giȧh tî-thâu, kȯ͘t-bô soan-liu-kó͘,
Kȯ͘t-tiȯh chı̍t liȧp tōa-liȧp ō͘,
Mo͘h-tńg-lâi hō͘ A-má chò ō͘-nî.
05 A-má kóng: "Ō͘-nî siuⁿ-kòe tiⁿ,
"Chiȧh-chē, kiaⁿ-íⁿ chiù chhùi-khí.
"Ō͘-nî siuⁿ-kòe iû,
"Tȧk-ke tiȯh-ài khiūⁿ."
Thiⁿ o͘-o͘, teh lȯh-hō͘.
10 A-kong giȧh tî-thâu, tò-tńg-khì chèng ō͘.

---

0 thiⁿ o͘-o͘: 天陰陰的　**1** boeh: 快要; 行將　lȯh-hō͘: 下雨　**2** a-kong: 爺爺　giȧh: 拿　tî-thâu: 鋤頭　kȯ͘t-bô: 掘不到　soan-liu-kó͘: 大泥鰍　**3** kȯ͘t-tiȯh: 掘到　chı̍t: 一　liȧp: 個; 顆　tōa-liȧp: (顆粒) 大的　ō͘: 芋頭　**4** mo͘h-tńg-lâi: 抱回家　hō͘: 給　a-má: 奶奶　chò: 製做　ō͘-nî: 芋頭泥　**5** kóng: 說　siuⁿ-kòe: 太過　tiⁿ: 甜　**6** chiȧh-chē: 吃多了　kiaⁿ-íⁿ: 恐怕 (會)　chiù chhùi-khí: 蛀牙　**7** iû: 油膩　**8** tȧk-ke: 大家　tiȯh-ài: 應該; 必須　khiūⁿ: 禁食或節制食用 (某食物)　**9** teh: 正在　**10** tò-tńg-khì: 折回去　chèng: 種植

Tōa-chhêng-chhiū

Lō·-thâu chi̍t châng tōa-chhêng-chhiū,
Chhiú chhun-tn̂g-tn̂g, kâng ìm-n̂g.
Chhêng-á-chhiu, thèng-hó hàiⁿ chhian-chhiu.
Chhêng-á-hio̍h, áu-lâi pûn-kà pu-pu-kiò.
05 Chhêng-á-téng, gín-á teh tûi chhêng-á-leng.
Chhêng-á-kha, hoàn-á teh bē peng.
Ū-chi̍t ji̍t, tōa-chhêng-chhiū hō· lâng chhò-kà
   chheng-chheng-chheng.
Lō·-thâu pìⁿ chhài-chhī; tiàm-á teh bē peng.
Gín-á bô-liâu, bô-tè khì,
10 Kui ji̍t khòaⁿ tiān-sī.

---

0 tōa-chhêng-chhiū: 大榕樹　1 lō·-thâu: 路的起點　chi̍t: 一　châng: 棵　2 chhiú: 手　chhun-tn̂g-tn̂g: 伸得長長的　kâng ìm-n̂g: 庇蔭人家　3 chhêng-á: 榕樹　chhiu: 鬚; 氣根　thèng-hó: 大可以　hàiⁿ chhian-chhiu: 蕩鞦韆　4 hio̍h: 葉子　áu: 摺　lâi: 來　pûn: 吹　kà: 得　pu-pu-kiò: 嘟嘟響　5 téng: 上頭　gín-á: 孩子　teh...: ... 著; 正在...　tûi chhêng-á-leng: 搥破榕樹皮以取樹膠　6 kha: 底下　hoàn-á: 小販　bē peng: 賣冰　7 ū-chi̍t ji̍t: 有一天　hō· lâng: 被人家　chhò: 砍伐　chheng-chheng-chheng: 乾乾淨淨; 一點也沒剩　8 pìⁿ: 變成　chhài-chhī: 菜市場　tiàm-á: 鋪子　9 bô-liâu: 無聊　bô-tè khì: 無處可去　10 kui ji̍t: 整天　khòaⁿ tiān-sī: 看電視

Tōng-bu̍t ê Thâu

Phah-la̍h-·ê kā tōng-bu̍t ê thâu tèng tòa piah,
Tèng-tèng kui kheh-thiaⁿ,
Ā-ū kiuⁿ-á, ā-ū iûⁿ-á, ā-ū chúi-gû-káng.
In kiáⁿ khòaⁿ-khòaⁿ-·le,
05 Tòa piah ó͘ chi̍t khang,
Thâu-khak ùi piah hit pêng chhun-·ji̍p-·lâi.
Phah-la̍h-·ê lóng m̄-chai,
Kā tōng-bu̍t ê thâu tián hō͘ lâng-kheh khòaⁿ.
Lâng-kheh khòaⁿ-khòaⁿ-·le,
10 Kóng: "Chit lia̍p lâng-thâu siāng-kài oa̍h."

---

0 tōng-bu̍t: 動物 ê: 的 thâu: 頭 1 phah-la̍h-·ê: 獵人
kā: 把; 將 tèng: 釘 tòa: 在於 piah: 牆壁 2 kui: 整
個 kheh-thiaⁿ: 客廳 3 ā-ū: 也有 kiuⁿ-á: 羗 iûⁿ-á: 羊
chúi-gû-káng: 公水牛 4 in: 他的 kiáⁿ: 兒子 khòaⁿ-
khòaⁿ-·le: 看了一看 5 ó͘: 挖 khang: 洞 6 thâu-khak:
腦袋 ùi: 打從 hit pêng: 另外那一邊 chhun-·ji̍p-·lâi:
伸進來 7 lóng m̄-chai: 全然不知 8 tián: 炫示 hō͘:
給 lâng-kheh: 客人 khòaⁿ: 看 10 kóng: 說 chit: 這
lia̍p: 顆 lâng-thâu: 人頭 siāng-kài: 最 oa̍h: 栩栩如
生

Ūn-tōng-hōe

Chhiū-nâ khui ūn-tōng-hōe.
O͘-a cho͘-sêng là-là-tūi.
Tō͘-tēng pí-sài siap chio̍h-phāng.
Chhîⁿ-chhí pí-sài liú pōng-khang.
05 Chôa kah chôa giú-tōa-soh.
Hîm kah hîm ián su-mó͘.
Seng-seng phah iá-kiû,
Iōng chhiū-á-oe kòng iâ-chí.
Iâ-chí kòng-khì chhiū-nâ-piⁿ,
10 Kā phah-la̍h--ê kòng-hūn--khì.

---

0 ūn-tōng-hōe: 運動會　1 chhiū-nâ: 樹林（裡）khui:
舉行　2 o͘-a: 烏鴉　cho͘-sêng: 組成　là-là-tūi: 拉拉隊
3 tō͘-tēng: 蜥蜴　pí-sài: 比賽　siap chio̍h-phāng:（把
身體）塞進石頭的縫隙中　4 chhîⁿ-chhí: 地鼠　liú pōng-
khang: 挖隧道　5 chôa: 蛇　kah: 與　giú-tōa-soh: 拔
河　6 hîm: 熊　ián su-mó͘: 相撲（角力）　7 seng-seng:
猩猩　phah iá-kiû: 打棒球　8 iōng: 使用　chhiū-á-oe:
枝椏　kòng: 打擊　iâ-chí: 椰子　9 khì: 到...去　piⁿ: 邊
緣　10 kā: 把　phah-la̍h--ê: 獵人　hūn--khì: 暈倒

A-cha-kúi

A-cha-kúi teh chhiau pùn-sò-tháng, chhōe pó-pòe,

Chhiau-kà pùn-sò òe-kà chi̍t-sì-kè.

Chheng-khì-kúi tùi hia kòe,

Kóng: "Chhé-·è! Pùn-sò sì-kè òe."

05 A-cha-kúi kóng: "Chò khoân-pó, ta̍k-kē ê khang-khòe.

"Ū góa sì-kè chhiau, sì-kè chhōe.

"Pùn-sò chiah ē kiám chin chē."

Chheng-khì-kúi kóng: "Chò khoân-pó, ná án-ne!?"

I tiō kā pùn-sò khioh hō͘ i hó-sè.

10 A-cha-kúi koh kā pùn-sò òe-kà chi̍t-sì-kè.

---

0 a-cha: 骯髒 kúi: 鬼 1 teh: 正在 chhiau: 翻; 搜 pùn-sò: 垃圾 tháng: 桶子 chhōe: 尋找 pó-pòe: 寶貝 2 kà: 得; 到 òe: 弄髒亂 chi̍t-sì-kè: 到處 (都是) 3 chheng-khì: 乾淨 tùi: 打從 hia: 那兒 kòe: 經過 4 kóng: 說 chhé-·è: (表示非常不認同) sì-kè: 到處 5 chò khoân-pó: 做環保 (工作) ta̍k-kē: 大家 ê: 的 khang-khòe: 工作 6 ū: 有 góa: 我 7 chiah: 才 ē: 會; 得以 kiám: 減少 chin: 很 chē: 多 8 ná: 哪; 怎麼 án-ne: 這樣 9 i: 他; 她; 它 tiō: 就; 於是 kā: 把 khioh hō͘ i hó-sè: 撿好 10 koh: 又

A-î ê O͘ Ê

É-á A-î ài o͘ ê.
I khòaⁿ-tióh o͘ ê, tiō ài bé.
Sím-mí pêⁿ-té-ê, tⁿg-kóng-ê,
Sím-mí săn-tá-luh, hăi-hì-lù,
05 Lóng ka bé-bé tńg-khì chhù.
É-á Bû-pô mā ài o͘--ê ê.
I khòaⁿ É-á A-î ū o͘ ê, hiah-nī chē,
Tiō kā É-á A-î thó, A-î mā kóng: "hó."
M̄-kò É-á Bû-pô tōa-kha-pô,
10 É-á A-î ê o͘ ê, i chhēng-bē-lóh.

---

0 a-î: 阿姨 ê: 的 o͘: 黑 ê: 鞋 **1** é-á: 矮仔 ài: 喜愛 **2** i: 她 khòaⁿ-tióh: 看見 tiō: 就; 於是 ài: 想要 bé: 買 **3** sím-mí...: (不論)... 什麼的 pêⁿ-té-ê: 平底鞋 tⁿg-kóng-ê: 長統鞋 **4** săn-tá-luh: 涼鞋 hăi-hì-lù: 高跟鞋 **5** lóng: 全都 ka: 把它 tńg-khì: 回... 去 chhù: 家 (裡) **6** bû-pô: 巫婆 mā: 也; 亦 o͘--ê: 黑色的 **7** khòaⁿ: 見; 發覺 ū: 有 hiah-nī: 那麼個 chē: 多 **8** kā...thó: 向... 要 kóng hó: 說可以; 允許 **9** m̄-kò: 但是 tōa-kha-pô: 大脚丫 **10** chhēng-bē-lóh: (太小) 不能穿

A-lí-suh ê Ām-kún-á

A-lí-suh ê ām-kún-á tñg-·khit-·lâi,
Thâu-khak koân-koân, chhin-chhiūⁿ kî-lîn-lo̍k,
Tham-thâu boeh kah chiáu-á kóng-ōe,
Chiáu-á poe-liáu-liáu.
05 A-lí-suh ām-kún-á oan-oan, chhin-chhiūⁿ gô,
Àⁿ-thâu boeh kah gín-á kóng-ōe,
Gín-á cháu-liáu-liáu.
A-lí-suh kám-kak-tio̍h chin bô-liâu,
Tó-lo̍h-khì chhiū-á-kha khùn,
10 Ām-kún-á chhiūⁿ chôa, khûn kui khûn.

---

0 A-lí-suh: 愛麗絲 ê: 的 ām-kún-á: 脖子 1 tñg-·khit-
·lâi: 變長 2 thâu-khak: 頭; 腦袋 koân: 高 chhin-
chhiūⁿ: 好像; 宛如 kî-lîn-lo̍k: 長頸鹿 3 tham-thâu:
探頭 boeh: 想要 kah: 和; 跟 chiáu-á: 鳥 kóng-ōe:
談話 4 poe: 飛 liáu-liáu: 精光 5 oan: 彎 gô: 鵝
6 àⁿ-thâu: 低頭 gín-á: 孩子 7 cháu: 跑; 逃 8 kám-
kak-tio̍h: 覺得 chin: 很 bô-liâu: 無聊 9 tó-lo̍h-khì:
躺到; 躺下 chhiū-á-kha: 樹底下 khùn: 睡 10 chhiūⁿ:
好像; 宛如 chôa: 蛇 khûn: 捲成; 盤成 kui: 一; 整
khûn: 捲

A-li̍p-peh

A-li̍p-peh khòaⁿ-tio̍h chi̍t ê siàu-liân-ke,
Phēng tī chhiū-á-thâu, khùn-kà m̄-chai-chhéⁿ.
I siūⁿ kóng: "I ē chhin-chhiūⁿ góa án-ne,
"Ùi siàu-liân khùn kà l.k.k."
05 I tiō kā siàu-liân-ke kiò-ho͘-chhéⁿ.
Siàu-liân-ke soah kah A-li̍p-peh khí-oan-ke,
Kā A-li̍p-peh chhia-chi̍t-ē, tn̄g-lap-chē.
A-li̍p-peh tn̄g-chi̍t-ē, ba̍k-chiu chhut hóe-chh>eⁿ,
Ba̍k-chiu peh-kim, chiah chai khùn chi̍t chhéⁿ,
10 Siūⁿ kóng: "Ka-chài! Góa iáu sī siàu-liân-ke!"

---

0 A-li̍p-peh: 呂伯 (Rip van Winkle) 1 khòaⁿ-tio̍h: 看
見 chi̍t: 一 ê: 個 siàu-liân-ke: 年輕小伙子 2 phēng:
倚; 靠 tī: 在於 chhiū-á-thâu: 樹幹的根部 khùn-kà
m̄-chai-chhéⁿ: 睡得很熟 3 i: 他 siūⁿ kóng: 想道 ē:
將會 chhin-chhiūⁿ: 好像 góa: 我 án-ne: 這樣 4 ùi:
打從 siàu-liân: 年輕 khùn: 睡 kà: 到 l.k.k.: 很老
5 tiō: 就; 於是 kā: 把 kiò-ho͘-chhéⁿ: 叫醒 6 soah:
竟然 kah: 和; 跟 khí-oan-ke: 爭吵 7 chhia-chi̍t-ē: 推
了一把 tn̄g-lap-chē: 一屁股跌在地上 8 tn̄g-chi̍t-ē: 猛
然向下撞了一下 ba̍k-chiu: 眼睛 chhut hóe-chhéⁿ: 冒
火花 9 peh-kim: 張開 (眼睛) chiah: 這才 chai: 知道
khùn chi̍t chhéⁿ: 睡了一覺 10 ka-chài: 幸虧 iáu: 仍
然 sī: 是

109

Ǎ-·m̆-·chı̍t-·ē

A-ka in a-kong phòa-pēⁿ, ài lâng chhī.
A-ka chì-goān chhī in a-kong, koh chhī in ti-tǐ.
I khat in a-kong ê moâi, khat chı̍t thng-sî,
Kóng: "A-kong. Lâi. Ǎm! Chhùi peh-khui."
05 In a-kong, thâu-khak hàiⁿ-hàiⁿ-·le, chhùi mi-
mi.
A-ka ōaⁿ khat in ti-tǐ ê moâi, khat chı̍t thng-sî,
Kóng: "Ti-tǐ. Lâi. Ǎm! Chhùi peh-khui."
In ti-tǐ ǎ-·m̆-·chı̍t-·ē, chiảh-·lȯh-·khì.
A-ka koh khat in ti-tǐ ê moâi, khat chı̍t thng-sî,
10 In a-kong ǎ-·m̆-·chı̍t-·ē, ka chiảh-·khì.

---

0 ǎ-·m̆-·chı̍t-·ē: (兒語) 張大嘴巴吃一口　1 A-ka: 阿嘉
in: 他（們）的　a-kong: 爺爺　phòa-pēⁿ: 害病　ài: 須
要　lâng: 人家　chhī: 餵　2 chì-goān: 志願　koh: 而
且　ti-tǐ: 弟弟　3 i: 他　khat: 舀　ê: 的　moâi: 稀飯
chı̍t: 一　thng-sî: 調羹　4 kóng: 說　lâi: 來　ǎm: (兒
語) 吃!　chhùi: 嘴巴　peh-khui: 張開　5 thâu-khak: 腦
袋　hàiⁿ-hàiⁿ-·le: 甩一甩　mi-mi: 閉著　6 ōaⁿ: 改；換
成　8 chiảh-·lȯh-·khì: 吃下去　9 koh: 再　10 ka: 把它
chiảh-·khì: 吃掉

A-tong kah Hā-oa

A-tong kah Hā-oa, lȯk-hn̂g kiâⁿ-thàu-thàu,
Chhōe he chiȧh-bē-lāu ê iȯh-chháu.
Hā-oa khioh gîn-hēng hō͘ A-tong chhì.
A-tong kóng: "Boài. Gîn-hēng chhàu-mo͘-mo͘."
05 Hā-oa peh pô-tô-chí hō͘ A-tong chhì.
A-tong kóng: "Boài. Pô-tô-chí siuⁿ-kòe khó͘."
Chôa kā Hā-oa kóng: "Kìm-kó siāng-kài hó."
Hā-oa bán-lâi chhì, chin kah-ì, koh kā A-tong
    chhī.
Nn̄g ê ná chiȧh, nōa ná lâu,
10 Lú chiȧh, lâng lú lāu.

---

0 A-tong: 亞當 kah: 和; 跟 Hā-oa: 夏娃 1 lȯk-hn̂g:
樂園 kiâⁿ-thàu-thàu: "走透透"; 走遍了 2 chhōe: 尋找
he: 那 chiȧh: 吃 bē: 不致於 lāu: 老 ê: 的 iȯh-
chháu: 草藥 3 khioh: 撿 gîn-hēng: 銀杏 hō͘: 給
chhì: 嘗 4 kóng: 說 boài: 不要 chhàu-mo͘-mo͘: 臭
烘烘 5 peh: 擘 (開取出) pô-tô: 葡萄 chí: 籽 6 siuⁿ-
kòe: 太; 過於 khó͘: 苦 7 chôa: 蛇 kā...kóng: 告訴
kìm-kó: 禁果 siāng-kài: 最 hó: 好 8 bán: 摘 lâi: 來
chin: 很 kah-ì: 滿意; 合意 koh: 也; 又 kā...chhī:
餵... 9 nn̄g: 二 ê: 個 ná...ná...: 邊...邊... nōa: 口
水 lâu: 流 10 lú...lú...: 越...越... lâng: 人

Āiⁿ Eⁿ-á Peh Chhiū-á

Khơ-á-lah āiⁿ eⁿ-á peh chhiū-á, sì ki kha,
M̄-kiaⁿ ē poa̍h-lo̍h-khì chhiū-á-kha.
Kâu phō eⁿ-á peh chhiū-á, kiám chi̍t kha,
Chiâⁿ kiaⁿ ē poa̍h-lo̍h-khì chhiū-á-kha.
05 I siūⁿ kóng: "Āiⁿ eⁿ-á peh chhiū-á, sì ki kha,
"Khah-ke mā bē poa̍h-lo̍h-khì chhiū-á-kha."
I tiō boeh o̍h-chhiūⁿ khơ-á-lah.
I tiō ōaⁿ āiⁿ eⁿ-á peh chhiū-á.
Kâu-kiáⁿ mơh-bē-tiâu, liu-liu-tiāu,
10 Soah liàn-lo̍h-khì chhiū-á-kha.

---

0 āiⁿ: 揹 (人) eⁿ-á: 娃娃; 嬰孩 peh: 爬; 攀登 chhiū-á: 樹 1 khơ-á-lah: 無尾熊 sì: 四 ki: 只; 隻 kha: 脚; 足 2 m̄-kiaⁿ: 不怕 ē: 可能; 可能性高 poa̍h: 跌 lo̍h-khì: 下到... 去 kha: 底下 3 kâu: 猴子 phō: 抱 (在懷裡) kiám: 少了 chi̍t: 一 (只) 4 chiâⁿ: 很; 非常 kiaⁿ: 怕 5 i: 它 siūⁿ kóng: 想; 認爲 6 khah-ke mā: 當然 bē: 不可能; 可能性低 7 tiō: 就; 於是 boeh: 要; 打算 o̍h-chhiūⁿ: 學像... 一樣 8 ōaⁿ: 改; 換成 9 kâu-kiáⁿ: 小猴子 mơh-bē-tiâu: 摟抱不住 liu-liu-tiāu: 溜掉了; 脫落了 10 soah: 結果 liàn: 掉落; 滾

Àm-kong-chiáu

Àm-sî, soaⁿ-nâ hūn-hūn-tūn-tūn.
Chiáu-á, iá-siù, lóng teh khùn.
Àm-kong-chiáu chin ko·-toaⁿ.
Bi̍t-pô cháu-lâi kah i chò-phōaⁿ.
05 Nn̄g ê thit-thô kà thiⁿ boeh kng.
Àm-kong-chiáu ba̍k-chiu sng,
Kóaⁿ-kín khì bîn-chhn̂g.
Thiⁿ chi̍t-ē kng,
Àm-kong-chiáu, ba̍k-chiu kheh-kheh-kheh,
10 Kⁿì-chāi chha̍t-á thau-the̍h.

---

0 àm-kong-chiáu: 貓頭鷹 1 àm-sî: 夜裡 soaⁿ-nâ: 山林 hūn-hūn-tūn-tūn: 模糊不清 2 chiáu-á: 鳥 iá-siù: 野獸 lóng: 都 teh: 正在 khùn: 睡 3 chin: 很 ko·-toaⁿ: 孤單 4 bi̍t-pô: 蝙蝠 cháu-lâi: 前來 kah: 和 (... 一道) i: 它 chò-phōaⁿ: 做伴 5 nn̄g: 二 ê: 個 thit-thô: 玩兒 kà: 直到 thiⁿ: 天 boeh: 將要 kng: 亮 6 ba̍k-chiu: 眼睛 sng: 痠 7 kóaⁿ-kín: 趕快 khì: 到... 去 bîn-chhn̂g: 床 (上) 8 chi̍t-ē: 一 (... 就) 9 kheh: 閉 10 kⁿì-chāi: 任憑 chha̍t-á: 小偷; 賊 thau-the̍h: 偷拿

113

Ám-phoèh

A-bín-î tảk pái kûn moâi lóng khàm-kòa,
Ám phū-kà kui chàu-téng, pìⁿ ám-phoèh.
A-bín-î kā ám-phoèh koah hơ chit-tè-chit-tè,
Pìⁿ ná chủt-bí-chóa, pìⁿ ná jūn-piáⁿ-phôe,
05 Tē tòa sok-ka tē-á-té, tē-kà chit-tē-chit-tē,
Khǹg tòa tû-á-té, khǹg-kà chit-keh-chit-keh.
Tán kàu Chheng-bêng-cheh,
A-bín-î chhiáⁿ lâng-kheh,
Chhiáⁿ lâng lâi kauh jūn-piáⁿ-kauh.
10 M̄-kò A-bín-î ê chủt-bí-chóa kiàn kauh, kiàn
phòa.

---

0 ám-phoèh: 米湯上層所凝結的皮　1 A-bín-î: 阿敏阿
姨　tảk: 每　pái: 次　kûn moâi: 熬稀飯　lóng: 都;
皆　khàm-kòa: 蓋蓋子　2 ám: 米湯　phū: 因沸騰而溢
出　kà: 得　kui: 整個　chàu-téng: 灶台　pìⁿ: 變成
3 kā: 把; 將　koah: 割　hơ: 使之成爲　chit... chit...:
一... 一... 的　tè: 片　4 ná: 好像　chủt-bí-chóa: 糯
米製的薄膜　jūn-piáⁿ-phôe: 春捲皮　5 tē: 裝在袋子裡
tòa: 在於　sok-ka: 塑膠　tē-á: 袋子　té: 裡頭　tē: 袋
6 khǹg: 放置　tû-á: 櫥子　keh: 格　7 tán kàu: 等到
Chheng-bêng-cheh: 清明節　8 chhiáⁿ: 請　lâng-kheh:
客人　9 lâng: 人家　lâi: 前來　kauh: 捲; 包　jūn-piáⁿ-
kauh: 春捲　10 m̄-kò: 但是　ê: 的　kiàn... kiàn...: 每...
必...　phòa: 破

Âng-mô·-thô·-pang

Jîn-hêng-tō pho· âng-mô·-thô·-pang.
Ta̍k tè koai-koai tó-pêⁿ-pêⁿ, chin hó kiâⁿ.
Kan-na chi̍t tè ngia̍uh-ngia̍uh-tāng,
Hó-thiⁿ ta̍h-tio̍h khi̍h-kho̍k-khiàu,
05 Lo̍h-hō·-thiⁿ ta̍h-tio̍h chúi kok ē chōaⁿ ·lâng.
Tōa-lâng-gín-á tùi i lóng chin giám.
Tōa-lâng khòaⁿ-tio̍h i, tiō kín siám.
Gín-á khòaⁿ-tio̍h i, tiō ka chàm,
Chàm-kà chhùi-iâm-iâm,
10 Bē koh tòa hia ngia̍uh-ngia̍uh-tāng.

---

0 âng-mô·-thô·-pang: 水泥地磚　1 jîn-hêng-tō: 人行道
pho·: 鋪　2 ta̍k: 每　tè: 塊; 片　koai-koai: 乖乖地　tó:
躺　pêⁿ: 平坦　chin: 很　hó kiâⁿ: 好走　3 kan-na: 只有
chi̍t: 一　ngia̍uh-ngia̍uh-tāng: 無法靜下來　4 hó-thiⁿ:
晴天　ta̍h-tio̍h: 踏著; 踏起來　khi̍h-kho̍k-khiàu: 翹過來,
翹過去　5 lo̍h-hō·-thiⁿ: 下雨天　chúi: 水　koh: 而且; 居
然　ē: 會　chōaⁿ: 噴　lâng: 人家　6 tōa-lâng gín-á: 不
管成人或小孩　tùi: 對　i: 它　lóng: 都; 皆　giám: 討
厭　7 khòaⁿ-tio̍h: 看見　tiō: 就　kín: 趕快　siám: 避
開　8 ka: 把它　chàm: 踐; 使勁踐踏　9 kà: 得; 以致於
chhùi-iâm-iâm: 粉碎　10 bē koh...: 不再　tòa hia: 在
那兒

Ap-le̍k-ko

Ap-le̍k-ko chin kip-sèng,
Tāi-chì lóng boeh kóaⁿ-kín chò-hó-sêng.
Hip-oe kah bān-ko lóng ka khǹg,
Khǹg kóng: "Kín ā chi̍t tiáⁿ, bān ā chi̍t tiáⁿ.
05 "Ná tio̍h hiah-nī kóaⁿ?
"M̄-thang chia̍h-kín lòng-phòa óaⁿ."
Khaⁿ-á-oe-á lóng kóng: "Ū-iáⁿ. Ū-iáⁿ."
Chóng-sī ap-le̍k-ko lóng m̄ thiaⁿ.
Kàu bóe-·a, ap-le̍k-ko po̍k-chà-·khì.
10 Hip-oe kóng: "Ū-iáⁿ chia̍h-kín lòng-phòa tiáⁿ."

---

0 ap-le̍k-ko: 壓力鍋 1 chin: 很 kip-sèng: 性急 2 tāi-chì: 事情 lóng: 全都 boeh: 想要 kóaⁿ-kín: 趕快 chò-hó-sêng: 完成 3 hip-oe: 燜燒鍋 kah: 和; 以及 bān-ko: 慢鍋 ka khǹg: 勸他 4 kóng: 說 kín: 快 ā: 也是 chi̍t: 一 tiáⁿ: 鍋 bān: 慢 5 ná tio̍h: 何須 hiah-nī: 那麼 kóaⁿ: 趕 6 m̄-thang: 不可 chia̍h-kín: 急急忙忙地吃 lòng-phòa: 打破; 敲破 óaⁿ: 碗 7 khaⁿ-á-oe-á: 各種鍋子 ū-iáⁿ: 眞的; 沒錯 8 chóng-sī: 然而 m̄ thiaⁿ: 不肯聽 9 kàu bóe-·a: 結果; 最後 po̍k-chà-·khì: 爆炸了

Ap-sa-lôm

Ap-sa-lôm, thâu-mn̂g tn̂g-tn̂g, bô pa̍k-bóe,
Khiâ-bé, thâu-mn̂g iā^n-iā^n-poe.
Ap-sa-lôm khiâ-bé, nn̄g tùi chhiū-nă kòe,
Thâu-mn̂g kau-tio̍h chhiū-á-oe.
05 Ap-sa-lôm tiàu tòa chhiū-á, hài^n-ā-hài^n.
Thià^n-kà ē kai^n, koh ē hai^n.
Pō͘-hā gia̍h-to khí-lâi tái^n.
Tái^n-chi̍t-ē, Ap-sa-lôm tn̄g-lap-chē,
Thâu-mn̂g ā-ū tn̂g, ā-ū té.
10 Ná-chhiū^n káu gè ·ê.

---

0 Ap-sa-lôm: 大衛王之子押沙龍 (Absalom)   1 thâu-mn̂g: 頭髮   tn̂g: 長   bô: 沒有; 不   pa̍k: 綁; 紮   bóe: 末端   2 khiâ-bé: 騎馬   iā^n-iā^n-poe: 飄颺   3 nn̄g tùi chhiū-nă kòe: 穿過樹林子   4 kau-tio̍h: 鉤住; 鉤到   chhiū-á-oe: 樹的枝椏   5 tiàu: 吊   tòa: 在於   chhiū-á: 樹 (上)   hài^n-ā-hài^n: 晃來晃去   6 thià^n: 痛   kà: 得; 以至於   ē: (居然) 會   kai^n: 哀號   koh: 而且   hai^n: 呻吟   7 pō͘-hā: 部下   gia̍h...khí-lâi: 舉起... 來   to: 刀   tái^n: 斬; 砍   8 chi̍t-ē: 得; 結果   tn̄g-lap-chē: 一屁股跌在地上   9 ā-ū: 有的; 也有   té: 短   10 ná-chhiū^n: 好像; 宛如   káu gè ·ê: 狗啃過的

Bah-ke^n

Bû-pô kûn chi̍t phun-kng ê bah-ke^n-thng,
Hô͘-sîn-báng-á m̄-ká^n chng.
Kì-lì-kì-lì-kúi lâi thau-chia̍h.
Bû-pô kā i ián-ji̍p-khì phun-kng.
05 Kì-lì-kì-lì-kúi pê-·chhut-·lâi, kín thau-cháu,
Pòa^n-lō͘ tú-tio̍h chi̍t tīn iá-káu.
Iá-káu kóng: "Bah-ke^n! Bah-ke^n! Áu! Áu! Áu!"
Kì-lì-kì-lì-kúi pià^n-lé cháu.
Iá-káu tòe-lé cháu, háu-kà: "Áu! Áu! Áu!"
10 Kì-lì-kì-lì-kúi "kì-lì-kì-lì"-háu.

---

0 bah-ke^n: 肉羹, 即加勾芡的肉湯　1 bû-pô: 巫婆　kûn: 熬　chi̍t: 一　phun-kng: 貯存餿水等櫥餘的缸　ê: 的　thng: 湯　2 hô͘-sîn-báng-á: 蚊蠅　m̄-ká^n: 不敢　chng: (螞蟻或蒼蠅) 沾　3 Kì-lì-kì-lì-kúi: 嘰哩嘰哩鬼　lâi: 來　thau-chia̍h: 偷吃　4 kā: 把; 將　i: 它　ián-ji̍p-khì: 推翻使跌進　5 pê-·chhut-·lâi: 爬出來　kín: 趕快　thau-cháu: 脫逃　6 pòa^n-lō͘: 半路上　tú-tio̍h: 遇到　tīn: 群　iá-káu: 野狗　7 kóng: 說　áu: (某些狗叫聲)　8 pià^n-lé cháu: 拔腿就跑　9 tòe-lé: 跟著　cháu: 跑　háu: 叫; 吠　kà: 得 (... 響)　10 "Kì-lì-kì-lì"-háu: 嘰哩嘰哩叫

Bái-bái Ke-á-kiá^n

Ū chit chúi ke-á-kiá^n tă^n chhut-sì,
Lāi-bīn chit chiah bái-kâu-kâu.
Kut-keh koh chho·, chhùi-pe koh pí^n.
Háu-tiòh: "Bĭ. Bĭ. Bĭ."
05 Pàt chiah ke-á tiā^n-tiā^n ài tèng ·i.
Ū chit pái, i hông jiok kàu hî-tî-á-pi^n,
Chū-án-ne tiō ka thiàu-·lòh-·khì.
Bô siū^n kóng ē-hiáu siû, koh ē chhàng-chúi-bī.
Ke-á khòa^n-kà chhùi khui-khui,
10 Bàk-chiu tōa-tōa-lúi.

---

0 bái-bái: 醜 ke-á-kiá^n: 小雞 1 ū: 有 chit: 一 chúi: 窩 tă^n: 剛剛 chhut-sì: 出生 2 lāi-bīn: 裡頭 chiah: 隻 bái-kâu-kâu: 很醜 3 kut-keh: 體型 koh: 又 chho·: 粗 chhùi-pe: 嘴巴 pí^n: 扁 4 háu-tiòh: 叫起來 (的聲音) bĭ: 小鴨叫聲 5 pàt: 別的 ke-á: 雞 tiā^n-tiā^n ài: 常常 tèng: 揍; 啄; 叮 i: 它 6 pái: 次; 回 hông: 被人家 jiok: 追 kàu: 到 hî-tî-á: 魚池 pi^n: 邊 7 chū-án-ne tiō: 就此; 於是 ka thiàu-·lòh-·khì: 跳了下去 8 bô siū^n kóng: 不意 ē-hiáu: 懂得 siû: 游泳 ē: 能 chhàng-chúi-bī: 潛水 9 khòa^n: 看 kà: 到; 以至於 chhùi: 嘴巴 khui-khui: 張開著 10 bàk-chiu: 眼睛 tōa-tōa-lúi: (眼睛) 大大的

Bảk-chiu Mi-mi

Àm-kong-chiáu boeh liảh chhân-chhí.
O͘-a kóng: "Seng-khu chhat ho͘ o͘-o͘,
"Àm-kong-chiáu tiō ē bô-khòaⁿ-tiỏh lí."
Chhân-chhí tiō khì nǹg ian-tâng-kho͘, kō hóe-
    thûn-lo͘.
05 M̄-kò chhân-chhí bảk-chiu kim-sih-sih.
Chîⁿ-chhí kóng: "Bảk-chiu kek ho͘ mi-mi,
"Àm-kong-chiáu tiō ē bô-khòaⁿ-tiỏh lí."
Chhân-chhí tiō bảk-chiu pàng-kheh-kheh,
Soah poảh-lỏh-khì kau-á-té.
10 Àm-kong-chiáu khòaⁿ-kà chhiò-kà: "Heh, heh,
    heh!"

---

0 bảk-chiu: 眼睛 mi-mi: 閉著 (眼) 1 àm-kong-chiáu:
貓頭鷹 boeh: 要; 打算 liảh: 捕捉 chhân-chhí: 田鼠
2 o͘-a: 烏鴉 kóng: 說 seng-khu: 身子 chhat ho͘ o͘-o͘:
塗黑 3 tiō: 就; 於是 ē: 將會 bô-khòaⁿ-tiỏh: 看不
見 lí: 你 4 khì...: ... 去; 前往... nǹg: 鑽; 穿 (過)
ian-tâng-kho͘: 煙囪 kō: 滾動以沾上 hóe-thûn-lo͘: 煤
煙 5 m̄-kò: 但是 kim-sih-sih: 閃閃發光 6 chîⁿ-chhí:
地鼠 kek: 裝; 做作 8 pàng-kheh-kheh: (故意) 閉眼裝
做沒看見 9 soah: 不意; 結果 poảh-lỏh-khì: 跌下... 去
kau-á-té: 溝子裡 10 kà: 得 chhiò-kà: "Heh, heh,
heh!": 嘿嘿嘿地笑

Bȧk-kiàⁿ kah Chō͘-thiaⁿ-khì

Thian-peng boeh liȧh Sun-Ngō͘-khong.
Chhian-lí-gán kah Bān-lí-hīⁿ chò sian-hong.
Chhian-lí-gán kóng: "A! Khòaⁿ-·tiȯh ·a."
Bān-lí-hīⁿ kóng: "A! Thiaⁿ-·tiȯh ·a."
05 Nn̄g ê kóaⁿ-kín chhiong, boeh liȧh Sun-Ngō͘-
khong.
Sun-Ngō͘-khong giȧh kim-kong-pāng khit-lâi
kòng,
Kòng-tiāu Chhian-lí-gán ê bȧk-kiàⁿ,
Kòng-tiāu Bān-lí-hīⁿ ê chō͘-thiaⁿ-khì.
Nn̄g ê kò͘ chhōe bȧk-kiàⁿ kah chō͘-thiaⁿ-khì,
10 Soah hō͘ Sun-Ngō͘-khong liu-soan-·khì.

---

0 bȧk-kiàⁿ: 眼鏡 kah: 和; 以及 chō͘-thiaⁿ-khì: 助聽器 1 thian-peng: 天兵 boeh: 想要 liȧh: 逮捕 Sun-Ngō͘-khong: 孫悟空 2 Chhian-lí-gán: 千里眼 Bān-lí-hīⁿ: 順風耳 chò sian-hong: 當先鋒 3 kóng: 說 a: 啊 khòaⁿ: 看 ·tiȯh: 著; 到 ·a: 了 4 thiaⁿ: 聽 5 nn̄g ê: 兩人 kóaⁿ-kín: 趕快 chhiong: 衝 6 giȧh... khit-lâi...: 舉起... 來... kim-kong-pāng: 金箍棒 kòng: (棒/槌) 打 7 tiāu: 掉 ê: 的 9 kò͘: 只顧 chhōe: 尋找 10 soah: 結果; 不意 hō͘: 被; 讓 liu-soan-·khì: 溜走

Ba̍k-kiàⁿ-sian

Ba̍k-kiàⁿ-sian khòaⁿ sàⁿ to hoe-lok-lok,
Bé khòaⁿ-chò lo̍k, kam-nâ khòaⁿ-chò kan-lo̍k.
I khòaⁿ chi̍t chiah chúi-ke kòa ba̍k-kiàⁿ,
Kóng: "Lí kah góa kāng kok."
05 Chúi-ke kóng: "Kō͘-lǒk. Kō͘-lǒk. Kō͘-lǒk.
"Góa kah lí bô-kāng cho̍k.
"Lí ê ba̍k-chiu lop-lop.
"Góa ê ba̍k-chiu phok-phok.
"Góa bē kā chôa khòaⁿ-chò boe̍h-sok.
10 "Góa pí lí khah hēng-hok; lán bô-kāng kok."

---

0 ba̍k-kiàⁿ-sian: 四眼田雞 1 khòaⁿ: 看 sàⁿ: 什麼 to:
都 hoe-lok-lok: 眼花撩亂 2 bé: 馬 khòaⁿ-chò: 看成
lo̍k: 鹿 kam-nâ: 甘藍 kan-lo̍k: 陀螺 3 i: 他 khòaⁿ:
看見 chi̍t: 一 chiah: 隻 chúi-ke: 田雞; 蛙 kòa ba̍k-
kiàⁿ: 戴眼鏡 4 kóng: 說 lí: 你 kah: 和 (... 互相)
góa: 我 kāng kok: 屬同一類; 志同道合 5 kō͘-lǒk: 蛙
叫聲 6 bô-kāng: 不同 cho̍k: 族類 7 ê: 的 ba̍k-chiu:
眼睛 lop-lop: 凹陷 8 phok-phok: 鼓起 9 bē: 不至於
kā: 把; 將 chôa: 蛇 boe̍h-sok: 束襪帶 10 pí... khah...:
比... 還... hēng-hok: 幸福 lán: 咱們 bô-kāng kok:
不屬同一類; 非志同道合

122

Bán-hoe

Ma-ma kiò góa khì hoe-hn̂g, boeh bán-hoe.
Ia̍h-á kóng: "Hoe súi-súi,
"Chāi-châng koh-khah súi."
Ku-á kóng: "Hoe phang-phang,
05 "Chāi-châng koh-khah phang."
Phang kóng: "Hoe kiám chi̍t lúi,
"Bi̍t tiō kiám chi̍t chhùi."
Thâng kóng: "Hoe sí chi̍t lúi,
"Hoe-hn̂g tiō ke chi̍t chiah kúi."
10 Góa tńg-khì kiò Ma-ma ka-tī khì bán-hoe.

---

0 bán-hoe: 採花; 摘花　1 ma-ma: 媽媽　kiò: 叫; 差使; 告訴　góa: 我　khì: 到... 去　hoe-hn̂g: 花園　boeh: 打算; 想要　2 ia̍h-á: 蝴蝶　kóng: 說　hoe: 花　súi: 漂亮　3 chāi-châng: 在活的草木株上　koh-khah: 更加　4 ku-á: 小甲蟲　phang: 芳香　6 phang: (蜜)蜂　kiám: 減少　chi̍t: 一　lúi: 朶　7 bi̍t: 蜜　tiō: 就; 於是　chhùi: (吃的份量) 口　8 thâng: (蠕)蟲　sí: 死　9 ke: 增加　chiah: 隻　kúi: 鬼　10 tńg-khì: 回去　ka-tī: 自己　khì...: ... 去

123

Bān-lí-hī^n

Chhian-lí-gán kóng Bān-lí-hī^n ê phái^n-ōe.
Bān-lí-hī^n hng-hng thia^n··tio̍h, chin siū^n-khì,
Cháu-lâi boeh lia̍h ·i.
Chhian-lí-gán hng-hng khòa^n-tio̍h Bān-lí-hī^n,
05 Cháu-khì chi̍t tè hûn lāi-té bih,
Bih-kà tiām-chih-chih,
M̄-kò ba̍k-kià^n bū-bū··khì, khòa^n-bô Bān-lí-hī^n.
Bān-lí-hī^n hng-hng thia^n i teh chhoán-khùi,
Khiâ-hûn, chhun-chhiú khì ka lia̍h,
10 Sa-tio̍h Chhian-lí-gán ê ba̍k-kià^n.

---

0 Bān-lí-hī^n: 順風耳　1 Chhian-lí-gán: 千里眼　kóng...
ê phái^n-ōe: 說... 的壞話　2 hng-hng: 從遠處　thia^n: 聽
tio̍h: 著; 到　chin: 很　siū^n-khì: 生氣　3 cháu-lâi: 前來
boeh: 想要　lia̍h: 捉　i: 他　4 khòa^n: 看　5 cháu-khì:
前往　chi̍t: 一　tè: 朵; 塊　hûn: 雲　lāi-té: 裡頭　bih:
躲　6 kà: 得　tiām-chih-chih: 靜悄悄　7 m̄-kò: 但
是　ba̍k-kià^n: 眼鏡　bū··khì: 變模糊　khòa^n-bô: 看不
見　8 teh: 正在　chhoán-khùi: 呼吸　9 khiâ-hûn: 騰雲
chhun-chhiú: 伸手　khì: 去　ka: 將之　10 sa: 抓取　ê:
的

Bán Mơ

Âng seng-seng tī chúi-piⁿ teh bán mơ,
Ná bán, ná khòaⁿ chúi-té ka-tī ê iáⁿ.
Ơ seng-seng mñg i teh chhòng siáⁿ.
Âng seng-seng kóng: "Lán seng-seng giōng-
giōng-boeh choa̍t-chéng.
05 "Iah sè-kan jîn-lūi siāng-kài heng.
"In chit-sin kng-liu-liu, só·-í bē choa̍t-chéng.
"Lán nā mơ bán-tiāu, èng-kai mā ē heng."
Ơ seng-seng kóng: "Lán nā bô mơ, tiō ē pìⁿ
pa̍t chéng.
"Sè-kan tiō ē bô seng-seng.
10 "Iah nā bô seng-seng, m̄-sī kāng-khoán choa̍t-
chéng!"

---

0 bán: 拔 mơ: 毛 1 âng: 紅 (毛) seng-seng: 猩猩
tī: 在於 chúi-piⁿ: 水邊 teh: 正在 2 ná... ná...: 一
邊... 一邊 khòaⁿ: 看 chúi-té: 水裡頭 ka-tī: 自己 ê:
的 iáⁿ: 形影 3 ơ: 黑 mñg: 問 i: 它 teh chhòng
siáⁿ: 在幹嘛 4 kóng: 說 lán: 咱們 giōng-giōng-boeh:
幾乎要 choa̍t-chéng: 絕種 5 iah: 而 sè-kan: 世間
jîn-lūi: 人類 siāng-kài: 最 heng: 興盛 6 in: 他們
chit-sin: 全身 kng-liu-liu: 光溜溜 só·-í: 所以 bē: 不
會; 不致於 7 nā: 如果 tiāu: 掉 èng-kai: 理應 mā:
也 ē: 會; 將 8 bô: 沒有 tiō: 就 pìⁿ: 變成 pa̍t chéng:
別的物種 10 m̄-sī: 不是 (... 嗎) kāng-khoán: 同樣

125

Bāng-á

Hî-á, hê-á, hō͘ bāng-á bang-tiâu-·leh,
Kiaⁿ-kà ū-ê kiò lāu-bú, ū-ê kiò lāu-pē.
Hoe-ki kóng: "Kan-na kiaⁿ, bô khah-choǎh.
"Lán lâi kā bāng-á chhòng-hó͘-phòa!"
05 Hê-á tiō iōng ka-to phah-piàⁿ ka.
Hî-á tiō iōng chhùi-khí phah-piàⁿ kā.
Thá-khó͘h tiō iōng chhiú phah-piàⁿ chhoah.
Ta̍k-kē chò-hóe kā bāng-á chhòng-hó͘-phòa.
Lâng khòaⁿ bāng-á phòa-·khì, hî-á cháu-·khì,
10 Bāng-á siu-siu-·le, tiō tńg-·khì.

---

0 bāng-á: 網 1 hî-á: 魚 hê-á: 蝦 hō͘: 被 bang-tiâu-
·leh: (網) 罩住 2 kiaⁿ: 害怕 kà: 得; 以致於 ū-ê: 有的
kiò: 呼叫 lāu-bú: 母親 lāu-pē: 父親 3 hoe-ki: "花
枝"; 烏賊 kóng: 說 kan-na: 只是; 光是 bô khah-
choǎh: 無濟於事 4 lán: 咱們 lâi: 來 kā: 把 chhòng-
hó͘-phòa: 弄 (使之) 破 5 tiō: 就; 於是 iōng: 拿; 使
用 ka-to: 剪刀 phah-piàⁿ: 努力 ka: 剪 6 chhùi-khí:
牙齒 kā: 咬 7 thá-khó͘h: 章魚 chhiú: 手 chhoah:
(用力) 扯 8 ta̍k-kē: 大家 chò-hóe: 一道 9 lâng:
人 khòaⁿ: 見; 發現 phòa-·khì: 破了 cháu-·khì: 跑了
10 siu-siu-·le: 收拾收拾 tńg-·khì: 回家去

126

Bāng-iú

Góa tī bāng-lō͘ hòa-miâ kiò "Pí^n-pi^n",
Kau-tióh chit ê bāng-iú kiò "Pó͘^{n}-po͘^{n}".
Góa kóng goán tau ê tāi-chì,
I kóng he kah in tau sio-chhin-chhiū^n.
05 I kóng in tau ê tāi-chì,
Góa kóng he kah goán tau kāng-chit-iū^n.
Goán tiō iak tòa peng-tiàm boeh sio-kì^n.
Góa khì peng-tiàm, tú-tióh goán ko-ko.
I kóng i lâi kì^n i ê bāng-iú kiò "Pí^n-pi^n".
10 Góa kóng góa lâi kì^n góa ê bāng-iú kiò "Pó͘^{n}-po͘^{n}".

---

0 bāng-iú: 網友 1 góa: 我 tī: 在於 bāng-lō͘: 網路 hòa-miâ: 化名 kiò: 叫做 Pí^n-pi^n: 嗶嗶 2 kau-tióh: 交到; 交上 chit: 一 ê: 個 Pó͘^{n}-po͘^{n}: 啵啵 3 kóng: 說 goán: 我 (們) 的 tau: 家 ê: 的 tāi-chì: 事情 4 i: 他 he: 那個 kah: 和 (... 互相) in: 他 (們) 的 sio-chhin-chhiū^n: 相像 6 kāng-chit-iū^n: 同樣 7 goán: 我們 tiō: 就; 於是 iak: 約定 tòa: 在於 peng-tiàm: 冰果店 boeh: 要; 打算 sio-kì^n: 見面 8 khì: 前往 tú-tióh: 遇到 ko-ko: 哥哥 9 lâi: 來 kì^n: 會見

Báng-tà

Khùn khah khit-·lì, báng-tà hôe-tiȯh bīn,
Báng-á chhun chhùi kâ tèng bīn.
Khùn khah lȯh-·ì, báng-tà hôe-tiȯh kha,
Báng-á chhun chhùi kâ tèng kha.
05 Góa khì thȯh pang-á keng báng-tà.
Báng-tà bô koh hôe-tiȯh bīn, bô koh hôe-tiȯh
kha.
M̄-tú-hó, pòaⁿ-mê poȧh-lȯh bîn-chhn̂g-kha,
Chhia-tó pang-á, chhoah-tn̄g báng-tà-soh,
Báng-tà kā góa bang tòa bîn-chhn̂g-kha.
10 Báng-á lâi kâ tèng bīn koh tèng kha.

---

0 báng-tà: 蚊帳 1 khùn: 睡 khah...: 比較...; ... 些
khit-·lì: 上去 hôe: 輕輕接觸並拖過去 tiȯh: 著; 到 bīn:
臉 2 báng-á: 蚊子 chhun: 伸 chhùi: 嘴巴 kâ: 把
我 tèng: 叮; 螫 3 lȯh-·ì: 下去 kha: 腳 5 góa: 我
khì: 去 thȯh: 拿 pang-á: 木板 keng: (用架子) 撐; 繃
6 bô: 不 koh: 再 7 m̄-tú-hó: 不巧 pòaⁿ-mê: 半夜
poȧh-lȯh: 跌下 bîn-chhn̂g-kha: 床底下 8 chhia-tó: 撞
翻 chhoah-tn̄g: 扯斷 soh: 繩子 9 kā: 把 bang: 罩
在網裡 tòa: 在於 10 lâi: 來 koh: 又

Bé-bì Mô·-se

Bé-bì Mô·-se khùn tī hoe-nâ-té,
Tùi khe-thâu lâu-lȯh-khì khe-bóe.
Khe-hōaⁿ gȯk-hî chiȧh-pá, teh tuh-ka-chē,
Bȧk-chiu peh-khui chȧt lúi khòaⁿ-·chȧt-·ē,
05 Sûi koh kheh-kheh-kheh.
Bé-bì Mô·-se lâu kàu ông-keng-gōa.
Kong-chú kā hoe-nâ ko·-khit-lâi khòaⁿ,
Boeh khioh Bé-bì Mô·-se lâi chò-kiáⁿ.
Gȯk-hî bȧk-chiu peh-khui nñg lúi, kóng: "Bān-
    chhiáⁿ!
10 "Hoe-nâ hō· lí; bé-bì hō· góa."

---

0 Bé-bì: 嬰兒 Mô·-se: 摩西 1 khùn: 睡 tī: 在於 hoe-
nâ: 花籃 té: 裡頭 2 tùi: 打從 khe-thâu: 上游 lâu:
流 lȯh-khì: 下去 khe-bóe: 下游 3 khe-hōaⁿ: 河岸
gȯk-hî: 鱷魚 chiȧh-pá: 吃過飯 teh: 正在 tuh-ka-chē:
打瞌睡 4 bȧk-chiu: 眼睛 peh-khui: 張開 chȧt: 一
lúi: 隻; 個 khòaⁿ: 看 ·chȧt-·ē: 一下 5 sûi: 馬上; 立刻
koh: 又 kheh: 閉上 (眼) 6 kàu: 到達 ông-keng: 王宮
gōa: 外頭 7 kong-chú: 公主 kā: 把 ko·: 撈 khit-lâi:
上來 8 boeh: 想要 khioh... lâi chò-kiáⁿ: 收... 當兒子
9 nñg: 二 kóng: 說 bān-chhiáⁿ: 且慢 10 hō·: 給與
lí: 妳 góa: 我

129

Bē-tàng Thêng-kang

Lâng chia̍h-pá, chē siuⁿ kú; ūi tù-tù.
Ūi siūⁿ-boeh thêng-kang; pa̍t ê khì-koan lóng
    kóng: "Bē-tàng!"
Lâng, hun ti̍t-ti̍t pok; hì chin chak.
Hì siūⁿ-boeh thêng-kang; pa̍t ê khì-koan lóng
    kóng: "Bē-tàng!"
05 Lâng, mê-ji̍t tian-tò; sim chin cho.
Sim siūⁿ-boeh thêng-kang; pa̍t ê khì-koan lóng
    kóng: "Bē-tàng!"
Ūi ko͘-put-chiang jio̍k-kà ki-kí-kū-kū.
Hì ko͘-put-chiang chhoán-kà hi-hí-hū-hū.
Sim ko͘-put-chiang chhéng-kà pin-pín-pōng-
    pōng.
10 Lâng ko͘-put-chiang chhut-khì ūn-tōng.

---

0 bē-tàng: 不可以 thêng-kang: 停工 1 lâng: 人 chia̍h-
pá: 吃飽飯 chē siuⁿ kú: 坐太久 ūi: 胃 tù-tù: (胃)
脹脹的 2 siūⁿ-boeh: 想要 pa̍t ê: 別的 khì-koan: 器官
lóng: 都 kóng: 說 3 hun: 香煙 ti̍t-ti̍t: 不停地 pok:
抽 (煙) hì: 肺 chin: 很 chak: 覺得醒醒 5 mê-ji̍t tian-
tò: 日夜顛倒 sim: 心臟 cho: 悶 7 ko͘-put-chiang: 不
得已 jio̍k: 一縮一放地按搓 kà: 得 ki-kí-kū-kū: 咕咕
響 8 chhoán: 喘 hi-hí-hū-hū: 呼呼響 9 chhéng: (心)
猛跳 pin-pín-pōng-pōng: 砰砰響 10 chhut-khì: 出去
ūn-tōng: 運動

Bé, Tian-tò Khiâ

Chit ê chiang-kun chhōa chit tīn peng,
Khiâ-bé, boeh chhut-cheng.
Chiang-kun khiâ-bé, tian-tò khiâ,
Bīn hiàng āu-pêng,
05 Ā thang ná khiâ, ná kā peng-á hùn-ōe,
Ā thang pó-chèng peng-á ū teh tòe.
Hut-jiân-kan, peng-á oat-·leh cháu-cháu-·khì.
Chiang-kun tiō oat-thâu, boeh khòaⁿ sī sím-
mí-hòe.
Ǒa-·à! Thâu-cheng, tek-kun pí káu-hiā khah
chē!
10 I tiō oat-·leh, ná cháu, ná kā tek-kun hùn-ōe.

---

0 bé: 馬 tian-tò: 倒著 khiâ: 騎 1 chit: 一 ê: 個
chiang-kun: 將軍 chhōa: 帶領 tīn: 群; 隊 peng: 士
兵 2 khiâ-bé: 騎馬 boeh: 正在; 打算 chhut-cheng:
出征 4 bīn: 臉 hiàng: 朝; 向 āu-pêng: 背後; 後
方 5 ā...ā...: 也... 也... thang: 得以 ná...ná...: 一
面... 一面... kā: 對; 向 peng-á: 士兵 hùn-ōe: 訓話
6 pó-chèng: 保證 ū teh...: 確實...著 tòe: 跟隨 7 hut-
jiân-kan: 突然 oat-·leh: 掉頭 cháu-cháu-·khì: 逃掉了
8 tiō: 於是 oat-thâu: 回頭; 轉頭 khòaⁿ: 看看 sī: 是
sím-mí-hòe: 什麼 (東西) 9 ǒa-·à: 哇賽 thâu-cheng:
前方 tek-kun: 敵軍 pí...khah...: 比... 還... káu-hiā:
螞蟻 chē: 多 10 i: 他 cháu: 逃

Bí-jîn-hî Chē Lûn-í

Ông-chú chhōe bí-jîn-hî, chhōe-kà tōa pēⁿ-īⁿ,
Khòaⁿ-tiȯh chit ê cha-bó͘ gín-á chē lûn-í,
Iōng thán-á kah kha-thúi, seⁿ-chò ū-kàu súi.
Ông-chú khòaⁿ-kà ná teh chiȧh-chiú-chùi,
05 Kóng: "He kám m̄-sī góa ê bí-jîn-hî?"
I khì thán-á ka hian-khui.
Cha-bó͘ gín-á bô bóe, ū kha-thúi.
Ông-chú chin sit-bōng,
Kóng: "Lí ná ē seⁿ kha-thúi?
10 "Lí í-keng m̄-sī bí-jîn-hî!"

---

0 bí-jîn-hî: 美人魚 chē: 坐 lûn-í: 輪椅 1 ông-chú:
王子 chhōe: 尋找 kà: 到了 tōa: 大 pēⁿ-īⁿ: 醫院
2 khòaⁿ: 看 (見) tiȯh: 見; 到 chit: 一 ê: 個 cha-
bó͘ gín-á: 女孩子 3 iōng: 用 thán-á: 毯子 kah: 蓋
kha-thúi: 脚; 腿 seⁿ-chò: 長得 ū-kàu: 眞是 súi: 漂
亮 4 khòaⁿ: 看; 瞅 ná: 好像; 宛若 teh: 正在 chiȧh-
chiú-chùi: 醉酒 5 kóng: 說 he: 那個 kám: 難道
m̄-sī: 不是 góa ê: 我的 6 i: 他 khì: 前去 ka: 把它
hian-khui: 掀開 7 bô: 沒有 bóe: 尾巴 ū: 有 8 chin:
很 sit-bōng: 失望 9 lí: 你 ná ē: 爲什麼; 怎麼 (會)
seⁿ: 長 (出) 10 í-keng: 已經

132

Bîn-chhŋ̂g

Chhân-eⁿ khí-ài-khùn, bô-tè khùn.

Ia̍h-á kóng: "Góa í-chá, khùn-tē chò bîn-chhŋ̂g.

"Góa chit-má ē-tàng niū lí khùn."

Chhân-eⁿ kóng: "Lí ê khùn-tē bô khui-chhùi,

05 "Tó-·lòe, bē chhoán-khùi."

Ti-tu kóng: "Góa lóng-mā khùn tiàu-chhŋ̂g.

"Lí ē-tàng kah góa chòe-hóe khùn."

Chhân-eⁿ kóng: "Lí ê tiàu-chhŋ̂g liâm-nì-noài,

"Tó-·lòe, peh-bē-khiài."

10 Chhân-eⁿ tiō khì chúi-piⁿ, siūⁿ i bé-bì ê sî ê chúi-bîn-chhŋ̂g.

---

0 bîn-chhŋ̂g: 床　1 chhân-eⁿ: 蜻蜓　khí-ài-khùn: 睏了　bô-tè: 無處可...　khùn: 睏覺　2 ia̍h-á: 蝴蝶　kóng: 說　góa: 我　í-chá: 從前　khùn-tē: 睡袋　chò: 當做　3 chit-má: 現在　ē-tàng: 可以; 能夠　niū: 讓　lí: 你　4 ê: 的　bô: 沒有　khui-chhùi: 開口　5 tó-·lòe: 睡上去; 躺下　bē chhoán-khùi: 喘不過氣　6 ti-tu: 蜘蛛　lóng-mā: 都; 一向　tiàu-chhŋ̂g: 吊床　7 kah: 和 (... 一道)　chòe-hóe: 一道　8 liâm-nì-noài: 黏搭搭　9 peh-bē-khiài: 起不來　10 tiō: 於是　khì: 到... 去　chúi-piⁿ: 水邊　siūⁿ: 想念　i: 它　bé-bì ê sî: 嬰兒時代　chúi-bîn-chhŋ̂g: 水床

Bîn-chhn̂g-kha

A-bí kah A-hô bih tòa bîn-chhn̂g-kha,
Boeh hông chhōe-bē-tióh.
Bîn-chhn̂g-kha mih-kiāⁿ koh bē chió.
A-bí kóng: "Chit kha Pa-pa ê chhàu boéh-á."
05 A-hô kóng: "Chit kha Ma-ma ê su-lít-pah."
"Chit oân it-tēng sī lí ê chhèng-phīⁿ-chóa."
"Chit liáp it-tēng sī góa ê gîn-kak-á."
"Chiah m̄-sī ·le. He góa ê."
A-bí, A-hô, sio-chhiúⁿ gîn-kak-á, hiu-hiu-kiò,
10 Soah khih hông chhōe-·tióh.

---

0 bîn-chhn̂g: 床 kha: 底下 1 A-bí: 阿美 kah: 和; 以及 A-hô: 阿和 bih: 躲藏 tòa: 在於 2 boeh: 想要 hông: 使人家; 讓人家 chhōe-bē-tióh: 找不著 3 mih-kiāⁿ: 東西 koh: 可 bē: 不 chió: 少 4 kóng: 說 chit: 這 kha: 隻; 只 pa-pa: 爸爸 ê: 的 chhàu: 臭 boéh-á: 襪子 5 ma-ma: 媽媽 su-lít-pah: 拖鞋 6 oân: 團 it-tēng: 一定 sī: 是 lí: 你 chhèng-phīⁿ: 擤鼻涕 chóa: 紙 7 liáp: 顆; 個 góa: 我 gîn-kak-á: 硬幣; 銅板 8 chiah m̄-sī ·le: 才不是呢 he: 那個 (是) 9 sio-chhiúⁿ: 爭奪 hiu-hiu-kiò: 喧嚷著 10 soah: 結果 khih hông: 被人家 chhōe-tióh: 找著

Bín-kám-chèng

Chin kong-chú ū phôe-hu bín-kám-chèng.
Kok-ông chhōa i khì chhōe i-seng.
I-seng kiò i chhēng chang-sui.
I-seng kiò i tó chhâ-tui.
05 I-seng kiò i kiâ^n-lō͘ thǹg-chhiah-kha.
I-seng kiò i tì chhì-á chò ê kho͘-á.
Chin kong-chú chiàu-teh chò, chin jīn-chin.
Chi̍t nî āu, chin kong-chú tó tòa ké kong-chú ê
    bîn-chhn̂g-téng,
Khùn-kà bô hoan-sin.
10 Kok-ông koh chhōa i khì chhōe i-seng.

---

0 bín-kám-chèng: 敏感症 **1** chin: 眞 kong-chú: 公主 ū: 有 phôe-hu: 皮膚 **2** kok-ông: 國王 chhōa: 帶 i: 她 khì: 去 chhōe: 看; 找 i-seng: 醫生 **3** kiò: 叫 chhēng: 穿著 chang-sui: 蓑衣 **4** tó: 躺 chhâ-tui: 摞起來的柴薪 **5** kiâ^n-lō͘: 走路 thǹg-chhiah-kha: 打赤脚 **6** tì: 戴 chhì-á chò ê kho͘-á: 荆棘做的環 **7** chiàu-teh: 照著 chò: 做; 實行 chin: 很 jīn-chin: 認眞 **8** chi̍t: 一 nî: 年 āu: 後 tòa: 在於 ké: 假 ê: 的 bîn-chhn̂g-téng: 床上 **9** khùn: 睡 kà: 得 bô: 沒 hoan-sin: 翻身 **10** koh: 又; 再

Bió-chiam

Sî-cheng ti-tí-tia̍k-tia̍k.
Bió-chiam cháu *kiâk-kiâk*,
Chi̍t hun-cheng, kìⁿ cha̍p-jī-tiám, kìⁿ chi̍t pái:
"Hái!" "Hái!" "Bái-bāi." "Bái-bāi."
05 Cha̍p-jī-tiám hiâm i siuⁿ chia̍p lâi.
Ū chi̍t pái, koh cha̍p bió, cha̍p-jī-tiám-chiàⁿ,
Tiān-tî tú iōng-liáu, sî-cheng soah bē-kiâⁿ.
Sî-chiam, hun-chiam, tiàm hia tiām-tiām khiā.
Cha̍p-jī-tiám hiâm in chin thó-ià,
10 Chin ài koh khòaⁿ-tio̍h he bió-chiam ê iáⁿ.

---

0 bió-chiam: 秒針 1 sî-cheng: 時鐘 ti-tí-tia̍k-tia̍k: 滴滴答答響 2 cháu: 跑 kiâk-kiâk: (客語:) 快 3 chi̍t: 一 hun-cheng: 分鐘 kìⁿ: 見; 與... 見面 cha̍p-jī-tiám: 十二點 (鐘) pái: 次; 回 4 hái: 嗨 bái-bāi: 再見 5 hiâm: 嫌 i: 它 siuⁿ: 太; 過於 chia̍p: 常; 頻繁 lâi: 來 6 ū: 有 koh: 再; 還 cha̍p: 十 bió: 秒 (鐘) chiàⁿ: 正 7 tiān-tî: 電池 tú: 剛好; 碰巧 iōng-liáu: 用罄 soah: 於是; 結果 bē-kiâⁿ: 走不動 8 sî-chiam: 時針 hun-chiam: 分針 tiàm: 在於 hia: 那兒 tiām-tiām: 一動也不動地 khiā: 站著 9 in: 它們 chin: 很 thó-ià: 討厭 10 ài: 想要 koh: 再; 又 khòaⁿ-tio̍h: 看見 he: 那個 ê: 的 iáⁿ: 形影

Bô-ài Sé-ėk

A-ek bô-ài sé-ėk,
Bīn o͘-sian-o͘-sian, àu-sái-sek.
Chhiú-kut hoe-hoe, ná chhiūⁿ lāu-lâng-pan,
Lù-lù-·le, ē-tàng chò sian-tan.
05 A-ek, seng-khu kiap tòa saⁿ.
In ma-ma iōng ka-to kā saⁿ khoaⁿ-khoaⁿ ka,
Chiah koh khoaⁿ-khoaⁿ thí, ná teh thí âng-khī.
A-ek, kha-chéng-thâu-á liâm-chò-hóe,
Ná-chhiūⁿ ah-kha-pê.
10 I-seng kóng: "Lán lâi chhiú-sut-·chit-·ē."

---

0 bô-ài: 不喜歡 sé-ėk: 洗澡 1 A-ek: 阿益 2 bīn: 臉 o͘-sian: 烏黑; 灰黑色 àu-sái-sek: 顏色晦暗 3 chhiú-kut: 手臂 hoe-hoe: 花花的 ná: 好像 chhiūⁿ: 長 (斑點) lāu-lâng-pan: 老人斑 4 lù-lù-·le: 搓一搓 ē-tàng: 可以; 足以 chò: 製造 sian-tan: 仙丹 5 seng-khu: 身子 kiap: 粘 tòa: 在於 saⁿ: 衣服 6 in: 他的 ma-ma: 媽媽 iōng: 拿; 用 ka-to: 剪刀 kā: 把; 將 khoaⁿ-khoaⁿ: 慢慢兒 ka: 剪 7 chiah koh: 然後 thí: 撕 (皮、郵票等) ná: 好像 teh: 正在 âng-khī: 柿子 8 kha-chéng-thâu-á: 腳指頭 liâm-chò-hóe: 黏在一塊兒 9 ná-chhiūⁿ: 好像 ah-kha-pê: 鴨子的蹼 10 i-seng: 醫生 kóng: 說 lán: 咱們 lâi: 來 chhiú-sut-·chit-·ē: 動一下手術

Bô Bȧk-chiu

Ke-nng-thâu kah Ah-nng-thâu sio-tú-tng,
Bô sio-chioh-mng, tiō sio-siám-sin-·kòe.
Ah-nng-thâu, thâu-khak oȧt-tò-tńg,
Kóng: "Ō-·è! Lí sī bô seⁿ bȧk-chiu ·hioꞏ?
05 "Bô sio-chioh-mng, tiō sio-siám-sin-·kòe!"
Ke-nng-thâu kóng: "Bô to tiȯh. Lí kám ū?"
Tú-hó Gô-nng-thâu tùi hia kòe.
In bô kah Gô-nng-thâu sio-chioh-mng.
Gô-nng-thâu mng in sī bô seⁿ bȧk-chiu ·hioꞏ.
10 Ah-nng-thâu kóng: "Bô to tiȯh. Lí kám ū?"

---

0 bô: 沒有　bȧk-chiu: 眼睛　1 ke-nng: 雞蛋　thâu:
頭　kah: 和 (... 互相)　ah-nng: 鴨蛋　sio-tú-tng: 相
遇　2 bô: 不; 沒有　sio-chioh-mng: 打招呼　tiō: 就
sio-siám-sin: 擦身 (而過)　kòe: 過　3 thâu-khak: 頭
oȧt-tò-tńg: 回轉 (頭)　kóng: 說　4 ō-·è: 喂　lí: 你
sī: 是　seⁿ: 長; 生　·hioꞏ: 嗎; 是不是　6 to tiȯh: 可
沒錯　kám...: (難道)... 嗎　ū: 有　7 tú-hó: 剛好; 碰巧
gô-nng: 鵝蛋　tùi: 打從　hia: 那兒　8 in: 他們　9 mng:
問　sī: 是

Bô Bīn, Bô Heng-khu

Ū chit mê, góa thiaⁿ-tioh m̄-chai siáⁿ-mí siaⁿ,
Cháu-óa-·khì, chit-ē khòaⁿ,
Khòaⁿ chit ūi sió-chiá m̄-chai teh hoah siàⁿ.
Góa mn̄g i kóng: "Sió-chiá. Sió-chiá. Sī-án-
    nòa?"
05 I oat-thâu, góa chit-ē khòaⁿ —
Khòaⁿ i bô bīn, bô chhùi, bô phīⁿ, bô bak-chiu.
I tùi chit châng chhiū-á tōa-siaⁿ-sè-siaⁿ hiu,
Kóng: "Lí thau-theh góa ê bīn!"
Chhiū-á-téng, chit chiah niau-á bô heng-khu,
10 Ìn i kóng: "Lí thau-theh góa ê heng-khu-sin!"

---

0 bô: 沒有 bīn: 臉 heng-khu: 身子 1 ū: 有 chit:
一 mê: 晚上 góa: 我 thiaⁿ-tioh: 聽到 m̄-chai: 不知
道 siáⁿ-mí: 什麼 siaⁿ: 聲音 2 cháu-óa-·khì: 靠近去
chit-ē khòaⁿ: 一看 3 khòaⁿ: 見; 發覺 ūi: 位 sió-chiá:
小姐 teh: 正在 hoah: 喊 siàⁿ: 什麼 4 mn̄g: 問 i:
她; 他; 它 kóng: 說; 道 sī-án-nòa: 怎麼了 5 oat-thâu:·
轉過頭 6 bô: 沒有 chhùi: 嘴 phīⁿ: 鼻子 bak-chiu: 眼
睛 7 tùi: 對著 châng: 棵 chhiū-á: 樹 tōa-siaⁿ-sè-siaⁿ
hiu: 大呼小叫 8 lí: 你 thau-theh: 偷拿 ê: 的 9 téng:
上頭 chiah: 隻 niau-á: 貓 10 ìn: 回答 heng-khu-sin:
軀體

139

Bô hông Phah

Me-me khòaⁿ-tiȯh A-bêng phah A-hô,
Cháu-lâi kā góa pò; góa koh kā lâng kóng.
A-bêng kóng: "Lâng goán bô.
"A-hōng o·-pėh kóng."
05 A-hô mā kóng: "Lâng goán ko-ko bô.
"A-hōng o·-pėh kóng."
Tȧk-kē kóng: "Ū ȧh bô, ka-tī chai."
Kóng kà A-hô khàu-·chhut-·lâi.
Tȧk-kē kóng: "He tō chin kî-koài.
10 "Bô hông phah, teh khàu sàiⁿ?"

---

0 bô: 沒 (發生) hông: 挨; 被人家 phah: 打; 揍 1 me-me: 妹妹 khòaⁿ-tiȯh: 看見; 看到 A-bêng: 阿明 A-hô: 阿和 2 cháu-lâ: 前來 kā... pò: 告知... góa: 我 koh: 又; 接著 kā... kóng: 說給... 聽; 告知... lâng: 別人 3 kóng: 說 lâng goán: (強調) 我 bô: 沒 (做) 4 A-hōng: 阿鳳 o·-pėh: 胡亂 5 mā: 也; 亦 goán: 我的 ko-ko: 哥哥 7 tȧk-kē: 大家 ū: 有 (發生過) ȧh: 或者; 還是 ka-tī: 自己 chai: 知道 8 kà: 得; 到 khàu-·chhut-·lâi: 哭起來 9 he: 那 (個) tō: 可; 就 chin: 很 kî-koài: 奇怪 10 teh khàu sàiⁿ: 哭什麼

140

Bô·-á

Liap ang-á-thâu, chit-ê-á-chit-ê liap,
Phīⁿ-á ū-ê koân, ū-ê kē,
Chhùi-á ū-ê tōa, ū-ê sè,
Ba̍k-chiu ū-ê khui, ū-ê kheh,
05 Bē-su ta̍k ê lóng ū ka-tī ê sèng-keh.
M̄-kò chi̍t ji̍t liap bô gōa-chē ê.
Sai-hū hiâm siuⁿ bān, boǎi koh liap,
Ōaⁿ iōng bô·-á hap.
Chit-sî-á hap-leh kúi-ā ê, koh chi̍t ê,
10 M̄-kò chit-ê-chit-ê kāng-khoán, bô sèng-keh.

---

0 bô·-á: 模子　1 liap: 揑　ang-á-thâu: (傀儡、洋娃娃、神
祇等) 偶像的頭　chit-ê-á-chit-ê: 逐一；一個一個地　2 phīⁿ-
á: 鼻子　ū-ê: 有的　koân: 高　kē: 低　3 chhùi-á: 嘴巴
tōa: 大　sè: 小　4 ba̍k-chiu: 眼睛　khui: 張開　kheh:
閉 (眼)　5 bē-su: 好像　ta̍k: 每　ê: 個　lóng: 都　ū: 有
ka-tī: 自己　ê: 的　sèng-keh: 性格　6 m̄-kò: 但是　chi̍t:
一　ji̍t: 天；日子　...bô gōa-chē: ... 沒多少　7 sai-hū: 師
傅　hiâm: 嫌　siuⁿ: 太；過於　bān: 慢　boǎi: 不想　koh:
再；繼續　8 ōaⁿ: 改成　iōng: 使用　hap: (用模子等凹
狀物) 扣　9 chit-sî-á: 一下子；須臾　...leh: (表示完成)
kúi-ā... koh chit...: 很多很多...　10 chit-ê-chit-ê: 個個
kāng-khoán: 相同；一樣　bô: 沒有

141

Boa̍t-tāi Bú-sū

Boa̍t-tāi Bú-sū boeh kah hong-chhia pí-bú.
I gia̍h chhiuⁿ, khì ka tu̍h.
Chhiuⁿ khih-hō͘ hong-chhia sàu-khit-lì thiⁿ-
téng.
I ōaⁿ tàn liù-soh, khì ka liù.
05 Liù-soh khih-hō͘ hong-chhia hàiⁿ-khit-lì thiⁿ-
téng.
I ōaⁿ chhiong-ji̍p-khì hong-chhia ê thah lāi-té,
Chhiong-khit-lì hong-chhia ê thah bīn-téng,
Thiàu-khì mo͘h tòa hong-chhia ê ia̍p bīn-téng.
Hong-chhia kè-sio̍k tńg-bô-thêng.
10 Boa̍t-tāi Bú-sū mo͘h tòa bīn-téng se̍h-bē-thêng.

---

0 boa̍t-tāi: 末代 bú-sū: 武士 1 boeh: 想要 kah: 和
(... 互相) hong-chhia: 風車 pí-bú: 比武 2 i: 他 gia̍h:
舉 chhiuⁿ: 矛 khì: 去; 以 ka: 把它 tu̍h: 刺 (傷/死)
3 khih-hō͘: 被; 遭 sàu: 掃 khit-lì: 上... 去 thiⁿ-téng:
天空 4 ōaⁿ: 改; 換成 tàn: 丟; 擲 liù-soh: 套繩 liù: 套
5 hàiⁿ: 甩 6 chhiong: 衝 (鋒) ji̍p-khì: 進... 去 ê: 的
thah: 塔 lāi-té: 裡頭 7 bīn-téng: 上頭 8 thiàu-khì:
跳過去 mo͘h: 抱; 摟 tòa: 在於 ia̍p: 葉片 9 kè-sio̍k:
繼續 tńg-bô-thêng: 轉個不停 10 se̍h-bē-thêng: 繞個
不停

Bóe-chui

Bóe-chui nńg-nńg, Me-mě siāng ài chia̍h.
Ū chi̍t pái, goán khì hō͘ lâng chhiáⁿ,
Ā ū hang-ke, ā ū hang-ah.
Me-mě chhá boeh chia̍h bóe-chui.
05 Ū-lâng kā ōe thoân-·chhut-·khì.
Ta̍k toh lóng kā bóe-chui sàng-·kòe-·lâi,
Tui-kà Me-mě ê pŏaⁿ-té bóe-chui chi̍t-tōa tui.
Me-mě khòaⁿ-kà chhùi khui-khui,
Me-mě chia̍h-kà ùi-ùi-ùi,
10 Āu-pái m̄-káⁿ chhá boeh chia̍h bóe-chui.

---

0 bóe-chui: (鳥類的) 屁股; 尾椎 1 nńg: 軟 me-mě:
妹妹 siāng: 最 ài: 愛; 喜歡 chia̍h: 吃 2 ū: 有
chi̍t: 一 pái: 次 goán: 我們 khì: 前往 hō͘: 被; 讓
lâng: 人家 chhiáⁿ: 宴請 3 ā: 也 hang: 烤 ke: 雞
ah: 鴨 4 chhá boeh: 吵著要 5 ū-lâng: 有人 kā: 把
ōe: 話 thoân-·chhut-·khī: 傳出去 6 ta̍k: 每 toh: 桌
lóng: 都 sàng-·kòe-·lâi: 送過來 7 tui: 堆 kà: 到 ê:
的 pŏaⁿ-té: 盤子裡 chi̍t-tōa tui: 一大堆 8 khòaⁿ: 看
chhùi: 嘴 khui-khui: 張開著 9 ùi: 厭膩 10 āu-pái:
以後; 下次 m̄-káⁿ: 不敢

Bóe, Kat-chò-hóe

Kim-kong liȧh-tiȯh saⁿ chiah siáu-kúi,
Kā in ê bóe kat-chò-hóe.
Ka-chài Tōa-kúi tùi hia kòe.
Tōa-kúi tháu in ê bóe, tháu-bē-khui,
05 Kóng: "Pháiⁿ-sè hòⁿ. Ài cháⁿ-tn̄g.
"Bóe cháⁿ-tn̄g, hó kûn-thng, ā bē phah-sńg.
"Lâi! Chiâ tāi-seng?"
Bù-lù-bù-lù-kúi kóng: "Kì-lì-kì-lì-kúi tāi-seng."
Kì-lì-kì-lì-kúi kóng: "Há-lá-há-lá-kúi tāi-seng."
10 Há-lá-há-lá-kúi kóng: "Bù-lù-bù-lù-kúi tāi-
seng."

---

0 bóe: 尾巴 kat-chò-hóe: (打結) 結在一起 1 kim-kong:
金剛 liȧh-tiȯh: 逮著 saⁿ: 三 chiah: 隻 siáu-kúi: 小鬼
2 kā: 把; 將 in ê: 它們的 3 ka-chài: 幸虧 Tōa-kúi:
大鬼 tùi hia kòe: 打從那兒經過 4 tháu: 解 (繩結)
tháu-bē-khui: 解不開 5 kóng: 說 pháiⁿ-sè hòⁿ: (我
很) 抱歉 ài: 必須 cháⁿ-tn̄g: 斬斷 (末端) 6 hó: 得
以 kûn-thng: 熬湯 ā: 並; 也 bē: 不致於 phah-sńg:
浪費 (資源) 7 lâi: 來 chiâ: 誰 tāi-seng: 先; 首先
8 Bù-lù-bù-lù-kúi: 嚕嚕嚕嚕鬼 Kì-lì-kì-lì-kúi: 嘰哩嘰哩
鬼 9 Há-lá-há-lá-kúi: 哈啦哈啦鬼

Bȯk-bé

Hi-lȧh peng-á bih tī bȯk-bé pak-tó͘-té,
Tán To-ló͘-ī-lâng kā in thoa-khì siaⁿ lāi-té.
Tán chin kú, To-ló͘-ī-lâng bô lâi thoa.
Chȧt ê peng-á kóng: "Góa chin joȧh."
05 Chȧt ê peng-á kóng: "Góa boeh si-sǐ."
Chȧt ê peng-á kóng: "Góa boeh ng-ńg."
Chȧt ê peng-á kóng: "Lí that-tiȯh góa ê chhùi-
ē-táu."
Peng-á tiō cháu-cháu-chhut-lâi bȯk-bé gōa-
kháu.
Àm-sî, To-ló͘-ī-lâng chhut-lâi thoa bȯk-bé.
10 Peng-á tiō kā bȯk-bé tàu sak-khì siaⁿ lāi-té.

---

0 bȯk-bé: 木馬 1 Hi-lȧh: 希臘 peng-á: 士兵 bih: 躲藏 tī: 在於 pak-tó͘-té: 肚子裡 2 tán: 等候 To-ló͘-ī-lâng: 特洛伊人 kā: 把; 將 in: 他們 thoa: 拖 khì到... 去 siaⁿ lāi-té: 城裡頭 3 chin: 很 kú: 久 bô: 沒 (有) lâi: 來 4 chȧt: 一 ê: 個 kóng: 說 góa: 我 joȧh: 熱 5 boeh: 想要 si-sǐ: 尿尿 6 ng-ńg: 大便 7 lí: 你 that-tiȯh: 踢到 ê: 的 chhùi-ē-táu: 下巴頦兒 8 tiō: 於是 cháu-cháu-chhut-lâi: 跑出... 來 gōa-kháu: 外頭 9 àm-sî: 晚上 chhut-lâi: 出來 10 tàu: 幫著 sak: 推

145

Bû-pô Piàⁿ-sàu

Ū chi̍t ê tōa bû-pô sì-kè kâng piàⁿ-sàu.
I khiâ sàu-chhiú kā lâng sé tōa-lâu,
Kā lâng chheng thian-pông,
Kā lâng sàu chhù-téng, lōng ian-tâng.
05 Tōa bû-pô, sū-gia̍p lú chò lú sêng-kong,
Chhiàⁿ chi̍t tīn sió bû-pô, tàu-saⁿ-kāng,
Chò-hóe chheng thian-pông,
Chò-hóe sàu chhù-téng,
Chò-hóe lōng ian-tâng,
10 Ká-ná chi̍t tīn phang ûi tī hoe-châng.

---

0 bû-pô: 巫婆 piàⁿ-sàu: 掃除 1 ū: 有 chi̍t: 一 ê:
個 tōa: 大 sì-kè: 到處 kâng: 爲人家 2 i: 她 khiâ:
騎 sàu-chhiú: 掃帚 kā: 給;替 lâng: 人家 sé:
洗 tōa-lâu: 大樓 3 chheng: 弄清潔 thian-pông: 天
花板 4 sàu: 掃 chhù-téng: 房頂 lōng: 通 (煙囪等
管道);捅 ian-tâng: 煙囪 5 sū-gia̍p: 事業 lú... lú...:
越... 越... chò: 做 sêng-kong: 成功 6 chhiàⁿ: 雇
用 tīn: 群 sió: 小 tàu-saⁿ-kāng: 幫忙 7 chò-hóe:
一道 10 ká-ná: 好像 phang: 蜂 ûi: 圍 tī: 在於
hoe-châng: 花株

Chảp Ê Só

Chòe-kīn chhảt-á hō͘ lâng chin hoân-ló.
A-bín-î, chit ê mn̂g khì chng chảp ê só.
Tảk ê só, kāng pâi, bô-kāng hō.
A-bín-î chhut-mn̂g, ài só chảp ê só,
05 Jip-mn̂g, ài khui chảp ê só.
Ū chit pái, i ló͘ bah, hóe bô kìm, tiō chhut--khì,
Koh bē-kì-lì chah só-sî,
Kín khì kiò lâng lâi khui i hit chảp ê só.
Phah-só-sî-·ê só-sî chit-ki-á-chit-ki hô.
10 Hô-kà tiỏh, ló͘-bah í-keng tiỏh-hóe-sio.

---

0 chảp: 十 ê: 個 só: 鎖 1 chòe-kīn: 近來 chhảt-á:
小偷; 賊 hō͘: 使; 讓; 令 lâng：人家 chin: 很 hoân-ló:
傷腦筋; 煩惱 2 A-bín-î: 阿敏阿姨 chit: 一 mn̂g: 門
khì: 竟然; 去 chng: 安裝 3 tảk: 每一 kāng: 相同
pâi: 品牌 bô-kāng: 不同 hō: 序號; 號碼 4 chhut-
mn̂g: 出門 ài: 必須 só: 鎖上 5 jip-mn̂g: 進門 khui:
打開 6 ū: 有 pái: 次; 回 i: 她 ló͘: 滷 bah: 肉
hóe: (爐) 火 bô: 沒有 kìm: 熄 (火或燈) tiō: 就; 便
chhut--khì: 外出; 出去 7 koh: 又; 而且 bē-kì-lì: 忘
記 chah: 攜帶 só-sî: 鑰匙 8 kín: 趕緊 khì: 去; 前
往 kiò: 叫; 呼召 lâi: 前來 hit: 那; 9 phah-só-sî-·ê:
鎖匠 chit-ki-á-chit-ki: 逐一; 一支一支地 hô: 試看 (鑰
匙、鞋等) 是否合適 10 kà: 到 tiỏh: 正確 ló͘-bah: 滷
肉 í-keng: 已經 tiỏh-hóe-sio: 起火燃燒; 失火

147

Chē Bá-suh

Thàu-chá khì ha̍k-hāu.
Me-mě sàng kàu mn̂g-kha-kháu,
Khòaⁿ góa chē bá-suh,
Kóng: "Che-chě, bá-suh chē-chē-·le kín tn̂g-·lâi,
05 "Tn̂g-lâi chhōa góa khì thit-thô."
Góa pàng-o̍h kah tông-o̍h cháu khì sì-kè sô,
Òaⁿ-òaⁿ chiah tn̂g-lâi kàu goán tau.
Me-mě chē tī mn̂g-kha-kháu,
Khòaⁿ góa lo̍h bá-suh,
10 Kóng: "Che-chě chē bá-suh, ná ē chē hiah kú?"

---

0 chē: 搭乘 bá-suh: 巴士 1 thàu-chá: 一大早 khì: 到… 去 ha̍k-hāu: 學校 2 me-mě: 妹妹 sàng: 送行 kàu: 到達 mn̂g-kha-kháu: 門口 3 khòaⁿ: 看 góa: 我 4 kóng: 說道 che-chě: 姊姊 …·le: …一…之後 kín: 快點兒 tn̂g-·lâi: 回來 5 chhōa: 帶 khì: 去 thit-thô: 玩兒 6 pàng-o̍h: 放學 kah: 和 (… 一道) tông-o̍h: 同學 cháu khì sì-kè sô: 到處去逛 7 òaⁿ: 晚; 遲 chiah: (這) 才 goán tau: 我家 8 chē: 坐 tī: 在於 9 lo̍h: 下 (車) 10 ná ē: 怎麼 (會) hiah: 那麼個 kú: 久

Che^n Tē-pôa^n

Chhiū-á kah chhù che^n tē-pôa^n.
Chhù kóng: "Ta^n, lí sī teh chhòng sài^n!?
"Góa chū-chá tiō tī chia teh tòa.
"Chia sī góa ê só·-chāi."
05 Chhiū-á kóng: "Chia sī Tāi-chū-jiân ê sè-kài.
"Lí tī chia tìn-ūi, bô eng-kai."
Chhiū-á-oe tiō chhun-chhiú ka cheng, ka sak,
Chhiū-á-kin tiō giah kim-kong-chǹg ka ui, ka
     lak,
Giah bá-luh ka ló·, ka kiāu,
10 Kā chhù chhòng--phòa, kiāu-kiāu--tiāu.

---

0 che^n: 爭 tē-pôa^n: 地盤 1 chhiū-á: 樹 kah: 和 (...
互相) chhù: 房子 2 kóng: 說 ta^n: 喂; 現在 lí: 你
sī: 到底; 究竟 teh: 正在 chhòng: 做; 搞; 弄 sài^n:
什麼 (東西) 3 góa: 我 chū-chá: 長久以來 tiō: 就;
即 tī: 在於 chia: 這兒 teh tòa: 居住著 4 sī: 是 ê:
的 só·-chāi: 地方 5 Tāi-chū-jiân: 大自然 sè-kài: 世
界 6 tìn-ūi: 佔空間 (使狹窄或阻擋) bô eng-kai: 不應
該 7 oe: (樹) 枝子 tiō: 就; 於是 chhun-chhiú: 伸出
手 ka: 把它 cheng: 揍; 搥 sak: 推 8 kin: 根 giah:
拿; 舉 kim-kong-chǹg: 鋼錐 ui: 鑽; 穿 (孔) lak: 鑽;
戳 9 bá-luh: 撬棍 ló·: 搖晃 (使根基鬆動) kiāu: 撬
10 phòa: 破 tiāu: 掉

Chèng Chhùi-khí

A-bín-î hiâm i chhùi-khí bô-kàu súi,
Khì chhōe i-seng peⁿ chhùi-khí.
Peⁿ-liáu iáu hiâm bô-kàu súi,
Khì chhōe i-seng bán chhùi-khí.
05 Bán-bán-·le tàu he ké-chhùi-khí.
Ké-chhùi-khí kim-sih-sih,
Si̍t-chāi ū-kàu súi.
M̄-kò ké-chhùi-khí ê bah khòaⁿ-tio̍h sí-sí.
A-bín-î iáu-sī bē kah-ì,
10 Khì chhōe i-seng chèng chhùi-khí.

---

0 chèng: 植 chhùi-khí: 牙齒 1 A-bín-î: 阿敏阿姨
hiâm: 嫌 i: 她; 她的 bô-kàu: 不夠 súi: 漂亮 2 khì:
前往 chhōe: 看; 找 i-seng: 醫生 peⁿ: (套上牙齒的綱絲
套以) 矯正 3 liáu: 之後 iáu: 仍然 4 bán: 拔 5 ...·le:
... 一 ... 之後 tàu: 裝上 he: 那 (個) ké-chhùi-khí: 假
牙 6 kim-sih-sih: 亮晶晶 7 sit-chāi: 實在 ū-kàu: 眞
是 8 m̄-kò: 但是 ê: 的 bah: 齒齦; 肉 khòaⁿ-tio̍h: 看
起來 sí-sí: 死死的 9 iáu-sī: 仍然 bē: 不 kah-ì: 中
意

Chéng-thâu-á

Gō˙ ki chéng-thâu-á tòa chò-hóe.
Tōa-pū-ong gâu chio-hō˙ sió-tī kah sió-mōe,
Put-sî khòaⁿ sió-tī, sió-mōe, sī-m̄-sī ū hó-sè.
Sió-tī, sió-mōe, khah bô hiah hó-lé,
05 Hō˙-siang kóng bô kúi kù ōe.
M̄-kò m̄-koán boeh tēⁿ a̍h boeh peⁿ,
Chéng-thâu-á chin hō-chê.
Ū-chi̍t ji̍t, kí-cháiⁿ tn̄g-khì chi̍t tōa koe̍h,
Tōa-pū-ong kiò tiong-cháiⁿ tio̍h-ài ka tāi-thè.
10 Tiong-cháiⁿ mn̄g kóng: "Láu-tōa-·ê. Tio̍h-ài
án-nóa kí, chiah ū-lé?"

---

0 chéng-thâu-á: 指頭 1 gō˙: 五 ki: 根; 支 tòa: 居
住 chò-hóe: 在一道 2 tōa-pū-ong: 拇指 gâu: 擅長
chio-hō˙: 照顧 sió-tī: 弟弟 kah: 和; 與 sió-mōe: 妹
妹 3 put-sî: 時常 khòaⁿ: 看 sī-m̄-sī: 是否 ū hó-sè:
好好兒的 4 khah: 較爲 bô: 不 hiah: 那麼 hó-lé: 彬
彬有禮 5 hō˙-siang: 互相 kóng bô kúi kù ōe: 沒說幾
句話 6 m̄-kò: 但是 m̄-koán: 不論 boeh: 要 tēⁿ: 握
a̍h: 或者 peⁿ: 繃緊 7 chin: 很 hō-chê: 團結 8 ū
chi̍t ji̍t: 有一天 kí-cháiⁿ: 食指 tn̄g-khì: 斷了 chi̍t tōa
koe̍h: 一大截 9 kiò: 叫 tiong-cháiⁿ: 中指 tio̍h-ài: 必
須 ka tāi-thè: 替代它 10 mn̄g kóng: 問道 láu-tōa-·ê:
老大哥 án-nóa: 如何 kí: 指點 chiah: (這) 才 (算)
ū-lé: 有禮貌

151

Chhái-bi̍t

Ia̍h-á kah phang ná chhái-bi̍t, ná khai-káng.
Ia̍h-á mn̄g kóng: "Lí ná m̄ chia̍h-·lo̍h-·khì?"
Phang kóng: "Góa ài the̍h-tńg-khì chhù-·ni."
Ia̍h-á kóng: "The̍h-tńg-khì chhù-·ni boeh-nî?
05 "Tòa chia chia̍h-chia̍h-·le khah kui-khì."
Phang kóng: "Bē-ēng-·lì.
"Goán ū chin chē gín-á tio̍h-ài chhī.
"Goán bē-tàng kan-na ūi ka-tī."
Ia̍h-á kóng: "Lín chin bô hok-khì.
10 "Goán, gín-á lóng pàng-leh kìⁿ-chāi in khì."

---

0 chhái-bi̍t: 採蜜 1 ia̍h-á: 蝴蝶 kah: 和; 與 phang: 蜂 ná...ná...: 一邊... 一邊 khai-káng: 聊天 2 mn̄g: 問 kóng: 說 lí: 你 ná: 怎麼; 為什麼 m̄: 不 chia̍h-·lo̍h-·khì: 吃下去 3 góa: 我 ài: 必須 the̍h-tńg-khì: 拿回... 去 chhù-·ni: 家裡 4 boeh-nî: 幹嘛 5 tòa: 在 於 chia: 這兒 chia̍h-chia̍h-·le: 吃了 khah kui-khì: 省 得麻煩; 乾脆些 6 bē-ēng-·lì: 不行 7 goán: 我們 ū: 有 chin: 很 chē: 多 gín-á: 孩子 tio̍h-ài: 必須 chhī: 餵 8 bē-tàng: 不能; 不可 kan-na: 只; 僅 ūi: 為了 ka-tī: 自己 9 lín: 你們 bô: 沒有 hok-khì: 福氣 10 lóng: 都 pàng-leh: 放著不管 kìⁿ-chāi...khì: 隨便... 要怎樣 就怎樣 in: 他們

Chhak Tek-sún

Chi̍t ê chha̍k-tek-sún--ê tī tek-kha teh khùn,
Siūⁿ-boeh tán--le chiah lâi chha̍k tek-sún.
Tek-á kiⁿ-kíⁿ-koāiⁿ-koāiⁿ, phah sìn-hō,
Kóng: "Kín--le ·ò·! Bô, ē bē-hù ·ò·!"
05 Tek-sún si-sí-su̍t-su̍t, bùn--chhut--lâi.
Ū-ê kā chha̍k-tek-sún--ê tháⁿ--khit-lâi.
Ū-ê kā chha̍k-tek-sún--ê ûi--khit-lâi.
Chha̍k-tek-sún--ê tùi pòaⁿ-khong-tiong siak-
·lo̍h--lâi,
Siak-lo̍h-khì tek-kha, nn̄g-bē-chhut--lâi,
10 Khiā tòa tek-á tiong-ng, ná-chhiūⁿ lāu tek-sún.

---

0 chha̍k: (用鑿子) 切 (斷) tek-sún: 筍　1 chi̍t: 一　ê:
個　chha̍k-tek-sún--ê: 採筍的人　tī: 在於　tek-kha: 竹底
下　teh: 正在　khùn: 睡覺　2 siuⁿ-boeh: 想要　tán--le:
待會兒　chiah lâi: 再來; 才來　3 tek-á: 竹子　kiⁿ-kíⁿ-
koāiⁿ-koāiⁿ: (竹子互相摩擦的聲音)　phah sìn-hō: 打信號
4 kóng: 說　kín--le: 快點兒　·ò·: 啊　bô: 不然的話　ē:
將會　bē-hù: 來不及　5 si-sí-su̍t-su̍t: 快速的樣子　bùn:
鑽 (出/入孔穴)　·chhut--lâi: 出來　6 ū-ê: 有的　kā: 把;
將　tháⁿ: 托; 推 (高/開)　·khit--lâi: 起來　7 ûi: 包圍
8 tùi: 打從　pòaⁿ-khong-tiong: 半空中　siak: 摔; 跌
·lo̍h--lâi: 下來　9 lo̍h-khì: 下... 去　nn̄g-bē-chhut--lâi:
鑽不出來　10 khiā: 站立　tòa: 在於　tiong-ng: 中間
ná-chhiūⁿ: 好像　lāu: 老

Chhân-pe kah Chúi-chiáu-á

Chit liȧp chhân-pe khak khui-khui.
Chit chiah chúi-chiáu-á tiō ka tok-·lȯh-·khì.
Chhân-pe kóaⁿ-kín giap-tiâu i ê chhùi.
Chúi-chiáu-á kóng: "Kín pàng! Bô, lí ē hông liȧh-·khì."
05 Chhân-pe kóng: "Kín cháu! Bô, lí ē hông liȧh-·khì."
Nn̄g ê liȧh-hî-·ê tùi hia kòe.
Chit ê kóng: "He, góa seng khòaⁿ-·tiȯh ·ê."
Hit ê mā kóng: "He, góa seng khòaⁿ-·tiȯh ·ê."
Chit ê kóng: "Mài sio-cheⁿ! Bô, in ē cháu-·khì."
10 Hit ê mā kóng: "Mài sio-cheⁿ! Bô, in ē cháu-·khì."

---

0 chhân-pe: 蚌　kah: 和; 以及　chúi-chiáu-á: 水鳥
1 chit: 一　liȧp: 顆　khak: 殼　khui: 張開　2 chiah: 隻
tiō: 就; 於是　ka: 把它　tok-·lȯh-·khì: 啄下去　3 kóaⁿ-
kín: 趕緊　giap-tiâu: 夾住　i ê: 它的　chhùi: 嘴　4 kóng:
說　kín: 快快; 快點兒　pàng: 放開　bô: 否則　lí: 你
ē: 會　hông: 被 (人家)　liȧh-·khì: 抓走; 捕捉　5 cháu:
走開　6 nn̄g: 二　ê: 個　liȧh-hî-·ê: 漁夫　tùi hia kòe:
從那兒經過　7 chit: 這　he: 那個 (是)　góa: 我　seng
khòaⁿ-·tiȯh ·ê: 先看到的　8 hit: 那　mā: 也　9 mài:
別; 不要　sio-cheⁿ: 互相爭奪　in: 它們　cháu-·khì: 逃掉

Chháu-chûn

Chô-Chhò boeh chhut-cheng,
Kòe-chúi phah Khóng-bêng.
Pō·-hā kóng: "Chháu-chûn siāng-kài ún,
"Péng-chûn mā bē tîm."
05 Chô-Chhò kiò lâng pàk chháu-chûn,
Chhut-cheng lâi-kàu chúi tiong-sim.
Khóng-bêng kóng: "I káⁿ-sī lâi chioh chìⁿ.
"Góa chìⁿ kan-ná m̄ chioh ·i!"
I tiō kiò lâng siā hóe-chìⁿ.
10 Chô-Chhò chháu-chûn lóng-chóng sio-sio-·khì.

---

0 chháu-chûn: 草船 1 Chô-Chhò: 曹操 boeh: 要
chhut-cheng: 出征 2 kòe: 過 chúi: 水 phah: 打
Khóng-bêng: 孔明 3 pō·-hā: 部下 kóng: 說 siāng-
kài: 最 ún: 穩 4 péng-chûn: 翻船 mā: 也 bē: 不
會 tîm: 沈 5 kiò: 叫 lâng: 人 pàk: 綁 6 lâi: 來
kàu: 到 tiong-sim: 中心 7 i: 他 káⁿ-sī: 說不定是
lâi: 來 chioh: 借 chìⁿ: 箭 8 góa: 我 kan-ná: 偏偏
m̄: 不 chioh: 借給 9 tiō: 就 siā: 射 hóe-chìⁿ: 火
箭 10 lóng-chóng: 全部 sio-sio-·khì: 燒掉

Chheⁿ-á

Chheⁿ-á koân-koân boeh tú thiⁿ,
Châng iô-lâi-iô-khì, hioh phiat-lâi-phiat-khì.
Bak-nī mn̄g i kóng: "Lí khòaⁿ-kìⁿ sím-mih,
  hiah hoaⁿ-hí?"
Chheⁿ-á kóng: "Góa khòaⁿ-kìⁿ hong. Góa
  khòaⁿ-kìⁿ hō˙.
05 "Góa khòaⁿ-kìⁿ sih-nà tī-teh sih.
"Góa teh kiaⁿ, m̄-sī teh hoaⁿ-hí.
"Thàu-hong, góa kiaⁿ hō˙ hong at-chih.
"Tân-lûi, góa kiaⁿ hō˙ lûi-kong kòng-sí.
"Chhiūⁿ lí é-bih-bih, m̄-bián kiaⁿ sím-mih,
10 "Chiah-sī èng-kai tioh hoaⁿ-hí."

---

0 chheⁿ-á: 檳榔 1 koân: 高 boeh: 幾乎 tú: 頂; 碰
thiⁿ: 天 2 châng: 株 iô: 搖擺 ...lâi ...khì: ... 來...
去 hioh: 葉子 phiat: 搖曳 3 bak-nī: 茉莉花 mn̄g: 問
i: 它 kóng: 道; 說 lí: 你 khòaⁿ-kìⁿ: 看見 sím-mih:
什麼 hiah: 那麼個 hoaⁿ-hí: 高興 4 góa: 我 hong: 風
hō˙: 雨 5 sih-nà: 閃電 tī-teh: 正在 sih: 閃 6 teh:
正在 kiaⁿ: 怕 m̄-sī: 不是 7 thàu-hong: 刮風 hō˙: 被
at-chih: 折斷 8 tân-lûi: 打雷 lûi-kong: 雷 kòng-sí:
擊死 9 chhiūⁿ: 像 é-bih-bih: 矮墩墩 m̄-bián: 不必
10 chiah-sī: 才是 èng-kai tioh: 應該

Chhêng-á kah Tîn-á

Chi̍t châng chhêng-á hoat tī bôe-á-oe.
Chhêng-á-kin, chhêng-á-chhiu, chia tîⁿ, hia tîⁿ,
Kā bôe-á sǹg-kà giōng-boeh sí.
Chi̍t châng tîn-á hoat tī bôe-á-piⁿ.
05 Tîn-á-kut î-î-oat-oat soan-·khit-·lì,
Kā bôe-á kah chhêng-á sǹg-kà giōng-boeh sí.
Lâng khòaⁿ bôe-á bô ǹg-bāng,
Tiō chhò-tiāu bôe-á-châng,
Chhâm chhêng-á kah tîn-á chò-hóe kì kui koe̍h,
10 Thia̍p tòa chhâ-liâu thang hiaⁿ-hóe.

---

0 chhêng-á: 榕樹 kah: 和; 以及 tîn-á: 藤子 1 chi̍t:
一 châng: 棵 hoat: (植物等) 長; 生 tī: 在於 bôe-á:
梅樹 oe: 樹杈 2 kin: 根 chhiu: 氣根; 鬚 chia: 這
兒 tîⁿ: 纏 hia: 那兒 3 kā: 把 sǹg: 勒 (緊) kà: 得;
到 giōng-boeh: 幾乎 sí: 死掉 4 piⁿ: 旁邊 5 kut:
莖 î-î-oat-oat: 逶迤; 迤邐; 蜿蜒 soan-·khit-·lì: 向上延
伸 7 lâng: 人 khòaⁿ: 見; 看 bô ǹg-bāng: 沒指望
8 tiō: 就; 於是 chhò-tiāu: 斫掉 châng: 樹; 株; 枝幹
9 chhâm: 連同 chò-hóe: 一道 kì kui koe̍h: 鋸成一截
一截 10 thia̍p: 落; 堆疊 tòa: 在於 chhâ-liâu: 於柴薪
的棚子 thang: 來; 俾便 hiaⁿ-hóe: 當柴火燒

Chhêng-á-kin

Chhêng-á-kin phû-chhut-lâi thô͘ gōa-kháu,
Koân-koân-kē-kē, oan-oan-khiau-khiau.
A-bí khiâ saⁿ-lián-á thih-bé khì ka kauh,
Kauh-chi̍t-ē thih-bé khōng-kha-khiàu.
05 A-bí lòng-tio̍h chhùi-ē-táu, bè-bè-háu.
A-hô boeh kā chhêng-á-kin ló͘-ló͘ tiāu,
Iⁿ-íⁿ-ǹgh-ǹgh, ló͘-bē-tiāu, khōng-kha-khiàu.
A-bêng kóng: "Chhām che ā bē-hiáu!"
I tiō iōng thô͘ kā kin khàm-khàm tiāu.
10 Bô gōa kú, chhêng-á-kin koh phû-chhut-lâi
thô͘ gōa-kháu.

---

0 chhêng-á: 榕樹　kin: 根　1 phû-chhut-lâi: 突出表面
thô͘: 泥　gōa-kháu: 外頭　2 koân-koân-kē-kē: 高高低
低　oan-oan-khiau-khiau: 彎彎曲曲　3 A-bí: 阿美　khiâ:
騎　saⁿ-lián-á: 三輪兒　thih-bé: 脚踏車　khì ka...: 去...
它　kauh: 軋／碾　4 ...chi̍t-ē: ... 了一下　khōng-kha-
khiàu: 翻覆　5 lòng-tio̍h: 撞到　chhùi-ē-táu: 下巴頦兒
bè-bè-háu: 哇哇叫　6 A-hô: 阿和　boeh: 要；打算　kā:
把；將　ló͘: 搖 (根部使鬆動) tiāu: 掉　7 iⁿ-íⁿ-ǹgh-ǹgh:
使勁而發出哼聲　...bē-tiāu: ... 不掉　8 A-bêng: 阿明
kóng: 說　chhām...ā: 連... 也　che: 這個　bē-hiáu: 不
會；不懂　9 i: 他　tiō: 於是　iōng: 使用　khàm: 蓋
10 bô gōa kú: 沒多久　koh: 又；再

Chhī Niau koh Chhī Káu

Chi̍t ê khit-chia̍h chē tī biō-kháu,
Bīn-thâu-chêng, khǹg chi̍t ê khit-chia̍h-óaⁿ.
I ê chiàⁿ-pêng, chē chi̍t chiah niau,
Bīn-thâu-chêng, khǹg chi̍t ê niau-á-óaⁿ.
05 I ê tò-pêng, chē chi̍t chiah káu.
Bīn-thâu-chêng, khǹg chi̍t ê káu-á-óaⁿ.
Khit-chia̍h khan-tn̂g-siaⁿ, kóng: "Thâu-ke ·a!
"Khó-liân góa ài chhī niau, koh ài chhī káu
·la!"
Niau kah káu tiō háu: "Mia-·ùⁿ!" "Áu, áu!"
10 Gín-á ûi-óa-lâi chhī niau koh chhī káu.

---

0 chhī: 養; 餵 niau: 貓 koh: 而且 káu: 狗 1 chi̍t: 一 ê: 個 khit-chia̍h: 乞丐 chē: 坐 tī: 在於 biō-kháu: 廟門口 2 bīn-thâu-chêng: 面前 khǹg: 放置 khit-chia̍h-óaⁿ: 乞食用的鉢 3 i ê: 他的 chiàⁿ-pêng: 右邊 chiah: 隻 4 niau-á-óaⁿ: 餵貓用的碗 5 tò-pêng: 左邊 6 káu-á-óaⁿ: 餵狗用的碗 7 khan-tn̂g-siaⁿ: 拉長聲音 kóng: 說; 道 thâu-ke: 老闆 ·a!: 吶; 啊 8 khó-liân: 可憐 góa: 我 ài: 必須 ·la!: 哇; 啊 9 kah: 和; 以及 tiō: 於是 háu: 叫; 吼 mia-·ùⁿ: 喵 áu, áu: 汪, 汪 10 gín-á: 孩子 ûi-óa-lâi: 圍攏來

Chhì-tek

Kôaⁿ-thiⁿ, hong chhoe-kà hi-hí-hū-hū.
Tek-ke-á kôaⁿ-kà ki-kí-kū-kū.
Tek-ûi ê chhì-tek iô-kà kiⁿ-kíⁿ-koāiⁿ-koāiⁿ.
Kang-·ê tek-ke-á kóng: "Chhì-tek koh ē haiⁿ!"
05 Bó-·ê kóng: "M̄-chai in ē-tàng tòng gōa kú?"
Chúi-ah-á tī tek-ûi-piⁿ ê hî-tî-á teh siû,
Kóng: "Chhì-tek m̄-kiaⁿ kôaⁿ.
"In sī teh chhiùⁿ-koa."
Tek-ke-á kóng: "Lí kóng-·ê lóng m̄-tiòh.
10 "Lí khòaⁿ: chhì-tek teh kheh-sio."

---

0 chhì-tek: 一種節上有刺的竹子 1 kôaⁿ-thiⁿ: 冬天 hong: 風 chhoe: 刮; 吹 kà: 得; 以致於 hi-hí-hū-hū: 呼呼地響 2 tek-ke-á: 竹雞 kôaⁿ: 冷 ki-kí-kū-kū: 發出咕嚕咕嚕的聲音 3 tek-ûi: 竹叢圍的籬笆 ê: 的 iô: 搖; 晃 kiⁿ-kíⁿ-koāiⁿ-koāiⁿ: 嘎嘎地響 4 kang-·ê: 雄的 kóng: 說 koh: 居然 ē: 會 haiⁿ: 呻吟 5 bó-·ê: 雌的 m̄-chai: (可) 不知道 in: 它們 ē-tàng: 能夠 tòng: 支撐 gōa kú: 多久 6 chúi-ah-á: 水鴨子 tī: 在於 piⁿ: 邊; 旁 hî-tî-á: 魚池 teh: 正在 siû: 游 (水) 7 m̄-kiaⁿ: 不怕 8 sī: 是 chhiùⁿ-koa: 唱歌 9 lí: 你 kóng-·ê: 所說的 lóng: 全都 m̄-tiòh: 錯 10 khòaⁿ: 看 kheh-sio: 互相推擠以取暖

Chhia-lián

Chı̍t ê sái-gû-chhia-·ê chin chhiú-chhèng.
I kā îⁿ-îⁿ ê chhia-lián siah-chò saⁿ-kak-hêng.
Gû thoa-kà "piáng"-·chı̍t-·ē, "piáng"-·chı̍t-·ē,
Thoa-kà ṅgh-ṅgh-kiò.
05 Sái-gû-chhia-·ê tn̍g-kà ngh-ngh-kiò.
I tiō kā saⁿ ê kak siah-tiāu, piàn la̍k kak.
Gû-chhia tiô-kà khōng-khōng-kiò.
I tiō kā la̍k ê kak siah-chò cha̍p-jī kak.
Gû-chhia tiô-kà kho̍k-kho̍k-kiò.
10 I tiō kā chhia-lián bôa ho͘ îⁿ-liàn-liàn.

---

0 chhia-lián: 車輪子　**1** chı̍t: 一　ê: 個　sái-gû-chhia-·ê: 牛車夫　chin: 很　chhiú-chhèng: 調皮　**2** i: 他　kā: 把; 將　îⁿ-îⁿ ê: 圓圓的　siah: 削　chò: 成為　saⁿ-kak-hêng: 三角形　**3** gû: 牛　thoa: 拖　kà: 得; 結果　"piáng"-·chı̍t-·ē: 轟的一聲　**4** ṅgh-ṅgh-kiò: 用力而出聲　**5** tn̍g: (重重地垂直) 碰撞　ngh-ngh-kiò: 嗯嗯地出聲　**6** tiō: 就; 於是　saⁿ: 三　kak: 角　tiāu: 掉　piàn: 變成　la̍k: 六 (個)　**7** gû-chhia: 牛車　tiô: 顛簸　khōng-khōng-kiò: 轟隆轟隆地響　**8** cha̍p-jī: 十二 (個)　**9** kho̍k-kho̍k-kiò: 碰撞而發出堅實的聲音　**10** bôa: 磨　ho͘: 得; 使它　îⁿ-liàn-liàn: 圓圓滾滾

Chhia-lián-kau

Kong-lō͘ chi̍t tâi tho͘-lák-khuh,
Cha̍p lián chóng phàng-khù,
Thài-à lak-lak-tiāu.
Tho͘-lák-khuh, bô thài-à, chiàu-siâng kiâⁿ.
05 Tho͘-lák-khuh piàn thàng-khù,
Kā kong-lō͘ kauh kui u,
Chi̍t-lō͘ tit-tit kauh,
Kauh-chhut nn̄g tiâu chhia-lián-kau.
Khì-chhia m̄-káⁿ kiâⁿ.
10 Gû-chhia tòe tī āu-piah.

---

0 chhia-lián-kau: 轍 1 kong-lō͘: 公路 chi̍t: 一 tâi:
輛 tho͘-lák-khuh: 卡車 2 cha̍p: 十 lián: 輪子 chóng:
全部 phàng-khù: 爆胎 3 thài-à: 輪胎 lak-lak-tiāu: 掉
落 4 bô: 沒有 chiàu-siâng: 照常 kiâⁿ: 行走 5 piàn:
變 thàng-khù: 坦克車 6 kā: 把; 將 kauh kui u: 碾
出凹痕 7 chi̍t-lō͘: 一路上 tit-tit: 一直的 8 chhut: 出
nn̄g: 二 tiâu: 條 9 khì-chhia: 汽車 m̄-káⁿ: 不敢
10 gû-chhia: 牛車 tòe: 跟隨 tī: 在於 āu-piah: 後頭

162

Chhia Sio-chông

A-gī sái-chhia siuⁿ hiông-kông,
Khih kah A-hái ê chhia sio-chông.
A-hái kóng: "Lí ná ē kā góa chông?"
A-gī kóng: "Góa bô kā lí chông.
05 "Sī góa ê chhia kā lí chông.
"Lí khì kah góa ê chhia kóng."
A-hái kóng: "Lí ê chhia m̄-sī kā góa chông.
"Lí ê chhia sī kā góa ê chhia chông."
A-gī kóng: "Só͘-í... mà. Góa bô kā lí chông.
10 "Lí hō͘ in nn̄g tâi chhia khì kóng."

---

0 chhia: 車子 sio-chông: 相撞 1 A-gī: 阿義 sái-chhia:
開車 siuⁿ: 太; 過於 hiông-kông: 匆促; 魯莽 2 khih:
不幸 kah: 和; 跟 A-hái: 阿海 ê: 的 3 kóng: 說 lí:
你 ná ē: 怎麼搞的; 爲什麼 kā...chông: 撞... góa: 我
4 bô: 沒有 5 sī: (那) 是 6 khì: 去 kóng: 談; 理論;
交涉 7 m̄-sī: 不是 8 sī: 是 9 só͘-í... mà: 所以說嘛
10 hō͘: 讓 in: 它們 nn̄g: 兩 tâi: 輛

163

Chhian-lí-gán

Chhian-lí-gán khiā tòa hûn-téng, khòaⁿ-kà bān-bān lí,
Khòaⁿ tē-kiû chi̍t liàn, ē khòaⁿ-tio̍h i ka-tī.
Khó-sioh i siá-jī, lóng iōng phīⁿ-á phīⁿ,
Koh hèng khòaⁿ tiān-sī,
05 Ba̍k-chiu pháiⁿ-pháiⁿ-·khì.
I kòa chi̍t ki ba̍k-kiàⁿ bô-kàu-gia̍h,
Koh ài chi̍t ki chhian-lí-kiàⁿ.
Hûn chi̍t-ē khí,
Chhian-lí-kiàⁿ, ba̍k-kiàⁿ, bū-bū-·khì.
10 I chǒaⁿ bē-tàng koh khiā tòa hûn-téng khòaⁿ ka-tī.

---

0 chhian-lí-gán: 千里眼 1 khiā: 站 tòa: 在於 hûn: 雲 téng: 上頭 khòaⁿ: 看 kà: 達到 bān-bān: 萬萬 lí: 里 2 tē-kiû: 地球 chi̍t: 一 liàn: 圈 ē: 能 khòaⁿ-tio̍h: 看見 i: 他 ka-tī: 自己 3 khó-sioh: 可惜 siá-jī: 寫字 lóng: 都; 每每 iōng: 用 phīⁿ-á: 鼻子 phīⁿ: 嗅 4 koh: 又; 而且 hèng: 嗜好 tiān-sī: 電視 5 ba̍k-chiu: 眼睛 pháiⁿ-pháiⁿ-·khì: 壞了 6 kòa: 戴 ki: 副; 只 ba̍k-kiàⁿ: 眼鏡 bô-kàu-gia̍h: 不夠 7 ài: 需要 chhian-lí-kiàⁿ: 千里鏡 8 chi̍t-ē...: 一... khí: 上升 9 bū-bū-·khì: 模糊了 10 chǒaⁿ: 就此 bē-tàng: 不能夠 koh: 再

Chhiat Chhài

Pa-pa chhài bô chhiat, han-chî-hiȯh bô kéng,
Chhìn-chhìn-chhái-chhái thǹg-thǹg-·le,
Phâng-·chhut-·lâi toh-téng.
Ko-ko pō͘-ā-pō͘, pō͘-ā-pō͘,
05 Ka thiu-tò-chhut-·lâi.
Góa thun-ā-thun, thun-kà chin kan-khó͘,
Mā ka thiu-tò-chhut-·lâi.
Me-me í-keng thun-lȯh-khì pak-tó͘,
Mā ka thiu-tò-chhut-·lâi.
10 Pa-pa kóng: "Góa kā lín chhiat-chhiat-·le. Lâi!"

---

0 chhiat: 切 chhài: 菜 1 pa-pa: 爸爸 bô: 沒 han-chî:
甘薯 hiȯh: 葉子 kéng: 擇 2 chhìn-chhìn-chhái-chhái:
隨隨便便 thǹg: 燙 ·le: 一下 2 phâng-·chhut-·lâi:
端出來 toh-téng: 桌子上 4 ko-ko: 哥哥 pō͘: 咀嚼
...ā...: ... 著... 著 5 ka: 把它 thiu: 抽 ...tò-·chhut-
·lâi 倒著... 出來 6 góa: 我 thun: 吞 kà: 得 chin:
很 kan-khó͘: 辛苦 7 mā: 也 8 me-me: 妹妹 í-keng:
已經 lȯh-khì: 下去 pak-tó͘: 肚子 10 kóng: 講 kā:
幫;替 lín: 你們 lâi: 來

165

Chhim-ché^n-á

Góa tùi pâng-keng chhut-lâi chhim-ché^n-á,
Phah-khui tōa-mn̂g, boeh chhut-khì kiâ^n,
Khòa^n mn̂g-khang piàn-chò chi̍t tó͘ piah.
Phah-khui sió-mn̂g-á, mā-sī chi̍t tó͘ piah.
05 Ta̍k ê pâng-keng-mn̂g lóng piàn chi̍t tó͘ piah.
Góa ê pâng-keng-mn̂g mā piàn chi̍t tó͘ piah.
Sì-pi^n ê piah lú sóa, lú óa.
Chhim-ché^n-á ê thô͘-kha lú tîm, lú chhim.
Góa tîm-lo̍h-khì chhim-ché^n-á ē-té,
10 Tîm, tîm, tîm.... Tîm-lo̍h-lâi tiàu-chhn̂g-té.

---

0 chhim-ché^n-á: 天井 1 góa: 我 tùi: 打從 pâng-keng:
臥房 chhut-lâi: 出來 2 phah-khui: 打開 tōa-mn̂g: 大
門 boeh: 要; 打算 chhut-khì: 出去 kiâ^n: 走走; 溜達
3 khòa^n: 見 mn̂g-khang: 門框與門檻構成的空間 piàn-
chò: 變成 chi̍t: 一 tó͘: 堵 piah: 牆壁 4 sió-mn̂g-á:
小門 mā-sī: 也是 5 ta̍k: 每一; 各 ê: 個 pâng-keng-
mn̂g: 房門 lóng: 都; 皆 piàn: 變成 6 ê: 的 mā: 也;
亦 7 sì-pi^n: 四周 lú... lú: 越... 越 sóa: 移動 óa:
(互相) 靠近 8 thô͘-kha: 地; 地面 tîm: 下沈 chhim:
深 9 lo̍h-khì: 下到... 去 ē-té: 底下 10 lo̍h-lâi: 下到...
來 tiàu-chhn̂g: 吊床 té: 裡頭

Chhit-·a Peh-·a

Chhit-·a Peh-·a khòaⁿ Chhit-iâ Peh-iâ sėh ke-á,
Khòaⁿ Peh-iâ chhùi-chih thó·-thó·, kha lò-lò.
Nn̄g ê tn̂g-khì tèng koân-kiǎ, siūⁿ-boeh ȯh.
Chhit-·a tȧh-·kit-·lì khiàu-khiàu-tó.
05 Peh-·a tȧh-·kit-·lì khiàu-khiàu-tó.
Nn̄g ê tn̂g-khì hiahⁿ mǎ ê o· tn̂g-liâu.
Peh-·a chhēng tn̂g-liâu,
Khiâ tòa Chhit-·a keng-kah-thâu,
Chhùi-·ni kā chȧh liau âng chóa-liau-á,
10 Chhut-khì jiok Chhit-iâ kah Peh-iâ.

---

0 chhit-·a: 老七　peh-·a: 老八　1 khòaⁿ: 看　Chhit-iâ:
七爺范無救　Peh-iâ: 八爺謝必安　sėh: 遊; 遶　ke-á: 街道
2 khòaⁿ: 見　chhùi-chih: 舌頭　thó·: 吐　kha: 腳　lò:
高　3 nn̄g: 二　ê: 個　tn̂g-khì: 回去　tèng: 釘　koân-kiǎ:
高蹺　siūⁿ-boeh: 想要　ȯh: 模仿　4 tȧh-·kit-·lì: 踏上去
khiàu-khiàu-tó: 翻倒　6 hiahⁿ: 拿衣物　mǎ: 媽　ê: 的
o·: 黑　tn̂g-liâu: 長袍　7 chhēng: 穿著　8 khiâ: 騎
tòa: 在於　keng-kah-thâu: 肩膀　9 chhùi: 嘴巴　·ni: 裡
kā: 咬　chȧh: 一　liau: 條 (軟而窄的條狀物)　âng: 紅
chóa-liau-á: 紙條　10 chhut-khì: 出去　jiok: 追　kah:
和; 以及

Chhiú-chí

A-bín-î, chhiú-chí lak-khí piah-kak, soh chhōe-bô.

Káu-hiā lâi, phīⁿ-phīⁿ-·le, kóng: "Ǎ-·à, pùn-sò!"

Ka-choa̍h lâi, gè-gè-·le, kóng: "Ǎ-·à, pùn-sò!"

Niau-á lâi, póe-póe-·le, kóng: "Ǎ-·à, pùn-sò!"

05 A-bín-î khòaⁿ niau-á m̄-chai teh póe sàⁿ,

Tiō óa-khì chim-chiok khòaⁿ,

Khòaⁿ-chi̍t-ē chin hoaⁿ-hí.

He sī i lak-·khí ê chhiú-chí! I tiō the̍h-·khì.

Niau-á kóng: "He pùn-sò ā bē-sńg-·lih."

10 Ka-choa̍h kah káu-hiā kóng: "Mā bē-chia̍h-·lih."

---

0 chhiú-chí: 戒指 1 A-bín-î: 阿敏阿姨 lak-khí: 掉落到... piah-kak: 牆角 soh: 結果 chhōe-bô: 找不著 2 káu-hiā: 螞蟻 lâi: 來 phīⁿ: 嗅 ...·le: ... 一...; ...了一下 kóng: 說 ǎ-·à: 哎呀 (表示不屑) pùn-sò: 垃圾 3 ka-choa̍h: 蟑螂 gè: 啃 4 niau-á: 貓 póe: (用手) 撥 5 khòaⁿ: 見; 發現 m̄-chai: 不知道 teh: 正在 sàⁿ: 什麼 6 tiō: 於是 óa-khì: 靠近去 chim-chiok: 仔細 khòaⁿ: 看 7 ...chi̍t-ē: 一...; ... 了一下 chin: 很 hoaⁿ-hí: 高興 8 he: 那 sī: 是 i: 她 lak-·khí: 遺失 ê: 的 the̍h-·khì: 拿走 9 ā: 也; 根本 bē-sńg-·lih: 不能玩 10 kah: 以及 mā: 也; 而且 bē-chia̍h-·lih: 不能吃

Chhiū-nâ Lóh-soaⁿ

Soaⁿ-téng chhiū-nâ cháu-lóh soaⁿ,
Chàm kha-pō͘, chhiùⁿ kun-koa,
I-í-o-o, pin-pín-piàng-piàng, chàm-lóh-soaⁿ,
Chàm-kà soaⁿ-téng chhun thô͘-soa.
05 Lóh-hō͘ ê sî, soaⁿ-kha chò-tōa-chúi,
Chhiū-á-chháu-á chìm-kà giōng-giōng-boeh
　tū-sí.
Bô hō͘ ê sî, soaⁿ-kha chò-tōa-ōaⁿ,
Chhiū-á-chháu-á phák-kà giōng-giōng-boeh
　pìⁿ koaⁿ.
Lîm-bū-kiók phài lâng chhut-lâi khòaⁿ,
10 Kā chhiū-nâ kóaⁿ-chiūⁿ-soaⁿ.

---

0 chhiū-nâ: 樹林 lóh: 下 soaⁿ: 山 1 téng: 上頭 cháu: 跑; 走 2 chàm: 踏; 跩 kha-pō͘: 脚步 chhiùⁿ: 唱 kun-koa: 軍歌 3 i-í-o-o: 唱歌聲 pin-pín-piàng-piàng: 重的脚步聲 4 kà: 到 chhun: 剩 thô͘-soa: 泥沙 5 lóh-hō͘: 下雨 ê sî: 的時候 kha: 脚; 下 chò-tōa-chúi: 鬧水災 6 chhiū-á-chháu-á: 草木 chìm: 浸; 泡 giōng-giōng-boeh: 幾乎 tū-sí: 溺斃 7 bô: 沒有 hō͘: 雨 chò-tōa-ōaⁿ: 鬧旱災 8 phák: 曬 pìⁿ: 變成 koaⁿ: 脫水物 9 lîm-bū-kiók: 林務局 phài: 派 lâng: 人 chhut-lâi: 出來 khòaⁿ: 查看 10 kā: 把 kóaⁿ: 趕 chiūⁿ: 上

Chhiūⁿ Peh Chhiū-á

Chhiūⁿ tī chhiū-á-kha, thâu taⁿ-taⁿ,
Siūⁿ-boeh peh-khit-lì bīn-téng khòaⁿ.
Chi̍t tīn kâu tùi bīn-téng giú i ê kńg,
Giú-kà chhiūⁿ-kńg thiu-kà tn̂g-tn̂g-tn̂g.
05 Chhiūⁿ iáu-sī tī chhiū-á-kha, thâu taⁿ-taⁿ.
Chi̍t tīn chôa tùi bīn-téng giú i ê chhiú,
Giú-kà chôa ê seng-khu thiu-kà iù-iù-iù.
Chhiūⁿ iáu-sī tī chhiū-á-kha, thâu taⁿ-taⁿ.
Gín-á khòaⁿ-·tio̍h, khì kiò in pa-pa,
10 Kiò i kín khì sái tiàu-chhia.

---

0 chhiūⁿ: 大象 peh: 爬; 攀登 chhiū-á: 樹 1 tī: 在
於 kha: 底下 thâu taⁿ-taⁿ: 仰著臉 2 siūⁿ-boeh: 想
要 khit-lì: 上去 bīn-téng: 上頭 khòaⁿ: 觀看 3 chi̍t:
一 tīn: 群 kâu: 猴子 tùi: 從; 由 giú: 拉 i: 他; 她;
它 ê: 的 kńg: (象的) 長鼻子 4 kà: 得; 到 chhiūⁿ-kńg:
象鼻 thiu: 抽 tn̂g: 長 5 iáu-sī: 仍然 6 chôa: 蛇
chhiú: 手 7 seng-khu: 身子 iù: 細 (長) 9 gín-á: 孩子
khòaⁿ-·tio̍h: 看見 khì: 去; 前往 kiò: 叫 in: 他 (們)
的 pa-pa: 爸爸 10 kín: 趕快 sái: 開; 駛 tiàu-chhia:
吊車

Chhiūⁿ Thoa Hóe-chhia

Chhiūⁿ iōng bóe thoa hóe-chhia,
Khoaⁿ-khoaⁿ peh-chiūⁿ kiā.
Lâng-kheh hoah kóng: "Kín-·le! Kín-·le!"
Kiā-á chin-chiâⁿ kiā, hóe-chhia chin-chiâⁿ tāng.
05 Chhiūⁿ chi̍t-pō͘-á-chi̍t-pō͘ khoaⁿ-khoaⁿ khàng,
Khàng-chiūⁿ kiǎ-téng, ōaⁿ lo̍h-kiā.
Hóe-chhia ti̍t-ti̍t chông.
Lâng-kheh hoah kóng: "Tòng-·leh! Tòng-·leh!"
Chhiūⁿ thêng-lo̍h-lâi ka tòng-·leh.
10 Hóe-chhia "pǒ-·ng̍"-·chi̍t-·ē.

---

0 chhiūⁿ: 大象　thoa: 拖　hóe-chhia: 火車　1 iōng:
用　bóe: 尾巴　2 khoaⁿ-khoaⁿ: 慢慢兒地　peh: 爬;
登　chiūⁿ: 上　kiā: 坡　3 lâng-kheh: 乘客　hoah: 喊
kóng: 道; 說　kín-·le: 快點兒　4 á: 兒; 仔　chin-chiâⁿ:
非常　kiā: 陡　tāng: 重　5 chi̍t-pō͘-á-chi̍t-pō͘: 一步
一步地　khàng: 掙扎地爬起或攀緣　6 kiǎ-téng: 斜坡上
頭　ōaⁿ: 換成　lo̍h: 下　7 ti̍t-ti̍t: 一直的　chông: 衝
8 tòng-·leh: 煞住　9 thêng-lo̍h-lâi: 停下來　ka: 把它
10 "pǒ-·ng̍"-·chi̍t-·ē: 發出嘉然巨響

171

Chhng-kin

Góa khì gōa-kháu màn-phâu.
Chi̍t niá pe̍h chhng-kin pé tī lō͘-thâu.
Chi̍t lia̍p pe̍h chím-thâu tòe tī i kha-chiah-āu.
Góa chhun-chhiú boeh kā chhng-kin sak-cháu.
05 Chhng-kin chhun-chhiú kā góa mo͘h-tiâu-tiâu.
Góa khiā-bē-chāi, tó-khiàu-khiàu.
Chím-thâu thiàu-kòe-lâi kā góa ji̍h-tiâu-tiâu.
Góa thiaⁿ-tio̍h Ma-ma ê siaⁿ, kóng:
"A-hōng, A-hōng. Lí ná ē bīn khàm chím-thâu,
10 "Koh iōng chhng-kin kā seng-khu pau-tiâu-
tiâu?"

---

0 chhng-kin: 床單 1 góa: 我 khì: 到… 去 gōa-kháu:
外頭 màn-phâu: 慢跑 2 chi̍t: 一 niá: 件; 條 pe̍h: 白
pé: 把; 擋 tī: 在於 lō͘-thâu: 路上 3 lia̍p: 個 chím-
thâu: 枕頭 tòe: 跟隨 i: 他 (的) kha-chiah-āu: 背後
4 chhun-chhiú: 伸手 boeh: 要; 欲 kā: 把 sak-cháu:
推開 5 mo͘h: 摟 tiâu-tiâu: 緊緊的 6 khiā-bē-chāi:
站不穩 tó-khiàu-khiàu: 翻倒 7 thiàu-kòe-lâi: 跳過來
ji̍h: 按; 壓 8 thiaⁿ-tio̍h: 聽見 ma-ma: 媽媽 ê: 的
siaⁿ: 聲音 kóng: 說 9 A-hōng: 阿鳳 lí: 你 ná ē: 怎
麼; 爲什麼 bīn: 臉 khàm: 覆蓋 10 koh: 而且 iōng:
拿; 用 seng-khu: 身子 pau: 包; 裏

172

Chhū Kin-chio-phôe

A-chheng chhū kin-chio-phôe,
Chhū-jip-khì hî-tî-á-té.
A-bêng chhū kin-chio-phôe,
Tī khong-tiong pha chit liàn,
05 Chhū-jip-khì hî-tî-á-té.
A-loân chhū kin-chio-phôe,
Seh tē-kiû seh chit liàn,
Chhū-jip-khì hî-tî-á-té.
A-khîm chhū kin-chio-phôe,
10 Chhū tùi thài-khong ·khì.

---

0 chhū: 滑　kin-chio: 香蕉　phôe: 皮　1 A-chheng:
阿清　2 jip-khì: 進去　hî-tî-á: 小魚池　té: 裡頭　3 A-
bêng: 阿明　4 tī: 在於　khong-tiong: 空中　pha: 翻
chit: 一　liàn: 圈　6 A-loân: 阿鸞　7 seh: 繞　tē-kiû:
地球　9 A-khîm: 阿琴　10 tùi: 到　thài-khong: 太空
·khì: 去

Chhù Ū Kúi

Bù-lù-bù-lù-kúi pak-tớ iau,
Poaⁿ-khì hó-giảh-lâng in tau,
Jit-·sî bih-tiâu-tiâu,
Àm-sî chhut-lâi chàu-kha chhiau,
05 Ài chiảh siáⁿ, tiō chiảh siáⁿ.
Hó-giảh-lâng khòaⁿ mih-kiāⁿ hông thau-chiảh,
M̄-kò m̄-bat khòaⁿ-tiȯh chhảt-á ê iáⁿ,
Siūⁿ kóng: "Chit keng chhù káⁿ ū kúi tī chia."
Hó-giảh-lâng lú siūⁿ, sò lú kiaⁿ, kín poaⁿ-cháu.
10 Bù-lù-bù-lù-kúi bô-thang chiảh, mā poaⁿ-cháu.

---

0 chhù: 房子 ū: 有 kúi: 鬼 1 Bù-lù-bù-lù-kúi: 嘸嚕嘸嚕鬼 pak-tớ: 肚子 iau: 餓 2 poaⁿ: 搬 khì: 到…去 hó-giảh-lâng: 富人 in tau: (他的) 家 3 jit-·sî: 白天 bih-tiâu-tiâu: 隱密地躲著 4 àm-sî: 夜裡 chhut-lâi: 出來 chàu-kha: 廚房 chhiau: 翻找 5 ài: 喜愛 chiảh: 吃 siáⁿ: 什麼 tiō: 就 6 khòaⁿ: 見; 發現 mih-kiāⁿ: 東西 hông: 被人家 thau-chiảh: 偷吃 7 m̄-kò: 但是 m̄-bat: 不曾 khòaⁿ-tiȯh: 看見 chhảt-á: 小偷 ê: 的 iáⁿ: 蹤跡 8 siūⁿ: 想 kóng: 說; 道 chit: 這 keng: 棟; 間 káⁿ: 也許 tī: 在於 chia: 這兒 9 lú… lú…: 越…越… sò: 結果 kiaⁿ: 害怕 kín: 趕快 cháu: 離開; 走 10 bô-thang: 沒得 mā: 也; 亦

Chhùi Tiⁿ-tiⁿ

A-bí in a-kong a-má chin thiàⁿ ·i.
I nā thó boeh-ài chiàh-tiⁿ,
In a-kong a-má tiō chheⁿ-chhám chhī.
Thñg-á, ko-á, piáⁿ, ài siáⁿ, ū siáⁿ.
05 A-bí chheⁿ-chhám chiàh,
Chiàh-kà bô chhùi-khí,
Chiàh-kà chhiò-gī-gī,
Kui-chhùi tiⁿ-tiⁿ-tiⁿ, kui-jit chhùi tiⁿ-tiⁿ.
In a-kong a-má sim-koaⁿ-íⁿ-á tiⁿ-tiⁿ-tiⁿ.
10 Kan-na in pa-pa ma-ma hoân-ló-kà boeh sí.

---

0 chhùi: 嘴巴 tiⁿ: 甜 1 A-bí: 阿美 in: 她 (們) 的 a-kong: 爺爺 a-má: 奶奶 chin: 很 thiàⁿ: 疼 i: 她 2 nā: 如果 thó boeh-ài: 要求 chiàh: 吃 tiⁿ: 甜 3 tiō: 就; 於是 chheⁿ-chhám: 拚命 chhī: 餵 4 thñg-á: 糖果 ko-á: 糕 piáⁿ: 餅 ài: 想要 siáⁿ: 啥 ū: 有 6 kà: 得; 到 bô chhùi-khí: 沒牙齒 7 chhiò-gī-gī: 笑嘻嘻 8 kui: 整 jit: 日 9 sim-koaⁿ-íⁿ-á: 心裡的最深處 10 kan-na: 只有 pa-pa: 爸爸 ma-ma: 媽媽 hoân-ló: 煩惱 kà boeh sí: ... 得要死

175

Chhut-ian

Ian-tâng teh chhut-ian,
Siàu-liân-·ê mā-sī teh chhut-ian.
Siàu-liân-·ê kā ian-tâng tián:
"Góa ē-hiáu hō͘ chhit-khang lóng chhut-ian.
05 "Góa ē-hiáu pok ho͘ chi̍t-iân-chi̍t-iân.
"Góa ē-hiáu pûn ho͘ chi̍t-kho͘-chi̍t-kho͘.
"Lí ná bô-pòaⁿ pō͘?"
Ian-tâng kóng: "Góa ē-tàng chheng hì-pō͘.
"Góa ē-tàng chheng pak-tó͘, chheng tn̂g-á-tō͘.
10 "Lí kám ū-hoat-tō͘?"

---

0 chhut-ian: 冒煙 1 ian-tâng: 煙囪 teh: 正在 2 siàu-liân-·ê: 小伙子 mā-sī: 也是 3 kā: 對; 向 tián: 炫燿 4 góa: 我 ē-hiáu: 能夠 hō͘: 使; 讓 chhit-khang: 七竅 lóng: 都; 全 5 pok: 噴; 吐 ho͘: 使之 chi̍t-iân-chi̍t-iân: 一層層的 6 pûn: 吹 (氣) chi̍t-kho͘-chi̍t-kho͘: 一圈圈的 7 lí: 你 ná: 怎麼 bô-pòaⁿ: 一個... 都沒有 pō͘: 招數 8 kóng: 說 ē-tàng: 能 chheng: 清 hì-pō͘: 肺部 9 pak-tó͘: 肚子 tn̂g-á-tō͘: 腸胃 10 kám: ... 嗎 ū-hoat-tō͘: 有辦法

Chhut-khì Gōa-kháu

Ko͘-tȧk-niau pīn-tōaⁿ, boǎi chhut-gōa.
Gín-á boeh kah i chò-phōaⁿ,
I kā gín-á kóaⁿ-cháu.
Gín-á chhut-khì kah káu cháu, kah káu thiàu.
05 Ko͘-tȧk-niau, ka-tī chȧt ê chin bô-liâu,
Thiaⁿ-kìⁿ niáu-chhí sńg-kà kì-kì-háu,
Tiō kóng: "Khui-mn̂g ·o͘! Góa sī Miàu-miáu."
Niáu-chhí kóng: "Lí cháu! Goán boǎi niau.
"Lí nā bô-liâu, chhut-khì gōa-kháu.
10 "Gōa-kháu ū gín-á, mā ū káu."

---

0 chhut-khì: 出去 gōa-kháu: 外頭 1 Ko͘-tȧk-niau: 孤
癖貓 pīn-tōaⁿ: 懶惰 boǎi: 不喜歡 chhut-gōa: 外出
2 gín-á: 孩子 boeh: 想要 kah: 和; 跟 i: 他; 她;
它 chò-phōaⁿ: 做伴 3 kā: 把 kóaⁿ-cháu: 趕走; 趕開
4 káu: 狗 cháu: 跑 thiàu: 跳 5 ka-tī chȧt ê: 自個兒
chin: 很 bô-liâu: 無聊 6 thiaⁿ-kìⁿ: 聽見 niáu-chhí:
老鼠 sńg-kà: 玩得 kì-kì-háu: 吱吱叫 7 tiō: 就; 於
是 kóng: 說 khui-mn̂g: 開門 ·o͘: 吶; 啊 góa: 我 sī:
是 Miàu-miáu: 喵喵 8 lí: 你 cháu: 走開 goán: 我
們 niau: 貓 9 nā: 如果 10 ū: 有 mā: 也; 亦

177

Chî^n-chhiū

Tiâ^n-lāi ka-lâuh chi̍t ê chî^n,
Hoat-chhut chi̍t châng chî^n-chhiū boeh tú thi^n,
Se^n-kà kui châng choân-choân chî^n.
Thi^n-téng ê lâng giâ hiă thau ho͘ chî^n,
05 Lak-kà tiâ^n-lāi tiâ^n-gōa choân-choân chî^n.
Chî^n-chhiū chhun kàu chhiû^n-á-pi^n,
Chhù-pi^n ê lâng giâ chhă thau thuh chî^n,
Lak-kà tiâ^n-lāi tiâ^n-gōa choân-choân chî^n.
Kā chî^n sàu-sàu tòa tiâ^n-kî^n.
10 Kì^n-chài khit-chia̍h boeh kúi î^n.

---

0 chî^n-chhiū: 搖錢樹 1 tiâ^n: 院子 lāi: 裡頭 ka-lâuh: 掉落; 遺失 chi̍t: 一 ê: 個 chî^n: 錢 2 hoat-chhut: 長出 châng: 棵 boeh: 幾乎 tú: 頂; 碰 thi^n: 天 3 se^n: 生; 長 kà: 得; 到 kui: 整 choân-choân: 盡是 4 thi^n-téng: 天上 ê: 的 lâng: 人 giâ: 拿; 舉 hiă: 勺子 thau: 偷 ho͘: 撈 5 lak: 掉落 gōa: 外頭 6 chhun: 伸 kàu: 到達 chhiû^n-á: 牆 pi^n: 邊緣 7 chhù-pi^n: 鄰居 chhă: 棍子 thuh: 挑; 捅 9 kā: 把它 sàu: 掃 tòa: 在於 kî^n: 邊緣 10 kì^n-chài: 任憑 khit-chia̍h: 乞丐 boeh: 要 kúi: 幾; 多少 î^n: 圓; 元

Chia̍h-chháu

Bé hông koaiⁿ-ji̍p-khì gû-tiâu,
Khòaⁿ gû-tiâu chin chē chháu,
Kóng: "Ó͘-·ò͘! Chiah-nī chheⁿ-chhau."
I tiō sòa-mé chia̍h; lú chia̍h, soah lú iau.
05 Gû chhìn-chhái chia̍h-chia̍h-·le, tiō cháu,
Khì piⁿ-·a hoan-chháu,
Kóng: "Bé-·ko ·a. Chhit hun pá tiō hó ·haⁿ.
"Lín, bé, tiāⁿ-tiāⁿ chia̍h-siuⁿ-pá,
"Tiāⁿ-tiāⁿ tiùⁿ-kà sí-khiàu-khiàu."
10 Bé m̄ thiaⁿ, kā chháu chia̍h-liáu-liáu.

---

0 chia̍h: 吃 chháu: 草 1 bé: 馬 hông: 被人家 koaiⁿ-ji̍p-khì: 關進…去 gû-tiâu: (室內) 牛欄 2 khòaⁿ: 見 chin: 很 chē: 多 3 kóng: 說 ó͘-·ò͘: 哇 chiah-nī: 這麼 chheⁿ-chhau: (菜餚) 豐盛 4 i: 它 tiō: 就 sòa-mé: 拚命; 賣力地 lú…lú…: 越…越… soah: 竟然; 結果 iau: 餓 5 chhìn-chhái: 隨便; 任意 chia̍h-chia̍h-·le: 吃一吃 cháu: 離開 6 khì: 到…去 piⁿ-·a: 旁邊 hoan-chháu: 反芻 7 ko: 哥; 老兄 ·a: 啊 chhit hun: 七分; 不完全 pá: 飽 hó: 好 ·haⁿ: (表示叮嚀) 8 lín: 你們 tiāⁿ-tiāⁿ: 常常 siuⁿ: 太; 過於 9 tiùⁿ: 脹 sí-khiàu-khiàu: 翹辮子; 死 10 m̄ thiaⁿ: 不聽從 kā: 把 liáu-liáu: 光光; 無餘

179

Chiảh-liáu-liáu

A-kū chiâⁿ thiàⁿ góa,
Kā góa ngeh-kà chi̍t tōa óaⁿ.
Góa sin-sin-khó͘-khó͘ ka chiảh-liáu.
A-kū chiâⁿ hoaⁿ-hí,
05 Koh-chài kā góa ngeh-kà chi̍t tōa óaⁿ.
Góa thau-thau-á ni khì toh-kha chhī niau-á.
A-kū khòaⁿ góa koh-chài chiảh-liáu-liáu,
Sim-koaⁿ chiâⁿ hoaⁿ-hí.
Góa mā chiâⁿ hoaⁿ-hí.
10 Niau-á mā chiâⁿ hoaⁿ-hí.

---

0 chiảh: 吃 liáu-liáu: 光光; 完 1 a-kū: 舅舅 chiâⁿ:
很 thiàⁿ: 疼 góa: 我 2 kā: 幫; 給 ngeh: (用筷子等)
夾 kà: 得; 以致於 chi̍t: 一 tōa: 大 óaⁿ: 碗 3 sin-
sin-khó͘-khó͘: 辛辛苦苦 ka: 把它 liáu: 完 4 hoaⁿ-hí:
高興 5 koh-chài: 再次 6 thau-thau-á: 偷偷地 ni: 拈
khì: 到...去 toh-kha: 桌子底下 chhī: 餵 niau-á: 貓
7 khòaⁿ: 看 8 sim-koaⁿ: 心裡 9 mā: 也

180

Chiang-lâi

Chiún-Kài-sėk sè-hàn chin sim-sek,
Kā tī long-jıp-khì nâ-âu-té,
Tōng-chıt-ē, nâ-âu soh phòa-phôe,
Tōng-chıt-ē, nâ-âu soh lâu-hoeh.
05 A-kong kóng: "Chit ê gín-á chin hò·ⁿ-kî,
"Chiang-lâi ē chò kho-hȧk-ka."
A-má kóng: "Chit ê gín-á m̄-kiaⁿ sí,
"Chiang-lâi ē chò chèng-tī-ka."
Leng-bó kóng: "Chit ê gín-á m̄-chai sí,
10 "Chiang-lâi he tō m̄-thang khì chò kun-sū-ka."

---

0 chiang-lâi: 將來 1 Chiún-Kài-sėk: 蔣介石 sè-hàn:
小時候 chin: 很 sim-sek: 好玩兒; 有趣 2 kā: 把;
將 tī: 筷子 long: (將物體) 伸 (入寬鬆的洞穴或管道)
jıp-khì: 進… 去 nâ-âu: 喉嚨 té: 裡頭 3 tōng: 捅
chıt-ē: 得; 一下 soh: 結果; 不料 phòa-phôe: 皮破了
4 lâu-hoeh: 流血 5 a-kong: 爺爺 kóng: 說 chit: 這
(一) ê: 個 gín-á: 孩子 chin: 很 hò·ⁿ-kî: 好奇 6 ē:
會; 有可能 chò: 當; 做 kho-hȧk-ka: 科學家 7 a-
má: 奶奶 m̄-kiaⁿ-sí: 不怕死; 勇敢 8 chèng-tī-ka: 政
治家 9 leng-bó: 奶媽 m̄-chai-sí: 不知死活 10 he tō
m̄-thang: 可不能 khì…: … 去 kun-sū-ka: 軍事家

Chiap Thâu-mn̂g

A-hái khì thì-thâu-tiàm thì thâu-mn̂g.
I kā sai-hū kóng: "Thì-tn̂g."
Sai-hū thiaⁿ-bô-chin, mā bô koh mn̄g,
Tiō kā thâu-mn̂g thì-kng.
05 A-hái khì-kà tit-tit phngh,
Kiò sai-hū kā thâu-mn̂g chiap tò-tn̂g.
Sai-hū khì giáh chǹg-á lâi boeh chǹg,
Kā mn̂g-kńg chǹg hơ chit-chhng-chit-chhng,
Kā thâu-mn̂g chhah-jip-khì mn̂g-kńg,
10 Iōng kiâng-le̍k-kô͘ kā thâu-mn̂g chiap tò-tn̂g.

---

0 chiap: 接　thâu-mn̂g: 頭髮　1 A-hái: 阿海　khì:
到... 去　thì-thâu-tiàm: 理髮店　thì: 理 (髮); 剃　2 i:
他　kā...kóng: 告訴...; 跟... 說　sai-hū: 師傅　tn̂g: 長
3 thiaⁿ-bô-chin: 沒聽清楚　mā: 也　bô: 不; 沒　koh: 再;
重復　mn̄g: 問　4 tiō: 就; 於是　kā: 把　kng: 光; 盡
淨　5 khì-kà: 氣得　tit-tit: 不停地　phngh: 斥責　6 kiò:
叫; 命令　...tò-tn̂g: ... 回 (去/來)　7 khì: 去; 前往　giáh:
拿　chǹg-á: 錐子　lâi: 來　boeh: 打算　chǹg: 鑽 (成
小洞)　8 mn̂g-kńg: 毛孔　hơ: 使它 (變成)　chit-chhng-
chit-chhng: 一個一個小孔　9 chhah-jip-khì: 插進... 去
10 iōng: 拿; 使用　kiâng-le̍k-kô͘: 強力膠

Chiáu-á Chhī-liāu

Chhiū-á tiàu chi̍t ê chiáu-á chhī-liāu siuⁿ-á.
A-bí ta̍k ji̍t thiⁿ chhī-liāu, chhī chiáu-á.
Sè-chiah chiáu-á kóng: "Chiúh, chiúh, chiúh.
"To-siā, to-siā, chin to-siā.
05 "Taⁿ, goán lâi thiàu-bú hō͘ lí khòaⁿ."
Tōa-chiah chiáu-á kóng: "Kú, kú, kú.
"To-siā, to-siā, mā chin to-siā.
"Taⁿ, goán lâi chhiúⁿ-koa hō͘ lí thiaⁿ."
Pòng-chhí kóng: "Goán mā chin to-siā,
10 "To-siā lí hō͘ goán tiāⁿ-tiāⁿ lâi thau-chia̍h."

---

0 chiáu-á: 鳥 chhī-liāu: 飼料 1 chhiū-á: 樹 (上) tiàu:
掛; 吊 chi̍t: 一 ê: 個 siuⁿ-á: 箱子 2 A-bí: 阿美 ta̍k:
每 ji̍t: 天; 日 thiⁿ: 補充; 添 chhī: 餵 3 sè-chiah:
小 kóng: 說 chiúh: 鳥的唧唧聲 4 to-siā: 多謝; 感謝
chin: 很 5 taⁿ: 現在 goán: 我們 lâi: 來 thiàu-bú:
跳舞 hō͘: 給 lí: 妳 khòaⁿ: 看 6 tōa-chiah: 大 kú:
鳥的咕咕聲 7 mā: 也; 亦 8 chhiúⁿ-koa: 唱歌 thiaⁿ:
聽 9 pòng-chhí: 松鼠 10 hō͘: 讓; 准許 tiāⁿ-tiāⁿ: 常
常 thau-chia̍h: 偷吃

Chiáu-á-siū

Thâu-chang jî-chháng-chháng,
Chiáu-á lâi chò-siū, chhōa sin-niû,
Seⁿ chiáu-á-nn̄g,
Pū chiáu-á-kiáⁿ,
05 Pàng chiáu-á-sái.
Thàu-hong, tì bō-á kā chiáu-á khàm-·leh,
Lȯh-hō·, giȧh hō·-sòaⁿ kā chiáu-á jia-·leh.
Chiáu-á tōa-chiah poe-liáu-liáu,
Chiáu-á-siū khang-khang-khang,
10 Taⁿ hó lâi-khì sé thâu-chang.

---

0 chiáu-á: 鳥　siū: 巢　1 thâu-chang: 頭髮　jî-chháng-
chháng: 紊亂　2 lâi: 來　chò-siū: 築巢　chhōa sin-niû:
娶媳婦兒　3 seⁿ: 生　nn̄g: 蛋　4 pū: 孵　kiáⁿ: 子
5 pàng: 拉; 痾　sái: 大便　6 thàu-hong: 刮風　tì: 戴
bō-á: 帽子　kā: 把　khàm: 蓋　·leh: 著　7 lȯh-hō·:
下雨　giȧh: 舉; 揭　hō·-sòaⁿ: 雨傘　jia: 遮　8 tōa-
chiah: (動物) 長大　poe: 飛　liáu-liáu: 精光　9 khang-
khang-khang: 空空如也　10 taⁿ: 現在　hó: 該; 正好
lâi-khì: (我/咱們)... 去　sé: 洗

Chìm Kha

Sió-sîn-sian tī chúi-khut-á-piⁿ teh chìm kha.
Chiú-khut-á soah siak-lòh-khì chúi-khut-á.
Goéh-bâi kín thoa chìt hiòh tōa-hiòh chhiū-
hiòh-á lâi,
Chih-chò chìt chiah sió-chûn-á.
05 Tōa-bàk kín tàu sak,
Kā chhiū-hiòh-á sió-chûn-á sak-lòh-khì chúi-
khut-á.
Chiú-khut-á peh-khit-lì sió-chûn-á,
Kā sió-chûn-á kò-lâi chúi-khut-á-hōaⁿ,
Chài Tōa-bàk kah Goéh-bâi iû chúi-khut-á.
10 Sió-sîn-sian chē tī sió-chûn-á teh chìm kha.

---

0 chìm kha: 把脚泡在水裡　1 sió-sîn-sian: (森林中的)
小精靈　tī: 在於　chúi-khut-á: 有水的窟窿; 小水潭　piⁿ:
邊; 岸; 涯　teh: 正在　2 Chiú-khut-á: 酒窩　soah: 不意
siak: 掉; 摔　lòh-khì...: 下... 去　3 Goéh-bâi: 月牙兒
kín: 趕緊　thoa: 拖　chìt: 一　hiòh: 個; 葉　tōa-hiòh: (葉
子) 大的　chhiū-hiòh-á: 樹葉　lâi: 來　4 chih-chò: 摺成
chiah: 隻　sió-chûn-á: 小船　5 Tōa-bàk: 大眼睛　tàu:
幫著　sak: 推　6 kā: 把; 將　7 peh-khit-lì...: 爬上... 去
8 kò: 划　hōaⁿ: 岸邊　9 chài: 載　iû: 遊　10 chē: 坐

Chin-chu

Chhat-á thau-theh-tioh chit tē chin-chu.
Chin-chu în-în, ná hî-á bak-chiu.
Kan-na kúi-liap-á bô în koh bô iu.
Chhat-á kā bô-în-·ê tàn-jip-khì jī-chóa-láng,
05 Piàn-chhut-khì pùn-sò-tháng.
Khit-chiah khioh-khì tng-tiàm tng,
Cháu-khì tōa-pīng-tiàm chiah kúi-ā tng,
Koh bé sin san, sin ê, sin ka-chì.
Àm-sî, khit-chiah bô-tè khì,
10 Chhēng sin-san khùn pùn-sò-tháng-pin.

---

0 chin-chu: 珍珠 1 chhat-á: 小偷; 賊 thau-theh-tioh: 偷到 chit: 一 tē: 袋子 2 în: 渾圓 ná: 好像; 宛若 hî-á bak-chiu: 魚目 3 kan-na: 只; 僅 kúi-liap-á: 少數幾顆 bô: 不 koh: 又; 而且 iu: 平滑 4 kā: 把 bô-în-·ê: 不圓的 tàn-jip-khì: 丟進...去 jī-chóa-láng: 字紙簍 5 piàn-chhut-khì: 倒出到...去 pùn-sò-tháng: 垃圾桶 6 khit-chiah: 乞丐 khioh-khì: 撿 (起來拿) 到...去 tng-tiàm: 當鋪 tng: 典當 7 cháu-khì: 到...去 tōa-pīng-tiàm: 大飯店 chiah: 吃 kúi-ā: 好幾; 許多 tng: 餐; 頓 8 koh: 又 bé: 買 sin: 新 san: 衣褲 ê: 鞋 ka-chì: (草、塑膠等編的) 手提袋 9 àm-sî: 晚上; 夜裡 bô-tè khì: 沒地方去 10 chhēng: 穿著 khùn: 睡 pin: 邊兒

186

Chin Kong-chú

Ké kong-chú chin sêng chin kong-chú.
Bīn ā sêng, sia^n ā sêng,
Pê^n-á sán, pê^n-á koân,
Chhēng sa^n, chhēng ê, lóng kāng-khoán.
05 M̄-kò ké kong-chú chin hó-chhī.
Chin kong-chú he-tō chin hùi-khì.
Khùn-sa^n ut-bô-chhun, khùn-bē-khì,
Chhñg-kin tioh-bô-pê^n, khùn-bē-khì,
Bîn-chhñg-téng ū chit liáp soa, khùn-bē-khì.
10 Kok-ông chhōa i khì hō͘ i-seng i.

---

0 chin: 眞 kong-chú: 公主 1 ké: 假 chin: 很 sêng: 相像; 貌似 2 bīn: 臉 ā: 也 sia^n-á: 聲音 3 pê^n-á: 一樣 sán: 瘦 koân: 個子高 4 chhēng: 穿著 sa^n: 衣服 ê 鞋 lóng: 都 kāng-khoán: 一樣 5 m̄-kò 但是 hó-chhī: 容易養 6 he-tō: 那就 hùi-khì: 麻煩; 費事 7 khùn-sa^n: 睡衣 ut-bô-chhun: 沒燙平 khùn-bē-khì: 睡不著 8 chhñg-kin: 床單 tioh-bô-pê^n: 沒拉平 9 bîn-chhñg-téng: 床上 ū: 有 chit: 一 liáp: 顆; 粒 soa: 沙子 10 kok-ông: 國王 chhōa: 帶 i: 她 khì: 去 hō͘: 讓; 被 i-seng: 醫生 i: 治療

Chiǒ-chió

Me-me kiò góa chiảh-pá chhōa i khí sàn-pō.
Góa kiaⁿ-ìⁿ bē-kì-·tit,
Tòa chéng-thâu-á kat chit ê chiǒ-chió.
Chiảh-pá, góa chhōa Me-me khí sàn-pō,
05 Chit-lō, chit ki chéng-thâu-á chhun-tit-tit.
Pòaⁿ-lō, Me-me ê-tòa lēng-·khì, teh thoa-thô.
Góa kā ê-tòa pảk-hơ-hó, kat chit ê chiǒ-chió,
Khòaⁿ-·tiȯh chéng-thâu-á kat chit ê chiǒ-chió,
Siūⁿ kóng m̄-chai sáⁿ-hoàiⁿ bē-kì-·tit,
10 M̄-chai chéng-thâu-á ná ē kat chit ê chiǒ-chió.

---

0 chiǒ-chió: 蝴蝶結   1 me-me: 妹妹   kiò: 叫; 要
求 góa: 我 chiảh-pá: 吃過飯 chhōa: 帶領 i: 她
khí: 去 sàn-pō: 散步 2 kiaⁿ-ìⁿ: 恐怕; 唯恐 bē-kì-·tit:
忘記 3 tòa: 在於 chéng-thâu-á: 指頭 kat: 繫; 打
(結) chit: 一 ê: 個 5 chit-lō: 一路上 ki: 根; 支
chhun-tit: 伸直 6 pòaⁿ-lō: 途中; 半路上 ê-tòa: 鞋帶
lēng-·khì: 鬆了 teh thoa-thô: 在地上拖著 7 kā: 把;
將 pảk-hơ-hó: 繫好 8 khòaⁿ-·tiȯh: 看見 9 siūⁿ kóng:
想道 m̄-chai: 不知道 sáⁿ-hoàiⁿ: 什麼 10 ná ē: 爲什麼

188

Chiȯh-thâu-phāng

Piáⁿ lauh-lȯh-khì chiȯh-thâu-phāng.
Gín-á pài-thok ti-tu keⁿ-si khì ka bang.
Ti-tu ka pȧk ti-tu-si koh pau ti-tu-bāng,
Chiȯh-thâu-phāng ê piáⁿ kan-ná m̄ tín-tāng.
05 Gín-á pài-thok káu-hiā tàu-pang-bâng.
Káu-hiā tńg-khì kiò kong-kang,
Kā piáⁿ kng-chhut chiȯh-thâu-phāng.
Gín-á kā piáⁿ peh-chò-pêng.
Chȧt pêng ka-tī chiȧh.
10 Chȧt pêng pun káu-hiā.

---

0 chiȯh-thâu-phāng: 石頭的縫隙　1 piáⁿ: 餅　lauh-lȯh-khì: 掉進去　2 gín-á: 孩子　pài-thok: 拜託　ti-tu: 蜘蛛　keⁿ-si: 吐絲　khì: 去　ka: 把它　bang: 用網取或捕捉　3 pȧk: 綁; 繫　ti-tu-si: 蜘蛛絲　koh: 又; 而且　pau: 包　ti-tu-bāng: 蜘蛛網　4 ê: 的　kan-ná: 偏偏　m̄: 不肯　tín-tāng: 動彈　5 káu-hiā: 螞蟻　tàu-pang-bâng: 幫忙　6 tńg-khì: 回家去　kiò: 叫　kong-kang: 義務工　7 kā: 把　kng: 抬　chhut: 出　8 peh-chò-pêng: 擘成兩半　9 chȧt: 一　pêng: (兩半之) 一邊　ka-tī: 自己　chiȧh: 吃　10 pun: 分

189

Chit-kha-kok

Chit-kha-kok ê lâng nā sóa-tín-tāng,
Tiō chhiāng-kà pin-pín-piāng-piāng.
In khòaⁿ góa kah in bô sio-kāng,
Mñg kóng: "Lí ná ē bē-hiáu chhiāng?"
05 Góa kóng: "Nā m̄-sī kan-na chit ki kha, tiō
   bián kō· chhiāng ·e."
Chit-kha-kok ê lâng kóng: "Phiàn goán kà hiah
   chē!
"Chôa bô kha, kō· chȯk ·e.
"Khǎng-gá-lú nn̄g kha, kō· thiàu ·e.
"Chúi-ke sì kha, kō· hop ·e.
10 "Lóng mā m̄-sī chit ki kha ·ê."

---

0 chit: 一 kha: 腳 kok: 國 1 ê: 的 lâng: 人 nā: 如
果 sóa-tín-tāng: 移動（地點） 2 tiō: 就；於是 chhiāng:
單腳跳 kà: 得；以致於 pin-pín-piāng-piāng: 乒乒乓乓
的 3 in: 他們 khòaⁿ: 見；發覺 góa: 我 kah: 與（⋯
相比）bô sio-kāng: 不同 4 mñg: 問 kóng: 說；道 lí:
妳 ná ē: 怎麼；爲什麼 bē-hiáu: 不懂得 5 m̄-sī: 不是
kan-na: 只有；僅僅 ki: 只；隻；支 tiō: （那）就 bián:
不必 kō·⋯·e: 用⋯方式 6 phiàn⋯kà hiah chē: 別騙
人（以爲人家不懂）7 chôa: 蛇 bô: 沒有 chȯk: （蛇、
矛等）射 8 khǎng-gá-lú: 袋鼠 nn̄g: 二 thiàu: 跳
9 chúi-ke: 田雞 sì: 四 hop: （兩腿同時離地、同時著地
地）跳 10 lóng mā: 都；皆 ·ê: 的

190

Chi̍t-phiàn Chhe^n-kì^n-kì^n

Pe̍h-hûn m̄-chai cháu tái khì.
Àm-sî thi^n chheng-chheng.
Ji̍t--sî thi^n chhi^n-chhi^n.
Chhiū-á-chháu-á pha̍k-kà ta-ta--khì.
05 Gû-á, iû^n-á, chhùi-ta-kà thó͘ chhùi-chi̍h.
O͘-hûn kóa^n-kín kā thi^n cha̍h-ho͘ o͘-o͘--khì.
Hō͘-chúi to̍p-to̍p-tih.
Gû-á, iû^n-á, chūi^n chhùi-chi̍h.
Chhiū-á-chháu-á hoat sin i^n.
10 Thô͘-kha chi̍t-phiàn chhe^n-kì^n-kì^n.

---

0 chi̍t-phiàn: 一片 chhe^n-kì^n-kì^n: 綠油油　1 pe̍h-hûn: 白雲　m̄-chai: 不知道　cháu tái khì: 跑哪兒去了　2 àm-sî: 晚上　thi^n: 天空　chheng: 清；晴朗　3 ji̍t--sî: 白天　chhi^n: 藍色　4 chhiū-á-chháu-á: 草木　pha̍k: 曬　kà: 得；到　ta: 乾　....khì: 變...了　5 gû-á: 牛犢；牛　iû^n-á: 羊　chhùi-ta: 口渴　thó͘: 吐　chhùi-chi̍h: 舌頭　6 o͘-hûn: 黑雲　kóa^n-kín: 趕緊　kā: 把　cha̍h: 遮　ho͘: 使它　o͘: 黑　7 hō͘-chúi: 雨水　to̍p-to̍p-tih: 一直的滴　8 chūi^n chhùi-chi̍h: (伸舌頭) 舔嘴邊　9 hoat: 長出　sin: 新　i^n: 嫩葉　10 thô͘-kha: 地面上

191

Chiù-thâng

Chhùi-khí bak thñg, piàn sng-sng.
Chiù-thâng kóng:"Kín thèh ke-si lâi chò-kang!"
Ū-ê sái soa-chióh-á-chhia, khin-khín-khōng-
　khōng.
Ū-ê giàh thô·-chhiâng, pin-pín-pong-pong.
05 Ū-ê giàh thô·-chhiah, si-sí-sèh-sèh.
Ū-ê giàh tiān-chǹg, kiⁿ-kiⁿ-kǹgh-kǹgh.
Chiù-thâng kā chhùi-khí ó· kúi-ā chàp khang.
I-seng kā chhùi-khí siuⁿ-kà kim-tang-tang.
Chiù-thâng ó· to bē-tín-tāng,
10 Ke-si khêng-khêng-·le, ōaⁿ-ūi khì ó·-khang.

---

0 chiù-thâng: 蛀蟲　1 chhùi-khí: 牙齒　bak: 沾　thñg:
糖　piàn: 變成　sng: 酸　2 kóng: 說　kín: 趕快　thèh:
拿; 取　ke-si: 工具　lâi: 來　chò-kang: 做工　3 ū-ê: 有的
sái: 開; 駛　soa-chióh-á-chhia: 沙石車　khin-khín-khōng-
khōng: 重型車顛簸聲　4 giàh: 拿; 舉　thô·-chhiâng: 徒
手挖地洞的工具　pin-pín-pong-pong: 硬碰硬反彈的輕脆
聲音　5 thô·-chhiah: 鏟子　si-sí-sèh-sèh: 鏟沙或軟土
聲　6 tiān-chǹg: 電鑽　kiⁿ-kiⁿ-kǹgh-kǹgh: 電鑽鑽洞聲
7 kā: 把　ó·: 挖　kúi-ā chàp: 好幾十　khang: 窟窿
8 i-seng: 醫生　siuⁿ-kà: 鑲得　kim-tang-tang: 亮晶晶
9 ó· to bē-tín-tāng: 怎麼也挖不動　10 khêng-khêng-·le:
拾綴拾綴　ōaⁿ-ūi: 換地方　khì: 去

192

Chiūⁿ-chhia Lȯh-chhia

Tē-hā-thih chheng-chheng, lóng bô lâng,
Kan-na chı̍t ê gín-á kah góa niâ.
Chhia kàu chı̍t chām, i tiō lȯh-chhia.
Koh-kòe hit chām i koh chiūⁿ-chhia ·a!
05 Góa siūⁿ-lâi-siūⁿ-khì, siūⁿ-bē-hiáu.
Koh-kòe hit chām i koh boeh lȯh-chhia ·a.
Góa tiō kóaⁿ-kín tòe tòa i ê kha-chiah-āu.
Khòaⁿ i chē e-sú-khá-lè-tà cháu,
Góa tiō kóaⁿ-kín koh chiūⁿ-chhia.
10 Koh-kòe hit chām i koh chiūⁿ-chhia ·a!

---

0 chiūⁿ: 上; 登　chhia: 車　lȯh: 下; 降　1 tē-hā-thih:
地下電車　chheng: 冷清　lóng: 都; 完全　bô: 沒有　lâng:
人　2 kan-na: 僅; 只　chı̍t: 一　ê: 個　gín-á: 孩子　kah:
和; 以及　góa: 我　niâ: 而己　3 kàu: 到; 抵達　chām:
站　i: 他; 她　tiō: 就; 於是　4 koh-kòe: 再過去　hit: 那
koh: 又; 再　·a: 了　5 siūⁿ: 想　...lâi...khì: ... 來...
去　siūⁿ-bē-hiáu: 想不通　6 boeh: 將要　7 kóaⁿ-kín: 趕
快　tòe: 跟隨　tòa: 在於　ê: 的　kha-chiah-āu: 背後
8 khòaⁿ: 看著　chē: 搭乘　e-sú-khá-lè-tà: 電扶梯　cháu:
離開

Chiuⁿ-chî kah Thian-gô

Chiuⁿ-chî kiò thian-gô chài i khì thiⁿ-téng hui.
Thian-gô hiâm chiuⁿ-chî thái-ko-kúi.
Chiuⁿ-chî tiō piàn-chò chit ê sè-hàn ông-chú.
Thian-gô khòaⁿ ông-chú chin kó͘-chui,
05 Tiō piàn-chò chit ê tōa-hàn kong-chú.
Ông-chú kiò kong-chú āiⁿ i khì thit-thô.
Kong-chú tiō koh piàn-chò thian-gô.
Thian-gô hiâm ông-chú tāng-ihⁿ-ihⁿ.
Ông-chú tiō koh piàn-chò chiuⁿ-chî.
10 Thian-gô koh hiâm chiuⁿ-chî thái-ko-kúi.

---

0 chiuⁿ-chî: 蟾蜍 kah: 和; 以及 thian-gô: 天鵝 1 kiò: 叫; 請求 chài: 載 i: 它; 他; 她 khì: 到... 去 thiⁿ-téng: 天上 hui: 繞圈子 2 hiâm: 嫌 thái-ko-kúi: (蟾蜍身上有很多瘤而令人覺得) 很髒 3 tiō: 就; 於是 piàn-chò: 變成 chit: 一 ê: 個 sè-hàn: (人) 小; (孩子) 年幼 ông-chú: 王子 4 khòaⁿ: 見; 覺得 chin: 很 kó͘-chui: 可愛 5 tōa-hàn: (人) 大; (孩子) 年長 kong-chú: 公主 6 āiⁿ: 揹 (人) thit-thô: 玩兒 7 koh: 又; 再 8 tāng-ihⁿ-ihⁿ: 很重

194

Chò Sian

Hóe-pû-á teh chhut-ian.
Tiāⁿ-·ni hong chēng-chēng,
Hóe-pû-á bē chhèng-ian,
Tiāⁿ-·ni phōng-phōng-eng.
05 A-bêng, A-hô, jip-khì ian-·ni boeh chò sian.
A-bêng, A-hô chak-kà khuh-khuh-sàu,
Giōng-boeh bē chhoán-khùi;
Bak-iû tit-tit lâu, ná teh khàu.
A-hô kóng: "Chò sian ná ē chiah kan-khó͘?"
10 A-bêng kóng: "Boeh chò sian, ài chiah-khó͘."

---

0 chò: 做; 當 sian: 仙人 1 hóe-pû-á: 火堆 teh:
正在 chhut-ian: 冒煙 2 tiāⁿ: 場子 ·ni: 裡 hong:
風 chēng: 平靜 3 bē: 不能 chhèng-ian: 煙向上沖
4 phōng-phōng-eng: 瀰漫 5 A-bêng: 阿明 A-hô: 阿和
jip-khì: 進去 ian: 煙 boeh: 想要 6 chak: 嗆 kà: 得;
以致於 khuh-khuh-sàu: 咳兒咳兒的咳嗽 7 giōng-boeh:
幾乎 chhoán-khùi: 呼吸 8 bak-iû: 淚水 tit-tit: 一直
的 lâu: 流 ná: 好像; 宛若 khàu: 哭 9 kóng: 說 ná
ē: 為什麼; 怎麼會; 豈 chiah: 這麼個 kan-khó͘: 痛苦;
辛苦 10 ài: (就) 必須 chiah-khó͘: 吃苦

Chôa Chhēng Saⁿ

Kôaⁿ-thiⁿ ū-kàu kôaⁿ,
Ta̍k-kē ū saⁿ chīn-liāng tha̍h.
Chin chē tōng-bu̍t mā chhēng-saⁿ.
Bē-cha̍p-sè-á khan kâu, kâu chhēng-saⁿ.
05 Cha-bó͘ gín-á khan káu, káu chhēng-saⁿ.
Khit-chia̍h chhī niau, niau chhēng saⁿ.
Bú-sū khiâ bé, bé chhēng-saⁿ.
Góa mā kā góa ê chôa chhēng kôaⁿ-thiⁿ-saⁿ,
Khan i khì sàn-pō͘.
10 Chôa, saⁿ lut-lut--khì, phàng-kiàn tī tōa-lō͘.

---

0 chôa: 蛇 chhēng: 穿 saⁿ: 衣服 1 kôaⁿ-thiⁿ: 多天 ū-kàu: 眞是的 kôaⁿ: 冷 2 ta̍k-kē: 大家 ū: 有 chīn-liāng: 盡量 tha̍h: 加（穿衣服） 3 chin: 很 chē: 多 tōng-bu̍t: 動物 mā: 也 4 bē-cha̍p-sè-á: 賣雜貨的 khan: 牽 kâu: 猴子 5 cha-bó͘ gín-á: 女孩子 káu: 狗 6 khit-chia̍h: 乞丐 chhī: 飼養 niau: 貓 7 bú-sū: 武士 khiâ: 騎 bé: 馬 8 góa: 我 kā: 給 ê: 的 kôaⁿ-thiⁿ-saⁿ: 多衣 9 i: 它 khì: ... 去 sàn-pō͘: 散步 10 lut-lut--khì: 脫落 phàng-kiàn: 遺失 tī: 在於 tōa-lō͘: 馬路

196

Chóa-hui-ki

Chih chi̍t chiah chóa-hui-ki,
Tùi thang-á-mn̂g cho̍k-·chhut-·khì.
Chóa-hui-ki poe-kà bô-khòaⁿ-·ìⁿ ·khì.
Hong siūⁿ-boeh tòng ·i.
05 Hō͘ siūⁿ-boeh ak ·i.
Poe-thâng siūⁿ-boeh kā ·i.
Eng-á siūⁿ-boeh lia̍h ·i.
Chóa-hui-ki oat-·le tò-tńg-·lâi,
Tùi thang-á-mn̂g poe-·ji̍p-·lâi,
10 Poe-tńg-lâi góa ê chhiú-lāi.

---

0 chóa-hui-ki: 紙飛機 1 chih: 摺 chi̍t: 一 chiah: 個
2 tùi: 打從 thang-á-mn̂g: 窗子 cho̍k: 擲 (鏢、槍等)
·chhut-·khì: 出去 3 poe: 飛 kà: 得; 到 bô-khòaⁿ-·ìⁿ:
看不見 ·khì: 了 4 hong: 風 siūⁿ-boeh: 想要 tòng:
阻擋 i: 它 5 hō͘: 雨 ak: 淋 6 poe-thâng: 在空中
飛的蟲子 kā: 咬 7 eng-á: 老鷹 lia̍h: 捕捉 8 oat-·le
tò-tńg-·lâi: 掉頭回來 9 ·ji̍p-·lâi: 進來 10 tńg-lâi: 回
來 góa: 我 ê: 的 chhiú-lāi: 手裡頭

197

Chôa Thun Siān-hî

Chı̍t bóe chôa khòaⁿ-tio̍h siān-hî-bóe,
Chı̍t chhùi tiō ka thun-·lo̍h-·è,
Hoat-kiàn he siān-hî-bóe koh bē té.
I phah-piàⁿ tı̍t-tı̍t thun,
05 Thun kòe chhiū-á-châng,
Thun kòe chio̍h-thâu-phāng.
Thun kàu bóe-·a, i seng-khu bē tín-tāng,
Tîⁿ tòa chhiū-á-châng,
Tiâu tòa chio̍h-thâu-phāng.
10 Goân-lâi i sī teh thun ka-tī.

---

0 chôa: 蛇 thun: 吞 siān-hî: 鱔魚 1 chı̍t: 一 bóe: 條 khòaⁿ-tio̍h: 看見 bóe: 尾巴 2 chhùi: 口 tiō: 就; 便 ka: 把它 ·lo̍h-·è: 下去 3 hoat-kiàn: 發現 he: 那; 那個 koh: 可; 倒是; 竟然 bē: 不 (見得) té: 短 4 i: 它 phah-piàⁿ: 努力 tı̍t-tı̍t: 一直的 5 kòe: 過 chhiū-á-châng: 樹 6 chio̍h-thâu: 石頭 phāng: 縫 7 kàu bóe-·a: 最後; 到頭來 seng-khu: 身體 bē: 不能 tín-tāng: 動彈 8 tîⁿ: 纏 tòa: 在於 9 tiâu: 套牢 10 goân-lâi: 原來 sī: 是 teh: 正在 ka-tī: 自己

Chū-iû

Pò͘-tē-hì ang-á chò-hì, bē-tàng m̄ tín-tāng,
Bô chò-hì ê sî, koh hông só-jip-khì hì-láng.
Chit sian pò͘-tē-hì ang-á chhōe ki-hōe liu,
Khì kā ka-lé ang-á tâu kóng: bô chū-iû.
05 Ka-lé ang-á kóng: "He bô sàⁿ.
"Lí khòaⁿ. Góa chit sin choân-choân sòaⁿ.
"Lâng tioh thâu, góa thâu tiuh-·chit-·ē;
"Lâng tioh kha, góa kha tiuh-·chit-·ē;
"Lâng tioh chhiú, góa chhiú tiuh-·chit-·ē;
10 "Bô chò-hì ê sî, iáu hông pak-·tī-·leh."

---

0 chū-iû: 自由　1 pò͘-tē-hì ang-á: 布袋戲的布偶　chò-hì: 演戲　bē-tàng: 不能; 不得　m̄: 不肯　tín-tāng: 動　2 bô: 不; 沒　ê sî: 的時候　koh: 又　hông: 被人家　só-jip-khì: 鎖進... 去　hì-láng: 道具箱　3 chit: 一　sian: 個（偶像）chhōe ki-hōe: 趁機; 找機會　liu: 溜逃　4 khì: 去; 前往　kā: 向; 對　ka-lé ang-á: 木偶戲等傀儡戲的傀儡　tâu: 報怨; 投訴　kóng: 說　bô: 沒有　5 he bô sàⁿ: 那沒什麼（大不了）6 lí: 你　khòaⁿ: 看　góa: 我　chit sin: 一身　choân-choân: 全是　sòaⁿ: 線　7 lâng: 人; 人家　tioh: 扯; 抽動　thâu: 頭　tiuh-·chit-·ē: 抽搐一下　8 kha: 脚　9 chhiú: 手　10 iáu: 仍然　pak-·tī-·leh: 綁著

199

Chúi

A-lí Bá-bah koh khì soaⁿ-tōng boeh thau-theh.
Soaⁿ-tōng lāi-té í-keng bô pó-pòe,
Kan-na sok-ka kan-á, po-lê àng-á, chit-sì-kè.
Ā-ū khòng-chôaⁿ-chúi; ā-ū cheng-liû-chúi;
05 Ā-ū lek-chiu ê khut-á chúi,
Ā-ū peng-chhoan ê peng-kak iûⁿ ê chúi.
A-lí Bá-bah khòaⁿ thô·-kha ū chit u,
Tiō kā chúi tò-jip-khì hit lāi-té,
Thiàu-jip-khì sé seng-khu,
10 Kóng: "Chúi koh-khah pó-kùi."

---

0 chúi: 水   1 A-lí Bá-bah: 阿里巴巴 (Ali Baba)   koh:
又; 再次   khì: 前往   soaⁿ-tōng: 山洞   boeh: 想要; 打算
thau-theh: 偷竊   2 lāi-té: 裡頭   í-keng: 已經   bô: 沒有
pó-pòe: 寶貝   3 kan-na: 只有   sok-ka: 塑膠   kan-á: 瓶
子   po-lê: 玻璃   àng-á: 窄口的缸; 甕   chit-sì-kè: 到處都
是   4 ā-ū: 有; 也有   khòng-chôaⁿ-chúi: 礦泉水   cheng-
liû-chúi: 蒸餾水   5 lek-chiu: 綠洲   ê: 的   khut-á: 水
坑   6 peng-chhoan: 冰川   peng-kak: 冰塊   iûⁿ: 溶化
7 khòaⁿ: 見   thô·-kha: 地上   ū: 有   chit: 一   u: 窟窿;
凹痕   8 tiō: 就; 於是   kā: 把   tò: 倒; 注入   jip-khì: 進...
去   hit: 那   9 thiàu: 跳   sé seng-khu: 洗澡   10 kóng:
說   koh-khah: 更加   pó-kùi: 寶貴

Chúi-ah-á

Chi̍t tīn chúi-ah-á poe kàu lán Tâi-oân.
Chi̍t chiah chúi-ah-á si̍t tn̄g--khì.
Tūi-tiúⁿ kóng: "Bô-iàu-kín.
"Lí chiām-sî lâu tòa Tâi-oân i,
05 "Chiām-sî ka-ji̍p chhài-ah-á-tīn.
"Mê-nî góa lâi chhōa lí tò-tńg-khì."
Chúi-ah-á làu-tīn chin hi-bî.
Chhài-ah-á kóng: "Bô-iàu-kín.
"Lí chiām-sî ka-ji̍p chhài-ah-á-tīn.
10 "Mê-nî tūi-tiúⁿ chhōa lí tò-tńg-khì."

---

0 chúi-ah-á: 水鴨子 1 chi̍t: 一 tīn: 群 poe: 飛 kàu:
到 lán: 咱們的 Tâi-oân: 台灣 2 chiah: 隻 si̍t: 翅膀
tn̄g--khì: 斷了 3 tūi-tiúⁿ: 隊長 kóng: 說 bô-iàu-kín:
不要緊 4 lí: 你 chiām-sî: 暫時 lâu: 留 tòa: 在於 i:
醫 5 ka-ji̍p: 加入 chhài-ah-á: 食用的鴨子 6 mê-nî:
明年 góa: 我 lâi: 來 chhōa: 帶 tò-tńg-khì: 回去
7 làu-tīn: 落單 chin: 很 hi-bî: 孤寂

Chùi-bâng-bâng

Chi̍t chiah niáu-chhí poa̍h-lo̍h chiú-àng,
Chia̍h chiú, chia̍h-kà chùi-bâng-bâng,
Khàng-chhut-lâi chiú-àng, chhōe-bô niáu-chhí-
　khang,
Bong khì kà chú-lâng-pâng,
05 Piǎng-·chi̍t-·ē tó-·lo̍h-·khì, bē tín-tāng.
I tó tòa tē-pang, bāng chi̍t bāng,
Bāng-kìⁿ chi̍t chiah niau-kang, chhùi âng-âng.
Niau-kang phīⁿ-tio̍h niáu-chhí, bī chin phang,
Óa-·lâi, phīⁿ-tio̍h chiú-hiàn, bī siuⁿ kàng,
10 Kóng: "Ǒa, chit chiah niáu-chhí chhàu-kà ná-
　chhiūⁿ goán chú-lâng."

---

0 chùi-bâng-bâng: 醉醺醺 1 chi̍t: 一 chiah: 隻 niáu-
chhí: 老鼠 poa̍h-lo̍h: 跌下 chiú-àng: 酒罈 2 chia̍h:
吃 chiú: 酒 kà: 得 3 khàng: 掙扎 chhut-lâi: 出…
來 chhōe-bô: 找不到 khang: 洞 4 bong khì kà: 摸索
到了 chú-lâng-pâng: 主臥房 5 piǎng-·chi̍t-·ē tó-·lo̍h-
·khì: 訇然倒下 bē tín-tāng: 一動也不動 6 i: 它 tó:
躺 tòa: 在 tē-pang: 地板 bāng chi̍t bāng: 做了一個
夢 7 bāng-kìⁿ: 夢見 niau-kang: 公貓 chhùi âng-âng:
張開血盆大口 8 phīⁿ-tio̍h: 聞到 bī: 味道 chin: 很
phang: 香 9 óa-·lâi: 靠過來 chiú-hiàn: 酒臭 siuⁿ:
太 kàng: 刺鼻 10 kóng: 說 ǒa: (表示失望) chit: 這
chhàu: 臭 ná-chhiūⁿ: 好像 goán: 我的 chú-lâng: 主
人

Chúi-bîn-chĥg

Hóe-chhia-lō·-piⁿ chı̍t keng sè-keng chhù,
Hóe-chhia keng-kòe khok-khok-tiô,
Chhù-lāi mı̍h-kiāⁿ tiô-tiô-·lo̍h-·lâi.
Chhù-chú kā chhù chū chúi-bîn-chĥg,
05 Hóe-chhia keng-kòe bē koh tiô,
M̄-kò kui-keng chhù iô-ā-iô.
Kiāⁿ kà pâng-keng, pâng-keng chhe̍h-·lo̍h-·khì,
Tâi-teng, phang-chúi, tó-tó-·lo̍h-·lâi.
Kiāⁿ kà chàu-kha, chàu-kha chhe̍h-·lo̍h-·khì,
10 Poe-á, kan-á, kō-kō-·lo̍h-·lâi.

---

0 chúi-bîn-chĥg: 水床 1 hóe-chhia-lō·-piⁿ: 鐵道邊 chı̍t:
一 keng: 棟 sè: 小 chhù: 房子 2 hóe-chhia: 火車
keng-kòe: 經過 khok-khok-tiô: 連續簸動 3 lāi: 裡頭
mı̍h-kiāⁿ: 東西 tiô: 簸動 ·lo̍h-·lâi: 下來 4 chhù-chú:
屋主; 房東 kā: 把 chū: 墊 5 bē: 不會 koh: 再 6 m̄-
kò: 但是 kui: 整個 iô-ā-iô: 搖動著 7 kiāⁿ: 走 kà: 到
pâng-keng: 屋子 chhe̍h: 下沈 ·lo̍h-·khì: 下去 8 tâi-
teng: 台燈 phang-chúi: 香水 tó: 倒 9 chàu-kha: 廚
房 10 poe-á: 杯子 kan-á: 瓶子 kō: 滾

Chúi Hun-chú

Ou ka *é-chîh-thú*, kap-chò chúi hun-chú,
Chip-chip-·le, sūn khe-á tit-tit lâu,
Seng-khu iô-·le, iô-·le, ná lâu ná liām-iâu,
Kóng: "Goán sī sǹg-bē-liáu ê chúi hun-chú.
05 "Goán sī chin tiōng-iàu ê *ou* ka *é-chîh-thú*."
Khe-á lâu-kòe soaⁿ-niá, lâu kàu khòng-iá,
Chúi hun-chú bô ńg thang jia-ji̍t,
Ū-ê thí-khui in ê si̍t,
Chi̍t-ê-chi̍t-ê poe-chiūⁿ thiⁿ,
10 Kóng: "Lán lǎi hûn-téng chiah koh sio-kìⁿ."

---

0 chúi hun-chú: 水分子 1 ou: 氧元素 O ka: 加上 é-chîh-thú: 二價的氫元素 H_2 kap-chò: 結合成爲 2 chip-chip-·le: 集合起來 sūn: 沿著 khe-á: 溪流 tit-tit: 一直的 lâu: 流 3 seng-khu: 身子 iô-·le, iô-·le: 搖擺著 ná... ná: 一邊... 一邊 liām-iâu: 唸歌謠 4 kóng: 說 goán: 我們 sī: 是 sǹg-bē-liáu: 無數; 不計其數 ê: 的 5 chin: 很 tiōng-iàu: 重要 6 kòe: 經; 過 soaⁿ-niá: 山嶺 kàu: 到達 khòng-iá: 曠野 7 bô: 沒有 ńg: 蔭; 影 thang: 得以 jia-ji̍t: 遮太陽 8 ū-ê: 有的 thí-khui: 展開 in ê: 他們的 si̍t: 翅膀 9 chi̍t-ê-chi̍t-ê: 一個個 poe-chiūⁿ thiⁿ: 飛上天 10 lán: 咱們 lǎi: 到; 前往 hûn-téng: 雲上 chiah: 才 koh: 再次 sio-kìⁿ: 相會

Chúi-kng

Ū chi̍t ê phu-lá-si̍-tik ê tōa chúi-kng,
Ū chi̍t ê gín-á peh-khit-lì sńg,
Tŏ--òm--chi̍t--ē poa̍h-lo̍h chúi.
Pa̍t-ê gín-á kóaⁿ-kín khioh chio̍h-thâu, ū-ê
  khian, ū-ê tûi.
05 M̄-kò phu-lá-si̍-tik ê chúi-kng kòng-bē-phòa.
Su-má-Kong khiā tòa piⁿ--a khòaⁿ,
Siūⁿ kóng: "Á-ne bô-lō·-ēng."
I tiō kóaⁿ-kín khì pak thih-bé-leng,
Kiat-ji̍p-khì chúi-kng lāi-té,
10 Hō· hit ê gín-á mo·h--leh.

---

0 chúi-kng: 水缸 1 ū: 有 chi̍t: 一 ê: 個 phu-lá-si̍-tik: 塑膠 ê: 的 tōa: 大 2 gín-á: 孩子 peh-khit-lì: 爬上去 sńg: 玩兒 3 tŏ--òm--chi̍t--ē: 噗通一聲 poa̍h-lo̍h: 跌下 chúi: 水 4 pa̍t-ê: 別的 kóaⁿ-kín: 趕緊 khioh: 撿 chio̍h-thâu: 石頭 ū-ê: 有的 khian: 丟擲以打擊 tûi: 搥 5 m̄-kò: 但是 kòng-bē-phòa: 敲不破 6 Su-má-Kong: 司馬光 khiā: 站 tòa: 在於 piⁿ--a: 旁邊兒 khòaⁿ: 看 7 siūⁿ kóng: 想道 á-ne: 這樣子 bô-lō·-ēng: 不中用 8 i: 他 tiō: 就; 於是 khì: 去 pak: 拆 (下) thih-bé-leng: 腳踏車的輪胎 9 kiat-ji̍p-khì: 丟進... 去 lāi-té: 裡頭 10 hō·: 給; 讓 hit: 那 (個) mo·h--leh: 抱著

Chúi-liú-á-ki

Chúi-liú-á-ki sìm-ā-sìm.
Hong lâi, i tiō thâu-khak tìm-ā-tìm.
Chi̍t chiah lāng-tāng-tiù-á poe-lâi hioh,
Chúi-liú-á-ki lóng bô chùn-būn--tio̍h.
05 Chi̍t chiah chhù-chiáu-á poe-lâi hioh,
Chúi-liú-á-ki iô-ā-iô.
Chi̍t chiah o͘-a poe-lâi hioh,
Chúi-liú-á-ki oan--lo̍h--khì.
O͘-a siŭ--chi̍t--ē, liu--lo̍h--khì,
10 Kóaⁿ-kín phia̍t--chi̍t--ē, poe-cháu--khì.

---

0 chúi-liú-á-ki: 柳枝　1 sìm: (有彈性的東西上下) 顫動
...ā...: ... 著... 著　2 hong: 風　lâi: 來　i: 它　tiō: 就
thâu-khak: 腦袋　tìm: 點 (頭)　3 chi̍t: 一　chiah: 隻
lāng-tāng-tiù-á: 雲雀　poe: 飛　hioh: 棲; 停歇　4 lóng
bô chùn-būn--tio̍h: 絲毫沒有反應　5 chhù-chiáu-á: 麻
雀　6 iô: 搖　7 o͘-a: 烏鴉　8 oan: 彎　·lo̍h--khì: 下去
9 siŭ--chi̍t--ē: 很快地滑動的樣子　liu: 滑; 溜　10 kóaⁿ-
kín: 趕緊　phia̍t--chi̍t--ē: 拍翅膀　...cháu--khì: ... 走
了

Chúi-pà

Chhim-soaⁿ ū chi̍t ê chúi-chôaⁿ.
Chôaⁿ-chúi chhū-chhū-chōaⁿ,
Oan-oan-oat-oat lâu-lo̍h soaⁿ,
Khin-siaⁿ-sè-soeh teh chhiùⁿ-koa:
05 "Tó·-lóm-tom. Tó·-lóm-tom."
Chôaⁿ-chúi lú lâu, lú tōa-káng; lú chhiùⁿ, lú
    tōa-siaⁿ:
"Chhē-lē-chhè. Chhā-lā-chhà."
Chôaⁿ-chúi lâu kàu chi̍t ê tōa chúi-pà.
Chúi-cha̍h chhun-chhiú chhut-lâi cha̍h,
10 Kóng: "Lí ē-tàng kàu chia niâ."

---

0 chúi-pà: 水壩　1 chhim-soaⁿ: 深山 (裡頭) ū: 有 chi̍t: 一 ê: 個 chúi-chôaⁿ: 泉　2 chôaⁿ-chúi: 泉水 chhū-chhū-chōaⁿ: 如注地濆　3 oan-oan-oat-oat: 拐來拐去 lâu: 流 lo̍h: 下 soaⁿ: 山　4 khin-siaⁿ-sè-soeh: 低聲地 teh chhiùⁿ-koa: 唱著歌　5 tó·-lóm-tom: (潺潺的水聲)　6 lú... lú...: 越... 越... tōa-káng: (水流) 大 chhiùⁿ: 唱 tōa-siaⁿ: (聲音) 大　7 chhē-lē-chhè: (強大的水聲) chhā-lā-chhà: (強大的水聲)　8 kàu: 到達 tōa: 大　9 chúi-cha̍h: 水閘門 chhun-chhiú chhut-lâi: 伸出手來 cha̍h: 攔截　10 kóng: 說 lí: 你 ē-tàng: 可以; 准許 chia: 這兒 niâ: (只...) 而已

207

Chúi-piⁿ

Chi̍t ê gín-á chē tī chúi-piⁿ,
Khòaⁿ chúi-té ū thiⁿ,
Khòaⁿ chúi-té ū ji̍t-thâu,
Khòaⁿ chúi-té hûn teh cháu.
05 Khòaⁿ chúi-té chi̍t tâi hui-hêng-ki.
Gín-á ài chē hui-hêng-ki,
"Tŏm"--chi̍t--ē thiàu--lo̍h--khì,
Taⁿ-thâu khòaⁿ-tio̍h thiⁿ,
Khòaⁿ thiⁿ-téng ū ji̍t-thâu,
10 Khòaⁿ thiⁿ-téng hûn teh cháu.

---

0 chúi-piⁿ: 水邊　1 chi̍t: 一　ê: 個　gín-á: 孩子　chē:
坐　tī: 在於　2 khòaⁿ: 看 (見)　chúi-té: 水中　ū: 有
thiⁿ: 天空　3 ji̍t-thâu: 太陽　4 hûn: 雲　teh: 正在
cháu: 移動; 跑　5 tâi: 台; 輛　hui-hêng-ki: 飛機　6 ài:
喜愛; 想要　chē: 搭　7 "tŏm"--chi̍t--ē: 噗通一聲　thiàu-
-lo̍h--khì: 跳下去　8 taⁿ-thâu: 抬頭　tio̍h: 著; 到; 見
9 thiⁿ-téng: 天空裡

Chûn-á-chhù

Ko͘-ta̍k-niau kā phû-tháng pa̍k chò-hóe,
Kā pang-á pho͘ chò-hóe,
Bîn-téng tèng chi̍t keng chûn-á-chhù, chhat
  hoe-hoe.
Khǹg chi̍t chiah toh-á thang chia̍h-pn̄g,
05 Khǹg chi̍t chiah liâng-í chò bîn-chhn̂g,
Pâi kóa phûn-chai thang khòaⁿ-súi,
Pâi kóa thài-ià, chûn phòa thang siû-chúi,
Gia̍h chi̍t ki tiò-á, phāiⁿ chi̍t kha khah-á,
Ka-tī chi̍t ê sái chûn-á-chhù, sái-chhut hái,
10 Siūⁿ-boeh hn̄g-hn̄g lī-khui chit ê sè-kài.

---

0 chûn-á-chhù: 船屋 1 Ko͘-ta̍k-niau: 孤癖貓 kā: 把
phû-tháng: 浮筒 pa̍k: 綁 chò-hóe: 在一道 2 pang-
á: 木板 pho͘: 鋪 3 bîn-téng: 上面 tèng: 釘 chi̍t: 一
keng: 個; 棟 chhat hoe-hoe: 塗得花花綠綠的 4 khǹg:
放置 chiah: 把; 張; 個 toh-á: 桌子 thang: 能夠; 得以
chia̍h-pn̄g: 吃飯 5 liâng-í: 躺椅 chò: 當做 bîn-chhn̂g:
床 6 pâi: 擺 kóa: 一些 phûn-chai: 盆景 khòaⁿ-súi:
觀賞 7 thài-ià: 輪胎 chûn: 船 phòa: 破 siû-chúi: 游
泳 8 gia̍h: 拿 ki: 枝 tiò-á: 釣竿 phāiⁿ: 揹 (東西)
kha: 只 khah-á: 魚簍子 9 ka-tī chi̍t ê: 自個兒 sái:
駛 chhut: 出 hái: 海 10 siūⁿ-boeh: 想要 hn̄g-hn̄g:
遠遠地 lī-khui: 離開 chit ê: 這個 sè-kài: 世界

Chūn-pe Chūn Chūn-lê

Chūn-pe chūn chūn-lê.
Chūn-lê kiâⁿ chi̍t-pòaⁿ, m̄ koh kiâⁿ.
Chūn-pe kóng: "He ū-iáⁿ!"
Chūn-pe tiō chūn-tò-thè,
05 Koh-chài chūn chūn-lê.
Chūn-lê koh-chài kiâⁿ chi̍t-pòaⁿ, m̄ koh kiâⁿ.
Chūn-pe kóng: "M̄-sìn siàⁿ!"
Chhut-tōa-tōa-la̍t tiō ka chūn-·lo̍h-·khì,
Chūn-chi̍t-ē chūn-lê ê lô-si-u ui-ui-·khì.
10 Chūn-pe phiù-phiù-·khì.

---

0 chūn-pe: 螺絲起子　chūn: 扭; 轉　chūn-lê: 螺絲釘
2 kiâⁿ: 走　chi̍t-pòaⁿ: 一半　m̄: 不肯　koh: 再; 繼續
3 kóng: 說　he ū-iáⁿ: 豈有此理　4 tiō: 於是　...tò-thè:
倒退著...　5 koh-chài: 再次　7 m̄-sìn siàⁿ: (我才) 不信
邪　8 chhut-tōa-tōa-la̍t: 使勁　ka: 給他; 把他　·lo̍h-·khì:
下去　9 ...chi̍t-ē: ... 得; ... 了一下　ê: 的　lô-si-u: 螺絲
釘頭上的槽　ui: 磨損　...·khì: ... 了; 變...　10 phiù: 滑
(走); 彈 (開)

É-á-iâ kah Lò-iâ

É-á-iâ kah Lò-iâ chhut-khì kiâⁿ,
Kiâⁿ kàu kheⁿ-á-lāi,
Khòaⁿ-kìⁿ káu-á poáh-lóh chúi.
É-á-iâ thiàu-lóh-khì kā i kiù-·khit-·lâi.
05 É-á-iâ kah Lò-iâ koh-chài kiâⁿ,
Kiâⁿ kàu chhiū-nǎ-lāi,
Khòaⁿ-kìⁿ niau-á ām-kún tiâu tī chhiū-á-oe.
Lò-iâ peh-khit-lì kā i kiù-·lóh-·lâi.
Lâng tiō chhiáⁿ in ka-jip kiù-kok-thoân,
10 Chhiáⁿ in ták nî chhut-sûn, pó pêng-an.

---

0 É-á-iâ: 七爺范無救　kah: 和; 以及　Lò-iâ: 八爺謝必安　1 kah: 和 (... 一道) chhut-khì: 出去　kiâⁿ: 走　2 kàu: 到　kheⁿ-á: 山谷; 溪谷　lāi: 裡頭　3 khòaⁿ-kìⁿ: 看見　káu-á: 狗　poáh-lóh: 跌進　chúi: 水　4 thiàu: 跳　lóh-khì: 下去　kā: 把; 將　i: 它　kiù: 救　·khit-·lâi: 上來　5 koh-chài: 又; 繼續　6 chhiū-nǎ: 樹林子　lāi: 裡　7 niau-á: 貓　ām-kún: 脖子　tiâu: 卡住　tī: 在於　chhiū-á-oe: 枝椏　8 peh: 爬　khit-lì: 上... 去　·lóh-·lâi: 下來　9 lâng: 人家　tiō: 就; 於是　chhiáⁿ: 請　in: 他們　ka-jip: 加入　kiù-kok-thoân: 救國團　10 ták: 每　nî: 年　chhut-sûn: 出巡　pó pêng-an: 保平安

211

Ê, Chhēng-m̄-tio̍h Kha

Kha chhēng ê, chhēng-m̄-tio̍h kha:
Chiàn-kha lom tò kha, tò-kha lom chiàn kha.
Ê kóng: "Lín chhēng-m̄-tio̍h kha."
Kha kóng: "Bŏa-kín ·la!"
05 "Goán nńg-nńg; lín tēng-tēng.
"Goán ē-tàng sûi lín ê hêng lâi piàn-hêng."
Kha tiō: ê chhēng-m̄-tio̍h kha, chhut-khì kiân,
Lú kiân, soah lú thiàn.
Chiàn-kha boeh kah tò-kha sio-ōan kha.
10 Tò-kha kóng: "Lō·-ni thǹg ê, pháin-khòan ·la!"

---

0 ê: 鞋 chhēng: 穿 m̄-tio̍h: 錯; 不對 kha: (成雙器物的一) 只 1 kha: 脚 2 chiàn-kha: 右脚 lom: 套進; 穿 tò kha: 左脚那只 tò-kha: 左脚 chiàn kha: 右脚那只 3 kóng: 說 lín: 你們 4 bŏa-kín: 不要緊; 沒關係 ·la: 吶; 呀; 啊 5 goán: 我們 nńg: 軟 tēng: 硬 6 ē-tàng: 能夠 sûi: 隨著; 順著 ê: 的 hêng: 形狀 lâi: 來; 以 piàn-hêng: 變形 7 tiō: 就; 於是 chhut-khì: 出去 kiân: 走; 遛達 8 lú...lú...: 越... 越... soah: 竟然; 結果 thiàn: 痛 9 boeh: 想要 kah: 和; 與 sio-ōan kha: 互換另一只 (鞋) 10 lō·-ni: 路上 thǹg: 脫 pháin-khòan: 難看

É-sop Lí-hêng

É-sop ê chú-lâng boeh lí-hêng,
Hêng-lí chi̍t tē koh chi̍t tē,
Ū-ê boeh chia̍h, ū-ê boeh ēng.
Lô͘-lē chi̍t lâng phāiⁿ chi̍t tē,
05 Chāi lâng ka-tī kéng.
É-sop siūⁿ kóng: chia̍h--ê ē kiám, bē khah ke,
Tiō kéng chia̍h--ê hit chi̍t tē.
Chú-lâng lí-hêng, tùi chia̍h te̍k-pia̍t hèng,
Chi̍t-lō͘ bé he chia̍h--ê, koh bé che.
10 É-sop hêng-lí bô kiám, ū khah ke.

---

0 É-sop: 伊索 (Aesop) lí-hêng: 旅行　1 ê: 的　chú-lâng: 主人　boeh: 行將　2 hêng-lí: 行李　chi̍t: 一　tē: 袋　koh: 又　3 ū-ê: 有的　boeh: 打算　chia̍h: 吃　ēng: 用　4 lô͘-lē: 奴隸　chi̍t: 一; 每　lâng: 人　phāiⁿ: 揹　5 chāi: 任憑　ka-tī: 自己　kéng: 挑選　6 siūⁿ-kóng: 想; 以爲　chia̍h--ê: 吃的　ē: 會　kiám: 減少　bē: 不會　khah: 更加　ke: 增加　7 tiō: 就　hit chi̍t: 那一　8 tùi: 對於　chia̍h: 吃　te̍k-pia̍t: 特別　hèng: 嗜好　9 chi̍t-lō͘: 一路上　bé: 買　he: 那　che: 這　10 bô: 無　ū: 有

213

Eng-ko

Góa bat chhī chi̍t chiah eng-ko.
Góa kà i kóng: "Lí hó." I o̍h kóng: "Lí hó."
"Góa sī eng-ko, lín tōa-ko."
"Góa sī eng-ko, lín tōa-ko."
05 "Lí mài lo-so." "Lí mài lo-so."
"Lí nā hó-táⁿ, lâi kâ lia̍h, ko."
"Lí nā hó-táⁿ, lâi kâ lia̍h, ko."
"Góa ê bah bē-pháiⁿ-chia̍h, o͘!"
"Góa ê bah bē-pháiⁿ-chia̍h, o͘!"
10 Niau-á kóng: "Khó-lêng ū-iáⁿ, o͘!"

---

0 eng-ko: 鸚鵡 1 góa: 我 bat: 曾經 chhī: 養; 餵 chi̍t: 一 chiah: 隻 2 kà: 教 i: 它 kóng: 說 lí hó: 你好 o̍h: 學 3 sī: 是 lín: 你 (們) 的 tōa-ko: 大哥 5 lí: 你 mài: 別; 不要 lo-so: 囉嗦 6 nā: 如果... 的話 hó-táⁿ: 有種; 膽子大 lâi: 來 kâ: 把我 lia̍h: 捕捉 ko: 表示警告或挑釁的語尾助詞 8 ê: 的 bah: 肉 bē pháiⁿ: 不難 chia̍h: 吃 o͘: 呢 10 niau-á: 貓 khó-lêng: 可能 ū-iáⁿ: 真的

Gȧk-tūi

A-loân chơ gȧk-tūi.

Góa giȧh tī chò chí-hui.

A-bêng iōng kûn-thâu-bó cheng mñg chò tōa-kớ,

Kā mñg cheng-kà lap chi̍t o.

05 A-lâi giȧh kòng-thûi-á kòng tiáⁿ chò tâng-lô,

Kā tiáⁿ kòng-kà lap chi̍t o.

A-khîm the̍h thng-sî-á khà po-lê au-á, khin-khín-khiang-khiang.

"Khiang"- -chi̍t- -ē, au-á liàn tùi thô·-kha ·khì,

Kā in ma-ma ê kha chhak chi̍t khang.

10 In ma-ma kiò goán chhut-chhut- -khì.

---

0 gȧk-tūi: 樂隊　1 A-loân: 阿鸞　chơ: 組　2 góa: 我 giȧh: 拿; 舉 tī: 筷子 chò: 當; 擔任 chí-hui: 指揮　3 A-bêng: 阿明 iōng: 拿; 用 kûn-thâu-bó: 拳頭 cheng: 搥打; 舂 mñg: 門 chò: 當做 tōa-kớ: 大鼓　4 kā: 把 kà: 得; 到 lap: 凹; 塌 chi̍t: 一 o: 凹痕　5 A-lâi: 阿來 kòng-thûi-á: 釘鎚 kòng: 錘打 tiáⁿ: 鍋 tâng-lô: 銅鑼　7 A-khîm: 阿琴 the̍h: 拿; 取 thng-sî-á: 調羹 khà: 敲 po-lê: 玻璃 au-á: 杯子 khin-khín-khiang-khiang: 叮叮噹噹　8 "khiang"- -chi̍t- -ē: 噹的一聲 liàn: 掉; 滾 tùi... ·khì: 到... 去 thô·-kha: 地上　9 in: 她的 ma-ma: 媽媽 ê: 的 kha: 脚 chhak: 刺 khang: 傷口　10 kiò: 叫 goán: 我們 chhut-chhut- -khì: 出去 (外頭)

215

Gín-á Khòaⁿ Chheⁿ

Thiⁿ-téng ê chheⁿ teh chhiùⁿ-koa,
Chhiùⁿ-kà ba̍k-chiu nih-ā-nih.
Gín-á tiām-tiām thiaⁿ,
Ba̍k-chiu sih-ā-sih.
05 Gîn-hô ê chheⁿ teh sńg-chúi,
Sńg-kà seng-khu sih-ā-sih.
Gín-á kim-kim-khòaⁿ.
Gín-á ba̍k-chiu nih-ā-nih.
Gín-á ba̍k-chiu bui-bui-bui.
10 Gín-á ba̍k-chiu mi-mi-mi.

---

0 gín-á: 孩子 khòaⁿ: 看 chheⁿ: 星星 1 thiⁿ-téng: 天
上 ê: 的 teh: 正在 chhiùⁿ: 唱 koa: 歌 2 kà: 得; 以
至於 ba̍k-chiu: 眼睛 nih-ā-nih: 眨呀眨的 3 tiām-tiām:
靜靜地 thiaⁿ: 聽 4 sih-ā-sih: 閃爍著 5 gîn-hô: 銀河
sńg-chúi: 戲水 6 sńg: 玩兒 seng-khu: 身子 7 kim-
kim-khòaⁿ: 注視 9 bui: 眯 (眼) 10 mi: 閉 (眼)

Gín-á-the

Gín-á-the tī ma-ma ê pak-tó͘-té,
Liam-ni cheng--chit--ē, liam-ni that--chit--ē,
Kóng: "Hôa chhut--khì! Hôa chhut--khì!"
Ma-ma kóng: "Bé-bì, koai!
05 "Lí tio̍h-ài jím-nāi.
"Kî-si̍t Ma-ma ê pak-tó͘ lāi-té khah sù-sī.
"Lí nā lâi chhut-sì, tiō bē-tàng tò-jip--khì."
Gín-á-the chhut-tōa-la̍t cheng, chhut-tōa-la̍t
    that.
Ma-ma thiàⁿ-kà ba̍k-thâu kat-kat-kat,
10 Kóng: "Bé-bì, bé-bì. Lí taⁿ hó kín chhut-sì."

---

0 gín-á-the: 胎兒 1 tī: 在於 ma-ma: 媽媽 ê: 的
pak-tó͘: 肚 té: 裡頭 2 liam-ni...liam-ni...: 一會兒...
一會兒... cheng: (用拳頭或杵) 搥 ·chit--ē: 一下 that:
踢 3 kóng: 說 hôa: 讓我 chhut--khì: 出去 4 bé-bì:
寶寶 koai: 乖 5 lí: 你 tio̍h-ài: 必須 jím-nāi: 忍
耐 6 kî-si̍t: 其實 lāi-té: 裡頭 khah: 較為 sù-sī: 舒
適 7 nā: 如果 lâi: 前來 chhut-sì: 出生 tiō: 就 bē-
tàng: 不能 tò-jip--khì: 回頭進去 8 chhut-tōa-la̍t: 使
勁 9 thiàⁿ-kà: 痛得... ba̍k-thâu kat-kat-kat: 眉頭深
鎖 10 taⁿ: 現在 hó: 該... 了 kín: 趕快

Giú Toh-kin

Toh-téng chi̍t khaⁿ bah.
O͘ káu, pe̍h káu, siūⁿ-boeh chia̍h,
Tiō khì giú toh-kin.
Chi̍t chiah kā chi̍t thâu.
05 Nn̄g chiah giú-lâi-giú-khì, giú-bē-loaih.
 N̂g káu, hoe káu, mā lâi giú toh-kin.
Chi̍t chiah kā chi̍t kak.
Sì chiah giú-lâi-giú-khì, giú-bē-loaih.
Niau-á khòaⁿ-·tio̍h, kóng: "A-hoe, lí mài.
10 "Giú saⁿ ê kak, chiah ē kā i giú-·lo̍h-·lâi."

---

0 giú: 拉; 扯 toh-kin: 桌布 1 toh-téng: 桌子上 chi̍t: 一 khaⁿ: (深底) 鍋 bah: 肉 2 o͘: 黑 káu: 狗 pe̍h: 白 siūⁿ-boeh: 想要 chia̍h: 吃 3 tiō: 就; 於是 khì: 去 4 chiah: 隻 kā: 咬 thâu: 頭; 端 5 nn̄g: 二 ...lâi ...khì: ... 來... 去 giú-bē-loaih: 扯不下來 6 n̂g: 黃 hoe: 花; 有斑點的 mā: 也 lâi: 前來 7 kak: (椅) 角 8 sì: 四 9 niau-á: 貓 khòaⁿ-·tio̍h: 看見了 kóng: 說 A-hoe: 阿花 lí: 你; 妳 mài: 別 (拉); 不要 (拉) 10 saⁿ: 三 ê: 個 chiah: 才 ē: 能; 可 kā: 把 i: 它 ·lo̍h-·lâi: 扯下來

Goe̍h-bâi

Sió-sîn-sian àm-sî cháu-·chhut-·lâi,
Khòaⁿ thiⁿ-téng chi̍t ê goe̍h-bâi.
Goe̍h-bâi kóng: "Tōa-ba̍k ná goe̍h-bâi pìⁿ îⁿ-îⁿ.
"Chiú-khut-á ná goe̍h-bâi khiā khi-khi."
05 Tōa-ba̍k kóng: "Goe̍h-bâi ū-sî-á kak sûi-sûi,
"Ná teh chhiò ê ba̍k-chiu, sió-khóa bui-bui."
Chiú-khut-á kóng: "Goe̍h-bâi ū-sî-á kak khiàu-
      khiàu,
"Ná teh chhiò ê chhùi, sió-khóa khui-khui."
Bô seng-khu ê niau kóng: "Goe̍h-bâi pûi-pûi,
"Ná góa teh chhiò ê chhùi, khui-khui-khui."

---

0 goe̍h-bâi: 月牙兒　1 sió-sîn-sian: (森林中的) 小精靈
àm-sî: 夜裡　cháu-·chhut-·lâi: 出來　2 khòaⁿ: 見; 看到
thiⁿ-téng: 天上　chi̍t: 一　ê: 個　3 Goe̍h-bâi: 月牙兒
(某小精靈的名字)　kóng: 說　Tōa-ba̍k: 大眼睛　ná: 好
像; 宛若　pìⁿ: 變成　îⁿ: 圓　4 Chiú-khut-á: 酒窩　khiā:
站立　khi: 斜　5 ū-sî-á: 有時候　kak: 犄角兒　sûi: 下垂
6 teh chhiò ê: 笑著的　ba̍k-chiu: 目睭　sió-khóa: 稍微
bui: 眯 (眼)　7 khiàu: 翹起　8 chhùi: 嘴巴　khui: 張開
9 bô seng-khu ê niau: 沒身子的貓　pûi: 胖　10 góa: 我
ê: 的

Ha-ló· Khít-tì

Góa pòaⁿ-mê chhùi-ta, cháu-khì chàu-kha.
Chàu-kha ū lâng-kheh; Ma-ma teh phàu-tê.
Ma-ma thîn chıt au hō· A-lí-suh.
A-lí-suh phá-suh hō· Ha-ló· Khít-tì.
05 Ha-ló· Khít-tì tih-boeh koh phá-suh.
Góa ka chiap--kòe--lâi, tiō boeh ka lim--khì.
Ha-ló· Khít-tì thiàu-khit-lâi kā góa chhiúⁿ,
Kóng: "Lí ài phá-suh hō· Ma-mǐ."
Góa cheng-sîn--khit--lâi, thí-khui bảk-chiu,
10 Khòaⁿ Ha-ló· Khít-tì teh tī góa ê chhiú.

---

0 Ha-ló· Khít-tì: 哈囉貓咪 1 góa: 我 pòaⁿ-mê: 半
夜 chhùi-ta: 口渴 cháu-khì...: 到... 去 chàu-kha: 廚
房 2 ū: 有 lâng-kheh: 客人 ma-ma: 媽媽 teh: 正
在 phàu-tê: 泡茶 3 thîn: 倒 (茶、酒等); 斟 chıt: 一
au: 甌 hō·: 給 A-lí-suh: 愛麗絲 4 phá-suh: 傳遞
5 tih-boeh: 正要 koh: 再 6 ka: 把它 chiap--kòe--lâi:
接過來 tiō: 就; 立即 boeh: 要; 打算 lim--khì: 喝掉
7 thiàu: 跳 khit-lâi: 起來 kā... chhiúⁿ: 搶...; 對...
行搶 8 kóng: 說 lí: 你 ài: 應該; 必須 ma-mǐ: 媽
咪 9 cheng-sîn: 清醒 thí-khui: 睜開 bảk-chiu: 眼睛
10 khòaⁿ: 見 teh: 壓 tī: 在於 ê: 的 chhiú: 手

220

Hái-ang

Hái-ang tiâu tī hái-thoaⁿ ê hái-soa.
Ham-á kóaⁿ-kín khat hái-soa,
Chîm-á kóaⁿ-kín poaⁿ hái-soa,
Kā hái-soa khat-kóa-tiāu, poaⁿ-kóa-cháu.
05 Gín-á tùi phīⁿ sak, thá-khơh tùi bóe thoa.
Hái-ang iáu-sī bē tín-tāng.
Hái-chúi tiō kín tit-tit châng,
Kā hái-thoaⁿ ớ chit khang.
Hái-ang khai-sí ngiàuh-ngiàuh-tāng,
10 Kóng: "To-siā tàk-kē tàu-saⁿ-kāng."

---

0 hái-ang: 鯨魚 1 tiâu tī: 卡在 hái-thoaⁿ: 海灘 ê: 的 hái-soa: 海沙 2 ham-á: 蚌; 蛤 kóaⁿ-kín: 趕快 khat: 舀 3 chîm-á: 螃蟹 poaⁿ: 搬 4 kā: 把 khat-kóa-tiāu: 舀掉一些 poaⁿ-kóa-cháu: 搬走一些 5 gín-á: 孩子 tùi: 從...(那一頭) phīⁿ: 鼻子 sak: 推 thá-khơh: 章魚 bóe: 尾巴 thoa: 拖 6 iáu-sī: 仍然 bē tín-tāng: 動不了 7 hái-chúi: 海水 tiō: 就; 於是 kín: 趕快 tit-tit: 不斷地 châng: 沖刷; 沖打 8 ớ: 挖 chit khang: 一個窟窿 9 khai-sí: 開始 ngiàuh-ngiàuh-tāng: 扭動; 蠕動 10 kóng: 說 to-siā: 謝謝 tàk-kē: 大家 tàu-saⁿ-kāng: 幫忙

Hái-sai

Hái-sai tī hái-pi^n tiām-tiām chhāi,
Teh kò· Sin-ka-pho ê káng-kháu.
Hái-·ni ê siù-lūi khòa^n i chiâ^n kî-koài.
I tō tùi hái-·ni ê siù-lūi khoa-kháu,
05 Kóng: "Lín hái-chhiū^n bô sêng chhiū^n,
"Hái-pà bô sêng pà, hái-káu bô sêng káu.
"Kan-na góa hái-sai ū sêng sai."
Hái-·ni ê siù-lūi tō soán i chò bîn-ì tāi-piáu.
Hái-sai kóng: "Góa chiâ^n ài.
10 "M̄-kò góa tio̍h kò· Sin-ka-pho ê káng-kháu."

---

0 hái-sai: (新加坡的) 海獅 1 tī: 在於 hái-pi^n: 海邊
tiām-tiām: 靜靜地 chhāi: 站著或坐著不動 2 teh: 正
在 kò·: 看顧 Sin-ka-pho: 新加坡 ê: 的 káng-kháu:
港口 3 hái-·ni: 海裡 ê: 的 siù-lūi: 獸類 khòa^n: 見;
覺得 i: 它 chiâ^n: 很 kî-koài: 奇怪 4 tō: 就; 於
是 tùi: 對; 向 khoa-kháu: 誇口 5 kóng: 說 lín: 你們
hái-chhiū^n: 海象 bô sêng: 不像 chhiū^n: 象 6 hái-pà:
海豹 pà: 豹 hái-káu: 海狗 káu: 狗 7 kan-na:
只; 僅 góa: 我 ū sêng: 像 sai: 獅子 8 soán: 選
chò: 當; 做 bîn-ì tāi-piáu: 民意代表 9 ài: 喜歡; 想要
10 m̄-kò: 但是 tio̍h: 必須

Hái-soa-po͘

Chi̍t chūn hái-éng éng--kòe--lâi.
Hái-soa-po͘ chin chē súi-súi ê lê-á-khak.
Gín-á kóaⁿ-kín khioh--khí--lâi.
Koh chi̍t chūn hái-éng éng--kòe--lâi.
05 Hái-soa-po͘ chin chē súi-súi ê ham-á-khak.
Gín-á kóaⁿ-kín khioh--khí--lâi.
Koh chi̍t chūn hái-éng éng--kòe--lâi.
Hái-soa-po͘ chin chē thô͘-tāu-khak, koe-chí-
khak, liû-liân-khak.
Gín-á khioh--tio̍h, koh ka tàn-hìⁿ-sak.
10 Hái-chúi-e̍k-tiûⁿ ê kang-lâng kóaⁿ-kín khioh-
-khí--lâi.

---

0 hái-soa-po͘: 海邊沙灘 1 chi̍t: 一 chūn: 波;陣 hái-
éng: 海浪 éng--kòe--lâi: (浪) 打過來 2 chin: 很 chē:
多 súi-súi ê: 漂亮的 lê-á: 螺 khak: 殼 3 gín-á: 孩子
kóaⁿ-kín: 趕快 khioh: 撿 --khí--lâi: 起來 4 koh: 又
5 ham-á: 蚌 8 thô͘-tāu: 花生 koe-chí: 瓜子 liû-liân:
榴槤 9 khioh--tio̍h: 撿到 ka: 把它 tàn-hìⁿ-sak: 丟棄
10 hái-chúi-e̍k-tiûⁿ: 海水浴場 ê: 的 kang-lâng: 工人

Hái-té

Bí-jîn-hî tńg-khì hái-té,
Chhōa Ông-chú khì chò lâng-kheh.
Ông-chú sàn-pō͘, khan hái-káu;
Lí-hêng, khiâ hái-bé;
05 Thiám ê sî, tó-leh sǹg hái-chhe^n.
M̄-kò hái-káu bē nà-chı̍h;
Hái-bé bô tèng bé-tê-thih;
Hái-chhe^n ê ba̍k-chiu bē sih, mā bē nih.
Ông-chú kám-kak chin bô-bī,
10 Chhōa Bí-jîn-hî tńg-lâi lio̍k-tē, khah kui-khì.

---

0 hái-té: 海裡頭　1 Bí-jîn-hî: 美人魚　tńg-khì: 回... 去
2 chhōa: 帶領　Ông-chú: 王子　khì...: ... 去　chò lâng-
kheh: 做客　3 sàn-pō͘: 散步　khan: 牽　hái-káu: 海狗
4 lí-hêng: 旅行　khiâ: 騎　hái-bé: 海馬　5 thiám: 疲倦
ê sî: 的時候　tó-leh: 躺著　sǹg: 算; 數　hái-chhe^n: 海星
6 m̄-kò: 但是　bē: 不; 不會　nà-chı̍h: 伸縮舌頭　7 bô:
沒有　tèng: 釘上　bé-tê-thih: 馬蹄鐵　8 ê: 的　ba̍k-chiu:
眼睛　sih: 閃爍　mā: 也; 亦　nih: 眨動　9 kám-kak: 覺
得　chin: 很　bô-bī: 無聊; 沒興趣　10 tńg-lâi: 回... 來
lio̍k-tē: 陸地　khah kui-khì: 乾脆一點; 省得麻煩

Hàm-kiàⁿ

A-má khòaⁿ-chheh m̄-nā kòa ba̍k-kiàⁿ,
Koh gia̍h chi̍t ki tōa-ki hàm-kiàⁿ.
A-hô kòa a-má ê ba̍k-kiàⁿ, chiān thit-thô,
Kòa-·khit-·lâi ta̍k hāng lóng khòaⁿ-bô,
05 Tiō ōaⁿ gia̍h a-má ê hàm-kiàⁿ, chiān thit-thô,
Tòa ji̍t-thâu-kha khòaⁿ iû-phiò.
Iû-phiò chhut-ian, koh phā-phā-to̍h.
A-hô chhoah-chi̍t-tiô, poa̍h-chi̍t-tó,
Teh-tⁿg a-má ê ba̍k-kiàⁿ,
10 Siak-phòa a-má ê hàm-kiàⁿ.

---

0 hàm-kiàⁿ: 放大鏡 1 a-má: 奶奶 khòaⁿ-chheh: 看書 m̄-nā: 不但 kòa: 戴 ba̍k-kiàⁿ: 眼鏡 2 koh: 而且 gia̍h: 舉 chi̍t: 一 ki: 把; 只 tōa-ki: 大 3 A-hô: 阿和 ê: 的 chiān: 亂玩 thit-thô: 取樂 4 ·khit-·lâi: 起來 ta̍k hāng: 每樣東西 lóng: 都 khòaⁿ-bô: 看不見 5 tiō: 於是 ōaⁿ: 換; 改成 6 tòa: 在於 ji̍t-thâu-kha: 太陽底下 khòaⁿ: 看 iû-phiò: 郵票 7 chhut-ian: 冒煙 phā-phā-to̍h: 熊熊燃燒 8 chhoah-chi̍t-tiô: 大吃一驚 poa̍h-chi̍t-tó: 跌了一跤 9 teh-tⁿg: 壓斷 10 siak-phòa: 摔破

Hang-ke

A-gī tī chhan-koán teh cháu-toh.
Chi̍t ê a-pô ji̍p-lâi chē,
Boeh-ài chia̍h hang-ke.
A-gī, hang-ke phâng kàu-tè,
05 M̄-tú-hó, hang-ke liàn-·lo̍h-·è.
A-gī kā pǒaⁿ tǹg tòa toh-téng-·e.
A-pô kóng: "Ě, góa ê hang-ke ·le?"
A-gī àⁿ-lo̍h-ě khioh hang-ke,
Khioh-khit-lâi hē pǒaⁿ-té,
10 Kóng: "Tī chia. Che hang-ke, lí tiám ·ê."

---

0 hang-ke: 烤雞 1 A-gī: 阿義 tī: 在於 chhan-koán: 餐館 teh: 正在 cháu-toh: 跑堂 2 chi̍t: 一 ê: 位; 個 a-pô: 老婆婆 ji̍p-lâi: 進來 chē: 坐 3 boeh-ài: 想要 chia̍h: 吃 4 phâng: 端 kàu-tè: 到達 5 m̄-tú-hó: 不巧 liàn-·lo̍h-·è: 掉下去 6 kā: 把; 將 pǒaⁿ: 盤子 tǹg: (重重地) 放 tòa: 在於 toh-téng-·e: 桌子上 7 kóng: 說 ě: 咦 góa: 我 ê: 的 ·le: 呢 8 àⁿ-lo̍h-ě: 俯身 khioh: 撿 9 khit-lâi: 起來 hē: 放置 pǒaⁿ-té: 盤子裡 10 tī chia: 在這兒 che: 這個 lí: 你 tiám: 點 (菜) ·ê: 的

Hian Chheh

Chheh chē tī thang-á-mn̂g-piⁿ.
Thang-á-mn̂g khui chi̍t sìⁿ.
Hong ji̍p-lâi kah i sńg.
Hong kā chheh hian-khui.
05 Chheh koh ha̍p-tò-tńg.
Hong kah chheh sńg chi̍t-khùi,
Hō͘ kóng: i mā boeh.
Hō͘ kā chheh phoah-kà liâm-chò-hóe.
Hong hian chheh, hian-bē-khui,
10 Khàu-kà: "Hňg, hňg, hňg."

---

0 hong: 風 hian: 翻; 掀 chheh: 書 1 chē: 坐 tī: 在
於 thang-á-mn̂g: 窗子 piⁿ: 旁邊 2 khui: 開 chit: 一
sìⁿ: 扇 3 ji̍p-lâi: 進來 kah: 和 (... 互相) i: 它 sńg:
玩兒 4 kā: 把; 將 5 koh: 又 ha̍p-tò-tńg: 合上回復原
狀 6 chit-khùi: 一陣子 7 hō͘: 雨 kóng: 說 mā: 也
boeh: 要 8 phoah: 打; 潑 kà: 得 liâm-chò-hóe: 黏
在一塊兒 9 hian-bē-khui: 翻不開 10 khàu: 哭 hňg:
嗚

227

Hian Chhù-kòa

Tōa-hong ài khòa^n lâng ê chhù-lāi-té,
Tiā^n-tiā^n kā lâng hian chhù-kòa.
Chhù-kòa chin chē hiān-tāi-hòa,
I lóng ē-tàng ka thiah-phòa, hian lâi khòa^n,
05 Hian-kà sì-kè ê chhù lóng bô kòa,
Ta̍k-kē ū chhù bô-tè tòa.
Tōa-hong lâi kàu chi̍t chō soa^n.
Soa^n-piah chi̍t-khang-chi̍t-khang, ū lâng tòa.
Soa^n-téng tiō-sī i ê kòa.
10 Tōa-hong khah thiah to thiah-bē-phòa.

---

0 hian: 掀 chhù-kòa: 屋頂 1 tōa-hong: 大風 ài: 喜
歡 khòa^n: 看 lâng: 人; 人家 ê: 的 chhù: 房子 lāi-té:
裡頭 2 tiā^n-tiā^n: 常常 kā: 給; 把 3 chin: 很 chē: 多
hiān-tāi-hòa: 現代化 4 i: 它 lóng: 全都 ē-tàng: 能夠
ka: 把它 thiah: 撕; 拆 phòa: 破 lâi: 來 5 kà: 得; 以
至於 sì-kè: 到處 ê: 的 bô: 沒有 kòa: 蓋子 6 ta̍k-kē:
大家 ū: 有 bô-tè: 無處可... tòa: 居住 7 lâi kàu:
來到 chi̍t: 一 chō: 座 soa^n: 山 8 soa^n-piah: 山
崖; 峭壁 chi̍t... chi̍t...: 一個個的... khang: 洞; 穴 ū:
有 9 téng: 上頭 tiō-sī: 就是 10 khah... to...: 怎麼...
都... ...bē ...: ... 不...

Hioh-khùn

Chi̍t ê kang-á chhut-mn̂g khì chò-kang,
Tú-tio̍h im-ga̍k-ka tng-teh chián chhiū-á.
Im-ga̍k-ka kóng: i sī-teh hioh-khùn.
I koh tú-tio̍h ōe-ka tng teh koah chháu-á.
05 Ōe-ka kóng: i sī teh hioh-khùn.
Kang-á khì kàu hn̂g-·e, chò-kang bô-gōa kú,
Cháu-khì n̂g-·e nah-liâng, teh tuh-ku.
Thâu-ke mē i sī hāi-thâng.
I chèⁿ kóng: "Tú-á góa sī teh hioh-khùn.
10 "Chit-má chiah-sī teh chò-kang!"

---

0 hioh-khùn: 休息 **1** chi̍t: ê: 個 kang-á: 小工 chhut-mn̂g: 出門 khì: 去 chò-kang: 做工 **2** tú-tio̍h: 遇到 im-ga̍k-ka: 音樂家 tng-teh: 正在 chián: 剪 chhiū-á: 樹 **3** kóng: 講 i: 他 sī: 是 **4** koh: 又 ōe-ka: 畫家 koah: 割 chháu-á: 草 **6** khì kàu: 到達 hn̂g: 旱地 ·e: 裡 bô-gōa: 不怎麼 kú: 久 **7** cháu-khì: 跑到...去 n̂g: 蔭 nah-liâng: 乘涼 teh: ...著; 正在 tuh-ku: 打瞌睡 **8** thâu-ke: 主人; 老闆 mē: 罵 hāi-thâng: 壞東西; 有害而無益的人 **9** chèⁿ: 爭辯 tú-á: 剛才 góa: 我 **10** chit-má: 現在 chiah-sī: 才是

Hō-miâ

Ū chi̍t tâi chhia, khiàm chi̍t lián,
Tú-ti̍oh chi̍t chiah bé, khiàm chi̍t kha.
Chhia kóng: "Ha! Saⁿ-kha bé."
Bé kóng: "Lí khì chiò-kiàⁿ,
05 "Khòaⁿ ka-tī sī-m̄-sī saⁿ-lián chhia."
Chi̍t tâi saⁿ-lián-chhia tùi hia kòe.
Chhia-téng chài chi̍t chiah saⁿ-kha-bé,
Kóng: "M̄-thang o͘-pe̍h kâng hō-miâ.
"Góa chiah sī saⁿ-lián chhia."
10 Saⁿ-kha-bé kóng: "Góa chiah sī saⁿ-kha bé."

---

0 hō-miâ: 取名字 1 ū: 有 chi̍t: 一 tâi: 輛 chhia: 車子 khiàm: 缺；欠 lián: 輪子 2 tú-ti̍oh: 遇到 chiah: 匹；隻；只 bé: 馬 kha: 脚；腿 3 kóng: 說 ha: 哈 saⁿ-kha: 三隻脚的 4 lí: 你 khì: 去 chiò-kiàⁿ: 照照鏡子 5 khòaⁿ: 看看 ka-tī: 自己 sī-m̄-sī: 是不是 saⁿ-lián: 三個輪子的 6 saⁿ-lián-chhia: 三輪車 tùi: 打從 hia: 那兒 kòe: 經過 7 chhia-téng: 車上 chài: 載 (著) saⁿ-kha-bé: 三脚架 8 m̄-thang: 不可 o͘-pe̍h: 胡亂 kâng: 給他人 9 góa: 我 chiah sī: 才是

Hô·-chhiu-kok

Hô·-chhiu-kok, tōa-lâng-gín-á lóng hô·-chhiu.
Hô·-chhiu-kok, cha-po·-cha-bó· lóng lâu-chhiu,
Kui-bīn chhun nn̄g lúi ba̍k-chiu,
Ē-táu chhùi-chhiu tn̂g-liu-liu, chi̍t-tōa khiû.
05 Hô·-chhiu-kok ê lâng, chhùi-chhiu chin káng-
  kiù:
Ū-ê kat chin-chu, ū-ê boah chhùi-chhiu-iû,
Ū-ê pa̍k li-bóng, ū-ê sok chhiū-leng,
Ū-ê ka-kà chin koài-hêng.
Chi̍t ê cha-bó· gín-á cháu-lâi góa bīn-chêng,
10 Mn̄g kóng: "Lí, chhùi-chhiu ná ē se^n tī thâu-
  khak-téng?"

---

0 hô·-chhiu: 多鬍鬚 kok: 國 1 tōa-lâng: 成人 gín-á:
孩子 lóng: 都 2 cha-po·: 男 cha-bó·: 女 lâu-chhiu:
蓄鬍子 3 kui: 整個 bīn: 臉 chhun: 剩 nn̄g: 二
lúi: 隻 ba̍k-chiu: 眼睛 4 ē-táu: 下巴 tn̂g-liu-liu: 很
長 chi̍t-tōa: 一大 khiû: 團 5 ê: 的 lâng: 人 chin:
很 káng-kiù: 講究 6 ū-ê: 有的 kat: 結上 chin-chu:
珍珠 boah: 抹 iû: 油 7 pa̍k: 綁 li-bóng: 絲帶 sok:
束上 chhiū-leng: 橡皮 (筋) 8 ka-kà: 剪得 koài-hêng:
樣子奇怪 9 chi̍t: 一 ê: 個 cháu-lâi: 來 góa: 我
bīn-chêng: 跟前 10 mn̄g kóng: 問道 lí: 你 ná ē: 怎
麼; 爲何 se^n: 長; 生 tī: 在 thâu-khak-téng: 頭上

231

Hō·-ê kah Chhâ-kiáh

Kó·-chá Jit-pún chit ê gín-á chin iú-hàu.
Ū chit jit, thiⁿ o·-o·,
Gín-á chheh-phāiⁿ-á phāiⁿ-·leh bòe hák-hāu.
Ma-ma kóng: "Thiⁿ o·-o·, boeh lóh-hō·,
05 "Tióh chhēng hō·-ê khì hák-hāu."
Pa-pa kóng: "Thiⁿ o·-o·, bē lóh-hō·,
"Tióh chhēng chhâ-kiáh khì hák-hāu."
Gín-á, pa-pa kah ma-ma ê ōe lóng ū thiaⁿ:
Chit kha hō·-ê, chit kha chhâ-kiáh,
10 Chhēng-·leh khì hák-hāu.

---

0 hō·-ê: 雨鞋 kah: 和; 以及 chhâ-kiáh: 木屐 1 kó·-
chá: 從前 Jit-pún: 日本 chit: 一 one. ê: 個 gín-á:
孩子 chin: 很 iú-hàu : 孝順 2 ū: 有 jit: 天; 日
thiⁿ: 天空 o·: 黑 3 chheh-phāiⁿ-á: 書包 phāiⁿ: 揹
·leh: 著 bòe: 要到... 去 hák-hāu: 學校 4 ma-ma: 媽
媽 kóng: 說 boeh: 快要; 將要 lóh-hō·: 下雨 5 tióh:
得; 必須 chhēng: 穿 khì: 到... 去 6 pa-pa: 爸爸 bē:
不會; 不致於 8 ê: 的 ōe: 話 lóng: 都 ū: 有 thiaⁿ:
聽 9 kha: 腳

Hō·, Lȯh tòa Chhân-hōa-lō·

Thiⁿ, chı̍t pêng chheng-chheng-chheng,
Chı̍t pêng o·-o·-o·.
Hō·, lȯh tòa chhân-hōaⁿ-lō·.
Chhân-hōaⁿ, chı̍t pêng ta-phí-phí,
05 Chı̍t pêng tâm-kô·-kô·.
Kiâⁿ tòa chhân-hōaⁿ-lō·,
Seng-khu, chı̍t pêng ta-phí-phí,
Chı̍t pêng tâm-kô·-kô·.
Giȧh hō·-sòaⁿ lâi-khì chhân-hōaⁿ-lō·,
10 Chı̍t-pòaⁿ jia jı̍t, chı̍t-pòaⁿ jia hō·.

---

0 hō·: 雨　lȯh: 下降　tòa: 在於　chhân-hōaⁿ-lō·: 田隴　1 thiⁿ: 天　chı̍t: 一　pêng: 邊; 旁　chheng: 晴朗　2 o·: 黑　4 ta-phí-phí: 非常乾燥　5 tâm-kô·-kô·: 濕漉漉　6 kiâⁿ: 走　7 seng-khu: 身軀　9 giȧh: 舉　hō·-sòaⁿ: 雨傘　lâi-khì: (我/咱們) 到... 去　10 chı̍t-pòaⁿ: 一半　jia: 遮　jı̍t: 太陽

Hô·-sîn-chóa

Chi̍t-kóa thâng liâm tī hô·-sîn-chóa.
Hô·-sîn kā in hoah, kā in kóaⁿ,
Kóng: "Òe! Chia sī hô·-sîn-chóa.
"Hô·-sîn chiah ē-sái-lí tòa chia tòa."
05 Báng-á kóng: "Lóng mā lí! Kân khan-thoa.
"Goán chiah bô-ài tòa tòa chia!"
Phîn-á kóng: "Chèⁿ he, ū khah choa̍h!?
"Tán-lé khòaⁿ: lán lóng ē bē-oa̍h, sí tòa chia."
Thâng thiaⁿ-liáu, tiō ha̍p-chhiùⁿ sí-thâng-koa:
10 "Hiⁿ, hiⁿ, hng. Hiⁿ, hng, hng."

---

0 hô·-sîn-chóa: 蒼蠅紙　1 chi̍t-kóa: 一些　thâng: 蟲子
liâm: 粘; 黏　tī: 在於　2 hô·-sîn: 蒼蠅　kā: 把　in: 它
們　hoah: 喝斥　kóaⁿ: 驅逐; 趕　3 kóng: 說　òe: 喂
chia: 這兒　sī: 是　4 chiah: 才　ē-sái-lí: 容許　tòa:
在於　tòa: 居住　5 báng-á: 蚊子　lóng mā lí: 都是你
(害的)　kân: 把我們　khan-thoa: 拖累　6 goán: 我們
chiah bô-ài: 才不要　tòa tòa chia: 住在這兒　7 phîn-á:
一種像蒼蠅圍著水果飛的小昆蟲　chèⁿ: 爭論　he: 那個
ū: (豈) 有　khah choa̍h: 更好; 有差別　8 tán-lé khòaⁿ:
等著瞧吧　lán: 咱們　lóng: 都　ē: 必將　bē-oa̍h: 活不
了　sí: 死　9 thiaⁿ-liáu: 聽了之後　tiō: 就　ha̍p-chhiùⁿ:
合唱　sí-thâng-koa: 死蟲子的輓歌　10 hiⁿ: 哼　hng: 嗡

Hô·-sîn-hó·

Sian-ang-á boeh chiah hô·-sîn-hó·.

Hô·-sîn-hó· kóng: "Góa chiah hô·-sîn; lí chiah
  báng.

"Lí ná tioh chiah kà góa?"

Sian-ang-á kóng: "Góa lóng chiah."

05 Niau-á boeh chiah sian-ang-á.

Sian-ang-á kóaⁿ-kín tṅg-bóe, kóaⁿ-kín cháu.

Niau-á ōaⁿ boeh chiah hô·-sîn-hó·.

Hô·-sîn-hó· kóng: "Góa chiah hô·-sîn; lí chiah
  sian-ang-á-bóe.

"Lí ná tioh chiah kà góa?"

10 Niau-á kóng: "Góa lóng chiah."

---

0 hô·-sîn-hó·: 蠅虎 1 sian-ang-á: 守宮; 壁虎 boeh: 要
chiah: 吃 2 kóng: 說 góa: 我 hô·-sîn: 蒼蠅 lí: 你
báng: 蚊子 3 ná: 哪 tioh: 必須 kà: 到 4 lóng: 都
5 niau-á: 貓 6 kóaⁿ-kín: 急忙 tṅg-bóe: 斷尾 cháu:
逃開 7 ōaⁿ: 改; 換 8 bóe: 尾巴

Hō·-tiám

Hō·-tiám tih tòa chúi-bīn, chúi phùn-·khí-·lâi.
Hō·-tiám tih tòa soa-po·, soa phùn-·khí-·lâi.
Hō·-tiám tih tòa nōa thô·, thô· phùn-·khí-·lâi.
Hō·-tiám chin hoaⁿ-hí; hō·-tiám chin móa-ì.
05 Hō·-tiám tih tòa khàm-kha ê chióh-pôaⁿ-chióh,
M̄-kò chióh-pôaⁿ lóng bô-chùn-būn-·tióh.
Hō·-tiám kóng: "Bô-iàu-kín. M̄-hó hòng-khì.
"Lán ē-tàng iân soaⁿ-khàm tóp-tóp-tin, tóp-
    tóp-tih."
Kú-kú-kú, chióh-pôaⁿ hō· hō·-tiám tih chit u.
10 Hō·-tiám tiō tiāⁿ lâi sé-seng-khu.

---

0 hō·-tiám: 雨點 1 tih: 滴 tòa: 在於 chúi-bīn: 水
面上 chúi: 水 phùn-·khí-·lâi: 濺起來 2 soa-po·: 沙灘
soa: 沙 3 nōa: 糜爛的 thô·: 泥 4 chin: 很 hoaⁿ-hí:
高興 móa-ì: 滿意 5 khàm-kha: 山崖下 ê: 的 chióh-
pôaⁿ-chióh: 平頂的磐石 6 m̄-kò: 但是 chióh-pôaⁿ: 平
頂的磐石 lóng: 都; 一點也 bô-chùn-būn-·tióh: 毫無反
應 7 kóng: 說 bô-iàu-kín: 不要緊; 沒關係 m̄-hó: 不可
hòng-khì: 放棄 8 lán: 咱們 ē-tàng: 大可以 iân: 順
著; 沿著 soaⁿ-khàm: 山崖 tóp-tóp-tin: 一直的沿物表往
下流, 然後懸垂, 然後滴下 tóp-tóp-tih: 一直的滴 9 kú-
kú-kú: 很久很久以後 hō·: 被; 遭 chit: 一個 u: 窟窿;
凹痕 10 tiō: 就; 於是 tiāⁿ: 時常 lâi: 來 sé-seng-khu:
洗澡

Hòa-chong

Bān-sèng-cheh, ū chi̍t ê hòa-chong bú-hōe.
Bù-lù-bù-lù-kúi tú-hó tùi hia kòe.
I khòaⁿ ū siáu-kúi-á tī lāi-té,
Tiō cháu-ji̍p-khì kah in khiā-chò-hóe.
05 Bú-hōe soah, ū chi̍t ê hòa-chong pí-sài.
Bù-lù-bù-lù-kúi tio̍h-tio̍h tē-it miâ.
Ta̍k-kē boeh chai i sī chiâ.
Ū-lâng boeh pak i ê "saⁿ".
Bù-lù-bù-lù-kúi chin tio̍h-kiaⁿ,
10 "Bù-lù-bù-lú! Bù-lù-bù-lú!" piàⁿ-lé-cháu.

---

0 hòa-chong: 化裝 1 Bān-sèng-cheh: 萬聖節 ū: 有
chi̍t: 一 ê: 個 bú-hōe: 舞會 2 Bù-lù-bù-lù-kúi: 嘸嚕
嘸嚕鬼 tú-hó: 剛好; 碰巧 tùi: 打從 hia: 那兒 kòe: 經
過 3 i: 它 khòaⁿ: 見 ū: 有 siáu-kúi-á: 小鬼 tī: 在於
lāi-té: 裡頭 4 tiō: 就; 於是 cháu-ji̍p-khì: 進去 kah:
和; 與 in: 它們 khiā: 站 chò-hóe: 在一起 5 soah:
完畢 pí-sài: 比賽 6 tio̍h-tio̍h: 中了; 得到 tē-it: 第一
miâ: 名 7 ta̍k-kē: 大家 boeh: 想要 chai: 知道 sī:
是 chiâ: 誰 8 ū-lâng: 有人 pak: 剝 ê: 的 saⁿ: 衣
服 9 chin: 很 tio̍h-kiaⁿ: 吃驚; 害怕 10 bù-lù-bù-lú:
嘸嚕嘸嚕鬼的叫聲 piàⁿ-lé-cháu: 溜之大吉

Hoa̍t-khiā

A-ka hō͘ in pa-pa ōe îⁿ-kho͘-á, hoa̍t-khiā.
In pa-pa kóng: "Chit-má saⁿ-tiám-chiàⁿ.
"Lí ài khiā kà saⁿ-tiám-pòaⁿ."
Kóng-liáu, tiō m̄-chai chhut-khì chhòng-siàⁿ.
05 A-ka thàn lâng bô-teh khòaⁿ,
Kā sî-cheng chhiâu kà saⁿ-tiám-pòaⁿ,
Chò-i chhut-khì chhōe i ê thit-thô-phōaⁿ.
Jī-cha̍p hun-cheng āu, in pa-pa ji̍p-lâi khòaⁿ,
Khòaⁿ i í-keng cháu-·khì ·a,
10 Tiō khì chhōe i tńg-lâi khiā kà sì-tiám-pòaⁿ.

---

0 hoa̍t-khiā: 罰站　1 A-ka: 阿嘉　hō͘: 被; 遭受　in:
他 (們) 的　pa-pa: 爸爸　ōe îⁿ-kho͘-á: 畫圈圈　2 kóng:
說　chit-má: 現在　saⁿ-tiám-chiàⁿ: 三點正　3 lí: 你
ài: 必須　khiā: 站　kà: 到; 達　saⁿ-tiám-pòaⁿ: 三點
半　4 liáu: 完; 了之後　tiō: 就; 於是　m̄-chai: 不知
道　chhut-khì: 出去　chhòng-siàⁿ: 幹嘛　5 thàn: 趁
著　lâng: 人家　bô-teh: 不注意; 沒... 著　khòaⁿ: 觀看
6 kā: 把; 將　sî-cheng: 時鐘　chhiâu: 挪; 調整　7 chò-
i: (他) 自顧　chhōe: 找　i: 他　ê: 的　thit-thô-phōaⁿ:
玩伴　8 jī-cha̍p: 二十　hun-cheng: 分鐘　āu: 後　ji̍p-lâi:
進來　khòaⁿ: 查看　9 khòaⁿ: 見; 發現　í-keng: 已經
cháu-·khì: 跑掉; 離開　·a: 了　10 khì: 去　tńg-lâi: 回
來　sì-tiám-pòaⁿ: 四點半

Hoe Chhah tī Gû-sái

Chi̍t lúi hoe chhah tī gû-sái.
Gû-sái kóng: "Chin hoaⁿ-hí lí lâi góa chia."
Hoe kóng: "Chin hoaⁿ-hí lí hō͘ góa khiā."
Hong kā gû-sái chhoe-ta.
05 Ji̍t-thâu kā gû-sái pha̍k-phàⁿ.
Hō͘ kā gû-sái chhiâng sòaⁿ.
Hoe tit-tit tèng-kin; hoe tit-tit puh-íⁿ;
Hoe khui-hoe khui-kà koh súi, koh tōa-lúi.
Hoe chhōe-bô gû-sái thang ka soeh-to-siā.
10 Gû-sái kóng: "Góa tī chia. Tī lí ê kha chia."

---

0 hoe: 花　chhah: 插　tī: 在於　gû-sái: 牛糞　1 chi̍t: 一　lúi: 朶　2 kóng: 說　chin: 很　hoaⁿ-hí: 高興　lí: 你　lâi: 來　góa: 我　chia: 這兒　3 hō͘: 讓　khiā: 居住　4 hong: 風　kā: 把　chhoe: 吹　ta: 乾　5 ji̍t-thâu: 太陽　pha̍k: 曬　phàⁿ: 不堅實　6 hō͘: 雨　chhiâng: 沖　sòaⁿ: 散　7 tit-tit: 一直的　tèng-kin: 扎根　puh-íⁿ: 長嫩葉　8 khui 開　kà: 得; 到　koh... koh...: 又... 又...　súi: 美　tōa-lúi: (花) 大　9 chhōe-bô: 找不到　thang: 以; 俾　ka: 對它　soeh-to-siā: 道謝　10 lí ê: 你的　kha: 脚

Hóe-chheⁿ-lâng Î-bîn

Lâng khì Hóe-chheⁿ î-bîn,
Khòaⁿ Hóe-chheⁿ choân-choân chiòh-thâu-á,
Bô-hoat-tō͘ seng-oàh,
Thâu-khak hàiⁿ-hàiⁿ--le tò-tńg--lâi.
05 Hóe-chheⁿ-lâng lâi Tē-kiû î-bîn,
Khòaⁿ Tē-kiû choân-choân chúi,
Choân-choân chhiū-á-chháu-á,
Choân-choân iá-siù, chiáu-á,
Bô-hoat-tō͘ seng-oàh,
10 Thâu-khak hàiⁿ-hàiⁿ--le tò-tńg--khì.

---

0 Hóe-chheⁿ-lâng: 火星人　î-bîn: 移民　1 lâng: 人類　khì: 到... 去　Hóe-chheⁿ: 火星　2 khòaⁿ: 見; 發現　choân-choân: 盡是　chiòh-thâu-á: 石頭　3 bô-hoat-tō͘: 無法　seng-oàh: 生活　4 thâu-khak hàiⁿ-hàiⁿ--le: 搖搖頭　tò-tńg--lâi: (折) 回來　5 lâi: 到... 來　Tē-kiû: 地球　6 chúi: 水　7 chhiū-á-chháu-á: 草木　8 iá-siù: 野獸　chiáu-á: 飛禽　10 tò-tńg--khì: (折) 回去

Hóe-iām-soaⁿ

Sam-chōng boeh kòe Hóe-iām-soaⁿ.
Soa-cheng thèh biat-hóe-khì lâi chōaⁿ.
Lú chōaⁿ, hóe lú tōa.
Pat-kài sái chúi-lêng-chhia lâi chhiâng.
05 Lú chhiâng, hóe lú tōa.
Ngō͘-khong sái hui-hêng-ki, ēng chúi phoah.
Lú phoah, hóe lú tōa.
Sam-chōng kóng: "Lín lóng pīng-tháng-sian."
I koàn âng-mô͘-thô͘, kā hóe hip ho͘ hoa,
10 Pho͘ chit tiâu lō͘ thàng Se-thian.

---

0 Hóe-iām-soaⁿ: 火焰山 1 Sam-chōng: 三藏和尚 boeh:
想要 kòe: 通過; 越過 2 Soa-cheng: 沙和尚 thèh: 拿
biat-hóe-khì: 滅火器 lâi: 來 chōaⁿ: 潎 3 lú… lú…:
越… 越… hóe: 火 tōa: 大 4 Pat-kài: 八戒 sái:
開; 駕駛 chúi-lêng-chhia: 救火車 chhiâng: 沖 6 Ngō͘-
khong: 悟空 hui-hêng-ki: 飛機 ēng: 用 chúi: 水
phoah: 潑 8 kóng: 說 lín: 你們 lóng: 都是 pīng-
tháng-sian: 窩囊廢 9 i: 他 koàn: 灌 âng-mô͘-thô͘:
水泥 kā: 把; 將 hip ho͘ hoa: 蓋住使熄滅 10 pho͘: 鋪
chit: 一 tiâu: 條 lō͘: 路 thàng: 通達 Se-thian: 西
天

241

Hóe Lāi-té Sé-seng-khu

Ke m̄-káⁿ tòa chúi lāi-té sé-seng-khu,
Chí-hó tòa soa lāi-té sé-seng-khu.
Ke-kang kám-kak bô chhù-bī.
I khòaⁿ hōng-hông tòa hóe lāi-té sé-seng-khu,
05 I tiō siūⁿ-boeh chhì.
I khòaⁿ kim-tiáⁿ ū hóe, tiō boeh thiàu-·jip-·khì.
Ke-bó kóng: "Lí ē pìⁿ hóe-ke.
"Hóe-ke, bīn hoe-hoe,
"Ná-chhiūⁿ o͘-bá-kheh.
10 "Iáu-sī mài chhì, khah hó, lě!"

---

0 hóe: 火　lāi-té: 裡頭　sé-seng-khu: 洗澡　1 ke: 雞　m̄-káⁿ: 不敢　tòa: 在　chúi: 水　2 chí-hó: 只好　soa: 砂　3 ke-kang: 公雞　kám-kak: 覺得　bô: 沒有　chhù-bī: 興趣　4 i: 它　khòaⁿ: 見; 發現　hōng-hông: 鳳凰　5 tiō: 於是　siūⁿ-boeh: 想要　chhì: 嘗試　6 khòaⁿ: 看到　kim-tiáⁿ: 燒冥紙的容器　ū: 有　boeh: 要; 打算　thiàu-·jip-·khì: 跳進去　7 ke-bó: 母雞　kóng: 說　lí: 你　ē: 將會　pìⁿ: 變成　hóe-ke: 火雞　8 bīn: 臉　hoe-hoe: 花花綠綠　9 ná-chhiūⁿ: 好像　o͘-bá-kheh: 醜八怪; 妖怪　10 iáu-sī: 還是; 到底　mài: 別; 不要　khah: 比較　hó: 好　lě: 啊 (表示判斷)

242

Hóe-liông-kó

Chúi-liông tòa tī hûn-tiong.
Hóe-liông tòa tī soaⁿ-tōng.
Chúi-liông chōaⁿ-chúi, chōaⁿ-tio̍h soaⁿ-tōng.
Hóe-liông pûn-hóe ka khòng-gī.
05 Chúi-liông chin bē khi-mó͘-chih,
Iōng chu-á khian hóe-liông.
Hóe-liông pûn-hóe khì ka tòng,
Kā chu-á sio-kà âng-kòng-kòng.
Chu-á liàn-lo̍h-khì chháu-á-bong,
10 Hoat-chhut chi̍t châng hóe-liông-kó, seⁿ-kà
âng-phōng-phōng.

---

0 hóe-liông-kó: 火龍果　1 chúi: 水　liông: 龍　tòa: 居
住　tī: 在於　hûn-tiong: 雲中　2 hóe: 火　soaⁿ-tōng:
山洞　3 chōaⁿ: 潑　tio̍h: 著; 到　4 pûn-hóe: 噴火　ka:
向它　khòng-gī: 抗議　5 chin: 很　bē khi-mó͘-chih:
不爽　6 iōng: 拿; 用　chu-á: 珠子　khian: 摔; 丟
7 khì: 去　ka: 把它　tòng: 阻擋　8 kā: 把; 將　sio: 燒
kà: 得　âng-kòng-kòng: 通紅　9 liàn-lo̍h-khì: 掉下;
滾下　chháu-á-bong: 草叢　10 hoat-chhut: 長出　chi̍t:
一　châng: 棵　seⁿ: 結 (果實); 生　kà: 得; 以至於
âng-phōng-phōng: 一片紅

Hóe Thiàu-bú

Hóe teh thiàu-bú, thiàu-kà chhoán-kà hoāng-
  hoāng-kiò.
Chhâ teh phah-phek, phah-kà piàk-piàk-kiò.
Hóe bīn âng-kì-kì, ná thiàu, ná thó͘-chih,
Lú thiàu, lú cháu tùi piⁿ--a khì.
05 Chúi lú khòaⁿ, lú bē-chò--lì,
Chū-án-ne ka phoah--lòh--khì.
Hóe kóng: "Chhi—!" Chhâ kóng: "Si—!"
Kóng: "Lí chin bô-chhù-bī."
Chúi kóng: "Chhòng ·sàⁿ, m̄-thang siuⁿ tek-ì.
10 "Nā bô-sè-jī, chhiū-nâ ē hō͘ lín sio-sio--khì."

---

0 hóe: 火 thiàu-bú: 跳舞 1 teh: 正在 thiàu: 跳 kà:
得; 以致於 chhoán: 喘 hoāng-hoāng-kiò: 哄哄地響
2 chhâ: 木材 phah-phek: 打拍子 phah: 打 piàk-piàk-
kiò: 剝剝地響 3 bīn: 臉 âng-kì-kì: 通紅 ná...ná...:
一面... 一面... thó͘-chih: 吐舌頭 4 lú...lú...: 越... 越...
cháu tùi...khì: 向... 移動 piⁿ--a: 旁邊 5 chúi: 水
khòaⁿ: 看 bē-chò--lì: 不順眼; (看) 不下去 6 chū-án-
ne: 於是; 就此 ka: 把它 (們) phoah--lòh--khì: 潑下
去 7 kóng: 說 chhi: 嗤 si: 嘶 8 lí: 你 chin: 真;
很 bô-chhù-bī: 不好玩; 沒意思 9 chhòng ·sàⁿ: 凡事;
無論做什麼 m̄-thang: 不可 siuⁿ: 太; 過於 tek-ì: 得意
10 nā: 如果 bô-sè-jī: 不小心 chhiū-nâ: 樹林 ē: 將會
hō͘: 被 lín: 你們 sio-sio--khì: 燒掉

Hóe Tián Kang-hu

Kó͘-chá-kó͘-chá tiō ū ka-to, chio̍h-thâu, chóa,
Jiāng-lâi-jiāng-khì, jiāng-bē-soah,
Su̍t-lâi-su̍t-khì, su̍t-bē-soah,
Chèⁿ-lâi-chèⁿ-khì, chèⁿ-bē-soah.
05 Hóe kóng: "Lín koh-khah gâu, mā bē iâⁿ ·góa.
"Góa ē-tàng kā chóa sio-chò hóe-hu.
"Góa ē-tàng kā ka-to piàn-chò thih-kiû.
"Góa ē-tàng kā chio̍h-thâu iûⁿ-chò gâm-chiuⁿ."
Chúi chhiò-chhiò, kóng: "Lí mài tián kang-hu.
10 "Lí kám káⁿ lo̍h-lâi chúi-·ni siû?"

---

0 hóe: 火 tián: 炫耀 kang-hu: 功夫 **1** kó͘-chá-kó͘-chá: 很久很久以前 tiō: 就; 已經 ū: 有 ka-to: 剪刀 chio̍h-thâu: 石頭 chóa: 紙 **2** jiāng: (以剪刀、石頭、布)猜拳 ...lâi...khì: ... 來... 去 bē-soah: 不停; ... 得沒完沒了 **3** su̍t: 猜拳 **4** chèⁿ: 爭辯 **5** kóng: 說 lín: 你們 koh-khah...mā...: 再... 也... gâu: 有本事 bē: 不能; 無能力 iâⁿ: 勝過 góa: 我 **6** ē-tàng: 能夠 kā: 把; 將 sio: 燒 chò: 成為 hóe-hu: 灰 **7** piàn: 變 thih-kiû: 鐵球 **8** iûⁿ: 熔 gâm-chiuⁿ: 岩漿 **9** chúi: 水 chhiò-chhiò: 笑著 lí: 你 mài: 別; 不要 **10** kám...: ... 嗎 káⁿ: 敢 lo̍h-lâi: 下來 ·ni: 裡 siû: 游泳

245

Hong-chhoe Chē Chóa-hui-ki

A-bín-î pàng hong-chhoe.

Hoe hō͘ hong chhoe-khit-lì thiⁿ-téng poe.

Hong-chhoe, thâu chhah hoe, poe-·lȯh-·lâi.

Chhiú-kin-á hō͘ hong chhoe-khit-lì thiⁿ-téng poe.

05 Hong-chhoe, thâu pau chhiú-kin-á, poe-·lȯh-·lâi.

Bō-á hō͘ hong chhoe-khit-lì thiⁿ-téng poe.

Hong-chhoe, thâu tì bō-á, poe-·lȯh-·lâi.

A-bí chȯk chóa-hui-ki khit-lì thiⁿ-téng poe.

Hong-chhoe chē chóa-hui-ki poe-cháu-·khì.

10 A-bín-î chȯk chóa-hui-ki, khì jiok hong-chhoe.

---

0 hong-chhoe: 風箏　chē: 搭乘　chóa-hui-ki: 紙飛機
1 A-bín-î: 阿敏阿姨　pàng: 放　2 hoe: 花　hō͘: 被；
受　hong: 風　chhoe-khit-lì: 吹上... 去　thiⁿ-téng: 天
空　poe: 飛　3 thâu: 頭　chhah: 插　·lȯh-·lâi: 下來
4 chhiú-kin-á: 手帕　5 pau: 包覆　6 bō-á: 帽子　7 tì:
戴　8 A-bí: 阿美　chȯk: 擲 (鏢、槍等)　9 cháu-·khì: 走
了；離開　10 khì: 去　jiok: 追

246

Hong-hóe-lûn

Lô-chhia kha ta̍h hong-hóe-lûn,
Liam-ni hià^n-chêng, liam-ni hià^n-āu,
M̄-chai tang-sî tih-boeh chhia-pùn-táu.
I tiō ōa^n thih-bé.
05 Thih-bé bô-ta̍h ē tòng-tiām,
I tiō ōa^n o͘-tó͘-bái.
O͘-tó͘-bái siu^n hûi-hiám,
I tiō ōa^n kiau-chhia.
Kiau-chhia bē poe-thi^n.
10 Lô-chhia ōa^n sái hui-hêng-ki.

---

0 hong-hóe-lûn: 風火輪 1 Lô-chhia: 哪吒 kha: 脚
ta̍h: 踏 2 liam-ni...liam-ni...: 一會兒... 一會兒 hià^n-
chêng: 向前傾 hià^n-āu: 向後傾 3 m̄-chai: 不知道
tang-sî: 何時 tih-boeh: 將要 chhia-pùn-táu: 翻跟
頭 4 i: 他 tiō: 就 ōa^n: 換 thih-bé: 脚踏車 5 bô:
(如果) 不...(的話) ē: 會; 有可能 tòng-tiām: 停止
6 o͘-tó͘-bái: 機車; 摩托車 7 siu^n: 太 hûi-hiám: 危險
8 kiau-chhia: 轎車 9 bē: 不能 poe-thi^n: 飛天 10 sái:
開; 駛 hui-hêng-ki: 飛機

Hong-sîn Phòng-hong

Hong-sîn phòng-hong,
Pak-tó͘ phòng-phòng-phòng, koh tēng-khong-
 khong,
Tiak-tioh: "Pong, pong, pong."
Hong-sîn tiō choān tō͘-châi, boeh làu-hong,
05 Tang-sî-á tō͘-châi seⁿ-sian, choān to bē-tín-tāng,
Choān-kà pak-tó͘ thiàⁿ, hoah kiù-lâng.
Lûi-sîn tiō iōng thih-thûi khì ka kòng,
Kòng-chit-ē Hong-sîn ê tō͘-châi lak-·loh-·lâi.
Pak-tó͘ ê hong chhū-chhū-·chhoài,
10 M̄-chai kā Hong-sîn ê tō͘-châi chhoe-khì tài.

---

0 Hong-sîn: 風神 phòng-hong: 脹氣 2 pak-tó͘: 肚
子 phòng: 鼓起 koh: 而且 tēng-khong-khong: 很硬
3 tiak-tioh: (用手指關節) 彈起來 pong, pong, pong: 鏗
鏗響 4 tiō: 於是 choān: 扭; 旋; 轉 tō͘-châi: 肚臍
boeh: 要; 打算 làu-hong: 把氣洩掉 5 tang-sî-á: 曾幾
何時 seⁿ-sian: 長體垢; 生銹 ...to bē-tín-tāng: 怎麼...
都... 不動 6 kà: 得; 以至於 thiàⁿ: 痛 hoah kiù-lâng:
叫救命 7 Lûi-sîn: 雷神 iōng: 用; 使 thih-thûi: 鐵鎚
khì ka...: 去... 它 kòng: 敲; 打; 撞 8 ...chit-ē: ... 了
一下 ê: 的 lak-·loh-·lâi: 掉下來 9 hong: 風; 氣 chhū-
chhū-·chhoài: (從窄口中) 噴了出來 10 m̄-chai: 不知道
kā: 把 chhoe-khì tài: 吹到哪兒去

Hûn Piàn-pá-hì

Thiⁿ-téng chheⁿ-chheⁿ-chheⁿ.
Hong chi̍t-chūn-chi̍t-chūn, teh chhoán-phīⁿ-
    phēⁿ.
Hûn chi̍t-tè-chi̍t-tè, teh piàn-pá-hì,
Ū-ê piàn-chò chûn,
05 Ū-ê piàn-chò hui-hêng-ki.
Liam-ni piàn-chò liông,
Liam-ni piàn-chò hó͘.
Hut-jiân-kan, lûi-kong pin-pín-pōng-pōng,
Hoah kóng: "Chi̍p-ha̍p ·lò͘!"
10 Chit-sî-á, hûn kā thiⁿ-téng khàm-kà o͘-o͘-o͘.

---

0 hûn: 雲 piàn-pá-hì: 變魔術 1 thiⁿ-téng: 天空 chheⁿ-
chheⁿ-chheⁿ: 蔚藍 2 hong: 風 chi̍t-chūn-chi̍t-chūn:
一陣陣的 (吹) teh: 正在 chhoán-phīⁿ-phēⁿ: 吁吁地喘氣
3 chi̍t-tè-chi̍t-tè: 一片一片; 一朵一朵 (雲) 4 ū-ê: 有的
piàn-chò: 變成 chûn: 船 5 hui-hêng-ki: 飛機 6 liam-
ni...liam-ni...: 一會兒... 一會兒... liông: 龍 7 hó͘: 虎
8 hut-jiân-kan: 忽然 lûi-kong: 雷 pin-pín-pōng-pōng:
乒乒乓乓地響 9 hoah kóng: 喝道 chi̍p-ha̍p: 集合 ·lò͘:
了; 嘍 10 chit-sî-á: 瞬間 kā: 把; 將 khàm-kà: 蓋得
o͘-o͘-o͘: 黑壓壓的

249

Hûn-thui

Peh-khit-lâi hûn-thui-téng.
Peh-khit-lâi hûn-téng.
Tòa hûn-téng khòa^n hong-kéng.
Hûn-téng mā ē lȯh tōa-hō͘,
05 Hûn-téng mā ē chò-hong-thai.
Tiàu chı̍t keng káu-á-chhù khit-·lâi,
Kiò Me-me mā khit-·lâi,
Bih tòa káu-á-chhù-lāi.
Hûn-thui ka sak-khui,
10 Chē hûn lâi-khì khòa^n sè-kài.

---

0 hûn-thui: 雲梯　1 peh: 爬; 登　khit-lâi: 上來　téng:
上頭　2 hûn: 雲　3 tòa: 在於　khòa^n: 看　hong-kéng:
風景　4 mā: 也　ē: 會　lȯh: 下　tōa-hō͘: 大雨　5 chò-
hong-thai: 刮颱風　6 tiàu: 吊　chı̍t: 一　keng: 個
káu-á-chhù: 狗屋　khit-·lâi: 上來　7 kiò: 叫　me-me:
妹妹　8 bih: 躲　lāi: 裡頭　9 ka: 把它　sak-khui: 推開
10 chē: 搭乘　lâi-khì: (我/咱們)... 去　sè-kài: 世界

250

Î-bîn Khì Pa-se

Chhiū-ná-lāi hō͘ lȯh-kà phi-phí-phē-phē.
Sió-sîn-sian bih-jip-khì chhiū-á-khang-té.
Chiú-khut-á kóng: "Chin kî-koài, lě!
"Lán gín-á ā bô seⁿ khah chē,
05 "Chhiū-á-khang ná ē ke khah kheh?"
Goȯh-bâi kóng: "Iah to lâng chhiū-á tit-tit
chhò.
Chhiū-á-khang lú lâi soah lú chió."
Tōa-bȧk kóng: "Thiaⁿ-íⁿ-kóng Pa-se chhiū-á
iáu chin chē.
"Lán ē-tàng î-bîn lǎi hia, nè."
10 Sió-sîn-sian chǒaⁿ î-bîn khì Pa-se.

---

0 î-bîn: 移民 khì: 到... 去 Pa-se: 巴西 1 chhiū-ná-lāi:
樹林裡 hō͘: 雨 lȯh: 下; 降 kà: 得 phi-phí-phē-phē:
嘩啦嘩啦 2 sió-sîn-sian: (森林中的) 小精靈 bih-jip-khì:
躲進 chhiū-á: 樹 khang: 洞 té: 裡頭 3 Chiú-khut-á:
酒窩 kóng: 說 chin: 很 kî-koài: 奇怪 lě: 呀 4 lán:
咱們 gín-á: 孩子 ā bô: 並沒有 seⁿ: 生 khah: 比
較 chē: 多 5 ná ē: 何以 ke khah: 更加 kheh: 擁
擠 6 Goȯh-bâi: 月牙兒 iah to...: 因為... 啊 lâng: 人
類 tit-tit: 一直的 chhò: 砍伐 7 lú lâi...lú...: ... 越
來越... soah: 結果 chió: 少 8 Tōa-bȧk: 大眼睛
thiaⁿ-íⁿ-kóng: 聽說 iáu: 還; 仍然 9 ē-tàng: 可以 lǎi:
去 hia: 那兒 nè: 你可知道 10 chǒaⁿ: 就此

I Sī Sàiⁿ

Hái-té chin chē iau-koài,
Kú-kú-·a ē chhut-hiān ·chit ·pái.
Chit pái, siā-khu ū chit ê lâng-kheh lâi.
Ta̍k-kē teh ioh i sī sàiⁿ.
05 Hî-á kóng: "I nn̄g ki chhiú. I sī hê-á."
Hê-á kóng: "M̄-tio̍h. I bô kha.
"I bóe ū lan. I sī hî-á."
Chîm-á kóng: "I sī lâng. I ū ne-á."
Phòa-chûn kóng: "Chiàu góa khòaⁿ,
10 "I sī lâng hō͘ hî-á thun chit-pòaⁿ."

---

0 i: 他; 她; 它 sī: 是 sàiⁿ: 什麼東西 1 hái-té: 海裡
chin: 很 chē: 多 iau-koài: 妖怪 2 kú-kú-·a: 隔一段
時間 ē: 會; 可能 chhut-hiān: 出現 chit: 一 pái: 次;
回 3 chit: 這 siā-khu: 社區 ū: 有 ê: 個 lâng-kheh:
客人 lâi: 來 4 ta̍k-kē: 大家 teh ioh: 猜著 5 hî-á:
魚 kóng: 說 nn̄g: 二 ki: 隻; 支 chhiú: 手 hê-á:
蝦 6 m̄-tio̍h: 錯; 不對 bô: 沒有 kha: 腳 7 bóe: 尾
巴 lan: 鱗 8 chîm-á: 螃蟹 lâng: 人類 ne-á: 奶子
9 phòa-chûn: 破船 thiaⁿ-·tio̍h: 聽見 chiàu góa khòaⁿ:
依我看來 10 hō͘: 被; 遭 thun: 吞 chit-pòaⁿ: 一半

Îⁿ-îⁿ ê Thiⁿ

Kó͘-chéⁿ chúi-ke, khòaⁿ thiⁿ îⁿ-îⁿ.
Âm-khang chúi-ke, khòaⁿ thiⁿ mā îⁿ-îⁿ.
Thiⁿ ū-tang-sî-á chhíⁿ-chhíⁿ,
Ū-tang-sî-á phú-phú,
05 Ū-tang-sî-á pe̍h-bū-pe̍h-bū,
M̄-kò lóng-mā îⁿ-îⁿ.
Chi̍t tâi chiàn-chhia sái-·kòe-·khì.
Kó͘-chéⁿ ê thiⁿ iáu-sī îⁿ-îⁿ.
M̄-kò âm-khang ê thiⁿ píⁿ-píⁿ-·khì.
10 Âm-khang chúi-ke iōng chhǎ kā i thèⁿ-ho͘-îⁿ.

---

0 îⁿ: 圓 ê: 的 thiⁿ: 天 1 kó͘-chéⁿ: 井 chúi-ke: 田雞
khòaⁿ: 看 2 âm-khang: 涵洞 mā: 也 3 ū-tang-sî-á:
有時候 chhíⁿ: 藍色的 4 phú: 灰色的 5 pe̍h-bū: 朦
朧 6 m̄-kò: 但是 lóng-mā: 都 7 chi̍t: 一 tâi: 台; 輛
chiàn-chhia: 戰車 sái: 開; 駛 ·kòe-·khì: 過去 8 ê: 的
iáu-sī: 仍然 9 píⁿ-·khì: 扁了 10 iōng: 用 chhǎ: 樹
枝; 細棍子 kā: 把 i: 它 thèⁿ: 撐 ho͘: 使它 îⁿ: 變圓

Îⁿ-khoân

Îⁿ-khoân-téng chı̍t châng lāu chiáu-chhêng,
Khòaⁿ chhia cháu-lâi-cháu-khì, chin-chiâⁿ hèng.
Ū-chı̍t mê, chı̍t tâi phòa-chhia tùi hia kòe.
I kā phòa-chhia kóng i sim-lāi-ōe.
05 Phòa-chhia kóng: "Lí tī chia chiah chheng-êng;
"Góa ta̍k jı̍t cháu-kà kan-khó͘-chē-kòa.
"Bô, lán lâi sio-ōaⁿ.
"Góa lián-á hō͘ ·lí, lí hit ūi niū ·góa."
Chiáu-chhêng, i tiō niū-ūi hō͘ phòa-chhia.
10 Phòa-chhia, i tiō chhāi tòa îⁿ-khoân hia.

---

0 îⁿ-khoân: 圓環 1 téng: 上頭 chı̍t: 一 châng: 棵
lāu: 老 chiáu-chhêng: 鳥榕 2 khòaⁿ: 看 chhia: 車
子 cháu: 跑; 奔波 ...lâi...khì: ... 來... 去 chin-chiâ:
很 hèng: 趕興趣; 躍躍欲試 3 ū: 有 mê: 晚上 tâi:
輛 phòa: 破 tùi: 打從 hia: 那兒 kòe: 經過 4 i:
它 kā...kóng: 跟... 說 i: 它的 sim-lāi-ōe: 心裡話
5 kóng: 說道 lí: 你 tī: 在於 chia: 這兒 chiah: 這
麼 chheng-êng: 清閑 6 góa: 我 ta̍k: 每 jı̍t: 天; 日
kà: 到; 得 kan-khó͘-chē-kòa: 辛苦 7 bô: 那麼; 不然
的話 lán: 咱們 lâi: 來 sio-ōaⁿ: 交換 8 lián-á: 輪子
hō͘: 給與 lí: 你的 hit: 那 ūi: 位子 niū: 讓 9 tiō:
就 10 chhāi: 站立; 尸居; 安放 tòa: 在於

254

Iá-chhan

Chi̍t tīn sió-sîn-sian boeh iá-chhan.

Tōa-ba̍k kóng: "Chiah-ê ko͘ koân-koân, thang chò toh-á."

Ta̍k-kē kā chia̍h-mi̍h khǹg--khit--lì.

Chiú-khut-á kóng: "Chiah-ê ko͘ kē-kē, thang chò í-á."

05 Ta̍k-kē chē--lo̍h--khì.

Sió-sîn-sian chia̍h-pá, khí ài-khùn.

Goe̍h-bâi kóng: "Hit châng ko͘ khoah-khoah, tōa-tōa, thang jia-ji̍t."

Ta̍k-kē cháu-khì tó-lo̍h-khì khùn-khùn--khì.

"Pho̍k, pho̍k, pho̍k, pho̍k." A! Koah-chháu-ki!

10 Sió-sîn-sian hiám-hiám-á cháu-bē-lī.

---

0 iá-chhan: 野餐　1 chi̍t: 一　tīn: 群　sió-sîn-sian: (森林中的) 小精靈　boeh: 要; 行將　2 Tōa-ba̍k: 大眼睛　kóng: 說　chiah-ê: 這些　ko͘: 菇　koân: 高　thang: 可以　chò: 當做　toh-á: 桌子　3 ta̍k-kē: 大家　kā: 把　chia̍h-mi̍h: 食物　khǹg: 放置　·khit·lì: 上去　4 Chiú-khut-á: 酒窩　kē: 矮　í-á: 椅子　5 chē: 坐　·lo̍h·khì: 下去　6 chia̍h-pá: 吃飽　khí ài-khùn: 睏了　7 Goe̍h-bâi: 月牙兒　hit: 那　châng: 棵　khoah: 闊　tōa: 大　jia-ji̍t: 遮太陽　8 cháu-khì: 前去　tó: 躺　khùn-khùn··khì: 睡著了　9 pho̍k: 馬達聲　a: 啊　koah-chháu-ki: 割草機　10 hiám-hiám-á: 險些　cháu-bē-lī: 走避不及

255

Iā-chóng-hōe

Àm-sî àm-hôe-hôe.

Niau-á káu-á cháu-khì iā-chóng-hōe.

Niau-á chhiùⁿ-koa chhiùⁿ-kà "miǎu-·ùⁿ, miǎu-·ùⁿ."

Chhiū-á-téng, niau-thâu-chiáu hôe kóng: "Ū— íh. Ū— íh. Ū— íh."

05 Khàm-téng, lông hôe kóng: "Ǔ-u—. Ǔ-u—."

Káu-á thiaⁿ-kà chhiò-kà "áu, áu, áu."

Lâng khùn-bē-khì, cháu-chhut-lâi gōa-kháu,

Kiò niau-á káu-á kín jip-·khì.

Niau-thâu-chiáu kóng: "Ū— íh. Taⁿ hó kín tńg-·khì."

10 Lông kóng: "Ǔ-u—. Taⁿ hó kín tńg-khì chhù."

---

0 iā-chóng-hōe: 夜總會 1 àm-sî: 晚上 àm-hôe-hôe: 很暗 2 niau-á: 貓 káu-á: 狗 cháu-khì: 到... 去 3 chhiùⁿ: 唱 koa: 歌 ...kà...: ... 地... miǎu-·ùⁿ: 貓叫聲 4 chhiū-á: 樹 téng: 上頭 niau-thâu-chiáu: 貓頭鷹 hôe: 和 (詩/歌) kóng: 說; 道 ū— íh: 貓頭鷹叫聲 5 khàm: 山崖 lông: 狼 ǔ-u—: 狼嚎聲 6 thiaⁿ: 聽 kà: 得; 以致於 chhiò: 笑 áu: 狗吠聲 7 lâng: 人 khùn-bē-khì: 睡不著 cháu-chhut-lâi: 出來 gōa-kháu: 外頭 8 kiò: 叫 kín: 趕快 jip-·khì: 進去 9 taⁿ hó...: 該... 了 tńg-·khì: 回去 10 tńg-khì chhù: 回家去

Iá-sih ê Hǎ

Thô·-kha lak chi̍t ha̍h iá-sih ê hǎ.
A-bí, A-ka, chē-khit-lì kiò A-hô kā in thoa.
A-hô thoa-kà iⁿ-íⁿ-ṅgh-ṅgh;
A-bí, A-ka, chē-kà hi-hí-ha-ha.
05 A-hô thoa chi̍t khùn,
Ōaⁿ kiò A-bí, A-ka, kā i thoa.
A-bí, A-ka, iⁿ-íⁿ-ṅgh-ṅgh, thoa-bē-kiâⁿ;
A-hô hoah-kà tōa-sè-siaⁿ.
A-bí, A-ka, kā i pàng tòa hia,
10 Cháu-khì sńg thô·-soa.

---

0 iá-sih ê hǎ: 椰子樹的葉鞘　1 thô·-kha: 地上　lak: 掉
落　chi̍t: 一　ha̍h: 葉　2 A-bí: 阿美　A-ka: 阿嘉　chē-
khit-lì: 坐上去　kiò: 叫　A-hô: 阿和　kā: 給　in: 他們
thoa: 拖　3 kà: 得; 到　iⁿ-íⁿ-ṅgh-ṅgh: 發出輕微的喉聲
4 chē: 坐; 搭乘　hi-hí-ha-ha: 嘻嘻哈哈　5 khùn: 陣子
6 ōaⁿ: 換　i: 他　7 bē-kiâⁿ: 不動　8 hoah-kà tōa-sè-
siaⁿ: 大聲喝吆　9 kā: 把; 將　pàng: 放; 丟棄　tòa: 在
於　hia: 那兒　10 cháu-khì: ... 去　sńg: 玩　thô·-soa:
泥沙

Iā Thih-teng-á

Pháiⁿ-lâng khòaⁿ kèng-chhat chảh tī lō͘-thâu,
Chhia oat-·leh, piàⁿ-leh cháu,
Iân-lō͘ iā thih-teng-á hō͘ chhia kauh.
Kèng-chhat-chhia kauh-·tiỏh, pōng-lián-·khì,
soh bē kiâⁿ.
05 Pháiⁿ-lâng kā kèng-chhat ge, kóng: "Taⁿ m̄
kín lâi liảh!"
Kèng-chhat kiò thâu-chêng ê kèng-chhat kín
lâi chảh.
Pháiⁿ-lâng khòaⁿ kèng-chhat chảh tī lō͘-thâu,
Chhia oat-·leh, koh piàⁿ-leh cháu,
Kauh-tiỏh thih-teng-á, pōng-lián-·khì, soh bē
kiâⁿ.
10 Kèng-chhat kā pháiⁿ-lâng ge, kóng: "Taⁿ m̄
kín koh iā!"

---

0 iā: 撒 thih-teng-á: 鐵釘 1 pháiⁿ-lâng: 壞人 khòaⁿ:
見 kèng-chhat: 警察 chảh: 攔 tī: 在於 lō͘-thâu: 路
上 2 chhia: 車子 oat-·leh: 掉頭 piàⁿ-leh cháu: 趕
快逃 3 iân-lō͘: 一路 hō͘: 讓; 給 kauh: 軋 4 kèng-
chhat-chhia: 警車 tiỏh: 著; 到 pōng-lián-·khì: 爆胎了
soh: 結果 bē kiâⁿ: 走不動 5 kā...ge: 揶揄... kóng:
說 taⁿ m̄: (現在) 怎麼不 kín: 趕快 lâi: 來 liảh: 捕捉
6 kiò: 叫 thâu-chêng ê: 前面的 8 koh: 又

Iáⁿ

Thiⁿ kng ·a, iáⁿ ta̍k-kē kóaⁿ-kín cháu.
Ji̍t-thâu chhut-·lâi ·a, iáⁿ bih tòa chhiū-á-āu,
Iáⁿ bih tòa lâng ê kha-chiah-āu.
Ji̍t-tiong-tàu ·a, iáⁿ bih-ji̍p-khì chhiū-á-kha,
05 Lâng bih-ji̍p-khì chhiū-á-kha,
Lâng ê iáⁿ mā bih-ji̍p-khì chhiū-á-kha.
Ji̍t-thâu óa-soaⁿ ·a, iáⁿ khî̍ⁿ tòa chhiū-á-thâu,
Iáⁿ hō͘ lâng thoa-tńg-khì in tau.
Ji̍t-thâu lo̍h-soaⁿ ·a, iáⁿ ta̍k-kē koh chi̍p-óa,
10 Tiām-tiām teh chhiùⁿ iô-nâ-koa.

---

0 iáⁿ: 黑影 1 thiⁿ kng: 天亮 ·a: 了 ta̍k-kē: 大家
kóaⁿ-kín: 趕快 cháu: 走開 2 ji̍t-thâu: 太陽 chhut-
·lâi: 出來 bih: 躲 tòa: 在於 chhiū-á: 樹 āu: 背後; 後
面 3 lâng: 人 ê: 的 kha-chiah-āu: 背後 4 ji̍t-tiong-
tàu: 中午; 日正當中 ji̍p-khì: 進...去 kha: 底下 6 mā:
也 7 óa-soaⁿ: 傍 (西) 山 khî̍ⁿ: 抓住 (不放) chhiū-á-
thâu: 樹幹靠根部的部位 8 hō͘: 被; 受 thoa-tńg-khì:
拖回...去 in: 他 (們) 的 tau: 家 9 lo̍h-soaⁿ: 下山
koh: 又; 再次 chi̍p-óa: 聚集 10 tiām-tiām: 不聲不響
地 teh chhiùⁿ: 唱著 iô-nâ-koa: 搖籃曲

Iȧh-á

Kin-nîn chhun-thiⁿ khah chá kàu.
Sió-sîn-sian pha-pha-cháu,
Tī chhiū-nǎ-lāi chhōe thâng-pau,
Chit châng chhōe-liáu, kòe hit châng,
05 Chhōe-tiȧh thâng-pau, in tiō kín kiò-mn̂g,
Kóng: "Kín chhut-·lâi ò͘! Kín chhut-lâi sńg.
"Kín chhut-lâi pí-khòaⁿ chiâ khah súi."
Iȧh-á chȧt-chiah-chȧt-chiah kā mn̂g phah-khui.
Sió-sîn-sian chȧt-ê-chȧt-ê phōaⁿ in chò-hóe poe,
10 Poe-khì chhōe he súi-súi ê hoe, tiⁿ-tiⁿ ê hoe.

---

0 iȧh-á: 蝴蝶 1 kin-nîn: 今年 chhun-thiⁿ: 春天 khah
chá: 早些 kàu: 到 2 sió-sîn-sian: (森林中的) 小精靈
pha-pha-cháu: 到處奔波 3 tī: 在於 chhiū-nǎ-lāi: 樹林
子裡 chhōe: 尋找 thâng-pau: 繭 4 chit: 這 châng:
棵 liáu: 完 kòe: 換到 hit: 那 5 tiȧh: 著; 到 in: 她
們 tiō: 就; 於是 kín: 趕快 kiò-mn̂g: 叫門 6 kóng: 說
chhut-lâi: 出來 ò͘: 呀; 啊 sńg: 玩兒 7 pí-khòaⁿ: 比
比看 chiâ: 誰 khah: 比較 súi: 漂亮 8 chȧt... chȧt...:
一... 一... chiah: 隻 kā: 把 mn̂g: 門 phah-khui:
打開 9 ê: 個 phōaⁿ: 陪伴 in: 他們 chò-hóe: 一道
poe: 飛 10 khì: 到... 去 he: 那 (些/個) ê: 的 hoe:
花 tiⁿ: 甜

260

Ián-chhiùⁿ-hōe

Chhiū-nâ, chiáu-á teh khui ián-chhiùⁿ-hōe.
Tō͘-chiáu poe tùi thiⁿ-téng ·kòe.
Thian-gô chhiùⁿ kóng: "Kō͘ⁿ-aiⁿ. Kō͘ⁿ-aiⁿ."
Chúi-ah-á chhiùⁿ kóng: "Kōa-kôa. Kōa-kôa."
05 Ē-kha pan-kah hôe kóng: "Kù-kú-·ù. Kù-kú-·ù."
O͘-chhiu hôe kóng: "Kī-kā-kiǔh. Kī-kā-kiǔh."
Sòa-·lóh-·lâi, chhek-chiáu-á tōa-háp-chhiùⁿ:
"Chì-chì-chiúh. Chì-chì-chiúh...."
Chi̍t-sî-á, "piáng"-·chi̍t-·ē, chi̍t siaⁿ chhèng-
siaⁿ.
10 Chhiū-nâ soah tiām-chiuh-chiuh.

---

0 ián-chhiùⁿ-hōe: 演唱會 1 chhiū-nâ: 樹林子 chiáu-á:
鳥兒 teh: 正在 khui: 舉辦 2 tō͘-chiáu: 候鳥 poe:
飛 tùi...·kòe: 打從... 過 thiⁿ-téng: 天空 3 thian-
gô: 天鵝 chhiùⁿ: 唱 kóng: 道 kō͘ⁿ-aiⁿ: (鵝叫聲)
4 chúi-ah-á: 雁 kōa-kôa: (鴨叫聲) 5 ē-kha: 底下 pan-
kah: 斑鳩 hôe: 和; 對唱以回應 kù-kú-·ù: (斑鳩、鴿子
等叫聲) 6 o͘-chhiu: 大卷尾 kī-kā-kiǔh: (大卷尾叫聲)
7 sòa-·lóh-·lâi: 接下來 chhek-chiáu-á: 麻雀 tōa-háp-
chhiùⁿ: 大合唱 8 chì-chì-chiúh: (麻雀叫聲) 9 chi̍t-sî-á:
過一陣子 "piáng"-·chi̍t-·ē: 砰的一聲 chi̍t: 一 siaⁿ: 聲
chhèng-siaⁿ: 槍響 10 soah: 結果 tiām-chiuh-chiuh:
靜悄悄

Ian-hóe

Ian-hóe siā-khit-lì thiⁿ-téng ·khì,
Khòaⁿ thô͘-kha, lâng ê ba̍k-chiu bā-bā-sī,
Khòaⁿ thô͘-kha, lâng ê ba̍k-chiu ia̍p-ia̍p-sih.
Boán-thian-seng kóng: "Ǒa-·à! Lín ka khòaⁿ.
05 "Thô͘-kha ê ba̍k-chiu ū-kàu súi."
Chúi-chiⁿ-teng kóng: "Ba̍k-chiu súi sī súi,
"Koh chi̍t-sî-á tiō hoa-hoa-·khì."
Koh chi̍t-sî-á, thô͘-kha tiām-chih-chih,
Chhun thiⁿ-téng ê chheⁿ bā-bā-sī,
10 Chhun thiⁿ-téng ê chheⁿ ia̍p-ia̍p-sih.

---

0 ian-hóe: 煙火　1 siā-khit-lì... ·khì: 射上...　thiⁿ-téng: 天空　2 khòaⁿ: 看見　thô͘-kha: 地上　lâng: 人　ê: 的　ba̍k-chiu: 眼睛　bā-bā-sī: 密密麻麻的　3 ia̍p-ia̍p-sih: 閃爍著　4 Boán-thian-seng: 滿天星　kóng: 說　ǒa-·à: 哇　lín ka khòaⁿ: 你們看　5 ū-kàu: 眞是　súi: 漂亮　6 Chúi-chiⁿ-teng: 水晶燈　súi sī súi: 漂亮是漂亮　7 koh chi̍t-sî-á: 待會兒　tiō: 就　hoa-hoa-·khì: 熄滅　8 tiām-chih-chih: 靜悄悄　9 chhun: 剩　chheⁿ: 星星

Iau-chiaⁿ Chìm-chiú

Iau-chiaⁿ tàu-hoat tàu-su,
Hō͘ tāi-sian siu-jip-khì hô͘-lô͘ chìm-chiú.
Chit-sî-á, tāi-sian siūⁿ-boeh lim chiú.
I phah-khui hô͘-lô͘ lim, lim-bô-chiú,
05 Kā hô͘-lô͘ tò-péng, mā tò-bô-chiú,
Khòaⁿ hô͘-lô͘ lāi-té, mā khòaⁿ-bô-chiú.
Tāi-sian kā hô͘-lô͘ siak-phòa lâi khòaⁿ.
Goân-lâi iau-chiaⁿ chìm-chiú chìm-kà pá-pá-pá,
Kā chiú lim-kà ta-ta-ta.
10 Tāi-sian kiò iau-chiaⁿ ài pôe i hô͘-lô͘ kah chiú.

---

0 iau-chiaⁿ: 妖精 chìm: 泡; 浸 chiú: 酒 1 tàu-hoat:
鬥法 tàu-su: 鬥輸 2 hō͘: 被 tāi-sian: 大仙 siu-jip-
khì: 收進... 去 hô͘-lô͘: 葫蘆 3 chit-sî-á: 過一陣子
siūⁿ-boeh: 想要 lim: 喝 4 i: 他 phah-khui: 打開
...bô: ... 不著 5 kā: 把 tò-péng: 顛倒 mā: 也 tò:
傾倒 6 khòaⁿ: 看 lāi-té: 裡頭 7 siak-phòa: 摔破 lâi:
來; 以便 8 goân-lâi: 原來 kà: 得; 以至於 pá: 飽 9 ta:
乾涸 10 kiò: 叫; 要 ài: 必須 pôe: 賠 kah: 以及

Iau-koài

O-lí-siū-sù kah Sín-bat ê chûn sio-tú-·tio̍h.
O-lí-siū-sù khòaⁿ Sín-bat ê chûn tùi-bīn lâi,
Kóng: "Lán kín siám-khui. Ū iau-koài!"
Sín-bat khòaⁿ O-lí-siū-sù ê chûn tùi-bīn lâi,
05 Mā kóng: "Lán kín siám-khui. Ū iau-koài!"
O-lí-siū-sù kah Sín-bat ê chûn sio-siám-·kòe.
O-lí-siū-sù hoah kóng: "O-·è! Hái-·ni siuⁿ chē
iau-koài,
"Soah kioh-sī lín mā iau-koài."
Sín-bat hoah kóng: "O-·è! Goán m̄-sī iau-koài.
10 "M̄-kò goán m̄-chai lín sī-m̄-sī iau-koài!"

---

0 iau-koài: 妖怪 1 O-lí-siū-sù: 奧德賽 (Odysseus/ Ulysses) kah: 和; 以及 Sín-bat: 辛巴達 (Sindbad) ê: 的 chûn: 船 sio-tú-·tio̍h: 相遇 2 khòaⁿ: 見 tùi-bīn: 迎面 lâi: 前來 3 kóng: 說 lán: 咱們 kín: 趕快 siám-khui: 讓開 ū: 有 5 mā: 也 6 sio-siám-·kòe: 側身而過 7 hoah: 喝叫 o-·è: 喂 hái-·ni: 海裡 siuⁿ: 太; 過於 chē: 多 8 soah: 結果 kioh-sī: 以爲 lín: 你們 mā: 也是 9 m̄-sī: 不是 10 m̄-kò: 但是 goán: 我們 m̄-chai: 不知道 sī-m̄-sī: 是不是

Im-hû

Gín-á teh liān phi-á-noˑh.
Phi-á-noˑh bīn-téng im-hû teh kiâⁿ-lōˑ,
Pin-pín-piang-piang liān kha-pōˑ.
Ū-ê im-hû chhia̍k-chhia̍k-tiô.
05 Ū-ê im-hû khoaⁿ-khoaⁿ sô.
Ū-tang-sî-á thâu-chêng ê im-hû kiâⁿ siuⁿ bān.
Ū-tang-sî-á āu-pêng ê im-hû kiâⁿ siuⁿ kín.
Im-hû e-lâi-e-khì, khōng-khōng-phiân.
Lāu-su kiò gín-á mài koh liān.
10 Im-hû kiu-kiu ji̍p-khì phi-á-noˑh.

---

0 im-hû: 音符 1 gín-á: 孩子 teh: 正在 liān: 練 phi-á-noˑh: 鋼琴 2 bīn-téng: 上頭 kiâⁿ-lōˑ: 走路 3 pin-pín-piang-piang: 乒乒乓乓 kha-pōˑ: 脚步 4 ū-ê: 有的 chhia̍k-chhia̍k-tiô: 蹦蹦跳跳 5 khoaⁿ-khoaⁿ sô: 慢吞吞地走 6 ū-tang-sî-á: 有時候 thâu-chêng: 前頭 ê: 的 kiâⁿ: 走; 動 siuⁿ: 太過 bān: 慢 7 āu-pêng: 後頭 kín: 快 8 e-lâi-e-khì: 互相推擠 khōng-khōng-phiân: 踉蹌 9 lāu-su: 老師 kiò: 叫 mài: 別; 不要 koh: 再 10 kiu: 縮 ji̍p-khì: 進... 去

265

Iû-teng

A-lat-dìn kā iû-teng lù--chi̍t--ē.
Mô͘-sîn-á chhut-lâi kiâⁿ-chi̍t-ê-lé,
Kóng: "Thâu-ke boeh hoan-hù sáⁿ-mí-hòe?"
A-lat-dìn kóng: "Góa boeh ji̍p-khì iû-teng lāi-té."
05 Mô͘-sîn-á thi-thí-thu̍h-thu̍h, kóng: "Che——"
A-lat-dìn mn̄g kóng: "Ū sáⁿ-mí koan-hē?"
Mô͘-sîn-á ìn kóng: "Iû-teng sī góa ê chhù ·ne.
"Lí nā kā góa ê chhù chiàm--leh,
"Góa boeh tòa tà ·le?"
10 A-lat-dìn kóng: "Lán ē-tàng tòa chò-hóe."

---

0 iû-teng: 油燈 **1** A-lat-dìn: 阿拉丁 (Aladdin) kā: 把 lù--chi̍t--ē: 擦一下 **2** mô͘-sîn-á: 魔神 chhut-lâi: 出來 kiâⁿ-chi̍t-ê-lé: 敬個禮 **3** kóng: 說 thâu-ke: 老闆; 主人 boeh: 要; 欲 hoan-hù: 吩咐 sáⁿ-mí-hòe: 什麼事 **4** góa: 我 ji̍p-khì: 進... 去 lāi-té: 裡頭 **5** thi-thí-thu̍h-thu̍h: 支支吾吾 che: 這個 **6** mn̄g: 問 ū: 有 sáⁿ-mí: 什麼 koan-hē: 關係 **7** ìn: 回答 sī: 是 ê: 的 chhù: 家 ·ne: 啊; 呢 **8** lí: 你 nā: 如果 kā: 把 chiàm--leh: 佔據著 **9** boeh: 將; 要; 應該 tòa: 住 tà: 哪兒 ·le: 呢 **10** lán: 咱們 ē-tàng: 可以 chò-hóe: 一道; 一起

Iûⁿ-nî

Iûⁿ-nî kàu, bé-á lȯh-tâi.
Soaⁿ-iûⁿ kah mî-iûⁿ sio-cheⁿ boeh chiūⁿ-tâi.
Soaⁿ-iûⁿ kóng: "Mé-heⁿ. Iûⁿ-á ū chhùi-chhiu."
Mî-iûⁿ kóng: "Mé-heⁿ. Iûⁿ-á moˑ khiû-khiû."
05 Nng chiah khí-sio-tak, iûⁿ-kak kau tòa iûⁿ-kak.
Seng-seng cháu-lâi pak,
Kóng: "Soaⁿ-iûⁿ tāi-piáu Tang-iûⁿ,
"Mî-iûⁿ tāi-piáu Se-iûⁿ, m̄ chin hó?"
Tȧk-kē chiâⁿ kā seng-seng o-ló,
10 Kóng: "Kin-nî, kâu-nî chiah tiȯh."

---

0 iûⁿ-nî: 羊年 1 kàu: 到 bé-á: 馬 lȯh-tâi: 下台 2 soaⁿ-iûⁿ: 山羊 kah: 和 (... 互相) mî-iûⁿ: 綿羊 sio-cheⁿ: 爭著 boeh: 要 chiūⁿ-tâi: 上台 3 kóng: 說 mé-heⁿ: 咩 iûⁿ-á: 羊 ū: 有 chhùi-chhiu: 鬍子 4 moˑ: 毛 khiû: 捲曲 5 nng: 二 chiah: 隻 khí...: ... 起來 sio-tak: 頂牛兒 iûⁿ-kak: 羊角 kau: 鉤 tòa: 在於 6 seng-seng: 猩猩 cháu-lâi: 過來; 前來 pak: 拆 (開) 7 tāi-piáu: 代表 Tang-iûⁿ: 東洋 8 Se-iûⁿ: 西洋 m̄: 可不是 chin: 很 hó: 好 9 tȧk-kē: 大家 chiâⁿ kā... o-ló: 非常稱讚... 10 kin-nî: 今年 kâu-nî: 猴年 chiah: 才 tiȯh: 對

267

Jiăng-kián

Ka-to kā chóa kóng: "Góa iâⁿ ·lí."
Chio̍h-thâu kā ka-to kóng: "Góa iâⁿ ·lí."
Chóa kā chio̍h-thâu kóng: "Góa iâⁿ ·lí."
Ka-to kā chóa kóng: "Góa iâⁿ lí; lí iâⁿ i.
05 "Só͘-í góa siāng iâⁿ. Híh! Híh! Híh!"
Chio̍h-thâu kóng: "He bô-iáⁿ.
"Lí, góa chiah m̄-kiaⁿ."
Chóa kā chio̍h-thâu kóng: "Lí, góa mā m̄-kiaⁿ."
Ka-to kóng: "Ta̍k-kē mài chèⁿ, mā mài tián.
10 "Bô, lán lâi jiăng-kián. Su ê lâng ài piáu-ián."

---

0 jiăng-kián: (以剪刀、石頭、布) 猜拳 1 ka-to: 剪刀 kā: 對; 給; 跟 chóa: 紙 kóng: 說 góa: 我 iâⁿ: 勝過; 贏 lí: 你 2 chio̍h-thâu: 石頭 4 i: 他 5 só͘-í: 所以 siāng iâⁿ: 最優勝; 贏最多 híh: (開心的笑聲) 嘻 6 he: 那 (是) bô-iáⁿ: 沒有的事; 不眞實 7 chiah: 才 m̄-kiaⁿ: 不怕 8 mā: 也; 亦 9 ta̍k-kē: (你們) 大家 mài: 別; 不要 chèⁿ: 爭辯 tián: 炫耀 10 bô: 這樣好了; 不然的話 lán: 咱們 lâi: 來 su ê lâng: 輸家 ài: 必須 piáu-ián: 表演

268

Jīn-jī

Gín-á khòaⁿ-chheh teh jīn-jī,
Jīn-kà chin sūn-sī.
Gín-á kóng: "Hái, lí sī 'niau-nǐ'."
Koh kóng: "Hái, lí sī 'niáu-chhí'."
05 Chi̍t jī thiàu-khit-lâi kài-siāu i ka-tī,
Kóng: "Hái, góa sī 'hui-hêng-ki'."
Koh chi̍t jī mn̄g i: "Hái, góa sī sím-mì?"
Gín-á bē-jīn-·lì.
Hit jī ka khòng-gī.
10 Gín-á cháu-khì mn̄g ma-mǐ.

---

0 jīn-jī: 認字; 識字 1 gín-á: 孩子 khòaⁿ-chheh: 看書
teh: 正在 2 jīn: 辨認 kà: 得 chin: 很 sūn-sī: 順暢
3 kóng: 說 hái: 嗨 lí: 你 sī: 是 niau-nǐ: 貓咪 4 koh:
又 niáu-chhí: 老鼠 5 chi̍t: 一 jī: 字 thiàu-khit-lâi:
跳上來 kài-siāu: 介紹 i: 他; 它 ka-tī: 自己 6 góa:
我 sī: 是 hui-hêng-ki: 飛機 7 mn̄g: 問 sím-mì: 什
麼 8 bē-jīn-·lì: 不認得 9 hit: 那 ka: 對他 khòng-gī:
抗議 10 cháu-khì: 去 ma-mǐ: 媽咪

269

Jiông-á-pò͘ Ang-á

A-bí ê pâng-keng, jiông-á-pò͘ ang-á chi̍t-tōa tui.
Hih-hih-hih-kúi cháu-ji̍p-khì bih.
A-bí khòaⁿ-·tio̍h, chin hoaⁿ-hí,
Mn̄g kóng: "Lí sin-lâi-·ê ·nih?"
05 Hih-hih-hih-kúi kóng: "Híh, híh, híh! Sī, sī, sī."
A-bí koh kóng: "Lí ná ē bô hoat-mo͘ ·le?"
Hih-hih-hih-kúi kóng: "Híh, híh, híh! Sī, sī, sī."
A-bí tiō the̍h thán-á ka pau-·leh,
Mn̄g kóng: "Án-ne iáu ê-kôaⁿ ·bē?"
10 Hih-hih-hih-kúi kóng: "Híh, híh, híh! Sī, sī, sī."

---

0 jiông-á-pò͘: 絨布 ang-á: 玩偶; 娃娃 1 A-bí: 阿美 ê:
的 pâng-keng: 房間 chi̍t-tōa tui: 一大堆 2 hih-hih-
hih-kúi: 嘻嘻嘻鬼 cháu-ji̍p-khì bih: 躲進去 3 khòaⁿ-
·tio̍h: 看到 chin: 很 hoaⁿ-hí: 高興 4 mn̄g: 問 kóng:
說 lí: 你 sin-lâi-·ê: 新來的 ·nih: 嗎 5 híh: 嘻 sī: 是
6 koh: 又 ná ē: 爲什麼; 何以 bô: 沒有 hoat-mo͘: 長
毛髮 ·le: 呢 8 tiō: 於是 the̍h: 拿 thán-á: 毯子 ka:
把它 pau-·leh: 包著 9 án-ne: 這樣; 如此 iáu ê... ·bē:
還... 不... kôaⁿ: 冷

Jip-lâi Chē

A-gī kiaⁿ tùi chi̍t keng tiàm-á kòe.
Tiàm-thâu-ke kóng: "Lâng-kheh, ji̍p-lâi chē."
A-gī tiō ji̍p-khì chē, thâu-ke ka hōng-tê,
Mn̄g kóng: "Lâng-kheh ài sáⁿ-hòe?"
05 A-gī kóng: "Bô ·a. Góa kan-na ji̍p-lâi chē."
Thâu-ke kóng: "Ò͘! Chin pháiⁿ-sè."
A-gī tiām-tiām chē, chē-chē-·le, siūⁿ-boeh tòe,
Kóng: "To-siā thâu-ke. Lín chia chin hó-chē."
Thâu-ke kóng: "Ū-êng, chiah koh lâi chē."
10 A-gī ū-êng tiō tiāⁿ-tiāⁿ cháu-khì tiàm-á chē.

---

0 jip-lâi: 進來 chē: 坐 1 A-gī: 阿義 kiaⁿ tùi... kòe: 行
經... chi̍t: 一 keng: 爿; 家 tiàm-á: 鋪子 2 tiàm: 鋪
子的 thâu-ke: 老闆 kóng: 說 lâng-kheh: 客人 3 tiō:
於是 ji̍p-khì: 進去 ka: 向他 hōng-tê: 敬茶 4 mn̄g:
問 ài: 喜歡; 想要 sáⁿ-hòe: 什麼 5 bô ·a: 沒有哇
góa: 我 kan-na: 只是 6 ò͘: 哦 chin: 很 pháiⁿ-sè:
不好意思; 抱歉 7 tiām-tiām: 靜靜地 ...·le: ...了一陣
子 siūⁿ-boeh: 想要; 打算 tòe: 回去 8 to-siā: 謝謝
lín: 你們 chia: 這兒 hó-chē: 坐起來很舒服 9 ū-êng:
有空 chiah koh lâi chē: (如果... 那就) 再來 (玩/光顧)
10 tiāⁿ-tiāⁿ: 時常 cháu-khì: 到... 去

271

Jip-lăi Chhù-lāi-té

Kôaⁿ-thiⁿ, hong kôaⁿ-kà hū-hū-kiò,
Kóng: "Lán jip-lăi chhù-lāi-té khah sio."
Hong boeh tùi mûg-phāng ·kòe.
Lâng iōng phòa-pòˈ ka seh-·leh.
05 Hong boeh tùi piah-khang ·kòe.
Lâng iōng phòa-pòˈ ka that-·leh.
Hong boeh tùi ian-tâng lòe.
Lâng kā chàu-khang-mûg koaiⁿ-·leh,
Koh hiâⁿ-hóe, hiâⁿ-kà hoāng-hoāng-kiò.
10 Hong kóng: "Chán! Chán! Án-ne m̄-chiah ū
sio."

---

0 jip-lăi: (咱們) 進到... 裡頭去 chhù-lāi-té: 房子裡 1 kôaⁿ-
thiⁿ: 冬天 hong: 風 kôaⁿ: 冷 kà: 得 hū-hū-kiò: 呼
呼地叫 2 kóng: 說 lán: 咱們 khah: 比較; 較爲 sio:
溫暖 3 boeh: 想要 tùi: 打從 mûg-phāng: 門縫 ·kòe:
通過 4 lâng: 人 iōng: 拿; 使用 phòa-pòˈ: 破布 ka:
把它 seh: 塞 (縫) ·leh: 著; 起來 5 piah-khang: 牆壁
上的窟窿 6 that: 塞 (孔) 7 ian-tâng: 煙囪 lòe: 下去
8 kā: 把 chàu-khang-mûg: 灶門 koaiⁿ: 關 9 koh: 又
hiâⁿ-hóe: 燒柴火 hiâⁿ: 燒 hoāng-hoāng-kiò: 熊熊 (燃
燒) 10 chán: 很棒 án-ne: 這樣; 如此 m̄-chiah: (這)
才 ū: (表示某現像存在)

272

Jit-thâu Kòa Oʻ-bȧk-kiàⁿ

Chái-sî, jit-thâu boeh chhut-mn̂g,
Kóng: "Gōa-kháu ná ē chiah-nī kng!"
I tiō kín kòa oʻ-bȧk-kiàⁿ.
Lōʻ-·ni ê lâng khòaⁿ sì-kè kng-iàⁿ-iàⁿ.
05 In mā kín kòa oʻ-bȧk-kiàⁿ.
A-hô khòaⁿ jit-thâu lāi-té ū oʻ-iáⁿ,
Mn̄g A-bêng kóng: he sī siáⁿ.
A-bêng kóng: "Gōa-kháu chiah-nī kng.
"Jit-thâu boeh chhut-mn̂g,
10 "Mā-sī ài kòa oʻ-bȧk-kiàⁿ."

---

0 jit-thâu: 太陽 kòa: 戴 oʻ-bȧk-kiàⁿ: 墨鏡 1 chái-sî:
早晨 boeh: 將要; 打算 chhut-mn̂g: 出門 2 kóng: 說
gōa-kháu: 外頭 ná ē: 怎麼; 爲什麼 chiah-nī: 這麼
（個）kng: 光亮 3 i: 他; 她; 它 tiō: 就; 於是 kín:
趕快 4 lōʻ-·ni ê lâng: 路人 khòaⁿ: 見; 覺得 sì-kè: 到
處 kng-iàⁿ-iàⁿ: 光亮耀眼 5 in: 他們 mā: 也 6 A-hô:
阿和 lāi-té: 裡頭 ū: 有 oʻ-iáⁿ: 黑影 7 mn̄g... kóng:
問...   A-bêng: 阿明 he: 那（個）sī: 是 siáⁿ: 什麼
（東西）10 mā-sī: 也（是）ài: 必須

273

Ka-la̍uh Chîⁿ

Thiⁿ-téng ê lâng teh sǹg chîⁿ,
Bô-tiuⁿ-tî, chi̍t ê chîⁿ ka-la̍uh--khì.
I "pǒng"--chi̍t-·ē, thiàu-lo̍h-lâi chhōe he chîⁿ.
Tú-hó thiⁿ-téng chhut chi̍t ê goe̍h, îⁿ-îⁿ.
05 I khòaⁿ chúi-bīn, îⁿ-îⁿ chi̍t ê chîⁿ,
Tiō chhun chhiú khì hō͘ chîⁿ.
Hō͘-lâi-hō͘-khì, chîⁿ lóng liu-liu--khì.
Tú-hó thiⁿ-téng ê goe̍h hō͘ hûn cha̍h--khì.
I kóng: "Ai--·ià! Chîⁿ koh ka-la̍uh--khì,"
10 "Tŏm"--chi̍t-·ē, thiàu-lo̍h-khì chhōe he chîⁿ.

---

0 ka-la̍uh: 掉落 chîⁿ: 錢 1 thiⁿ-téng: 天上 ê: 的
lâng: 人 teh: 正在 sǹg: 算 2 bô-tiuⁿ-tî: 不小心
chi̍t: 一 ê: 個 ka-la̍uh--khì: 掉了 3 i: 他 "pǒng"-
-·chi̍t-·ē: 砰的一聲 thiàu: 跳 lo̍h-lâi: 下來 chhōe: 尋
找 he: 那; 那個 4 tú-hó: 剛好; 碰巧 chhut: 出來; 露
出 goe̍h: 月亮 îⁿ: 圓 5 khòaⁿ: 見 chúi-bīn: 水面
上 6 tiō: 就; 於是 chhun chhiú: 伸手 khì: 去 hō͘:
撈 7 ...lâi...khì: ... 來... 去 lóng: 都 liu-liu--khì: 溜
掉 8 hō͘: 被; 遭 hûn: 雲 cha̍h-khì: 遮掉 9 kóng:
說 ai--·ià: 哎呀 koh: 又 10 "tŏm"-·chi̍t-·ē: 噗通一聲
lo̍h-khì: 下去

274

Kā Lí Sioh

A-bí tòe A-hô, àm-sî chhut-khì kiâⁿ.
Sì-kè lóng o͘-iáⁿ; sì-kè tō͘-kún-á siaⁿ.
A-bí thâu-khak hôe-tiȯh chhiū-á,
Kiaⁿ-kà hoah kóng: "Chhiū-á boeh kâ liȧh!"
05 A-hô kóng: "M̄-sī ·la. Chhiū-á boeh kā lí sioh."
A-bí kha hôe-tiȯh chháu-á,
Kiaⁿ-kà hoah kóng: "Chháu-á boeh kâ kā!"
A-hô kóng: "M̄-sī ·la. Chháu-á boeh kā lí sioh."
A-bí thiaⁿ hīⁿ-á-piⁿ báng-á hiⁿ-hiⁿ-kiò,
10 Kóng: "Ko-kǒ. Báng-á boeh kâ sioh!"

---

0 kā: 把 lí: 你 sioh: 疼; 愛 1 A-bí: 阿美 tòe: 跟隨 A-hô: 阿和 àm-sî: 夜裡 chhut-khì: 出去 kiâⁿ: 走; 遛搭 2 sì-kè: 到處 lóng: 都是 o͘-iáⁿ: 黑影 tō͘-kún-á-siaⁿ: 蚯蚓的叫聲 3 thâu-khak: 腦袋 hôe-tiȯh: 拂; 觸 chhiū-á: 樹 4 kiaⁿ: 怕 kà: 得 hoah: 喝叫 kóng: 說 boeh: 要; 欲 kâ: 把我 liȧh: 捕捉 5 m̄-sī: 不是 ·la: 呀 6 kha: 腳 chháu-á: 草 7 kā: 咬 9 thiaⁿ: 聽見 hīⁿ-á-piⁿ: 耳邊 báng-á: 蚊子 hiⁿ-hiⁿ-kiò: 嗡嗡叫 10 ko-kǒ: 哥哥

Káu-á Pūi Hóe-chhia

Chi̍t tīn káu-á tī thih-ki-á-lō͘-piⁿ.
Chi̍t tâi hóe-chhia ùi hn̄g-hn̄g ti̍t-ti̍t lâi,
Hoah kóng: "Ho͘ⁿ, ho͘ⁿ—! Kín siám-khui!"
Káu-á kóng: "Lán lâi kā i cha̍h-·lo̍h-·lâi."
05 Káu-á tiō ti̍t-ti̍t pūi.
Hóe-chhia chò i ti̍t-ti̍t chhiong-·kòe-·khì.
Káu-á kín siám-khui, oa̍t-thâu koh ti̍t-ti̍t pūi.
Hóe-chhia cháu-kà hn̄g-hn̄g ·khì.
Káu-á chin móa-ì,
10 Kóng: "Hóe-chhia hō͘ lán pūi-cháu-·khì."

---

0 káu-á: 狗　pūi: 吠　hóe-chhia: 火車　1 chi̍t: 一　tīn: 群　tī: 在於　thih-ki-á-lō͘-piⁿ: 鐵道旁　2 tâi: 輛　ùi: 打從　hn̄g-hn̄g: 遠處; 遠遠的　ti̍t-ti̍t: 一直的　lâi: 前來　3 hoah: 喝叫　kóng: 說; 道　ho͘ⁿ: 嗚　kín: 趕快　siám-khui: 讓開　4 lán: 咱們　lâi: 來　kā: 把　i: 它　cha̍h-·lo̍h-·lâi: 擋下來　5 tiō: 就; 於是　6 chò i: (它) 自顧　chhiong-·kòe-·khì: 衝過去　7 oa̍t-thâu: 掉過頭　koh: 又　8 cháu: 跑　kà: 得　·khì: 了　9 chin: 很　móa-ì: 滿意　10 hō͘: 被

Káu-hiā Phīⁿ-tio̍h Chia̍h

Chi̍t tīn káu-hiā phīⁿ-tio̍h chia̍h.
Chi̍t chiah káu-hiā chò-chêng kiâⁿ,
Khòaⁿ-tio̍h chia̍h-mi̍h lún-bē-tiâu,
Phí-lí-phá-la chia̍h-liáu-liáu.
05 Chia̍h-kà seng-khu tiùⁿ-kà saⁿ pōe tōa,
Khiā-bē-tiâu, tó-khiàu-khiàu.
Pa̍t chiah káu-hiā lâi-kàu-tè, chi̍t-ē khòaⁿ,
Khòaⁿ he chia̍h-mi̍h to kah lán sio-chhin-chhiūⁿ,
M̄-kò tōa-kà m̄-chiâⁿ-iūⁿ.
10 *Â--à! Seng thoa-tńg-lǎi chhù--e chiah kóng ·la!*

---

0 káu-hiā: 螞蟻 phīⁿ: 嗅 tio̍h: 著; 到; 見 chia̍h: 食物
1 chi̍t: 一 tīn: 群 2 chiah: 隻 chò-chêng: 爲先 kiâⁿ:
走; 前往 3 khòaⁿ: 看 chia̍h-mi̍h: 食物 lún-bē-tiâu:
忍不住 4 phí-lí-phá-la: 很快的樣子 chia̍h: 吃 liáu: 完
5 kà: 得; 到 seng-khu: 身子 tiùⁿ: 脹 saⁿ: 三 pōe: 倍
tōa: 大 6 khiā-bē-tiâu: 站不住 tó-khiàu-khiàu: 顛覆
7 pa̍t: 別的 lâi-kàu-tè: 來到 chi̍t-ē...: 一... khòaⁿ:
看 8 khòaⁿ: 見; 發現 he: 那; 那個 to: 可 kah: 跟;
和 lán: 咱們 sio-chhin-chhiūⁿ: 相像 9 m̄-kò: 但是
m̄-chiâⁿ-iūⁿ: 不像個樣子 10 â--à: 哎呀 (別管那麼多)
seng: 先 thoa-tńg-lǎi: 拖回去 chhù--e: 家裡 chiah
kóng: 再說 ·la: 吧

Káu kah Lông

Chit chiah káu cháu-khì soaⁿ-iá,
Tiāⁿ bô mih-kiāⁿ thang chiah.
Chit chiah lông kà i án-nóa phah-lah,
Án-nóa kòe soaⁿ-·ni ê seng-oah.
05 Ū chit jit, in khòaⁿ soaⁿ-kha ū lâng tòa.
Káu kóng: "Góa chin kú bô ūi thang u-sio.
"Góa chin kú bô hông lám, bô hông sioh.
"Lán chò-hóe jip-lǎi kah lâng tòa, án-nòa?"
Lông kóng: "Lâng ài kâng hoah, ài kâng kóaⁿ.
10 "Góa lēng-khó͘ tòa tòa iá-gōa."

---

0 káu: 狗 kah: 和; 以及 lông: 狼 1 chit: 一 chiah: 頭; 隻 cháu-khì: 到... 去 soaⁿ-iá: 山林等野外地方 2 tiāⁿ: 常常 bô: 沒有 mih-kiāⁿ: 東西 thang: 得以 chiah: 吃 3 kà: 教 i: 它 án-nóa: 如何; 怎麼 phah-lah: 打獵 4 kòe: 過 soaⁿ-·ni: 山裡頭 ê: 的 seng-oah: 生活 5 ū: 有 jit: 天; 日子 in: 它們 khòaⁿ: 見 soaⁿ-kha: 山底下 lâng: 人類 tòa: 居住 6 kóng: 說 góa: 我 chin: 很 kú: 久 ūi: 地方 u-sio: 縮著身子在火旁等處取暖 7 hông: 被人家 lám: 摟抱 sioh: 疼; 愛 8 lán: 咱們 chò-hóe: 一道 jip-lǎi: (我或咱們)進去 kah: 和; 與 (之) án-nòa: (你認為) 如何; (你說) 怎樣 9 ài: 動不動就 kâng...: ... 人家 hoah: 吆喝 kóaⁿ: 趕; 軀離 10 lēng-khó͘: 寧可 tòa tòa: 住在 iá-gōa: 野外

Káu-sái-pọ

Lọ-piⁿ chi̍t ê ọ; ọ-piⁿ chi̍t lia̍p soaⁿ.
Ọ chheng-chheng; hî-á put-sî teh gap-chúi.
Kòe-lọ-lâng lóng kóng: "He ọ ū-kàu súi."
Soaⁿ thut-thut; chio̍h-thâu tiāⁿ-tiāⁿ kō··lo̍h-
··lài.
05 Kòe-lọ-lâng lóng kóng: "He soaⁿ ū-kàu bái."
Soaⁿ thiaⁿ-tio̍h chin bô-ài,
Thàn tōa tē tāng, thiau-tî pang-pang hāi,
Kā ọ thūn-họ-tīⁿ.
Ọ bô··khì, soaⁿ mā bô··khì.
10 Kòe-lọ-lâng kóng: "He káu-sái-pọ ū-kàu bái."

---

0 káu-sái-pọ: 不毛之地 1 lọ: 路 piⁿ: 邊 chi̍t: 一 ê:
個 ọ: 湖 lia̍p: 座 soaⁿ: 山 2 chheng: 清 hî-á: 魚
put-sî: 常常 teh: 正在 gap-chúi: 在水中嘴巴一開一合
3 kòe-lọ-lâng: 路人 lóng: 都; 皆 kóng: 說 he: 那個
ū-kàu: 眞是 súi: 漂亮 4 thut: 禿 chio̍h-thâu: 石頭
tiāⁿ-tiāⁿ: 時常 kō: 滾 (動/下) ·lo̍h··lài: 下來 5 bái:
難看 6 thiaⁿ-tio̍h: 聽了覺得 chin: 很 bô-ài: 不喜
歡 7 thàn: 趁著 tōa: 大 tē tāng: 地震 thiau-tî: 故
意 pang-pang hāi: 崩潰 8 kā: 把 thūn-họ-tīⁿ: 塡滿
9 bô··khì: 沒了 mā: 也

Ke-che

Chī-liāu-ke tio̍h ke-che,
Koaiⁿ tī lang-á-té, bē-tàng cháu.
Thó͘-ke kín khì bán io̍h-chháu.
Chi̍t chiah tek-ke kóng: "Ke-che chin gûi-hiám.
05 "Iû-kî sī chiáu-á liû-káⁿ.
"Ke-che tio̍h-ài siám.
"Lín mài leh ké ióng-kám,
"Mài khih hông thoân-jiám."
Thó͘-ke kóng: "Kiù lâng, kiù ka-tī.
10 "Kiaⁿ-sí, tian-tò sí."

---

0 ke-che: 雞瘟 1 chī-liāu-ke: 活動範圍受限制的食用雞 tio̍h: 患 2 koaiⁿ: 關; 監禁 tī: 在於 lang-á-té: 籠子裡頭 bē-tàng: 無法 cháu: 離開 3 thó͘-ke: "土雞", 即可以自由活動的雞 kín: 急忙 khì: 去 bán: 摘; 採 io̍h-chháu: 草藥 4 chi̍t: 一 chiah: 隻 tek-ke: 竹雞; 山鷓 kóng: 說 chin: 很 gûi-hiám: 危險 5 iû-kî sī: 尤其是 chiáu-á liû-káⁿ: 禽流感 6 tio̍h-ài: 應該; 必須 siám: 避開 7 lín: 你們 mài: 別; 不要 leh ké ióng-kám: 冒充 (著) 勇敢 8 khih hông: 遭到; 被人家 thoân-jiám: 傳染 9 kiù: 救 lâng: 人; 別人 ka-tī: 自己 10 kiaⁿ-sí: 怕事; 怕死 tian-tò sí: 反而更糟糕

280

Ké-gîn-phiò

Chi̍t ê lâng thau ìn ké-gîn-phiò,
Lâi koái chi̍t ê lāu-a-pô,
Kóng: "A-pô. Lí khòaⁿ.
"Che gîn-phiò ū sêng chin-·ê bô?
05 "Chi̍t bān kah lí ōaⁿ chi̍t chheng, tiō hó."
Lāu-a-pô ji̍p-khì chhù-lāi,
Mo·h chi̍t siuⁿ kim-chóa chhut-·lâi,
Kóng: "Siàu-liân-·ê. Lí khòaⁿ.
"Che kim-chóa chò-liáu ū kang-hu bô?
10 "Cha̍p bān kah lí ōaⁿ chi̍t bān, tiō hó."

---

0 ké-gîn-phiò: 偽鈔　1 chi̍t: (有) 一　ê: 個　lâng: 人
thau ìn: 偷印　2 lâi: 來　koái: 拐騙　lāu-a-pô: 老太
太　3 kóng: 說　a-pô: 姥姥　lí: 你　khòaⁿ: 看　4 che:
這 (個/些)　gîn-phiò: 鈔票　ū...bô: 有沒有...(某特點)
sêng: 像; 相似　chin-·ê: 眞的　5 bān: 萬　kah: 和
(... 互相)　ōaⁿ: 交換　chheng: 千　tiō hó: 就可以了
6 ji̍p-khì: 進... 去　chhù-lāi: 房子裡　7 mo·h: (以雙
手) 抱 (在胸腹)　siuⁿ: 箱　kim-chóa: 貼金色薄片的冥紙
chhut-·lâi: 出來　8 siàu-liân-·ê: 小伙子　9 chò-liáu: 做
得　kang-hu: (工夫) 仔細　10 cha̍p: 十

Ke-khì-lâng

Àm-sî siáu-kúi-á tiāⁿ ài hehⁿ-kiaⁿ kòe-lō·-lâng:
"Bù-lú, bù-lú, bù-lú! Goán ài hehⁿ-kiaⁿ lâng."
"Kì-lí, kì-lí, kì-lí! Goán ài hehⁿ-kiaⁿ lâng."
Kòe-lō·-lâng kiaⁿ-kà cháu-kà bô-khòaⁿ-ìⁿ lâng.
05 Siáu-kúi-á khòaⁿ lō·-·ni chit ê ke-khì-lâng.
Bù-lù-bù-lù-kúi háu kóng: "Bù-lú, bù-lú!"
Ke-khì-lâng ìn kóng: "Bù-lú, bù-lú!"
Kì-lì-kì-lì-kúi háu kóng: "Kì-lí, kì-lí!"
Ke-khì-lâng ìn kóng: "Kì-lí, kì-lí!"
10 Siáu-kúi-á kiaⁿ-kà cháu-kà bô-khòaⁿ-ìⁿ *kúi*.

---

0 ke-khì-lâng: 機器人　1 àm-sî: 夜裡　siáu-kúi-á: 小鬼
tiāⁿ: 常常　ài: 喜歡　hehⁿ-kiaⁿ: 嚇　kòe-lō·-lâng: 路
人　2 bù-lú: 嘸嚕嘸嚕鬼的叫聲　goán: 我們　lâng: 人
3 kì-lí: 嘰哩嘰哩鬼的叫聲　4 kiaⁿ-kà: 嚇得　cháu-kà: 逃
得　bô-khòaⁿ-ìⁿ: 不見 (蹤影)　5 khòaⁿ: 看見　lō·-·ni: 路
上　chit: 一　ê: 個　6 Bù-lù-bù-lù-kúi: 嘸嚕嘸嚕鬼　háu
kóng: 叫道　7 ìn: 回答　8 Kì-lì-kì-lì-kúi: 嘰哩嘰哩鬼
10 kúi: 鬼

282

Ké-thâu-mn̂g

Sam-sun thâu-mn̂g lâu tn̂g-tn̂g,
Bô-siūⁿ-tiòh Tāi-lī-làh ē ka thì kng-kng,
Hui-lī-sū-lâng bih tī gōa-kháu tng.
I kóaⁿ-kín chhēng chit niá hôe-siūⁿ-saⁿ,
05 Kóaⁿ-kín cháu-khì pah-hòe-tiàm,
Kóaⁿ-kín bé chit téng ké-thâu-mn̂g,
Cháu kàu chit keng tōa biō-tn̂g.
Su-hū hiâm i thâu-mn̂g siuⁿ-kòe tn̂g.
I kóaⁿ-kín liù-tiāu ké-thâu-mn̂g,
10 Kóaⁿ-kín bih-jìp-khì biō-tn̂g.

---

0 ké-thâu-mn̂g: 假髮　1 Sam-sun: 古以色列士師參孫
(Samson) thâu-mn̂g: 頭髮 lâu: 留 tn̂g: 長　2 bô-
siūⁿ-tiòh: 想不到　Tāi-lī-làh: 參孫的情婦大利拉　ē: 會
ka: 把他 thì-kng-kng: 剃光頭髮　3 Hui-lī-sū-lâng: 非
利士人 bih: 躲; 藏 tī: 在於 gōa-kháu: 外頭 tng:
伺捕　4 i: 他 kóaⁿ-kín: 趕快 chhēng: 穿 chit: 一
niá: 件 hôe-siūⁿ-saⁿ: 和尚服　5 cháu-khì: 到... 去
pah-hòe-tiàm: 百貨店　6 bé: 買 téng: 頂　7 cháu: 逃
kàu: 到 keng: 間 tōa: 大 biō-tn̂g: 廟宇　8 su-hū:
師父 hiâm: 嫌 siuⁿ-kòe: 太; 過於　9 liù-tiāu: 脫掉
10 bih-jìp-khì: 躲進

Khan Káu

Sè-hàn gín-á khan tōa-chiah káu sàn-pō͘,
Hō͘ káu thoa-lé chhè-thô͘.
I ōaⁿ chhēng lián-á-ê, hō͘ káu thoa.
Ê tak-tiȯh chiȯh-thâu, koh thoa-lé chhè-thô͘.
05 I ōaⁿ chhū lián-á-pang, hō͘ káu thoa.
Pang-á khōng-kha-khiàu, koh thoa-lé chhè-thô͘.
I ōaⁿ khiâ saⁿ-lián-á thih-bé, kiò káu thoa.
Thih-bé péng-péng--kòe, koh thoa-lé chhè-thô͘.
I ōaⁿ peh-khit-lì in pa-pa ê hoat-châi-á-chhia,
kiò káu thoa.
10 Tōa-chiah káu thoa-bē-kiâⁿ, thoa-kà chhè-thô͘.

---

0 khan: 牽 káu: 狗 1 sè-hàn: (孩子) 年紀小 gín-á:
孩子 tōa-chiah: (動物等) 大 sàn-pō͘: 散步 2 hō͘: 被;
受 thoa: 拖 ...lé: ...著 chhè-thô͘: 在地上摩擦 3 i:
他 ōaⁿ: 換 chhēng: 穿上 lián-á-ê: 輪式溜冰鞋 hō͘:
讓 4 ê: 鞋 tak-tiȯh: 觸到 chiȯh-thâu: 石頭 koh:
又 5 chhū: 滑動 lián-á-pang: 滑板 6 pang-á: 板
khōng-kha-khiàu: 翻覆 7 khiâ: 騎 saⁿ-lián-á: 三個輪
子的 thih-bé: 腳踏車 kiò: 叫; 命令 8 péng-péng--kòe:
翻覆 9 peh-khit-lì: 爬上 in: 他的 pa-pa: 爸爸 ê:
的 hoat-châi-á-chhia: 小貨車 10 thoa-bē-kiâⁿ: 拖不動
kà: 得; 以至於

Khang

Cháu-toh-·e ka-lảuh chi̍t ê óaⁿ-kiang,
"Khiang"-·chi̍t-·ē, thô͘-kha kòng chi̍t khang.
I kā tē-chiⁿ thoa-lâi khàm hit khang.
Thâu-ke ta̍h-tio̍h hit ê khang,
05 Lop-·lo̍h-·khì, thàng-kòe lâu-pang,
Liàn-·lo̍h-·khì, liàn-tńg-lâi tû-pâng.
I kín khì hian tē-chiⁿ, chhōe-bô hit ê khang.
I siūⁿ kóng: "Góa kám teh bîn-bāng?"
I tiō kiò cháu-toh-·e lâi siak óaⁿ-kiang,
10 Siak-kà khin-khín-khiang-khiang.

---

0 khang: 窟窿 1 cháu-toh-·e: 跑堂兒的 ka-lảuh: (失手) 掉落 chi̍t: 一 ê: 個 óaⁿ-kiang: 海碗 2 "khiang"-·chi̍t-·ē: 乓的一聲 thô͘-kha: 地板; 地上 kòng: 打; 碰 chi̍t: 一; 一個 3 i: 他; 她 kā: 把 tē-chiⁿ: 小地毯 thoa-lâi: 拖過來 khàm: 蓋; 遮 hit: 那; 那個 4 thâu-ke: 老闆; 主人 ta̍h-tio̍h: 踏著; 踏到 ê: 個 5 lop: 踏 (入) ·lo̍h-·khì: 下去 thàng-kòe: 穿過 lâu-pang: 樓板 6 liàn: 掉; 滾 (入) tńg-lâi: 回來 tû-pâng: 廚房 7 kín: 趕快 khì: 前去 hian: 掀 chhōe-bô: 找不到 8 siūⁿ kóng: 想道 góa: 我 kám: 可是... 嗎; 難道 teh: 正在 bîn-bāng: 做夢 9 tiō: 就; 於是 kiò: 叫; 使喚 lâi: 前來 siak: 摔 10 kà: 得 khin-khín-khiang-khiang: 乒乒乓乓響

Khăng-gá-lú Phah-kiû

Chi̍t tīn khăng-gá-lú ma-ma teh kóng-ōe.
Chi̍t tīn khăng-gá-lú oa-oa teh phah-kiû,
Kā kiû lok-ji̍p-khì pa̍t ê ma-ma ê saⁿ-á-tē.
Ū-ê oa-oa bih tòa ma-ma ê tē-á-té,
05 Kiû lâi, tiō ka tòng--leh.
Nâ-kiû piàn-chò pâi-kiû.
Ū-ê oa-oa kā kiû ùi chit tē khian-kòe hit tē.
Pâi-kiû piàn-chò *tō-pì-chhiû*.
Ma-ma hō͘ kiû lòng-kà "n̍gh-n̍gh"-kiò,
10 Kā oa-oa lia̍h-chhut-lâi tē-á-gōa, hō͘ thit-thô.

---

0 khăng-gá-lú: 袋鼠 phah-kiû: 打球 1 chi̍t: 一 tīn:
群 ma-ma: 媽媽 teh: 正在 kóng-ōe: 談話 2 oa-oa:
娃娃 3 kā: 把 lok-ji̍p-khì: 投入 (開口的容器等) pa̍t
ê: 別的 ê: 的 saⁿ-á-tē: 衣袋 4 ū-ê: 有的 bih: 躲
tòa: 在於 tē-á: 袋子 té: 裡頭 5 kiû: 球 lâi: 來 (了)
tiō: 就; 隨即 ka: 把它 tòng--leh: 擋住 6 nâ-kiû: 籃
球 piàn-chò: 變成 pâi-kiû: 排球 7 ùi: 打從 chit: 這
(個) tē: 袋子 khian-kòe: (用力) 投擲過... 去 hit: 那
(個) 8 tō-pì-chhiû: 躲避球 9 hō͘: 被; 遭受 lòng: 打;
撞 kà: 得; 以至於 "n̍gh-n̍gh"-kiò: 發出「嗯嗯」的聲
音 10 lia̍h-chhut-lâi: 抓出... 來 gōa: 外頭 hō͘: 讓它
們 thit-thô: 玩兒

Khe

Chi̍t tiâu khe lâu-kòe chhiū-nâ,
Khe-piⁿ ê chhiū-á kóng: "Lâng-kheh, hoan-
    gêng!"
Khe-chúi lâu-kòe chháu-po͘,
Khe-piⁿ ê chháu-á kóng: "Lâng-kheh, hoan-
    gêng!"
05 Khe-chúi lâu-kòe chúi-chhân,
Chúi-chhân ê tiū-á kóng: "Lâng-kheh, hoan-
    gêng!"
Khe-chúi lâu-kòe tōa-ô͘,
Tōa-ô͘ ê hî-á kóng: "Lâng-kheh, hoan-gêng!"
Khe-chúi lâu-lâi-kàu hái-iûⁿ,
10 Hái-chúi kóng: "Hoan-gêng lán ê sin pêng-iú!"

---

0 khe: 河流 1 chit: 一 tiâu: 條 lâu: 流 kòe: 經; 過
chhiū-nâ: 樹林 2 khe-piⁿ: 河邊 ê: 的 chhiū-á: 樹
kóng: 說 lâng-kheh: 客人 hoan-gêng: 歡迎 3 khe-
chúi: 河水 chháu-po͘: 草原 4 chháu-á: 草 5 chúi-
chhân: 水田 6 tiū-á: 水稻 7 tōa-ô͘: 大湖 8 hî-á: 魚
9 lâi-kàu: 到... 來 hái-iûⁿ: 海洋 10 hái-chúi: 海水
lán: 咱們 sin: 新 pêng-iú: 朋友

Khì-chúi

Kì-lì-kì-lì-kúi khioh-tioh chit kan khì-chúi.
Kan-á-kòa, phah-lâi-phah-khì phah-bē-khui.
I tiō kā kan-á theh-khit-lâi chhek,
Chhek-chit-ē, khì-chúi chōaⁿ-·chhut-·lâi,
05 Kan-á-kòa tōaⁿ-·chhut-·lâi,
Tōaⁿ-tioh Kì-lì-kì-lì-kúi, tiâu tòa thâu-khak.
I kā kan-á tàu tòa kan-á-kòa, pìⁿ ná chit ki kak.
Pat chiah siáu-kúi khòaⁿ-tioh chin kah-ì,
Kóng: "Khah chē kak, khah sêng kúi."
10 Tak-kē tiō phah-piàⁿ chhek khì-chúi.

---

0 khì-chúi: 汽水　1 Kì-lì-kì-lì-kúi: 嘰哩嘰哩鬼　khioh-tioh: 撿到　chit: 一　kan: 只 (瓶子)　2 kan-á: (汽水等) 瓶子　kòa: 蓋子　phah: 打　...lâi...khì: ... 來... 去　...bē-khui: ... 不開　3 i: 它　tiō: 於是　kā: 把; 將　theh-khit-lâi: 拿起來　chhek: (上下) 搖　4 ...chit-ē: ... 了一下; ... 得　chōaⁿ: 噴; 濺　·chhut-·lâi: 出來　5 tōaⁿ: 彈; 射　6 tioh: 到; 著　tiâu: 卡住　tòa: 在於　thâu-khak: 腦袋　7 tàu: 裝; 接　pìⁿ: 變成　ná: 好像　ki: 支　kak: 角　8 pat chiah: 別的　siáu-kúi: 小鬼　khòaⁿ-tioh: 看了　chin: 很　kah-ì: 中意　9 kóng: 說　khah: 比較; 較爲　chē: 多　sêng: (樣子) 像　kúi: 鬼　10 tak-kē: 大家　phah-piàⁿ: 賣力地

Khì Thiⁿ-téng Poe

Hong-chhoe sòaⁿ tīng‑‑khì, poe-lé-cháu.
Gín-á chē tòa thô͘-kha khàu.
Gín-á tó tòa thô͘-kha nòa.
Hong-chhoe poe-kòe hīng-hīng ê soaⁿ.
05 Hong-chhoe poe-kòe khoah-khoah ê hái.
Hong-chhoe poe-kàu gín-á tòa ê chhī-lāi.
Hong-chhoe poe-kàu gín-á tòa ê tōa-lâu.
Hong-chhoe poe-jip-khí gín-á in tau.
Hong-chhoe poe-jip-khí gín-á ê bāng ê lāi-té.
10 Gín-á chē hong-chhoe, khì thiⁿ-téng poe.

---

0 khì: 到... 去 thiⁿ-téng: 天上 poe: 飛 1 hong-
chhoe: 風箏 sòaⁿ: 線 tīng‑‑khì: 斷了 poe-lé-cháu: 飛
走了 2 gín-á: 孩子 chē: 坐 tòa: 在於 thô͘-kha: 地上
khàu: 哭 3 tó: 躺 nòa: 打滾 4 kòe: 過; 越 hīng-hīng
ê soaⁿ: 遠山 5 khoah-khoah ê hái: 大海 6 kàu: 到; 達
tòa: 居住 ê: 的 chhī-lāi: 市內 7 tōa-lâu: 大樓; 大廈
8 jip-khí...: 進到... 去 in: 他 (們); 他 (們) 的 tau: 家
9 bāng ê lāi-té: 夢裡 10 chē: 搭乘; 坐

Khì Thian-tông

Bù-lù-bù-lù-kúi boeh khì thian-tông,
Kiâⁿ kà lō͘ chīn-pōng,
Khòaⁿ oat tò-chhiú ê lâng chin-chiâⁿ chē,
Oat chiàⁿ-chhiú ê lâng bô-kúi ê.
05 I siūⁿ kóng: "Thian-tông hó só͘-chāi,
"Tiāⁿ-tio̍h khah chē lâng ài."
I tiō oat tò-chhiú,
Khòaⁿ che lō͘ to chin se̍k-sāi.
I kiâⁿ-ā-kiâⁿ, kiâⁿ-tńg-lâi kúi-á-siū,
10 Kóng: "Á-˙à! Thian-tông ū-iáⁿ hó só͘-chāi."

---

0 khì: 到... 去 thian-tông: 天堂 1 Bù-lù-bù-lù-kúi:
嘸嚕嘸嚕鬼 boeh: 想要 2 kiâⁿ: 行走 kà: 到達 lō͘:
路 (的) chīn-pōng: 盡頭 3 khòaⁿ: 見 oat: 向... 轉
tò-chhiú: 左手邊 ê: 的 lâng: 人 chin-chiâⁿ: 非常;
很 chē: 多 4 chiàⁿ-chhiú: 右手邊 bô-kúi ê: 沒幾個
5 i: 它 siūⁿ kóng: 想道 hó só͘-chāi: 好去處; 好地方
6 tiāⁿ-tio̍h: 當然; 必定 khah: 比較 ài: 喜愛 7 tiō:
就; 於是 8 khòaⁿ: 覺得 che: 這 (個) to: 可; 竟然
se̍k-sāi: 熟稔 9 kiâⁿ-ā-kiâⁿ: 走著走著 tńg-lâi: 回到...
來 kúi-á-siū: 鬼窩 10 kóng: 說 á-˙à: (表示滿足的讚
歎) ū-iáⁿ: 果眞; 眞的

Khiàm-chúi

Ū chi̍t pái, sì-kè teh khiàm-chúi.
Chhân-eⁿ kóng: "Chúi-pi ta-lī-lī.
"Chúi-tî ta-phí-phí.
"Taⁿ, gín-á sī boeh án-nóa chhī?"
05 Báng-á kóng: "He kán-tan ê tāi-chì.
"Chhàu-kau-á-té mā ē-tàng chhī.
"Kang-tē ê chúi-khut-á mā ē-tàng chhī."
Chhân-eⁿ kóng: "Chhàu-kau-á bô chheng-khì.
"Kang-tē, lâng ta̍h-lâi-ta̍h-khì.
10 "Taⁿ, gín-á sī boeh án-nóa chhī?"

---

0 khiàm-chúi: 缺水 1 ū chi̍t pái: 有一次 sì-kè: 到處 teh: 正在 2 chhân-eⁿ: 蜻蜓 kóng: 說 chúi-pi: 河堰; 小水壩 ta-lī-lī: 全乾 3 chúi-tî: 水池子 ta-phí-phí: 乾巴巴 4 taⁿ: 這下子 gín-á: 孩子 sī: 到底; 究竟 boeh án-nóa: 該如何 chhī: 養 5 báng-á: 蚊子 he: 那; 那是 kán-tan ê: 簡單的 tāi-chì: 事兒 6 chhàu-kau-á: 陰溝; 臭水溝 té: 裡頭 mā: 也 ē-tàng: 可以 7 kang-tē: 工地 ê: 的 chúi-khut-á: 小水坑 8 bô chheng-khì: 不乾淨 9 lâng: 人 ta̍h-lâi-ta̍h-khì: 踏來踏去

291

Khian-á-kok

Khian-á-kok ê lâng kǹg-phī^n koh kǹg-hī^n,
Kǹg chia, kǹg hia, kǹg-kǹg-·le kòa khian-á.
Hī^n-chu kòa khian-á, kat tòa-á,
Ha̍k-seng siāng-khò bô thia^n, tioh-·chi̍t-·ē.
05 Chhùi-chi̍h-bóe kòa khian-á, kat tòa-á,
Ha̍k-seng siāng-khò kóng-ōe, tioh-·chi̍t-·ē.
Phī^n-khang kòa khian-á, pa̍k soh-á,
Chhōa gín-á, m̄-kia^n phàng-kiàn-·khì.
Kha-ba̍k kòa khian-á, só liān-á,
10 Chhià^n kang-á, m̄-kia^n mơ-hui-·khì.

---

0 khian-á: 環; 小金屬圈 kok: 國 1 ê: 的 lâng: 人
kǹg: 貫穿 phī^n: 鼻子 koh: 又; 而且 hī^n: 耳朵 2 chia:
這兒 hia: 那兒 ·le: 之後 kòa: 戴 3 hī^n-chu: 耳垂
kat: 繫 tòa-á: 帶子 4 ha̍k-seng: 學生 siāng-khò: 上
課 bô thia^n: 不聽講 tioh-·chi̍t-·ē: 抽一下 5 chhùi-
chi̍h-bóe: 舌尖 6 kóng-ōe: 講話 7 phī^n-khang: 鼻子
pa̍k: 綁 soh-á: 繩索 8 chhōa: 帶; 看顧 gín-á: 孩
子 m̄-kia^n: 不怕 phàng-kiàn-·khì: 遺失 9 kha-ba̍k:
踝 só: 鎖上 liān-á: 鏈子 10 chhià^n: 雇 kang-á: 小工
mơ-hui-·khì: 開小差去玩

292

Khin-kang

Sai-hū liān khin-kang, chin khin-sang,
Ē-tàng thiàu-kòe chhiū-á-châng.
Sai-hū lú liān, lú chìn-pō͘,
Ē-tàng hoa̍h-kòe that-chhia ê peh-sòaⁿ lō͘.
05 Sai-hū lú liān, lú lī-hāi,
I tiō khì So͘-Hoa Kong-lō͘, khì thiàu hái.
Sai-hū siang kha tòa khong-tiong ti̍t-ti̍t that,
That-kú, soah piàn lú bô-la̍t,
Ná poe-kú ê chìⁿ, ti̍t-ti̍t lak tùi hái-bīn ·khì.
10 Thiⁿ-téng ê lâng kín lâi kai sîn-·khì.

---

0 khin-kang: 使身體輕盈的武術　1 sai-hū: 師父　liān: 練　chin: 很　khin-sang: 輕鬆　2 ē-tàng: 能夠　thiàu-kòe: 跳過　chhiū-á-châng: 樹　3 lú... lú...: 越... 越...　chìn-pō͘: 進步　4 hoa̍h-kòe: 跨越　that-chhia: 塞車　ê: 的　peh-sòaⁿ lō͘: 八條車道的路　5 lī-hāi: 厲害; 技術高超　6 i: 他　tiō: 就; 於是　khì...: 到... 去　So͘-Hoa Kong-lō͘: 蘇花公路　khì...: ... 去　hái: 海　7 siang-kha: 雙脚　tòa: 在於　khong-tiong: 空中　ti̍t-ti̍t: 一直的　that: 踢　8 kú: 久了　soah: 結果; 想不到　piàn: 變得　lú: 越來越　bô-la̍t: 沒力氣　9 ná: 好像　poe: 飛　chìⁿ: 箭　lak: 掉落　...tùi ...·khì...: ... 向 ...去　hái-bīn: 海面　10 thiⁿ-téng: 天上; 空中　lâng: 人　kín: 趕快　lâi: 來　kai: 把他　sîn-·khì: (接球般地) 接走了

Khit-chiả̍h Khòaⁿ-tiỏh Kúi

Khit-chiả̍h kôaⁿ-kà "bù-lù-bù-lù"-kiò.
Bù-lù-bù-lù-kúi kioh-sī i teh kā i kiò,
Óa-khì khòaⁿ khit-chiả̍h boeh chhòng siàⁿ.
Khit-chiả̍h khòaⁿ-tiỏh kúi, chin-chiàⁿ kiaⁿ,
05 "Bū-lù, bū-lù, bū-lù, bū-lù," gih-gih-chun,
Chit ê bīn-á chheⁿ-sún-sún.
Bù-lù-bù-lù-kúi "bù-lù-bù-lù"-chhiò.
Khit-chiả̍h kiaⁿ-kà "kì-lì-kì-lì"-kiò.
Bù-lù-bù-lù-kúi kóng: "Ǒ-·ò͘!
10 "Goân-lâi lí teh kiò Kì-lì-kì-lì-kúi ò͘!"

---

0 khit-chiả̍h: 乞丐 khòaⁿ-tiỏh: 看到 kúi: 鬼 1 kôaⁿ:
冷；寒 kà: 得；以至於 "bù-lù-bù-lù"-kiò: 嘸嚕嘸嚕地出
聲 2 Bù-lù-bù-lù-kúi: 嘸嚕嘸嚕鬼 kioh-sī: 以爲 i: 他；
她；它 teh: 正在 kā...kiò: 叫...；招呼... 3 óa-khì: 靠
過去 khòaⁿ: 看看 boeh chhòng siàⁿ: 要幹嗎 4 chin-
chiàⁿ: 很；非常 kiaⁿ: 害怕 5 bū-lù, bū-lù: 因爲太冷或
太怕而說不出話的聲音 gih-gih-chun: 戰抖 6 chit: 一
ê: 張；個 bīn-á: 臉 chheⁿ-sún-sún: (臉) 發青 7 "bù-
lù-bù-lù"-chhiò: 嘸嚕嘸嚕地笑 8 "kì-lì-kì-lì"-kiò: 嘰哩
嘰哩地叫 9 kóng: 說 ǒ-·ò͘: 哦 10 goân-lâi: 原來 lí:
你 kiò: 叫 Kì-lì-kì-lì-kúi: 嘰哩嘰哩鬼 ò͘: 啊

Khit-·lâi Ớ

A-bín-î ū chảp-jī ê sî-kớ; saⁿ ê, chit chơ.
Chái-sî, chit chơ tân: *mī*, *dờ*, *sơ*, *mī*, *dờ*, *sơ*,
Tiō-sī: "Khit-·lâi ơ! Khit-·lâi ơ!"
Liáu-āu, chit chơ tân: *sơ*, *dờ*, *mī*, *sơ*, *dờ*, *mī*,
05 Tiō-sī: "Kín chiảh-pūiⁿ! Kín chiảh-pūiⁿ!"
Àm-sî, chit chơ tân: *sơ*, *mī*, *sơ*, *sơ*, *mī*, *sơ*,
Tiō-sī: "Sé seng-khu! Sé seng-khu!"
Liáu-āu, chit chơ tân: *sơ*, *dờ*, *sơ*, *sơ*, *dờ*, *sơ*,
Tiō-sī: "Hó khùn ơ! Hó khùn ơ!"
10 A-bín-î tiō khì bîn-chhn̂g tán bîn-ná-chài ê *mī*,
dờ, *sơ*.

---

0 khit-·lâi: 起床; 起來 ơ: 了; 嘍 1 A-bín-î: 阿敏阿姨
ū: 有 chảp-jī: 十二 ê: 個 sî-kớ: 鼓狀時鍾 saⁿ: 三
chit: 一 chơ: 組 2 chái-sî: 早上 tân: 響; (器物) 出
聲 mī: 全音階第三階名 dờ: 全音階第一階名 sơ: 全音
階第五階名 3 tiō-sī: 就是; 即 4 liáu-āu: 然後 5 kín:
趕快 chiảh-pūiⁿ: 吃飯 6 àm-sî: 晚上 7 sé seng-khu:
洗澡 9 hó: 該; 可以 khùn: 睡覺 10 tiō: 就; 於是 khì
bîn-chhn̂g: 上床去 tán: 等待 bîn-ná-chài: 明天 ê:
的

Khó-kǹg

Chit ê lāu-su bô hū-chek,
Iōng tiān-sì^n chhoe khó-kǹg, sǹg sêng-chek.
Khó-kǹg chhoe lú hǹg, lú chē hun.
Siāng hǹg ·ê chit-pah hun.
05 Siāng kīn ·ê ah-bó-nǹg.
Lāu-su-niû kóng: "Lí chin pūn.
"Sêng-chek m̄-sī án-ne sǹg.
"Chóa mā ū tāng; bȧk-chúi mā ū tāng.
"Boán-hun-·ê èng-kai chhoe to bē tín-tāng.
10 "Lêng-hun-·ê chiah ē chhoe-kà hǹg-hǹg-hǹg."

---

0 khó-kǹg: 考卷　1 chit: 一　ê: 位; 個　lāu-su: 老師　bô hū-chek: 不負責任　2 iōng: 使用　tiān-sì^n: 電風扇　chhoe: 吹　sǹg: 打; 算　sêng-chek: 成績　3 lú... lú...: 越... 越　hǹg: 遠　chē: 多　hun: 分; 點　4 siāng: 最　·ê: 的　chit-pah: 一百　5 kīn: 近　ah-bó-nǹg: 鴨蛋　6 lāu-su-niû: 師母　kóng: 說　lí: 你　chin: 眞; 很　pūn: 笨　7 m̄-sī: 不是　án-ne: 這麼　8 chóa: 紙　mā: 也　ū: 有　tāng: 重量　bȧk-chúi: 墨水　9 boán-hun: 滿分　èng-kai: 應該　chhoe to bē tín-tāng: 可吹不動　10 lêng-hun: 零分　chiah: 才　ē: 會　kà: 遠

Khò-ta

Chı̍t chiah chûn-á sái chhut-hái,
Bô-tiuⁿ-bô-tî khò-tiȯh ta.
Tȧk-ke kóaⁿ-kín lȯh-lâi khòaⁿ.
Khòaⁿ-kìⁿ tē-bīn o͘-o͘, nńg-nńg, koh tēng-tēng,
05 Phû-·le, tîm-·le, tîm-·le, phû-·le,
Bô thô͘, bô chháu, mā bô chhiū-á-châng.
Ū-lâng khòaⁿ-kìⁿ tē-bīn ū chı̍t khang,
Kok-kî kóaⁿ-kín chhah-·lȯh-·khì.
Bô-tiuⁿ-bô-tî kok-kî tōaⁿ-·khit-·lì.
10 Goân-lâi chûn-á khò tī hái-ang seng-khu-téng.

---

0 khò: 觸 (礁); 擱 (淺) ta: 礁 **1** chı̍t: 一 chiah: 隻 chûn-á: 小船 sái: 駛 chhut-hái: 出海 **2** bô-tiuⁿ-bô-tî: 突然 tiȯh: 到; 著 **3** tȧk-ke: 大家 kóaⁿ-kín: 趕快 lȯh-lâi: 下來 khòaⁿ: 看 **4** khòaⁿ-kìⁿ: 看見 tē-bīn: 地面 o͘-o͘: 黑黑的 nńg-nńg: 軟軟的 koh: 又; 而且 tēng-tēng: 硬硬的 **5** phû: 浮 ·le: 一下 tîm: 沈 **6** bô: 沒有 thô͘: 泥土 chháu: 草 mā: 也 chhiū-á-châng: 樹 **7** ū-lâng: 有人 ū: 有 khang: 洞 **8** kok-kî: 國旗 chhah: 插 ·lȯh-·khì: 下去 **9** tōaⁿ: 彈 ·khit-·lì: 上去 **10** goân-lâi: 原來 tī: 在於 hái-ang: 鯨魚 seng-khu: 身體 téng: 上頭

Khòaⁿ-chhù

Goán chhù koh kū, koh phòa, koh pháiⁿ tòa,
M̄-kò chin hó-khòaⁿ.
Pa-pa tah kóng-kò, siūⁿ-boeh ka bē-·khì,
Siūⁿ-boeh khah kín poaⁿ, khah kín sóa.
05 Tiong-lâng chhōa goán sì-kè khòaⁿ.
Khòaⁿ-lâi-khòaⁿ-khì, khòaⁿ lóng bē kah-ì.
Lòh-bóe tiong-lâng pò goán khòaⁿ chit keng,
Koh kū, koh phòa, m̄-kò chin hó-khòaⁿ.
Jip-khì lāi-té chim-chiok khòaⁿ,
10 Goân-lâi sī goán chhù!

---

0 khòaⁿ: 看; 物色　chhù: 房子　1 goán: 我（們）的
koh: 又; 而且　kū: 舊　phòa: 破　pháiⁿ: 難　tòa: 住
2 m̄-kò: 但是　chin: 很　hó-khòaⁿ: 好看　3 pa-pa: 爸
爸　tah: 貼　kóng-kò: 廣告　siūⁿ-boeh: 想要　ka: 把
它　bē-·khì: 賣掉　4 khah kín: 快點兒　poaⁿ: 搬（家）
sóa: 遷移　5 tiong-lâng: 仲介　chhōa: 帶領　goán: 我
們　sì-kè: 到處　6 ...lâi ...khì: ... 來 ... 去　lóng: 都　bē:
不　kah-ì: 中意　7 lòh-bóe: 後來　pò: 告知　chit: 一
keng 棟　9 jip-khì: 進去　lāi-té: 裡頭　chim-chiok: 仔
細　10 goân-lâi: 原來　sī: 是

298

Khòaⁿ-hì

Khòaⁿ-hì, khiā tòa āu-bóe ·ê, hông chàh-·khì.
Ū-lâng tiō peh chhiū-á, khòaⁿ-hì.
Peh tòa āu-bóe ê chhiū-á ·ê, mā hông chàh-·khì.
Liān khin-kang ê sai-hū siuⁿ bān lâi khòaⁿ-hì,
05 Khiā-·leh, mā hông chàh-·khì,
Peh chhiū-á, mā hông chàh-·khì.
I tiō khiā-khit-lì chhiū-á bóe-liu, khòaⁿ-hì.
Khòaⁿ-hì ê lâng, thâu-khak oàt-·khòe-·lâi,
Boeh khòaⁿ sai-hū ián bé-hì,
10 Bô-boeh koh khòaⁿ-hì.

---

0 khòaⁿ-hì: 看 (野台) 戲　1 khiā: 站; 立　tòa: 在於　āu-bóe: 後頭　·ê: 的 (人)　hông: 被人家　chàh-·khì: 擋住 (視線等)　2 ū-lâng: 有 (的) 人　tiō: 於是　peh: 爬; 攀　chhiū-â: 樹木　3 ê: 的　mā: 也　4 liān: 練　khin-kang: 使身體輕盈的武術　sai-hū: 師父　siuⁿ: 太; 過於　bān: 遲　lâi: 來　5 khiā-·leh: 站著　7 i: 他　khit-lì: 上... 去　chhiū-á bóe-liu: 樹梢　8 lâng: 人　thâu-khak: 腦袋　oàt-·khòe-·lâi: 轉過 (頭) 來　9 boeh: 想要　khòaⁿ: 看　ián bé-hì: 表演馬戲　10 bô-boeh: 不想　koh: 再

Khòaⁿ Ián-chàu

A-kong ài thiaⁿ im-ga̍k, khòaⁿ ián-chàu,
Khòaⁿ he im-hû chàu-chhut-lâi ga̍k-khì gōa-
  kháu,
Khòaⁿ he im-hû tī im-ga̍k-thiaⁿ sì-kè cháu,
Khòaⁿ he im-hû tī i ê bīn-thâu-chêng thiàu.
05 A-kong ta̍k-pái khòaⁿ-kà ba̍k-chiu tōa-tōa lúi,
Thiaⁿ-kà ba̍k-chiu bui-bui-bui.
A-kong ta̍k-pái thiaⁿ-kà chhùi khui-khui,
Im-hû chàu-ji̍p-khì i ê chhùi.
A-kong ta̍k-pái kā im-hû pûn-tò-chhut-·lâi,
10 Sì-piⁿ ê lâng lóng kā thâu-khak oa̍t-·kòe-·lâi.

---

0 khòaⁿ: 看 ián-chàu: 演奏 1 a-kong: 爺爺 ài: 喜愛 thiaⁿ: 聽 im-ga̍k: 音樂 2 he: 那; 那個 im-hû: 音符 chàu: 跑; 前往或前來 chhut-lâi: 出來 ga̍k-khì: 樂器 gōa-kháu: 外頭 3 tī: 在於 im-ga̍k-thiaⁿ: 音樂廳 sì-kè: 到處 4 i: 他 ê: 的 bīn-thâu-chêng: 面前 thiàu: 跳 5 ta̍k-pái: 總是; 每次 kà: 得; 到 ba̍k-chiu: 眼睛 tōa-tōa lúi: (張) 大 (眼睛) 6 bui: 瞇 (著眼) 7 chhùi: 嘴巴 khui: 張開 8 ji̍p-khì: 進... 去 9 kā: 把 pûn-tò-chhut-·lâi: 倒吹出來 10 sì-piⁿ: 四周 lâng: 人 lóng: 都 thâu-khak: 腦袋 oa̍t-·kòe-·lâi: 轉過 (頭) 來

Khòaⁿ Ōe-tián

A-hô, A-bí, tòe in ma-ma khòaⁿ ōe-tián.
In khòaⁿ chı̍t tiuⁿ tô͘ lāi-té ū ōe sió-sîn-sian.
In tiō cháu-jı̍p-khì tô͘ lāi-té,
Liam-ni kah sió-sîn-sian ng-kok-ke,
05 Liam-ni kah sió-sîn-sian hàiⁿ-kong-chhiu,
Liam-ni kah sió-sîn-sian peh-chiūⁿ-chhiū.
A-bí khòaⁿ in ma-ma lú kiâⁿ, lú hn̄g,
Kā A-hô kóng: "Lán hó kín lăi-tńg."
In tiō kah sió-sîn-sian kóng "chài-chián",
10 Jiok-khì koh tòe in ma-ma khòaⁿ ōe-tián.

---

0 khòaⁿ: 看; 參觀 ōe-tián: 畫展 1 A-hô: 阿和 A-bí:
阿美 tòe: 跟隨 in: 他們 (的) ma-ma: 媽媽 2 khòaⁿ:
見 chı̍t: 一 tiuⁿ: 幅; 張 tô͘: 圖畫 lāi-té: 裡頭 ū:
畫著 sió-sîn-sian: (森林中的) 小精靈 3 tiō: 就; 於
是 cháu-jı̍p-khì: 進到... 去 4 liam-ni: 一會兒 (... 一會
兒...) kah: 和 (一道) ng-kok-ke: 玩一種一人當 "鬼"
找眾人的遊戲 5 hàiⁿ-kong-chhiu: 蕩鞦韆 6 peh-chiūⁿ-
chhiū: 爬到樹上去 7 lú...lú...: 越... 越... kiâⁿ: 走
hn̄g: 遠 8 kā...kóng: 告訴; 跟... 說 lán: 咱們 hó: 該;
可以 kín: 趕快 lăi-tńg: (咱們) 回去吧 9 kah...kóng:
跟... 互相說 chài-chián: 再見 10 jiok-khì: 追上去 koh:
再; 繼續

Khòaⁿ Sè-kài

Jit-thâu khiā tòa sai-pêng ê soaⁿ-téng khòaⁿ,
Khòaⁿ sè-kài lāu-jiat-kún-kún.
Goeh-niû kóng: "Lí ná m̄ khah kín!?"
Goeh-niû kā jit-thâu kóaⁿ loh-soaⁿ,
05 Ka-tī khiā tòa thiⁿ-téng kim-kim khòaⁿ,
Boeh khòaⁿ sè-kài lāu-jiat-kún-kún.
M̄-kò sè-kài kan-ná léng-léng, chheng-chheng.
Goeh-niû kui mê ihⁿ-ihⁿ khòaⁿ,
Khòaⁿ kà jit-thâu ōaⁿ khiā tī tang-pêng ê soaⁿ-
téng.
10 Goeh-niû kóng: "Lí ná-ē chiah kín!?"

---

0 khòaⁿ: 看 sè-kài: 世界 1 jit-thâu: 太陽 khiā: 站
tòa: 在於 sai-pêng: 西邊兒 ê: 的 soaⁿ-téng: 山
上 2 khòaⁿ: (只) 見 lāu-jiat-kún-kún: 很熱鬧 3 goeh-
niû: 月亮 kóng: 說 lí: 你 ná: 怎麼; 爲什麼 m̄: 不
khah...: ... 點兒 kín: 快 4 kā: 把 kóaⁿ: 趕 loh-soaⁿ:
下山 5 ka-tī: 自個兒 thiⁿ-téng: 天上 kim-kim: 張著
眼 (看/凝視) 6 boeh: 想要 7 m̄-kò: 但是 kan-ná: 偏
偏 léng-léng, chheng-chheng: 冷冷清清 8 kui mê: 整
晚 ihⁿ-ihⁿ: 耐心地; 一直的 9 kà: 直到 ōaⁿ: 改成 tī:
在於 tang-pêng: 東邊兒 10 ná-ē: 怎麼; 爲什麼 chiah:
這麼

302

Khòaⁿ Tē-kiû

Thiⁿ-téng ê lâng phak-leh khòaⁿ tē-kiû ê kong-
  kéng.
I thâu-khak hiàng tang-pêng,
Tē-kiû ùi kha-bóe sėh tùi thâu-khak-téng.
I thâu-khak hiàng pak-pêng,
05 Tē-kiû ùi tò-pêng sėh tùi chiàⁿ-pêng.
I ōaⁿ khiā-si-thêng,
Tē-kiû sėh tùi āu-pêng, sėh tùi thâu-chêng.
Thiⁿ-téng ê lâng lú sńg, soah lú hèng,
Tiō ōaⁿ khiā-tò-péng, kha hiàng bīn-téng,
10 Boeh khòaⁿ tē-kiû sėh tùi tá-chit pêng.

---

0 khòaⁿ: 看 tē-kiû: 地球 1 thiⁿ-téng: 天上 ê: 的
lâng: 人 phak-leh: 趴著 kong-kéng: 光景 2 i: 他
thâu-khak: 頭 hiàng: 向; 朝 tang: 東 pêng: 邊;
面 3 ùi: 打從 kha-bóe: 脚尖 sėh: 繞 tùi: 到; 向
téng: 上頭 4 pak: 北 5 tò: 左 chiàⁿ: 右 6 ōaⁿ:
改; 換成 khiā-si-thêng: 挺直成立泳姿勢 7 āu-pêng: 後
邊 thâu-chêng: 前面 8 lú... lú...: 越... 越... sńg:
玩耍 soah: 結果; 竟然 hèng: 感興趣 9 tiō: 就; 於是
khiā-tò-péng: 倒立 kha: 脚 bīn-téng: 上面 10 boeh:
要; 打算 tá-chit: 哪一

Khòaⁿ-ū Bong-bô

Thian-kok bān-mi̍h chhin-chhiūⁿ ian:
Bêng-bêng to khòaⁿ-ū,
M̄-kò to bong-bô.
M̄-kò he bān-mi̍h koh bô chhin-chhiūⁿ ian:
05 Lòng--tio̍h sòaⁿ-sòaⁿ khui,
M̄-kò sûi koh pó͘-pó͘ hó.
Lán nā sio-chông, bián hoân-ló,
Sòaⁿ-khui sûi koh tàu-tàu óa,
Góa ê ian chi̍t-kóa hō͘ lí,
10 Lí ê ian chi̍t-kóa hō͘ góa.

---

0 khòaⁿ-ū: 看得見 bong-bô: 摸不著 1 thian-kok: 天
國 bān-mi̍h: 萬物 chhin-chhiūⁿ: 好像 ian: 煙 2 bêng-
bêng: 明明 to: 就是; 可 3 m̄-kò: 但是 4 he: 那
(些/個) koh: 卻 bô: 不 5 lòng--tio̍h: 碰撞 sòaⁿ-
sòaⁿ-khui: 散開 6 sûi: 馬上 koh: 再 pó͘-pó͘ hó: 補
好 7 lán: 咱們 nā: 如果 sio-chông: 相撞 bián: 甭
hoân-ló: 煩惱 8 sòaⁿ-khui: 散開 koh: 再 tàu-tàu óa:
組合起來 9 góa: 我 ê: 的 chi̍t-kóa: 一些 hō͘: 給 lí:
你

Khóng-bêng Chhoe Tiān-sìⁿ

Khóng-bêng hiān-tāi-hòa,
Bô-ài iȧt khoe-sìⁿ,
Ōaⁿ-chò chhoe tiān-sìⁿ.
I iōng tiān-sìⁿ chò chí-hui, tiàu kun-tūi,
05 Liam-ni chhoe-hiàng tang,
Liam-ni chhoe-hiàng sai.
Kun-tūi khòaⁿ-bô, hoe-hoe-·khì.
Khóng-bêng, tiān-sìⁿ giȧh-khit-lâi hui,
Hui-kà lâu-kōaⁿ, lâu-kà tȯp-tȯp-tih.
10 Peng-á khòaⁿ-kà chhùi khui-khui.

---

0 Khóng-bêng: 孔明　chhoe: 吹　tiān-sìⁿ: 電風扇
1 hiān-tāi-hòa: 現代化　2 bô-ài: 不喜歡　iȧt: 扇; 搖扇
子　khoe-sìⁿ: 扇子　3 ōaⁿ-chò: 換成　4 i: 他　iōng: 使
用　chò: 當做　chí-hui: 指揮　tiàu: 調動　kun-tūi: 軍
隊　5 liam-ni...liam-ni...: 一會兒... 一會兒...　hiàng:
面向　tang: 東方　6 sai: 西方　7 khòaⁿ-bô: 看不見; 看
不懂　hoe-hoe-·khì: 搞混了　8 giȧh: 拿; 舉　khit-lâi:
起來　hui: 揮舞　9 kà: 得; 以致於　lâu-kōaⁿ: 流汗　lâu:
流　tȯp-tȯp-tih: 滴個不止　10 peng-á: 士兵　khòaⁿ: 看
chhùi: 嘴巴　khui: 開

Khōng-kâu

Khōng-kâu bih tńg-khì chioh-thâu-lāi.
Giok-tè phài-peng chhut-khì chhōe.
Thian-káu phīⁿ-khang bô-kàu lāi.
Giok-tè lâi Tâi-oân chhiáⁿ lán Hó·-phīⁿ-sai.
05 Hó·-phīⁿ-sai phīⁿ-tioh chioh-thâu ū kâu-bī,
Hoah kóng: "Ngō·-khong ·a! Kín chhut-·lâi."
Khōng-kâu m̄ chhap ·i; tak-kē lóng bē-kâiⁿ.
Giok-tè khì Se-thian chhiáⁿ Jî-lâi.
Jî-lâi kóng: "Ngō·-khong ·a! Lí kham-kai.
10 "Lí taⁿ tioh-ài koaiⁿ-kà Sam-chōng lâi."

---

0 khōng-kâu: 石猴子, 即孫悟空　1 bih tńg-khì: 躲回
chioh-thâu: 石頭　lāi: 裡頭　2 Giok-tè: 玉皇大帝　phài-
peng: 派兵　chhut-khì: 出去　chhōe: 尋找　3 thian-káu:
天狗　phīⁿ-khang: 鼻子　bô-kàu: 不夠　lāi: 銳利　4 lâi:
來　Tâi-oân: 台灣　chhiáⁿ: 延請　lán: 咱們的　Hó·-phīⁿ-
sai: 嗅覺極靈敏的人　5 phīⁿ-tioh: 聞出　ū: 有　kâu-bī:
猴子的味道　6 hoah kóng: 喝道　Ngō·-khong: 悟空　·a:
啊　kín: 快　chhut-·lâi: 出來　7 m̄: 不　chhap: 理睬　i:
他　tak-kē: 大家　lóng: 全都　bē-kâiⁿ: 無可奈何　8 khì:
前往　Se-thian: 西天　Jî-lâi: 如來佛　9 kóng: 說　lí:
你　kham-kai: 活該　10 taⁿ: 這下子; 現在　tioh-ài: 必
須　koaiⁿ: 監禁　kà: 直到　Sam-chōng: 三藏和尚　lâi:
來到

Khùn-bē-khì

Pa-pa khùn-kà kō͘ⁿ-kō͘ⁿ-kiò.
Ma-ma khùn-bē-khì,
Cháu-khì kheh-thiaⁿ phòng-í khùn.
Kheh-thiaⁿ, káu-á khùn-kà kō͘ⁿ-kō͘ⁿ-kiò.
05 Ma-ma khùn-bē-khì,
Cháu-khì pn̄g-thiaⁿ toh-téng khùn.
Pn̄g-thiaⁿ, niau-á khùn-kà kō͘ⁿ-kō͘ⁿ-kiò.
Ma-ma khùn-bē-khì,
Cháu-khì khòaⁿ tiān-sī, khòaⁿ-kà khùn-khùn-
khì.
10 Ma-ma khùn-kà kō͘ⁿ-kō͘ⁿ-kiò.

---

0 khùn-bē-khì: 睡不著　1 pa-pa: 爸爸　khùn: 睡　kà:
得　kō͘ⁿ-kō͘ⁿ-kiò: 呼嚕呼嚕地打鼾　2 ma-ma: 媽媽
3 cháu-khì: 到...去　kheh-thiaⁿ: 客廳　phòng-í: 沙
發　4 káu-á: 狗　6 pn̄g-thiaⁿ: 飯廳　toh-téng: 桌子上
7 niau-á: 貓　9 khòaⁿ: 看　tiān-sī: 電視　khùn-khùn-
khì: (不意) 睡著了

Khùn-tē

Me-me ài that-phōe,
Ma-ma kiò i khùn khùn-tē.
Me-me chhōa pò͘-hîm khùn-chò-hóe.
Niau-á thó kóng i mā boeh.
05 Káu-á thó kóng i mā boeh.
Cha̍p-gō͘ ê Bá-bī Oa-oa mā thó boeh.
Saⁿ-cha̍p ê tāu-á oa-oa mā thó boeh.
Me-me kóng: "Lâi. Tâng-chê. Tâng-chê."
Ta̍k-kē tiō chiⁿ-chiⁿ chò-chi̍t-hóe.
10 Tē-jī chái, Me-me peh-bē-khí-·lâi.

---

0 khùn-tē: 睡袋 1 me-me: 妹妹 ài: 常常; 容易 that-phōe: (睡眠中) 掀掉被子 2 ma-ma: 媽媽 kiò: 叫 i: 她; 他; 它 khùn: 睡 3 chhōa: 攜; 帶 pò͘-hîm: 布熊 chò-hóe: 在一塊兒 4 niau-á: 貓 thó: 討; 要求 kóng: 說 mā: 也 boeh: 要 5 káu-á: 狗 6 cha̍p-gō͘: 十五 ê: 個 Bá-bī Oa-oa: 巴比娃娃 7 saⁿ-cha̍p: 三十 tāu-á oa-oa: 塞豆子的小動物布娃娃 8 lâi: 過來 tâng-chê: 一齊 9 ta̍k-kē: 大家 tiō: 就; 於是 chiⁿ: 擠; 塞 chò-chi̍t-hóe: 在一道 10 tē-jī chái: 第二天早上 peh-bē-khí-·lâi: 起不來

308

Kiⁿ-kíⁿ-kō·ⁿ-kō·ⁿ

Pa-pa teh khùn, teh chhiùⁿ so·-pú-lá-no·h:
"Kĭhⁿ. Kĭhⁿ. Kĭhⁿ. Kĭⁿ——h. Kĭhⁿ."
Ma-ma teh khùn, teh chhiùⁿ bè-sù:
"Kò·ⁿ. Kò·ⁿ. Kò·ⁿ. Kò·ⁿ——. Kò·ⁿ."
05 Pa-pa hoan-sin, ōaⁿ chhiùⁿ ba-lí-tóng.
Ma-ma hoan-sin, ōaⁿ chhiùⁿ a-lú-to·h.
Pa-pa Ma-ma kiⁿ-kíⁿ-kō·ⁿ-kō·ⁿ, ko·ⁿ-kó·ⁿ-kīⁿ-
kīⁿ.
Me-me thiaⁿ-kà chin kė̍h-hīⁿ.
I thiaⁿ-tiȯh gōa-kháu kho·-káu-lê ê siaⁿ,
10 Siūⁿ kóng: "À! Che khah hó-thiaⁿ."

---

0 kiⁿ-kíⁿ-kō·ⁿ-kō·ⁿ: 呼嚕呼嚕地打鼾 1 pa-pa: 爸爸 teh:
正在 khùn: 睡覺 chhiùⁿ: 唱 so·-pú-lá-no·h: 女高音
2 kĭhⁿ: 高頻的鼾聲 kĭⁿ——h: 長的高頻的鼾聲 3 ma-ma:
媽媽 bè-sù: 男底音 4 kò·ⁿ: 低頻的鼾聲 kò·ⁿ——: 長的
低頻的鼾聲 5 hoan-sin: 翻過身 ōaⁿ: 改成 ba-lí-tóng:
男中低音 6 a-lú-to·h: 女低音 7 ko·ⁿ-kó·ⁿ-kīⁿ-kīⁿ: 呼嚕
呼嚕地打鼾 1 me-me: 妹妹 thiaⁿ: 聽 kà: 得; 以致
於 chin: 非常 kė̍h-hīⁿ: 逆耳 9 i: 它 tiȯh: 到; 見
gōa-kháu: 外頭 kho·-káu-lê: 狗長號 ê: 的 siaⁿ: 聲
音 10 siūⁿ kóng: 想道: (有了滿意的發現的歎息聲)
啊 che: 這個 khah: 比較; 較爲 hó-thiaⁿ: 好聽; 悅耳

Kiàⁿ

Soaⁿ-té ū-lâng chhāi chi̍t ê po-lê kiàⁿ,
Chiò-tio̍h ji̍t-thâu, ē hoán-siā.
Iá-siù ûi-lâi khòaⁿ, ū-ê chin-chiâⁿ kiaⁿ,
Ū-ê teh gián-kiù ka-tī ê iáⁿ.
05 Chi̍t chiah kâu khòaⁿ he kiàⁿ-té chi̍t chiah kâu,
Siūⁿ-kóng: "Chit chiah kâu sán-kâu-kâu,
"Koh bái-kâu-kâu.
"Góa lâi ka kóaⁿ-cháu."
I khioh chio̍h-thâu, khian hit chiah kâu.
10 "Pia-·ng"-·chi̍t-·ē, ū-iáⁿ kā i kóaⁿ-cháu-·khì.

---

0 kiàⁿ: 鏡子　1 soaⁿ: 山 té: 裡頭 ū-lâng: 有人 chhāi: 豎 chi̍t: 一 ê: 個 po-lê: 玻璃　2 chiò-tio̍h: 照到 ji̍t-thâu: 太陽 ē: 會 hoán-siā: 反射　3 iá-siù: 野獸 ûi-lâi: 圍攏來 khòaⁿ: 觀看 ū-ê: 有的 chin-chiâⁿ: 非常 kiaⁿ: 害怕　4 teh...: ...著 gián-kiù: 研究 ka-tī: 自己 ê: 的 iáⁿ: 身影　5 chiah: 隻 kâu: 猴子 khòaⁿ: 看見 he: 那個　6 siūⁿ-kóng: 想道 chit: 這 sán-kâu-kâu: 像個瘦皮猴　7 koh: 而且 bái-kâu-kâu: 像個醜八怪　8 góa lâi: 我來 ka: 把它 kóaⁿ-cháu: 趕走　9 i: 它 khioh: 撿 chio̍h-thâu: 石子 khian: 丟擲 hit: 那　10 "pia-·ng"-·chi̍t-·ē: 匡的一聲 ū-iáⁿ: 果眞 kā: 把 ·khì: 了

Kiâⁿ-kòe Khòng-iá

Chi̍t ê lâng boeh kiâⁿ-kòe khòng-iá,
Chi̍t-ji̍t, kòe chi̍t-ji̍t, ti̍t-ti̍t kiâⁿ.
Ji̍t-·sî, ji̍t-thâu siuⁿ-kòe joa̍h.
Lâng pha̍k-kà giōng-giōng-boeh pìⁿ koaⁿ.
05 Àm-sî, chheⁿ kah goe̍h siuⁿ-kòe àm.
Lâng tiāⁿ-tiāⁿ tio̍h-tak, poa̍h-lo̍h khàm.
Siāng-tè kóng: "Ji̍t-·sî gia̍h hō͘-sòaⁿ.
"Àm-sî gia̍h chhiú-tiān, lō͘ ài chim-chiok
   khòaⁿ."
Hit ê lâng kóng: "Lí ná m̄ khah chá kóng ·le?
10 "Góa kín tńg-lăi the̍h."

---

0 kiâⁿ: 走; 步行 kòe: 通過 khòng-iá: 曠野 1 chi̍t:
一 ê: 個 lâng: 人 boeh: 想要 2 ji̍t: 天; 日 kòe:
經歷過 ti̍t-ti̍t: 一直的 3 ji̍t-·sî: 白天 ji̍t-thâu: 太陽
siuⁿ-kòe: 太過於 joa̍h: 熱 4 lâng: 身子 pha̍k: 曬
kà: 得 giōng-giōng-boeh: 幾乎 pìⁿ: 變成 koaⁿ: 脫水
物 5 àm-sî: 夜裡 chheⁿ: 星星 kah: 以及 goe̍h: 月亮
àm: 暗 6 tiāⁿ-tiāⁿ: 常常 tio̍h-tak: 顛躓 poa̍h-lo̍h:
跌下 khàm: 崖 7 Siāng-tè: 上帝 kóng: 說 gia̍h: 拿;
舉 hō͘-sòaⁿ: 雨傘 8 chhiú-tiān: 手電筒 lō͘: 路 ài:
要; 必須 chim-chiok: 仔細 khòaⁿ: 看 9 hit: 那 lí:
你 ná: 怎麼; 爲什麼 m̄: 不 khah chá... ·le: 早點兒...
10 góa: 我 kín: 趕快 tńg-lăi: (我) 回去 the̍h: 拿; 取

Kiâⁿ-lé

Tōa-hong kiâⁿ tùi iá-gōa kòe,
Hi-hí-hū-hū, tōa-siaⁿ hoah.
Chháu-á nńg-nńg, kín kiâⁿ-lé,
Si-sí-sē-sē, phī-phī-chhoah.
05 Tek-á jūn-jūn, mā-sī kín kiâⁿ-lé,
Kiⁿ-kíⁿ-koāiⁿ-koāiⁿ, haiⁿ io sng.
Chi̍t châng chhiū-á m̄ kiâⁿ-lé,
Tōa-hong pi-pí-pia̍k-pia̍k ka at-tīg.
Chhiū-á, chhiū-sin chhun chi̍t koe̍h,
10 Iáu-sī m̄ kiâⁿ-lé.

---

0 kiâⁿ-lé: 行禮 1 tōa-hong: 大風 kiâⁿ: 走 tùi... kòe:
從... 經過 iá-gōa: 野外 2 hi-hí-hū-hū: (風) 呼呼 tōa-
siaⁿ: 高聲 hoah: 喝叫 3 chháu-á: 草 nńg: 柔軟 kín:
趕快 4 si-sí-sē-sē: 沙沙響 phī-phī-chhoah: 顫抖 5 tek-
á: 竹 jūn: 韌 mā-sī: 也是 6 kiⁿ-kíⁿ-koāiⁿ-koāiⁿ: 竹
與竹摩擦出聲 haiⁿ: 呻吟; 抱怨 io: 腰 sng: 痠 7 chi̍t:
一 châng: 棵 chhiū-á: 樹 m̄: 不肯 8 pi-pí-pia̍k-pia̍k:
嗶嗶剝剝地 ka: 把它 at-tīg: 折斷 9 chhiū-sin: 樹幹
chhun: 剩下 koe̍h: 截 10 iáu-sī: 還是; 仍然

Kiat Óaⁿ-pôaⁿ

Pa-pa sé-óaⁿ sé-hó, kiat hŏa sîn.
Góa kā óaⁿ-pôaⁿ chhit-ta, kiat hō͘ Ma-ma sîn,
Khǹg tòa chiàh-pn̄g-keng ê óaⁿ-tû lāi-bīn.
Saⁿ ê, lí kiat hō͘ góa, góa kiat hō͘ i,
05 Ná teh kiat kiû àh-sī kiat fĭ-lí-jĭ-bì.
Chit-sî-á "phiang"--chit--ē, góa sîn-bô-tiòh.
Chit-sî-á "khiang"--chit--ē, Ma-ma sîn-bô-tiòh.
Chit-sî-á, chit-thô͘-kha choân óaⁿ-phòe.
Óaⁿ-tû ê óaⁿ-pôaⁿ bô-kúi tè.
10 Pa-pa kóng: "Bŏa-kín. Koh bé, koh ū."

---

0 kiat: 丟擲 óaⁿ-pôaⁿ: 碗盤 1 pa-pa: 爸爸 sé-óaⁿ:
洗碗 sé-hó: 洗好; 洗完 hŏa: 給我 sîn: 接 (住) 2 góa:
我 kā: 把 chhit: 擦拭 ta: 乾 hō͘: 給 ma-ma: 媽
媽 3 khǹg: 存放 tòa: 在於 chiàh-pn̄g-keng: 飯廳
ê: 的 óaⁿ-tû: 碗櫥 lāi-bīn: 裡頭 4 saⁿ ê: 三個人
lí: 你 i: 他 5 ná: 好像 teh: 正在 kiû: 球 àh-
sī: 或者 fĭ-lí-jĭ-bì: (運動器材) 飛碟 6 chit-sî-á: 一下子
"phiang"--chit--ē: 乒的一聲 sîn-bô-tiòh: 想接卻沒接著
7 "khiang"--chit--ē: 匡的一聲 8 chit-sî-á: 過了一會兒
chit-thô͘-kha: 一地 choân: 全是 óaⁿ-phòe: 碗盤的破
片 9 bô-kúi: 無幾 tè: 個 10 kóng: 說道 bŏa-kín: 不
要緊 koh bé: 再買 koh ū: 還會有

313

Kim-chheⁿ

Thiⁿ bōe àm, Kim-chheⁿ tiō chhut-mn̂g.
Ji̍t-thâu kóng: "Lí ná chiah gâu-chá?"
Kim-chheⁿ kóng: "Kiaⁿ-íⁿ chá-khùn ê gín-á
khòaⁿ-bē-tio̍h góa."
Kim-chheⁿ sih kui-mê,
05 Kò͘ gín-á mài khih hông chhá-chhéⁿ.
Hóe-kim-chheⁿ kóng: "Lán mā lâi ka tàu-·chi̍t-
·ē!"
Hóe-kim-chheⁿ mā sih kui-mê.
Thiⁿ kng ·a, Kim-chheⁿ iáu-bōe khùn.
Ji̍t-thâu kóng: "Lí ná chiah phah-piàⁿ?"
10 Kim-chheⁿ kóng: "Kiaⁿ-íⁿ òaⁿ-khí ê gín-á
khòaⁿ-bē-tio̍h góa."

---

0 Kim-chheⁿ: 金星 1 thiⁿ: 天 (色) bōe: 未；還沒 àm:
(天) 黑；暗 tiō: 就；隨即 chhut-mn̂g: 出門 2 ji̍t-thâu:
太陽 kóng: 說 lí: 你；妳 ná: 怎麼 chiah: 這麼 gâu-
chá: 起早；一大早出門 3 kiaⁿ-íⁿ: 唯恐 chá-khùn: 早
睡 ê: 的 gín-á: 孩子 khòaⁿ-bē-tio̍h: 看不到 góa: 我
4 sih: 閃爍 kui: 整個 mê: 晚上 5 kò͘: 看顧 mài: 不
要；別 khih hông: 被人家 chhá-chhéⁿ: 吵醒 6 hóe-
kim-chheⁿ: 螢火蟲 lán: 咱們 mā: 應該；也 lâi...:
(去)... 吧 ka tàu-·chi̍t-·ē: 給他幫個忙 7 mā: 也；亦
8 thiⁿ kng: 天亮 ·a: 了 iáu-bōe: 還沒；尚未 khùn: 睡
覺 9 phah-piàⁿ: 勤勞 10 òaⁿ-khí: 晚起床

314

Kim-hî

Kim-hî tī àng-á siû-lâi-siû-khì.

Niau-á khòaⁿ-kà ba̍k-chiu lóng bē nih,

Kóng: "Án-ne siû-lâi-siû-khì, kám ū chhù-bī?

"Lâng sam-bûn-hî tiāⁿ-tiāⁿ thiàu-khí-thiàu-lo̍h.

05 "Ta̍k-kē lóng chin kā in o-ló."

Kim-hî thiaⁿ-liáu, kóng: "He goán mā ē-hiáu."

In tiō chheⁿ-chhám thiàu,

Koh chheⁿ-chhám cho̍k,

Cho̍k-chhut-khí kim-hî àng-á gōa-kháu,

10 Tī toh-téng thiàu-kà pi-pí-po̍k-po̍k.

---

0 kim-hî: 金魚 1 tī: 在於 àng-á: (魚) 缸 siû-lâi-siû-khì: 游來游去 2 niau-á: 貓 khòaⁿ: 看 kà: 得; 以至於 ba̍k-chiu: 眼睛 lóng: 一點兒也 bē: 不 nih: 眨 (眼) 3 kóng: 說 án-ne: 這麼樣 kám...: ... 嗎 ū chhù-bī: 有趣 4 lâng: 人家 sam-bûn-hî: 鮭魚 tiāⁿ-tiāⁿ: 常常 thiàu: 跳 ...khí...lo̍h: ... 上... 下 5 ta̍k-kē: 大家 lóng: 都 chin: 非常 kā...o-ló: 稱讚... in: 它們 6 thiaⁿ-liáu: 聽了 he: 那 (個) goán: 我們 mā: 也 ē-hiáu: 會 7 tiō: 就; 於是 chheⁿ-chhám: 死命地 8 koh: 而且; 又 cho̍k: (在空中) 衝, 例如鏢 9 chhut-khí: 出... 去 gōa-kháu: 外頭 10 toh-téng: 桌子上 thiàu-kà pi-pí-po̍k-po̍k: 必必剝剝地跳

Kim-kâm

Tak chu-á, tak kim-kâm,
Tak-·tiȯh-·ê thȧh-khì kâm.
A-ek tak-tiȯh chi̍t lia̍p, thȧh-khì kâm,
Chhùi-phé phòng chi̍t pêng.
05 A-hô tak-tiȯh nn̄g lia̍p, thȧh-khì kâm,
Chhùi-phé phòng siang pêng.
A-bêng tak-tiȯh cha̍p lia̍p, thȧh-khì kâm,
Kâm-kà chhùi-khang keng-kà tōa-tōa-tōa,
Bē-tàng thun chhùi-nōa,
10 Kim-kâm, lóng-chóng phùi-phùi tòa thô·-kha.

---

0 kim-kâm: 糖球　1 tak: 彈（使碰觸）chu-á: 彈珠
2 tak-·tiȯh-·ê: 彈到的人　thȧh-khì: 拿去　kâm: 含（在
嘴裡）3 A-ek: 阿益　tiȯh: 著；到　chi̍t: 一　lia̍p: 顆
4 chhùi-phé: 腮幫子　phòng: 鼓起　pêng: 旁；邊　5 A-
hô: 阿和　nn̄g: 兩　6 siang: 雙　7 A-bêng: 阿明　cha̍p:
十　8 kà: 得；到　chhùi-khang: 口腔　keng: 撐；繃
tōa: 大　9 bē-tàng: 無法　thun: 吞　chhùi-nōa: 口水
10 lóng-chóng: 全部　phùi: 吐；唾　tòa: 在於　thô·-kha:
地上

Kim-kong Iú^n Chúi

Chi̍t ê Kim-kong khû tòa Pa-ná-má,
Kā Thài-pêng-iû^n ê chúi iú^n-kòe Tāi-se-iû^n.
Iú^n-ā-iú^n, iú^n-ā-iú^n,
Thài-pêng-iû^n ê chúi bô khah si̍h,
05 Tāi-se-iû^n ê chúi bô khah tī^n.
Hái-lêng-ông chhiò i thâu-khak khōng-ku-lí.
Kim-kong kā Hái-lêng-ông hò͘-kòe Tāi-se-iû^n.
Hái-lêng-ông hiàng tang ti̍t-ti̍t siû,
Siû-tńg-lâi Thài-pêng-iû^n.
10 Kim-kong koh ka hò͘-kòe Tāi-se-iû^n.

---

0 Kim-kong: 金剛 iú^n: 舀 chúi: 水 1 chi̍t: 一 ê:
個 khû: 蹲 tòa: 在 Pa-ná-má: 巴拿馬 2 kā: 把; 將
Thài-pêng-iû^n: 太平洋 ê: 的 kòe: 過 Tāi-se-iû^n: 大
西洋 3 ...ā...: ... 著... 著 4 bô: 沒有 khah: 較爲
si̍h: (液體) 減少 5 tī^n: 盈滿 6 Hái-lêng-ông: 海龍王
chhiò: 笑 i: 他 thâu-khak khōng-ku-lí: 笨, 不會用腦
筋 7 hò͘: 戽 8 hiàng: 向 tang: 東 ti̍t-ti̍t: 一直的
siû: 游泳 9 tńg-lâi: 回來 10 koh: 又; 再次 ka: 把他

Kiò Sé-óaⁿ

Pa-pa chhiú koah-·tio̍h, pài-thok Ma-ma sé-óaⁿ.
Ma-ma kiò Ko-ko sé-óaⁿ.
Ko-ko kiò góa sé-óaⁿ.
Góa kiò Me-me sé-óaⁿ.
05 Me-me bē-hiáu sé-óaⁿ, pài-thok Pa-pa sé.
Pa-pa mn̄g Ma-ma: "Lí ná ē bô sé-óaⁿ?"
Ma-ma kóng: "Iah to góa kiò A-su̍t sé."
Ko-ko kóng: "Iah to góa kiò A-hōng sé."
Góa kóng: "Iah to góa kiò Me-me sé."
10 Me-me kóng: "Lâng goán pài-thok Pa-pa sé."

---

0 kiò: 叫 (某人做某事) sé: 洗 óaⁿ: 碗 1 pa-pa: 爸
爸 chhiú: 手 koah-·tio̍h: 割傷 pài-thok: 拜託 ma-
ma: 媽媽 2 ko-ko: 哥哥 3 góa: 我 4 me-me: 妹妹
5 bē-hiáu: 不會 6 mn̄g: 問 lí: 你 ná ē: 怎麼; 爲什麼
bô: 不; 沒有 7 kóng: 說 iah to: 因爲... 啊 A-su̍t: 阿
述 8 A-hōng: 阿鳳 10 lâng goán: 我

Kiô-thâu Kiô-bóe

Thiⁿ-téng khēng chò kiô.
Tông Bêng-hông khì chhōe Iûⁿ Kùi-hui.
Kiô-thâu ū chit ê lâng teh chhōe n̂g-kim.
Bêng-hông kā i kóng: "Káⁿ hit thâu chiah ū."
05 Bêng-hông kòe kiô boeh chhōe Iûⁿ Kùi-hui,
Kiô-bóe ū chit ê lâng teh chhōe n̂g-kim.
Bêng-hông kā i kóng: "Káⁿ hit thâu chiah ū."
Bêng-hông kòe kiô chhōe Kùi-hui,
Chhōe-lâi-chhōe-khì chhōe lóng bô,
10 Ko-Lėk-sū kā i kóng: "Káⁿ hit thâu chiah ū."

---

0 kiô: 橋 thâu: 頭 bóe: 尾 1 thiⁿ-téng: 天上 khēng: 虹 chò: 當做 2 Tông: 唐 Bêng-hông: 明皇 khì: 前往 chhōe: 尋找 Iûⁿ: 楊 kùi-hui: 貴妃 3 ū: 有 chit: 一 ê: 個 lâng: 人 teh: 正在 n̂g-kim: 黃金 4 kā... kóng: 告訴...; 對... 說 i: 他 káⁿ: 也許 hit: 那 thâu: 頭; 端 chiah: (這) 才 5 kòe kiô: 過橋 boeh: 想要 9 ...lâi ...khì: ... 來... 去 lóng: 全都 10 Ko-Lėk-sū: 高力士

Kiù-hō͘-chhia

A-bín-î kah A-gī chhōa gín-á khì lō͘-iâⁿ,
Pòaⁿ-mê, A-hô pak-tó͘ thiàⁿ.
A-bín-î chhōe-bô io̍h-á thang hơ chia̍h,
Kiò A-gī phah-tiān-ōe kín kiò kiù-hō͘-chhia.
05 Tán chin kú, tán-bô kiù-hō͘-chhia.
A-bín-î mē A-gī, kóng: "Lí sī teh chhòng siàⁿ?"
A-gī kóng: "Kiù-hō͘-chhia bô lâi kàu chia.
"Lán ài khì tán bá-suh hia."
A-bín-î kóng: "Án-ne hó. Lán kín kiâⁿ,
10 "Kín kā A-hô kng lăi hia chē kiù-hō͘-chhia."

---

0 kiù-hō͘-chhia: 救護車　1 A-bín-î: 阿敏阿姨　kah: 和; 以及　A-gī: 阿義　chhōa: 帶領　gín-á: 小孩　khì: 前往; ... 去　lō͘-iâⁿ: 露營　2 pòaⁿ-mê: 半夜　A-hô: 阿和　pak-tó͘: 肚子　thiàⁿ: 痛　3 chhōe-bô: 找不到　io̍h-á: 藥　thang: 可以; 俾; 來　hơ: 給他　chia̍h: 吃; 服用　4 kiò: 叫; 使喚　phah-tiān-ōe: 打電話　kín: 趕快　kiò: 叫 (來)　5 tán: 等　chin: 很　kú: 久　...bô: ... 不到　6 mē: 罵　kóng: 說　lí: 你　sī: 到底; 是　teh chhòng siàⁿ: 在幹嘛　7 bô: 不; 沒有　lâi kàu: (抵達) 到... 來　chia: 這兒　8 lán: 咱們　ài: 必須　khì: 到... 去　bá-suh: 巴士　hia: 那兒　9 án-ne: 這樣; 既然如此　hó: 好　10 kā: 把　kng: 抬　lăi: 到... 去　chē: 搭乘

Kng kah Àm Cháu-sio-jiok

Kng kah àm cháu-sio-jiok.
Kng chhēng chi̍t niá hong-moa, kim-tang-tang,
Tòe tòa àm ê āu-piah ti̍t-ti̍t jiok,
Kóng: "Jiok-tio̍h ·a! Jiok-tio̍h ·a!"
05 Àm kóng: "Híh! Híh! Hō͘ lí jiok-bē-tio̍h."
Àm mā chhēng chi̍t niá hong-moa, o͘-sô-sô,
Tòe tòa kng ê āu-piah ti̍t-ti̍t jiok,
Kóng: "Jiok-tio̍h ·a! Jiok-tio̍h ·a!"
Kng kóng: "Hah! Hah! Hō͘ lí jiok-bē-tio̍h."
10 Kng tòe àm, àm tòe kng, jiok-lâi-jiok-khì, jiok-
bē-tio̍h.

---

0 kng: 光 kah: 和; 與 àm: 暗 cháu-sio-jiok: 互相
追逐 2 chhēng: 穿; 著 chi̍t: 一 niá: 件 hong-moa:
披風 kim-tang-tang: 很明亮 3 tòe: 跟隨 tòa: 在於
ê: 的 āu-piah: 背後 ti̍t-ti̍t: 一直的 jiok: 追 4 kóng:
說 jiok-tio̍h: 趕上 ·a: 了; 矣 5 híh: (嬉戲的笑聲) 嘻
hō͘: 讓; 使; 被 lí: 你 jiok-bē-tio̍h: 趕不上 6 mā: 也
o͘-sô-sô: 很黑 9 hah: (得意的笑聲) 哈 10 ...lâi...khì:
... 來... 去

Kng-sòaⁿ

Chit ê lâng koaiⁿ tī o·-kaⁿ-lô,
Chhun chhiú, gō· cháiⁿ lóng khòaⁿ-bô.
Chit tiâu kng-sòaⁿ cháu-·jip-·lâi.
I chhun chhiú khì ka giú,
05 Giú-jip-lâi kaⁿ-lô-lāi.
I siang-chhiú tit-tit giú,
Lú giú, lú ū-khòaⁿ-tiòh ka-tī ê chhiú.
I giú-kà kaⁿ-lô chiām-chiām kng,
Hoaⁿ-hí-kà bak-sái tit-tit lâu.
10 Kò·-kaⁿ-·ê lâi phah-khui mn̂g, pàng i cháu.

---

0 kng-sòaⁿ: 光線 1 chit: 一 ê: 個 lâng: 人 koaiⁿ: 關
tī: 在於 o·: 黑 kaⁿ-lô: 監牢 2 chhun: 伸 chhiú: 手
gō· cháiⁿ: 五指 lóng: 完全 khòaⁿ-bô: 看不見 3 chit:
一 tiâu: 條 cháu-·jip-·lâi: (跑了) 進來 4 i: 他 khì:
去 ka: 把它 giú: 拉 5 jip-lâi: 進... 來 lāi: 裡頭
6 siang-chhiú: 雙手 tit-tit: 一直的 7 lú... lú: 越... 越
ū-khòaⁿ-tiòh: 看得見 ka-tī: 自己 ê: 的 8 kà: 到;
得; 以至於 chiām-chiām: 漸漸 kng: 亮 9 hoaⁿ-hí: 高
興 bak-sái: 眼淚 lâu: 流 10 kò·-kaⁿ-·ê: 看管監獄的人
lâi: 來 phah-khui: 打開 mn̂g: 門 pàng: 釋放 cháu:
走; 離開

322

Kô-kô-tîⁿ

Niau-á-kiáⁿ khòaⁿ-tióh chit oân phòng-se.
Chit chiah póe-·chit-·ē, hit chiah thuh-·chit-·ē.
Phòng-se kō-kō-liàn.
Hit chiah nǹg-·kòe-·lâi, chit chiah séh-·kòe-·khì.
05 Phòng-se kô-kô-tîⁿ,
Kā niau-á-kiáⁿ tîⁿ-tiâu-tiâu.
Chit chiah tîⁿ-tiâu kha, hit chiah tîⁿ-tiâu thâu.
Niau-á-kiáⁿ chit chiah háu, hit chiah háu,
Háu-kà: "Miáu! Miáu! Miáu!"
10 Kiò Ma-mĭ kín lâi tháu.

---

0 kô-kô-tîⁿ: (紊亂的) 纏繞 1 niau-á-kiáⁿ: 小貓 khòaⁿ-tióh: 看到; 看見 chit: 一 oân: 團 phòng-se: 毛線 2 chit: 這 chiah: 隻 póe: (用手掌或手指頭) 推或掃 ·chit-·ē: 一下 hit: 那 thuh: (用尖端) 推或捅 3 kō-kō-liàn: 滾動 4 nǹg-·kòe-·lâi: 鑽過來 séh-·kòe-·khì: 繞過去 6 kā: 把 tîⁿ-tiâu-tiâu: 緊緊纏住 7 tîⁿ-tiâu: 纏住 kha: 腳 thâu: 頭 8 háu: 叫; 哭 9 háu-kà "Miáu! Miáu! Miáu!": 喵喵叫 10 kiò: 叫; 要求 ma-mĭ: 媽咪 kín: 趕快 lâi: 來 tháu: 解 (開結)

Kō Mī-hún

Ma-ma, han-chî kō mī-hún.
Kō-kō-·le theh-khì chìⁿ.
Han-chî chìⁿ-chìⁿ-·le phû-·khí-·lâi,
Ke seⁿ chit tēng phôe,
05 Chhiah-chhiah chin hó-khòaⁿ.
A-hô cháu-khì kau-piⁿ kō thô·-soa.
Kō-kō-·le thiàu-lòh-khì chhàng-chúi-bī.
Bī-bī-·le phû-·khí-·lâi,
Ā bô ke seⁿ chit tēng phôe.
10 A-bí kóng: "Lí ài kō mī-hún."

---

0 kō: 滾動地沾　mī-hún: 麵粉　1 ma-ma: 媽媽　han-chî: 地瓜　2 …·le: … 一…　theh: 拿　khì: 去　chìⁿ: 油炸　3 phû-·khí-·lâi: 浮上來　4 ke: 多了　seⁿ: 生長　chit: 一　tēng: 層　phôe: 皮　5 chhiah-chhiah: 赤褐色　chin: 很　hó-khòaⁿ: 好看　6 A-hô: 阿和　cháu-khì: 到…去　kau-piⁿ: 河邊　thô·-soa: 泥沙　7 thiàu-lòh-khì: 跳下去　chhàng-chúi-bī: 潛水　8 bī: 潛 (水)　9 ā: 並; 也　bô: 沒有　10 A-bí: 阿美　kóng: 說　lí: 你　ài: 必須

Ko͘

Lȯh tōa-hō͘, sió-sîn-sian bih tòa khang-té,
Khòaⁿ chı̍t ê lâng gia̍h hō͘-sòaⁿ, tùi hia kòe.
Goe̍h-bâi kóng: "Ǒa--à! Ko͘ koh ē-tàng jia-
  hō͘!"
Sió-sîn-sian tiō chhut-lâi bán ko͘,
05 Chò hō͘-sòaⁿ, tī hō͘--ni sàn-pō͘.
Thô͘-kha ê chúi lú im, lú chhim.
Ū-lâng bô-tiuⁿ-tî, ko͘ lak--khì, koh bē tîm!
Sió-sîn-sian tiō kā ko͘ péng-tò-péng,
Tì hiàng bīn-téng,
10 Chē "chûn" tī hō͘--ni iû-ô͘, khòaⁿ hong-kéng.

---

0 ko͘: 菇 1 lȯh tōa-hō͘: 下大雨 sió-sîn-sian: (森林中
的) 小精靈 bih: 躲 tòa: 在於 khang-té: 洞裡 2 khòaⁿ:
看見 chı̍t: 一 ê: 個 lâng: 人 gia̍h: 拿; 舉 hō͘-sòaⁿ:
雨傘 tùi: 打從 hia: 那兒 kòe: 經過 3 Goe̍h-bâi: 月
牙兒 kóng: 說 ǒa--à: 哇 koh: 居然 ē-tàng: 能夠
jia-hō͘: 遮雨 4 tiō: 於是 chhut-lâi: 出來 bán: 摘;
採 5 chò: 當做 tī: 在於 hō͘--ni: 雨中 sàn-pō͘: 散步
6 thô͘-kha: 地上 ê: 的 chúi: 水 lú...lú...: 越... 越...
im: 淹 chhim: 深 7 ū-lâng: 有人 bô-tiuⁿ-tî: 不小心
lak--khì: 掉落 bē: 不 tîm: 沈沒 8 kā: 把 péng-tò-
péng: 倒過來 9 tì: (菇的) 莖; 蒂 hiàng bīn-téng: 向上
10 chē chûn: 搭船 iû-ô͘: 遊湖 khòaⁿ hong-kéng: 看風
景

Kò·-chhù

Ka-tī chi̍t ê kò·-chhù, góan ē kiaⁿ.
Àm-sî kò·-chhù, koh-khah kiaⁿ.
Teng-hóe tiám ho· kng-iàⁿ-iàⁿ,
La-jí-oh, tiān-sī, chūn ho· tōa-tōa-siaⁿ.
05 Thiaⁿ-tio̍h gōa-kháu cháu-lông lâng teh kiâⁿ,
Bih-ji̍p-khì phōe-té khah ū-iàⁿ.
Ma-ma tńg-·lâi, chhōe-bô cha-bó·-kiáⁿ,
Kan-na khòaⁿ chhù-lāi teng-hóe kng-iàⁿ-iàⁿ,
Tiān-sī bô-lâng khòaⁿ,
10 La-jí-oh bô-lâng thiaⁿ.

---

0 kò·-chhù: 看家 1 ka-tī: 自己 chi̍t: 一 ê: 個 góan: "我們", 即我 ē: 會 kiaⁿ: 怕 2 àm-sî: 晚上 koh-khah: 更加 3 teng-hóe: 燈火 tiám: 點燃 ho·: 使之 kng-iàⁿ-iàⁿ: 非常明亮耀眼 4 la-jí-oh: 收音機 tiān-sī: 電視 chūn: 轉; 扭 tōa-tōa-siaⁿ: 聲音很大 5 thiaⁿ-tio̍h: 聽見 gōa-kháu: 外頭 cháu-lông: 走廊 lâng: 有人 teh: 正在 kiâⁿ: 行走 6 bih-ji̍p-khì: 躲進 phōe-té: 被窩裡 khah ū-iáⁿ: 比較實際 7 ma-ma: 媽媽 tńg-·lâi: 回家 chhōe-bô: 找不著 cha-bó·-kiáⁿ: 女兒 8 kan-na: 只; 僅 khòaⁿ: 看見 chhù-lāi: 家裡 9 bô-lâng: 無人 khòaⁿ: 收視 10 thiaⁿ: 聽

Koa-sia^n

Ma-ma ê koa-sia^n chin hó-thia^n.
Hong thia^n-kà tiā^n-tiā^n-tiā^n.
Koa-sia^n ná chúi teh lâu.
Lâu-kòe kok-kî, kok-kî teh iā^n.
05 Lâu-kòe chûn-phâng, chûn teh kiâ^n.
Koa-sia^n kā o͘-hûn sak-cháu; koh ū ji̍t-thâu.
Ji̍t-thâu teh chiò, chúi-ia^n kng-ià^n-ià^n.
Ji̍t-thâu teh pha̍k, ji̍t-thâu-hoe thâu ta^n-ta^n.
Siāng-tè mā tiām-tiām thia^n Ma-ma ê koa-sia^n,
10 Thia^n-kà hī^n-á phak-phak, bīn à^n-à^n.

---

0 koa-sia^n: 歌聲 1 ma-ma: 媽媽 ê: 的 chin: 很 hó-
thia^n: 好聽; 悅耳 2 hong: 風 thia^n: 聽 kà: 得; 以致
於 tiā^n-tiā^n-tiā^n: 一動也不動 3 ná: 好像; 宛如 chúi:
水 teh...: ... 著; 正在... lâu: 流 4 kòe: 經; 過 kok-kî:
國旗 iā^n: 飄揚 5 chûn-phâng: 帆 chûn: 船 kiâ^n: 行
走 6 kā: 把; 將 o͘-hûn: 黑雲 sak-cháu: 推開 koh: 又
ū: 有 (了) ji̍t-thâu: 太陽 8 chiò: 照射 chúi-ia^n: (水上
的) 漣漪 kng-ià^n-ià^n: 光耀奪目 8 pha̍k: 曬 ji̍t-thâu-
hoe: 向日葵 thâu ta^n-ta^n: 仰著頭 9 Siāng-tè: 上帝
mā: 也; 亦 tiām-tiām: 靜靜地 10 hī^n-á phak-phak:
側著耳 bīn à^n-à^n: 俯著臉

327

Kóaⁿ Kúi

Bù-lù-bù-lù-kúi cháu-jip-khì lâng tau,
Ū-tang-sî-á khui chúi-tō, chúi pàng-leh lâu,
Ū-tang-sî-á khui peng-siuⁿ, o·-pė̍h chhiau.
Lâng khòaⁿ chúi-tō chhō·-chhō·-lāu,
05 Khòaⁿ peng-siuⁿ loān-chhau-chhau,
Si̍t-chāi ū-kàu àu-náu,
Kóng: "Ū kúi. Lán kín lâi ka kóaⁿ-cháu."
Lâng tiō gia̍h kùn-á lōng bîn-chhn̂g-kha, lōng
    toh-kha,
Lōng mn̂g-phāng, lōng ian-tâng,
10 Kā Bù-lù-bù-lù-kúi tōng-kà seng-khu choân-
    choân khang.

---

0 kóaⁿ: 驅趕 kúi: 鬼 1 Bù-lù-bù-lù-kúi: 嘸嚕嘸嚕
鬼 cháu-jip-khì: 跑進... 去 lâng tau: 人家家裡 2 ū-
tang-sî-á: 有時 khui: 打開 chúi-tō: 自來水 chúi: 水
pàng-leh lâu: 讓它流 3 peng-siuⁿ: 冰箱 o·-pė̍h: 胡亂
chhiau: 翻找 4 lâng: 人 khòaⁿ: 見 chhō·-chhō·-lāu:
大量不停地漏 5 loān-chhau-chhau: 亂七八糟 6 si̍t-
chāi ū-kàu: 真是 àu-náu: 懊惱 7 kóng: 說 ū: 有
lán: 咱們 kín: 趕快 lâi: 來 ka: 把它 kóaⁿ-cháu: 趕
走 8 tiō: 就; 於是 gia̍h: 拿; 舉 kùn-á: 棍子 lōng:
邊攪邊捅 bîn-chhn̂g-kha: 床下 toh-kha: 桌下 9 mn̂g-
phāng: 門縫 ian-tâng: 煙囪 10 kā: 把 tōng-kà: 捅
得 seng-khu: 身上 choân-choân: 盡是 khang: 傷口

328

Kóaⁿ Kúi, Kóaⁿ Niáu-chhí

Chhù-lāi, cháu-ji̍p-lâi chi̍t chiah niáu-chhí,
Tī bîn-chhn̂g-kha pōng-tio̍h Kì-lì-kì-lì-kúi.
Kì-lì-kì-lì-kúi kóng: "Kì-lí, kì-lí!
"Lí khì pa̍t-ūi bih. Mài tòa chia kâ tìn-ūi."
05 Niáu-chhí kóng: "Kíh, kíh! Chia khah sù-sī."
Nn̄g ê khí-oan-ke, tòa hia tōa-siaⁿ-sè-siaⁿ ki.
Bîn-chhn̂g-téng, lāu-a-kong kóng: "Ū niáu-chhí, teh ki."
Lāu-a-má kóng: "Ná-chhiūⁿ sī Kì-lì-kì-lì-kúi."
Nn̄g ê tiō khit-lâi kóaⁿ kúi, kóaⁿ niáu-chhí,
10 Iōng kùn-á lōng-kà: "Kì-lí! Kíh! Kì-lí! Kíh!"

---

0 kóaⁿ: 驅趕 kúi: 鬼 niáu-chhí: 老鼠 1 chhù-lāi:
房子裡 cháu-ji̍p-lâi...: 跑了... 進來 chi̍t: 一 chiah:
隻 2 tī: 在於 bîn-chhn̂g-kha: 床下 pōng-tio̍h: 碰
見 Kì-lì-kì-lì-kúi: 嘰哩嘰哩鬼 3 kóng: 說 kì-lí: 嘰
哩嘰哩鬼的叫聲 4 lí: 你 khì: 到... 去 pa̍t-ūi: 別地
方 bih: 躲 mài: 別; 不要 tòa: 在於 chia: 這兒 kâ
tìn-ūi: 佔我的活動空間 5 kíh: 老鼠的叫聲 khah: 比較;
較爲 sù-sī: 舒適 6 nn̄g ê: 兩個; 兩者 khí-oan-ke: 吵
起來 hia: 那兒 tōa-siaⁿ-sè-siaⁿ: 高聲 ki: 尖叫; 吱吱
叫 7 bîn-chhn̂g-téng: 床上 lāu-a-kong: 老爺爺 ū: 有
teh: 正在 8 lāu-a-má: 老奶奶 ná-chhiūⁿ: 好像 sī: 是
9 tiō: 於是 khit-lâi: 起來 10 iōng: 用; 使 kùn-á: 棍
子 lōng: 邊攪邊捅 kà: 得; 以至於

Kòe Tiàu-kiô

Tiàu-kiô hàiⁿ-lâi-hàiⁿ-khì,
Kòe-kiô ê lâng hián-lâi-hián-khì.
Pa-pa khîⁿ tòa kiô-thâu, m̄-káⁿ kòe.
Ma-ma kà i chò káu pê,
05 Pa-pa iáu-sī khîⁿ-tiâu-tiâu, m̄-káⁿ pê.
Ko-ko kà i chò chôa sô.
Pa-pa iáu-sī khîⁿ-tiâu-tiâu, m̄-káⁿ sô.
Me-me kà i chò chhâ-khơ kō.
Pa-pa iáu-sī khîⁿ-tiâu-tiâu, m̄-káⁿ kō.
10 Ta̍k-kē kui-khì kā i thoa-kòe kiô.

---

0 kòe: 過 tiàu-kiô: 吊橋 1 hàiⁿ: (懸掛的東西) 晃蕩
...lâi ...khì: ... 來 ... 去 2 kòe-kiô ê lâng: 過橋的人
hián: (站不穩而) 搖晃 3 pa-pa: 爸爸 khîⁿ: 抓住 tòa:
在於 kiô-thâu: 橋頭 m̄-káⁿ: 不敢 4 ma-ma: 媽媽 kà:
教 i: 他 chò: 當; 做 káu: 狗 pê: (有脚的動物) 爬
5 iáu-sī: 還是 tiâu-tiâu: 牢牢的 6 ko-ko: 哥哥 chôa:
蛇 sô: (無脚的動物) 爬 8 me-me: 妹妹 chhâ-khơ: 木
頭 kō: 滾動 10 ta̍k-kē: 大家 kui-khì: 乾脆 kā: 把;
將 thoa-kòe: 拖過 kiô: 橋

Koh-khah Gâu

A-ek khehⁿ-khehⁿ-sàu.
Lâng kóng: Lí I-su chin-chiâⁿ gâu.
In pa-pa tiō chhōa i khì hō͘ Lí I-su tī-liâu.
A-ek nâ-âu thiàⁿ, koh khehⁿ-khehⁿ-sàu.
05 Lâng kóng: Lîm I-su ke-khah gâu.
In pa-pa tiō chhōa i khì hō͘ Lîm I-su tī-liâu.
A-ek nâ-âu thiàⁿ, thâu-khak thiàⁿ, koh khehⁿ-
khehⁿ-sàu.
Lâng kóng: Tân I-su koh-khah gâu.
In pa-pa tiō chhōa i khì hō͘ Tân I-su tī-liâu.
10 A-ek nâ-âu thiàⁿ, thâu-khak thiàⁿ, hoat-sio,
koh khehⁿ-khehⁿ-sàu.

---

0 koh-khah: 更加 gâu: 行; 高明 1 A-ek: 阿益 khehⁿ-
khehⁿ-sàu: 咳兒咳兒地咳嗽 2 lâng: 人家 kóng: 說 Lí:
李 i-su: 醫師 chin-chiâⁿ: 很 3 in: 他 (們) 的 pa-pa:
爸爸 tiō: 就; 於是 chhōa: 帶領 i: 他 khì: 去 hō͘:
給; 讓 tī-liâu: 治療 4 nâ-âu: 喉嚨 thiàⁿ: 痛 koh:
而且 5 Lîm: 林 ke-khah: 比較...(得多) 7 thâu-khak:
頭; 腦袋 8 Tân: 陳 10 hoat-sio: 發燒

Kok-kî Bān-sòe

Kok-kî chin phiau-phiat,
Tī thiⁿ-téng phiȧt, phiȧt, phiȧt,
Kā ē-kha ê lâng iȧt, iȧt, iȧt.
Hong hū-hū-kiò, kā i sak.
05 Hō· chhē-chhē-kiò, kā i ak.
Jit-thâu hoāng-hoāng-kiò, kā i phȧk.
Kok-kî soah thè-sek; kok-kî soah khih-kak.
Kok-kî phòa-kà chhun chit koȧh, sè-sè koȧh,
Tī thiⁿ-téng póe, póe, póe.
10 Ē-kha ê lâng ka kiâⁿ-lé, hoah: "Bān-sòe!"

---

0 kok-kî: 國旗 bān-sòe: 萬歲 1 chin: 很 phiau-phiat:
瀟灑; 灑脫 2 tī: 在於 thiⁿ-téng: 天空中 phiȧt: 鼓動;
拍打 3 kā: 給; 向; 對 ē-kha: 下頭 ê: 的 lâng: 人
iȧt: 招手; 搧 4 hong: 風 hū-hū-kiò: 呼呼地叫 kā: 把
i: 它 sak: 推 5 hō·: 雨 chhē-chhē-kiò: 沙沙地響 ak:
淋; 澆 6 jit-thâu: 太陽 hoāng-hoāng-kiò: 熊熊地燃燒;
炎熱 phȧk: 曝曬 7 soah: 結果 thè-sek: 褪色 khih-
kak: (邊緣) 缺損 8 phòa: 破 kà: 得; 到 chhun: 剩
chit: 一 koȧh: 截 sè-sè koȧh: 短短的一截 9 póe: (用
手掌) 撥; 扒拉 10 ka: 向它; 對它 kiâⁿ-lé: 行禮 hoah:
高呼; 喊

Kok-kî kah Hái-chha̍t-kî

Hái-chha̍t-chûn kòa hái-chha̍t-kî koh kòa kok-kî.

Hái-chha̍t-kî mn̄g kok-kî tī hia chhòng sím-mì.

Kok-kî kóng: "Góa tī chia pó-hō͘ lí.

"Hái-kun khòaⁿ-tio̍h góa, i tiō bē phah lí."

05 Pa̍t kok ê hái-kun kā in khian phàu-chí.

Hái-chha̍t-kî mn̄g kóng: "In kám teh phah lí?"

Kok-kî kóng: "M̄-sī. In sī teh phah lí."

Hái-chha̍t-kî kóng: "He tō chin-chiâⁿ kî.

"Kok-kî kám m̄-sī ē pó-hō͘ hái-chha̍t-kî?"

10 Kok-kî kóng: "Pháiⁿ-sè. Góa m̄-sī in ê kok-kî."

---

0 kok-kî: 國旗　kah: 和; 以及　hái-chha̍t-kî: 海賊旗
1 hái-chha̍t-chûn: 海賊船　kòa: 懸掛　koh: 又; 也
2 mn̄g: 問　tī: 在於　hia: 那兒　chhòng sím-mì: 幹
嘛　3 kóng: 說　góa: 我　chia: 這兒　pó-hō͘: 保護　lí:
你　4 hái-kun: 海軍　khòaⁿ-tio̍h: 看見　i: 他 (們)　tiō:
就; 於是　bē: 不會; 不致於　phah: 攻打　5 pa̍t kok:
別的國家　ê: 的　kā: 對; 向　in: 他們　khian: 丟擲
phàu-chí: 大砲的彈丸　6 kám: 可是; 是... 嗎　teh: 正
在　7 m̄-sī: 不是　sī: 是　8 he: 那　tō: 就　chin-chiâⁿ:
非常　kî: 奇怪　9 ē: 能夠　10 pháiⁿ-sè: 抱歉

Kok-ông ê Sin Hō͘-sòaⁿ

A-bín-î sàng A-gī chi̍t ki sin hō͘-sòaⁿ,
Kan-na hō͘-sòaⁿ-kut, bô thīⁿ hō͘-sòaⁿ-pò͘.
A-bín-î kóng: "Che ná kok-ông ê sin saⁿ.
"Che sī A-gī-á Kok-ông ê sin hō͘-sòaⁿ.
05 "Lí kóng i o͘-o͘, i tiō-sī o͘-o͘,
"Lí kóng i phú-phú, i tiō-sī phú-phú,
"Kan-na chhong-bêng ê lâng chiah khòaⁿ-ū."
A-gī gia̍h kok-ông ê sin hō͘-sòaⁿ, ū-kàu iāng.
Lo̍h-tōa-hō͘, A-gī chin chheng-liâng.
10 Chhut-tōa-ji̍t, A-gī pha̍k-chi̍t-ē thâu-khak hîn,
kha phû-phû.

---

0 kok-ông: 國王 ê: 的 sin: 新的 hō͘-sòaⁿ: 雨傘
1 A-bín-î: 阿敏阿姨 sàng: 贈送 A-gī: 阿義 chit: 一
ki: 把；支 2 kan-na: 只有 hō͘-sòaⁿ-kut: 雨傘的骨架
bô: 沒有 thīⁿ: 縫（上）hō͘-sòaⁿ-pò͘: 雨傘上遮蓋的布
3 kóng: 說 che: 這（個/就）ná: 好像 saⁿ: 衣服 4 sī:
是 á: 仔；子 5 lí: 你 i: 它 o͘-o͘: 黑色的 tiō-sī:
就是 6 phú-phú: 灰色的 7 chhong-bêng: 聰明 lâng:
人 chiah: 才 khòaⁿ-ū: 看得見；看得懂 8 gia̍h: 拿；
舉 ū-kàu: 很；真是 iāng: 得意 9 lo̍h-tōa-hō͘: 下大
雨 chin: 很 chheng-liâng: 清涼 10 chhut-tōa-ji̍t: 出
大太陽 pha̍k-chi̍t-ē: 曬得 thâu-khak: 頭 hîn: 暈眩
kha: 腳 phû-phû: （腳）輕（站不穩）

Kóng Chhiò-ōe

Chhảt-á bih tī piah-tû-lāi.
A-má ké m̄-chai,
Kiò tảk-kē jip-lâi chē,
A-má teh-boeh kóng chhiò-ōe.
05 A-má chin chhiò-khoe,
Tảk-kē thiaⁿ-kà hah-hah-chhiò.
Chhảt-á chhiò-kah gủh-gủh-kiò.
Tảk-kē kā piah-tû khui lâi khòaⁿ,
Chhảt-á kō-chhut-lâi tû gōa-kháu.
10 A-má kiò i kín giat-láu.

---

0 kóng: 說　chhiò-ōe: 笑話　1 chhảt-á: 賊; 小偷　bih:
躲　tī: 在於　piah-tû: 壁櫥　lāi: 裡頭　2 a-má: 奶奶
ké: 假裝　m̄-chai: 不知道　3 kiò: 叫　tảk-kē: 大家
jip-lâi: 進來　chē: 坐　4 teh-boeh: 將要; 想要　5 chin:
很　chhiò-khoe: 滑稽　6 thiaⁿ: 聽　kà: 得; 以至於
hah-hah-chhiò: 哈哈笑　7 chhiò: 笑　gủh-gủh-kiò: 盡
量忍卻忍不住而發出笑聲　8 kā: 把; 將　khui: 開　lâi:
來　khòaⁿ: 看　9 kō-chhut-lâi: 滾動地掉出來　tû: 櫥
gōa-kháu: 外頭　10 kiò: 叫　i: 他　kín: 快　giat-láu:
滾蛋

335

Kóng-kò

Ke thè ke-bah kong-si chò kóng-kò.
Ah-á siūⁿ-lóng-bô,
Mñg kóng: "Lín ná-ē án-ne chò?"
Ke kóng: "Hō͘ lâng ài chia̍h ke, lú chhī, lú chē.
05 "Sáⁿ-mih *bah-ke, thó͘-ke, o͘-kut-ke!*
"*Bóe-chui, hā-súi, khim-heng! Ài sàⁿ, kín lâi kéng!*
"Án-ne, goán, ke, tiō bē choa̍t-chéng.
"Iah ah-bah, khah chió lâng chia̍h.
"Só͘-í ah-á khah chió lâng chhī.
10 "Lín nā bô kóng-kò, káⁿ ē choa̍t-chéng--khì."

---

0 kóng-kò: 廣告 1 ke: 雞 thè: 替 ke-bah: 雞肉
kong-si: 公司 chò: 做 2 ah-á: 鴨 siūⁿ-lóng-bô: 想不
通 3 mñg: 問 kóng: 說 lín: 你們 ná-ē: 爲什麼 án-
ne: 這樣; 如此 4 hō͘: 使 lâng: 人 ài: 喜愛 chia̍h: 吃
lú... lú...: 越... 越... chhī: 飼養 chē: 多 5 sáⁿ-mih:
舉凡 bah-ke: 養在籠子裡的雞 thó͘-ke: 土雞 o͘-kut-ke:
烏骨雞 6 bóe-chui: (鳥類的) 屁股 hā-súi: 下水; 內臟
khim-heng: (鳥類的) 胸肉 ài: 要; 喜歡 sàⁿ: 什麼 kín:
趕快 lâi: 來 kéng: 挑選 7 goán: 我們 tiō: 就; 於是
bē: 不致於 choa̍t-chéng: 絕種 8 iah: 至於 ah-bah:
鴨肉 khah: 較爲 chió: 少 9 só͘-í: 所以 10 nā: 如果
bô: 不; 沒有 káⁿ: 也許; 恐怕 ē: 將會 ...khì: 變...

Ku kah Pih

Chı̍t chiah ku, chı̍t chiah pih, teh pha̍k-jı̍t,
Thâu oa̍t-lâi-oa̍t-khì, sì-kè khòaⁿ.
Kha chhun-·le kiu-·le, bóng jiàu soa.
Sam-put-gō·-sî bóe-á iô-ā-iô.
05 Chı̍t-sî-á, jı̍t-thâu hō· hûn cha̍h-cha̍h-·khì.
Tōa-hong hū-hū-kiò.
Lûi-kong kèⁿ-kèⁿ-kiò.
Ku kah pih kiu tòa khak-lāi bih.
Ku chhiò pih kóng: "Hı̍h. Lí ê bóe ·le?"
10 Pih chhiò ku kóng: "Hı̍h. Lí ê thâu ·le?"

---

0 ku: 龜 kah: 和; 以及 pih: 鱉 1 chı̍t: 一 chiah: 隻
teh: 正在 pha̍k-jı̍t: 曬太陽 2 thâu: 頭 oa̍t: 轉 (頭)
...lâi ...khì: ... 來... 去 sì-kè: 到處 khòaⁿ: 看 3 kha:
腳 chhun-·le kiu-·le: 一會兒伸出來, 一會縮進去 bóng:
沒有特定目的地 jiàu: 抓 soa: 沙子 4 sam-put-gō·-sî:
偶而 bóe-á: 尾巴 iô: 搖 ...ā...: ... 啊... 5 chı̍t-sî-á:
一會兒 jı̍t-thâu: 太陽 hō·: 被 hûn: 雲 cha̍h: 遮 ·khì:
了 6 tōa-hong: 大風 hū-hū-kiò: 呼呼響 7 lûi-kong:
雷 kèⁿ-kèⁿ-kiò: (雷) 發出巨響 8 kiu: 縮 tòa: 在於
khak: 殼 lāi: 裡頭 bih: 躲 9 chhiò: 取笑 kóng: 說
hı̍h: 嘻 lí ê: 你的 bóe: 尾巴 ·le: 呢

Kū-kù-kū-·ù

Ke-kang ta̍k chái thî kóng: "Kū-kù-kū-·ù!
"Bô kín khit-·lâi, lí tiō ē bē-hù!"
Thî-liáu, tiō kui ji̍t chin chheng-êng.
Ke-bó sim-koaⁿ chin put-pêng, kóng:
05 "Góa ā tio̍h chhōe chia̍h, ā tio̍h chhōa kiáⁿ.
"Iah lí chi̍t ji̍t kan-na thî ·nn̄g ·siaⁿ,
"Thî-liáu tiō boeh chò a-sià!"
Ke-kang tiō kah ke-bó ōaⁿ chit-bū.
Keh-tńg-chái, ke-kang kah kiáⁿ tiām-tiām thiaⁿ,
10 Thiaⁿ-bô ke-bó thî kóng: "Kū-kù-kū-·ù!"

---

0 kū-kù-kū-·ù: 喔, 喔, 喔 1 ke-kang: 公雞 ta̍k: 每 chái: 早上 thî: 啼 kóng: 道; 說 2 bô: 不 (... 的話) kín: 趕快 khit-·lâi: 起來 lí: 你 tiō: 就 ē: 會; 將 bē-hù: 來不及 3 liáu: 過後 kui ji̍t: 整天 chin: 很 chheng-êng: 清閑 4 ke-bó: 母雞 sim-koaⁿ: 心裡 put-pêng: 不平 5 góa: 我 ā...ā...: 也... 也... tio̍h: 必須 chhōe: 尋找 chia̍h: 食物 chhōa: 帶; 照顧 kiáⁿ: 孩子 6 iah: 而 chi̍t: 一 kan-na: 只; 僅 ·nn̄g: 一兩 ·siaⁿ: 聲 7 boeh: 想要 chò: 當; 做 a-sià: 大老爺 8 kah: 和 (... 互相) ōaⁿ: 換 chit-bū: 職務 9 keh-tńg-chái: 第二天早上 kah: 和; 以及 tiām-tiām thiaⁿ: 凝神諦聽 10 thiaⁿ-bô: 聽不到

"Kù-lù-kù-lù"-háu

Bù-lù-bù-lù-kúi pak-tó͘ iau.
Pak-tó͘ "kù-lù-kù-lù"-háu.
Bù-lù-bù-lù-kúi iau-kà tòng-bē-tiâu,
Iau-kà "bù-lù-bù-lù"-háu.
05 I thiaⁿ-tiȯh hún-chiáu "kù-lú, kù-lú" teh háu,
Siūⁿ kóng: "Siáu! Goân-lâi sī hún-chiáu.
"Góa kioh-sī góa teh pak-tó͘ iau."
I pak-tó͘ iû-koh "kù-lù-kù-lù"-háu.
I tiō siūⁿ kóng: "À! Góa pak-tó͘ ū hún-chiáu.
10 "Goân-lâi góa m̄-sī teh pak-tó͘ iau."

---

0 "kù-lù-kù-lù"-háu: 咕嚕咕嚕地出聲   1 Bù-lù-bù-lù-
kúi: 嘸嚕嘸嚕鬼 pak-tó͘: 肚子 iau: 餓 3 kà: 得; 以至
於 tòng-bē-tiâu: 忍不住 4 "bù-lù-bù-lù"-háu: 嘸嚕嘸
嚕地叫或哭 5 i: 它 thiaⁿ-tiȯh: 聽見 hún-chiáu: 鴿子
kù-lú: 咕嚕 teh: 正在 háu: 叫; 嗚 6 siūⁿ kóng: 想道
Siáu!: 眞蠢; 豈有此理 goân-lâi: 原來 sī: 是 7 góa:
我 kioh-sī: 以爲 8 iû-koh: 再次 9 tiō: 就; 於是 à:
啊 ū: 有 10 m̄-sī: 不是

339

Ku-phia[n]

Hō͘ teh chhiâng; hong teh khau; lûi teh háu.
Choh-sit-lâng phāi[n] ku-phia[n] teh so-chháu.
Chit tīn ku kiu tī chhân-kau-á-pi[n] teh khòa[n].
O͘ ku kóng: "Hiah-ê ku m̄-kia[n] lûi."
05 Chhe[n] ku kóng: "Hiah-ê ku, bóe hûi-hûi."
Âng ku kóng: "Hiah-ê ku, khak siu[n] sè."
O͘ ku kóng: "Hiah-ê ku, kha koh bē té!"
Âng ku kóng: "Hiah-ê ku kah lán chin bô-kâng."
Chhe[n] ku kóng: "Hiah-ê ku lú khòa[n], lú sêng
lâng."
10 Ku tiō chhun kha, chhun thâu, kín sô-cháu.

---

0 ku-phia[n]: (揹在背上的) 龜殼狀雨具　1 hō͘: 雨　teh:
正在　chhiâng: 沖刷　hong: 風　khau: 刮; 刨　lûi:
雷　tân: 吼叫　2 choh-sit-lâng: 農人　phāi[n]: 揹 (東西)
so-chháu: (跪在水田裡) 除草　3 chit: 一　tīn: 群　ku:
龜　kiu: 縮　tī: 在　chhân-kau-á-pi[n]: 水田的小灌溉渠
邊　khòa[n]: 觀看　4 o͘: 黑　kóng: 說　hiah-ê: 那些
m̄-kia[n]: 不怕　5 chhe[n]: 綠　bóe: 尾巴　hûi: 鈍 (不尖)
6 âng: 紅　khak: 殼　siu[n]: 太; 過於　sè: 小　7 kha: 腳
koh: 倒; 居然　bē: 不　té: 短　8 kah: 和; 跟　lán: 咱
們　chin: 很　bô-kâng: 不一樣　9 lú... lú...: 越... 越...
sêng: 像; 貌似　lâng: 人類　10 tiō: 就; 於是　chhun:
伸 (出)　thâu: 頭　kín: 趕快　sô-cháu: (悄悄地) 爬走

Kúi-á-hóe

Bù-lù-bù-lù-kúi kiâⁿ-tī bōng-á-poˑ,
Kúi-á-hóe tòe-lâi i āu-piah,
Lú tòe, lú che pha.
I lóng m̄-chai-iáⁿ, chò i tit-tit kiâⁿ.
05 Iā-chhe khòaⁿ-kà chhiò-ha-ha,
Kóng: "Āu lâng teng-hóe giȧh tī kha-chiah-
āu!"
Bù-lù-bù-lù-kúi oȧt-thâu chit-ē khòaⁿ,
Kiaⁿ-chit-ē, "bù-lù-bù-lù"-háu,
Khioh-khí-kha, piàⁿ-leh-cháu.
10 Kúi-á-hóe jiok-leh-cháu.

---

0 kúi-á-hóe: 鬼火　1 Bù-lù-bù-lù-kúi: 嘸嚕嘸嚕鬼
kiâⁿ: 行走　tī: 在於　bōng-á-poˑ: 墳場　2 tòe: 跟
隨　lâi: 過來　i: 它; 它的　āu-piah: 背後　3 lú...lú...:
越...越...　che: 多　pha: 盞(燈)　4 lóng: 一點兒也
m̄-chai-iáⁿ: 不知道　chò...: (...) 儘管　tit-tit: 一直的
5 iā-chhe: 夜叉　khòaⁿ-kà: 看得　chhiò-ha-ha: 哈哈笑
6 kóng: 說　āu lâng: 居然有人; 哪有人　teng-hóe: 燈火
giȧh: 提; 舉　kha-chiah-āu: 背後　7 oȧt-thâu: 回頭; 轉
頭　chit-ē khòaⁿ: 一看　8 kiaⁿ-chit-ē: 嚇得　"bù-lù-bù-
lù"-háu: 嘸嚕嘸嚕地叫　9 khioh-khí-kha, piàⁿ-leh-cháu:
拔腿就跑　10 jiok-leh-cháu: 追著跑

341

Kún-chúi

Lâng hiâⁿ kún-chúi, chúi kún-·khí-·lâi.
Ta̍k lia̍p chúi hun-chú lóng chin hái,
Kā tê-kớ lòng-kà kho̍k-kho̍k-iô,
Kā tê-kớ ê kòa giâ-kà chhia̍k-chhia̍k-tiô.
05 Kui tīn hoah-kà bo̍k-bo̍k-kiò,
Kóng: "Hoân chhut-khì gōa-kháu!"
Ū-ê tiō ùi sui thau-cháu.
Ū-ê tiō chhōe phāng nn̄g-cháu.
Lâng kā tê-kớ the̍h-khì tim.
10 Kui tīn chū-á-ne tiām-·lo̍h-·lâi, koai-koai-koai.

---

0 kún-chúi: 開水 1 lâng: 人 hiâⁿ: 煮 (開水) chúi:
水 kún-·khí-·lâi: 沸騰起來 2 ta̍k: 每一 lia̍p: 顆 hun-
chú: 分子 lóng: 全都 chin: 很 hái: (英語) 亢奮
3 kā: 把 tê-kớ: 燒開水用的水壺 lòng: 撞; 敲 kà: 得
kho̍k-kho̍k-iô: 搖晃 4 ê: 的 kòa: 蓋子 giâ: 抬; 舉
chhia̍k-chhia̍k-tiô: 上下跳 5 kui: 整個 tīn: 群 hoah:
嚷 bo̍k-bo̍k-kiò: 發出沸騰或冒泡的聲音 6 kóng: 說
hoân: 讓我們 chhut-khì...: 出去到... 去 gōa-kháu: 外
頭 7 ū-ê: 有的 tiō: 就; 於是 ùi: 打從 sui: (茶壺、水
桶等) 伸長的嘴 thau-cháu: 逃跑; 開溜 8 chhōe: 尋找
phāng: 縫隙 nn̄g: (鑽) 縫隙 cháu: 走; 離開 9 the̍h-
khì: 拿去 tim: 放入水中 (使更冷或更熱) 10 chū-á-ne:
就此 tiām-·lo̍h-·lâi: 靜下來 koai-koai-koai: 很乖很乖

Kut-pâi

A-put-tó-á pan-tiúⁿ khòaⁿ lâng sńg kut-pâi,
Mā kiò i ê peng-á pâi kui pâi,
Kiò pâi-thâu hián-tùi tò-pêng ·khì,
"Khók"-·chit-·ē kā 'pâi-jī-·a' chhia-·lóh-·khì.
05 Pâi-jī-·a hián-tùi tò-pêng ·khì,
"Khók"-·chit-·ē kā 'pâi-saⁿ-·a' chhia-·lóh-·khì.
Án-ne chit-ê-chit-ê hián-tùi tò-pêng ·khì,
Tò-pêng hián-liáu ·ê, hián-tńg-lâi chiàⁿ-pêng.
Chiàⁿ-pêng hián-liáu ·ê, hián-tńg-khì tò-pêng.
10 A-put-tó-á khi-khí-khók-khók, tiāⁿ sio-cheng.

---

0 kut-pâi: 骨牌 (遊戲) 1 a-put-tó-á: 不倒翁 pan-tiúⁿ:
班長 khòaⁿ: 看 lâng: 人家 sńg: 玩 2 mā: 也 kiò: 叫;
命令 i ê: 他所屬的; 他的 peng-á: 士兵 pâi kui pâi: 排
成一列 3 pâi-thâu: 排頭; 一列最右邊的人 hián: (著地)
擺動 tùi...·khì: 往...晃 tò-pêng: 左邊 4 "khók"-·chit-
·ē: 磕的一聲 kā...chhia-·lóh-·khì: (用力) 推... pâi-jī-
·a: "排老二"; 排頭左邊的人 6 pâi-saⁿ-·a: "排老三"; "排
老二"左邊的人 7 án-ne: 這樣; 如此 chit-ê-chit-ê: 一
個個 8 liáu: 完; 過後 ·ê: 的 tńg-lâi...: 回...來
chiàⁿ-pêng: 右邊 9 tńg-khì...: 回...去 10 khi-khí-
khók-khók: 互相碰撞而發出堅實的聲音; 硬碰硬的樣子;
(搖椅等) 搖來搖去的樣子 tiāⁿ: 時常 sio-cheng: 相撞

343

Lȧh-chek

Chhan-koán tiám lȧh-chek koh tiám tiān-teng.
Tiān-teng kóng: "Lȧh-chek kin-pún bô lō·-ēng,
"Tòa toh-téng tìn-tè niâ."
Lȧh-chek kóng: "He bô-iáⁿ.
05 "In-ūi góan tī chia,
"Lâng-kheh khah ài jȧp-lâi chiȧh."
Chȧt-sî-á, chhan-koán soah sit-tiān,
Chhun lȧh-chek kng-iāⁿ-iāⁿ.
Lȧh-chek ê chhùi-chȧh nà-·chȧt-·ē, nà-·chȧt-·ē.
10 Lâng-kheh ê chhùi-chȧh nā-·chȧt-·ē, nā-·chȧt-·ē.

---

0 lȧh-chek: 蠟燭 1 chhan-koán: 餐館 tiám: 點 koh:
又; 而且 tiān-teng: 電燈 2 kóng: 說 kin-pún: 根
本 bô lō·-ēng: 無用 3 tòa: 在於 toh-téng: 桌子上
tìn-tè: 佔空間 niâ: 罷了 4 he bô-iáⁿ: 沒有的事; 那
不正確 5 in-ūi: 因爲 góan: 我們 tī: 待在 chia: 這
兒 6 lâng-kheh: 客人 khah: 比較 ài: 喜歡 jȧp-lâi:
進來 chiȧh: 用餐 7 chȧt-sî-á: 過一陣子 soah: 竟然
sit-tiān: 停電 8 chhun: 剩下 kng-iāⁿ-iāⁿ: 非常光亮
9 ê: 的 chhùi-chȧh: 舌頭 nà: 閃 …·chȧt-·ē, …·chȧt-·ē:
一… 一… 的 10 nā: 舔; 伸

Lāi-hio̍h

Chi̍t chiah lāi-hio̍h tī thiⁿ-téng se̍h.
Ke-bó hoah kóng: "Lāi-hio̍h! Lāi-hio̍h! Kín-
·le! Bih-·leh!"
"Kín bih tòa góa ê si̍t-ē."
Chi̍t chiah ke-á-kiáⁿ m̄-thiaⁿ-ōe,
05 Cháu-khì pa̍t-ūi, siūⁿ-boeh bih-sio-chhōe.
Lāi-hio̍h chhih-lo̍h-lâi boeh lia̍h ke-á-kiáⁿ.
Ke-bó chin tio̍h-kiaⁿ, hoah-kà tōa-sè-siaⁿ.
Ke-kang kín khì kā ke-á-kiáⁿ teh tòa i ē-té,
Kā lāi-hio̍h kóng: "Hó-táⁿ, lí poe khah ke ·le!"
10 Lāi-hio̍h poe-khit-lì thiⁿ-téng se̍h.

---

0 lāi-hio̍h: 鷹 1 chi̍t: 一 chiah: 隻 tī: 在於 thiⁿ-téng:
空中 se̍h: 盤旋；繞 2 ke-bó: 母雞 hoah kóng: 喝道
kín: 趕快 ·le: 點兒 bih: 躲 ·leh: 著；起來 3 tòa:
在於 góa ê: 我的 si̍t-ē: 翅膀底下 4 ke-á-kiáⁿ: 小雞
m̄-thiaⁿ-ōe: 不聽話 5 cháu-khì: 跑到…去 pa̍t-ūi: 別
地方 siūⁿ-boeh: 想要 bih-sio-chhōe: 捉迷藏 6 chhih-
lo̍h-lâi: 俯衝下來 boeh: 要；打算 lia̍h: 捕捉 7 chin: 很
tio̍h-kiaⁿ: 驚恐 hoah-kà tōa-sè-siaⁿ: 大呼小叫 8 ke-
kang: 公雞 khì: 去；前往 kā: 把；將 teh: 壓 i: 它的
ē-té: 底下 9 kā...kóng: 告訴…；對…說 hó-táⁿ: 有種；
敢的話 lí: 你 poe: 飛 khah: 較為 kē: 低 10 khit-lì:
上…去

Lân-san-bah

Hóe-ke kui ām-kún lân-san-bah,
Sì-kè mn̄g lâng: sī-án-nòa,
Mn̄g-tiòh chit chiah chiàⁿ-hoan-ah.
Hoan-ah kóng: "He seⁿ-sêng--ê ·la!
05 "Lí siūⁿ: chiuⁿ-chî ná ē kui-sin lân-san-bah?"
Hóe-ke ìn kóng: "He seⁿ-sêng--ê ·la!"
"Iah goán hoan-ah ná ē kui-bīn lân-san-bah?"
Hóe-ke ìn kóng: "He seⁿ-sêng--ê ·la!"
"Iah lín hóe-ke ná ē kui ām-kún lân-san-bah?"
10 Hóe-ke mn̄g kóng: "Sī-án-nòa?"

---

0 lân-san-bah: 贅疣 1 hóe-ke: 火雞 kui: 整個 ām-kún: 脖子 2 sì-kè: 到處 mn̄g: 問 lâng: 人家 sī-án-nòa: 爲什麼 3 tiòh: 著; 到 chit: 一 chiah: 隻 chiàⁿ: 純種的 hoan-ah: 番鴨 4 kóng: 說 he: 那個 seⁿ-sêng--ê: 天生的 ·la: 啊 5 lí: 你 siūⁿ: 想想 chiuⁿ-chî: 蟾蜍 ná ē: 怎麼會; 爲什麼 kui-sin: 全身 6 ìn: 回答 7 iah: 而; 致於 goán: 我們 kui bīn: 滿臉 9 lín: 你們

Láng Khờ

Lāu-su kiò hȧk-seng cháu ūn-tōng-tiâⁿ.
A-ek lâng siuⁿ sán,
Chè-hȯk siuⁿ tōa-niá,
Khờ-tòa hâ-bē-ân,
05 Ná cháu ná láng khờ.
Lāu-su khì chhōe chȧt liau pờ,
Phoȧh tòa A-ek ê ām-kún-á-āu,
Kat tòa A-ek ê khờ-thâu,
Kiò i koh khì cháu.
10 A-ek lú cháu, thâu lú lê, khờ lú làu.

---

0 láng: 拉（高） khò: 褲子 1 lāu-su: 老師 kiò: 叫
hȧk-seng: 學生 cháu: 跑 ūn-tōng-tiâⁿ: 運動場 2 A-
ek: 阿益 lâng: 身子 siuⁿ: 太過 sán: 瘦 3 chè-hȯk:
制服 tōa-niá: 大件（衣服） 4 khò-tòa: 褲帶 hâ-bē-
ân: 繫不緊 5 ná... ná...: 一面... 一面... 6 khì: 去
chhōe: 尋找 chȧt: 一 liau: 條 pờ: 布 7 phoȧh: 搭；
掛 tòa: 在於 ê: 的 ām-kún-á-āu: 頸背 8 kat: 打
結 khò-thâu: 褲腰 9 i: 他 koh: 再 10 lú...: 越...
（越...） thâu: 頭 lê: 低（頭） làu: 往下掉

Lâng-thâu-sai

Lâng-thâu-sai pé tòa lō·-·e,
Mn̄g kòe-lō·-lâng chı̍t ê būn-tê:
"Sím-mih tōng-bu̍t sè-chiah ê sî sì ki kha,
"Tōa-chiah ê sî nn̄g ki kha,
05 "Chia̍h-lāu ê sî saⁿ ki kha?"
Kòe-lō·-lâng kóng: "Sî-tāi bô-kāng ·a ·la ·he.
"Chit chióng tōng-bu̍t chia̍h-lāu ū-ê la̍k ki kha,
"Ū-ê bô kha koh ē cháu-pha-pha.
"Chit-má chin chió he saⁿ ki kha ·ê ·a ·la."
10 Lâng-thâu-sai kóng: "Lí chin káu-koài, ǎ!"

---

0 lâng-thâu-sai: 獅身人頭怪獸 1 pé: 把 tòa: 在於 lō·:
路 ·e: 上 2 mn̄g: 問 kòe-lō·-lâng: 路人 chı̍t: 一 ê:
個 būn-tê: 問題 3 sím-mih: 什麼 tōng-bu̍t: 動物
sè-chiah: 小 ê sî: 的時候 sì: 四 ki: 隻; 支 kha: 腳
4 tōa-chiah: 大 nn̄g: 二 5 chia̍h-lāu: 活到老 saⁿ:
三 6 kóng: 說 sî-tāi: 時代 bô kāng: 不同 ·a: 了 ·la:
啊 ·he: 呢 7 chit: 這 chióng: 種 ū-ê: 有的 la̍k: 六
8 ū: 有 bô: 沒有 koh: 卻 ē: 能夠 cháu-pha-pha:
到處跑 9 chit-má: 現在 chin: 很 chió: 少 he: 那
·ê: 的 ·la: 啊 10 lí: 你 káu-koài: 喜歡搗蛋 ǎ: 啊

Lāu-hō·

Chhù-téng ti-tí-tȯk-tȯk.
Thian-pông ti-tí-tȯp-tȯp.
Bîn-chhn̂g-thâu ti-tí-tȯp-tȯp.
Bîn-chhn̂g-bóe mā ti-tí-tȯp-tȯp.
05 A-hái thȅh óaⁿ lâi sîn, thȅh tiáⁿ lâi sîn.
Ti-tí-tȯp-tȯp, ti-tí-tȯp-tȯp, ti-tí-tȯp-tȯp....
A-hái chiām-chiām khùn-lȯh-bîn.
Pòaⁿ-mê, A-hái chhun kha that-tiȯh tiáⁿ,
Chhun chhiú chhia-tó óaⁿ.
10 Bîn-chhn̂g-kha ti-tí-tȯp-tȯp, ti-tí-tȯp-tȯp.

---

0 lāu-hō·: 房頂漏水　1 chhù-téng: 房頂　ti-tí-tȯk-tȯk:
被細小物體連續撞擊出聲　2 thian-pông: 天花板　ti-tí-
tȯp-tȯp: 滴著水　3 bîn-chhn̂g-thâu: 床頭　4 bîn-chhn̂g-
bóe: 床尾　mā: 也　5 A-hái: 阿海　thȅh: 拿　óaⁿ: 碗
lâi: 來　sîn: 接　tiáⁿ: 鍋子　7 chiām-chiām: 漸漸
khùn-lȯh-bîn: 睡著; 入睡　8 pòaⁿ-mê: 半夜　chhun: 伸
kha: 脚　that-tiȯh: 踢到　9 chhiú: 手　chhia-tó: 推翻
10 bîn-chhn̂g-kha: 床底下

Lâu-kōaⁿ

A-gī chin-chiâⁿ gâu lâu-kōaⁿ.
Chhit-peh-goe̍h-á chin-chiâⁿ joa̍h.
A-gī, kui seng-khu teh chhut-chôaⁿ,
Lâu-kōaⁿ lâu-kà bô chhùi-nōa,
05 Lâu-kà saⁿ-á-khò͘ put-sî tio̍h-ài ōaⁿ.
Saⁿ-á-khò͘ ê kōaⁿ chūn-chūn--le, chhit-peh óaⁿ.
A-gī siūⁿ kóng: "Chiah-ê kōaⁿ m̄-chai boeh-
án-chóaⁿ?"
A-bín-î kóng: "Chia̍h koaⁿ, pó͘ koaⁿ.
"Chia̍h kōaⁿ, pó͘ kōaⁿ.
10 "Boeh án-chóaⁿ, lí ka-tī khòaⁿ."

---

0 lâu-kōaⁿ: 流汗 1 A-gī: 阿義 chin-chiâⁿ: 非常 gâu:
容易 2 Chhit-peh-goe̍h-á: 七八月 (裡) joa̍h: 熱 3 kui
seng-khu: 全身 teh: 正在 chhut-chôaⁿ: 湧出泉水
4 lâu: 流 kà: 得; 以至於 bô: 沒有 chhùi-nōa: 口
水 5 saⁿ-á-khò͘: 衣褲 put-sî: 常常 tio̍h-ài: 必須 ōaⁿ:
更換 6 ê: 的 kōaⁿ: 汗 chūn-chūn--le: 擰一擰 chhit-
peh: 七八 óaⁿ: 碗 7 siūⁿ kóng: 想道 chiah-ê: 這
些 m̄-chai boeh-án-chóaⁿ: 不知道怎麼處理好 8 A-bín-
î: 阿敏阿姨 kóng: 說 chia̍h: 吃; 攝取 koaⁿ: 肝 pó͘:
壯; 補 10 lí: 你 ka-tī: 自己 khòaⁿ: 看 (著辦)

350

Lâu-téng Lâu-kha

Lâu-téng ê lâng pin-pín-pōng-pōng.
Lâu-kha ê lâng chin bē-sóng,
Tiō giảh kùn-á lòng thian-pông.
Lâu-téng tiō giảh thih-thûi kòng tē-pang.
05 Lâu-kha tiō giảh thih-thûi kòng thian-pông.
Kòng-lâi-kòng-khì, kòng kúi-ā pah khang, koh
chit khang.
Lâu-kha kā thian-pông kòng-kà khang-khang-
khang,
Tiō kah lâu-téng kong-ke iōng thian-pông.
Lâu-téng kā tē-pang kòng-kà khang-khang-
khang,
10 Tiō kah lâu-kha kong-ke iōng tē-pang.

---

0 lâu-téng: 樓上 lâu-kha: 樓下 1 ê: 的 lâng: 人 pin-
pín-pōng-pōng: 乒乒乓乓的 2 chin: 很 bē-sóng: "不
爽"; 不高興 3 tiō: 就; 於是 giảh: 拿; 舉 kùn-á: 棍子
lòng: 撞 thian-pông: 天花板 4 thih-thûi: 鐵槌 kòng:
敲打; 重擊 tē-pang: 地板 6 ...lâi ...khì: ... 來... 去
kúi-ā pah khang, koh chit khang: 好幾百個洞 (外加一個
洞) 7 kā: 把 kà: 得 khang-khang-khang: 殆盡; 精
光 8 kah: 和; 與 kong-ke iōng: 共用

351

Lé-bu̍t

Tē-kiû kià-lâi lé-bu̍t, chng tī hòe-kūi.
Siâng-ngô͘ kiò lâng ka phah-khui.
Lé-bu̍t kóng sī pùn-sò chi̍t-tōa tui!
Koh hù chi̍t tiuⁿ tiâu-á, siá kóa jī,
05 Kóng: "Bu̍t-chu chin pó-kùi.
"Chiah-ê pùn-sò hō͘ lí thang chò pûi.
"Chiok lí Tiong-chhiu goe̍h khah îⁿ."
Siâng-ngô͘ kā hòe-kūi thè-tńg-·khì,
Koh hù chi̍t tiuⁿ tiâu-á, siá kóa jī,
10 Kóng: "Bu̍t-chu lâu-leh ka-tī iōng. Bián kheh-khì."

---

0 lé-bu̍t: 禮物 1 tē-kiû: 地球 kià-lâi: 寄來 chng: 裝 tī: 在於 hòe-kūi: 貨櫃 2 Siâng-ngô͘: 嫦娥 kiò: 叫 lâng: 人家 ka: 將之 phah-khui: 打開 3 kóng: 竟然 sī: 是 pùn-sò: 垃圾 chi̍t-tōa tui: 一大堆 4 koh: 又 hù: 附有 chi̍t: 一 tiuⁿ: 張 tiâu-á: 紙條 siá: 寫 kóa: 一些 jī: 字 5 kóng: 說 bu̍t-chu: 物資 chin: 很 pó-kùi: 寶貴 6 chiah-ê: 這些 hō͘: 給 lí: 妳 thang: 得以 chò: 當做 pûi: 肥料 7 chiok: 祝 Tiong-chhiu: 中秋 goe̍h: 月亮 khah îⁿ: 更圓; 圓一點 8 kā: 把 thè-tńg-·khì: 退回去 10 lâu-leh: 留著 ka-tī: (你們) 自己 iōng: 用 bián kheh-khì: 甭客氣

Lêng-kéng-koaⁿ-khak

Lêng-kéng-koaⁿ-khak tēng-tēng-tēng,
Gín-á peh-bē-khui,
Ū-lâng iōng lêng-kéng géng lêng-kéng,
Ū-lâng iōng kûn-thâu-bó tûi,
05 Chi̍t-lia̍p-chi̍t-lia̍p khoaⁿ-á peh lâi chia̍h,
Chia̍h-tio̍h bô-kàu-khùi.
A-hô khì the̍h cheng-khū, cheng-khū-thûi,
Kā lêng-kéng hē-lo̍h-khì cheng.
Cheng-kà lêng-kéng-bah chha̍k-kà choân-choân
    khak,
10 Ài chi̍t-tè-chi̍t-tè khoaⁿ-á kéng-hìⁿ-sak.

---

0 lêng-kéng: 龍眼 koaⁿ: 干; 乾 khak: 殼 1 tēng-
tēng-tēng: 硬幫幫 2 gín-á: 孩子 peh: 擘 bē-khui:
不開 3 ū-lâng: 有人 iōng: 使用 géng: 壓（碎）; 研磨
4 kûn-thâu-bó: 拳頭 tûi: 搥 5 chi̍t...chi̍t...: 一... 兒
一... 兒地 lia̍p: 顆 khoaⁿ-á: 慢慢兒 lâi: 來 chia̍h: 吃
6 chia̍h-tio̍h: 吃起來 bô-kàu-khùi: 不過癮 7 A-hô: 阿
和 khì: 前去 the̍h: 拿 cheng-khū: 臼 cheng-khū-
thûi: 杵 8 kā: 把; 將 hē-lo̍h-khì: 放進; 放下 cheng:
舂 9 kà: 得; 以至於 bah: 肉 chha̍k: 刺 choân-choân:
全是 10 ài: 必須 tè: 片; 塊 kéng-hìⁿ-sak: 擇掉; 挑掉

Léng-tòng-khò͘

Tōa-chhan-koán gōa-kháu chi̍t ê seh-lâng,
Hō͘ léng-hong chhoe-kà koh gàn, koh tàng.
I kiò gín-á kā i sóa-ji̍p-khì chhan-koán.
Chhan-koán chin un-loán.
05 Tiàm-oân, lâng-kheh, ta̍k-kē ûi-lâi khòaⁿ,
Kóng: "Chin hi-hán: seh-lâng mā kiaⁿ-kôaⁿ."
Chhan-koán chin sio-joa̍h.
Seh-lâng ná lâu-kōaⁿ; lú lâi, piàn lú sán.
Gín-á hoah kóng: "Seh-lâng iûⁿ-·khì ·lò͘!"
10 Ta̍k-kē kā seh-lâng sóa-ji̍p-khì léng-tòng-khò͘.

---

0 léng-tòng-khò͘: 冷凍庫 1 tōa: 大 chhan-koán: 餐
館 gōa-kháu: 外頭 chi̍t: 一 ê: 個 seh-lâng: 雪人
2 hō͘: 被; 受 léng-hong: 冷風 chhoe: 吹 kà: 得; 以
至於 koh... koh...: 又... 又... gàn: 冷 tàng: 凍 3 i:
它 kiò: 叫 gín-á: 孩子 kā: 把; 將 sóa-ji̍p-khì: 移進...
去 4 chin: 很 un-loán: (人情) 溫暖 5 tiàm-oân: 店員
lâng-kheh: 顧客 ta̍k-kē: 大家 ûi-lâi: 圍過來 khòaⁿ:
觀看 6 kóng: 說; 道 hi-hán: 稀罕 mā: 也 kiaⁿ-kôaⁿ:
怕冷 7 sio-joa̍h: (空氣) 溫暖 8 ná...: ... 著 lâu-kōaⁿ:
流汗 lú lâi: 越來 piàn: 變 (得) lú: 越... sán: 瘦
9 hoah: 喊 iûⁿ-·khì: 化掉 ·lò͘: 了; 嘍

354

Liȧh Chhȧt-á

Chhȧt-á cháu-jip-khì kèng-chhat in chhù-lāi.
Kèng-chhat tú-hó boeh ka liȧh,
Tú-hó tiān-ōe liang--khit--lâi.
Kèng-chhat tiān-ōe giȧh-khit-lâi thian.
05 Goân-lâi bó·-suh boeh hùn-ōe.
Kèng-chhat khiā-chiàn-chiàn, tiām-tiām thian,
Chhȧt-á miȧh-kiān tit-tit poan.
Kèng-chhat bȧk-chiu kim-kim-khòan.
Tàn kà bó·-suh hùn-ōe soah,
10 Tiān-ōe hē--loȧh--lâi, chhȧt-á kóng "bái-bāi".

---

0 liȧh: 捕捉　chhȧt-á: 賊; 小偷　1 cháu-jip-khì: 跑進;
入侵　kèng-chhat: 警察　in: 他 (們) 的　chhù-lāi: 房子
裡　2 tú-hó: 剛好　boeh: 要　ka: 把他　3 tiān-ōe: 電話
liang: (鈴) 響　khit-lâi: 起來　4 giȧh: 拿; 舉　thian: 聽
5 goân-lâi: 原來　bó·-suh: 上司　hùn-ōe: 訓話　6 khiā-
chiàn-chiàn: 立正　tiām-tiām: 靜靜地　7 miȧh-kiān: 東
西　tit-tit: 一直的　poan: 搬　8 bȧk-chiu: 眼睛　kim-
kim-khòan: 瞪著眼看　9 tàn: 等　kà: 到　soah: 完畢
10 hē--loȧh--lâi: 放下來　kóng: 說　bái-bāi: 再見

Lĭn-jín

Thờ·-á tī chhài-hn̂g ē-kha khui-khòng.
Lāi-té lĭn-jín tiàu-kà tin-tín-tong-tong.
Thờ·-á pìⁿ-chò tōa-hù-ong.
Ū-chit jit, lâng lâi teh siu-sêng.
05 Thờ·-á khòaⁿ lĭn-jín giōng-boeh khau-liáu-liáu,
Kóaⁿ-kín kā chit tiâu súi-súi-·ê kā-tiâu-tiâu.
Lâng chhut-tōa-tōa-la̍t khau,
Khau-chit-ē thờ·-á soh chhùi-khí tn̄g-liáu-liáu.
Chhài-hn̂g, lĭn-jín soh khau-kà bô-pòaⁿ châng,
10 Tōa-hù-ong iû-koh pìⁿ-chò sàn-hiong-lâng.

---

0 lĭn-jín: 胡蘿蔔　1 thờ·-á: 兔子　tī: 在於　chhài-hn̂g: 菜園子　ē-kha: 下面　khui-khòng: 開礦　2 lāi-té: 裡頭　tiàu: 懸掛　kà: 得　tin-tín-tong-tong: 多而下垂的樣子　3 pìⁿ-chò: 變成　tōa-hù-ong: 大富翁　4 ū-chit jit: 有一天　lâng: 人類; 人家　lâi: 來　teh: 正在　siu-sêng: 收成　5 khòaⁿ: 眼見　giōng-boeh: 幾乎　khau: 拔　liáu-liáu: 光光; 完　6 kóaⁿ-kín: 趕緊　kā: 把　chit: 一　tiâu: 根; 條　súi-súi-·ê: (長得) 美好的　kā-tiâu-tiâu: 咬緊不放　7 chhut-tōa-tōa-la̍t: 使勁　8 chit-ē: 了一下; 得　soh: 結果　chhùi-khí: 牙齒　tn̄g: 折斷　9 bô-pòaⁿ...: 一個...也沒有　châng: 棵　10 iû-koh: 又; 再次　sàn-hiong-lâng: 窮人

Liông-kńg-hong

Liông-kńg-hong, tōa-sim-koaⁿ, sáⁿ-hoàiⁿ lóng
   boeh-ài.
I khòaⁿ-tiȯh chıt chiah gû,
Kóng: "Hit chiah gû chin pûi. Góa boeh-ài."
I koh khòaⁿ-tiȯh chıt keng chhù,
05 Kóng: "Hit keng chhù chin kùi. Góa boeh-ài."
I koh khòaⁿ-tiȯh chıt liȧp soaⁿ,
Kóng: "Hit liȧp soaⁿ chin súi. Góa boeh-ài."
I chhut-tōa-tōa-lȧt, suh-bē-khit-·lâi.
I suh-kà bô-lȧt, soah chhėh-·lȯh-·lâi,
10 Kā gû kah chhù thò·-thò· chhut-·lâi.

---

0 liông-kńg-hong: 龍捲風 1 tōa-sim-koaⁿ: 野心勃勃;
貪多 sáⁿ-hoàiⁿ: 什麼; 任何東西 lóng: 都; 皆 boeh-ài:
要 (佔有) 2 i: 它 khòaⁿ-tiȯh: 看見 chıt: 一 chiah:
頭; 隻 gû: 牛 3 kóng: 說 hit: 那 chin: 很 pûi:
肥美 góa: 我 4 koh: 又; 而且 keng: 棟; 橡 chhù:
房子 5 kùi: 昂貴 6 liȧp: 座 soaⁿ: 山 7 súi: 漂亮
8 chhut-tōa-tōa-lȧt: 使勁 suh: 吸 bē-khit-·lâi: ... 不
起來 9 kà: 直到 bô-lȧt: 沒力氣 soah: 於是; 結果
chhėh-·lȯh-·lâi: (力道) 減弱 10 kā: 把 kah: 和; 以及
thò·-thò· chhut-·lâi: (全部) 吐了出來

Liú-á

A-bêng ê chè-ho̍k, liú-á ta̍k lia̍p bô-kāng sek.
Tông-o̍h kám-kak chin sim-sek,
Lóng khì thīⁿ ho͘ ta̍k lia̍p bô-kāng sek.
M̄-kò ta̍k-kē thīⁿ-·ê bô-kāng sek.
05 Ū-lâng thīⁿ he o͘, pe̍h, chhīⁿ, n̂g, kah kiô-sek,
Ū-lâng thīⁿ he âng, o͘, kim, gîn, kah tê-sek,
Chāi-lâng kah-ì sím-mí sek.
Hāu-tiúⁿ kóng: "Án-ne bô chéng-chê."
I tiō kui-tēng saⁿ-á-khim ài thīⁿ kim-gîn kah
o͘-pe̍h,
10 Saⁿ-á-tē chi̍t pêng thīⁿ chheⁿ-·ê, chi̍t pêng thīⁿ
âng-·ê.

---

0 liú-á: 鈕扣 1 A-bêng: 阿明 ê: 的 chè-ho̍k: 制服
ta̍k: 每 lia̍p: 顆 bô-kāng: 不同 sek: 顏色 2 tông-o̍h:
同學 kám-kak: 覺得 chin: 很 sim-sek: 有趣 3 lóng:
都; 皆 khì: 去 thīⁿ: 縫; 釘 ho͘: 使它 4 m̄-kò: 但是
ta̍k-kē: 大家; 每個人 ·ê: 的 5 ū-lâng: 有的人 he: 那;
那個 o͘: 黑 pe̍h: 白 chhīⁿ: 藍 n̂g: 黃 kah: 和; 以
及 kiô-sek: 紫色 6 âng: 紅 kim: 金 gîn: 銀 tê-sek:
褐色 7 chāi-lâng: 任人 kah-ì: 中意 sím-mí: 什麼
8 hāu-tiúⁿ: 校長 kóng: 說 án-ne: 如此; 這個樣子 bô:
不 chéng-chê: 整齊 9 i: 他 tiō: 就; 於是 kui-tēng:
規定 saⁿ-á-khim: 衣襟 ài: 必須 10 saⁿ-á-tē: 衣袋
chi̍t: 一 pêng: 邊; 側 chheⁿ: 綠

Liû-chheⁿ

Liû-chheⁿ tī thiⁿ-téng poe, phā-phā-tȯh.
Pȧt liȧp chheⁿ thè i kî-tó,
Chiok i khì thian-kok pò-tò.
M̄-kò liû-chheⁿ poe tùi tē-kiû lâi,
05 Tōa-tōa ē siak-·lȯh-·lâi,
Kā tē-kiû lòng chi̍t khang, tōa-tōa khang,
Chùn-kà ná teh tōa tē tāng.
Tē-kiû ê lâng chhut-lâi chhōe,
Thȧh ke-si chhut-lâi óe,
10 Siūⁿ kóng he sī thiⁿ-téng lak-·lȯh-·lâi ê pó-pòe.

---

0 liû-chheⁿ: 流星 1 tī: 在於 thiⁿ-téng: 天上 poe: 飛
phā-phā-tȯh: 熊熊地燃燒 2 pȧt liȧp chheⁿ: 別的星星
thè: 替; 代 i: 它 kî-tó: 祈禱 3 chiok: 祝福 khì:
到... 去 thian-kok: 天國 pò-tò: 報到 4 m̄-kò: 但是
tùi: 向; 朝著 tē-kiû: 地球 lâi: 來 5 tōa-tōa ē: 重重
地 siak: 摔 ·lȯh-·lâi: 下來 6 kā: 把 lòng: 撞 chi̍t
khang, tōa-tōa khang: 一個大洞 7 chùn: 震動 kà: 得;
到 ná: 好像; 宛若 teh: 正在 tōa tē tāng: 大地震 8 ê:
的 lâng: 人 chhut-lâi: 出來 chhōe: 尋找 9 thȧh: 拿
ke-si: 工具; 家伙 óe: 挖 10 siūⁿ kóng: 認為; 以為 he:
那; 那個 sī: 是 lak: 掉落 pó-pòe: 寶貝

Liù-soh

Chi̍t ê gû-á chin gâu iōng liù-soh.
I kóng: sáⁿ-hoàiⁿ i to liù-ē-tio̍h.
Liù gû-á-kiáⁿ, iōng sè-tiâu liù-soh.
Liù chúi-ke-kó͘, iōng tōa-tiâu liù-soh.
05 Boeh peh chhù-téng, tiō liù ian-tâng.
Boeh peh soaⁿ, tiō liù chhiū-á-châng.
Ū-lâng thau khan thih-bé, tiō liù chhiú-hōaⁿ.
Ū-lâng thau giâ kó͘-chéⁿ, tiō liù chéⁿ-nôa.
Ū-lâng chhiáⁿ i piáu-ián.
10 I kóng: "Gâu ê lâng bô-ài tián."

---

0 liù-soh: 套繩 1 chi̍t: 一 ê: 個 gû-á: 牛仔 chin: 很
gâu: 擅長 iōng: 使用 2 i: 他 kóng: 說 sáⁿ-hoàiⁿ:
什麼 to: 都 liù: 套 ...ē-tio̍h: 能夠...; ... 得著 3 gû-
á-kiáⁿ: 牛犢 sè: 小; 細 tiâu: 條 4 chúi-ke-kó͘: 大青
蛙 tōa: 大 5 boeh: 要 peh: 爬; 登 chhù-téng: 房頂
tiō: (那) 就 ian-tâng: 煙囪 6 soaⁿ: 山 chhiū-á-châng:
樹 7 ū-lâng: (如果) 有人 thau: 偷 khan: 拿 (車輛);
牽 thih-bé: 脚踏車 chhiú-hōaⁿ: 把手 8 giâ: 扛; 拿
kó͘-chéⁿ: 井 chéⁿ-nôa: 井欄 9 ū-lâng: 有某 (些) 人
chhiáⁿ: 請 piáu-ián: 表演 10 gâu ê lâng: 技術好的人;
能者 bô-ài: 不喜歡 tián: 炫耀

360

Lô-chhia Sái Hóe-chhia

Lô-chhia gín-á-lâng, gín-á-sèng.
I hiâm hong-hóe-lûn chi̍t lián siuⁿ-kòe chió.
Khóng-bêng pò i khì khiâ khóng-bêng-chhia.
I hiâm khóng-bêng-chhia, nn̄g lián siuⁿ-kòe
    chió.
05 Khóng-bêng pò i khì khiâ saⁿ-lián-chhia.
I hiâm saⁿ-lián-chhia saⁿ lián siuⁿ-kòe chió.
Khóng-bêng pò i khì sái kè-thêng-chhia.
I hiâm kè-thêng-chhia sì lián siuⁿ-kòe chió.
Khóng-bêng pò i hóe-chhia siāng chē lián.
10 I tiō kā hóe-chhia sái-tńg-khì thiⁿ-téng tián.

---

0 Lô-chhia: 哪吒 sái: 開; 駛 hóe-chhia: 火車 1 gín-á-
lâng: 小孩子家 gín-á-sèng: 孩子氣 2 i: 他 hiâm: 嫌
hong-hóe-lûn: 風火輪 chi̍t: 一 lián: 輪子 siuⁿ-kòe:
太過 chió: 少 3 Khóng-bêng: 孔明 pò: 告知 khì:
去 khiâ: 騎 khóng-bêng-chhia: 脚踏車 4 nn̄g: 二
5 saⁿ-lián-chhia: 三輪車 6 saⁿ: 三 7 kè-thêng-chhia:
計程車 8 sì: 四 9 siāng: 最 chē: 多 10 tiō: 就 kā:
把 tńg-khì: 回去 thiⁿ-téng: 天上 tián: 炫耀

Lȯh-sng

Chang-àm lȯh-sng.
Chháu-á chin kín-tiuⁿ, tán-bē-hù kín thiⁿ kng.
Ǹg-bāng jit-thâu kín kā sng phȧk-hơ-iûⁿ,
Chheⁿ-chheⁿ ê chháu-á chiah bē pìⁿ ńg-ńg.
05 Ka-chài, kin-ná-jit ū jit-thâu-kng.
Sng phȧk-iûⁿ, pìⁿ chúi-chu,
Kā chháu-á sé seng-khu,
Sé-kà chheng-khì-liu-liu.
M̄-kò chháu-á chin kiaⁿ eng-àm koh lȯh-sng,
10 Àⁿ-thâu kî-tó, kā Chhòng-chō-chú tit-tit kiû.

---

0 lȯh-sng: 下霜　1 chang-àm: 昨晚　2 chháu-á: 草
chin: 很　kín-tiuⁿ: 緊張　tán-bē-hù: 等不急　kín: 趕
快　thiⁿ kng: 天亮　3 ǹg-bāng: 希望;期望　jit-thâu: 太
陽　kā: 把　sng: 霜　phȧk: 曬　hơ: 使它　iûⁿ: 溶化
4 chheⁿ: 青;綠　ê: 的　chiah: 才　bē: 不致於　pìⁿ: 變
得;變成　ńg: 黃　5 ka-chài: 幸虧　kin-ná-jit: 今天　ū:
有　jit-thâu-kng: 陽光　6 chúi-chu: 水珠　7 sé seng-khu:
洗澡　8 sé: 洗　kà: 得;到　chheng-khì-liu-liu: 非常乾淨
9 m̄-kò: 但是　kiaⁿ: 怕　eng-àm: (今天) 晚上　koh: 又
10 àⁿ-thâu: 俯首　kî-tó: 祈禱　kā: 向　Chhòng-chō-chú:
造物者　tit-tit: 一直的　kiû: 祈求

Lūn-á-téng ê Chiȯh-thâu

Gín-á kā kiû kiat-khit-lâi lūn-á-téng.
Kiû ùi lūn-á-téng kō-·lȯh-·khì.
Gín-á koh kā kiû kiat-·khit-·lâi,
Kiû koh kō-·lȯh-·khì.
05 Lūn-á-téng ê chiȯh-thâu khòaⁿ-kà hèng-chhih-
   chhih,
Kóng: "Lán mā kō-·lȯh-·lâi-·khì."
Chiȯh-thâu ùi lūn-á-téng kō-·lȯh-·lâi,
Bô-hoat-tō͘ tò-tńg-·khì,
Kim-kim-khòaⁿ kiû ùi lūn-á-téng kō-·lȯh-·lâi,
10 Gín-á koh ka kiat-·khit-·lì.

---

0 lūn-á: 小山丘 téng: 上頭 ê: 的 chiȯh-thâu: 石頭
1 gín-á: 孩子 kā: 把;將 kiû: 球 kiat: 拋;丟 khit-lâi:
上來 2 ùi: 打從 kō: 滾動 ·lȯh-·khì: 下去 3 koh: 又;
再 5 khòaⁿ: 看 kà: 得;以至於 hèng-chhih-chhih: 興
趣盎然 6 kóng: 說 lán: 咱們 mā: 也 kō-·lȯh-·lâi-
·khì: 滾下去 7 ·lȯh-·lâi: 下來 8 bô-hoat-tō͘: 沒法子
tò-tńg-·khì: 回去 9 kim-kim-khòaⁿ: 瞪著眼看 10 ka: ·
把它 ·khit-·lì: 上去

363

Lûn-í Thih-ki-á-lō·

A-kok sè-hàn, chē lûn-í,
Chhut-mñg, kiâⁿ-bô-lō·, chin kan-khó·.
Peh gám-á, tiȯh-ài chhiong.
Lȯh gám-á, tñg-kà thâu-khak gông.
05 Peh kiā, kiaⁿ i tò-thè-lu.
Lȯh kiā, kiaⁿ i tit-tit chông.
A-kok tōa-hàn, tiō chō lûn-í thih-ki-á-lō·.
Chē-lûn-í-·ê chhut-mñg, tiō lóng m̄-bián kiaⁿ,
Bô-lâng kah in chhiúⁿ lō· kiaⁿ,
10 Koh thang kah hóe-chhia sio-piàⁿ.

---

0 lûn-í: 輪椅 thih-ki-á-lō·: 鐵軌 1 A-kok: 阿國 sè-hàn: 幼時 chē: 坐 2 chhut-mñg: 出門 kiâⁿ-bô-lō·: 無路可走 chin: 很 kan-khó·: 辛苦 3 peh: 爬; 登上 gám-á: 階 tiȯh-ài: 必須 chhiong: 衝 4 lȯh: 下; 降 落 tñg: 頓 kà: 得; 以至於 thâu-khak: 腦袋 gông: 發昏; 暈 5 kiā: 坡 kiaⁿ: 怕 i: 它 tò-thè-lu: 倒退 著走 6 tit-tit: 一直的 chông: 衝 7 tōa-hàn: 長大 tiō: 就; 於是 chō: 築; 建造 8 chē-lûn-í-·ê: 坐輪椅 的人 lóng: 完全; 都 m̄-bián: 不必 kiaⁿ: 怕; 擔心 9 bô-lâng: 沒有人 kah: 和 (... 互相) in: 他們 chhiúⁿ: 搶 lō·: 道路 kiaⁿ: 走 10 koh: 又; 而且 thang: 得以 hóe-chhia: 火車 sio-piàⁿ: 競爭

Mī-pau

Chi̍t ê khit-chia̍h pak-tó͘ iau,
Tòa pùn-sò-tháng ti̍t-ti̍t hiau,
Hiau-tio̍h chi̍t lia̍p hāi mī-pau,
Chhàu-hiam-hiam koh tēng-khiauh-khiauh.
05 Chi̍t chiah liû-lōng-káu mā pak-tó͘ iau,
Kā khit-chia̍h thó mī-pau.
Khit-chia̍h kóng: "Lâi. Lâi. Káu-á tông-pau.
"Lâi. Lâi. Chit pêng pun lí ngauh."
Nn̄g ê tiō kong-ke kā mī-pau chia̍h-liáu-liáu,
10 Kám-kak mī-pau phang-hiâuⁿ-hiâuⁿ.

---

0 mī-pau: 麵包　1 chi̍t: 一　ê: 個　khit-chia̍h: 乞丐
pak-tó͘: 肚子　iau: 飢餓; 害餓　2 tòa: 在於　pùn-sò-
tháng: 垃圾桶　ti̍t-ti̍t: 一直的　hiau: 翻找　3 tio̍h: 著;
到　lia̍p: 個; 團　hāi: 變壞的　4 chhàu-hiam-hiam: 有
刺鼻的臭味　koh: 又; 而且　tēng-khiauh-khiauh: 硬幫
幫　5 chiah: 隻　liû-lōng-káu: 流浪狗　mā: 也　6 kā:
向　thó: 要; 討　7 kóng: 說　lâi: 來　káu-á tông-pau:
狗同胞　8 chit: 這　pêng: 半 (個)　pun: 分 (給);
施捨　lí: 你　ngauh: (張大口用力) 咬　9 nn̄g ê: 兩個
(人)　tiō: 就; 於是　kong-ke: 一道 (分享或分工)　kā:
把　chia̍h: 吃　liáu-liáu: 光光; 完　10 kám-kak: 覺得
phang-hiâuⁿ-hiâuⁿ: 香噴噴

Mn̂g

Ū chi̍t keng chhù, ū chi̍t ê kó·-chui ê mn̂g.
Góa chhun chhiú khì khui hit ê mn̂g.
Mn̂g lāi-té iáu ū chi̍t ê mn̂g.
Góa tiō khì khui hit ê mn̂g.
05 Hit ê mn̂g lāi-té iáu ū chi̍t ê mn̂g.
Góa ná khui, khah khui to iáu ū chi̍t ê mn̂g.
Góa tio̍h-kip, chhun kha khì that mn̂g.
Mn̂g kóng: "Ná hiah bô-lé, m̄ seng kiò-mn̂g!?"
Góa tiō kiò-mn̂g kóng: "Mn̂g ·a! Kín khui mn̂g!"
10 Mn̂g kóng: "Lí ū chhiú. Bē ka-tī khui mn̂g!?"

---

0 mn̂g: 門 1 ū: 有 chi̍t: 一 keng: 棟 chhù: 房子
ê: 個 kó·-chui: 可愛 ê: 的 2 góa: 我 chhun: 伸出
chhiú: 手 khì: 去 khui: 打開 hit: 那 3 lāi-té: 裡頭
iáu: 還; 仍 4 tiō: 就; 於是 6 ná...: ... 著; 持續地...
khah... to: 再怎麼... 也 7 tio̍h-kip: 急起來 kha: 腳
that: 踢 8 kóng: 說 ná: 怎麼; 為什麼 hiah: 那麼
bô-lé: 沒禮貌 m̄: (也) 不 seng: 先 kiò-mn̂g: 叫門
9 ·a: 啊 kín: 趕快 10 lí: 你 bē: (難道) 不會 ka-tī:
自己

Mn̄g-lō͘

Lâi kàu chhia-thâu, boeh chhōe khu-kong-só͘,
Tú-tio̍h lâng, tiō mn̄g-lō͘.
"Chioh-mn̄g ·le, khu-kong-só͘ tùi tá khì?"
"Tò-oat kàu în-khoân chiah koh mn̄g ·lâng."
05 "Chioh-mn̄g ·le, khu-kong-só͘ tùi tá khì?"
"Chiàⁿ-oat kàu tiàu-kiô chiah koh mn̄g ·lâng."
"Chioh-mn̄g ·le, khu-kong-só͘ tùi tá khì?"
"Chiàⁿ-oat kàu kong-hn̂g chiah koh mn̄g ·lâng."
"Chioh-mn̄g ·le, khu-kong-só͘ tùi tá khì?"
10 "Chiàⁿ-oat khì kàu chhia-thâu, tùi-bīn tiō sī."

---

0 mn̄g-lō͘: 問路 1 lâi kàu: 底達; 來到 chhia-thâu: 車
站 boeh: 要; 欲 chhōe: 尋找 khu-kong-só͘: 區公所
2 tú-tio̍h: 遇見 lâng: 人家 tiō: 就; 馬上 3 chioh-mn̄g:
請問 ·le: 一下 iû-kio̍k: 郵局 tùi tá khì: 怎麼走 4 tò-
oat: 左轉 kàu: 到 în-khoân: 圓環 chiah: 才 koh:
再 6 chiàⁿ-oat: 右轉 tiàu-kiô: 吊橋 8 kong-hn̂g: 公
園 10 khì: 去 tùi-bīn: 對面

367

Mn̂g Ū Só ·Bơ

A-bín-î boeh chhut-kok khì thit-thô,
Chhut-khì kàu ke-á-lō͘,
Siūⁿ-khí mn̂g m̄-chai ū só ·bơ, chin hoân-ló,
Oat-tò-tńg-lâi khòaⁿ; khòaⁿ mn̂g koh ū só!
05 A-bín-î khì kàu hui-ki-tiûⁿ,
Siūⁿ-khí mn̂g m̄-chai ū só ·bơ, chin hoân-ló,
Oat-tò-tńg-lâi khòaⁿ; khòaⁿ mn̂g koh ū só!
A-bín-î khì kàu Lâm-bí-chiu,
Siūⁿ-khí mn̂g m̄-chai ū só ·bơ, chin hoân-ló,
10 Oat-tò-tńg-lâi khòaⁿ; khòaⁿ mn̂g koh ū só!

---

0 mn̂g: 門 ū...: ... 了 só: 上鎖 ...·bơ: 是不是... 1 A-bín-î: 阿敏阿姨 boeh: 將要 chhut-kok: 出國 khì: ...去 thit-thô: 玩兒 2 chhut-khì: 出去 kàu: 到 (了) ke-á-lō͘: 街上 3 siūⁿ-khí: 想起 m̄-chai: 不知道 chin: 很 hoân-ló: 不放心 4 oat-tò-tńg-lâi: 折回來 khòaⁿ: 查看 khòaⁿ: 見; 發現 koh: 究竟 5 khì: 前往 hui-ki-tiûⁿ: 機場 8 Lâm-bí-chiu: 南美洲

368

Mô͘-sut̍ Tē-chiⁿ

Mô͘-sut̍ tē-chiⁿ chhu tī bîn-chhn̂g-kha,
Chài góa khì thiⁿ-téng.
Ē-kha goán chhù lú khòaⁿ, lú sè-keng.
Thiⁿ-téng chheng-chheng.
05 Chheⁿ ê bak̍-chiu chhap̍-chhap̍-nih.
Ē-kha chēng-chēng.
Lō͘-teng, chhia-teng, iap̍-iap̍-sih.
Hong siuh̍-siuh̍-kiò, chhoe-kòe hīⁿ-á-piⁿ.
Phōe hō͘ hong hian-khui--khì,
10 Lak loh̍-khì bîn-chhn̂g-kha, piàn tē-chiⁿ.

---

0 mô͘-sut̍: 魔術　tē-chiⁿ: 地氈　1 chhu: 鋪　tī: 在　bîn-chhn̂g-kha: 床底下　2 chài: 載　góa: 我　khì: 到…去　thiⁿ-téng: 天上　3 ē-kha: 下頭　goán: 我（們）的　chhù: 房子　lú…lú: 越…越　khòaⁿ: 看　sè: 小　keng: 間　4 chheng: 無雲　5 chheⁿ: 星星　ê: 的　bak̍-chiu: 眼睛　chhap̍-chhap̍-nih: 眨呀眨的　6 chēng: 安靜　7 lō͘-teng: 路燈　chhia-teng: 車燈　iap̍-iap̍-sih: 一閃一閃的　8 hong: 風　siuh̍-siuh̍-kiò: 嗖嗖地響　chhoe-kòe: 吹過　hīⁿ-á-piⁿ: 耳邊　9 phōe: 被子　hō͘: 被　hian-khui--khì: 掀開　10 lak-loh̍-khì: 掉下　piàn: 變

369

Mù-nāi-i

A-bí siūⁿ-boeh chò i-seng,
Thèh ōe-seng-chóa kā A-hô tān chhiú-kó͘.
A-hô siūⁿ-boeh chò pō͘-peng,
Thèh ōe-seng-chóa ka-tī tān kha-tó͘.
05 A-bêng boeh chò mù-nāi-i.
I tó-lòh-khì phòng-í,
Kiò A-hô, A-bí, tān i kui-sian lâng.
Ma-ma kiò boeh chiàh peng-ki.
A-hô, A-bí, cháu-cháu-·khì.
10 A-bêng tó tī phòng-í iⁿ-íⁿ-ǹgh-ǹgh, bē tín-tāng.

---

0 mù-nāi-i: 木乃伊 1 A-bí: 阿美 siūⁿ-boeh: 想要 chò:
當; 做 i-seng: 醫生 2 thèh: 拿 ōe-seng-chóa: 衛生
紙 kā: 給 A-hô: 阿和 tān: 纏; 紮 chhiú-kó͘: 手
臂 3 pō͘-peng: 步兵 4 ka-tī: 自己 kha-tó͘: 腿肚子
5 A-bêng: 阿明 boeh: 要 6 i: 他 tó: 躺 lòh-khì:
下 phòng-í: 沙發 7 kiò: 叫 i: 他的 kui-sian lâng: 整
個身體; 整個人 8 ma-ma: 媽媽 kiò boeh: 叫 (大家)
來 chiàh: 吃 peng-ki: 冰棒 9 cháu-cháu-·khì: 跑掉了
10 tī: 在於 iⁿ-íⁿ-ǹgh-ǹgh: 只出聲, 說不出話 bē: 不能
tín-tāng: 動彈

Ngō͘-khong Seⁿ-kiáⁿ

Ngō͘-khong khì kong-hn̂g thé-chhau.
Kim-kong-pāng khih kòng-tio̍h chio̍h-thâu.
Chio̍h-thâu piak--khui,
Thiàu-chhut-lâi chi̍t chiah sè-chiah kâu.
05 Ngō͘-khong siu i chò kâu-kiáⁿ,
Chhōa i kìⁿ Sam-chōng; kiò i pài su-kong.
Sam-chōng kóng: "Siān-chài! Siān-chài!
"Chhut-ke-lâng seⁿ-kiáⁿ, bô èng-kai."
I tiō liām chiù-gí, hoa̍t Ngō͘-khong,
10 Liām ho͘ thâu-khak thiàⁿ-kà m̄-hó kóng.

---

0 Ngō͘-khong: 悟空 seⁿ-kiáⁿ: 生子 1 khì: 到... 去
kong-hn̂g: 公園 thé-chhau: 做體操 2 kim-kong-pāng:
金箍棒 khih kòng-tio̍h: (不小心) 碰到 chio̍h-thâu: 石
頭 3 piak--khui: 迸開 4 thiàu-chhut-lâi: 跳出來 chi̍t:
一 chiah: 隻 sè-chiah: 小 (動物等) kâu: 猴子 5 siu:
收 i: 它 chò: 爲; 個 kâu-kiáⁿ: (謙稱或蔑稱) 兒子
6 chhōa: 帶領 kìⁿ: 晉見 Sam-chōng: 三藏和尚 kiò:
叫; 命令 pài: 拜 su-kong: 師爺 7 kóng: 說 siān-
chài: 善哉 8 chhut-ke-lâng: 出家人 bô èng-kai: 不
應該 9 tiō: 就; 於是 liām: 念 chiù-gí: 咒語 hoa̍t:
罰 10 ho͘: 使他 thâu-khak: 頭; 腦袋 thiàⁿ: 痛 ...kà
m̄-hó kóng: ... 得不得了

371

Ní Chhùi-khí

A-bín-î tȧk jȧt chhat chéng-kah.
A-bín-î tȧk jȧt tiám ian-chi.
A-bín-î tiāⁿ-tiāⁿ ní thâu-moˑ.
Taⁿ A-bín-î siūⁿ-boeh ní chhùi-khí,
05 Siūⁿ kóng: pȧh chhùi-khí siuⁿ-kòe sòˑ.
Taⁿ chiȧh-hun, chhùi-khí ē pìⁿ ñg.
Chiȧh-pin-nñg, chhùi-khí ē pìⁿ oˑ.
M̄-kò i bô chiȧh-hun, mā bô-ài chiȧh-pin-nñg.
I tiō phah-piàⁿ chiȧh âng-bah ê âng-liông-kó,
10 Boeh kā chhùi-khí ní hoˑ ná soan-ôˑ.

---

0 ní: 染 chhùi-khí: 牙齒 1 A-bín-î: 阿敏阿姨 tȧk
jȧt: 每天 chhat chéng-kah: 塗蔲丹 2 tiám ian-chi: 塗
口紅 3 tiāⁿ-tiāⁿ: 常常 thâu-moˑ: 頭髮 4 taⁿ: 而今
siūⁿ-boeh: 想要 5 siūⁿ kóng: 認爲 pȧh: 白色的 siuⁿ-
kòe: 太過於 sòˑ: 素; 單調 6 taⁿ: 而; 就這個情形而
言 chiȧh-hun: 抽煙 ē: 能夠 pìⁿ: 變成 ñg: 黃色
7 chiȧh-pin-nñg: 嚼檳榔 oˑ: 黑 8 m̄-kò: 但是 bô:
不; 沒 mā: 也 bô-ài: 不喜歡 9 i: 她 tiō: 就; 於
是 phah-piàⁿ: 拚命 chiȧh: 吃 âng-bah: 紅肉 ê: 的
âng-liông-kó: 火龍果 10 boeh: 要; 欲 kā: 把 hoˑ: 使
之 ná: 好像; 宛如 soan-ôˑ: 珊瑚

Nî-hòe

Nî-hòe ná teh lȯh-hō͘, nî-hòe ná teh lȯh-seh,
Ùi thiⁿ-téng liàn-lȯh-lâi tòa lâng ê chhiú-tê-á-
té.
Gín-á thȧh-tiȯh nî-hòe,
Hoah kóng: "Ma-ma, Ma-ma. Góa ke chȧt hòe."
05 Ma-ma thȧh-tiȯh nî-hòe,
Kóaⁿ-kín ka chhàng tòa saⁿ-á-tē.
A-kong thȧh-tiȯh nî-hòe,
Kóaⁿ-kín ka tàn tòa pùn-sò-tē.
Nî-hòe thiàu-tńg-khì i ê chhiú-tê-á-té,
10 Kóng: "Chin pháiⁿ-sè. Góa sī lí ê."

---

0 nî-hòe: 年紀 1 ná: 好像; 宛如 teh: 正在 lȯh-
hō͘: 下雨 lȯh-seh: 下雪 2 ùi: 打從 thiⁿ-téng: 天
上 liàn-lȯh-lâi: 掉下... 來 tòa: 在於 lâng: 人 ê: 的
chhiú-tê-á-té: 手掌中 3 gín-á: 孩子 thȧh-tiȯh: 拿到
4 hoah: 喊叫 kóng: 說 ma-ma: 媽媽 góa: 我 ke:
多 (了) chȧt: 一 hòe: 歲 6 kóaⁿ-kín: 趕快 ka: 把它
chhàng: 藏 saⁿ-á-tē: 衣袋 7 a-kong: 爺爺 8 tàn: 丟
(擲) pùn-sò-tē: 垃圾袋 9 thiàu-tńg-khì: 跳回... 去 i:
他 10 chin pháiⁿ-sè: 抱歉得很 sī: 是 lí: 你

Niau-á Kòa Liang-á

Niáu-chhí boeh kā Ko·-tak-niau kòa liang-á,
M̄-kò bô-lâng káⁿ,
Chhām niau-á teh khùn to m̄-káⁿ cháu siuⁿ óa.
Chit chiah niáu-chhí siūⁿ-tioh chit ê hó kè-tì.
05 I kā soh-á chhng-kòe liang-á-hīⁿ.
I kā soh-á kat-kat chò kho·-á.
I kā kho·-á keng tòa niau-á-mn̂g.
Ko·-tak-niau nn̄g-kòe niau-á-mn̂g,
Ko·-tak-niau nn̄g-kòe soh-á ê kho·-á,
10 Ko·-tak-niau kòa liang-á.

---

0 niau-á: 貓 kòa: 戴 liang-á: 小鈴鐺 1 niáu-chhí: 老鼠 boeh: 打算 kā: 給 Ko·-tak-niau: 孤癖貓 2 m̄-kò: 但是 bô-lâng: 沒人 káⁿ: 敢 3 chhām...to: 連...都 teh: 正在 khùn: 睡覺 m̄-káⁿ: 不敢 cháu: 走; 跑 siuⁿ: 太過 óa: 靠近 4 chit: 一 chiah: 隻 siūⁿ-tioh: 想到 ê: 個 hó: 好 kè-tì: 計策 5 i: 它 kā: 把 soh-á: 繩子 chhng: (把東西) 穿 (過) kòe: 過 hīⁿ: 環狀把手 6 kat: 打結 chò: 成爲 kho·-á: 圈圈 7 keng: 繃 tòa: 在於 niau-á-mn̂g: 讓貓出入房子的裝置 8 nn̄g: (自己) 穿 (過) 9 ê: 的

Niáu-chhí-bóe

Ū chıt chiah niau-á seⁿ niáu-chhí-bóe,
Jıt-chí chin pháiⁿ kòe:
Pȧt chiah niau-á kioh-sī niáu-chhí, tiāⁿ ka kā,
Khòaⁿ i sī niau-á, chiah pàng i soah,
05 Hāi i chin thâu tōa, koh chin hóe tōa.
Ū chıt jıt, i khòaⁿ-tıȯh chıt chiah niáu-chhí,
Bóe seⁿ-chò tōa-tōa-pha, ná hô͘-lî.
I kā niáu-chhí kóng: "Lán, bóe lâi sio-ōaⁿ.
"Lí ê bóe hō͘ góa. Góa ê bóe hō͘ lí.
10 "M̄-kò..., lí ê seng-khu mā ài hō͘ góa."

---

0 niáu-chhí: 老鼠 bóe: 尾巴 **1** ū: 有 chıt: 一 chiah:
隻 niau-á: 貓 seⁿ: 長; 生 **2** jıt-chí: 日子 chin: 很
pháiⁿ: 難; 不容易 kòe: 度過 **3** pȧt: 別 (的) kioh-
sī: 以爲 tiāⁿ: 時常 ka kā: 咬它 **4** khòaⁿ: 見; 發
現 i: 它 sī: 是 chiah: (這) 才 pàng...soah: 放過...
5 hāi: 害得 thâu tōa: 傷腦筋 koh: 而且 hóe tōa: 惱
怒 **6** jıt: 天; 日 khòaⁿ-tıȯh: 看到 **7** seⁿ-chò: 長得
tōa-tōa-pha: (蓬鬆的尾巴等) 大 ná: 好像 hô͘-lî: 狐狸
8 kā...kóng: 告訴...; 跟... 說 lán: 咱們 lâi sio-ōaⁿ: 來
交換 **9** lí: 你 ê: 的 hō͘: 給 góa: 我 **10** m̄-kò: 但是
seng-khu: 胴體 mā: 也 ài: 必須

Niáu-chhí Thau-chia̍h

Àm-sî, ta̍k-kē khì khùn, chàu-kha tiāⁿ-tiāⁿ,
Kan-na sî-cheng ti-tí-to̍k-to̍k, kín-teh kiâⁿ,
Piah-téng ê tô͘ tiām-tiām thiaⁿ.
Chi̍t chiah niáu-chhí chhut-lâi boeh thau-chia̍h.
05 Sî-cheng kín phah-lô, kóng: "Khoāiⁿ! Khoāiⁿ!
Khoāiⁿ!
"Ū chha̍t-á lâi. Kín khí-·lâi!"
Lâng chhéⁿ-·khí-·lâi, khùn-bē-khì,
Kóng: "Che sî-cheng chhá-·sí!"
Lâng tiō chhut-lâi chàu-kha bóng sûn.
10 Niáu-chhí kóng: "Chhá-·sí! M̄ kín khì khùn!"

---

0 niáu-chhí: 老鼠　thau-chia̍h: 偷吃　1 àm-sî: 晚上
ta̍k-kē: 大家　khì...: ... 去 (了)　khùn: 睡覺　chàu-
kha: 櫥房　tiāⁿ-tiāⁿ: 毫無動靜　2 kan-na: 只有　sî-
cheng: 時鐘　ti-tí-to̍k-to̍k: 滴答響　kín-teh...: (繼續)...
著　kiâⁿ: (行) 走　3 piah-téng: 牆上　ê: 的　tô͘: 圖
畫　tiām-tiām: 靜靜的　thiaⁿ: 聽　4 chi̍t: 一　chiah:
隻　chhut-lâi: 出來　boeh: 打算; 想要　5 kín: 趕快
phah-lô: 敲鑼　kóng: 說　khoāiⁿ: 大鑼聲; 低頻的鐘聲
6 ū: 有　chha̍t-á: 小偷　lâi: 來　khí-·lâi: 起來; 起床
7 lâng: 人　chhéⁿ-·khí-·lâi: 醒來　khùn-bē-khì: 睡不著
8 che: 這　chhá-·sí: 吵死人　9 tiō: 於是　bóng: 隨便;
姑且　sûn: 查看　10 m̄: (怎麼) 不

Niáu-chhí-tng

Thian-pông-téng niáu-chhí ài ūn-tōng,
Cháu-kà thian-pông pin-pín-pōng-pōng.
Lâng tiō tiuⁿ niáu-chhí-tng.
Niáu-chhí-lang pin-pín-piang-piang koaiⁿ--khí-
  ·lâi.
05 Niáu-chhí-tauh pi-pí-piàk-piàk thiàu--khí--lâi.
Niáu-chhí lóng bô-tāi,
Lóng kā chiàh-mìh kā--chhut--lâi.
Lâng lâi sûn niáu-chhí-tauh kah niáu-chhí-lang,
Khòaⁿ ta̍k ê lóng khang-khang,
10 Tiō kā niáu-chhí-tng siu-siu khì khǹg.

---

0 niáu-chhí-tng: (任何) 捕鼠器　1 thian-pông: 天花板
téng: 上頭　niáu-chhí: 老鼠　ài: 喜愛　ūn-tōng: 運
動　2 cháu: 跑　kà: 得; 到　pin-pín-pōng-pōng: 呯呯
響　3 lâng: 人　tiō: 就; 於是　tiuⁿ: 張設; 裝置　4 niáu-
chhí-lang: 捕鼠的籠子　pin-pín-piang-piang: 乒乒乓乓地
響　koaiⁿ: 關　·khí·lâi: 起來　5 niáu-chhí-tauh: (有機
關的) 捕鼠器　pi-pí-piàk-piàk: 必必剝剝地響　thiàu: 跳
6 lóng: 都; 皆　bô-tāi: 沒事兒　7 kā: 把　chiàh-mìh:
食物　kā: 咬　·chhut·lâi: 出來　8 lâi: 前來　sûn: 檢
查; 巡視　kah: 和; 以及　9 khòaⁿ: 見　ta̍k: 每　ê: 個
khang-khang: 空空的　10 siu-siu khì khǹg: (全部) 收藏
起來

Niau, Hó͘, kah Káu

Cha̍p-jī seⁿ-siùⁿ teh khui-hōe.
Niau chē tī hó͘ ê ūi, káu kiò i ài lī-khui.
Niau kóng: "Góa kah hó͘ kāng lūi."
Káu kóng: "Hó͘ pí lí khah tōa kúi-ā pōe.
05 "Lí kân cháu. Mài ke kóng-ōe."
Niau kóng: "Bān-chhiáⁿ-sī.
"Chi-óa-oah pí niau khah sè, sī káu, á m̄-sī?"
Káu kóng: "Sī. Sī. Sī."
"Sán be͘-nát ná hó͘ hiah tōa, sī káu, á m̄-sī?"
10 Káu kóng: "Sī. Sī. Sī."

---

0 niau: 貓 hó͘: 老虎 kah: 和; 以及 káu: 狗 1 cha̍p-jī seⁿ-siùⁿ: 十二生肖 teh: 正在 khui-hōe: 開會 2 chē: 坐 tī: 在於 ê: 的位 ūi: 位子 kiò: 叫; 命令 i: 它 ài: 必須 lī-khui: 離開 3 kóng: 說 góa: 我 kāng lūi: 同類 4 pí...khah: 比...還 lí: 你 tōa: 大 kúi-ā: 好幾 pōe: 倍 5 kân cháu: 給我們走開; 給我們滾 mài ke kóng-ōe: 少廢話 6 bān-chhiáⁿ-sī: 慢著 7 chi-óa-oah: 吉娃娃狗 sè: 小 sī...á m̄-sī: 是不是... 8 sī: 是 9 sán be͘-nát: 聖伯納狗 ná...hiah: 像...那麼

Niū-ūi

Chhia chin kheh; lâng chin chē.
Chi̍t ê cha-bó͘-lâng āiⁿ gín-á kah lâng kheh.
Góa khit-lâi niū-ūi hō͘ i chē,
I kóng: "M̄-bián ·la. Lí chē."
05 Góa kóng: "Bǒa-kín ·la. Lí chē."
I koh kóng: "M̄-bián ·la, lí...."
Góa koh kóng: "Bǒa-kín ·la, lí...."
Niū-lâi-niū-khì, niū-lâi-niū-khì,
Bô-tiuⁿ-tî oa̍t-thâu khòaⁿ-·chi̍t-·ē,
10 Khòaⁿ lâng-kheh í-keng lo̍h-kà bô-pòaⁿ ê.

---

0 niū: 讓 ūi: 位子 1 chhia: 車 chin: 很 kheh: 擁擠 lâng: 人 chē: 多 2 chi̍t: 一 ê: 個 cha-bó͘-lâng: 女人 āiⁿ: 揹 gín-á: 孩子 kah: 和 (... 互相/一道) lâng: 人 kheh: 推擠 3 góa: 我 khit-lâi: 起來 hō͘: 給 i: 她 chē: 坐 4 kóng: 說 m̄-bián: 不用 ·la: 啊 lí: 你 5 bǒa-kín: 不要緊 6 koh: 再; 又 8 ...lâi...khì: ...來...去 9 bô-tiuⁿ-tî: 不意 oa̍t-thâu: 回頭 khòaⁿ-·chi̍t-·ē: 看一下 10 khòaⁿ: 見; 發現 lâng-kheh: 乘客 í-keng: 已經 lo̍h: 下 (車) kà: 到; 得 bô-pòaⁿ: 一... 也沒有

379

Nn̄g Chāng Chhiū-á

Chi̍t châng chhiū-á piⁿ-·a koh hoat chi̍t châng.
Nn̄g châng chhiū-á hoat-liáu bô-kàu lang.
Tōa-châng chhiū-á kín chhun chi̍t oe tn̂g-tn̂g.
Sè-châng chhiū-á mn̄g i án-ne chhòng sáⁿ-hòe.
05 Tōa-châng chhiū-á kóng: "Cha̍h lí ji̍t-thâu-
  kng, ŏe.
  "Lí bē tōa-châng, lán chiah bē sio-kheh."
  Sè-châng chhiū-á kín thiu chi̍t oe koân-koân.
  Tōa-châng chhiū-á mn̄g i án-ne chhòng sáⁿ-hòe.
  Sè-châng chhiū-á kóng:"Kiaⁿ góa siuⁿ-kòe é, ŏe.
10 "Góa kín tōa-châng, lí chiah bē kâ cha̍h-ńg,
  cha̍h-kà n̂g-sng-n̂g-sng."

---

0 nn̄g: 二 châng: 棵 chhiū-á: 樹 1 chi̍t: 一 piⁿ-·a:
旁邊 koh: 又 hoat: 長; 生 2 liáu: 得; 結果 bô-kàu:
不夠 lang: 間隙大 3 tōa: 大 kín: 趕快 chhun: 伸
出 oe: 椏杈 tn̂g-tn̂g: 長長的 4 sè: 小 mn̄g: 問 i:
它 án-ne: 這麼 (做) chhòng sáⁿ-hòe: 幹嘛 5 kóng:
說 cha̍h: 遮 lí: 你的 ji̍t-thâu-kng: 陽光 ŏe: 啊; 呢
6 lí: 你 bē: 不能 tōa-châng: (植物) 長大 lán: 咱們
chiah: 才 bē: 不致於 sio-kheh: 擠在一塊兒 7 thiu:
抽出 koân-koân: 高高的 9 kiaⁿ: 怕 góa: 我 siuⁿ-kòe:
太; 過於 é: 矮 10 kâ: 給我; 把我 cha̍h-ńg: 遮蔽 (光
線) kà: 得; 以至於 n̂g-sng: (因營養不良而變) 黃

Nn̄g Chiah Chûn-á

Chit lâng chit chiah chûn-á, kò-chhut hái.
Chit chūn tōa-éng éng··kòe··lâi,
Chit lâng chhèng-khit-lì chit ê niā,
Nn̄g lâng liân-lók, iát chhiú-kî.
05 Chit lâng chhéh-lóh-khì chit ê kheⁿ,
Nn̄g lâng liân-lók, kho͘ chhiú-ki.
Chûn-á hō͘ éng giâ-péng··kòe,
Ka-chài tú-tióh tōa-chûn tùi hia kòe.
Chit lâng kóaⁿ-kín kho͘ chhiú-ki.
10 Chit lâng kóaⁿ-kín iát chhiú-kî.

---

0 nn̄g: 二 chiah: 隻 chûn-á: 小船 1 chit: 一 lâng:
人 kò: 划 chhut: 出 hái: 海 2 chūn: 波; 股; 陣 tōa-
éng: 大浪 éng··kòe··lâi: (浪) 沖過來 3 chhèng-khit-lì:
沖上 ê: 個 niā: 峰 4 liân-lók: 連絡 iát: 搖 chhiú-kî:
手旗 5 chhéh-lóh-khì: 沈下; 掉下 kheⁿ: 谷 6 kho͘:
呼叫 chhiú-ki: 行動電話 7 hō͘: 被; 遭 éng: 波浪
giâ-péng··kòe: 掀翻 (覆) 8 ka-chài: 幸虧 tú-tióh: 遇
到 tōa-chûn: 大船 tùi…kòe: 從…經過 hia: 那兒
9 kóaⁿ-kín: 趕緊

Nn̄g Ê Chhùi

Ū chit chiah iau-koài, i ū nn̄g ê chhùi.
Mi̍h-kiāⁿ nā hó-chia̍h,
Nn̄g ê chhùi, góa chi̍t chhùi, lí chi̍t chhùi.
Mi̍h-kiāⁿ nā pháiⁿ-chia̍h,
05 Chi̍t chhùi chia̍h, hit chhùi phùi.
Ū chi̍t pái, iau-koài ê chhùi sio-chèⁿ-chhùi,
Soah bô kóng-ōe, m̄ khui-chhùi.
Iau-koài the̍h hó-chia̍h-mi̍h-á, kā in siâⁿ.
Chi̍t ê chhùi sûi peh-khui.
10 Hit ê chhùi kóng: "Bān-chhiáⁿ! Góa seng kā
·chi̍t ·chhùi."

---

0 nn̄g: 二 ê: 個 chhùi: 嘴巴 1 ū: 有 chit: 一 chiah:
隻 iau-koài: 妖怪 i: 它 2 mi̍h-kiāⁿ: 東西 nā: 如果
hó-chia̍h: 好吃 3 góa: 我 chhùi: 口 lí: 你 4 pháiⁿ-
chia̍h: 難吃 5 chit: 這 (個) chia̍h: 吃 hit: 那 (個)
phùi: 吐; 唾 6 pái: 次; 回 ê: 的 sio-chèⁿ-chhùi: 發
生爭論 7 soah: 結果 bô kóng-ōe: (彼此) 不說話 m̄:
不肯 khui-chhùi: 開口 8 the̍h: 拿 hó-chia̍h-mi̍h-á:
好吃的東西 kā...siâⁿ: 引誘... in: 它們 9 sûi: 立刻
peh-khui: 張開 10 kóng: 說 bān-chhiáⁿ: 慢著; 且慢
seng: 先 kā: 咬

Nn̄g Ê Chîⁿ

A-bín-î ka-láuh nn̄g ê chîⁿ.
Chi̍t kho͘ gîn liàn-lo̍h-khì chúi-âm-khang.
Chi̍t kho͘ gîn seh tī lo̍h-chúi-hoe-á-piⁿ ê phāng.
A-bín-î kín khì kiò kang-lâng.
05 Kang-lâng kā lo̍h-chúi-hoe-á-piⁿ ê phāng kiāu-
ho͘-lang,
Chhōe-tio̍h A-bín-î ê chi̍t ê chîⁿ.
Kang-lâng nǹg-ji̍p-khì chúi-âm-khang,
Chhōe-tio̍h A-bín-î koh chi̍t ê chîⁿ.
A-bín-î kóng: "Chin to-siā ·lín.
10 "Lâi. Pun lín chi̍t kho͘ gîn."

---

0 nn̄g: 二 ê: 個 chîⁿ: 錢; 輔幣 1 A-bín-î: 阿敏阿
姨 ka-láuh: 掉落 2 chi̍t: 一 kho͘ gîn: 塊錢; 元 liàn-
lo̍h-khì: 掉進; 滾進 chúi-âm-khang: 水涵洞 3 seh: 塞
(在縫隙) tī: 在於 lo̍h-chúi-hoe-á: 排水的箅子 piⁿ: 旁
邊 ê: 的 phāng: 縫隙 4 kín: 趕快 khì: 去 kiò: 叫;
召來 kang-lâng: 工人 5 kā: 把 kiāu: 撬 ho͘: 使它
lang: (縫隙) 大 6 chhōe-tio̍h: 找到 7 nǹg-ji̍p-khì: 鑽
進... 去 8 koh: 另外的 9 kóng: 說 chin: 很 to-siā:
感謝 lín: 你們 10 lâi: 來 pun: 分 (給)

383

Nn̄g ê Pa-pa, Nn̄g ê Ma-ma

A-ek in Pa-pǎ Ma-mǎ ka-tī bô gín-á,

Kā in Pá-pah Má-mah pun i lâi chò-kiáⁿ.

Pa-pǎ Ma-mǎ kah Pá-pah Má-mah lóng ài kā
　i koán.

Pa-pǎ kiò i kín tōa-hàn.

05 Ma-mǎ hiâm i siuⁿ-kòe sán.

Pá-pah kiò i chiàⁿ-tǹg chia̍h-hoⁿ-pá.

Má-mah hiâm i siuⁿ gâu chhá.

M̄-kò i ū nn̄g ê pa-pa, nn̄g ê ma-ma, kā i sioh.

Pa̍t ê gín-á thiaⁿ--tio̍h, mā thó boeh hō͘ lâng io,

10 Siūⁿ kóng: pa-pa ma-ma lú chē, chiah lú hó.

---

0 nn̄g: 二 ê: 個 pa-pa: 爸爸 ma-ma: 媽媽 1 A-ek:
阿益 in: 他的 pa-pǎ: 爸爸 ma-mǎ: 媽媽 ka-tī: 自己
bô: 沒有 gín-á: 孩子 2 kā: 向 pá-pah: 爸爸 má-
mah: 媽媽 pun: 要 (一部分) i: 他 lâi: 來 chò-kiáⁿ:
當兒子 3 kah: 和; 與 lóng: 都 ài: 喜歡 kā i...: ... 他
koán: 管; 干預 4 kiò: 叫 kín: 趕快 tōa-hàn: 長大
5 hiâm: 嫌 siuⁿ-kòe: 太; 過於 sán: 瘦 6 chiàⁿ-tǹg:
正餐 chia̍h-hoⁿ-pá: 吃個飽 7 siuⁿ: 太; 過於 gâu: 會;
善於 chhá: 吵; 糾纏 8 m̄-kò: 但是 ū: 有 sioh: 疼
愛 9 pa̍t ê: 別的 thiaⁿ--tio̍h: 聽說; 聽見 mā: 也 thó
boeh: 要求; 乞討 hō͘: 被; 給 lâng: 他人 io: 領養;
養育 10 siūⁿ kóng: 以為; 認為 lú... lú...: 越... 越...
chē: 多 chiah: (這) 才 hó: 好

384

Nǹg Kha-phāng

Khòaⁿ lāu-jia̍t ê lâng chin-chiâⁿ che.
A-bí, A-ka, hō͘ lâng cha̍h-cha̍h-·leh.
Chi̍t chiah káu-á nǹg tùi lâng-phāng kòe.
Chi̍t chiah niau-á nǹg tùi lâng ê kha-phāng kòe.
05 A-bí tiō mā nǹg tùi lâng-phāng kòe.
A-ka tiō mā boeh nǹg tùi lâng ê kha-phāng
  kòe,
Hō͘ khòaⁿ lāu-jia̍t ê lâng kā i mē.
A-ka kóng: "Bô kong-pêⁿ!
"Sī-án-nóa A-bí ē-sái-·eh?
10 "Sī-án-nóa niau-á-káu-á ē-sái-·eh?"

---

0 nǹg: 鑽; 穿 kha-phāng: 胯下 1 khòaⁿ lāu-jia̍t: 看熱
鬧 ê: 的 lâng: 人 chin-chiâⁿ: 很 che: 多 2 A-bí: 阿
美 A-ka: 阿嘉 hō͘: 被; 受 lâng: 人家 cha̍h-cha̍h-·leh:
遮住 3 chi̍t: 一 chiah: 隻 káu-á: 狗 tùi…kòe: 過…
lâng-phāng: 人與人間的空隙 4 niau-á: 貓 5 tiō: 於
是 mā: 也 6 boeh: 要; 打算 7 kā…mē: 罵… i: 他
8 kóng: 說 bô kong-pêⁿ: 不公平 9 sī-án-nóa: 爲什麼
ē-sái-·eh: 行; 使得 10 niau-á-káu-á: 貓狗之類

O͘-ba̍k-kiàn

Kòa o͘-ba̍k-kiàn, chha̍h ba̍k-chiu.
Lâng khòaⁿ-bô goán ê ba̍k-chiu liu-liu-chhiu-
chhiu.
Thau-khòaⁿ cha-po͘ gín-á, ba̍k-chiu liu-liu-
chhiu-chhiu.
Hěh! Cha-po͘ gín-á khòaⁿ-bô goán ê ba̍k-chiu.
05 Khó-chhì thau-khòaⁿ, ba̍k-chiu liu-liu-chhiu-
chhiu.
Hěh! Lāu-su khòaⁿ-bô goán ê ba̍k-chiu.
Lāu-su mā kòa o͘-ba̍k-kiàn, chha̍h ba̍k-chiu.
Góa ba̍k-chiu sut-lâi-sut-khì, liu-liu-chhiu-
chhiu,
Khòaⁿ-bô lāu-su ê ba̍k-chiu mā liu-liu-chhiu-
chhiu.
10 Lāu-su kā góa ê khó-kǹg bu̍t-siu.

---

0 o͘-ba̍k-kiàn: 墨鏡 1 kòa: 戴 chha̍h: 遮 ba̍k-chiu:
眼睛 2 lâng: 別人 khòaⁿ-bô: 看不到 goán: "我們,"
即我 ê: 的 liu-liu-chhiu-chhiu: (眼睛) 靈活 3 thau-
khòaⁿ: 偷看 cha-po͘ gín-á: 男生 4 hěh: 嘿, 表示得意
5 khó-chhì: 考試 6 lāu-su: 老師 7 mā: 也 8 góa: 我
sut-lâi-sut-khì: (眼光) 掃來掃去 10 kā: 把; 將 khó-kǹg:
考卷 bu̍t-siu: 沒收

Ó Chióh-thâu

Tiū-tiân phû chit liáp sè-liáp chióh-thâu.
A-peh théh oeh-á lâi oeh, oeh-bē-tiāu.
I giáh thô͘-chhiah lâi chhiah, chhiah-bē-tiāu.
I sái bâk-khú-ó͘ lâi ó͘, ó͘-bē-tiāu.
05 A-peh lú ó͘, lú chhim, lú tōa-khang.
Chióh-thâu kan-ná m̄ tín-tāng.
A-peh ó͘ kàu chhân, chhân bô‧khì.
Ó͘ kàu chhù, chhù bô‧khì.
Hō͘ chit-ē lóh, A-peh ê thó͘-tē piàn chúi-tî,
10 Chúi-bīn phû chit liáp sè-liáp chióh-thâu.

---

0 ó͘: 挖 chióh-thâu: 石頭 1 tiū-tiân: 曬穀場 phû:
浮 chit: 一 liáp: 顆 sè-liáp: 顆粒小的 2 a-peh: 伯
伯 théh: 拿 oeh-á: 小鏟子 lâi: 來 oeh: 挖 bē: 不
能 tiāu: 掉 3 i: 他 giáh: 拿；舉 thô͘-chhiah: 大
鏟子 chhiah: 鏟 4 sái: 開；駛 bâk-khú-ó͘: 反鏟挖土
機 5 lú...lú...: 越...越... chhim: 深 tōa-khang: 孔
穴大 6 kan-ná: 偏偏 m̄ tín-tāng: 不肯動 7 kàu: 到
達 chhân: 田 bô‧khì: 化為烏有 8 chhù: 房子 9 hō͘:
雨 chit-ē: 一 (... 就) lóh: 下；降 ê: 的 thó͘-tē: 土地
piàn: 變成 chúi-tî: 池子 10 chúi-bīn: 水面上 phû:
浮

387

O͘-hûn Chhut-chhau

"Tā-tā, ti, tā-tā—," hong teh pûn lát-pah.
O͘-hûn kóaⁿ-kín chip-háp, boeh chhut-chhau.
"Khāi-pō͘—pháuh!" O͘-hûn tōa-hoáh cháu.
"Tō͘-lòng, tòng! Tō͘-lòng, tòng!"
05 Lûi-kong, tōa-kó͘, sió-kó͘, tit-tit kòng.
Gín-á tōa-hàn-sè-hàn lóng chin kiaⁿ,
Bih-jip-khì phōe-té, m̄-káⁿ thiaⁿ.
Tán kà bô-thiaⁿ-kìⁿ lûi-kong-siaⁿ,
Chiah tham-thâu chhut-lâi khòaⁿ,
10 Khòaⁿ-tióh péh-hûn tī-é khoaⁿ-khoaⁿ kiâⁿ.

---

0 o͘-hûn: 黑雲 chhut-chhau: 出操 1 tā-tā, ti, tā-tā—: (號角聲) hong: 風 teh: 正在 pûn lát-pah: 吹號 2 kóaⁿ-kín: 趕緊 chip-háp: 集合 boeh: 將要 3 khāi-pō͘—pháuh: 開步— 跑! tōa-hoáh: 大踏步 cháu: 跑步 4 tō͘-lòng, tòng: (鼓聲) 5 lûi-kong: 雷 tōa-kó͘: 大鼓 sió-kó͘: 小鼓 tit-tit: 一直的 kòng: 搥打 6 gín-á: 孩子 tōa-hàn-sè-hàn: (人) 大大小小 lóng: 都 chin: 很 kiaⁿ: 害怕 7 bih-jip-khì: 躲進... 去 phōe-té: 被窩裡 m̄-káⁿ: 不敢 thiaⁿ: 聽 8 tán kà: 等到 bô-thiaⁿ-kìⁿ: 聽不見 siaⁿ: 聲音 9 chiah: 這才 tham-thâu: 伸出頭; 探頭 chhut-lâi: 出來 khòaⁿ: 看 10 khòaⁿ-tióh: 看見 péh-hûn: 白雲 tī-é: 正在 khoaⁿ-khoaⁿ: 慢慢兒的 kiâⁿ: 走; 步行

O·-hûn Sio-e

Chi̍t tīn o·-hûn chū-chi̍p tī thiⁿ-téng,
Hiâm thiⁿ-téng siuⁿ-kòe léng,
Kóng: "Lán lâi sio-e, lâi sio-kheh."
Chi̍t tè o·-hûn e-kòe-lâi.
05 "Pià-liáng"·-chi̍t·-ē, chhut hóe-chheⁿ.
Pa̍t tè o·-hûn e-kòe-khì.
"Pià-liáng"·-chi̍t·-ē, chhut hóe-chheⁿ.
O·-hûn e-lâi-e-khì, e-kà hū-hū-kiò,
E-kà hah-hah-chhiò,
10 E-kà kōaⁿ-chúi to̍p-to̍p-tih.

---

0 o·-hûn: 黑雲 sio: 互相 e: 推; 推擠 1 chi̍t: 一 tīn:
群 chū-chi̍p: 聚集 tī: 待在 thiⁿ-téng: 天空 2 hiâm:
嫌 siuⁿ-kòe: 太; 過於 léng: 冷 3 kóng: 說 lán: 咱們
lâi: 來 kheh: 擠 (在一塊) 4 tè: 片; 塊 kòe-lâi: 過來
5 "pià-liáng"·-chi̍t·-ē: 轟的一聲 chhut hóe-chheⁿ: 迸
出火花 6 pa̍t: 別的 kòe-khì: 過去 8 ...lâi ...khì: 過
來... 過去 kà: 得 hū-hū-kiò: 轟隆轟隆地響 9 hah-
hah-chhiò: 哈哈笑 10 kōaⁿ-chúi: 汗水 to̍p-to̍p-tih: 滴
個不停

O͘-o͘ Thau-chhōa-jiō

A-ka ê pâng-keng chi̍t tiuⁿ tô͘.
Tô͘ ê lāi-té chi̍t chiah káu.
A-ka kā i hō-miâ kiò "O͘-o͘".
O͘-o͘ ta̍k mê cháu-chhut-lâi tô͘ gōa-kháu,
05 Cháu-ji̍p-khì A-ka ê phōe lāi-té,
Thiⁿ boeh kng, O͘-o͘ tiō cháu-tńg-khì tô͘·e.
Ū-chi̍t chái, A-ka in ma-ma lâi chih-phōe,
Bong-tio̍h phōe-té tâm-kô͘-kô͘.
A-ka kóng: "He m̄-sī góa ·o͘. Lâng goán bô.
10 "He sī O͘-o͘. O͘-o͘ thau-chhōa-jiō."

---

0 O͘-o͘: 小黑 thau-chhōa-jiō: 尿床; 小便失禁 1 A-ka:
阿嘉 ê: 的 pâng-keng: 房間 chi̍t: (有) 一 tiuⁿ: 幅;
張 tô͘: 圖畫 2 lāi-té: 裡頭 chiah: 隻 káu: 狗 3 kā:
給; 把 i: 它 hō-miâ: 取名字 kiò: 叫做 4 ta̍k: 每
mê: 晚上 cháu-chhut-lâi...: 出來到... gōa-kháu: 外頭
5 cháu-ji̍p-khì...: 進到... 去 phōe: 被子 6 thiⁿ boeh
kng: 天快亮的時候 tiō: 就; 便 cháu-tńg-khì...: 回到...
去 ·e: 裡; 上 7 ū-chi̍t: 有一; 某 chái: 早晨 in: 他的
ma-ma: 媽媽 lâi: 來 chih-phōe: 摺被子 8 bong-tio̍h:
摸到 phōe-té: 被子裡 tâm-kô͘-kô͘: 濕漉漉 9 kóng:
說 he: 那; 那個 m̄-sī: 不是 góa: 我 ·o͘: 呢; 啊 lâng
goán bô: "我們沒有"; 不是我做的 10 sī: 是

390

Óaⁿ-pôaⁿ

Mê chhim ·a, lâng khì khùn ·a.
Chàu-kha ê óaⁿ-pôaⁿ chhéⁿ-·khí-·lâi.
Tī tùi óaⁿ-kong "khiang"-·chı̍t-·ē ka kòng-·lo̍h-
·khì,
Kui ê óaⁿ-pôaⁿ lóng-chóng tāng-·khí-·lâi,
05 Ū-ê thiàu-bú, ū-ê pí-bú, ū-ê phah bôk-sìn-gù.
Óaⁿ-kong se̍h lin-long; pôaⁿ-á lián-chîⁿ-á.
Liān hang-óaⁿ-ki to hàiⁿ-thâu, koh chàm-kha.
Sńg kui mê, thiⁿ kng ·a, lâng khí-·lâi ·a.
Óaⁿ-pôaⁿ kóaⁿ-kín tó-·lo̍h-·khì, pâi-hơ-hó,
10 Iáu gi-gí-gu̍h-gu̍h teh thau-chhiò.

---

0 óaⁿ-pôaⁿ: 餐具　1 mê: 夜　chhim: 深　·a: 了　lâng: 人　khì: ... 去　khùn: 睡覺　2 chàu-kha: 廚房　ê: 的　chhéⁿ: 醒　·khí-·lâi: 起來　3 tī: 筷子　tùi: 朝著　óaⁿ-kong: 海碗　"khiang"-·chı̍t-·ē: 噹的一聲　ka: 將之　kòng: (用力) 敲　·lo̍h-·khì: 下去　4 kui: 整 (個)　ê: 個　lóng-chóng: 全部　tāng: 動　5 ū-ê: 有的　thiàu-bú: 跳舞　pí-bú: 比武　phah bôk-sìn-gù: 打西洋拳　6 se̍h lin-long: 轉; 繞　pôaⁿ-á: 盤子　lián-chîⁿ-á: (硬幣) 等豎著轉　7 liān...to: 連... 也　hang-óaⁿ-ki: 烘碗機　hàiⁿ-thâu: 摔腦袋　koh: 而且又　chàm-kha: 踩脚　8 sńg: 玩兒　thiⁿ kng: 天亮　khí-·lâi: 起床; 起來　9 kóaⁿ-kín: 趕緊　tó: 躺　pâi-hơ-hó: 排好　10 iáu: 還　gi-gí-gu̍h-gu̍h: 忍不住而竊笑出聲　teh thau-chhiò: 竊笑著

391

Oat-ông

Oat-ông chiàn-su, chin sit-khùi,
Tńg-lâi chiah tá^n, khùn chhâ-tui,
Siū^n-boeh āu-jit koh chhut-cheng.
Sa^n nî āu, peng-á iáu-sī bô-lō·-ēng.
05 Tāi-sîn kóng: "Peng-á tioh-ài chiah tá^n, khùn
    chhâ-tui.
    "Pē-hā èng-kai chiah bah, khùn phòng-chhńg."
Sa^n nî āu, peng-á m̄ chhut-cheng.
Tāi-sîn kóng: "Pē-hā mā tioh chiah tá^n, khùn
    chhâ-tui.
    "Peng-á ū-tang-sî-á èng-kai chiah bah, khùn
    phòng-chhńg."
10 Sa^n nî āu, Oat-ông tòa-peng khì chhut-cheng.

---

0 Oat-ông: 越王 1 chiàn-su: 戰敗 chin: 很 sit-khùi:
丟臉; 出醜 2 tńg-lâi: 回來 chiah: 吃 tá^n: 膽 khùn:
睡 chhâ-tui: 摞起來的柴薪 3 siū^n-boeh: 想要 āu-jit:
將來 koh: 再 chhut-cheng: 出征 4 sa^n: 三 nî: 年
āu: 後 peng-á: 士兵 iáu-sī: 仍然; 還是 bô-lō·-ēng:
無用; 不能打仗 5 tāi-sîn: 大臣 kóng: 說 tioh-ài: 必
須 6 pē-hā: 陛下 èng-kai: 應該 bah: 肉 phòng-
chhńg: 彈簧床 7 m̄: 不肯 8 mā: 也 tioh: 必須
9 ū-tang-sî-á: 有時候 10 tòa-peng: 帶兵 khì: 去

Ȯh Poe

Ke-kang siūⁿ-ài poe-chiūⁿ-thiⁿ.
Ke-bó kóng: "He kán-tan ê tāi-chì.
"Lâi. Góa kà ·lí."
Ke-bó tiō chhōa ke-kang khì khàm-piⁿ.
05 Khàm-piⁿ ū chiáu-á teh khui phá-thì,
Khòaⁿ-tiȯh in, lóng-chóng poe-poe-·khì.
Chiáu-á lú poe, lú koân, lú poe, lú koân.
Ke-bó ùi khàm-piⁿ kā ke-kang chhia-·lȯh-·khì,
Kóng: "Taⁿ, kín poe! Ȯh, tiō ē."
10 Ke-kang lú poe, lú kē, lú poe, lú kē.

---

0 ȯh: 學 poe: 飛 1 ke-kang: 公雞 siūⁿ-ài: 想要 poe-chiūⁿ-thiⁿ: 飛上天 2 ke-bó: 母雞 kóng: 說 he: 那 (是) kán-tan: 簡單 ê: 的 tāi-chì: 事情 3 lâi: 來 (呀) góa: 我 kà: 教 lí: 你 4 tiō: 就; 於是 chhōa: 帶領 khì...: 到... 去 khàm-piⁿ: 山崖邊 5 ū: 有 chiáu-á: 鳥兒 teh: 正在 khui phá-thì: 開同樂會 6 khòaⁿ-tiȯh: 看到 in: 它們 lóng-chóng: 全部 poe-poe-·khì: 飛走了 7 lú...lú...: 越... 越... koân: 高 8 ùi: 打從 kā: 把 chhia-·lȯh-·khì: 推下去 9 taⁿ: 好啦; 現在 kín: 趕快 ē: 會; 懂得 10 kē: 低

Pái-kha

A-kok, A-bîn, chı̍t-lâng pái chı̍t kha.
A-kok pái chiàⁿ-kha; A-bîn pái tò-kha.
Ū chı̍t jı̍t, nn̄g ê chhut-khì ke-á kiâⁿ.
A-kok kiâⁿ tò-pêng, A-bîn kiâⁿ chiàⁿ-pêng.
05 Nn̄g ê pái‑‑chı̍t‑‑ē pái‑‑chı̍t‑‑ē, tiāⁿ sio-e,
Liam-ni keng-thâu sio-lòng,
Liam-ni thâu-khak sio-kòng.
A-kok kóng: "Lán lâi ōaⁿ pêng."
A-kok kiâⁿ chiàⁿ-pêng, A-bîn kiâⁿ tò-pêng.
10 Nn̄g ê pái‑‑chı̍t‑‑ē pái‑‑chı̍t‑‑ē, chin chéng-chê.

---

0 pái-kha: 跛脚　1 A-kok: 阿國　A-bîn: 阿民　chı̍t:
一　lâng: 人　pái: 蹩; 跛　kha: 脚　2 chiàⁿ: 右　tò:
左　3 ū: 有　jı̍t: 天; 日子　nn̄g ê: 兩個人　chhut-khì:
出去　ke-á: 街上　kiâⁿ: 行走　4 pêng: 邊　5 ...chı̍t-
‑ē...chı̍t‑‑ē: ...一下... 一下　tiāⁿ: 常常　sio: 互相　e:
推擠　6 liam-ni... liam-ni...: 一會兒... 一會兒...　keng-
thâu: 肩膀　lòng: 撞擊　7 thâu-khak: 腦袋　kòng: 碰
撞　8 kóng: 講　lán: 咱們　lâi: 來　ōaⁿ: 換　10 chin:
很　chéng-chê: 整齊

Pak-hong kah Jit-thâu

Pak-hong kah jit-thâu pí-tàu gâu.
In khòaⁿ chhân-tiŏng chit keng chhù,
Chhù-lāi ê lâng tng-teh poâh môa-chhiak.
In tiō pí-sài khòaⁿ chiâ tāi-seng ka kóaⁿ-cháu.
05 Jit-thâu sòa-mé phảk.
Chhù-lāi ê lâng khui lêng-khì,
Chiàu-siâng poâh môa-chhiak.
Sòa-·lòh-·khì, pak-hong sòa-mé thàu,
Chhoe-kà chhù-kòa pi-pí-piảk-piảk.
10 Chhù-lāi ê lâng chông-chhut-lâi gōa-kháu.

---

0 pak-hong: 北風 kah: 和; 以及 jit-thâu: 太陽 1 kah: 和 (... 互相) pí-tàu: 比賽 gâu: 有本事 2 in: 它們; 他們 khòaⁿ: 看見 chhân-tiŏng: 水田中間 chit: 一 keng: 棟 chhù: 房子 3 lāi: 裡頭 ê: 的 lâng: 人 tng-teh: 正在 poâh môa-chhiak: 搓麻將 4 tiō: 就 pí-sài: 比賽 khòaⁿ: 看看 chiâ: 誰 tāi-seng: 首先 ka: 把他們 kóaⁿ-cháu: 趕走 5 sòa-mé: 拚命 phảk: 曬 6 khui lêng-khì: 開冷氣 7 chiàu-siâng: 照常 8 sòa-·lòh-·khì: 接下來 thàu: (風) 括 9 chhoe: 吹 kà: 得; 以至於 chhù-kòa: 屋頂 pi-pí-piảk-piảk: 必必剝剝 10 chông: 衝 chhut-lâi: 出來 gōa-kháu: 外頭

Pak-phôe

Lâng ài pak hó͘-phôe, pak pà-phôe,
Tiō-sī bô-ài pak sai-phôe.
Hó͘ kah pà siūⁿ-lóng-bô.
Sai kóng: "Sai-phôe sò͘-sò͘ bô hó-khòaⁿ.
05 "Hó͘-phôe chi̍t-chōa-chi̍t-chōa chin hó-khòaⁿ.
"Pà-phôe chi̍t-tah-chi̍t-tah mā hó-khòaⁿ."
Hó͘ kóng: "Pan-bé ê phôe mā hó-khòaⁿ.
"M̄-kò bô-lâng pak, sī-án-nòa?"
Sai kóng: "Án-nóa bô? Lí khì to͘-chhī khòaⁿ.
10 "Si̍p-jī-lō͘-kháu lóng-mā pan-bé-sòaⁿ."

---

0 pak: 剝 phôe: 皮 1 lâng: 人 ài: 喜愛 hó͘: 老虎
pà: 豹子 2 tiō-sī: 偏偏 bô-ài: 不想 sai: 獅子 3 kah:
和; 以及 siūⁿ-lóng-bô: 想不通 4 kóng: 說 sò͘: 素 bô:
不 hó-khòaⁿ: 好看 5 chi̍t-chōa-chi̍t-chōa: 一條一條
的 chin: 很 6 chi̍t-tah-chi̍t-tah: 一點一點的 mā: 也
7 pan-bé: 斑馬 ê: 的 8 m̄-kò: 但是 bô-lâng: 沒人
sī-án-nòa: 爲什麼 9 án-nóa: 怎麼; 哪裡 bô: 沒有 lí:
你 khì: 到... 去 to͘-chhī: 都市 khòaⁿ: 看 (看) 10 si̍p-
jī-lō͘-kháu: 十字路口 lóng-mā: 盡是 pan-bé-sòaⁿ: 斑
馬線

Pêⁿ-kai ê Chhù

Chi̍t keng pêⁿ-kai ê chhù é-bih-bih,
Hō͘ piⁿ-·a ê tōa-lâu khòaⁿ-bē-khí.
Chhù kóng: "Boeh sìn, m̄ sìn, iû-chāi lí.
"Kî-si̍t góa pí lí khah hông khòaⁿ-ū-khí.
05 "Lí chi̍t tòng hiah-nī khoah, hiah-nī tōa.
"M̄-kò lâng lâi chit keng khòaⁿ, hit keng khòaⁿ,
"Kéng-lâi-kéng-khì, chiah kéng chi̍t keng tòa.
"Góa chi̍t keng sè-sè-·a, bô-gōa khoah.
"M̄-kò ū kúi-ā bān lâng siūⁿ-boeh tòa.
10 "Sǹg-sǹg-·le, lí m̄-pí góa."

---

0 pêⁿ-kai ê chhù: 平房 1 chi̍t: 一 keng: 間; 橡; 棟 é-bih-bih: 矮繁繁 2 hō͘: 被; 遭受 piⁿ-·a: 旁邊 ê: 的 tōa-lâu: 大樓; 大廈 khòaⁿ-bē-khí: 看不起 3 chhù: 房子 kóng: 說 boeh sìn, m̄ sìn, iû-chāi lí: 信不信由你 4 kî-si̍t: 其實 góa: 我 pí: 比 lí: 你 khah: 還; 更 hông: 被人家 khòaⁿ-ū-khí: 看得起 5 tòng: 棟 hiah-nī: 那麼個 khoah: 寬闊 tōa: 大 6 m̄-kò: 但是 lâng: 人; 人家 lâi: 到來 chit: 這 khòaⁿ: 看看 hit: 那 7 kéng: 挑; 揀 ...lâi...khì: ...來...去 chiah: 才; 只 tòa: 居住 8 sè-sè-·a: 小小的 bô-gōa: 不怎麼 9 ū: 有 kúi-ā: 好幾 bān: 萬 siūⁿ-boeh: 想要 10 sǹg-sǹg-·le: 算來; 算一算 m̄-pí: 比不上

Péh-hûn

Chit tè péh-hûn chin ko͘-toaⁿ,
Kiò hong kā i chhōa, chhōa-khì chhōe phōaⁿ.
Hong kóng: "Bô būn-tê,"
Tiō kā péh-hûn tit-tit chhoe,
05 Chhoe-kòe koân-soaⁿ, chhoe-kòe pêⁿ-tē,
Chhoe-kòe bô-piⁿ ê tōa-hái,
Chhoe-khì chin chē o͘-hûn ê só͘-chāi.
Péh-hûn hiâm o͘-hûn chin pháiⁿ-khòaⁿ,
Boăi o͘-hûn kah i chò-phōaⁿ.
10 Péh-hûn bô phōaⁿ, chin ko͘-toaⁿ.

---

0 péh-hûn: 白雲 1 chit: 一 tè: 朵; 片 chin: 很 ko͘-
toaⁿ: 孤單 2 kiò: 叫 hong: 風 kā: 把; 將 i: 它
chhōa: 帶領 khì: … 去 chhōe: 尋找 phōaⁿ: 伴兒
3 kóng: 說 bô: 沒有 būn-tê: 問題 4 tiō: 就; 於是
tit-tit: 一直的 chhoe: 吹 5 kòe: 過; 經 koân-soaⁿ:
高山 pêⁿ-tē: 平地 6 bô-piⁿ: 無邊 ê: 的 tōa-hái: 大
海 7 chē: 多 o͘-hûn: 黑雲 só͘-chāi: 地方 8 hiâm:
嫌 pháiⁿ-khòaⁿ: 難看 9 boăi: 不要; 不願 kah: 和 (…
互相) chò-phōaⁿ: 做伴

398

Pe̍h-seh Kong-chú

Chhit ê é-á-lâng tú teh chia̍h àm-tǹg,
Chi̍t ê pe̍h thâu-mn̂g ê sió-chiá lâi kiò-mn̂g.
Sió-chiá kóng: "Góa sī Pe̍h-seh Kong-chú,
"Lín ê lāu pêng-iú. Lín kám bē-jīn-·eh?"
05 É-á-lâng kóng: "Ěⁿ! Lí ê thâu-mn̂g pe̍h-pe̍h.
"Lâng Pe̍h-seh Kong-chú ê thâu-mn̂g o͘-·ê ·nè!"
Sió-chiá mn̄g kóng: "Iah seh sī pe̍h-·ê a̍h o͘-·ê?"
É-á-lâng kóng: "Seh tong-jiân mā pe̍h-·ê."
Sió-chiá koh mn̄g kóng: "Kà seh sī pe̍h-·ê,
10 "Pe̍h-seh Kong-chú ê thâu-mn̂g ná ē o͘-·ê ·le!?"

---

0 Pe̍h-seh Kong-chú: 白雪公主 1 chhit: 七 ê: 個 é-á-lâng: 矮人 tú teh: 剛剛正在 chia̍h àm-tǹg: 吃晚飯 2 chi̍t: 一 pe̍h: 白 thâu-mn̂g: 頭髮 ê: 的 sió-chiá: 小姐 lâi: 來 kiò-mn̂g: 叫門 3 kóng: 說 góa: 我 sī: 是 4 lín: 你們 lāu pêng-iú: 老朋友 kám...: ...嗎 bē-jīn-·eh: 不認得 5 ěⁿ: (表示認爲奇異或不正確) lí: 妳 6 lâng: 事實上 o͘-·ê: 黑的 ·nè: 呢; 你可知道嗎 7 mn̄g: 問 iah: 那麼; 而 seh: 雪 sī: 是 pe̍h-·ê: 白的 a̍h: 還是; 或是 8 tong-jiân mā: 當然是 9 koh: 又; 再 kà: 既然 10 ná ē: 爲什麼; 怎麼可能 ·le: (爲什麼) 呢

Peh-soaⁿ

A-bín-î chhōa A-bí kah A-ka khì peh-soaⁿ.
Peh-soaⁿ, peh chi̍t-pòaⁿ,
A-bí hoah kha sng, A-ka hoah kha thiàⁿ.
A-bín-î chiàⁿ-chhiú phō A-bí,
05 Tò-chhiú phō A-ka.
A-bí chin hoaⁿ-hí,
A-ka chhiò-ha-ha.
A-bín-î phō A-bí kah A-ka teh peh-soaⁿ,
Liam-ni phiân tùi lō͘-piⁿ ·khì,
10 Liam-ni hiám-hiám-á un-·lo̍h-·khì.

---

0 peh: 爬; 登 soaⁿ: 山 1 A-bín-î: 阿敏阿姨 chhōa: 帶
領 A-bí: 阿美 kah: 和; 以及 A-ka: 阿嘉 khì...: ... 去
2 chi̍t-pòaⁿ: 一半 3 hoah: 喊; 抱怨 kha: 脚 sng: 累;
痠 thiàⁿ: 疼 4 chiàⁿ-chhiú: 右手 phō: 抱 5 tò-chhiú:
左手 6 chin: 很 hoaⁿ-hí: 高興 7 chhiò-ha-ha: 笑呵
呵 8 teh: 正在 9 liam-ni...liam-ni...: 一會兒... 一會
兒... phiân: 跌跌撞撞; 顛 ...tùi... ·khì: ... 向... lō͘-piⁿ:
路旁 10 hiám-hiám-á: 差點兒; 險些 un-·lo̍h-·khì: 站
不住而蹲下或差點兒蹲下

400

Peng-á Iô-·loh-·khì

A-put-tó-á peng-á pâi chit liat.
Pan-tiúⁿ hoah kóng: "Iô-·loh-·khì!"
Peng-á ū-ê hián-kòe-lâi, ū-ê hián-kòe-khì,
Khi-khí-khok-khok, khok-lâi-khok-khì.
05 Pan-tiúⁿ khòaⁿ-tioh chin siūⁿ-khì,
Kóng: "Seng hián chiàⁿ-pêng, chiah hián tò-
pêng. Iô-·loh-·khì!"
Peng-á khi-khí-khok-khok, iô-lâi-iô-khì.
Pan-tiúⁿ khòaⁿ-tioh chin hoaⁿ-hí.
M̄-kò A-put-tó-á peng-á bô chhù-bī,
10 Khi-khí-khok-khok, iô-kà khùn-khùn-·khì.

---

0 peng-á: 士兵　iô-·loh-·khì: 開始搖　1 a-put-tó-á: 不
倒翁　pâi chit liat: 排成一列　2 pan-tiúⁿ: 班長　hoah
kóng: 喝道　3 ū-ê: 有的　hián: (著地) 擺動　kòe-lâi: 過
來　kòe-khì: 過去　4 khi-khí-khok-khok: 互相碰撞而發
出堅實的聲音　khok: (硬) 碰 (硬)　...lâi...khì: ... 來...
去　5 khòaⁿ-tioh: 看著; 看得　chin: 很　siūⁿ-khì: 生
氣　6 kóng: 說　seng: 首先　chiàⁿ-pêng: 右邊　chiah:
才; 再; 然後　tò-pêng: 左邊　7 khi-khí-khok-khok: (搖椅
等) 搖來搖去的樣子　iô: 搖擺　8 hoaⁿ-hí: 高興　9 m̄-kò:
但是　bô chhù-bī: 覺得無聊; 不感興趣　10 iô-kà khùn-
khùn-·khì: 搖得睡著了

Phah-chhiú-to

Nn̄g ê kûn-thâu sai-hū pí kang-hu,
Hun-bē-chhut chiâ khah iâⁿ, chiâ khah su.
Chit thȧh chng-á chȧp tè, in lóng tok-ē-tn̄g,
Jī-chȧp tè mā tok-tn̄g, saⁿ-chȧp tè mā tok-tn̄g.
05 In ùi ê-chái pí-sài kàu ê-hng.
Tȧk-kē hiâm in sî-kan thoa siuⁿ tn̄g.
Piⁿ-·a nn̄g ê gín-á tú teh phah-chhiú-to.
Tȧk-kē khòaⁿ-·tiȯh, kóng: "Án-ne khah hó
    sńg."
Nn̄g ê sai-hū tiō ōaⁿ phah-chhiú-to,
10 Tok-lâi-tok-khì, chhiú-to tok-bē-tn̄g.

---

0 phah-chhiú-to: 兩人以末指一端的手掌邊緣切對方的相
同部位　1 nn̄g: 二　ê: 個　kûn-thâu sai-hū: 拳師
pí kang-hu: 比武　2 hun-bē-chhut: 看不出　chiâ: 誰
khah: 較爲　iâⁿ: 贏　su: 輸　3 chit: 一　thȧh: 疊
chng-á: 磚　chȧp: 十　tè: 塊　in: 他們　lóng: 都　tok-
ē-tn̄g: 切得斷　4 jī-chȧp: 二十　mā: 也　tok-tn̄g: 切斷
saⁿ-chȧp: 三十　5 ùi: 打從　ê-chái: 早晨　pí-sài: 比賽
kàu: 到達　ê-hng: 夜晚　6 tȧk-kē: 大家　hiâm: 嫌　sî-
kan: 時間　thoa: 拖延　siuⁿ: 太　tn̄g: 長　7 piⁿ-·a: 旁邊
gín-á: 孩子　tú teh: (剛好)正在　8 khòaⁿ-·tiȯh: 看見
kóng: 說　án-ne: 這樣子　hó sńg: 好玩兒　9 tiō: 於是
ōaⁿ: 改；換成　10 tok-lâi-tok-khì: 切來切去　chhiú-to:
末指一端的手掌邊緣　tok-bē-tn̄g: 切不斷

402

Phah-chiáu

Ū nn̄g ê sî-cheng, sî-kan chha-chi̍t-sut-sut-á.
Piah-cheng lāi-té chi̍t chiah chiáu-á,
Ta̍k khek khui-mn̂g chhut-lâi "kiàu-kiàu"-háu.
Khiā-cheng lāi-té chi̍t ê lâng,
05 Sûi khui-mn̂g chhut-lâi khui-chhèng, phah-chiáu,
Tân-ti̍oh: "Kiàu-kiáu, piáng; kiàu-kiáu, piáng."
Piah-cheng ká-liáu bô-kàu ân,
Ná lâi, ná pí khiā-cheng kiàⁿ-khah-bān.
Lâng seng khui-chhèng, chiáu-á chiah háu,
10 Tân-ti̍oh: "Piáng, kiàu-kiáu; piáng, kiàu-kiáu."

---

0 phah-chiáu: (用鳥槍) 獵鳥　1 ū: 有　nn̄g: 二　ê: 個
sî-cheng: 時鐘　sî-kan: 時間　chha: 差　chi̍t-sut-sut-
á: 一點點　2 piah-cheng: 掛鐘　lāi-té: 裡頭　chi̍t: 一
chiah: 隻　chiáu-á: 鳥　3 ta̍k khek: 每一刻鐘　khui-
mn̂g: 開門　chhut-lâi: 出來　"kiàu-kiàu"-háu: 發 "kiáu,
kiáu" 的叫聲　4 khiā-cheng: 座鐘　lâng: 人　5 sûi: 馬
上; 隨即　khui-chhèng: 開槍　6 tân-ti̍oh: 響聲聽起來好
像　kiàu-kiáu: (某些鳥的叫聲)　piáng: (槍聲)　7 ká-liáu
bô-kàu ân: (發條) 上得不夠緊　8 ná lâi, ná...: 越來越...
pí... kiàⁿ khah bān: 比... 走得慢　9 seng: 首先　chiah:
才; 然後　háu: 叫; 啼

Phah Tiān-ōe

A-ek, A-hô, kiâⁿ-kà kha chin sng,
Giōng-boeh ài lâng kng,
Siūⁿ-boeh phah tiān-ōe, kiò lâng chài,
Kiò A-ek in ê pa-pa lâi.
05 A-ek siuⁿ sè-hàn, A-hô bô-kàu koân.
In siūⁿ-tiȯh chit ê pān-hoat, chin kán-tan.
Nn̄g ê tiō giâ-tōng-khēng,
A-ek khiâ tòa A-hô ê keng-thâu-téng,
Phah tiān-ōe, kiò lâng lâi,
10 Kiò in pa-pa kín lâi chài.

---

0 phah tiān-ōe: 打電話　1 A-ek: 阿益　A-hô: 阿和 kiâⁿ: 走 (路)　kà: 得; 以至於　kha: 脚　chin: 很　sng: 痠　2 giōng-boeh: 幾乎　ài: 須要　lâng: 人　kng: 抬 3 siūⁿ-boeh: 想要　kiò: 叫　chài: 載　4 in: 他們　ê: 的　pa-pa: 爸爸　lâi: 來　5 siuⁿ: 太過　sè-hàn: (個子) 小　bô-kàu: 不夠　koân: 高　6 siūⁿ-tiȯh: 想出　chit: 一 ê: 個　pān-hoat: 辦法　kán-tan: 簡單　7 nn̄g ê: 兩個 人　tiō: 於是　giâ-tōng-khēng: 一個人跨著另一個人的脖 子坐在肩膀上　8 khiâ: 騎　tòa: 在於　keng-thâu-téng: 肩膀上　10 in: 他 (們) 的　kín: 快

Phàu-á

Chi̍t kōaⁿ phàu-á tú chhut-chhiúⁿ,
Lāi-té chi̍t li̍ap phòa-siùⁿ.
Pa̍t li̍ap phàu-á boăi kah i chò-phōaⁿ.
I kóng: "Pêng-iú, tī-hiaⁿ! Lán lóng kāng ūn-
    miā.
05 "Ū góa tī chia, lán chiah oân-choân chi̍t kōaⁿ.
"Bô-lūn lín khì tà, góa lóng ê tàu-tīn kiâⁿ."
Sî kàu, lâng tiám-hóe pàng-phàu.
Pa̍t li̍ap phàu-á pi-pí-pia̍k-pia̍k, piak-piak tiāu.
Phòa-siùⁿ ê phàu-á tâi tī chóa-iù-á-tui,
10 Hō͘ lâng chò-hóe put-put, piàⁿ-piàⁿ tiāu.

---

0 phàu-á: 鞭炮 1 chi̍t: 一 kōaⁿ: 串 tú: 剛剛 chhut-
chhiúⁿ: 出廠 2 lāi-té: 裡頭 li̍ap: 個; 顆 phòa-siùⁿ:
（身體）殘缺不全 3 pa̍t: 別; 其他 boăi: 不喜歡 kah:
和（… 互相）i: 它 chò-phōaⁿ: 做伴 4 kóng: 說
pêng-iú, tī-hiaⁿ: 兄弟朋友 lán: 咱們 lóng: 都是 kāng
ūn-miā: 命運相同 5 ū: 有 góa: 我 tī: 在於 chia:
這兒 lán: 咱們 chiah: 才; 才是 oân-choân: 完整的
6 bô-lūn: 不論 lín: 你們 khì tà: 上哪兒去 lóng: 都 ê:
將會 tàu-tīn: 一道 kiâⁿ: 走 7 sî kàu: 到時候 lâng:
人 tiám-hóe: 點火 pàng-phàu: 放鞭炮 8 pi-pí-pia̍k-
pia̍k: 必必剝剝地 piak-piak tiāu: 炸掉 9 ê: 的 tâi:
埋 chóa-iù-á-tui: 碎紙堆 10 hō͘: 被 chò-hóe: 一道
put: 掃（使集中）piàⁿ-piàⁿ tiāu: 倒掉

Phe

Í-chá, Pa-pa siá phe jiok Ma-ma,
Chit jit m̄-chai kià kúi tiuⁿ.
Ma-ma chhàng-chhàng tòa bîn-chhn̂g-thâu,
Chng-chng··le, phôe-siuⁿ kúi-ā siuⁿ,
05 Theh-chhut-lâi kā goán tián.
Téng-ē, Ko-ko siá í-mè-ờ phāⁿ me-me,
Chit jit m̄-chai kià kúi phiⁿ.
Ió-bih lâu-lâu tòa tiān-náu,
Khêng-khêng··le, fu-láp-pì kúi-ā phìⁿ,
10 Theh-chhut-lâi kā Pa-pa Ma-ma tián.

---

0 phe: 信函 **1** í-chá: 從前 pa-pa: 爸爸 siá: 寫 jiok:
追 ma-ma: 媽媽 **2** chit: 一 jit: 天; 日子 m̄-chai: 不
知道 kià: 寄 kúi: 幾; 多少 tiuⁿ: 封 **3** chhàng: 藏
tòa: 在於 bîn-chhn̂g-thâu: 床頭 **4** chng: 裝 ·le: 起
來; 一下 phôe-siuⁿ: 皮箱 kúi-ā: 許多 siuⁿ: 箱 **5** theh:
拿 chhut-lâi: 出來 kā: 對; 向 goán: 我們 tián: 炫
示 **6** téng-ē: 此前 ko-ko: 哥哥 í-mè-ờ: 伊媚兒 phāⁿ
me-me: 泡妞兒 **7** phiⁿ: 篇 **8** ió-bih: 備份 lâu: 留
tiān-náu: 電腦 **9** khêng: 整理 fu-láp-pì: 軟碟 phìⁿ:
片

406

Phēⁿ-phēⁿ-chhoán

Hóe-chhia teh peh-kiā,
Hóe-chhia-bó thoa hóe-chhia-kiáⁿ.
Thoa-kà phēⁿ-phēⁿ-chhoán,
Thoa-kàu soaⁿ-téng ·khì.
05 Hóe-chhia-kiáⁿ chhiò-hi-hi.
Hóe-chhia ōaⁿ lòh-kiā,
Hóe-chhia-kiáⁿ sak hóe-chhia-bó,
Cháu-kà phēⁿ-phēⁿ-chhoán,
Cháu-kàu soaⁿ-kha ·khì.
10 Ta̍k-kē chhiò-ha-ha.

---

0 phēⁿ-phēⁿ-chhoán: 氣喘如牛 1 hóe-chhia: 火車 teh:
正在 peh: 爬; 登 kiā: 坡 2 hóe-chhia-bó: 火車頭;
機關車 thoa: 拖 hóe-chhia-kiáⁿ: "火車之子", 指車皮
3 kà: 得; 到 4 kàu... ·khì: 到... 去 soaⁿ: 山 téng: 上
頭 5 chhiò-hi-hi: 笑嘻嘻 6 ōaⁿ: 換成 lòh: 下 7 sak:
推 8 cháu: 跑 9 kha: 腳; (山) 麓 10 ta̍k-kē: 大家
chhiò-ha-ha: 笑哈哈

Phōe-té

Hân-liû chi̍t-ē kàu,
Chhēng cha̍p niá saⁿ mā iáu bô-kàu,
Ài koh hiahⁿ phōe lâi pau.
Ha̍k-seng tha̍k-chheh, bih tòa phōe-té.
05 Lāu-su kà-chheh, mā bih tòa phōe-té.
Kan-na thó͘-chhut phīⁿ kah chhùi,
Thang-hó chhèng-phīⁿ kah chhoán-khùi.
Phōe-té chin sio, chin sù-sī.
Lāu-su, ha̍k-seng, khùn-khùn-‧khì,
10 Chhām phīⁿ kah chhùi to kiu-ji̍p-‧khì.

---

0 phōe-té: 被窩裡　1 hân-liû: 寒流　chi̍t-ē kàu: 一到
2 chhēng: 穿著　cha̍p: 十　niá: 件 (衣著)　saⁿ: 衣服
mā: 也　iáu: 還　bô-kàu: 不夠　3 ài: 須要　koh: 又;
也; 再　hiahⁿ: 拿 (衣物鋪蓋)　phōe: 被子　lâi: 來　pau:
包　4 ha̍k-seng: 學生　tha̍k-chheh: 讀書; 上學　bih:
躲　tòa: 在於　5 lāu-su: 老師　kà-chheh: 教書　6 kan-na:
只; 僅　thó͘-chhut: 露出　phīⁿ: 鼻子　kah: 和; 以及
chhùi: 嘴巴　7 thang-hó: 得以; 俾能　chhèng-phīⁿ: 擤
鼻涕　chhoán-khùi: 呼吸　8 chin: 很　sio: 暖和　sù-
sī: 舒適　9 khùn-‧khì: 睡著　10 chhām... to: 連... 也
kiu-ji̍p-‧khì: 縮進去

Phòng-kûn

A-bín-î chhēng phòng-kûn.
Phòng-kûn îⁿ-îⁿ ná hō·-sòaⁿ.
Hō· nā lâi, A-bí ē-tàng bih.
Phòng-kûn tōa-tōa ná báng-tà.
05 Káu nā lâi, niau-á ē-tàng bih.
Phòng-kûn kûn-ki khoah-khoah, îⁿ-liàn-liàn.
Pháiⁿ-lâng boeh chhiúⁿ kim phoàh-liān,
Chhun chhiú tham-bē-tiòh.
A-bín-î chio A-bí boeh thit-thô,
10 Chhun chhiú khan-bē-tiòh.

---

0 phòng-kûn: 鼓起的大圓裙 1 A-bín-î: 阿敏阿姨 chhēng:
穿 2 îⁿ: 圓 ná: 好像 hō·-sòaⁿ: 雨傘 3 hō·: 雨 nā: 如
果 lâi: 來 A-bí: 阿美 ē-tàng: 得以 bih: 躲 4 tōa: 大
báng-tà: 蚊帳 5 káu: 狗 niau-á: 貓 6 kûn-ki: 裙子
的下襬 khoah: 闊 îⁿ-liàn-liàn: 圓圓滾滾 7 pháiⁿ-lâng:
壞人 boeh: 想要 chhiúⁿ: 搶 kim: 黃金 phoàh-liān:
項鍊 8 chhun: 伸 chhiú: 手 tham-bē-tiòh: 夠不
到 9 chio: 邀 thit-thô: 遊玩 10 khan: 拉（手）; 牽
...bē-tiòh: ... 不到

409

Phûn-chai

A-bín-î chin ài chèng phûn-chai,
Phûn-chai tōa-tōa-sè-sè pâi-pâi kui chhù-lāi.
Pâi kà tiān-náu-toh, pâi kà liû-lí-tâi.
Pa-chio-hiȯh chȧh-tiȯh kng.
05 Chhiū-á-oe tú-tiȯh mn̂g.
Tîn-á tîⁿ-tîⁿ tòa bîn-chhn̂g.
Phûn-chai tōa-tōa-sè-sè tìn-tìn kui chhù-lāi.
A-bín-î liâm-ni kêⁿ-tiȯh chhêng-á-chhiu,
Liâm-ni lȯp-tiȯh Se-iûⁿ pȧh-hoe-chhài,
10 Poȧh-chȧt-tó, seng-khu kiap-kà choân chhì-
kiû.

---

0 phûn-chai: 盆栽 1 A-bín-î: 阿敏阿姨 chin: 很 ài: 喜愛 chèng: 種植 2 tōa-tōa-sè-sè: 大大小小 pâi: 擺；排 kui: 整個 chhù-lāi: 房子裡 3 kà: (甚至) 到 (了) tiān-náu-toh: 電腦桌 (上) liû-lí-tâi: 流理台 (上) 4 pa-chio-hiȯh: 巴蕉葉 chȧh: 擋；遮 tiȯh: 著；到 kng: 光線 5 chhiū-á-oe: 枝椏 tú: 頂；碰 mn̂g: 門 6 tîn-á: 藤子 tîⁿ: 纏 tòa: 在於 bîn-chhn̂g: 床 7 tìn: 佔空間 8 liam-ni... liam-ni...: 一會兒... 一會兒... kêⁿ: 絆 chhêng-á-chhiu: 榕樹的氣根 9 lȯp: 蹚；踏 Se-iûⁿ pȧh-hoe-chhài: 醉蝶花 10 poȧh-chȧt-tó: 跌了一交 seng-khu: 身子 kiap: 附著 kà: 得 choân: 全是 chhì-kiû: 仙人掌

410

Phùn-chúi-tî

Chhim-chéⁿ-á chi̍t ê phùn-chúi-tî.
Chi̍t káng chúi, chōaⁿ túi thiⁿ-téng--khì.
Chi̍t hio̍h chhiū-hio̍h-á poe--lo̍h--lâi,
Hō͘ chúi chōaⁿ kà hûn-téng--khì.
05 Kā phǐn-phóng khǹg--khit--lì,
Chōaⁿ-kà bô-khòaⁿ--ìⁿ.
Kā chúi-kiû khǹg--khit--lì,
Chōaⁿ-kà koân-koân--khì.
Kā A-loân lia̍h-lâi khǹg--khit--lì,
10 Chōaⁿ-kà ta̍k-kē seng-khu tâm-tâm--khì.

---

0 phùn-chúi-tî: 噴水池 1 chhim-chéⁿ-á: 天井 chi̍t: 一
ê: 個 2 káng: 股 chúi: 水 chōaⁿ: 噴 túi: 向 thiⁿ-
téng: 天空 ·khì: (去) 了 3 hio̍h: 葉 chhiū-hio̍h-á: 樹
葉 poe: 飄 ·lo̍h--lâi: 下來 4 hō͘: 被; 受 kà: 到; 至
hûn-téng: 雲上 5 kā: 把 phǐn-phóng: 乒乓 khǹg: 放
置 ·khit--lì: 上去 6 kà: 得; 以致於 bô-khòaⁿ--ìⁿ: 看
不見 7 chúi-kiû: 水球 8 ...kà koân-koân--khì: ... 得高
高的 9 A-loân: 阿鸞 lia̍h: 捉 lâi: 來 10 ta̍k-kē: 大
家 seng-khu: 身子 tâm-tâm--khì: 濕漉漉

Pí-·a! Pí-·a! Pí-·a!

Niáu-chhí-á nā cháu-ji̍p-khì ke-á-kiáⁿ-tīn,
Ke-á-kiáⁿ ē háu: "Pí-·a! Pí-·a! Pí-·a!"
Niau-á nā cháu-ji̍p-khì niáu-chhí-á-tīn,
Niáu-chhí-á ē háu: "Kíh! kíh! Kíh!"
05 Káu-á nā cháu-ji̍p-khì niau-á-tīn,
Niau-á ē háu: "Miáu! Miáu! Miáu!"
Gín-á nā cháu-ji̍p-khì káu-á-tīn,
Káu-á ē hm̄-hm̄-kiò.
Chi̍t chiah iûⁿ-á cháu-ji̍p-lâi gín-á-tīn,
10 Gín-á sio-cheⁿ sioh.

---

0 pí-·a: 小雞的驚叫聲　1 niáu-chhí-á: 老鼠　nā: 如果
cháu-ji̍p-khì: 闖進去　ke-á-kiáⁿ: 小雞　tīn: 群　2 ē:
會　háu: … 叫　3 niau-á: 貓　4 kíh: 吱　5 káu-á: 狗
6 miáu: 貓叫聲　7 gín-á: 孩子　8 hm̄-hm̄-kiò: 發出恐
嚇聲　9 chi̍t: 一　chiah: 隻　iûⁿ-á: 羊　cháu-ji̍p-lâi: 闖
進來　10 sio-cheⁿ: 爭相　sioh: 疼愛

Pí Ióng

Thô-thài-lông kah Sun-Ngō͘-khong teh pí ióng.
Thô-thài-lông kóng: "Góa sī thô-á-chí.
"Lí ná chiȯh-thâu-jîn.
"Chí tēng-tēng; jîn nńg-nńg.
05 "Só͘-í góa pí lí khah ióng."
Sun-Ngō͘-khong kóng: "Góa ná chiȯh-thâu-jîn.
"Lí sī thô-á-chí.
"Chiȯh-thâu tēng-tēng giȧp góa bē-sí.
"Lí ū thô-á-bah nńg-nńg chò khu-sióng.
10 "Só͘-í góa pí lí khah ióng."

---

0 pí: 比; 較量 ióng: 強壯 1 Thô-thài-lông: 桃太郎
kah: 和 (... 互相) Sun-Ngō͘-khong: 孫悟空 teh: 正
在 2 kóng: 說 góa: 我 sī: 是 thô-á: 桃子 chí: 子
兒; 核 3 lí: 你 ná: 好比 chiȯh-thâu: 石頭 jîn: 仁
4 tēng: 硬 nńg: 軟 5 só͘-í: 所以 pí...khah...: 比...
還... 8 giȧp: 夾 bē-sí: 不死 9 ū: 有 bah: 肉 chò:
當做 khu-sióng: 墊子

Pí Tn̂g

Chı̍t tīn tōng-bu̍t teh pí tn̂g.
Kî-lîn-lo̍k kóng i ām-kún siāng-kài tn̂g,
Kha siāng-kài tn̂g.
Chhiūⁿ kóng i chhùi-khí siāng-kài tn̂g,
05 Phīⁿ siāng-kài tn̂g.
Sai kóng i thâu-chang siāng-kài tn̂g.
Chôa kóng i seng-khu siāng-kài tn̂g.
Khe-á thiaⁿ--tio̍h, kóng i ke chin tn̂g.
Soaⁿ-lō͘ thiaⁿ--tio̍h, kóng i koh-khah tn̂g.
10 Sî-kan thiaⁿ--tio̍h, kóng i sî-kan siāng-kài tn̂g.

---

0 pí: 比 tn̂g: 長 1 chı̍t: 一 tīn: 群 tōng-bu̍t: 動物 teh: 正在 2 kî-lîn-lo̍k: 長頸鹿 kóng: 說 i: 它 ām-kún: 脖子 siāng-kài: 最 3 kha: 脚 4 chhiūⁿ: 大象 chhùi-khí: 嘴齒 5 phīⁿ: 鼻子 6 sai: 獅子 thâu-chang: 頭髮 7 chôa: 蛇 seng-khu: 身體 8 khe-á: 溪流 thiaⁿ--tio̍h: 聽見 ke: 多 chin: 很 9 soaⁿ-lō͘: 山路 koh-khah: 更 10 sî-kan: 時間

414

Pín-pín

Kì-lì-kì-lì-kúi bih tī mn̂g-āu.

Lâng khui mn̂g, Kì-lì-kì-lì-kúi gia̍p-chi̍t-ē pín-pín.

Kì-lì-kì-lì-kúi bih khì óaⁿ-té.

Lâng siu óaⁿ, Kì-lì-kì-lì-kúi hap-chi̍t-ē pín-pín.

05 Kì-lì-kì-lì-kúi bih khì ê lāi-té.

Lâng chhēng ê, Kì-lì-kì-lì-kúi ta̍h-chi̍t-ē pín-pín.

Kì-lì-kì-lì-kúi bih khì í-chū ē-té.

Lâng chē-·lòe, Kì-lì-kì-lì-kúi teh-chi̍t-ē pín-pín.

Kì-lì-kì-lì-kúi bô-tè bih, poaⁿ-·chhut-·khì,

10 Tī lō·-·ni hō· chhia kauh-chi̍t-ē pín-pín-pín.

---

0 pín-pín: 扁扁的　1 Kì-lì-kì-lì-kúi: 嘰哩嘰哩鬼　bih: 躲　tī: 在於　mn̂g-āu: 門後　2 lâng: 人　khui: 開　mn̂g: 門　gia̍p: 夾　...chi̍t-ē...: ... 得...; ... 了一下...　3 ...khì...: ... 到... 去　óaⁿ-té: 碗裡頭　4 siu óaⁿ: 把碗疊在一起收起來　hap: (用模子) 壓　5 ê: 鞋　lāi-té: 裡頭　6 chhēng: 穿　ta̍h: 踏　7 í-chū: 椅墊　ē-té: 底下　8 chē-·lòe: 坐下去　teh: 壓　9 bô-tè...: 無處可...　poaⁿ-·chhut-·khì: 搬了出去　10 lō·-·ni: 路上　hō·: 被; 遭受　chhia: 車子　kauh: 軋; 輾

415

Piàn-chò Hî-á

Chit ê khit-chiàh kiâⁿ-lō͘ kiâⁿ-kà kha sng,
Tó tòa lō͘-piⁿ khòaⁿ-thiⁿ, siūⁿ kóng: lō͘ hiah hn̄g,
Siūⁿ kóng: "Nā piàn-chò chiáu-á,
"M̄-tiō bián kiâⁿ-lō͘...."
05 I koh siūⁿ kóng: "Nā piàn-chò hî-á,
"Mā-sī bián kiâⁿ-lō͘...."
Chit-sî-á, i ū-iáⁿ piàn-chò hî-á ·lo͘.
Koh chit-sî-á, hî-á chak-kà khehⁿ-khehⁿ-sàu.
Chhéⁿ-·khí-·lâi, chiah chai-iáⁿ teh lo̍h-tōa-hō͘,
10 Iah i tó tī lō͘-piⁿ ê pâi-chúi-kau, chúi teh lâu.

---

0 piàn-chò: 變成 hî-á: 魚 1 chit: 一 ê: 個 khit-chiàh: 乞丐 kiâⁿ-lō͘: 走路 kiâⁿ: 走; 步行 kà: 得; 到 kha: 脚 sng: 痠 2 tó: 躺 tòa: 在於 lō͘-piⁿ: 路旁 khòaⁿ: 看 thiⁿ: 天空 siūⁿ kóng: 想道 lō͘: 路途 hiah: 那麼 hn̄g: 遙遠 3 nā: 若 chiáu-á: 鳥 4 m̄-tiō: 可就 bián: 不必 5 i: 他 koh: 又 6 mā-sī: 也是 7 chit-sî-á: 過一陣子 ū-iáⁿ: 果真 ·lo͘: 了; 嘍 8 chak: 嗆 kà: 得 khehⁿ-khehⁿ-sàu: 咳兒咳兒地 9 chhéⁿ-·khí-·lâi: 醒來 chiah: 這才 chai-iáⁿ: 知道 teh: 正在 lo̍h-tōa-hō͘: 下大雨 10 iah: 而 tī: (存) 在於 ê: 的 pâi-chúi-kau: 排水溝 chúi: 水 lâu: 流

Pò·-hîm

Me-me ê pò·-hîm ài chiạh-tiⁿ,
Thau-chiạh bit, chiạh-kà liâm-thi-thi.
Ma-ma kā i tàn-jip-khì sé-saⁿ-ki.
Pò·-hîm tōa-siaⁿ ki.
05 Me-me mā tōa-siaⁿ ki.
Pò·-hîm sé-chheng-khì, hang-kà ta-phí-phí.
Me-me kóaⁿ-kín khì phō-·i.
Pò·-hîm chhiò-gī-gī.
Me-me mā chhiò-gī-gī,
10 Khì thẹh bit lâi kā pò·-hîm chhī.

---

0 pò·-hîm : 玩具熊 1 me-me: 妹妹 ê: 的 ài: 喜愛
chiạh: 吃 tiⁿ: 甜食 2 thau-chiạh: 偷吃 bit: 蜜 kà:
得; 到 liâm-thi-thi: 黏黏糊糊 3 ma-ma: 媽媽 kā:
把 i: 它 tàn-jip-khì: 丟進… 去 sé-saⁿ-ki: 洗衣機
4 tōa-siaⁿ: 高聲 ki: 尖叫著抗議 5 mā: 也; 亦 6 sé:
洗 chheng-khì: 乾淨 hang: 烘 ta-phí-phí: 乾巴巴
7 kóaⁿ-kín: 趕快 khì: 去 phō: 抱 8 chhiò-gī-gī: 笑
嘻嘻 10 thẹh: 拿 lâi: 來 chhī: 餵

Pò·-tē

Chhng-khò·, pò·-tē tún chin chē, tōa-tōa-sè-sè,
Āu tē bí, āu tē tāu-á, tē hoan-beh.
Chit chiah niáu-chhí kā-phòa bí-tē,
Bí lāu-kà chhi-chhí-chhē-chhē.
05 Pat chiah niáu-chhí kā-phòa pat tē,
Tāu-á, hoan-beh, lāu-kà chhi-chhí-chhē-chhē.
Niáu-chhí tiō tòa chhng-khò· khui iàn-hōe,
Kā bí, tāu-á, kah hoan-beh, chiah-khì chin-
chiaⁿ chē.
Kò·-chhng-khò·--ê jip--lâi, kiaⁿ-chit-ē,
10 Kín khì theh pò·-tē-chiam, thīⁿ pò·-tē.

---

0 pò·-tē: 麻袋 1 chhng-khò·: 倉庫 tún: 屯積 chin: 很
chē: 多 tōa-tōa-sè-sè: 大大小小 (都有) 2 āu: 也有 tē:
裝; 盛 bí: 米 tāu-á: 豆子 hoan-beh: 玉米 3 chit: 一
chiah: 隻 niáu-chhí: 老鼠 kā-phòa: 咬破 bí-tē: 米袋
4 lāu: 漏 kà: 得; 以至於 chhi-chhí-chhē-chhē: 嘩啦嘩
啦響 5 pat: 別 (的) tē: 袋 7 tiō: 於是 tòa: 在於
khui iàn-hōe: 擺宴席 8 kā: 把 kah: 以及 chiah-khì:
吃掉 chin-chiaⁿ: 很 9 kò·-chhng-khò·--ê: 看管倉庫的
人 jip--lâi: 進來 kiaⁿ-chit-ē: 吃了一驚 10 kín: 趕快
khì: 去 theh: 拿 pò·-tē-chiam: 麻袋針 thīⁿ: 縫補

418

Pō Thô·-tāu

A-hô, A-bí, chhùi-khí chiù-kà bô-pòaⁿ khí,
Boeh chiảh thô·-tāu bô-hoat-tō·.
A-hô, A-bí, ê a-má chhùi-khí kim-sih-sih.
A-hô, A-bí, thẻh thô·-tāu hō· a-má pō·.
05 A-má pō·-pō·--le kā in chhī,
Chi̍t lâng chi̍t chhùi, chi̍t chhùi koh chi̍t chhùi.
A-hô, A-bí, ba̍k-chiu mi-mi, chhùi khui-khui.
Ná-chhiūⁿ chiáu-á-siū ê chiáu-á-kiáⁿ.
A-hô, A-bí, ê a-má pō·-kà gê-chô thiàⁿ,
10 Khì bé thô·-tāu-chiùⁿ hō· A-hô, A-bí, chiảh.

---

0 pō·: 咀嚼 thô·-tāu: 花生 **1** A-hô: 阿和 A-bí 阿美
chhùi-khí: 牙齒 chiù: 蛀 kà: 得; 以致於 bô-pòaⁿ: 一
個都沒有 khí: 顆 **2** boeh: 想要 chiảh: 吃 bô-hoat-
tō·: 無法 **3** ê: 的 a-má: 奶奶 kim-sih-sih: 金光閃閃
4 thẻh: 拿 hō·: 給與 **5** ·le: 一陣子 kā: 給; 把 in:
他們 chhī: 餵 **6** chi̍t: 一 lâng: 人 chhùi: (吃一) 口
koh: 又 **7** ba̍k-chiu: 眼睛 mi-mi: 閉著 (眼) chhùi: 嘴
巴 khui-khui: 張開著 **8** ná-chhiūⁿ: 好像 chiáu-á-suū:
鳥巢 ê: 的 chiáu-á-kiáⁿ: 小鳥 **9** gê-chô 顎骨 thiàⁿ:
痛 **10** khì: 去 bé: 買 thô·-tāu-chiùⁿ: 花生醬

Pòaⁿ-kiû-thé ê Bîn-chhñg

A-bín-î ū chit téng bîn-chhñg, pòaⁿ-kiû-thé ê
    hêng.
Bîn-chhñg-téng pêⁿ-pêⁿ, bîn-chhñg-kha îⁿ-îⁿ,
Iô-kòe-lâi, iô-kòe-khì, ná iô-í, chin sù-sī.
M̄-kò he bîn-chhñg, bô tiō khi tùi chit pêng,
05 Bô tiō khi tùi hit pêng,
Ná chûn tú-tio̍h tōa hong-éng.
A-bín-î chhu-kòe-lâi, chhu-kòe-khì,
Put-sî poa̍h-·lo̍h-·khì bîn-chhñg-kha khì.
I kui-khì kā bîn-chhñg tian-tò-péng,
10 Bîn-chhñg-kha piàn-chò bîn-chhñg-téng.

---

0 pòaⁿ-kiû-thé: 半球體 ê: 的 bîn-chhñg: 床 1 A-bín-
î: 阿敏阿姨 ū: 有 chit: 一 téng: 張 (床) hêng: 形狀
2 bîn-chhñg-téng: 床上 pêⁿ-pêⁿ: 平平的 bîn-chhñg-
kha: 床下 îⁿ-îⁿ: 圓圓的 3 iô: 搖; 晃 kòe-lâi: 過來
kòe-khì: 過去 ná: 好像 iô-í: 搖椅 chin: 很 sù-sī: 舒
適 4 m̄-kò: 但是 he: 那 (個) bô tiō...: 不是... (就
是...) khi tùi...: 向... 傾斜 chit: 這 (一) pêng: 邊;
方向 5 hit: 那 (一) 6 chûn: 船 tú-tio̍h: 遇到 tōa
hong-éng: 大風浪 7 chhu: 滑 8 put-sî: 時常 poa̍h-
·lo̍h-·khì...: 跌下... khì: 去 9 i: 她 kui-khì: 乾脆 kā:
把; 將 tian-tò-péng: 翻過來; 翻覆 10 piàn-chò: 變成

Pōng-khang

Chhân-·ni tiū-á chheⁿ-kìⁿ-kìⁿ.
Chhù-téng, ian-tâng teh chhut-ian.
Kau-piⁿ, gín-á teh sńg-chúi.
Thiàu-lȯh-lâi kau-té chhàng-chúi-bī.
05 Siû-jip-lâi chit ê pōng-khang, tn̂g-tn̂g-tn̂g.
Khòaⁿ-kìⁿ pōng-khang hit thâu koh ū kng.
Tòe kng, kiâⁿ-chhut-lâi pōng-khang-chhùi,
Khòaⁿ-kìⁿ chhân-·ni tiū-á n̂g-gìm-gìm.
Chhù-téng, ian-tâng teh chhut-ian.
10 Kau-piⁿ, gín-á teh sńg-chúi.

---

0 pōng-khang: 地道　1 chhân: 水田　·ni: 裡　tiū-á: 稻
子　chheⁿ-kìⁿ-kìⁿ: 綠油油　2 chhù-téng: 房頂; 房頂上
ian-tâng: 煙囪　teh: 正在　chhut-ian: 冒煙　3 kau: 溝
渠　piⁿ: 旁邊　gín-á: 孩子　sńg-chúi: 戲水　4 thiàu: 跳
lȯh-lâi: 下來　té: 裡頭　chhàng-chúi-bī: 潛水　5 siû:
游泳　jip-lâi: 來進　chit: 一　ê: 個　tn̂g-tn̂g-tn̂g: 很長
很長　6 khòaⁿ-kìⁿ: 看見　hit: 那　thâu: 端　koh: 竟然
ū: 有　kng: 亮光　7 tòe: 跟隨　kiâⁿ: 走　chhut-lâi: 出
來　chhùi: 出口; 開口處　8 n̂g-gìm-gìm: 金黃

Pōng-tio̍h Niáu-chhí

Chhù-lāi chi̍t chiah niáu-chhí, pōng-tio̍h A-
    bín-î.
A-bín-î ki chi̍t siaⁿ: "Kǐ-·ì! Niáu-chhí!"
Chông-khit-lì lâu-téng.
Niáu-chhí mā ki chi̍t siaⁿ: "Kǐ-·ì! A-bín-î!"
05 Mā chông-khit-lì lâu-téng.
A-bín-î koh ki chi̍t siaⁿ: "Kǐ-·ì!"
Chông-khit-lì chhù-téng.
Niáu-chhí mā koh ki chi̍t siaⁿ: "Kǐ-·ì!"
Mā chông-khit-lì chhù-téng.
10 A-bín-î chŏaⁿ thiàu-khit-lì chhiū-á-téng.

---

0 pōng-tio̍h: 遇見 niáu-chhí: 老鼠 1 chhù-lāi: 家裡;
房子裡 chi̍t: 一 chiah: 隻 A-bín-î: 阿敏阿姨 2 ki chi̍t
siaⁿ: 尖叫一聲 kǐ-·ì: (尖叫聲) 3 chông: 衝; 闖 khit-lì:
到... 上去 lâu-téng: 樓上 4 mā: 也 6 koh: 又; 再
7 chhù-téng: 房頂 10 chŏaⁿ: 於是; 就此 thiàu: 跳
chhiū-á-téng: 樹上

Pū Ke-nn̄g

Ke-bó pū ke-nn̄g,
M̄ khùn, mā m̄ chia̍h-pn̄g.
Ke-kang chin bô-phōaⁿ,
Sam-put-gō·-sî cháu-lâi khòaⁿ,
05 Mn̄g kóng: "Koh gōa kú?
"Góa siūⁿ-boeh chhōa chu-chǔ."
Ke-bó kóng: "Ài tán-kà nn̄g-khak chiù.
"Ài tán-kà thiaⁿ-tio̍h *chiúh, chiúh, chiúh.*
"Lí nā tán-bē-hù, iah-bô ōaⁿ lí pū."
10 Ke-kang kóng: "Gòa ài khì chhōe pêng-iú."

---

0 pū: 孵 ke-nn̄g: 雞蛋 1 ke-bó: 母雞 2 m̄: 不肯;
不願 khùn: 睡 mā: 也; 亦 chia̍h-pn̄g: 吃飯; 進
食 3 ke-kang: 公雞 chin: 很 bô-phōaⁿ: 孤單; 寂
寞 4 sam-put-gō·-sî: 不時 cháu-lâi: 來; 跑來 khòaⁿ:
查看 5 mn̄g: 問 kóng: 說; 道 koh: 還; 還要 gōa
kú: 多久 6 góa: 我 siūⁿ-boeh: 想要 chhōa: 帶領; 照
顧 (幼兒) chu-chǔ: (雞的) 寶寶 7 ài: 必須 tán: 等待
kà: 到 nn̄g-khak: 蛋殼 chiù: (蛋殼被將出生的小鳥從
蛋裡啄) 破; 8 thiaⁿ-tio̍h: 聽見 chiúh: (小雞的) 唧唧聲
9 lí: 你 nā: 如果 tán-bē-hù: 等不及 iah-bô: 那麼; 不
然的話 ōaⁿ: 換; 輪到 10 khì...: ... 去 chhōe: 找; 造
訪 pêng-iú: 朋友

423

Pùn-sò

Tē-kiû siuⁿ chē pùn-sò,
Tún-kà bô só·-chāi, tâi-kà bô só·-chāi.
I kā goe̍h-niû kóng: "The̍h kóa lăi lí hia tò.
"M̄-chai hó m̄-hó?"
05 Goe̍h-niû kóng: "Lí mài.
"Góa ê bīn ē o·-sô-sô."
Tē-kiû kóng: "Iah-bô the̍h lăi thài-khong tò.
"M̄-chai hó m̄-hó?"
Chheⁿ thiaⁿ-·tio̍h, kóng: "Lí mài.
10 "Goán ē khòaⁿ lín ê gín-á khòaⁿ-bē-tio̍h."

---

0 pùn-sò: 垃圾　1 tē-kiû: 地球　siuⁿ: 太過　chē: 多
2 tún: 堆　kà: 得　bô: 沒　só·-chāi: 地方　tâi: 埋　3 i:
它　kā... kóng: 對... 說　goe̍h-niû: 月亮　the̍h: 拿　kóa:
一些　lăi: (讓我) 到... 去　lí: 你　hia: 那兒　tò: 倒 (掉)
4 m̄-chai: 不知道　hó m̄-hó: 好不好　5 mài: 別來 (這
一套); 不要　6 góa ê: 我的　bīn: 臉　ē: 將會　o·-sô-sô:
黝黑　7 iah-bô: 那麼; 不然　thài-khong: 太空　9 chheⁿ:
星星　thiaⁿ-·tio̍h: 聽見　10 goán: 我們　khòaⁿ: 看　lín
ê: 你 (們) 的　gín-á: 孩子　khòaⁿ-bē-tio̍h: 看不著

Pùn-sò-chhia

Kì-lì-kì-lì-kúi peh-khí-lì pùn-sò-chhia,
Tòa hia chhōe mih chiah.
Chheng-kiat-tūi-oân khí-tōng ap-sok-ki.
Ap-sok-ki khai-sí tit-tit chiⁿ.
05 Kì-lì-kì-lì-kúi cháu-bē-lī,
Ki-kà: "Kì-lì-kì-lì-kì-lí! Kì-lì-kì-lì-kì-lí!"
I kóaⁿ-kín kā nńg-·ê pùn-sò tui kui tui,
Nńg-jip-khì lāi-té bih,
Kìⁿ-chāi ap-sok-ki jih,
10 Siūⁿ kóng: "Ka-chài pùn-sò bô hun-lūi."

---

0 pùn-sò: 垃圾　chhia: 車　1 3 Kì-lì-kì-lì-kúi: 嘰哩嘰
哩鬼　peh-khí-lì: 爬上...去　2 tòa: 在於　hia: 那兒
chhōe: 尋找　mih: 東西　chiah: 吃　3 chheng-kiat-tūi-
oân: 清潔隊員　khí-tōng: 起動; 啓動　ap-sok-ki: 壓縮機
4 khai-sí: 開始　tit-tit: 一直的　chiⁿ: 壓擠　5 cháu-bē-lī:
來不及逃避　6 ki: 尖叫　kà: 得; 以至於　kì-lì-kì-lì-kì-lí:
嘰哩嘰哩的叫聲　7 i: 它　kóaⁿ-kín: 趕緊　kā: 把; 將
nńg-·ê: 軟的　tui kui tui: 堆成一堆　8 nńg-jip-khì: 鑽
進...去　lāi-té: 裡頭　bih: 躲　9 kìⁿ-chāi: 任憑　jih:
壓; 按　10 siūⁿ kóng: 想道　ka-chài: 幸虧　bô: 沒有
hun-lūi: 分類

425

Pùn-sò-soaⁿ

Thài-khong-so poe-m̄-tio̍h lō͘-sòaⁿ,
Poe-tńg-lâi tē-kiû, siak tī chi̍t ê pùn-sò-soaⁿ.
Thài-khong-jîn kóaⁿ-kín kah ki-tē liân-lo̍k,
Kóng: "Goán í-keng sêng-kong teng-lio̍k."
05 Ki-tē mn̄g kóng: "Iah hia ū oa̍h-mi̍h ·bo͘?"
Thài-khong-jîn kóng: "Ū ·o͘. Ū ·o͘.
"Sím-mih ka-choa̍h ·lo͘, niáu-chhí ·lo͘....
"Ĕh! Koh ū âng-hóe káu-hiā ·lio͘."
Ki-tē kóng: "Tāi-ke sin-khó͘!
10 "Lán jîn-lūi taⁿ ū-ūi thang î-bîn ·lo͘."

---

0 pùn-sò-soaⁿ: 堆積如山的垃圾堆　1 thài-khong-so: 太空梭　poe: 飛　m̄-tio̍h: 錯誤　lō͘-sòaⁿ: 路線　2 tńg-lâi: 回... 來　tē-kiû: 地球　siak: 摔　tī: 在於　chi̍t: 一　ê: 個　3 thài-khong-jîn: 太空人　kóaⁿ-kín: 趕快　kah: 和 (... 互相)　ki-tē: 基地　liân-lo̍k: 連絡　4 kóng: 說　goán: 我們　í-keng: 已經　sêng-kong: 成功　teng-lio̍k: 登陸　5 mn̄g: 問　iah: 那; 而　hia: 那兒　ū... ·bo͘: 有沒有... oa̍h-mi̍h: 生物　6 ū: 有　·o͘: 啊; 呢　7 sím-mih: 什麼　ka-choa̍h: 蟑螂　...·lo͘ ...·lo͘: ... 啦... 啦　niáu-chhí: 老鼠　8 ĕh: 咦　koh: 還; 而且　âng-hóe káu-hiā: 紅火蟻　·lio͘: 呢; 你可知道　9 Tāi-ke sin-khó͘!: 大家辛苦了　10 lán: 咱們　jîn-lūi: 人類　taⁿ: 現在　ū-ūi: 有地方　thang: 可以; 得以　î-bîn: 移民　·lo͘: 了

426

Pùn-sò Tē-á

Lâng, pùn-sò tē-á bô pa̍k.
Chi̍t tīn káu-hiā lâi thit-thô,
Tòa tē-á lāi-té lōa-lōa-sô,
Khòaⁿ tē-á lāi-té hong-kéng ū-kàu hó.
05 It-miâ--ê kóng: "Ó͘--ò͘! Kin-chio-phôe o͘-o͘-o͘."
Îⁿ-long-se̍h kóng: "Ó͘--ò͘! Si-koe-phôe chheⁿ-
    chheⁿ-chheⁿ."
Sô-ā-sô kóng: "Ó͘--ò͘! Kam-á-phôe n̂g-n̂g-n̂g."
Gâu-phīⁿ-chhōe kóng: "Ó͘--ò͘! Hóe-liông-kó ê
    phôe âng-âng-âng."
Lâng khòaⁿ pùn-sò tē-á bô pa̍k,
10 Tiō ka pa̍k-pa̍k--le, tàn-hìⁿ-sak.

---

0 pùn-sò: 垃圾 tē-á: 袋子 **1** lâng: 人 bô: 沒 pa̍k:
綁 **2** chi̍t: 一 tīn: 群 káu-hiā: 螞蟻 lâi: 來 thit-
thô: 玩兒 **3** tòa: 在於 lāi-té: 裡頭 lōa-lōa-sô: 遊
蕩 **4** khòaⁿ: 見; 發現 hong-kéng: 風景 ū-kàu: 眞
是 hó: 好 **5** It-miâ--ê: 第一名 kóng: 說 ó͘--ò͘: 哇
kin-chio: 香蕉 phôe: 皮 o͘-o͘-o͘: 好黑好黑 **6** Îⁿ-long-
se̍h: 團團轉 si-koe: 西瓜 chheⁿ-chheⁿ-chheⁿ: 好綠好
綠 **7** Sô-ā-sô: 慢吞吞 kam-á: 橘子 n̂g-n̂g-n̂g: 好黃好
黃 **8** Gâu-phīⁿ-chhōe: 嗅覺靈敏 hóe-liông-kó: 火龍果
ê: 的 âng-âng-âng: 好紅好紅 **10** tiō: 就; 於是 ka: 把
它 pa̍k-pa̍k--le: 綁一綁; 綁起來 tàn-hìⁿ-sak: 丟棄

Saⁿ Ê Khang

Ū chı̍t chiah thò͘-á, i ū saⁿ ê khang.

I ū-sî-á bih chı̍t khang, ū-sî-á bih hit khang.

M̄-kò hô͘-lî nā chai i bih tī tá-chı̍t khang,

Tiō tòa khang-chhùi tng boeh kā i chang,

05 Hāi i tiāⁿ-tiāⁿ bē-tàng chhut-lâi oa̍h-tāng.

Ū chı̍t kang, i khòaⁿ hóe-chhia nǹg pōng-khang,

Khòaⁿ pōng-khang ùi chı̍t khang thàng-kòe hit khang.

I tiō tńg-khì phah pōng-khang,

Hō͘ i hit saⁿ ê khang sio-làng-thàng,

10 Ji̍p-khì chı̍t khang, thang cháu-kòe hit khang.

---

0 saⁿ: 三 ê: 個 khang: 洞; 窟窿 1 ū: 有 chı̍t: 一 chiah: 隻 thò͘-á: 兔子, i: 它 2 ū-sî-á: 有時候 bih: 躲 chı̍t: 這 hit: 那 3 m̄-kò: 但是 hô͘-lî: 狐狸 nā: 如果 chai: 知道 tī: (存) 在於 tá-chı̍t: 哪一 (個) 4 tiō: 就; 於是 tòa: 在於 khang-chhùi: 洞口 tng: 伺 (捕) boeh: 想要 kā…chang: 捉… 5 hāi: 害得 tiāⁿ-tiāⁿ: 常常 bē-tàng: 不能 chhut-lâi: 出來 oa̍h-tāng: 活動 6 kang: 天; 日 khòaⁿ: 見 hóe-chhia: 火車 nǹg: 鑽 (進洞裡) pōng-khang: 隧道 7 ùi: 打從 thàng-kòe: 穿過並通達到… 去 8 tńg-khì: 回 (家) 去 phah pōng-khang: 挖隧道 9 hō͘: 使; 讓 sio-làng-thàng: (空間) 相通 10 ji̍p-khì: 進… 去 thang: 得以 cháu-kòe: 過到… 去

Sak Chhia

Lāu-chhia m̄ peh-kiā.
Pa-pa kiò Ma-ma sái,
Ka-tī lȯh-khì sak.
Lāu-chhia iáu-sī m̄ peh-kiā.
05 Ma-ma kiò ko-ko sái,
Ka-tī lȯh-khì sak.
Lāu-chhia iáu-sī m̄ peh-kiā.
Ko-ko kiò góa chò-hóe lȯh-lâi sak.
Tȧk-kē sak chhia peh-chiūⁿ-kiā,
10 Sak siuⁿ hiông, soh kā chhia sak-lȯh kiā.

---

0 sak: 推 chhia: 車 1 lāu: 老 m̄: 不 peh: 爬;
登 kiā: 坡 2 pa-pa: 爸爸 kiò: 叫 ma-ma: 媽媽
sái: 駕駛 3 ka-tī: 自己 lȯh: 下 khì: 去 4 iáu-sī: 仍
然 5 ko-ko: 哥哥 8 góa: 我 chò-hóe: 一道 lâi: 來
9 tȧk-kē: 大家 chiūⁿ: 上 10 siuⁿ: 太; 過於 hiông: 衝
勁大 soh: 竟; 不意; 結果 kā: 把; 將 lȯh: 下

Sam-bûn-hî

Thian-jiân-kok ê sam-bûn-hî lâi chò lâng-kheh.

Bûn-bêng-kok ê sam-bûn-hî chhōa i sì-kè sèh,

Peh he hî-thui, thiàu chit keh, koh chit keh.

Thian-jiân-hî kóng: "Goán ê khe, ke chin pêⁿ.

05 "Chit tiâu khe, gám-á bô-kúi ê.

"Hán-hán-·a chiah ài thiàu chit keh."

Bûn-bêng-hî kóng: "Goán ê khe, gám-á bô

hiâm chē,

"In-ūi chit-keh-chit-keh khah chéng-chê.

"Goán nā boeh tńg-khì chhut-seⁿ-tē,

10 "Khah chē gám-á mā kam-goān peh."

---

0 sam-bûn-hî: 鮭魚 1 thian-jiân: 天然 kok: 國 ê: 的 lâi: 來 chò lâng-kheh: 做客 2 bûn-bêng: 文明 chhōa: 帶領 i: 它 sì-kè: 到處 sèh: 逛 3 peh: 爬; 攀登 he: 那; 那個 hî-thui: 魚梯 thiàu: 跳 chit: 一 keh: 格子 koh: 又 4 hî: 魚 kóng: 說 goán: 我們 khe: 河流 ke chin pêⁿ: 平坦得多 5 tiâu: 條 gám-á: 階梯 bô-kúi: 沒有多少 ê: 個 6 hán-hán-·a: 難得一次 chiah: 才 ài: 必須 7 bô hiâm: 不嫌 chē: 多 8 in-ūi: 因爲 chit-keh-chit-keh: 一格一格的 khah: 比較 chéng-chê: 整齊 9 nā: 如果 boeh: 要; 欲 tńg-khì: 回... 去 chhut-seⁿ-tē: 出生地 10 khah... mā: 再... 也 chē: 多 kam-goān: 願意

Sàn-chhiah-lâng-kok

Hó-giàh-lâng-kok ê tāi-sài lâi chìn-kiàn.
Sàn-chhiah-lâng-kok ê chóng-thóng pān kok-iàn.
Chiàh-·ê sī pèh-pèh ê chheng-bí-pn̄g.
Phòe-·ê sī kiâm-kiâm ê ah-bó-nn̄g.
05 Lim-·ê sī chiáⁿ-chiáⁿ ê chhài-thâu-thng.
Chiàh-pá, koh ha lêng-kéng-hoe-tê.
Hoat-kóe chò tê-phòe, tam chit ê tiⁿ.
Tho·-má-to·h chò kóe-chí, chheng chhùi-khí.
Tāi-sài chiàh-kà chin hoaⁿ-hí,
10 Kóng: "Kùi-kok ê bûn-hòa liáu-put-khí."

---

0 sàn-chhiah-lâng: 窮人　kok: 國　1 hó-giàh-lâng: 富人
ê: 的　tāi-sài: 大使　lâi: 來　chìn-kiàn: 進見　2 chóng-
thóng: 總統　pān: 擺設　kok-iàn: 國宴　3 chiàh: 吃　sī:
是　pèh: 白　chheng-bí-pn̄g: 白米飯　4 phòe: 做爲副食
kiâm: 鹹　ah-bó-nn̄g: 鴨蛋　5 lim: 喝; 飲　chiáⁿ: 無
鹹味　chhài-thâu-thng: 蘿蔔湯　6 chiàh-pá: 飯後　koh:
又; 而且　ha: 喝 (熱湯、茶等) lêng-kéng-hoe-tê: 龍眼
樹的落花所泡的飲料　7 hoat-kóe: 濕米粉加發粉和糖所
蒸的糕　chò: 當做　tê-phòe: 茶食　tam chit ê tiⁿ: 嘗
一下甜味　8 tho·-má-to·h: 番茄　kóe-chí: 水果　chheng:
使... 清淨或清爽　chhùi-khí: 牙齒　9 kà: 得; 以至於
chin: 很　hoaⁿ-hí: 高興　10 kóng: 說　kùi-kok: 貴國
bûn-hòa: 文化　liáu-put-khí: 了不起

San-ô·-ta

San-ô·-ta, lāu-jia̍t-kún-kún.
Thá-khoh, hoe-ki, teh chia̍h-hun,
O·-ian ti̍t-ti̍t pûn, chi̍t chūn koh chi̍t chūn.
Hái-chheⁿ tah tī chio̍h-thâu-téng.
05 Hái-táⁿ chhut-ji̍p chio̍h-thâu-phāng.
Hî-á chi̍t-tīn-chi̍t-tīn, lâi-lâi-khì-khì.
Chi̍t bóe soa-hî se̍h-lâi-se̍h-khì,
Teh jiok chi̍t ê kî-koài ê m̄-chai sím-mí mi̍h.
Che kî-koài ê m̄-chai sím-mí mi̍h sì ki kha,
10 Chhùi-kóng tn̂g-tn̂g-tn̂g, tah tī kha-chiah-
phiaⁿ.

---

0 san-ô·-ta: 珊瑚礁 1 lāu-jia̍t-kún-kún: 很熱鬧 2 thá-
khoh: 章魚 hoe-ki: 烏賊 teh: 正在 chia̍h-hun: 抽煙
3 o·: 黑 ian: 煙 ti̍t-ti̍t: 一直 pûn: 吹; 噴 chi̍t: 一
chūn: 陣 koh: 又 4 hái-chheⁿ: 海星 tah: 貼 tī: 在
chio̍h-thâu: 石頭 téng: 上 5 hái-táⁿ: 海膽 chhut-ji̍p:
進出 phāng: 縫 6 hî-á: 魚 chi̍t-tīn-chi̍t-tīn: 一群
群 lâi-lâi-khì-khì: 來來往往 7 bóe: 條 soa-hî: 鯊魚
se̍h-lâi-se̍h-khì: 繞來繞去 8 jiok: 追 ê: 個 kî-koài:
奇怪 ê: 的 m̄-chai: 不知道 sím-mí: 什麼 mi̍h: 東西
9 che: 這個 sì: 四 ki: 只 kha: 脚 10 chhùi-kóng:
動物的口鼻部 tn̂g-tn̂g-tn̂g: 很長很長 tah: 搭 tī: 在於
kha-chiah-phiaⁿ: 背部

Săn-tá Khu-lò͘-sù

Săn-tá Khu-lò͘-sù tiâu tī ian-tâng,
Tōa-siaⁿ hoah-kiù-lâng,
Hoah-kà bīn-á it-tēng sī âng-âng-âng.
Ma-ma giâ tek-ko tùi ē-kha thuh,
05 Ko-ko thẻh khip-ku-á tùi bīn-téng suh,
Kā Săn-tá Khu-lò͘-sù kiù-chhut ian-tâng,
Săn-tá Khu-lò͘-sù chhiò-kà bīn-á âng-âng-âng.
I kā Ko-ko mo͘h-leh sẻh,
Kā Ma-ma chim chi̍t-pah khòng it ē,
10 Chhōa goán ta̍k-kē ji̍p-khì chhù-lāi-té.

---

0 Săn-tá Khu-lò͘-sù: 聖誕老公公　1 tiâu: 卡住　tī: 在
於　ian-tâng: 煙囪　2 tōa-siaⁿ: 高聲　hoah-kiù-lâng: 叫
救命　3 hoah: 呼喊　kà: 得; 到　bīn-á: 臉　it-tēng sī:
必定　âng: 紅　4 ma-ma: 媽媽　giâ: 拿; 舉　tek-ko: 竹
竿　tùi: 從　ē-kha: 下面　thuh: 托; 捅　5 ko-ko: 哥
哥　thẻh: 拿; 取　khip-ku-á: 眞空吸塵器　bīn-téng: 上
面　suh: 吸　6 kā: 把　kiù: 救　chhut: 出　7 chhiò:
笑　8 i: 他　mo͘h-leh: 抱著　sẻh: 轉; 繞　9 chim: 吻;
親　chi̍t-pah khòng it: 一百零一　ē: 下　10 chhōa: 帶
領　goán: 我們　ta̍k-kē: 大家　ji̍p-khì: 進去　chhù-lāi-té:
房子裡

Sàu Chhiū-hio̍h-á

Hong tit-tit thàu; chhiū-hio̍h-á tit-tit lauh.
Hong kā chhiū-hio̍h-á chhoe-kà sì-kè cháu.
Sàu-ke-lō͘-·ê jiok chhiū-hio̍h-á, chin sin-khó͘,
M̄-tú-hó, jiok-kà poa̍h-poa̍h-·tó.
05 Gín-á jiok chhiū-hio̍h-á, ná jiok, ná thit-thô.
Hong tit-tit thàu; chhiū-hio̍h-á tit-tit cháu.
Hong kā chhiū-hio̍h-á sàu-lo̍h-khì chùn-kau.
Chhiū-hio̍h-á tòe chúi lâu.
Sàu-ke-lō͘-·ê sàu chhiū-hio̍h-á, chin khin-khó.
10 Chē tòa kau-piⁿ, thiaⁿ lá-jí-oh.

---

0 sàu: 掃 chhiū-hio̍h-á: 樹葉 1 hong: 風 tit-tit: 一
直地 thàu: 刮 lauh: 掉落 2 kā: 把; 將 chhoe: 吹
kà: 得; 以至於 sì-kè: 到處 cháu: 跑 3 sàu-ke-lō͘-·ê:
清道夫 jiok: 追 chin: 很 sin-khó͘: 辛苦 4 m̄-tú-hó:
不小心; (有時) 不巧 poa̍h-poa̍h-·tó: 跌跤 5 gín-á: 孩
子 ná... ná...: 一邊... 一邊... thit-thô: 玩兒 7 lo̍h-
khì: 下去 chùn-kau: 溝渠 8 tòe: 跟隨 chúi: 水 lâu:
流; 漂 9 khin-khó: (工作) 輕鬆 10 chē: 坐 tòa: 在於
kau-piⁿ: 溝渠邊 thiaⁿ: 聽 lá-jí-oh: 收音機

Sè-kài

Ko͘-tåk-niau kò chûn-á, chhut-khì tōa-hái.
Soa-hî mn̄g kóng: "Lâng-kheh, lí bòe tài?"
Ko͘-tåk-niau kóng: "Lī-khui chit ê sè-kài."
Soa-hî kóng: "Iah-bô, lăi goán hái-té ê sè-kài."
05 Ko͘-tåk-niau kóng: "He mā sī sè-kài."
Hái-chiáu mn̄g kóng: "Lâng-kheh, lí bòe tài?"
Ko͘-tåk-niau kóng: "Lī-khui chit ê sè-kài."
Hái-chiáu kóng: "Iah-bô, lăi goán thi^n-téng ê
sè-kài."
Ko͘-tåk-niau kóng: "Ài! Kàu tà lóng sī sè-kài."
10 I kā chûn-á oat-·le kò-tńg-·lâi.

---

0 sè-kài: 世界 1 Ko͘-tåk-niau: 孤癖貓 kò: 划 (船)
chûn-á: 小船 chhut-khì: 出到... 去 tōa-hái: 大海
2 soa-hî: 鯊魚 mn̄g: 問 kóng: 說 lâng-kheh: 客人
lí: 你 bòe tài: (要) 上哪兒去 3 lī-khui: 離開 chit: 這
ê: 個 4 iah-bô: 那麼; 不然 lăi: (咱們) 到... 去 goán:
我們的 hái-té: 海底 ê: 的 5 he: 那 (個) mā: 也
sī: 是 6 hái-chiáu: 海鳥 8 thi^n-téng: 天上 9 ài: 哎
kàu tà: (無論) 到哪兒 lóng: 全都 10 i: 它 kā: 把; 將
oat-·le: 掉過頭 tńg-·lâi: 回來

Seh-bē-bā

Saⁿ-kak-hêng seh-jip-khì sì-kak-hêng, seh-bē-
bā.

Îⁿ-hêng kóng: "Lí phòng-·khí-·lâi, tiō ē bā."

Saⁿ-kak-hêng kóng: "Án-ne góa tiō m̄-sī saⁿ-
kak-hêng ·a."

Îⁿ-hêng kóng: "Bô, ōaⁿ góa. Góa phòng-phòng;
góa ē ha̍h."

05 I tiō seh-jip-khì sì-kak-hêng, mā bē-bā.

Saⁿ-kak-hêng kóng: "Khah phòng-·le, tiō ē bā."

Îⁿ-hêng kóng: "Án-ne góa tiō m̄-sī îⁿ-hêng ·a.

"Sì-kak-hêng. Lí eng-kai sok-khah-óa."

Sì-kak-hêng kóng: "Sàⁿ!? Lāu-su kám bô kà:

10 "Nn̄g ê saⁿ-kak-hêng lâi seh, tiō ē bā?"

---

0 seh: 塞 (入) bē: 不能夠 bā: 密合 1 saⁿ-kak-hêng:
三角形 jip-khì: 進... 去 sì-kak-hêng: 方形 2 îⁿ-hêng:
圓形 kóng: 說 lí: 你 phòng: 鼓 (起) ·khí-·lâi: 起
來 tiō: 就; 於是 ē: 能夠 3 án-ne: 這麼一來 góa: 我
m̄-sī: 不是 ·a: 了 4 bô: 那麼; 不然的話 ōaⁿ: 換 (...
來) phòng-phòng: 鼓鼓的 ha̍h: 合適 5 i: 它 mā: 也
6 khah... ·le: ... 一點兒 8 eng-kai: 應該 sok-khah-óa:
縮進來一點兒 9 sàⁿ: 什麼 lāu-su: 老師 kám bô: 沒...
嗎 kà: 教 10 nn̄g: 兩 ê: 個 lâi: 來

Seh-lâng

Kō seh-kiû, thiàp seh-lâng.
Pí-sài thiàp seh-lâng.
Sè-liàp seh-kiû thiàp sè-sian ê seh-lâng,
Tōa-liàp seh-kiû thiàp tōa-sian ê seh-lâng.
05 Pa-pa peh-khit-lì lūn-á-téng,
Tó-lòh-khì kō-kòe-khì, kō-kòe-lâi,
Kō-kà choân-choân seh,
Kō-kō-·le, kō tùi lūn-á-kha lâi,
Piàn-chò chit liàp tōa-tōa-liàp ê seh-kiû,
10 Piàn-chò chit sian tōa-tōa-sian ê seh-lâng.

---

0 seh-lâng: 雪人　1 kō: 滾 (動) seh-kiû: 雪球　thiàp:
堆砌　2 pí-sài: 比賽　3 sè: 小　liàp: 顆 sian: 個 (偶
像) ê: 的　4 tōa: 大　5 pa-pa: 爸爸　peh: 爬 khit-lì:
上去 lūn-á: 小山丘　téng: 上頭　6 tó-lòh-khì: 躺下
去 ...kòe-khì, ...kòe-lâi: ... 過去... 過來　7 kà: 得; 以至
於 choân-choân: 全是 seh: 雪　8 ...·le: ... 了一陣子;
... 一... 之後 tùi... lâi: 到... 來 kha: 底下　9 piàn-chò:
變成; 成為

437

Sėh-lê-á-mn̂g

Bù-lù-bù-lù-kúi khòaⁿ sėh-lê-á-mn̂g îⁿ-îⁿ-sėh.
Chi̍t ê cha-bó͘-lâng ji̍p-·khì,
Piàn chi̍t ê cha-po͘-lâng chhut-·lâi.
Koh chi̍t ê cha-bó͘-lâng ji̍p-·khì,
05 Piàn chi̍t ê gín-á chhut-·lâi.
I siūⁿ kóng: "Hm̀. Góa m̄-chai ē piàn sàiⁿ?"
I tiō ji̍p-khì sėh chi̍t liàn tò-chhut-·lâi.
Chi̍t ê gín-á khòaⁿ-tio̍h ·i, kiaⁿ-kà tōa-siaⁿ ki.
I siūⁿ kóng: "Kî-koài! Góa m̄-chai piàn sàiⁿ?
10 "Koh ji̍p-lǎi sėh ·chi̍t ·liàn khòaⁿ-māi."

---

0 sėh-lê-á-mn̂g: 旋轉門 1 Bù-lù-bù-lù-kúi: 嘸嚕嘸嚕
鬼 khòaⁿ: 見; 看 îⁿ-îⁿ-sėh: 團團轉 2 chi̍t: 一 ê:
個 cha-bó͘-lâng: 女人 ji̍p-·khì: 進去 3 piàn: 變; 變
成 cha-po͘-lâng: 男人 chhut-·lâi: 出來 4 koh: 又
5 gín-á: 小孩 6 i: 它 siūⁿ kóng: 想道 hm̀: 哼 góa:
我 m̄-chai: 不知道 ē: 會 sàiⁿ: 什麼 7 tiō: 就; 於
是 ji̍p-khì...: 進去... sėh: 繞 liàn: 圈 tò-chhut-·lâi:
折回出來 8 khòaⁿ-tio̍h: 看到 kiaⁿ-kà: 嚇得 tōa-siaⁿ:
高聲 ki: 尖叫 9 kî-koài: 奇怪了 10 boǎi siàn: (我) 不
相信 koh: 再 ji̍p-lǎi: (我) 進去 khòaⁿ-māi: 試試看

Sek

Ta̍k sek lóng kóng ka-tī siāng-kài súi.

O͘-·ê kóng: Pe̍h-seh Kong-chú thâu-mo͘ o͘-·ê,
Ba̍k-bâi mā o͘-·ê; só͘-í i siāng súi.

Pe̍h-·ê kóng: Pe̍h-seh Kong-chú phôe-hu pe̍h-
·ê,
05 Chhùi-khí mā pe̍h-·ê; só͘-í i siāng súi.

Âng-·ê kóng: Pe̍h-seh Kong-chú chhùi-phé-
âng·ê,
Chhùi-tûn mā âng-·ê; só͘-í i siāng súi.

Kng kóng: "Nā bô le̍k-sek, chháu bē chhiⁿ.

"Nā bô nâ-sek, thiⁿ bē chhíⁿ.

10 "Ta̍k sek lóng ū súi, Pe̍h-seh Kong-chú chiah
ē kó͘-chui."

---

0 sek: 顏色 1 ta̍k: 每一; 各 lóng: 都; 皆 kóng: 說
ka-tī: 自己 siāng-kài: 最最 súi: 漂亮 2 o͘-·ê: 黑
色; 黑的 Pe̍h-seh Kong-chú: 白雪公主 thâu-mo͘: 頭髮
3 ba̍k-bâi: 眉毛 mā: 也是 só͘-í: 所以 i: 它 siāng: 最
4 pe̍h-·ê: 白色; 白的 phôe-hu: 皮膚 5 chhùi-khí: 牙齒
6 âng-·ê: 紅色; 紅的 chhùi-phé: 腮幫子 7 chhùi-tûn:
嘴唇 8 kng: 光 nā: 如果 bô: 沒有 le̍k-sek: 綠色
chháu: 草 bē: 不會; 不可能 chhiⁿ: 新鮮 9 nâ-sek:
藍色 thiⁿ: 天空 chhíⁿ: 呈藍色 10 lóng: 都 ū: (表示
事實的存在) chiah: 才 ē: 會 kó͘-chui: 可愛

439

Sî-cheng-tiàm

A-hok-·a ê tiàm sî-cheng pah-gōa ê,
Ū-ê tōa, ū-ê sè, ū-ê kín, ū-ê bān,
Ta̍k ê phah-piàⁿ cháu, ta̍k ê kóaⁿ sî-kan.
Chit ê ti-tí-to̍k-to̍k, to̍k-bē-soah.
05 Hit ê ti-tí-tia̍k-tia̍k, tia̍k-bē-soah.
M̄-sī chit ê *tīn, tōng, tāng,*
Tiō-sī hit ê *khin, khong, khiang.*
Bô-tiuⁿ-tî chit ê *liang, liang, liang.*
Bô-tiuⁿ-tî hit ê *lin, lin, lin.*
10 A-hok-·a in bớ giōng-giōng-boeh nớ-sín.

---

0 sî-cheng: 時鐘 tiàm: 店 1 A-hok-·a: 阿福 ê: 的
pah-gōa: 一百多 ê: 個 2 ū-ê: 有的 tōa: 大 sè: 小
kín: 快 bān: 慢 3 ta̍k: 每一 phah-piàⁿ: 努力 cháu:
跑 kóaⁿ: 趕 sî-kan: 時間 4 chit: 這 ti-tí-to̍k-to̍k: 低
頻的滴答聲 to̍k: 滴答響 bē-soah: 不停 5 hit: 那（個）
ti-tí-tia̍k-tia̍k: 中高頻的滴答聲 tia̍k: 滴答響 6 m̄-sī:
不是 tīn, tōng, tāng: 低頻鐘聲 7 tiō-sī: 就是 khin,
khong, khiang: 中高頻鐘聲 8 bô-tiuⁿ-tî: 不小心（沒關
鬧鐘）liang, liang, liang: 中低頻鈴聲 9 lin, lin, lin: 高
頻鈴聲 10 in: 他的 bớ: 妻子 giōng-giōng-boeh: 幾
乎 nớ-sín: 精神失常

Sî-kan

Sî-kan kā lâng that-lȯh-khì sè-kan khì,
Kóng: "Khì chhut-sì. Sî kàu, góa ē khì chhōa
·lí."
Lâng tī sè-kan, khòaⁿ-bô sî-kan,
Tiō ihⁿ-ihⁿ tán, tán sî-kan.
05 Tán-ā-tán, tán kà chin-chiàⁿ sî-kan kàu.
Sî-kan kā lâng kóng: "Kín tńg-lâi-khì lán tau."
Lâng soah boeh kóaⁿ sî-kan, kóng: "Lí cháu!"
Sî-kan kóng: "Lí bô koai," tiō boeh kā i liȧh.
Lâng tian-tò boeh thoa sî-kan, thoa-bē-kiâⁿ,
10 Hō· sî-kan thoa-tńg-khì in tau hia.

---

0 sî-kan: 時間 1 kā: 把; 將 lâng: 人 that: 踢 ...lȯh-
khì... khì: ... 下... 去 sè-kan: 人世間 2 kóng: 說 khì:
去 chhut-sì: 出生 sî kàu: 到時候 góa: 我 ē: 將會
chhōa: 帶 lí: 你 3 tī: 在於 khòaⁿ-bô: 看不到 4 tiō:
於是 ihⁿ-ihⁿ: 痴痴地; 耐心地 tán: 等 (待) 5 ...ā...: ...
著... 著 kà: 到; 至於 chin-chiàⁿ: 眞的 kàu: 到; 來了
6 kín: 快 tńg-lâi-khì: (咱們) 回... 去 lán: 咱們 tau:
家 7 soah: 不料 boeh: 要; 打算 kóaⁿ: 趕 cháu: 走開
8 bô koai: 不乖 i: 他 liȧh: 捉; 抓 9 tian-tò: 反而
thoa: 拖 ...bē-kiâⁿ: ... 不動 10 hō·: 被; 遭 tńg-khì:
回... 去 in: 他們 hia: 那兒

Sì-sò͘

Sì-sò͘ khih-khok-khiàu,
Chhek-kà ná chúi-ke phī-phok-thiàu.
Chhek-khit-lì chhù-téng bóe-liu,
Sîn-tio̍h chi̍t lia̍p kiû.
05 Chhek-khit-lì chhiū-á bóe-liu,
Bong-tio̍h chiáu-á-siū.
Chhek-khit-lì pòaⁿ-khong-tiong,
Tú-tio̍h Sun-Ngō͘-khong.
Chhek-khit-lì gōa-thài-khong,
10 Khòaⁿ-tio̍h tē-kiû se̍h goe̍h-niû.

---

0 sì-sò͘: 蹺蹺板　1 khih-khok: 硬物搖晃所發出的聲音
khiàu: 蹺　2 chhek: 簸; 彈　kà: 得; 以至於　ná: 好像
chúi-ke: 田雞　phī-phok-thiàu: 蹦蹦跳　3 khit-lì: 上…
去　chhù-téng: 房頂　bóe-liu: 末端　4 sîn: 接 (住/到)
tio̍h: 著; 到　chi̍t: 一　lia̍p: 顆　kiû: 球　5 chhiū-á: 樹
6 bong: 摸; 觸　chiáu-á-siū: 鳥巢　7 pòaⁿ-khong-tiong:
半空中　8 tú: 遇　Sun-Ngō͘-khong: 孫悟空　9 gōa-thài-
khong: 外太空　10 khòaⁿ: 看　tē-kiû: 地球　se̍h: 繞
著… 走　goe̍h-niû: 月亮

Siá-sì

Khit-chiảh chē tī lêng-têng-á,
Chhiú phâng chit ê piáⁿ-ảp-á,
Tán lâng siá-sì, tán kui-pòaⁿ-jit-á.
Gín-á khòaⁿ i bô chiảh, bô lim, bô siá-sì,
05 Tiō cháu-khì tiàm-á khì bé-mih,
Bé chit ê sán-ūi-chì,
Bé chit koàn chhiⁿ gû-ni,
Bé chit liảp kam-á,
Bé chit pau thñg-á,
10 Khng tòa khit-chiảh ê piáⁿ-ảp-á.

---

0 siá-sì: 施捨; 憐憫 1 khit-chiảh: 乞丐 chē: 坐 tī: 在於 lêng-têng-á: 騎樓底下 2 chhiú: 手 phâng: 捧 chit: 一 ê: 個 piáⁿ-ảp-á: 放糕餅的盒子 3 tán: 等 lâng: 人 kui-pòaⁿ-jit-á: 老半天 4 gín-á: 孩子 khòaⁿ: 看 i: 他 bô: 沒有 chiảh: 吃 lim: 喝 5 tiō: 就 cháu-khì... khì...: 到... 去... tiàm-á: 小店 bé: 買 mih: 東西 6 sán-ūi-chì: 三明治 7 koàn: 瓶 chhiⁿ: 鮮 gû-ni: 牛奶 8 liảp: 顆 kam-á: 橘子 9 pau: 包 thñg-á: 糖果 10 khng: 放 tòa: 在於 ê: 的

Sian-gȧk-ka

Chit ê sian-gȧk-ka, sian chin tōa,
Tȧk hāng mih-kiān chùn-chùn-phòa.
Bô tiō chùn-phòa po-lê-thang,
Bô tiō chùn-phòa po-lê-kiàn,
05 Khah tōa-sian, tiō chùn-phòa piah,
Koh khah tōa-sian, tiō chùn-kà giâ chhù-kòa.
I tiō ó· soan-khang, koh siun thih pang,
Ā bô po-lê-kiàn, ā bô po-lê-thang.
I tiō chhut tōa-tōa-sian, boeh chhiùn-koa,
10 Chùn-chit-ē, i lâng soah tian-tò tōan.

---

0 sian-gȧk-ka: 聲樂家　1 chit: 一　ê: 個　sian: 聲音
chin: 很　tōa: 大　2 tȧk: 每　hāng：樣; 項　mih-kiān:
東西　chùn: 震　phòa: 破　3 bô tiō... bô tiō...：不
是... 就是...　po-lê-thang: 玻璃窗　4 po-lê-kiàn: 鏡子
5 khah: 較爲　tōa-sian: 大聲　piah: 牆壁　6 koh: 更
kà: 得; 以至於　giâ: 掀; 舉　chhù-kòa: 房頂　7 i: 他;
她　tiō: 就; 於是　ó·: 挖　soan-khang: 山洞　koh: 而
且　siun: 鑲　thih: 鐵　pang: 板　8 ā bô... ā bô: 也沒
有... 也沒有...　9 chhut tōa-tōa-sian: 大聲　boeh: 打
算　chhiùn-koa: 唱歌　10 ...chit-ē: ...得; 一...　lâng:
整個人; 身體　soah: 不意　tian-tò tōan: 反彈

444

Siang-bīn-kok

Tī Siang-bīn-kok, ta̍k-kē lóng ū nn̄g ê bīn.
Thâu-khak-āu hit ê bīn khàm mô·-kin.
Ū-lâng thâu-chêng, āu-pêng, kāng-khoán bīn.
Ū-lâng thâu-chêng, āu-pêng, bô-kāng bīn:
05 Āu thâu-chêng sī khàu-bīn, āu-pêng sī chhiò-
    bīn;
Āu thâu-chêng sī pháiⁿ-bīn, āu-pêng sī hó-bīn.
Nā boeh chai-iáⁿ i sī-m̄-sī ū kāng-khoán bīn,
Tiō ài khì kā i thau hian mô·-kin.
Chi̍t ê kèng-chhat kā góa thau hian mô·-kin,
10 Boeh kâ lia̍h, kóng: "Lí khiàm chi̍t ê bīn."

---

0 Siang-bīn-kok: 雙面國 1 tī: 在於 ta̍k-kē: 大家 lóng:
全都 ū: 有 nn̄g: 二 ê: 個 bīn: 臉 2 thâu-khak:
腦袋 āu: 後頭 hit: 那 khàm: 遮蓋 mô·-kin: 毛巾
3 ū-lâng: 有的人 thâu-chêng: 前面 āu-pêng,: 後面
kāng-khoán: 相同 4 bô-kāng: 不同 5 āu: 也有 sī:
是 khàu-bīn: 哭喪的臉 chhiò-bīn: 笑臉 6 pháiⁿ-bīn:
怒容 hó-bīn: 和藹的臉 7 nā: 如果 boeh: 要; 打算
chai-iáⁿ: 知道 i: 他; 她 sī-m̄-sī: 是不是 8 tiō: (那)
就 ài: 必須 khì: 去 kā: 把; 將 thau: 偷偷 hian:
掀 9 chi̍t: 一 kèng-chhat: 警察 góa: 我 10 kâ: 把
我 lia̍h: 逮捕 kóng: 說 lí: 妳 khiàm: 缺少

445

Siang Kha Tȧh Siang Chûn

Siang kha tȧh siang chûn.
Chiàⁿ-kha ê chûn boeh thè-āu.
Tò-kha ê chûn boeh chìn-chêng.
Chiàⁿ-kha ê chûn sóa chiàⁿ-pêng.
05 Tò-kha ê chûn sóa tò-pêng.
Chûn, lú lī, lú khui,
Gún, giōng-boeh liȧh-kha-thúi,
Tǒ--m̄--chit--ē poȧh-lȯh chúi.
Chiàⁿ-chhiú sa-bô chiàⁿ-pêng ê chûn,
10 Tò-chhiú sa bô tò-pêng ê chûn.

---

0 siang: 雙　kha: 脚　tȧh: 踏　chûn: 船　2 chiàⁿ: 右
ê: 的　boeh: 想要　thè-āu: 後退　3 tò: 左　chìn-chêng:
上前　4 sóa: 移動　pêng: 旁；邊　6 lú... lú...: 越... 越...
lī: 分離　khui: 開　7 gún: "我們"，即我　giōng-boeh:
幾乎　liȧh-kha-thúi: 腿劈叉　8 tǒ--m̄--chit--ē: 噗通一聲
poȧh-lȯh: 跌下　chúi: 水　9 chhiú: 手　sa-bô: 抓不到

446

Siáu-kúi-á

Nn̄g chiah siáu-kúi-á cháu-khì chi̍t keng biō,
Khòaⁿ biō-·ni kèng-mi̍h koh bē-chió.
Kih-kih-kih-kih-kúi ta̍k hāng the̍h-lâi chiān.
Bù-lù-bù-lù-kúi ta̍k hāng ni-lâi chhì.
05 Kim-kong gia̍h kha tiō ka ta̍h-·lo̍h-·khì,
Ta̍h-tio̍h hit chiah Kih-kih-kih-kih-kúi.
Bù-lù-bù-lù-kúi kóaⁿ-kín liu,
Cháu-tńg-khì siáu-kúi-á-siū,
Chi̍t ê bīn kiaⁿ-kà âng-kì-kì,
10 Chi̍t ê bīn kiu-kà chhun nn̄g lúi ba̍k-chiu.

---

0 siáu-kúi-á: 小鬼　1 nn̄g: 二　chiah: 隻　cháu-khì:
到... 去 chi̍t: 一　keng: 個 biō: 廟宇　2 khòaⁿ: 見
·ni: 裡頭　kèng-mi̍h: 供品　koh: 竟然　bē-chió: 不少
3 Kih-kih-kih-kih-kúi: 吱吱吱吱鬼　ta̍k: 每　hāng: 樣;
項 the̍h: 拿　lâi: 來　chiān: 亂玩　4 Bù-lù-bù-lù-kúi:
嚕嚕嚕嚕鬼　ni: 用食指與拇指拿　chhì: 嚐　5 Kim-kong:
金剛　gia̍h: 舉; 抬　kha: 脚　tiō: 就; 隨即　ka: 把它
ta̍h-·lo̍h-·khì: 踏下去　6 tio̍h: 著　hit: 那　7 kóaⁿ-kín:
趕緊　liu: 溜; 逃　8 cháu-tńg-khì...: 回... 去 siū: 巢穴
9 chi̍t ê bīn: 臉; 滿臉　kiaⁿ: 嚇　kà: 得　âng-kì-kì: 通
紅　10 kiu: 縮　chhun: 剩下　lúi: 只 ba̍k-chiu: 眼睛

Sih-sut-á

Koa-chheⁿ sih-sut-á kôaⁿ-thiⁿ bô-thang chia̍h,
Cháu-khì chhōe káu-hiā.
Káu-hiā kóng: "Lí chhiùⁿ-koa lâi hoân thiaⁿ."
Sih-sut-á iau-kà bē chhut-siaⁿ.
05 Káu-hiā kóng: "Bô, lí thiàu-bú lâi hoân khòaⁿ."
Sih-sut-á kôaⁿ-kà kha-chhiú bē lêng-oa̍h.
Káu-hiā kóng: "Hó ·la, hó ·la. Chiām-sî hō· lí
tòa."
Sih-sut-á koh iau, koh kôaⁿ, phī-phī-chhoah,
Khiā-bē-chāi, piăng-·chi̍t-·ē tó-·lo̍h-·khì.
10 Káu-hiā kā sih-sut-á kng-·ji̍p-·khì.

---

0 sih-sut-á: 蟋蟀 1 koa-chheⁿ: 歌星 kôaⁿ-thiⁿ: 冬天
bô-thang: 沒得 chia̍h: 吃 2 cháu-khì: 去 chhōe: 找;
拜訪 káu-hiā: 螞蟻 3 kóng: 說 lí: 你 chhiùⁿ-koa:
唱歌 lâi: 來 hoân: (給) 我們 thiaⁿ: 聽 4 iau: 餓
kà: 得 bē: 不能 chhut-siaⁿ: 出聲 5 bô: 不然的話
thiàu-bú: 跳舞 khòaⁿ: 看 6 kôaⁿ: 冷 kha-chhiú: 手
腳 lêng-oa̍h: 靈活 7 hó ·la: 好吧 chiām-sî: 暫時 hō·:
讓; 給 tòa: 居住 8 koh...koh...: 又... 又... phī-phī-
chhoah: 哆嗦 9 khiā-bē-chāi: 站不穩 piăng-·chi̍t-·ē
tó-·lo̍h-·khì: 訇然倒下去 10 kā: 把 kng: 抬 ·ji̍p-·khì:
進去

448

Sim Thiàⁿ

Gōa-kháu hong chin thàu.
Gín-á tán chhia bòe ha̍k-hāu.
Ma-ma hiahⁿ hiû-á jiok-·chhut-·lâi.
Gín-á m̄-khéng chhēng.
05 Ma-ma ka khó͘-khǹg, khǹg kà bá-suh lâi.
Gín-á iáu-sī m̄-khéng chhēng,
Kóaⁿ-kín peh-khit-lì chhia-téng.
Bá-suh koh sái-kiâⁿ.
Ma-ma sim chin thiàⁿ.
10 Gín-á khòaⁿ ma-ma sim thiàⁿ, mā sim thiàⁿ.

---

0 sim: 心 thiàⁿ: 疼 1 gōa-kháu: 外頭 hong: 風
chin: 很 thàu: (風) 大 2 gín-á: 孩子 tán: 等 chhia:
車子 bòe: 要到... 去 ha̍k-hāu: 學校 3 ma-ma: 媽
媽 hiahⁿ: 拿 (衣物) hiû-á: 夾衣 jiok-·chhut-·lâi: 追
出來 4 m̄-khéng: 不肯 chhēng: 穿 5 ka: 把他; 對
他 khó͘-khǹg: 苦苦相勸 khǹg: 勸 kà: 直到 bá-suh:
巴士 lâi: 來到 6 iáu-sī: 仍然; 還是 7 kóaⁿ-kín: 趕快
peh-khit-lì: 爬上 chhia-téng: 車上 8 koh: 又 sái-kiâⁿ:
開走 10 khòaⁿ: 眼看 mā: 也

Sin-niû-bóe

A-bín-î chái-khí boeh chhut-kè.
A-ka, A-bí, ka khan sin-niû-bóe.
A-bín-î ê sin-niû-bóe sè-kài tē-it tîng,
I ài khiā-khì chhī-gōa hng-hng-hng.
05 Sî-kan kàu, A-bín-î khai-sí kiâⁿ.
Phōaⁿ-kè tòa i āu-pêng ka tàu thoa.
Thoa-kà pêⁿ, ōaⁿ A-ka, A-bí, khai-sí kiâⁿ.
Phōaⁿ-kè tòa in thâu-chêng tit-tit giú.
Tán sin-niû-bóe giú kàu lé-pài-tîng,
10 Í-keng kàu ê-hng.

---

0 sin-niû-bóe: 新娘禮服的後襬 　1 A-bín-î: 阿敏阿姨
chái-khí: 早晨　boeh: 行將　chhut-kè: 出嫁　2 A-ka:
阿嘉　A-bí: 阿美　ka: 幫她　khan: 提高 (拖地衣裳的後
襬)　3 ê: 的　sè-kài: 世界　tē-it: 最　tîng: 長　4 i: 她
ài: 必須　khiā-khì: 站到... 去　chhī-gōa: 市外　hng-hng-
hng: 很遠很遠 (的地方)　5 sî-kan: 時間　kàu: 到 (了)
khai-sí: 開始　kiâⁿ: 走　6 phōaⁿ-kè: 伴娘　tòa: 在於　i:
她的　āu-pêng: 後頭　tàu: 幫著　thoa: 拖　7 kà: 到; 至
於　pêⁿ: 平坦　ōaⁿ: 換; 輪到　8 in: 他們　thâu-chêng:
前頭　tit-tit: 一直的　giú: 拉　9 tán: 等到　lé-pài-tîng:
禮拜堂　10 í-keng: 已經　ê-hng: 晚上

450

Sio-gîn

Tiān-sī-ki ài kah lâng sio-gîn.

Tōa-lâng khòaⁿ tiān-sī, khòaⁿ-khòaⁿ-·le tiō koaiⁿ-ki.

Tiān-sī-ki kóng: "Ha! Góa gîn-iâⁿ."

Gín-á khòaⁿ tiān-sī, khòaⁿ-khòaⁿ-·le hông kiò-·khì.

05 Tiān-sī-ki kóng: "Ha! Góa gîn-iâⁿ."

Lāu-lâng khòaⁿ tiān-sī, khòaⁿ-khòaⁿ-·le khùn-khùn-·khì.

Tiān-sī-ki kóng: "Ha! Góa gîn-iâⁿ."

Ū-chit jit, tiān-sī-ki hāi-·khì,

Bô-lâng koh khòaⁿ tiān-sī.

10 Tiān-sī-ki kóng: "Ha! Bô-lâng káⁿ koh sio-gîn ·a."

---

0 sio: 互相 gîn: 瞪（視） 1 tiān-sī-ki: 電視機 ài: 喜歡 kah: 和 (... 互相) lâng: 人 2 tōa-lâng: 成人 khòaⁿ: 看 tiān-sī: 電視 ...·le: ... 了（一陣子） tiō: 就; 於是 koaiⁿ-ki: 關機 3 kóng: 說 ha: 哈 góa: 我 iâⁿ: 贏（了） 4 gín-á: 孩子 hông kiò-·khì: 被叫走了 6 lāu-lâng: 老人 khùn-·khì: 睡著了 8 ū-chit jit: 有一天 hāi-·khì: 壞了 9 bô-lâng: 沒人 koh: 再 10 káⁿ: 敢 ·a: 了

Sio-ōaⁿ Chiảh

Niau-á thau-chiảh káu-á pn̄g.

Káu-á mn̄g kóng: "Lí ná ē kâ thau-chiảh?"

Niau-á kóng: "Iah to siūⁿ-boeh piàn hơ khah
tōa-chiah.

"Káu-á chiah bē tiāⁿ boeh kā góa liảh."

05 Káu-á kóng: "Bô, lán lâi sio-ōaⁿ.

"Góa ê pn̄g hơ· ·lí; lí ê pn̄g hơ· ·góa.

"Lí chiảh góa ê pn̄g, thang-hó piàn khah tōa.

"Góa chiảh lí ê pn̄g, thang-hó peh chhiū-á."

Káu-á tiō kā i ê óaⁿ kā-jip-bì chhù-lāi.

10 Niau-á tiō kā i ê óaⁿ kā-chhut-lì chhù-gōa.

---

0 sio-ōaⁿ: 互換; 交換 chiảh: 吃 1 niau-á: 貓 thau:
偷 káu-á: 狗 pn̄g: 飯 2 mn̄g: 問 kóng: 說; 道 lí:
你 ná ē...: 爲什麼 kâ: 把我 (的) 3 iah to...: 因爲... 啊
siūⁿ-boeh: 想要 piàn hơ khah tōa-chiah: (動物) 變大
4 chiah: (這) 才 bē: 不致於 tiāⁿ: 時常 boeh: 要; 打
算 kā: 把 góa: 我 liảh: 捕捉 5 bô: 那麼; 不然的話
lán: 咱們 lâi: 來 6 ê: 的 hơ·: 給 7 thang-hó:
得以 piàn khah tōa: 變大 8 peh chhiū-á: 爬樹 9 tiō: 於
是 i: 它 óaⁿ: 碗 kā: 咬 jip-bì...: 進... 去 chhù-lāi:
房子裡 10 chhut-lì...: 出... 去 chhù-gōa: 房子外

Sio-oāⁿ Ê

A-gī ê n̂g káu kā i ê chı̍t kha n̂g ê kā-cháu.
A-ô͘ ê o͘ káu kā i ê chı̍t kha o͘ ê kā-cháu.
Nn̄g chiа̍h sio-tú, sio-oāⁿ ê, kā tn̂g-khì chhù-·e.
A-gī khiàm chı̍t kha n̂g ê,
05 Tiō chı̍t kha chhēng o͘ ê, chhut-khì chhōe.
A-ô͘ khiàm chı̍t kha o͘ ê,
Tiō chı̍t kha chhēng n̂g ê, chhut-khì chhōe.
Nn̄g ê sio-tú, sio-oāⁿ ê, chhēng tn̂g-khì chhù-·e.
A-gī chhēng chı̍t kha A-ô͘ ê n̂g ê.
10 A-ô͘ chhēng chı̍t kha A-gī ê o͘ ê.

---

0 sio-oāⁿ: 互換　ê: 鞋　1 A-gī: 阿義　ê: 的　n̂g: 黃
káu: 狗　kā: 把; 將　i: 他　chı̍t: 一　kha: 只; 隻; (單)
個　kā-cháu: 叼走　2 A-ô͘: 阿湖　o͘: 黑　3 nn̄g: 二
chiа̍h: 隻　sio-tú: 相遇　tn̂g-khì: 回... 去　chhù-·e: 家
裡　4 khiàm: 缺; 欠　5 tiō: 就; 於是　chı̍t kha: 一隻腳
chhēng: 穿　chhut-khì: 出去　chhōe: 尋找　8 ê: 個

453

Sio-oāⁿ Saⁿ

Àm-sî, ho̍k-chong-tiàm só-·khí-·lâi.

Tiàm-lāi, mơ-dé-luh tāng-·khí-·lâi.

Bô-thâu-·ê kóng: "Lí chit niá siá-chuh ū-kàu súi."

Chiam-phīⁿ-·ê kóng: "I hit niá sè-tà chiâⁿ kó-chui."

05 Chi̍t ê chha̍t-á chhēng thí-sió cháu-·ji̍p-·lâi.

Ta̍k-kē khòaⁿ-tio̍h thí-sió, sio-cheⁿ ài.

Chha̍t-á kóng: "Bô, lán lâi sio-ōaⁿ."

Mơ-dé-luh tiō sio-cheⁿ kā saⁿ thǹg-·khí-·lâi.

Tē-jī ji̍t, tiàm-oân ji̍p-lâi chi̍t-ē khòaⁿ,

10 Khòaⁿ mơ-dé-luh lóng-chóng bô chhēng-saⁿ.

---

0 sio-ōaⁿ: 互換　saⁿ: 衣服　1 àm-sî: 晚上　ho̍k-chong-tiàm: 服裝店　só: 鎖　·khí-·lâi: 起來　2 tiàm-lāi: 店裡　mơ-dé-luh: 模特兒　tāng: 動; 活動　3 Bô-thâu-·ê: 沒腦袋　kóng: 說　lí: 你　chit: 這　niá: 件　siá-chuh: 襯衫　ū-kàu: 眞是　súi: 漂亮　4 Chiam-phīⁿ-·ê: 尖鼻子　i: 他; 她　hit: 那　sè-tà: 套頭毛衣　chiâⁿ: 很　kó-chui: 可愛　5 chi̍t: 一　ê: 個　chha̍t-á: 小偷　chhēng: 穿　thí-sió: T 恤　cháu: 闖　ji̍p-lâi: 進來　6 ta̍k-kē: 大家　khòaⁿ-tio̍h: 看見　sio-cheⁿ: 爭著　ài: 要　7 bô: 那麼　lán: 咱們　lâi: 來　8 tiō: 就; 於是　kā: 把　thǹg: 脫　9 tē-jī ji̍t: 第二天　tiàm-oân: 店員　chit-ē khòaⁿ: 一看　10 khòaⁿ: 見; 發現　lóng-chóng: 全部　bô: 沒有

Sió-sîn-sian

Sió-sîn-sian, poe-ā-poe,
Chi̍t-lâng gia̍h chi̍t ki mô͘-su̍t-pāng, kí-ā-kí,
Tiám-to̍h thiⁿ-téng chi̍t-lia̍p-chi̍t-lia̍p ê chheⁿ,
Tiám-to̍h hóe-kim-ko͘ ê bóe,
05 Tiám-to̍h bōng-á-po͘ ê kúi-á-hóe,
Tiám-to̍h niau-á ê ba̍k-chiu,
Tiám-kng tiān-chhia ê chhia-siuⁿ.
Tiám-kng mô͘-thian-tōa-lâu ê thang-á-mn̂g,
Tiám-kng hái-chha̍t-chûn ê chûn-chhng,
10 Tiám-o͘ Sió-hui-kiap ê iáⁿ, pìⁿ n̂g.

---

0 sió-sîn-sian: (森林中的) 小精靈 1 poe: 飛 ...ā...: ...
著... 著 2 chi̍t-lâng: 每個人 gia̍h: 舉; 拿 chi̍t: 一
ki: 枝 mô͘-su̍t-pāng: 魔棒 kí: 指 3 tiám: 點 (火)
to̍h: 著火 thiⁿ-téng: 天上 lia̍p: 顆 ê: 的 chheⁿ: 星
星 4 hóe-kim-ko͘: 螢火蟲 ê: 的 bóe: 尾巴 5 bōng-
á-po͘: 墳場 kúi-á-hóe: 鬼火 6 niau-á: 貓 ba̍k-chiu:
眼睛 7 kng: 明亮 tiān-chhia: 電車 chhia-siuⁿ: 車
箱 8 mô͘-thian-tōa-lâu: 摩天大樓 thang-á-mn̂g: 窗子
9 hái-chha̍t: 海賊 chûn: 船 chûn-chhng: 船艙 10 o͘:
黑; 暗 Sió-hui-kiap: 小飛俠 iáⁿ: 影子 pìⁿ: 變成 n̂g:
蔭

Sit-ji̍t

Ūn-tōng-tiâⁿ-·e ji̍t-thâu chin-chiâⁿ mé.
Ha̍k-seng gín-á pha̍k-kà chin-chiâⁿ chheh,
Siūⁿ kóng: nā bô ji̍t-thâu, m̄-tio̍h chin-chiâⁿ hó!
Hut-jiân-kan, ji̍t-thâu chin-chiàⁿ m̄-chai cháu-
  khì tò.
05 Ūn-tōng-tiâⁿ-·e àm-bong-bong,
Koh khí kúi-á-hong.
Ha̍k-seng gín-á kiaⁿ-kà ki-ki-kiò.
Lāu-su hoaⁿ-hí-kà chhia̍k-chhia̍k-tiô,
Kóng: "Lín khòaⁿ. Lín khòaⁿ. Sit-ji̍t ·lo͘.
10 "O͘! Só-le Mì-ò͘ hō͘ goe̍h-niû cha̍h-·khì ·lo͘."

---

0 sit-ji̍t: 日蝕 1 ūn-tōng-tiâⁿ-·e: 操場上 ji̍t-thâu: 太陽 chin-chiâⁿ: 很; 非常 mé: (太陽) 大; (火) 盛 2 ha̍k-seng gín-á: 學童 pha̍k: 曝 kà: 得; 到 chheh: 覺得討厭 3 siūⁿ kóng: 認爲; 想道 nā: 如果 bô: 沒有 m̄-tio̍h: 可不是; 可 (是) hó: 棒; 好 4 hut-jiân-kan: 忽然 chin-chiàⁿ: 果眞; (結果) 眞的 m̄-chai: 不知道 cháu-khì: 到... 去 (了) tò: 哪兒 5 àm-bong-bong: 黑漆漆 6 koh: 又; 而且 khí: 開始發生 kúi-á-hong: 旋風 7 kiaⁿ: 怕; 嚇 ki-ki-kiò: 吱吱叫 8 lāu-su: 老師 hoaⁿ-hí: 高興 chhia̍k-chhia̍k-tiô: 雀躍 9 kóng: 說 lín: 你們 khòaⁿ: 看 ·lo͘: 嘍; 了 10 O͘! Só-le Mì-ò͘: (義大利名歌:) 啊! 我的太陽! hō͘: 被 goe̍h-niû: 月亮 cha̍h-·khì: 遮掉

Siū Pó-hō͘ ê tōng-bu̍t

Káu-hiā sô-kà kui toh-téng.
Bô-táⁿ kóng: "Lâng káⁿ ē the̍h toh-pò͘ kā lán
chhit-tiāu."
Hó-táⁿ kóng: "Bián kiaⁿ!
"Lán sī siū pó-hō͘ ê tōng-bu̍t."
05 Bô-táⁿ kóng: "Chiah m̄-sī ·le!"
A-hô khòaⁿ káu-hiā kui toh-téng,
The̍h toh-pò͘ boeh ka chhit-tiāu.
A-ek kóng: "Bān-chhiáⁿ!
"Káu-hiā sī siū pó-hō͘ ê tōng-bu̍t."
10 A-hô kóng: "Chiah m̄-sī ·le!"

---

0 siū pó-hō͘: 被保護 ê: 的 tōng-bu̍t: 動物 1 káu-hiā:
螞蟻 sô: (無脚或短脚的蟲子) 爬 kà: 得, 即表示結果或
現狀 kui: 整個 (... 都是) toh-téng: 桌上 2 Bô-táⁿ:
膽子小 kóng: 說 lâng: 人 káⁿ: 也許 ē: 會 the̍h:
拿 toh-pò͘: 抹布 kā: 把; 將 lán: 咱們 chhit-tiāu:
抹去; 擦掉 3 Hó-táⁿ: 膽子大 bián kiaⁿ: 別怕 4 sī:
是 5 chiah m̄-sī ·le: 才不是呢 6 A-hô: 阿和 khòaⁿ:
見; 發現 7 boeh: 想要 ka: 把它們 8 A-ek: 阿益
bān-chhiáⁿ: 慢著; 且慢

457

Siūⁿ-chhù

Tōng-bu̍t-hn̂g ê tōng-bu̍t siūⁿ-chhù, siūⁿ-káh.
Go̍k-hî kóng: "Chia siuⁿ ta."
Pe̍h-hîm kóng: "Chia siuⁿ joa̍h."
Iá-gû kóng: "Chia ūn-tōng-tiâⁿ bô-kàu khoah."
05 In tiō liu-chhut-khì tōng-bu̍t-hn̂g gōa-kháu,
Tī ke-á-lō͘ sì-kè cháu.
Ke-á-lō͘ ê lâng kih-kih-háu.
M̄-kò tōng-bu̍t chhōe-bô in ê chhù,
Tiō tò-tńg-lâi tōng-bu̍t-hn̂g-·e ku,
10 Tòa tōng-bu̍t-hn̂g siūⁿ-chhù, siūⁿ-káh.

---

0 siūⁿ: 想; 想念 chhù: 家 1 tōng-bu̍t-hn̂g: 動物園 ê:
的 tōng-bu̍t: 動物 ...káh: ... 得很 2 go̍k-hî: 鱷魚
kóng: 說 chia: 這兒 siuⁿ: 太; 過於 ta: 乾燥 3 pe̍h-
hîm: 白熊 joa̍h: 熱 4 iá-gû: 野牛 ūn-tōng-tiâⁿ: 操
場 bô-kàu: 不夠 khoah: 寬 5 in: 它們 tiō: 就; 於是
liu-chhut-khì: 溜出到... 去 gōa-kháu: 外頭 6 tī: 在
於 ke-á-lō͘: 街道 sì-kè: 到處 cháu: 跑; 走動 7 lâng:
人 kih-kih-háu: 驚叫 8 m̄-kò: 但是 chhōe-bô: 找不
到 9 tò-tńg-lâi: 回...來 ·e: 裡 ku: (非正式或委屈地)
住 10 tòa: 在於

458

Siuⁿ-kòe Tāng

Ke kiò thian-gô chài i khì thit-thô.
Thian-gô kóng: "Lí chiah sán, bē-kham-tit gō.
"Seng chiah-hơ-ióng, chiah lâi kóng."
Ke tiō chheⁿ-chhám chiah, chheⁿ-chhám tōng.
05 Bí-thâng, chhài-thâng, kóe-chí-á-thâng,
Chit kang chiah-leh kúi-ā hāng,
Chiah-kà chin êng-iáng,
Chiah-kà seng-khu îⁿ-îⁿ, bīn hàng-hàng.
Thian-gô hiâm i siuⁿ-kòe tāng,
10 Kóng: "Taⁿ, góa chài lí bē-tín-tāng."

---

0 siuⁿ-kòe: 太過於 tāng: 重; 沈 **1 ke:** 雞 kiò: 叫; 要求 thian-gô: 天鵝 chài: 馱; 載 i: 它 khì: 去 thit-thô: 玩兒 **2 kóng:** 說 lí: 你 chiah: 這麼 sán: 瘦 bē-kham-tit: 不堪 gō: 挨餓 **3 seng:** 先 chiah: 吃 hơ: 使之 ióng: 健壯 chiah lâi kóng: (那時) 再說 **4 tiō:** 就; 於是 chheⁿ-chhám: 拚死命地 tōng: 塞 (食物進入體內) **5 bí-thâng:** 米蟲 chhài-thâng: 菜蟲 kóe-chí-á-thâng: 果蟲 **6 chit:** 一; 每 kang: 天; 日 leh: 個 (表示成就) kúi-ā: 好幾; 許多 hāng: 種類 **7 kà:** 得; 以至於 chin: 很 êng-iáng: 營養 **8 seng-khu:** 身子 îⁿ-îⁿ: 圓圓的 bīn: 臉 hàng-hàng: (腫起) 脹脹的 **9 hiâm:** 嫌 **10 taⁿ:** 這下子; 現在 góa: 我 chài lí bē-tín-tāng: 載不動你

Sńg Phòng-se

Ko͘-ta̍k-niau sńg phòng-se-sòaⁿ.
Pa̍t chiah niau-á ûi-lâi khòaⁿ,
Kóng: "Tio̍h góa! Tio̍h góa!"
Ko͘-ta̍k-niau kā in kóaⁿ-khì hn̄g-hn̄g-hn̄g,
05 Ka-tī chi̍t ê pà-leh sńg,
Sńg-kà phòng-se tîⁿ-kà chi̍t seng-khu,
Tîⁿ-kà seng-khu pìⁿ-chò chi̍t lia̍p kiû.
Ko͘-ta̍k-niau bē tín-tāng,
Tōa-siaⁿ hoah-kiù-lâng.
10 Niau-á, niáu-chhí, ûi-lâi khòaⁿ.

---

0 sńg: 玩 phòng-se: 毛線 1 Ko͘-ta̍k-niau: 孤癖貓
phòng-se-sòaⁿ: 毛線 2 pa̍t chiah: 別的 niau-á: 貓
ûi-lâi khòaⁿ: 圍觀; 圍過來看 3 kóng: 說 tio̍h góa: 該
我了; 輪到我了 4 kā: 把 in: 他們 kóaⁿ-khì: 趕到…
去 hn̄g-hn̄g-hn̄g: 很遠很遠 (的地方) 5 ka-tī chi̍t ê: 自
個兒 pà-leh: 霸佔著 6 kà: 得; 以至於 tîⁿ: 纏 chi̍t
seng-khu: 全身 7 pìⁿ-chò: 變成 chi̍t: 一 lia̍p: 個;
顆 kiû: 球 8 bē tín-tāng: 不能動彈 9 tōa-siaⁿ:
高聲 hoah-kiù-lâng: 呼救 10 niáu-chhí: 老鼠

Só-sî

Ma-ma chhōe-bô só-sî, chhōe-lâi-chhōe-khì,
Kóng: "Só-sî. Só-sî. Cháu-khì tá-ūi bih?"
Só-sî kóng: "Goán tī chia. Goán tī chia."
Ma-ma tùi toh-téng chhōe kà bîn-chhñg-kha,
05 Kóng: "Só-sî. Só-sî. Lín tī tà?"
Só-sî kóng: "Tī chia. Tī chia. Goán tī chia."
Ma-ma tùi chàu-kha chhōe kà lâng-kheh-thiaⁿ,
Kóng: "Só-sî. Só-sî. Ná bô khòaⁿ-tiȯh iáⁿ?"
Só-sî tōa-siaⁿ hoah kóng: "Goán tī chia—!
10 "Kín lâi chhōa goán chhut-khì kiâⁿ—!"

---

0 só-sî: 鑰匙 1 ma-ma: 媽媽 chhōe: 尋找 ...bô: ...
不著; ... 不到 ...lâi ...khì: ... 來... 去 2 kóng: 說
cháu-khì: 到... 去 tá-ūi: 哪兒 bih: 躲 3 goán: 我們
tī: 在於 chia: 這兒 4 tùi: 打從 toh-téng: 桌子上 kà:
到達 bîn-chhñg-kha: 床底下 5 tà: 哪兒 7 chàu-kha:
廚房 lâng-kheh-thiaⁿ: 客廳 8 ná: 怎麼; 為什麼 bô
khòaⁿ-tiȯh iáⁿ: 不見蹤影 9 tōa-siaⁿ: 高聲 hoah: 喝
叫 10 kín: 趕快 lâi: 來 chhōa: 帶領 chhut-khì: 出
去 kiâⁿ: 溜達

461

Sóa Soaⁿ

Gû-kong ê chhù tī soaⁿ-lāi.
I siūⁿ-boeh-ài khòaⁿ hái,
Tiō chhōa kiáⁿ-sun-á kut thô· boeh sóa soaⁿ.
Tē-gû khòaⁿ he bô khah chòa̍h.
05 I tiō ōaⁿ-keng koh péng-pêng,
Hō· āu-pêng ê soaⁿ sóa-khì thâu-chêng,
Hō· thâu-chêng ê soaⁿ sóa-khì āu-pêng,
Hō· soaⁿ-niā pìⁿ soaⁿ-kheⁿ,
Hō· soaⁿ-kheⁿ pìⁿ soaⁿ-niā,
10 Hō· Gû-kong ê chhù sóa-khì tī hái-phiâ.

---

0 sóa: 移 soaⁿ: 山 1 Gû-kong: 愚公 ê: 的 chhù: 家
tī: 在於 lāi: 裡頭 2 i: 他 siūⁿ-boeh-ài: 想要 khòaⁿ:
看 hái: 海 3 tiō: 就; 於是 chhōa: 帶領 kiáⁿ-sun-á:
兒孫 kut: 掘 thô·: 泥土 boeh: 要; 打算 4 tē-gû:
(傳說中支撐土地的) 地牛 khòaⁿ: 看; 明白 he: 那 (個)
bô khah chòa̍h: 無濟於事 5 i: 它 ōaⁿ-keng: 換另一個
肩膀 koh: 而且 péng-pêng: 翻過 (身) 來 6 hō·: 使;
讓 āu-pêng: 後面 ê: 的 khì: 到... 去 thâu-chêng:
前面 8 soaⁿ-niā: 山脊 pìⁿ: 變成 soaⁿ-kheⁿ: 山谷
10 hái-phiâ: 海灘

Soaⁿ

Tang-pêng ê soaⁿ khòaⁿ sai-pêng ê soaⁿ chin-chiâⁿ súi,

Soaⁿ-lūn pûi-pûi, sòaⁿ-tiâu hûi-hûi, chin kó͘-chui,

M̄-kò siuⁿ hng, tiāⁿ hō͘ bông chảh-‧khì.

I tiō siūⁿ-boeh sóa-óa-‧khì.

05 M̄-chai keng-kòe kúi ek nî,

I kàu bóe-‧a sóa-kàu-ūi,

Hoat-kiàn sai-pêng ê soaⁿ choân-choân chhàu-thâu-phí,

Khòaⁿ-chit-ē hiám hūn-‧khì,

Siūⁿ-boeh kín sóa-khui,

10 M̄-kò m̄-chai tiỏh-ài kúi ek nî?

---

0 soaⁿ: 山 1 tang-pêng: 東邊 ê: 的 khòaⁿ: 看 sai-pêng: 西邊 chin-chiâⁿ: 非常 súi: 漂亮 2 soaⁿ-lūn: 山崗 pûi: 胖 sòaⁿ-tiâu: 線條 hûi: (形狀) 不尖銳 chin: 很 kó͘-chui: 可愛 3 m̄-kò: 但是 siuⁿ: 太 hng: 遠 tiāⁿ: 時常 hō͘: 被 bông: 霧 chảh-‧khì: 遮蔽 4 i: 它 tiō: 就; 於是 siūⁿ-boeh: 想要 sóa: 移 óa-‧khì: 靠過去 5 m̄-chai: 不知道 keng-kòe: 經過 kúi: 幾 ek: 億 nî: 年 6 kàu bóe-‧a: 最後 kàu-ūi: 到達 7 hoat-kiàn: 發現 choân-choân: 盡是 chhàu-thâu-phí: 癩痢頭的疙瘩 8 ...chit-ē: 一... hiám: 險些 hūn-‧khì: 暈倒 9 kín: 趕快 khui: 離開 10 tiỏh-ài: 需要

463

Soān-chio̍h

Soān-chio̍h siuⁿ tī sûn-kim ê chhiú-chí,
Chiò-tio̍h kng, kim-sih-sih, chin tek-ì,
Khòaⁿ kim chhiú-chí, khòaⁿ-bē-khí.
Chhiú-chí kóng: "Mài khòaⁿ góa phú-phú.
05 "Sûn-kim pún-lâi tiō-sī bū-bū.
"Lí chí-put-kò sī hóe-thòaⁿ.
"M̄-siàn, lán tán-leh khòaⁿ."
Ū chi̍t ji̍t, hóe-sio-chhù, hóe chin tōa,
Soān-chio̍h ū-iáⁿ sio-kà pìⁿ hóe-thòaⁿ,
10 Iah sûn-kim iáu-sī sûn-kim, bô piàn-hòa.

---

0 soān-chio̍h: 鑽石 1 siuⁿ: 鑲嵌 tī: 在於 sûn-kim: 純金 ê: 的 chhiú-chí: 戒指 2 chiò-tio̍h kng: 照到光線 kim-sih-sih: 亮晶晶 chin: 很 tek-ì: 得意 3 khòaⁿ... khòaⁿ-bē-khí: 看不起... kim: 黃金 4 kóng: 說 mài: 別; 不要 khòaⁿ... phú-phú: 看扁... góa: 我 5 pún-lâi: 本來 tiō-sī: 就是 bū-bū: 不亮麗 6 lí: 你 chí-put-kò: 只不過 sī: 是 hóe-thòaⁿ: 木炭 7 m̄-siàn: 不信 (的話) lán: 咱們 tán-leh khòaⁿ: 等著瞧 8 ū chi̍t ji̍t: 有一天 hóe-sio-chhù: 房子失火 hóe: 火 tōa: 大 9 ū-iáⁿ: 果然 sio: 燒 kà: 得; 到 pìⁿ: 變成 10 iah: 而 iáu-sī: 仍然 bô: 沒有 piàn-hòa: 變化

Suh Chhe^n-á-châng

Lō͘-pi^n chi̍t chōa chhe^n-á-châng.
Gín-á pí-sài khòa^n chiâ suh khah kín,
Khòa^n chiâ suh khah koân.
A-hô, A-ek, khin-báng-báng,
05 Suh-tio̍h chhe^n-á-châng bē iô-tāng.
A-bêng suh siāng kín, suh siāng koân.
M̄-kò chhe^n-á-châng hiâm i siu^n tōa-hàn,
Hiâm i siu^n-kòe tāng,
Kui châng oan-·lo̍h-·lâi, kiò i kín lo̍h-·lâi,
10 Kóng: "Lí khì suh pa̍t hāng."

---

0 suh: 爬 (竿) chhe^n-á-châng: 檳榔樹 1 lō͘-pi^n: 路
旁 chi̍t: 一 chōa: 行; 排 2 gín-á: 孩子 pí-sài: 比賽
khòa^n: 看看 chiâ: 誰 khah: 比較 kín: 快速 3 koân:
高 4 A-hô: 阿和 A-ek: 阿益 khin-báng-báng: 輕飄飄
5 tio̍h: 著; 起來 bē: 不會 iô-tāng: 搖晃 6 A-bêng: 阿
明 siāng: 最 7 m̄-kò: 但是 hiâm: 嫌 i: 他 siu^n: 太
tōa-hàn: (孩子年紀或個子) 大 8 siu^n-kòe: 太過 tāng:
重 9 kui: 整個 châng: 棵 oan-·lo̍h-·lâi: 彎下來 kiò:
叫 kín: 趕快 lo̍h-·lâi: 下來 10 kóng: 說 lí: 你 khì:
去 pa̍t hāng: 別樣東西

465

Tâu-phiò

Lỏh tōa-seh, É-á-lâng in chhù lâi chi̍t ê lâng-
kheh,

Kóng: "Góa sī Pe̍h-seh Kong-chú, m̄-sī bû-pô."

É-á-lâng mn̄g kóng: "Lí ê saⁿ ná ē bô pe̍h-pe̍h?"

Lâng-kheh ìn kóng: "Kiaⁿ hō͘ chhia lòng-·tio̍h."

05 É-á-lâng kóng: "Lí ê ê ná ē hiah tōa-siang?"

Lâng-kheh kóng: "Kiaⁿ hō͘ seh khê-·tio̍h."

É-á-lâng kóng: "Lí ê phīⁿ ná ē âng-âng-âng?"

Lâng-kheh kóng: "Khih hō͘ hong khau-·tio̍h."

É-á-lâng, góa khòaⁿ lí, lí khòaⁿ i,

10 Kóng: "Lán lâi tâu-phiò, khòaⁿ i sī-m̄-sī bû-
pô."

---

0 tâu-phiò: 投票 1 lȯh: 下; 落 tōa-seh: 大雪 É-á-
lâng: 小矮人 in: 他們的 chhù: 家 lâi: 來了 chi̍t: 一
ê: 個 lâng-kheh: 客人 2 kóng: 說; 道 góa: 我 sī:
是 Pe̍h-seh Kong-chú: 白雪公主 m̄-sī: 不是 bû-pô:
巫婆 3 mn̄g: 問 lí ê: 妳的 saⁿ: 衣服 ná ē: 怎麼;
爲什麼 bô: 不是; 沒有 pe̍h-pe̍h: 白白的 4 ìn: 回答
kiaⁿ: 怕 hō͘: 被; 遭 chhia: 車子 lòng-·tio̍h: 撞到
5 ê: 鞋 hiah: 大 tōa-siang: (成雙的東西) 大 6 seh:
雪 khê-·tio̍h: 卡住; 阻礙 7 phīⁿ: 鼻子 âng-âng-âng:
很紅很紅 8 khih hō͘: (不巧) 被 hong: 風 khau-·tio̍h:
吹到 9 khòaⁿ: 看著 i: 他; 她 10 lán: 咱們 lâi: 來
khòaⁿ: 看看 sī-m̄-sī: 是不是

Tàu-tàu Óa

Saⁿ chiah kúi-á hō˙ chhia chông-chông phòa,
Kóaⁿ-kóaⁿ-kín-kín kā phòa-phìⁿ tàu-tàu óa.
Bù-lù-bù-lù-kúi pìⁿ nn̄g liáp thâu,
Chi̍t ki kha, chi̍t ki chhiú.
05 Kì-lì-kì-lì-kúi pìⁿ chi̍t liáp thâu,
Chi̍t ki kha, saⁿ ki chhiú.
Há-lá-há-lá-kúi pìⁿ bô thâu,
Sì ki kha, nn̄g ki chhiú.
Pa̍t chiah kúi-á m̄ hō˙ tńg-khì kúi-á-siū,
10 Kiò in koh khì chông-hō˙-phòa, tàu-tàu óa.

---

0 tàu-tàu óa: 組合; 拼湊 1 saⁿ: 三 chiah: 隻 kúi-á:
鬼 hō˙: 被 chhia: 車子 chông: 撞 phòa: 破 2 kóaⁿ-
kóaⁿ-kín-kín: 急急忙忙 kā: 把 phòa-phìⁿ: 破片 3 Bù-
lù-bù-lù-kúi: 嘸嚕嘸嚕鬼 pìⁿ: 變成 nn̄g: 二 liáp: 顆
thâu: 腦袋 4 chi̍t: 一 ki: 只; 支 kha: 脚 chhiú: 手
5 Kì-lì-kì-lì-kúi: 嘰哩嘰哩鬼 6 saⁿ: 三 7 Há-lá-há-lá-
kúi: 哈啦哈啦鬼 bô: 沒有 8 sì: 四 9 pa̍t: 別的 m̄:
不 hō˙: 使之; 讓他 (們) tńg-khì: 回去 siū: 巢穴
10 kiò: 叫 in: 他們 koh: 再 khì: 去; 前往

467

Tē-kiû Phòa-pēⁿ

Sàu-chiú-chheⁿ poe tùi tē-kiû piⁿ--a ·kòe,
Kóng: "È! Láu-tōa--ê. Lí ná ē piàn hiah chē?
"Góa chảp-bān nî chêng lâi chit kòe.
"Hit-chūn lí kui seng-khu chheⁿ-chheⁿ-chheⁿ.
05 "Chit-má ná ē kui seng-khu hoe-hoe-hoe?
"Lí sī-m̄-sī teh phòa-pēⁿ?"
Tē-kiû kóng: "Iah to lâng seⁿ siuⁿ chē,
"Thô·-kha sì-kè óe, tȯk-mih sì-kè òe,
"Hāi góa seⁿ-kè, phòa-phôe, koh lâu-hoeh.
10 "Kui seng-khu chit tah o·-chheⁿ, chit tah pȇh."

---

0 tē-kiû: 地球 phòa-pēⁿ: 害病 **1** sàu-chiú-chheⁿ: 彗
星 poe tùi... ·kòe: 從... 飛過 piⁿ-·a: 旁邊 **2** kóng: 說
è: 噯; 喂 láu-tōa--ê: 老兄 lí: 你 ná ē: 怎麼; 爲什麼
piàn: 改變 hiah: 那麼 chē: 多 **3** góa: 我 chảp-bān
nî chêng: 十萬年前 lâi: 來 (過) chit: 一 kòe: 次; 回
4 hit-chūn: 那時候 kui seng-khu: 渾身 chheⁿ-chheⁿ-
chheⁿ: 綠油油 **5** chit-má: 現在 hoe-hoe-hoe: 斑斑
點點 **6** sī-m̄-sī: 是不是 teh: 正在 **7** iah to: 因爲...
啊 lâng: 人 seⁿ: 生 siuⁿ: 太; 過於 **8** thô·-kha: 地上
sì-kè: 到處 óe: 挖 tȯk-mih: 有毒的東西 òe: 弄骯; 污
染 **9** hāi: 害得 seⁿ-kè: 長疥癬 phòa-phôe: 破皮 koh:
又; 而且 lâu-hoeh: 流血 **10** tah: 大斑點 o·-chheⁿ: (因
瘀血而呈) 紫青色 pȇh: 白色

468

Tē Tāng

Tē tāng! Thiāu-á oaihⁿ-lâi-oaihⁿ-khì.
Chiàⁿ-pêng ê thiāu-á kā tò-pêng ê thiāu-á kóng:
"Sè-jī, sè-jī. M̄-thang thut-·khì."
Koh tē tāng! Thiāu-á thut-thut tó-tó-·khì.
05 Chiàⁿ-pêng ê thiāu-á kóng: "Lóng mā lí.
"Bô sè-jī, seng thut-·khì."
Tò-pêng ê thiāu-á kóng: "Chiah m̄-sī.
"Sī lí bô sè-jī, seng thut-·khì."
Há-lih kóng: "Lóng m̄-sī.
10 "Chin pháiⁿ-sè. Sī góa kā lín thoa-tó-·khì."

---

0 tē tāng: 地震 1 thiāu-á: 柱子 oaihⁿ: 扭; 搖 ...lâi
...khì: ... 來... 去 2 chiàⁿ-pêng: 右邊 ê: 的 kā...
kóng: 告訴...; 跟... 說 tò-pêng: 左邊 3 sè-jī: 小心
m̄-thang: 不可以 thut: 滑; 脫 ·khì: 掉 4 koh: 又; 再
tó: 倒塌 5 lóng mā lí: 都是你 6 bô: 不 seng: 首先
7 chiah m̄-sī: 才不是呢 8 sī: 是 lí: 你 9 há-lih: 樑
lóng: 都 m̄-sī: 不是 10 chin: 很 pháiⁿ-sè: 不好意思
góa: 我 kā: 把 lín: 你們 thoa : 拖

469

Tèⁿ Bô-khòaⁿ-·tiȯh

A-hái tī gōa-kháu tán,
A-bín-î tèⁿ bô-khòaⁿ-·tiȯh.
A-hái tī gōa-kháu kiò,
A-bín-î tèⁿ bô-thiaⁿ-·tiȯh.
05 Gōa-kháu phȧk-tiȯh ū-kàu joȧh,
A-hái bih-khì chhiū-á-kha,
Kha sng, tiō chē-·lȯh-·khì,
Ài-khùn, tiō tó-·lȯh-·khì.
A-bín-î m̄-chai i cháu tòe,
10 Kóaⁿ-kín chhut-lâi chhōe.

---

0 tèⁿ: 佯裝 bô-khòaⁿ-·tiȯh: 沒看見   1 A-hái: 阿海
tī: 在於 gōa-kháu: 外頭 tán: 等 2 A-bín-î: 阿敏阿姨
3 kiò: 呼叫 4 bô-thiaⁿ-·tiȯh: 沒聽到 5 phȧk: 曬 tiȯh:
得 ū-kàu: 眞是 joȧh: 熱 6 bih: 躲 khì: 到...去
chhiū-á-kha: 樹底下 7 kha: 脚 sng: 痠 tiō: 就 chē:
坐 ·lȯh-·khì: 下去 8 ài-khùn: 愛睏 tó: 躺 9 m̄-chai:
不知道 i: 他 cháu tòe: 跑哪兒去了 10 kóaⁿ-kín: 趕
快 chhut-lâi: 出來 chhōe: 尋找

470

Tek-á Tó Chit-pòaⁿ

Chò hong-thai, koh lȯh tōa-hō͘,
Thô͘-kha chiùⁿ-kô͘-kô͘.
Chit châng tek-á tó chit-pòaⁿ,
Pé tī chhân-hōaⁿ-lō͘.
05 Chit chiah lȯk-á siūⁿ-boeh thiàu-·kòe-·khì,
Hō͘ tek-á sàu-khit-lì thiⁿ-téng ·khì.
Koh chit chiah lȯk-á siūⁿ-boeh nǹg-·kòe-·khì,
Hō͘ tek-á jih-lȯh-khì thô͘-té ·khì.
Koh chit chiah lȯk-á khòaⁿ-khòaⁿ-·le,
10 Sėh tùi tek-á-bóe kòe.

---

0 tek-á: 竹 tó: 倒; 垮 chit-pòaⁿ: 一半 1 chò hong-
thai: 括颱風 koh: 又; 而且 lȯh tōa-hō͘: 下大雨 2 thô͘-
kha: 地上 chiùⁿ-kô͘-kô͘: 泥濘得很 3 chit: 一 châng:
棵 4 pé: 把; 阻擋 tī: 在於 chhân-hōaⁿ-lō͘: 田間小
徑 5 chiah: 隻 lȯk-á: 鹿 siūⁿ-boeh: 想要 thiàu:
跳 ·kòe-·khì: 過去 6 hō͘: 被; 受 sàu: 掃; 抛 khit-lì:
上... 去 thiⁿ-téng: 天空 ·khì: (去) 了 7 koh: 又; 另
外 nǹg: (自己) 穿 (過) 8 jih: 按; 壓 lȯh-khì: 下... 去
thô͘-té: 泥裡頭 9 khòaⁿ-khòaⁿ-·le: 看了看 10 sėh tùi
tek-á-bóe kòe: 從竹的末稍繞過去

471

Tèng Báng-tà

Lâng tī báng-tà lāi-té khùn.
Báng-á tī báng-tà gōa-kháu hng,
Kā chhùi chhng-kòe báng-tà-bảk, chhun-tn̂g-
  tn̂g.
Káu-hiā mn̄g kóng: "Lí ná ē tèng báng-tà?"
05 Báng-á kóng: "Iah to lâng lī hiah hn̄g,
  "Tèng-bē-tiȯh i ê bah,
  "Mā tiȯh phīⁿ i ê bī, phīⁿ-kàu-khùi."
Lâng khòaⁿ báng-á teh ka phīⁿ, chin chhì-
  chhảk,
Tiō chhun chhiú khì giú i ê chhùi,
10 Kā i thoa-kòe báng-tà-bảk.

---

0 tèng: 叮; 螫 báng-tà: 蚊帳 1 lâng: 人 tī: 在於
lāi-té: 裡頭 khùn: 睡 2 báng-á: 蚊子 gōa-kháu: 外
頭 hng: 嗡嗡叫 3 kā: 把; 將 chhùi: 嘴 chhng: 穿
(過/進) kòe: (通) 過 bảk: (網的) 眼 chhun: 伸 tn̂g-
tn̂g: 長長的 4 káu-hiā: 螞蟻 mn̄g: 問 kóng: 說; 道
lí: 你 ná ē: 怎麼搞的; 爲什麼 5 iah to: 因爲 lī: 離
hiah: 那麼 (個) hn̄g: 遠 6 ...bē-tiȯh: ... 不到 i: 他;
她; 它 ê: 的 bah: 肉 7 mā tiȯh: 也得 phīⁿ: 聞; 嗅
bī: 味道 kàu-khùi: 過癮 8 khòaⁿ: 見; 發現 teh: 正
在 ka phīⁿ: 聞他 chin: 很 chhì-chhảk: (惹) 毛 9 tiō:
就; 於是 chhiú: 手 khì: 去 giú: 拉 10 thoa: 拖

472

Teng-liȯk Goȯeh-kiû

Tē-kiû-lâng teng-liȯk goȯeh-kiû, chin-chiân iāng.
Hóe-chheⁿ-lâng lâi kah in chham-siâng,
Kóng: "Lán tiȯh-ài thiàⁿ goȯeh-niû.
"M̄-thang tȧk hāng chu-goân lóng boeh chhiúⁿ.
05 "M̄-thang kā goȯeh-niû òe-kà ná tē-kiû."
Tē-kiû-lâng kóng: "Goán chin chheng-khì-siùⁿ.
"Goán lâi chia, kan-na chò gián-kiù."
Hóe-chheⁿ-lâⁿg kóng: "Lín chin chū-su.
"Lín ê ke-khì kā goȯeh-niû ê bīn lòng kúi-ā u.
10 "Lín hó kín tńg-khì lín chhù."

---

0 teng-liȯk: 登陸 goȯeh-kiû: 月球 1 tē-kiû: 地球 lâng:
人 chin-chiân: 很 iāng: 驕傲 2 hóe-chheⁿ: 火星 lâi:
來 kah: 和; 跟 in: 他們 chham-siâng: 商討 3 kóng:
說 lán: 咱們 tiȯh-ài: 應該; 必須 thiàⁿ: 愛惜 goȯeh-niû:
月亮 4 m̄-thang: 不可 tȧk hāng: 樣樣 chu-goân: 資
源 lóng: 都 boeh: 想要 chhiúⁿ: 搶 5 kā: 把 òe:
弄髒; 污染 kà: 到; 得 ná: 像... 一樣 6 goán: 我
們 chheng-khì-siùⁿ: 愛乾淨 7 chia: 這兒 kan-na: 只
(是) chò gián-kiù: 做研究 8 lín: 你們 chū-su: 自私
9 ê: 的 ke-khì: 機器 bīn: 臉 lòng: 撞 kúi-ā: 好多
u: 窟窿 10 hó: 該 kín: 趕快 tńg-khì: 回... 去 lín:
你們的 chhù: 家

Tèng Thih-bé-leng

Thih-bé-leng chhàk chit khang, thih-bé ē siau-
hong.

A-gī tèng thih-teng-á, that phòa-khang.

Tèng-liáu ka koàn-hong; thih-bé koh siau-
hong.

Ke tèng chit ki thih-teng-á, that phòa-khang.

05 Tèng-liáu koh koàn-hong; thih-bé koh siau-
hong.

A-gī tit-tit tèng thih-teng-á, that phòa-khang.

Tèng-liáu, tit-tit ka koàn-hong; thih-bé koh tit-
tit kín siau-hong.

A-gī tèng-kà phòa-khang tōa-tōa-khang,

Bē-tàng koh koàn-hong.

10 A-gī pak-tiāu thih-bé-leng, lián-á chhun lián-
kheng.

---

0 tèng: 釘 thih-bé: 腳踏車 leng: 輪胎 1 chhàk: 刺;
戳 chit: 一 khang: 洞 ē: 會 siau-hong: 氣洩漏 2 A-
gī: 阿義 thih-teng-á: 鐵釘 that: 堵; 塞 phòa-khang:
破洞 3 liáu: 之後 ka: 給它 koàn-hong: 打氣 koh: 又
4 ke: 加多 ki: 根; 只 6 tit-tit: 一直的 7 kín: 持續地
8 kà: 得 tōa-tōa-khang: 大大的一個洞 9 bē-tàng: 不
能; 無法 10 pak-tiāu: 拆掉 lián-á: 輪子 chhun: 剩下
lián-kheng: 輪框

Thá-khơh

Thá-khơh kha-chhiú chē,
Chhut-mn̂g, ta̍k hāng lóng thang kiò i the̍h.
Chi̍t kha thang phāiⁿ chheh-phāiⁿ-á.
Chi̍t kha thang kōaⁿ tiám-sim a̍p-á.
05 Chi̍t kha thang phah chhiú-ki-á.
Chi̍t kha thang chah thit-thô-mi̍h-á.
Chi̍t kha gia̍h hō͘-sòaⁿ.
Chi̍t kha hiahⁿ hō͘-moa.
Nn̄g kha lâu-leh thang kiâⁿ-lō͘.
10 Ǒa! I khûn tòa thiāu-á, m̄ kiâⁿ pòaⁿ pō͘!

---

0 thá-khơh: 章魚　1 kha-chhiú: 手腳　chē: 多　2 chhut-
mn̂g: 出門　ta̍k: 每　hāng: 樣; 項　lóng: 全都　thang:
可以　kiò: 叫; 使　i: 它　the̍h: 拿　3 chi̍t: 一　kha:
腳　phāiⁿ: 揹 (東西)　chheh-phāiⁿ-á: 書包　4 kōaⁿ:
提　tiám-sim a̍p-á: 點心盒　5 phah: 打 (電話)　chhiú-
ki-á: 行動電話　6 chah: 攜帶　thit-thô-mi̍h-á: 玩具
7 gia̍h: 拿; 舉　hō͘-sòaⁿ: 雨傘　8 hiahⁿ: 拿 (衣服等)
hō͘-moa: 雨衣　9 nn̄g: 二　lâu-leh: 留著　kiâⁿ-lō͘: 走路
10 ǒa: (表示失望用語)　khûn: 纏　tòa: 在於　thiāu-á:
柱子　m̄ kiâⁿ pòaⁿ pō͘: 一步也不肯走

Thài-san Ti-tu

Chi̍t chiah ti-tu o̍h Thài-san,
"Ō͘-o͘-í-ō͘——," hàiⁿ-kòe hit pêng khì,
Lòng-tio̍h pa̍t chiah ti-tu ê ti-tu-bāng,
Lòng-kà tōa-tōa-khang.
05 Hit chiah ti-tu kiò i pôe chi̍t-pah chiah thâng.
"Thài-san" kóng: i ta̍k hāng bô-pòaⁿ hāng.
Hit chiah ti-tu boeh kò i khì hoat-īⁿ.
"Thài-san" kóng: "Mài ·la. Mài ·la.
"Kò-khì hoat-īⁿ ài khai-chîⁿ.
10 "Lâi. Góa kā lí pó͘-pó͘··le khah kui-khì."

---

0 Thài-san: 泰山 Ti-tu: 蜘蛛 1 chi̍t: 一 chiah: 隻
o̍h: 模仿 2 ō͘-o͘-í-ō͘——: 人猿泰山哦哦的叫聲 hàiⁿ-kòe:
甩過 hit: 那 pêng: 邊 khì: 去 3 lòng-tio̍h: 撞到
pa̍t: 別的 ê: 的 ti-tu-bāng: 蜘蛛網 4 kà: 得; 以至
於 tōa-tōa-khang: 洞很大 5 kiò: 叫; 要求 i: 它 pôe:
賠 chi̍t-pah: 一百 thâng: 蟲子 6 kóng: 說 ta̍k hāng
bô-pòaⁿ hāng: 一無所有 7 boeh: 要; 打算 kò...khì...:
把... 告到... 去 hoat-īⁿ: 法院 8 mài ·la: 別這麼來吧
9 ài: 得; 須要 khai-chîⁿ: 花錢 10 lâi: 來 góa: 我 kā:
幫; 給 lí: 你 pó͘-pó͘··le: 補一補 khah kui-khì: 乾脆些

476

Tham-chiàh-kúi

Tham-chiàh-kúi ê seng-khu kan-na bīn kah ūi.
Tham-chiàh-kúi ê bīn kan-na ba̍k kah chhùi.
Tham-chiàh-kúi ê ba̍k-chiu tōa-tōa-lúi.
Tham-chiàh-kúi ê chhùi tiāⁿ khui-khui.
05 Tham-chiàh-kúi ê ūi ná-chhiūⁿ thūn-bē-tīⁿ.
Tham-chiàh-kúi, ko-á-piáⁿ tı̍t-tı̍t thui,
Tiùⁿ-kà tōa-kà ná ke-kui,
Tiùⁿ-kà tōa-kà bô-khoàiⁿ ba̍k kah chhùi,
Tiùⁿ-kà ke-kui phàng-khù-·khì.
10 Tham-chiàh-kúi kui seng-khu chhun ba̍k kah
chhùi.

---

0 Tham-chiàh-kúi: 貪吃鬼 1 ê: 的 seng-khu: 身子 kan-na: 只有 bīn: 臉 kah: 和; 以及 ūi: 胃 2 ba̍k: 眼睛 chhùi: 嘴巴 3 ba̍k-chiu: 眼睛 tōa-tōa-lúi: (眼睛) 大大的 4 tiāⁿ: 時常 khui-khui: 張開著 5 ná-chhiūⁿ: 好像; 似乎 thūn-bē-tīⁿ: 塡不滿 6 ko-á-piáⁿ: 糕餅 tı̍t-tı̍t: 不停地 thui: 吃; (硬) 塞 (使吸收) 7 tiùⁿ: 脹 kà: 得 tōa: 大 ná: 好像; 宛如 ke-kui: 氣球 8 bô-khoàiⁿ: 看不見 9 phàng-khù: 爆破, 如氣球或車胎 ·khì: 了 10 kui: 整個 chhun: 剩下

Thán-á Sui-·khì

A-bín-î ê thán-á sui-·khì,
Sòaⁿ-thâu tú-tiòh bīn, ngiau-ngiau.
I chhun chhiú siūⁿ-boeh ka chhoah-tiāu.
Chhoah-bô-tng, sui-liáu koh-khah tng.
05 I kā sòaⁿ tîⁿ-tîⁿ tòa chhiú-·e, koh-chài chhoah,
Iû-sī chhoah-bô-tng, sui koh-khah tng;
Tîⁿ-tîⁿ tòa chhiú-āu-khiau, koh-chài chhoah,
Iû-sī chhoah-bô-tng, sui koh-khah tng.
A-bín-î tit-tit chhoah, chhoah-kà thiⁿ kng,
10 Thán-á pìⁿ phòng-se, kui bîn-chhng.

---

0 thán-á: 毯子 sui: 綻線 ·khì: 了 1 A-bín-î: 阿敏阿姨 ê: 的 2 sòaⁿ-thâu: 線頭 tú-tiòh: 接觸到 bīn: 臉 ngiau: 癢 3 i: 她 chhun: 伸 chhiú: 手 siūⁿ-boeh: 想要 ka: 把他 chhoah: 拉;扯 tiāu: 掉 4 bô: 沒 tng: 斷 liáu: 了;結果 koh-khah: 更加 tng: 長 5 kā: 把 sòaⁿ: 線 tîⁿ: 纏 tòa: 在於 chhiú-·e: 手上 koh-chài: 再 6 iû-sī: 仍然 7 chhiú-āu-khiau: 手肘關節外部 9 tit-tit: 一直的 kà: 到 thiⁿ kng: 天亮 10 pìⁿ: 變成 phòng-se: 毛線 kui...: 整個...(都是) bîn-chhng: 床（上）

478

Thang-á-lāi, Thang-á-gōa

Thang-á-lāi chı̍t châng chhiū-á chèng tī hoe-khaⁿ.

Thang-á-gōa chı̍t châng chhiū-á chèng tī thô·-kha.

Thang-á-lāi ê chhiū-á mn̄g kóng: "Lāu-hiaⁿ ·a! "Gōa-kháu ê thiⁿ-khì án-chóaⁿ?"

05 Thang-á-gōa ê chhiū-á kóng: "Chin kôaⁿ. "Lāi-té ê thiⁿ-khì án-chóaⁿ?"

Thang-á-lāi ê chhiū-á kóng: "Chin sio-joa̍h. "Koh bô hong-poe-soa; koh bē hō· hō· phoah. "Lí kám ū siūⁿ-boeh sio-ōaⁿ tòa?"

10 Thang-á-gōa ê chhiū-á kóng: "M̄ ·a."

---

0 thang-á-lāi: 窗內 thang-á-gōa: 窗外 1 châng: 棵 chhiū-á: 樹 chèng: 種植 tī: 在於 hoe-khaⁿ: 花盆 2 thô·-kha: 地上 3 ê: 的 mn̄g: 問 kóng: 說; 道 lāu-hiaⁿ: 老兄 ·a: 啊 4 gōa-kháu: 外頭 thiⁿ-khì: 天氣 án-chóaⁿ: 如何 5 chin: 很 kôaⁿ: 冷 6 lāi-té: 裡頭 7 sio-joa̍h: 溫暖 8 koh: 而且 bô: 沒 hong-poe-soa: 沙塵暴; 飛沙 bē: 不致於 hō·: 被; 受 hō·: 雨 phoah: (雨) 打; 潑 9 lí: 你 kám...: ... 嗎 ū siūⁿ-boeh: 想 (過/到) 要 sio-ōaⁿ tòa: 交換地方住 10 m̄ ·a: (我) 不要

Thâng Chhut-mn̂g

Chái-sî, Ngiàuh-ngiàuh-thâng boeh chhut-
  mn̂g.
Pê-pê-thâng ka tòng-·leh,
Kóng: "Lí ē hō͘ chá-khí ê chiáu-á chiàh-·khì."
Ngiàuh-ngiàuh-thâng m̄ thiaⁿ, ngiàuh-·chhut-
  ·khì.
05 Tiong-tàu, Sô-sô-thâng boeh chhut-mn̂g.
Pê-pê-thâng mā ka tòng-·leh,
Kóng: "Lí ē hō͘ òaⁿ-khí ê chiáu-á chiàh-·khì."
Sô-sô-thâng m̄ thiaⁿ, sô-·chhut-·khì.
Àm-sî, Pê-pê-thâng pê-·chhut-·khì,
10 Khih hō͘ iáu-bōe khùn ê chiáu-á chiàh-·khì.

---

0 thâng: 蟲子 chhut-mn̂g: 出門 1 chái-sî: 早晨 Ngiàuh-
ngiàuh-thâng: 蠕蠕蟲 boeh: 想要; 行將 2 Pê-pê-
thâng: 爬爬蟲 ka: 把它 tòng-·leh: 阻止 3 kóng:
說 lí: 你 ē: 會; 可能 hō͘: 被 chá-khí: 早起 ê:
的 chiáu-á: 鳥兒 chiàh-·khì: 吃掉 4 m̄ thiaⁿ: 不聽
(話) ngiàuh: 蠕動 ·chhut-·khì: 出去 5 tiong-tàu:
中午 Sô-sô-thâng: 滑滑蟲 6 mā: 也 7 òaⁿ-khí: 晚
起 8 sô: (用腹部) 爬行 9 àm-sî: 晚上 pê: (用脚) 爬行
10 khih hō͘: 被; 遭受 iáu-bōe: 尚未 khùn: 睡覺

Thâu-mo͘

Ko-ko thâu-mo͘ sàm-sàm, khàm-tiȯh bȧk-chiu;
Ōaⁿ pȧk thâu-chang-bóe-á, chin-chiâⁿ khú,
M̄-kò kiaⁿ lâng giú.
Ko-ko ōaⁿ o͘-lú-bák-khuh, chin-chiâⁿ phāⁿ,
05 M̄-kò ài boah thâu-mo͘-iû.
Ko-ko ōaⁿ Mó͘-hok ê ke-kòe, chin-chiâⁿ chhèng,
M̄-kò Pa-pa boȧt-tō͘ thang jím-siū.
Ko-ko ōaⁿ thì hôe-siūⁿ-thâu, chin-chiâⁿ chheng,
M̄-kò kim-kim ná tiān-teng.
10 Ko-ko iáu-sī thâu-mo͘ sàm-sàm khah khiú.

---

0 thâu-mo͘: 頭髮　1 ko-ko: 哥哥　sàm: 散　khàm: 蓋　tiȯh: 到　bȧk-chiu: 眼睛　2 ōaⁿ: 改; 換成　pȧk: 綁　thâu-chang-bóe-á: 辮子　chin-chiâⁿ: 很　khú: 酷　3 m̄-kò: 但是　kiaⁿ: 怕　lâng: 人家　giú: 拉　4 o͘-lú-bák-khuh: 從額頭向後梳到腦後的髮型　phāⁿ: 瀟灑　5 ài: 必須　boah: 抹; 塗　thâu-mo͘-iû: 髮蠟　6 Mó͘-hok: 莫霍克印地安人　ê: 的　ke-kòe: 雞冠　chhèng: 驕　7 pa-pa: 爸爸　boȧt-tō͘ thang: 無法　jím-siū: 忍受　8 thì hôe-siūⁿ-thâu: 剃光頭　chheng: 清　9 kim-kim: 閃閃發光　ná: 好像　tiān-teng: 電燈　10 iáu-sī: 還是; 必竟　khah: 比較　khiú: 可愛

481

Thāu Thâng

Hoe, khui-kà pėh-pėh, n̂g-n̂g, âng-âng.
Phang, kā hoe chò-moâi-lâng.
Lâng, phū iȯh-á boeh thāu thâng.
Lâng, thāu-sí thâng, mā thāu-sí phang.
05 Hoe, bô koh kiat-chí, hoat sin châng.
Lâng mn̂g hoe kóng: "Lín ná kan-na khui-hoe,
"Bô koh kiat-chí, hoat sin châng?"
Hoe kóng: "Iah to bô phang chò-moâi-lâng."
Lâng tiō khì chìn-kháu chi̍t siū phang,
10 M̄-káⁿ koh thāu thâng.

---

0 thāu: 毒 (殺) thâng: 蟲子 1 hoe: 花 khui: 開 kà: 得; 到 pėh: 白 n̂g: 黃 âng: 紅 2 phang: 蜂 kā: 給 chò-moâi-lâng: 做媒 3 lâng: 人 phū: 潰灑 iȯh-á: 藥 boeh: 要; 欲 4 sí: 死 mā: 也 5 bô: 不 koh: 再 kiat-chí: 結果實 hoat: 長; 生 sin: 新 châng: 株; 棵 6 mn̂g: 問 kóng: 說; 道 lín: 你們 ná: 何以 kan-na: 只; 僅 8 iah: (發語詞) to: 因為 bô: 沒有 9 tiō: 就; 於是 khì: 前去 chìn-kháu: 進口 chi̍t: 一 siū: 窩; 巢 10 m̄-káⁿ: 不敢

Thiⁿ Kng-kng ê Sè-kài

A-bí khùn-bē-khì, tó tòa bîn-chhñg kō,
Siūⁿ kóng: "Thiⁿ nā bē àm, m̄ chin hó!
"Ē-tàng kui ji̍t lóng thit-thô."
Chi̍t chiah hóe-kim-chheⁿ poe--lâi, kóng: "Lâi.
  Tòe góa lâi."
05 I tiō chhōa A-bí khì thiⁿ kng-kng ê sè-kài.
Thiⁿ kng-kng ê sè-kài, thiⁿ bē àm,
Chāi lâng khòaⁿ boeh thit-thô kà kúi tiám.
A-bí thit-thô-kà chin-chiâⁿ thiám,
Siūⁿ-boeh khùn, khùn-bē-khì, tó tòa thô͘-kha
  kō,
10 Siūⁿ kóng: "Thiⁿ nā àm--lo̍h--lâi, m̄ chin hó!"

---

0 thiⁿ: 天 (色) kmg-kng: 亮亮的 ê: 的 sè-kài: 世界
1 A-bí: 阿美 khùn-bē-khì: 睡不著 tó: 躺 tòa: 在於
bîn-chhñg: 床 kō: 打滾 2 siūⁿ kóng: 想道 nā: 如
果 bē: 不會; 不至於 àm: (天) 黑; 暗 m̄ chin hó: 豈
不很好 3 ē-tàng: 能夠; 得以 kui: 一整 ji̍t: 天; 日
子 lóng: 全都 thit-thô: 玩兒 4 chi̍t: 一 chiah: 隻
hóe-kim-chheⁿ: 螢火蟲 poe--lâi: 飛過來 kóng: 說 lâi:
來 tòe: 跟隨 góa: 我 5 i: 它 tiō: 於是 chhōa: 帶
領 khì: 到... 去 7 chāi...khòaⁿ boeh: 任憑... lâng:
人家 kà: 到 kúi: 幾; 多少 tiám: 點 (鐘) 8 kà: 得;
以至於 chin-chiâⁿ: 很 thiám: 疲倦 9 siūⁿ-boeh: 想
要 khùn: 睡 thô͘-kha: 地上 10 àm--lo̍h--lâi: 黑下來

483

Thiⁿ-téng ê Lâng

Thiⁿ-téng chēng-chēng, pún-lâi chin hó-khùn.
Ū-chit jit, siang-sit-á khai-sí poe-lâi-poe-khì,
Hāi thiⁿ-téng ê lâng khùn-bē-khì.
I tiō poaⁿ khah koân ·khì.
05 Koh ū-chit jit, phùn-siā-ki khai-sí poe-lâi-poe-
khì,
Koh hāi thiⁿ-téng ê lâng khùn-bē-khì.
I tiō poaⁿ koh-khah koân ·khì.
Koh ū-chit jit, thài-khong-so khai-sí poe-lâi-
poe-khì,
Koh hāi thiⁿ-téng ê lâng khùn-bē-khì.
10 I kui-khì poaⁿ-jip-khì jit-thâu lāi-té ·khì.

---

0 thiⁿ-téng: 天上 ê: 的 lâng: 人 1 chēng: 安靜
pún-lâi: 本來 chin: 很 hó-khùn: 好睡; 令人容易睡著
2 ū-chit jit: 有一天 siang-sit-á: 雙翼飛機 khai-sí: 開
始 poe-lâi-poe-khì: 飛來飛去 3 hāi: 害得 khùn-bē-
khì: 睡不著 4 i: 他 tiō: 就 poaⁿ... ·khì: 搬到... 的
地方去 khah: 較爲 koân: 高 5 koh: 又 phùn-siā-
ki: 噴射機 7 koh-khah: 更加 8 thài-khong-so: 太空
梭 10 kui-khì: 乾脆 jip-khì... khì: 進... 去 jit-thâu: 太
陽 lāi-té: 裡頭

484

Thiàu-chhia-kok

Thiàu-chhia-kok ê bá-suh lóng bô tòng.

Su-ki kóng: "Bá-suh nā tòng-tiām, tiō pháiⁿ koh hoat-tōng."

Lâng-kheh chiūⁿ-chhia, lȯh-chhia, lóng tiȯh thiàu,

Thiàu bô-hó-sè ·ê siak-kà tó-khiàu-khiàu.

05 M̄-káⁿ thiàu chiūⁿ-chhia ·ê tiō bián chē.

M̄-káⁿ thiàu lȯh-chhia ·ê chài-leh îⁿ-long-sėh.

Tāi-seng chiūⁿ-chhia ·ê hông sak-·khit-·lì,

Só·-í góa lóng chìⁿ-thâu-chêng peh-chiūⁿ chhia.

Tāi-seng lȯh-chhia ·ê hông chhia-·lȯh-·khì,

10 Só·-í góa lóng kóng: "Lí chhiáⁿ! Lí chhiáⁿ!"

---

0 thiàu-chhia-kok: 跳車國 1 ê: 的 bá-suh: 巴士 lóng: 全都 bô: 沒有 tòng: 剎車 2 su-ki: 司機 kóng: 說 nā: 如果 tòng-tiām: 停下來 tiō: 就; 於是 pháiⁿ: 不容易 koh: 再 hoat-tōng: 啓動 3 lâng-kheh: 乘客 chiūⁿ-chhia: 上車 lȯh-chhia: 下車 tiȯh: 必須 thiàu: 跳 4 ...bô-hó-sè: 沒... 好 ·ê: 的 (人/東西) siak-kà tó-khiàu-khiàu: 跌得四脚朝天 5 m̄-káⁿ: 不敢 bián: 甭想; 沒得 chē: 搭乘 6 chài-leh îⁿ-long-sėh: 被載著團團轉 7 tāi-seng: 首先 hông: 被人家 sak-·khit-·lì: 推 (擁) 上去 8 só·-í: 所以 góa: 我 chìⁿ-thâu-chêng: 爭先 peh-chiūⁿ: 登上 9 chhia-·lȯh-·khì: 推 (翻) 下去 10 lí chhiáⁿ: 你先來

485

Thiàu-seh

Seh lȯh chin chhim; seh chek chin chē.
Chit tīn gín-á teh thiàu-seh,
Ná chúi-ke teh thiàu-chúi,
Phŏk-·chit-·ē, phŏk-·chit-·ē, thiàu-·lȯh-·khì.
05 Chit ê gín-á tùi lâu-téng thiàu-·lȯh-·khì,
Ná soán-chhiú teh thiàu-chúi,
Siăt-·chit-·ē, chhū-jip-khì seh lāi-té,
Hŭ-·chit-·ē, chhū-kòe seh ē-té,
Siŭt-·chit-·ē, chhū-chhut-khì seh gōa-kháu,
10 Pŏng-·chit-·ē, chhū-jip-khì tùi-bīn ê chhù ê
lāi-té.

---

0 thiàu: 跳 seh: 雪 1 lȯh: 下 chin: 很 chhim: 深
chek: 積 chē: 多 2 chit: 一 tīn: 群 gín-á: 孩子
teh: 正在 3 ná: 好像 chúi-ke: 田雞 chúi: 水 4 phŏk-
·chit-·ē: 噗的一聲 ·lȯh-·khì: 下去 5 ê: 個 tùi: 打從
lâu-téng: 樓上 6 soán-chhiú: 選手 7 siăt-·chit-·ē: 咯
喳一聲 chhū: 溜 jip-khì: 進去 lāi-té: 裡頭 8 hŭ-·chit-
·ē: 呼呼地 kòe: 過 ē-té: 下頭 9 siŭt-·chit-·ē: 欻地
chhut-khì: 出去 gōa-kháu: 外頭 10 pŏng-·chit-·ē: 砰
然（掉下）tùi-bīn: 對面 ê: 的 chhù: 房子

486

Thih-bé-tê

Chı̍t chiah bé, kho͘-lo̍k, kho̍k, kho͘-lo̍k, kho̍k,
Tī chháu-á-po͘, cháu-kà chin khoài-lo̍k.
Hut-jiân-kan, "piang"--chı̍t·ē,
Thih-bé-tê lak chı̍t ê.
05 I tiō pái-ā-pái, oat-tò-tńg-lâi chhōe.
Iá-gû mn̄g i: tī-teh chhōe sáⁿ-hòe.
I kóng: i teh chhōe i ê ê.
Iá-gû kóng: "Jîn-lūi chiah giâ ê ê kê.
"Lán gû, bé, lóng ū tēng-tēng ê kha-tê,
10 "Ná tio̍h-ài chhēng he sáⁿ-mih ê!?"

---

0 thih-bé-tê: 馬蹄鐵 1 chı̍t: 一 chiah: 匹; 隻 bé: 馬 kho͘-lo̍k, kho̍k: (馬蹄聲) 2 tī: 在於 chháu-á-po͘: 草原 cháu-kà: 跑得 chin: 很 khoài-lo̍k: 快樂 3 hut-jiân-kan: 忽然 "piang"--chı̍t·ē: 匡的一聲 4 lak: 掉落 ê: 個 5 i: 它 tiō: 於是 pái-ā-pái: 一拐一拐的 oat-tò-tńg-lâi: 折回 chhōe: 尋找 6 iá-gû: 野牛 mn̄g: 問 tī-teh: 正在 sáⁿ-hòe: 什麼東西 7 kóng: 說 teh: 正在 i ê ê: 它的鞋 8 jîn-lūi: 人類 chiah: (這) 才 giâ ê ê kê: 受 (穿) 鞋的罪 9 lán: 咱們 gû: 牛 lóng: 全都 ū: 有 tēng-tēng ê: 硬硬的 kha-tê: 蹄子 10 ná tio̍h-ài: 何必 chhēng: 穿 he: 那 (個) sáⁿ-mih: 什麼

487

Thn̂g-á Koàn-á

A-bí, chhiú chhun-jip-khì koàn-á me thn̂g-á,
Chhiú soah tiâu tī koàn-á.
In pa-pa khì theh kòng-thûi-á.
In ma-ma kóng: "M̄-thang kòng koàn-á!"
05 A-hô khì theh chúi-pân-á.
In ma-ma kóng: "Chúi kín tò-jip-khí koàn-á!"
Thn̂g-á iûⁿ-chò thn̂g-ko, iûⁿ kui koàn-á.
Thn̂g-ko móa-·chhut-·lâi, lâu-kà kui toh-á.
A-hô, chhiú ùn thn̂g-ko, chūiⁿ chéng-thâu-á.
10 A-bí, chhiú kiu-·chhut-·lâi, chūiⁿ chhiú, chūiⁿ
chéng-thâu-á.

---

0 thn̂g-á: 糖果 koàn-á: 罐 1 A-bí: 阿美 chhiú: 手
chhun: 伸 jip-khì...: 進...去 me: 抓取 2 soah: 不
意 tiâu: 卡住 tī: 在於 3 in: 她的; 他們的 pa-pa: 爸
爸 khì: 去 theh: 拿 kòng-thûi-á: 鎚子 4 ma-ma: 媽
媽 kóng: 說 m̄-thang: 不可以 kòng: 敲打 5 A-hô:
阿和 chúi-pân-á: 水瓶 6 chúi: 水 kín: 趕快 tò: 倒;
灌 7 iûⁿ: 溶化 chò: 成為 thn̂g-ko: 糖漿 kui: 整個
8 móa: 溢 ·chhut-·lâi: 出來 lâu: 流 kà: 得; 以致於
toh-á: 桌子 (上) 9 ùn: 蘸 chūiⁿ: 舔 chéng-thâu-á:
指頭 10 kiu: 抽 (出來); 縮

Thn̂g-á-kok

Gín-á kìⁿ-nā tiⁿ--ê ta̍k hāng hó.
Bû-pô chhōa in khì Thn̂g-á-kok thit-thô.
Thn̂g-á-kok ê thô͘ sī gû-leng chio͘-khó͘-lè-tò͘.
Thn̂g-á-kok ê chháu sī po̍h-hô chio͘-khó͘-lè-tò͘.
05 Thn̂g-á-kok ê seh sī thn̂g-hún.
Thn̂g-á-kok ê peng sī thn̂g-sng.
Thn̂g-á-kok ê chhiū-á-châng sī thn̂g-chhang.
Gín-á chia̍h thn̂g-á, chia̍h-kà ùi,
Khì khe-piⁿ boeh chia̍h chúi.
10 He khe-chúi kóng sī thn̂g-ko!

---

0 thn̂g-á: 糖果 kok: 國 1 gín-á: 孩子 kìⁿ-nā: 凡
是 tiⁿ--ê: 甜的 ta̍k hāng hó: 樣樣好 2 bû-pô: 巫
婆 chhōa: 帶領 in: 他們 khì: 到...去 thit-thô: 玩
兒 3 ê: 的 thô͘: 泥土 sī: 是 gû-leng: 牛奶 chio͘-
khó͘-lè-tò͘: 巧克力 4 chháu: 草 po̍h-hô: 薄荷 5 seh:
雪 thn̂g-hún: 糖粉 6 peng: 冰 thn̂g-sng: 冰糖 suger
candy 7 chhiū-á-châng: 樹 thn̂g-chhang: 混進氣泡的
糖 8 chia̍h: 吃 kà: 得; 以致於 ùi: 膩 9 khe: 溪 piⁿ:
泮; 邊 boeh: 要; 欲 chia̍h: 喝 chúi: 水 10 he: 那
(個) kóng: 居然 thn̂g-ko: 糖漿

Thn̂g-ko

A-bín-î ló͘ thó͘-ke,
Thn̂g chham-liáu siuⁿ-kòe chē.
A-bín-î tiō ke chham iâm,
Chham-chi̍t-ē soah siuⁿ kiâm.
05 A-bín-î ōaⁿ chham chhò͘,
Chham-chi̍t-ē soah siuⁿ sng.
A-bín-î ōaⁿ chham thn̂g.
Chham-chi̍t-ē iû-koh piàn siuⁿ tiⁿ.
A-bín-î, iâm, thn̂g, chhò͘, ti̍t-ti̍t tò,
10 Kûn chi̍t tiáⁿ koh sng, koh kiâm, ê thn̂g-ko.

---

0 thn̂g-ko: 糖漿　1 A-bín-î: 阿敏阿姨　ló͘: 滷　thó͘-ke:
土雞　2 thn̂g: 糖　chham: 攙; 加　...liáu...: ... 了之後,
結果...　siuⁿ-kòe: 太過　chē: 多　3 tiō: 就; 於是　ke:
加多　iâm: 鹽　4 ...chi̍t-ē...: (這) 一..., 結果...　soah:
結果 (意料不到)　siuⁿ: 太; 過於　kiâm: 鹹　5 ōaⁿ: 換;
改成　chhò͘: 醋　6 sng: 酸　8 iû-koh: 又; 再次　piàn:
變 (得)　9 ti̍t-ti̍t: 一直的　tò: 倒 (出/入)　10 kûn: (久)
煮　chi̍t: 一　tiáⁿ: 鍋　koh...koh...: 又... 又...　ê: 的

490

Thô͘-hún

Chi̍t lia̍p thô͘-hún thiàu-lo̍h-khì chùn-kau.
Kau-chúi ti̍t-ti̍t lâu,
Lú lâu, lī chhù soah lú hn̄g.
Thô͘-hún kiò kau-chúi lâu-tò-tńg,
05 Khàu kóng: "Góa boeh lăi-tńg.
"Góa boeh goán ma-mă. Hn̆g, hn̆g, hn̆g!"
Kau-chúi kóng: "Khàu mā bô lō͘-ēng.
"Tán hó-thiⁿ, lí chiah tòe chúi-cheng-khì khì
    hûn-téng;
"Tán pháiⁿ-thiⁿ, lí chiah tòe hō͘-chúi tńg-khì
    lín chhù.
10 "Lí nā tán-bē-hù, góa mā *mō͘-hoah-tū*."

---

0 thô͘-hún: 灰塵 1 chi̍t: 一 lia̍p: 顆 thiàu-lo̍h-khì: 跳
下... 去 chùn-kau: 溝渠 2 kau-chúi: 渠水 ti̍t-ti̍t: 一
直的 lâu: 流 3 lú...lú...: 越... 越... lī: 離開 chhù: 家
soah: 結果 hn̄g: 遠 4 kiò: 叫 tò-tńg: 回頭 5 khàu:
哭 (著) kóng: 說; 道 góa: 我 boeh: 要 lăi-tńg: (我/我
們) 回家去 6 goán: 我 (們) 的 ma-mă: 媽媽 hn̆g: 嗚
7 mā: 也 bô lō͘-ēng: 沒用 8 tán: 等 hó-thiⁿ: 晴天
lí: 你 chiah: 再; 才 tòe: 跟隨 chúi-cheng-khì: 水蒸
氣 khì: 到... 去 hûn-téng: 雲裡 9 pháiⁿ-thiⁿ: 陰雨天
hō͘-chúi: 雨水 tńg-khì: 回去 lín: 你 (們) 的 10 nā:
如果 tán-bē-hù: 等不及 mō͘-hoah-tū: (擬外省腔) 沒法
子

Thun-tio̍h Pô-tô-chí

Pô-tô-pô-tô-kúi chia̍h pô-tô, bô sè-jī,
Thun-tio̍h chi̍t lia̍p pô-tô-chí.
Pô-tô-chí hoat-gê, soan-tîn, koh puh-íⁿ,
Soan tùi i ê phīⁿ-khang chhut‑‑lâi,
05 Soan tùi i ê hīⁿ-khang chhut‑‑lâi,
Soan tùi i ê chhùi chhut‑‑lâi.
Pô-tô seⁿ-kà chi̍t-pha-chi̍t-pha, tin-tin lo̍h‑‑lâi.
Kim-kong khòaⁿ he pô-tô-châng ē kiâⁿ-tāng,
Boeh ka lia̍h-khì bé-hì-thoân, chò bé-hì.
10 Pô-tô-pô-tô-kúi kín cháu-khì pô-tô-hn̂g bih.

---

0 thun-tio̍h: (不小心) 吞下　pô-tô: 葡萄　chí: 籽　1 Pô-
tô-pô-tô-kúi: 啵哆啵哆鬼　chia̍h: 吃　bô sè-jī: 不小心
2 chi̍t: 一　lia̍p: 顆　3 hoat-gê: 發芽　soan-tîn: 延伸藤
蔓　koh: 而且　puh-íⁿ: 長嫩葉　4 soan tùi...chhut‑‑lâi:
從... 伸出來　i ê: 它的　phīⁿ-khang: 鼻子　5 hīⁿ-khang:
耳朵　6 chhùi: 嘴巴　7 seⁿ-kà: 長得; 生得　chi̍t-pha-
chi̍t-pha: 一串串的　tin-tin lo̍h‑‑lâi: 累累下垂　8 Kim-
kong: 金剛　khòaⁿ: 見　he: 那 (個)　pô-tô-châng: 葡
萄澍　ē: 會; 能　kiâⁿ-tāng: 走動　9 boeh: 要; 打
算　ka: 把它　lia̍h-khì: 捉到... 去　bé-hì-thoân: 馬戲園
chò bé-hì: 演馬戲　10 kín: 趕快　cháu-khì: 逃到... 去
pô-tô-hn̂g: 葡萄園　bih: 躲藏

Ti kah Soaⁿ-ti

Chit chiah soaⁿ-ti cháu-lâi lâng ê ti-tiâu,
Khòaⁿ ti-chô chin chē hó-chiah ê mih-kiāⁿ,
O-ló kóng: "Lín, ti, chin hó-miā."
Ti kóng: "He ū-iáⁿ!
05 "Goán nā chiah-kà pûi-pûi, tōa-tōa chiah,
"Lâng tiō ē lâi kân liah."
Soaⁿ-ti kóng: "Goán tòa tī soaⁿ-nâ,
"Tiāⁿ-tiāⁿ chiah-bē-pá,
"Koh kiaⁿ lâng lâi phah-lah.
10 "Lín siāng-bô mā m̄-bián hoân-ló chiah."

---

0 ti: 豬　kah: 和; 以及　soaⁿ-ti: 野豬　1 chit: 一
chiah: 隻 cháu-lâi: 來到 lâng: 人 ê: 的 ti-tiâu: 豬圈
2 khòaⁿ: 見 ti-chô: 豬槽 chin: 很 chē: 多 hó-chiah
ê: 好吃的 mih-kiāⁿ: 東西 3 o-ló: 稱讚 kóng: 說 lín:
你們 hó-miā: 命好 4 He ū-iáⁿ!: 才不呢! 5 goán: 我
們 nā: 如果 chiah: 吃 kà: 得; 到 pûi-pûi: 胖胖的
tōa-tōa chiah: 大大的 (一隻) 6 tiō: 就 ē: 會 lâi: 來
kân: 把我們 liah: 捕捉 7 tòa tī: 住在 soaⁿ-nâ: 山林
8 tiāⁿ: 時常 chiah-bē-pá: 吃不飽 9 koh: 而且 kiaⁿ:
怕 phah-lah: 打獵 10 siāng-bô: 至少 mā: 應該; 也
m̄-bián: 不必 hoân-ló: 煩惱 chiah: 吃 (的問題)

Ti Khí-chhù

Saⁿ chiah ti boeh khí-chhù.
Tōa-ti khí tòa hái-soa-pơ,
Tōa-chúi ka chhiâng-chhiâng-khì hái-·ni.
Tōa-ti seng-khu tâm-kô·-kô·.
05 Jī-ti khí tòa soaⁿ-pho-tē,
Thô·-chhoah-lâu ka lâu-lâu-khì soaⁿ-kha.
Jī-ti seng-khu choân-choân thô·.
Saⁿ-ti khí tòa chio̍h-pôaⁿ-téng,
Chhiâng-bē-khì, koh lâu-bē-khì.
10 Tōa-ti, Jī-ti, cháu-lâi kah i chiⁿ.

---

0 ti: 豬　khí: 建　chhù: 房子　1 saⁿ: 三　chiah: 隻
boeh: 想要　2 tōa: 大　tòa: 在於　hái-soa-pơ: 海邊沙
灘　3 tōa-chúi: 洪水　ka: 把他　chhiâng: 沖　khì: 到...
去　hái-·ni: 海裡　4 seng-khu: 身上　tâm-kô·-kô·: 濕
透　5 jī: 二　soaⁿ-pho-tē: 山坡地　6 thô·-chhoah-lâu:
土石流　lâu: 流　soaⁿ-kha: 山麓　7 choân-choân: 全
是　thô·: 泥　8 saⁿ: 三　chio̍h-pôaⁿ: 磐石　téng: 上頭
9 bē-khì: 不了; 不動; 不掉　koh: 又; 而且　10 cháu-lâi:
來　kah: 和 (... 一道)　i: 他　chiⁿ: 擠

494

Ti-tu-bāng

Chi̍t chiah ti-tu ê ti-tu-bāng tiāⁿ khang-khang.
I thiaⁿ lâng kóng: "Boeh chó seng-lí-lâng,
"Khui-tiàm tio̍h-ài khui tòa saⁿ-kak-thang,
"M̄-thang khui tòa bô-bóe-hāng."
05 I tiō poaⁿ-khì saⁿ-kak-thang keⁿ ti-tu-bāng.
Tiàm-oân tiō gia̍h sàu-chiú kêⁿ ti-tu-bāng,
Hāi i ta̍k hāng piàn-chò bô-pòaⁿ hāng.
I tiō poaⁿ-khì bô-bóe-hāng keⁿ ti-tu-bāng.
Bô-siūⁿ-tio̍h tòa bô-bóe-hāng chin hó-khang.
10 I ê ti-tu-bāng tiāⁿ kiap-kà choân-choân thâng.

---

0 ti-tu: 蜘蛛 bāng: 網 1 chi̍t: 一 chiah: 隻 ê: 的
tiāⁿ: 常常 khang-khang: 空空的 2 i: 它 thiaⁿ: 聽
lâng: 人 kóng: 說 boeh: (如果) 想要 (... 的話) chó:
當; 成爲 seng-lí-lâng: 生意人 3 khui: 開; 經營 tiàm:
店鋪 tio̍h-ài: 必須 tòa: 在於 saⁿ-kak-thang: 三間兩
面, 即街角的店面 4 m̄-thang: 不可以 bô-bóe-hāng: 死
衖衕 5 tiō: 就; 於是 poaⁿ-khì: 搬到... 去 keⁿ: (吐絲)
結 (網等) 6 tiàm-oân: 店員 gia̍h: 拿; 舉; 揭 sàu-chiú:
掃帚 kêⁿ: 掃 (蜘蛛絲) 7 hāi: 害得 ta̍k hāng: 所有的
東西; 每樣東西 piàn-chò: 變成 bô-pòaⁿ hāng: 一樣也
沒有 9 bô-siūⁿ-tio̍h: 想不到 chin: 很 hó-khang: 好;
有好處; 有利 10 kiap: 粘 kà: 得; 到 choân-choân:
全; 盡是 thâng: 蟲子

495

Tiáⁿ-té ê Káu-hiā

Nn̄g chiah káu-hiā tī tiáⁿ-té lōa-lōa-sô,
Liam-ni peh-khí, liam-ni peh-lòh.
Ū-lâng kā gá-suh ê hóe tiám-tòh.
Káu-hiā kiaⁿ-chit-tiô.
05 Âng káu-hiā kóng: "Bīn-téng khah sio!"
Ǹg káu-hiā kóng: "Khit-·lì chiah tiòh!"
Lâng sòa-·lòh-·khì iúⁿ chúi lòh-khì tiáⁿ-té.
Káu-hiā chhoah-chit-ē.
Âng káu-hiā siû khì chiàⁿ-pêng.
10 Ǹg káu-hiā siû khì tò-pêng.

---

0 tiáⁿ-té: 鍋子裡 ê: 的 káu-hiā: 螞蟻 1 nn̄g: 二 chiah: 隻 tī: 在於 lōa-lōa-sô: 到處逛; 爬來爬去 2 liam-ni: 一會兒 peh-khí: 爬上 peh-lòh: 爬下 3 ū-lâng: 有人 kā: 把 gá-suh: 瓦斯 (爐) hóe: 火 tiám-tòh: 點燃 4 kiaⁿ-chit-tiô: 嚇了一跳 5 âng: 紅 kóng: 說 bīn-téng: 上頭 khah: 比較 sio: 熱 6 n̂g: 黃 khit-·lì: 到上頭去 chiah: 才 tiòh: 對; 正確 7 lâng: 人類 sòa-·lòh-·khì: 接著 iúⁿ: 舀 chúi: 水 lòh-khì: 下... 去 8 chhoah-chit-ē: 大吃一驚 9 siû: 游泳 khì: 到... 去 chiàⁿ-pêng: 右邊兒 10 tò-pêng: 左邊兒

Tiám-teng

A-bí chē tī mn̂g-tēng,
Bīn-chêng àm-àm, chēng-chēng.
Sió-sîn-sian kóng: "Àm ·a, lán lâi tiám-teng."
Ti-lí-lin, ti-lí-lin, mô͘-sut-pāng pàng hóe-chhe^n,
05 Poe-khit-lì piàn-chò thi^n-téng ê teng.
Hóe-kim-ko͘ kóng: "Àm ·a, lán lâi tiám-teng."
Phăh, phăh, phăh, tiám-to̍h chhiū-á-hoe-
chháu ê teng.
Pa-pa Ma-ma kóng: "Àm ·a, lán lâi tiám-teng."
Tiăk, tiăk, tiăk, tiám-to̍h chhù-lāi chhù-gōa ê
teng.
10 A-bí ê bīn-chêng iû-koh àm-àm, chēng-chēng.

---

0 tiám: 點 teng: 燈 1 A-bí: 阿美 chē: 坐 tī: 在
於 mn̂g-tēng: 門檻 2 bīn-chêng: 面前 àm: 黑暗
chēng: 寂靜 3 sió-sîn-sian: (森林中的) 小精靈 kóng:
說 àm: 天黑 ·a: 了 lán: 咱們 lâi: 來 4 ti-lí-lin: 叮
呤呤 mô͘-sut-pāng: 魔棒 pàng: 釋出 hóe-chhe^n: 火
花 5 poe-khit-lì: 飛上去 piàn-chò: 變成 thi^n-téng: 天
上 ê: 的 6 hóe-kim-ko͘: 螢火蟲 7 phăh: 亮起的樣子
tiám-to̍h: 點亮 chhiū-á-hoe-chháu: 樹木花草 8 pa-pa
ma-ma: 爸爸媽媽 9 tiăk: 撥開關聲 chhù-lāi chhù-gōa:
房子內外 10 iû-koh: 再次

Tiān-chú-cheng

Piah-cheng nā tân, tiō chùn-kà siak-·lòh-·lâi,
Tin-tín-tang-tang, pin-pín-piàng-piàng.
Khiā-cheng nā tân, tiō chùn-kà kō-·lòh-·lâi,
Tin-tín-tiang-tiang, khin-khín-khiang-khiang.
05 Ka-kū lóng-chóng chhéⁿ-·khì-·lâi.
Chhù-lāi chhiāng-chhiāng-kún, kún-chhiāng-
   chhiāng.
Chú-lâng tiān-chú-hòa, ōaⁿ iōng tiān-chú-
   cheng,
Tiàu tòa piah-téng, chhāi tòa toh-téng.
Tiān-chú-cheng é-káu, bē tân, mā bē chùn.
10 Ka-kū bô-liâu, lóng-chóng tiām-tiām khùn.

---

0 tiān-chú-cheng: 電子鐘 1 piah-cheng: 掛鐘 nā: 如
果 tân: 響 tiō: 就 chùn: 震動 kà: 得 siak:
掉; 摔 ·lòh-·lâi: 下來 2 tin-tín-tang-tang: 叮叮咚
咚 pin-pín-piàng-piàng: 乒乒乓乓 3 khiā-cheng: 座鐘
kō: 滾動 4 tin-tín-tiang-tiang: 叮叮噹噹 khin-khín-
khiang-khiang: 匡噹匡噹 5 ka-kū: 傢俱 lóng-chóng:
全部 chhéⁿ-·khì-·lâi: 醒來 6 chhù-lāi: 家裡 chhiāng-
chhiāng-kún, kún-chhiāng-chhiāng: 很熱鬧 7 chú-lâng:
主人 tiān-chú-hòa: 電子化 ōaⁿ: 改 (成) iōng: 用
8 tiàu: 掛 tòa: 在於 piah-téng: 牆上 chhāi: 放置
toh-téng: 桌上 9 é-káu: 啞巴 bē: 不能夠 mā: 也
10 bô-liâu: (覺得) 無聊 tiām-tiām: 靜靜的 khùn: 睡覺

498

Tiān-ōe Liang-liang-kiò

Tōa-lâng bô tī chhù; pak-tó iau, ka-tī bú.
Bú chi̍t-pòaⁿ, tiān-ōe liang-liang-kiò.
Tiáⁿ pàng-·leh, chông khì thiaⁿ.
Chông-kàu-ūi, tiān-ōe soah tiāⁿ-tiāⁿ.
05 Chông-tńg-·lâi, bah í-keng kiap tòa tiáⁿ.
Tú teh chia̍h, tiān-ōe iû-koh liang-liang-kiò.
Â-·à! Chāi i khì liang ·a!
Chia̍h-chia̍h pá, Pa-pa, Ma-ma, tńg-·lâi ·a.
Pa-pa kóng: "Lí tiān-ōe ná m̄ thiaⁿ?
10 "Taⁿ, lán chhut-lǎi chhan-koán chia̍h."

---

0 tiān-ōe: 電話 liang-liang-kiò: 鈴聲響起 1 tōa-lâng:
成人 bô: 不 tī chhù: 在家 pak-tó: 肚子 iau: 餓 ka-
tī: 自個兒 bú: 搞 (吃的等) 2 chi̍t-pòaⁿ: 一半 3 tiáⁿ:
鍋子 pàng-·leh: 放著; 擱下 chông: 趕; 衝 khì: 去
thiaⁿ: 聽 4 kàu-ūi: 抵達目的地 soah: 竟然 tiāⁿ-tiāⁿ:
毫無動靜 (了) 5 tńg-·lâi: 回來 bah: 肉 í-keng: 已經
kiap tòa tiáⁿ: 粘在鍋子上 6 tú teh...: 剛... 著 chia̍h:
吃 iû-koh: 再次 7 â-·à: 哎呀 (別管那麼多) chāi i khì:
隨便他去 liang: (鈴聲) 響 ·a: 吧 8 chia̍h-chia̍h pá:
吃飽 pa-pa: 爸爸 ma-ma: 媽媽 ·a: 了 9 kóng: 說
lí: 妳 ná: 爲什麼 m̄: 不 10 taⁿ: 好吧; 現在 lán: 咱
們 chhut-lǎi: (咱們出門) 到... 去 chhan-koán: 餐館

Tiàu Hui-hêng-ki-bóe

A-bín-î bē-hù chiūⁿ hui-ki,
Khîⁿ tòa hui-hêng-ki-bóe tiàu-chiūⁿ-thiⁿ,
Khîⁿ-kú, chhiú soh giōng-giōng-boeh liù-·khì,
Tiō tòa hui-hệng-ki-bóe kau chi̍t ê nńg-thui,
05 Chē-khit-lì hàiⁿ-kong-chhiu: hiǔ-·ù, hiǔ-·ù,
　　hiǔ-·ù.
Thiⁿ-téng chin-chiâⁿ léng,
A-bín-î giōng-giōng-boeh pìⁿ peng,
Tiō lom chi̍t niá thài-khong-i.
A-bín-î hàiⁿ kú, khí ài-khùn, ná hah-hì.
10 Tiō pa̍k chi̍t ê khùn-tē-á tòa nńg-thui, khùn-
　　kà poe-kàu-ūi.

---

0 tiàu: 掛; 吊　hui-hêng-ki: 飛機　bóe: 尾巴　**1** A-bín-î: 阿敏阿姨　bē-hù: 來不及　chiūⁿ: 登上　hui-ki: 飛機　**2** khîⁿ: 緊抓住　tòa: 在於　tiàu-chiūⁿ-thiⁿ: 吊上天　**3** kú: 久　chhiú: 手　soh: 結果　giōng-giōng-boeh: 幾乎　liù-·khì: (因抓不緊而) 滑掉　**4** tiō: 於是　kau: 鉤　chi̍t: 一　ê: 個　nńg-thui: 繩梯　**5** chē-khit-lì: 坐上去　hàiⁿ-kong-chhiu: 盪鞦韆　hiǔ-·ù: (嗖嗖聲)　**6** thiⁿ-téng: 天上　chin-chiâⁿ: 非常　léng: 冷　**7** pìⁿ: 變成　peng: 冰　**8** lom: 套上　niá: 件　thài-khong-i: 太空裝　**9** hàiⁿ: 盪; 晃　kú: 久了　khí ài-khùn: (開始) 睏了　ná...: ... 著　hah-hì: 打呵欠　**10** pa̍k: 綁　khùn-tē-á: 睡袋　kà: 直到　poe: 飛　kàu-ūi: 抵達目的地

Tiong-chhiu-goe̍h

Peh-goe̍h Cha̍p-gō͘ Tiong-chhiu-cheh,
Tē-kiû ê lâng teh siúⁿ-goe̍h.
Goe̍h-téng, Siâng-ngô͘ chhēng chi̍t su saⁿ, pe̍h-
 pe̍h-pe̍h.
I kóng: "Lán ài chhēng ho͘ khah súi ·le."
05 I kā ge̍k-thò͘ phō-·leh, chhut-lâi gōa-kháu chē.
Tiuⁿ-Kó chhēng o͘ saⁿ, tú-hó lâi chò-hóe.
Siâng-ngô͘ tú-hó kóng: "Lí ê saⁿ bô-ki̍p-keh."
Tē-kiû-téng, kha-mé-lah tú-hó chhiă̆k-·chi̍t-·ē.
Tē-kiû ê lâng kā siàng the̍h-khì sé,
10 Hoat-kiàn goe̍h-niû bīn hoe-hoe.

---

0 Tiong-chhiu: 中秋 goe̍h: 月 1 Peh-goe̍h: 八月 Cha̍p-
gō͘: 十五 cheh: 節 2 tē-kiû: 地球 ê: 的 lâng: 人
teh: 正在 siúⁿ-goe̍h: 賞月 3 téng: 上頭 Siâng-ngô͘:
嫦娥 chhēng: 穿 (衣服等) chi̍t: 一 su: 套 saⁿ: 衣
服 pe̍h-pe̍h-pe̍h: 很白很白 4 i: 她 kóng: 說 lán:
咱們 ài: 要; 必須 ho͘: 得; 使之 khah… le: … 一點兒
súi: 漂亮 5 kā: 把; 將 ge̍k-thò͘: 玉兔 phō-·leh: 把
著 chhut-lâi: 出來 gōa-kháu: 外頭 chē: 坐 6 Tiuⁿ-
Kó: 張果老 o͘: 黑 tú-hó: 剛好 lâi chò-hóe: 來相
聚 7 lí: 你 bô-ki̍p-keh: 不及格 8 kha-mé-lah: 照相
機 chhiă̆k-·chi̍t-·ē: 咯嚓一聲 9 siàng: 照片 the̍h-khì:
拿去 sé: 洗 10 hoat-kiàn: 發現 goe̍h-niû: 月亮 bīn:
臉 hoe-hoe: 花花的; 不是單純一個顏色

To-á-hûn

Ta̍k-kē teh tián chhiú-su̍t ê to-á-hûn.
A-khîm kóng: "Góa, chhiú bat gia̍p-tio̍h mn̂g,
"Chéng-thâu-á, to-á-hûn chiah tn̂g."
A-lâi kóng: "Góa, chhiú-kut bat siak-tn̄g,
05 "Chhiú-āu-khiau, to-á-hûn pí lí khah tn̂g."
A-bêng kóng: "Góa bat koah mô͘-tn̂g,
"Pak-tó͘ ê to-á-hûn, bô-lâng pí góa khah tn̂g."
Góa kóng: "He ná ū-sǹg tn̂g!?
"Lâng goán a-kong ê sim ōaⁿ hoeh-kńg.
10 "I heng-khám-á he to-á-hûn chiah-sī tn̂g."

---

0 to-á-hûn: 刀痕 **1** ta̍k-kē: 大家　teh: 正在　tián: 炫耀; 展示　chhiú-su̍t: 手術　ê: 的 **2** A-khîm: 阿琴　kóng: 說　góa: 我　chhiú: 手　bat: 曾經　gia̍p-tio̍h: 被... 夾住　mn̂g: 門 **3** chéng-thâu-á: (手) 指頭　chiah: 這麼 tn̂g: 長 **4** A-lâi: 阿來　chhiú-kut: 手臂; 手骨　siak-tn̄g: 摔斷 **5** chhiú-āu-khiau: 手肘 (外側)　pí...khah: 比... 還　lí: 你 **6** A-bêng: 阿明　koah: 割　mô͘-tn̂g: 盲腸 **7** pak-tó͘: 肚子　bô-lâng: 沒有人 **8** he: 那 (個) ná: 哪裡; 怎麼　ū-sǹg: 算得上 **9** lâng goán: 我 (們) 的　a-kong: 爺爺　sim: 心臟　ōaⁿ: 換　hoeh-kńg: 血管 **10** i: 他 (的)　heng-khám-á: 胸膛　chiah-sī: (這/那) 才 (是)

To-chhiuⁿ

To-chhiuⁿ tī chhng-khò͘ teh khai-káng.
Koan-to kóng: "Góa kan-na thâi pháiⁿ-lâng."
Jěng-gí-sí-khán ê to kóng: "Sàⁿ sī pháiⁿ-lâng?
"Góa kan-na thâi lâng, m̄-koán i sī sáiⁿ lâng."
05 Kim-kong-pāng kóng: "Siān-chài!
"Góa kan-na thâi iau-koài. Góa bô thâi lâng."
Mo͘-mo͘-tha-ló͘ ê to kóng: "Siān-chài!
"Góa kan-na thâi kúi-á, thè lâng siau-chai."
Chi̍t ki bo̍k-kiàm kóng: "Siān-chài!
10 "Hó-lâng, pháiⁿ-lâng, kúi-á, iau-koài, lóng m̄-
thang thâi."

---

0 to-chhiuⁿ: (不用火藥的) 武器 1 tī: 在於 chhng-khò͘:
倉庫 teh: 正在 khai-káng: 聊天 2 koan-to: 關刀
kóng: 說 góa: 我 kan-na: 只; 僅 thâi: 殺 pháiⁿ-lâng:
壞人 3 Jěng-gí-sí-khán: 成吉斯汗 (Genghis Khan) ê:
的 to: 刀 sàⁿ: 什麼 sī: 是 4 lâng: 人 m̄-koán:
不管 i: 他 sáiⁿ: 什麼樣的 5 kim-kong-pāng: 金箍棒
siān-chài: 善哉 6 iau-koài: 妖怪 bô: 沒有; 不 7 Mo͘-
mo͘-tha-ló͘: 桃太郎 (Momotarō) 8 kúi-á: 鬼 thè: 替;
為 siau-chai: 消災 9 chi̍t: 一 ki: 把; 支 bo̍k-kiàm :
木劍 10 hó-lâng: 好人 lóng: 都; 皆 m̄-thang: 不可

Tò-siàu-liân

Chit ê lāu khit-chiảh chiảh-tiỏh sian-tan,
Chiảh-liáu tò-siàu-liân, lú lâi lú sè-hàn.
I piàn tiong-liân-lâng ê sî, chhōe thâu-lō,
Lâng hiâm i siuⁿ han-bān.
05 I piàn chheng-liân-lâng ê sî, chhōe thâu-lō,
Lâng hiâm i siuⁿ nńg-chiáⁿ.
I piàn gín-á ê sî, chhōe thâu-lō,
Lâng kóng: gín-á-kang m̄-thang chhiàⁿ.
I piàn eⁿ-á ê sî, tó tī tōa-lō,
10 Kọ-jî-īⁿ kā i khiỏ-khì chhī.

---

0 tò-siàu-liân: 變年輕; 返老還童 1 chit: 一 ê: 個 lāu:
老 khit-chiảh: 乞丐 chiảh: 吃 tiỏh: 到; 著 sian-
tan: 仙丹 2 liáu: 了 lú lâi lú...: 越來越... sè-hàn:
小; 歲數少 3 i: 他 piàn: 變成 tiong-liân-lâng: 中年
人 ê sî: 的時候 chhōe: 尋找 thâu-lō: 職業 4 lâng:
人家 hiâm: 嫌 siuⁿ: 太; 過於 han-bān: 笨拙; 差勁
5 chheng-liân-lâng: 青年人 6 nńg-chiáⁿ: 軟弱 7 gín-
á: 小孩 8 kóng: 說 gín-á-kang: 童工 m̄-thang: 不可
以 chhiàⁿ: 雇用 9 eⁿ-á: 嬰兒 tó: 躺 tī: 在於 tōa-lō:
馬路 10 kọ-jî-īⁿ: 孤兒院 kā: 把; 將 khiỏ: 撿 khì: 去
chhī: 養

Tōa-châng Tāu-á

A-jiȧk khì thiⁿ-téng thau-liȧh gîn ke-bó.
Thiⁿ-téng ê lâng thiàu-lȯh-lâi thó.
A-jiȧk kóng: "Iah to sàn-kà tȧk-hāng bô,
"M̄-chiah kā lí thau-liȧh gîn ke-bó."
05 Thiⁿ-téng ê lâng kóng: "Lí sit-chāi m̄-bat pó.
"Lí ê tāu-á chiah tōa-châng,
"Seⁿ ê tāu-á chiah tōa-ngeh.
"Ná m̄ thȧh-khì bē?"
A-jiȧk tit-tit soeh-to-siā, koh hōe-sit-lé.
10 Thiⁿ-téng ê lâng chio i khì thiⁿ-téng bong kim
ke-bó.

---

0 tōa-châng: (植物) 高大 tāu-á: 豆 1 A-jiȧk: 賈克 (Jack) khì: 到... 去 thiⁿ-téng: 天上 thau-liȧh: 偷 (捉) gîn: 銀 ke-bó: 母雞 2 thiⁿ-téng ê lâng: 天上的人 thiàu-lȯh-lâi: 跳下來 thó: 追討 3 kóng: 說 iah: (發語詞) to: 因為 sàn: 貧窮 kà: 得 tȧk-hāng bô: 什麼都沒有 4 m̄-chiah: 所以才 kā: 從... 那兒; 把 lí: 你 5 sit-chāi: 眞是 m̄-bat pó: 不識寶物 6 ê: 的 chiah: 這麼 7 seⁿ: 長; 生 tōa-ngeh: (豆莢) 大 8 ná: 怎麼; 爲什麼 m̄: 不 thȧh-khì: 拿到... 去 bē: 賣 9 tit-tit: 一直的 soeh-to-siā: 道謝 koh: 又; 而且 hōe-sit-lé: 道歉 10 chio: 邀 i: 他 bong: 摸 kim: 金

Tōa-chúi Thè-·khì Liáu-āu

Tōa-chúi thè-·khì liáu-āu,
Chhù-lāi chi̍t têng thô· kāu-kāu-kāu, chhàu-
  chhàu-chhàu.
A-bín-î tòa chhù-lāi iā chhài-chí.
Ji̍t-thâu tùi thang-á-mn̂g pha̍k-·ji̍p-·lâi.
05 Cha̍h-tio̍h n̂g ê chhài sí-sí-·khì.
Pha̍k-tio̍h ji̍t ê chhài hoat-kà súi-súi-súi.
A-bín-î ta̍k ji̍t ka ak-chúi.
Ak-kà chhài-châng, chhài-hio̍h, pûi-pûi-pûi.
Chhù-chú phài lâng lâi chheng thô·.
10 A-bín-î kóng: "Tán siu-sêng chiah lâi chheng,
  hó ·bo·?"

---

0 tōa-chúi: 水災; 大水 thè-·khì: 退走 liáu-āu: 之後
2 chhù-lāi: 房子裡 chi̍t: 一 têng: 層 thô·: 泥土 kāu:
厚 chhàu: 臭 3 A-bín-î: 阿敏阿姨 tòa: 在於 iā:
撒 chhài: 菜 chí: 種籽 4 ji̍t-thâu: 太陽 tùi: 打從
thang-á-mn̂g: 窗子 pha̍k-·ji̍p-·lâi: 曬進來 5 cha̍h-tio̍h
n̂g: 光線被擋住 ê: 的 sí-·khì: 死了 6 pha̍k-tio̍h ji̍t:
曬到太陽 hoat: (植物) 生長 kà: 得 súi: (植物、果實)
健美 7 ta̍k ji̍t: 每天 ka: 給它; 把它 ak: 澆 chúi: 水
8 chhài-châng: 菜的株 chhài-hio̍h: 菜的葉子 pûi: 豐
滿 9 chhù-chú: 房東 phài: 派 lâng: 人家 lâi: 來
chheng: 清除 10 kóng: 說 tán: 等到 siu-sêng: 收成
chiah: 才; 再 hó ·bo·: 好不好

Tōa-ê Hong-chhoe

A-bín-î kô͘ chi̍t ê chiok tōa-ê ê hong-chhoe,
Hō͘ A-bí chē-khit-lì poe.
Pa̍t ê gín-á kóng: "Góa mā boeh. Góa mā
  boeh."
Ū-ê giú i ê saⁿ; ū-ê giú i ê kûn; ū-ê giú i ê chhiú.
05 Giú-chi̍t-ē hong-chhoe siak-·lo̍h-·lâi.
A-bí poe-·lo̍h-·lâi,
Liàn tī chhiū-á-téng, tiâu tī chhiū-á-oe.
A-bín-î peh chhiū-á khì kā A-bí phō-·lo̍h-·lâi,
Mn̄g-khòaⁿ ōaⁿ chiâ boeh-ài chē hong-chhoe.
10 Gín-á bô-lâng boeh.

---

0 tōa-ê: 大 (大一個的) hong-chhoe: 風箏 1 A-bín-î:
阿敏阿姨 kô͘: 黏製 chi̍t: 一 ê: 個 chiok: 很 ê:
的 2 hō͘: 讓 A-bí: 阿美 chē: 坐 khit-lì: 上去 poe:
飛 3 pa̍t ê: 別的; 別個 gín-á: 孩子 kóng: 說 góa:
我 mā: 也 boeh: 要; 欲 4 ū-ê: 有的 giú: 拉; 扯 i
ê: 她的 saⁿ: 衣服 kûn: 裙子 chhiú: 手 5 chi̍t-ē: 一
下 siak: 摔; 掉 ·lo̍h-·lâi: 下來 7 liàn: 掉; 滾 tī: 在於
chhiū-á: 樹 téng: 上 tiâu: 卡住 oe: 枝椏 8 peh: 攀
登 khì: 去 kā: 把 phō: 抱 9 mn̄g-khòaⁿ: 問看 ōaⁿ:
換 chiâ: 誰 boeh-ài: 想要 10 bô-lâng: 無人

Tōa-kha O͘ Siuⁿ-á

Chi̍t kha tōa-kha o͘ siuⁿ-á, kòa khui-khui.
Chi̍t ê gín-á peh-·khit-·lì koh peh-·ji̍p-·khì.
Siuⁿ-á-té ū lâu-thui.
Gín-á ti̍t-ti̍t lo̍h-lo̍h-khì ē-kha ·khì.
05 Ē-kha ū kúi-á, ba̍k-chiu âng-kì-kì,
Hīⁿ-á, chhùi kah phīⁿ, lóng teh pàng to̍k-khì.
Gín-á giōng-boeh bē chhoán-khùi.
Sió-sîn-sian tòe-·ji̍p-·khì koh tòe-·lo̍h-·khì,
Kóng: "Gín-á. Gín-á. Kín chhut-·khì.
10 "Nā bô, lí ē kek-sí-·khì."

---

0 tōa-kha: 大 (箱子等) o͘: 黑 siuⁿ-á: 箱子 1 chi̍t:
一 kha: 隻; 只 kòa: 蓋子 khui-khui: 敞開著 2 gín-á:
孩子 peh: 爬 (上/下); 攀登; 攀緣 ·khit-·lì: 上去 koh:
又; 而且 ·ji̍p-·khì: 進去 3 té: 裡頭 ū: 有 lâu-thui:
階梯; 樓梯 4 ti̍t-ti̍t: 一直的 lo̍h-lo̍h-khì... ·khì: 下到...
去 ē-kha: 底下 5 kúi-á: 鬼 ba̍k-chiu: 眼睛 âng-
kì-kì: 很紅 6 hīⁿ-á: 耳朵 chhùi: 嘴巴 kah: 和; 以
及 phīⁿ: 鼻子 lóng: 都 teh: 正在 pàng to̍k-khì: 釋
出毒氣 7 giōng-boeh: 幾乎 bē chhoán-khùi: 喘不過氣
8 sió-sîn-sian: (森林中的) 小精靈 tòe: 跟隨 ·lo̍h-·khì:
下去 9 kóng: 說 kín: 趕快 chhut-·khì: 出去 10 nā
bô: 不然的話 lí: 你 ē: 將會 kek-sí-·khì: 窒息而死

Tōa-lâng Khòaⁿ-bô

Goèh-bâi poe-m̄-tiòh lō·, poe-khì kàu-sit.

A-bûn kóng: "A! Chit chiah tōa-chiah thâng."

A-ka kóng: "M̄-tiòh. I ū sì-ki kha, sì ki sit.

"I m̄-sī thâng; i sī ē poe ê sè-sian lâng."

05 A-bí kóng: "I sī sió-sîn-sian; i sī hó pêng-iú."

Tảk-kē tiō sio-cheⁿ khan Goèh-bâi ê chhiú.

Lāu-su kóng: "Lín teh chhòng sím-mì?"

A-ka kóng: "Sió-sîn-sian lâi kàu-sit thit-thô."

Lāu-su kóng: "Àh ū hit-lō tāi-chì!"

10 A-bí kóng: "Lāu-su. Lí tōa-lâng, lí khòaⁿ-bô."

---

0 tōa-lâng: 成人　khòaⁿ-bô: 看不見　1 Goèh-bâi: 月
牙兒　poe: 飛　m̄-tiòh: 飛錯　lō·: 路　khì: 到... 去
kàu-sit: 教室　2 A-bûn: 阿雯　kóng: 說　a: 啊　chit:
一　chiah: 隻　tōa-chiah: 大（蟲子等）　thâng: 蟲子
3 A-ka: 阿嘉　m̄-tiòh: 錯; 不對　i: 它; 他; 她　ū: 有
sì: 四　ki: 只; 支　kha: 脚　sit: 翅膀　4 m̄-sī: 不是　sī:
是　ē: 能　ê: 的　sè-sian: 小（洋娃娃、偶像等）　lâng:
人　5 A-bí: 阿美　sió-sîn-sian: (森林中的) 小精靈　hó:
好　pêng-iú: 朋友　6 tảk-kē: 大家　tiō: 就　sio-cheⁿ:
爭相　khan: 拉; 牽　chhiú: 手　7 lāu-su: 老師　lín: 你們
chhòng sím-mì: 幹嘛　8 lâi: 來　thit-thô: 玩兒　9 àh ū
hit-lō tāi-chì: 哪有這回事; 沒有的事　10 lí: 你

Tōa-lâu

Chi̍t tòng tōa-lâu tăⁿ chhut-sì,
Pa̍t-lâng thè i chin hoaⁿ-hí.
I ka-tī mā chin iâng-khì,
Kóng: "Hě-·ì! Góa siāng koân, góa siāng súi."
05 Āu-·lâi, khah koân ê tōa-lâu ti̍t-ti̍t khí,
Lóng kóng: "Hě-·ì! Góa siāng koân, góa siāng súi."
Tāi-seng hit tòng tōa-lâu piàn-chò é-bih-bih,
Chin-chiâⁿ sit-khùi koh sit-chì.
Ti-tiâu ka an-ùi, kóng: "Koân, bô it-tēng súi.
10 "Hé! Lí khòaⁿ. Sè-kài góa siāng súi."

---

0 tōa-lâu: 大樓 1 chi̍t: 一 tòng: 棟 tăⁿ: 才剛 chhut-sì: 出生 2 pa̍t-lâng: 別人 thè: 替; 爲 i: 它 chin: 很 hoaⁿ-hí: 高興 3 ka-tī: 自己 mā: 也; 亦 iâng-khì: 趾高氣揚 4 kóng: 說 hě-·ì: 嘿 (表示高興) góa: 我 siāng: 最 koân: 高 súi: 漂亮 5 āu-·lâi: 後來 khah: 更 ê: 的 ti̍t-ti̍t: 一直的 khí: 建築 6 lóng: 都 7 tāi-seng: 先前; 首先 hit: 那 piàn-chò: 變成 é-bih-bih: 矮繁繁 8 chin-chiâⁿ: 非常; 很 sit-khùi: 出洋相; 丟臉 koh: 而且 sit-chì: 沮喪; 氣餒 9 ti-tiâu: 豬圈 ka an-ùi: 安慰它 bô it-tēng: 不一定 10 hé: 嘿 (表示要引起注意) lí: 你 khòaⁿ: 看 sè-kài: 世界上

Tok-phīⁿ-á

A-lâi phīⁿ nah-nah.
I tiō khì kô͘ âng-mô͘-thô͘,
Kô͘-kà koân-koân, ná-chhiūⁿ tok-phīⁿ-á.
Pêng-iú, ū-ê ka chhat âng, ū-ê ka chhat o͘,
05 Chhat-kà kúi-ā sek, ná-chhiūⁿ siáu-thiúⁿ-á.
A-lâi m̄-tú-hó chông-tio̍h piah,
Chông-chit-ē iû-koh phīⁿ nah-nah.
A-lâi ōaⁿ kô͘ táⁿ-má-ka.
Táⁿ-má-ka liâm-tiâu-tiâu.
10 A-lâi pak-bē-tiāu.

---

0 tok-phīⁿ-á: 鼻梁高的人　1 A-lâi: 阿來　phīⁿ: 鼻子
nah-nah: 塌下　2 i: 他　tiō: 於是　khì: 去 (把它)　kô͘:
糊上　âng-mô͘-thô͘: 水泥　3 kà: 得; 以至於　koân-koân:
高高的　ná-chhiūⁿ: 好像　4 pêng-iú: 朋友　ū-ê: 有的　ka:
將之　chhat: 塗; 上顏色　âng: 紅色　o͘: 黑色　5 kúi-ā:
許多　sek: 顏色　siáu-thiúⁿ-á: 小丑　6 m̄-tú-hó: 不巧
chông: 衝　tio̍h: 著; 到　piah: 牆壁　7 chit-ē: 得; 結
果　iû-koh: 再次　8 ōaⁿ: 改成; 換成　táⁿ-má-ka: 瀝青
9 liâm-tiâu-tiâu: 牢牢黏住　10 pak-bē-tiāu: 拿不下來

Tōng-bu̍t

Phah-la̍h-·ê lia̍h-tio̍h Bù-lù-bù-lù-kúi,
Lia̍h-khì bē hō͘ tōng-bu̍t-hn̂g.
Tōng-bu̍t-hn̂g ê lâng kóng: "Che kám ū sǹg
    tōng-bu̍t?"
Phah-la̍h-·ê kóng: "Tong-jiân mā ū sǹg.
05 "Lín khòaⁿ. I ā ū chhiú-kut, ā ū kha-kut."
Bù-lù-bù-lù-kúi tiō hông koaiⁿ tòa tōng-bu̍t-
    hn̂g-·ni tián-sī.
Pòaⁿ-mê, i ùi lông-á ê phāng liu-cháu-·khì.
Tōng-bu̍t-hn̂g ê lâng chhōe phah-la̍h-·ê thó.
Phah-la̍h-·ê tiō koh khì lia̍h, lia̍h lóng bô,
10 Khih hông koaiⁿ tòa tōng-bu̍t-hn̂g-·ni tián-sī.

---

0 tōng-bu̍t: 動物 1 phah-la̍h-·ê: 獵人 lia̍h-tio̍h: 捉到 Bù-lù-bù-lù-kúi: 嘸嚕嘸嚕鬼 2 lia̍h-khì.: 捉去 bē hō͘: 賣給 tōng-bu̍t-hn̂g: 動物園 3 ê: 的 lâng: 人 kóng: 說 che: 這個 kám...: 難道... 嗎 ū sǹg: 算 (數兒) 4 tong-jiân mā...: 當然... 啊 5 lín: 你們 khòaⁿ: 看 i: 它 ā ū..., ā ū...: 也有... 也有... chhiú-kut: 手臂 kha-kut: 腳 6 tiō: 於是 hông: 被人家 koaiⁿ: 關 tòa: 在於 ·ni: 裡 tián-sī: 展示 7 pòaⁿ-mê: 半夜 ùi: 打從 lông-á: (關人獸的) 籠子 phāng: 縫隙 liu-cháu-·khì: 溜掉了 8 chhōe...thó: 向... 要 9 koh: 再次 khì: 去 lia̍h: 捕捉 ...lóng bô: 怎麼... 也... 不著 10 khih hông: 被人家

Tùi Tá Khì

Lāu káu pà tī piah-lô͘-pin.
Lāu niau kiu tī phòng-í.
Lāu káu kóng: "À! Siūn-khí sè-hàn ê sî,
"Siūn-khí goán ma-mǐ; siūn-khí goán ti-tǐ.
05 "In lóng m̄-chai tùi tá khì."
Lāu niau kóng: "Lí ā chin pháin-kì-tî.
"Lán tù chhut-sì, tiō hông phō-phō-khì.
"M̄-sī lán m̄-chai in tùi tá khì,
"Sī ma-mǐ m̄-chai lán tùi tá khì.
10 "Góa mā m̄-chai góa ê gín-á tùi tá khì."

---

0 túi tá khì: 哪兒去了 **1** lāu: 老 káu: 狗 pà: 趴 tī: 在於 piah-lô͘-pin: 壁爐旁邊 **2** niau: 貓 kiu: 縮 phòng-í: 沙發 (上) **3** kóng: 說 à: 唉; 啊 siūn-khí: 想起 sè-hàn ê sî: 幼時 **4** goán: 我 (們) 的 ma-mǐ: 媽咪 ti-tǐ: 弟弟 **5** in: 他們 lóng: 都; 皆 m̄-chai: 不知道 **6** lí: 你 ā: 可; 眞是 chin pháin-kì-tî: 記性很壞 **7** lán: 咱們 tù: 剛剛 chhut-sì: 出生 tiō: (立刻) 就 hông: 被人家 phō-phō-khì: (全都) 抱走 **8** m̄-sī: (並) 不是 **9** sī: (而) 是 **10** góa: 我 mā: 也; 亦 ê: 的 gín-á: 孩子

Ū Chhiú, Bô Kha

Bí-jîn-hî chē lûn-í.
Ông-chú kā i sak-jip-khì chhiū-nǎ ·khì.
Chhiū-nǎ lāi-té tảk hāng chin chhù-bī,
Cheng-chha bô he tōa-bóe-sè-bóe hî.
05 Bí-jîn-hî khòaⁿ chhiū-á-téng ū chiáu-á,
Mñg kóng: "He bô chhiú, ū kha. He sī sahⁿ?"
Ông-chú kóng: "He sī eng-á. He ē phah-lảh."
Chiáu-á kóng: "Lí bá-kah. Goán pan-kah ·là...."
"I ū chhiú bô kha. I sī sahⁿ?"
10 Ông-chú kóng: "Hah, hah, ha—h!"

---

0 ū: 有 chhiú: 手 bô: 沒有 kha: 脚 1 Bí-jîn-hî: 美
人魚 chē: 坐 lûn-í: 輪椅 2 Ông-chú: 王子 kā: 把
i: 她 sak-jip-khì... ·khì: 推進... 去 chhiū-nǎ: 樹林子
3 lāi-té: 裡頭 tảk-hāng: 樣樣 chin: 很 chhù-bī: 有
趣 4 cheng-chha: 只是; 差只差 bô: 沒有 he: 那些; 那
個 tōa-bóe-sè-bóe hî: 大魚小魚 5 khòaⁿ: 見 chhiū-á-
téng: 樹上 chiáu-á: 鳥 6 mñg: 問 kóng: 說 sī: 是
sahⁿ: 什麼 7 eng-á: 老鷹 ē: 能; 懂得 phah-lảh: 打獵
8 lí: 你 bá-kah: (日語) 笨蛋 goán: 我們 (是) pan-kah:
斑鳩 ·là: 啊 10 hah, hah, ha—h: 哈哈哈 (這下子被
我逮著了/這下子你糧了)

Ū Hī^n, Ū Chhùi

Chit ê gín-á ū hī^n, bô chhùi,
Ū ōe, kóng-bē-chhut,
Sim-koa^n chin ut-chut.
Koh chit ê gín-á ū chhùi, bô hī^n,
05 Ū ōe, kóng-bē-soah,
Koh m̄-kia^n lâng hoah.
Ū-hī^n Bô-chhùi "tiù^n-ōe," tiù^n-kà piak-khui
   chhùi,
"Piǎ-·ng" ·chit-·ē, ná teh lȯh-lûi,
Kā Ū-chhùi Bô-hī^n ố nn̄g ê hī^n-á, khui-khui.
10 Tȧk-kē o-ló in ū-hī^n, mā ū-chhùi.

---

0 ū: 有 hī^n: 耳朵 chhùi: 嘴巴 1 chit: (有) 一 ê: 個
gín-á: 孩子 bô: 沒有 2 ōe: 話 kóng-bē-chhut: 說不
出 3 sim-koa^n: 心裡 chin: 很 ut-chut: 抑鬱 4 koh:
還有 5 kóng-bē-soah: 說不完 6 koh: 而且 m̄-kia^n:
不怕 lâng: 人家 hoah: 喝斥 7 tiù^n: 憋; 脹 kà: 得;
以至於 piak-khui: 爆開 8 "piǎ-·ng" ·chit-·ē: 匐然一
聲 ná: 好像 teh: 正在 lȯh-lûi: 落雷 9 kā: 把; 將
ố: 挖 nn̄g: 二 (個) hī^n-á: 耳朵 khui-khui: 張開著
10 tȧk-kē: 大家 o-ló: 稱讚 in: 他們 mā: 也

515

Ū-kàu siàⁿ

Chheⁿ-miâ, chhiūⁿ-bōng ê lâng móa soaⁿ-phiâⁿ.
Chit chiah chhân-chhí kóng: "Lâng chin bê-sìn.
"M̄-sìn, lín ka khòaⁿ."
I tiō khì thớ-lī-kong-á hia, thau kā chit tè piáⁿ.
05 I bô-tiuⁿ-tî e-tó chit tè chiú-au-á-kiáⁿ.
Pát chiah chhân-chhí kín khì kā i ián-hớ-chiàⁿ.
Chit ê lâng khòaⁿ piáⁿ bô-·khì, chiú ta-·khì,
Kóng: "Kín-·le! Kín lâi khòaⁿ!
"Nià. Thớ-lī-kong ē lim, koh ē chiảh,
10 "Sit-chāi ū-iáⁿ ū-kàu siàⁿ!"

---

0 ū-kàu: "有夠"; 真是 siàⁿ: (神祇) 靈 1 Chheⁿ-miâ: 清
明節 chhiūⁿ-bōng: 上墳 ê: 的 lâng: 人 móa soaⁿ-
phiâⁿ: 滿山遍野 2 chit: 一 chiah: 隻 chhân-chhí: 田
鼠 kóng: 說 chin: 很 bê-sìn: 迷信 3 m̄-sìn: 不信
(的話) lín ka khòaⁿ: 你們瞧瞧 4 i: 它 tiō: 於是 khì:
去 thớ-lī-kong-á: 墳旁代表守護神的小土堆 hia: 那兒
thau: 偷 kā: 叨; 咬 tè: 塊; 個 piáⁿ: 餅 5 bô-tiuⁿ-
tî: 不小心 e-tó: 推倒 chiú-au-á-kiáⁿ: 小酒鍾 6 pát:
別 (的) kín: 趕緊 kā: 把; 將 ián-hớ-chiàⁿ: 扶正
7 khòaⁿ: 見; 發現 bô-·khì: 沒了 chiú: 酒 ta-·khì: 乾
了 8 kín-·le: 快點兒 lâi: 來 khòaⁿ: 看看 9 nià: 你
看 thớ-lī-kong: 土地公 ē: 能; 會 lim: 喝 koh: 而且
chiảh: 吃 10 sit-chāi ū-iáⁿ: 真是

516

Ū Kúi

Nn̄g chiah kúi-á iám-sin chhut-lâi sô,
Khòaⁿ ke-á chin lāu-jia̍t, hó thit-thô.
Bù-lù-bu-lù-kúi boeh kiâⁿ-sai.
Kì-lì-kì-lì-kúi boeh kiâⁿ-tang.
05 Nn̄g chiah giú-kòe-khì, giú-kòe-lâi,
Góa giú lí bē-kiâⁿ, lí giú góa bē-tín-tāng,
Giú-kà nn̄g chhiú tn̂g-tn̂g-tn̂g, ná chháu-soh.
Chin chē lâng kêⁿ-·tio̍h, poa̍h-poa̍h-·tó.
Ta̍k-kē siūⁿ-lóng-bô, kóng: "Kám ē ū kúi?"
10 Kui ke-á ê lâng tiō poaⁿ-poaⁿ khì pa̍t-ūi.

---

0 ū kúi: 有鬼 **1** nn̄g: 二 chiah: 隻 kúi-á: 鬼 iám-sin:
穩身 chhut-lâi: 出來 sô: 逛 **2** khòaⁿ: 見 ke-á: 街
道 chin: 很 lāu-jia̍t: 熱鬧 hó thit-thô: 是個好去
處 **3** Bù-lù-bù-lù-kúi: 嘸嚕嘸嚕鬼 boeh: 想要 kiâⁿ:
望... 走 sai: 西 **4** Kì-lì-kì-lì-kúi: 嘰哩嘰哩鬼 tang:
東 **5** giú: 拉 kòe-khì: 過去 kòe-lâi: 過來 **6** góa: 我
lí: 你 bē: 不 kiâⁿ: 挪動 tín-tāng: 動彈 **7** kà: 得
chhiú: 手 tn̂g: 長 ná: 好像 chháu-soh: 草繩 **8** chē:
多 lâng: 人 kêⁿ-·tio̍h: 絆著 poa̍h-·tó: 跌跤 **9** ta̍k-kē:
大家 siūⁿ-lóng-bô: 想不通 kóng: 說 kám ē: 難不是
10 kui: 整 (條) ê: 的 tiō: 於是 poaⁿ-khì: 搬到... 去
pa̍t-ūi: 別地方

方言差&修辭

·a 了 ~ ·ah ~ ·lo͘.
ā 也 ~ iā ~ åh ~ iåh.
ā 並/也 ~ åh.
...-ā-... ... 著... 著 ~ ...-·a-....
ā... ā 也... 也 ~ iā... iā.
a-cha 骯髒 ~ am-cham ~ la-sam ~
    la-sâm ~ lah-sap ~ kiaⁿ-lâng.
åh 或者 ~ iah ~ ah.
ài 必須 ~ tiòh-ài ~ tiòh.
āiⁿ 揹 (人) ~ iāng.
àm-bong-bong 很暗 ~ àm-bòk-bòk.
àm-kong-chiáu 貓頭鷹 ~ niau-thâu-
    chiáu ~ ko͘-ng.
ām-kún-á 脖子 ~ ām-kún ~ ām-á-
    kún.
ám-phòeh 米湯上層所凝結的皮 ~ ám-
    phèh.
àm-sî 晚上 ~ mê-/mî-·sî ~ àm-mê-/
    mî.
án-chóaⁿ... 如何/怎麼 ~ án-nóa.
án-chòaⁿ 如何/爲何 ~ án-choahⁿ/-
    chóaⁿ/-nòa/-noah/-nóa.
án-ne 如此 ~ án-ni ~ an-ni.
án-nóa... 如何/怎麼 ~ án-chóaⁿ.
án-nòa 如何/爲何 ~ án-noah/-nóa/-
    chòaⁿ/-choahⁿ/-chóaⁿ.
âng-kì-kì 通紅 ~ âng-ki-ki.
âng-mô͘-thô͘ 水泥 ~ âng-mn̂g-thô͘.
Ap-sa-lôm 大衛王之子押沙龍 (Absa-
    lom) ~ Ap-sa-liông.
ap-sok-ki 壓縮機 ~ ap-siok-ki.
āu 也有 ~ ā ū ~ iā ū.
āu-bóe 後頭 ~ āu-bé.
āu lâng 也有人/有的 ~ ā ū lâng ~ iā
    ū lâng.
āu lâng 哪有人 ~ ā ū lâng ~ åh ū
    lâng.
āu-pái 下次 ~ āu-kái ~ āu-mái.
āu-pêng 後面 ~ āu-bīn ~ āu-piah.
bá-suh 巴士 ~ bá-si̍h.

bah-keⁿ 肉羹 ~ bah-kiⁿ.
bái-bāi 再見 ~ bai-bǎi.
bān-mi̍h 萬物 ~ bān-mn̂gh/-bu̍t.
báng-tà 蚊帳 ~ báng-tàu.
bé 買 ~ bóe.
bē 不/不會/不致於 ~ bōe.
bè-bè-háu 哇哇大哭 ~ mè-mè-háu.
bé-bì 寶寶; 嬰兒 ~ bé-bih.
bē-ēng-·lì 不行 ~ bē-ēng-·è/-·chit/-
    ·tit ~ bōe-ēng-·è/-·chit/-·lì/-·tit.
bē-hiáu 不懂 ~ bōe-hiáu ~ bē-hiáng.
bē-hù 來不及 ~ bōe-hù.
bē-khui 不開 ~ bōe-khui.
bē-kiâⁿ 不動/不能勝任 ~ bōe-kiâⁿ ~
    bē-iâⁿ.
bē-lòh 不下去 ~ bōe-lòh.
bē-tàng 不能/不行 ~ bōe-tàng.
bē-tiâu 不住/不中 ~ bōe-tiâu.
bē-tiòh 不著 ~ bōe-tiòh.
bí-jîn-hî 美人魚 ~ bí-gîn-hî ~ bí-lîn-
    hî/-hû.
bián 不必 ~ m̄-bián.
bîn-chhn̂g 床 ~ bûn-/mn̂g-chhn̂g.
bîn-ná-chài 明天 ~ bîn-á-chài ~ mî-
    á-/mî-ná-/ma-ná-/haⁿ-ná-chài ~
    miǎ-/mǎ-chài.
bi̍t-pô 蝙蝠 ~ iā-pô.
bô-ài 不想/不喜歡 ~ boǎi.
bô-êng 忙/沒空 ~ bô-âiⁿ.
bô-gōa 不怎麼.../不多... ~ bô-jōa/-
    lōa.
bô-iàu-kín 不要緊/沒關係 ~ bē-iàu-
    kín ~ boǎ-kín.
bô-khòaⁿ-·ìⁿ 不見了 ~ bô-khòaⁿ-·kìⁿ
    ~ bô-khòaⁿ-·kìⁿ-·khì ~ bô-khòaⁿ-
    ·khì.
bô-khòaⁿ-·ìⁿ... 看不見 ~ bô-khòaⁿ-
    kìⁿ/-tiòh.
·bo͘ 嗎 ~ bô ~ ·m̄.
boǎ-kín 不要緊/沒關係 ~ bô-iàu-kín
    ~ bô-iàu-kín.
boài 不想要 ~ bô-ài ~ m̄-ài ~ mài.
boǎi... 不想要 ~ bô-ài ~ m̄-ài.
boǎt-tō͘ 沒法子 ~ bô-hoat-tō͘.
bóe 尾巴 ~ bé.

518

bòe 要到... 去 ～ boeh khì ～ bè ～ beh khì.

bóe-·a 最後/到頭來 ～ bóe-/bé-á.

bóe-chui (鳥) 屁股 ～ bé-chui.

bóe-liu 末端 ～ bé-liu.

boeh 想要 ～ beh.

boėh-á 襪子 ～ bėh-á.

boeh-ài 要 ～ beh-ài

boeh-nî 幹嘛 ～ (boeh) chhòng sàⁿ.

bong 摸 ～ boˑ.

būn-tê 問題 ～ būn-/mn̄g-tôe ～ mn̄g-/mūiⁿ-tê.

bu-lé-khih 剎車 ～ bu-lè-khì.

cha-poˑ 男 ～ ta-poˑ.

chái 早晨 ～ chá-khí.

chāi 任憑 ～ khiⁿ-/khì-/khù-chāi.

chái-khí 早晨 ～ chá-khí.

chân-chiàng 殘障 ～ chân-chiòng.

cháu-pha-pha 到處跑 ～ pha-pha-cháu.

chē 多 ～ chōe.

che-chě 姊姊 ～ che-che ～ ché-cheh.

cheⁿ 爭奪 ～ chiⁿ.

chèⁿ 爭辯 ～ chìⁿ.

chéng-thâu-á 指頭 ～ chńg-thâu-á.

chhǎ 細棍子 ～ chhâ-á.

chhām 連 (... 都) ～ chham ～ liān ～ liân.

chhàng-chúi-bī 潛水 ～ bī-chúi.

chhàu-hiam-hiam 有刺鼻的臭味 ～ chhàu-moˑ-moˑ ～ chhàu-hoˑⁿ-hoˑⁿ.

chhèⁿ 星星 ～ chhiⁿ.

chheⁿ 綠 ～ chhiⁿ.

chhéⁿ 醒 ～ chhíⁿ.

chheⁿ-á 檳榔 ～ pin-/pun-nn̂g.

chheⁿ-chhám 不顧後果拚命地 ～ chhiⁿ-chhám.

chheⁿ-chhau 豐富的菜餚 ～ chhe-chhau.

chheh 書 ～ chu.

chheh-pau 書包 ～ chu-pau.

Chheng-bêng-cheh 清明節 ～ Chheng-bêng-chiat ～ Chheⁿ-miâ-cheh ～ Chhiⁿ-miâ-choeh.

chhèng-phīⁿ 擤鼻涕 ～ chhǹg-phīⁿ.

chhíⁿ 藍色 ～ nâ-sek ～ khóng-·ê.

chhia-pùn-táu 翻跟頭 ～ pha-lìn-táu ～ pha-chhia-lin.

chhiâng 沖 (刷) ～ chhiong.

chhim-ché 天井 ～ chhim-chíⁿ.

chhin-chhiūⁿ 好像 ～ chhiūⁿ.

chhiò-khoe 滑稽 ～ chhiò-khe.

chhiū-á-oe 枝椏 ～ chhiū-oaiⁿ.

chhiū-ná 樹林子 ～ chhiū-nâ-á.

chhiùⁿ 唱 ～ chhiò.

chhiūⁿ-bōng 上墳 ～ chhiūⁿ-bō ～ chiūⁿ-bōng.

chhiùⁿ-koa 唱歌 ～ chhiò-/kiò-koa.

chhiûⁿ-thâu-á 圍牆 ～ chhiûⁿ-á.

chhng (把東西) 穿 (過) ～ chhuiⁿ.

chhn̂g-kin 床單 ～ chhn̂g-kun.

chhoe 吹/括 ～ chhe.

chhōe 尋找 ～ chhē.

chhòng 做/處理 ～ iōng.

chhū-á 滑梯 ～ kůt-liu-á ～ chiȯh-lu-á ～ liu-lông.

chhù-kòa 屋頂 ～ chhù-téng.

chhù-piⁿ-thâu-bóe 左鄰右舍 ～ chhù-piⁿ-thâu-bé.

chhùi-khí 牙齒 ～ gê-khí.

chhùi-pe (鳥) 嘴巴 ～ chhùi-poe.

chhut-jip 進出/出入 ～ chhut-gip/-lip.

... chhut-·khì (XX) 出去 ～ ...-·chhut-·khì.

... chhut-·lâi (XX) 出來 ～ ...-·chhut-·lâi.

chìⁿ 油炸 ～ phû.

chíⁿ-chhí 地鼠 ～ chíⁿ-chhú.

chia 這兒 ～ chiǎ.

chiâ 誰 ～ sáⁿ-/siáⁿ-lâng ～ sáng ～ siáng.

chiah (這) 才 ～ tah ～ khah.

chiah-nī 這麼個 ～ chiah-nih.

chiảh-pūiⁿ 吃飯 ～ chiảh-pn̄g.

chiàu-siâng 照常 ～ chiàu-siông.

chiàu-teh 照著 ～ chiàu-leh/-lé.

chin 很 ～ chiâⁿ ～ chin-chiâⁿ.

chin-chiâⁿ 很 ～ chiâⁿ ～ chin ～ chin-chiâⁿ.

chīn-liāng 盡量 ~ chīn-liōng.
chióng 種/類 ~ chéng.
chit-má ~ chim-má ~ chit-móa.
chiuⁿ-chî 蟾蜍 ~ chiuⁿ-chû.
chng (螞蟻或蒼蠅) 沾 ~ chñg.
chò 做 ~ chòe.
chò-chêng 爲先 ~ chòe-chêng.
chò-hóe 一道 ~ chòe-hé.
chò-kang 做工 ~ chòe-kang.
chò-phōaⁿ 做伴 ~ chòe-phōaⁿ.
chóa-liau-á 條狀的紙 ~ chóa-liâu-á.
chǒaⁿ 就此/於是 ~ choán ~ chū-á-ne
  ~ chū-/chiū-/chiong-án-ne.
chòe-kīn 最近 ~ chòe-kūn.
choh-sit 耕種 ~ choh-chhân.
chū-á-ne 就此/於是 ~ chiū-/chū-
  /chiong-án-ne ~ choán ~ chǒaⁿ.
chúi-ke 蛙 ~ chúi-koe ~ súi-ke/-koe
  ~ sì-kha-á.
chūiⁿ 舐 ~ chñg ~ chī ~ chīⁿ.
chūn 扭/轉 ~ choān.
chūn-lê 螺絲釘 ~ lô-si ~ lō·-sì.
chūn-pe 螺絲起子 ~ lo·-lài-bà.
·e 裡 ~ ·ni ~ ·nih.
e 推擠 ~ oe.
ê 鞋 ~ ôe.
ê 個 ~ gê.
ê 的 ~ hê.
é 矮 ~ óe.
ē 會/可能 ~ ōe.
É-á-iâ 八爺謝必安 ~ Óe-iâ.
ē-hiáu 懂得 ~ ōe-hiáu ~ ē-hiáng.
ê-hng 晚上 ~ mê-hng.
ē-sái 行/可以 ~ ōe-sái.
É-sop 伊索 ~ Í-sap.
ē-tàng 行/可以/能夠 ~ ōe-tàng.
ē-té 下頭/底下 ~ ē-tóe.
eⁿ-á 嬰兒 ~ iⁿ-á.
ēng 用 ~ iōng.
èng-kai 應該 ~ eng-kai.
gè 啃 ~ khè ~ khòe.
gėk-thò· 玉兔 ~ giȯk-thò·.
giâ 舉 ~ giȧh ~ kiȧh.
giȧp 夾 ~ giap.

gîn 銀 ~ gûn.
gîn-hēng 銀杏 ~ gûn-hēng.
gîn-hô 銀河 ~ gûn-hô ~ thian-hô ~
  hô-khe/-khoe.
gîn-kak-á 硬幣/銅板 ~ gîn-á-kak.
giōng-boeh 幾乎 ~ kiông-beh.
giōng-giōng-boeh 幾乎 ~ giông-
  giông-beh ~ kiông-kiông-beh.
giú 拉/扯 ~ khiú.
gô 鵝 ~ giâ.
gōa 多 (少)/多麼 ~ jōa ~ lōa.
goán 我們 ~ gún.
goėh-bâi 月牙兒 ~ gėh-bâi.
goėh-kiû 月球 ~ gėh-kiû.
goėh-niû 月亮 ~ gėh-niû.
gû-leng 牛奶 ~ gû-lin/-ni.
gû-ni 牛奶 ~ gû-lin/-leng.
gún 我們 ~ goán.
hǎ 葉鞘 ~ hȧh-á.
há-lih 樑 ~ êⁿ-á ~ niû-á.
Ha-ló khít-tì 哈囉貓咪 ~ Ha-ló khit-
  thih.
Ha-óa-ī-ì 夏威夷 ~ Ha-óa-ì ~ Ha-óa-í.
hāi 壞 ~ pháiⁿ.
hái-chheⁿ 海星 ~ hái-chhiⁿ.
hǎi-hì-lù 高跟鞋 ~ koân-kiȧh-á.
hái-kîⁿ 海邊 ~ hái-kiⁿ/-piⁿ.
hái-·ni 海裡 ~ hái-·e.
hái-phiâⁿ 海灘 ~ hái-po·.
hái-piⁿ 海邊 ~ hái-kiⁿ/-kîⁿ.
hàiⁿ 晃 ~ hìⁿ.
han-chî 地瓜 ~ han-chû.
han-bān 笨拙/差勁 ~ ham-bān.
hap (用模子等凹狀物) 扣 ~ hop.
he tō 那就 ~ he tiō.
heng-khu 身體 ~ sin-/seng-khu ~
  hun-su.
hìⁿ-sak 丟棄 ~ hiat-kȧk ~ hiat-tiāu.
hia 那裡 ~ hiȧ.
hiǎ 勺子 ~ hia-á.
hiah-nī 那麼個 ~ hiah-nih.
hiàng 向/朝 ~ hiòng ~ ǹg.
hiat-kȧk 丟棄 ~ hìⁿ-sak.
·hiò· 嗎 ~ ·siò· ~ sī ·bò·.
hioh-khùn 歇息 ~ hehⁿ-khùn.

520

hō-chê 協力; 團結 ~ hô-chê.
hơ 撈 ~ hô·.
hơ 被他/使他/給他 ~ hoai ~ hō· i.
hō·-ê 雨鞋 ~ hō·-ôe.
hō·-moa 雨衣 ~ hō·-saⁿ ~ hō·-i.
hō·-siang 互相 ~ hō·-siong.
hôa... 給我/使我/被我 ~ hŏa ~ hō· góa.
hōa 給我 ~ hō· ·góa.
hŏa... 給我/使我/被我 ~ hôa ~ hō· góa.
hoáh 步子 ~ pō·.
hoân... 給我們/使我們/被我們 ~ hō· goán.
hoān 給我們 ~ hō· ·goán.
hóe 火 ~ hé.
Hóe-chheⁿ 火星 ~ Hé-chhiⁿ.
hóe-chhia 火車 ~ hé-chhia.
hóe-chhia-bó 火車頭/機關車 ~ hé-chhia-bú.
hóe-chìⁿ 火箭 ~ hé-chìⁿ.
hóe-ke 火雞 ~ hé-koe.
hóe-kim-chheⁿ 螢火蟲 ~ hóe-kim-ko· ~ hé-kim-ko·.
hóe-kim-ko· 螢火蟲 ~ hóe-kim-chheⁿ ~ hé-kim-ko·.
hóe-liông-kó 火龍果 ~ âng-liông-kó.
hóe-pû 火堆 ~ hé-pû.
hōe-sit-lé 道歉 ~ hē-sit-lé.
hông 給人家/使人家/被人家 ~ hō· lâng.
hong-chhoe 風箏 ~ hong-chhe.
hong-hóe-lûn 風火輪 ~ hong-hé-lûn.
hui-hêng-ki 飛機 ~ hui-/hoe-/poe-lêng-ki ~ hui-ki.
hûi-hiám 危險 ~ gûi-hiám.
hui-ki 飛機 ~ hui-hêng-ki ~ hui-/hoe-/poe-lêng-ki.
í-chá 從前 ~ í-chêng ~ khah-chá ~ chêng-·a.
iā 也 ~ ā ~ mā.
ian-hóe 煙火 ~ ian-hé.
iah 而; 至於 ~ ah.
iảh-á 蝴蝶 ~ bóe-/bé-iảh.
iah-bô 那麼/不然 ~ ah-bô.

iak 約定 ~ iok.
iân-phiáⁿ 白鐵皮 ~ a-iân-phiáⁿ.
iáu 還/仍 ~ iá ~ á.
iáu-bōe 還沒 ~ iá-/á-bōe ~ iáu-/iá-/á-bē.
iau-chiaⁿ 妖精 ~ iau-chiⁿ.
iáu-sī 仍然 ~ iá-/á-sī ~ iáu.
ió-bih 備份; 預備胎 ~ ió-bih ~ iú-bih.
iōng 用 ~ ēng.
iû-éng-tî 游泳池 ~ siû-chúi-tî.
jî 紊亂 ~ gî ~ lî ~ jû ~ lû.
jī 字 ~ gī ~ lī.
jī (第) 二 ~ gī ~ lī.
jia 遮蔽 ~ gia ~ lia ~ chia.
jia-jit 遮太陽 ~ gia-gi̍t ~ lia-li̍t.
jiáng-kián (以剪刀、石頭、布) 猜拳 ~ jiáng-khián.
jiàu 抓/搔 ~ giàu ~ liàu.
jih 壓/按 ~ gih ~ chhih.
jîn 仁 ~ gîn ~ lîn.
jîn-hêng-tō 人行道 ~ gîn-hêng-tō ~ lîn-hêng-tō.
jīn-chin 認真 ~ gīn-/līn-chin.
jīn-jī 識字 ~ gīn-gī ~ līn-lī.
jîn-lūi 人類 ~ gîn-/lîn-lūi.
jiok 追 ~ giok ~ jip.
jiok (抓在手掌中, 手指頭) 一縮一放 ~ giok ~ liok ~ jek.
jip 進入 ~ gi̍p ~ li̍p.
jip-bì 進去 ~ jip-/gi̍p-/li̍p-khì.
jip-lâi 進來 ~ gi̍p-/li̍p-lâi.
jit 日/天 ~ gi̍t ~ li̍t.
Jit-pún 日本 ~ Gi̍t-/Li̍t-pún.
jit-·sî 白天 ~ gi̍t-/li̍t-·sî.
jit-thâu 太陽 ~ gi̍t-/li̍t-thâu.
joảh 熱 ~ loảh.
jūn 韌 ~ lūn.
jūn-piáⁿ 春捲 ~ lūn-piáⁿ.
ka 把他/給他/對他 ~ kai ~ kā i.
kâ 把我/給我/對我 ~ kă ~ kā góa.
kà 到 ~ kah ~ kàu.
kà 得/以至於 ~ kah.
ka-jip 加入 ~ ka-gi̍p/-li̍p.
ká-ná 好像 ~ kah-ná.

ka-tī 自己 ~ ka-/kai-kī.
kah 和 (... 一道/... 互相)/以及 ~ kap
～ kiau ～ hâm ～ hām.
kai 把他/給他/對他 ～ ka ～ kā i.
kám 難道 ～ kiám.
kân 把我們/給我們/對我們 ～ kǎn ～ kā
goán.
kan-na 只/僅 ～ kan-taⁿ/-ta.
kan-ná 偏偏 ~kan-na ～ kian-kian.
kâng 把人/給人/對人 ～ kā lâng.
kāng-chi̍t-iūⁿ 一樣 ～ kāng-khoán.
kāng-khoán 相同 ～ siāng-khoán ～
sio-siāng ～ sio-kāng.
kàu 到 ～ kà ～ kah.
kàu-sit 教室 ～ kàu-sek.
ke 雞 ～ koe.
ke-á 街道 ～ koe-á.
ke-á 雞 ～ koe-á.
ke-á-kiáⁿ 小雞 ～ koe-á-kiáⁿ.
ke-bó 母雞 ～ koe-bú.
ké-chò 佯裝/冒充 ～ ké-chòe.
ké-gîn-phiò 偽鈔 ～ ké-chîⁿ.
ke-kang 公雞 ～ koe-kang ～ ke-ang.
ke-khì 機器 ～ ki-khì.
ke-kòe 雞冠 ～ koe-kè.
ke-lō͘ 街道 ～ koe-lō͘ ～ ke-á-lō͘.
keⁿ 結 (蜘蛛網) ～ kiⁿ.
kêⁿ 絆 ～ kiⁿ.
keⁿ-si 吐絲結網 ～ kiⁿ-si.
kèng-chhat 警察 ～ kéng-chhat.
keng-kah-thâu 肩膀 ～ keng-thâu.
keng-kòe 經過 ～ keng-kè.
keng-thâu 肩膀 ～ keng-kah-thâu.
kha-chiah-āu 背後 ～ ka-chiah-āu ～
kha-chhng-āu.
kha-chiah-phiaⁿ 背部 ～ ka-chiah-
phiaⁿ.
khǎ-tián 窗帘 ～ thang-á-mn̂g-pò͘.
kham-kai 活該 ～ eng-kai.
khàu 哭 ～ háu ～ thî.
khe 溪 ～ khoe.
khe-á 溪流 ～ khoe-á.
khe-bóe (溪的) 下游 ～ khoe-bé.
khe-thâu (溪的) 上游 ～ khoe-thâu.
kheⁿ 谷 ～ khiⁿ.

kheⁿ-á 山谷/溪谷 ～ khiⁿ-á.
kheh 閉 (眼) ～ khoeh.
kheh 擁擠 ～ khoeh.
khiā 居住 ～ tòa.
khiài 上來 ～ khit-·lâi ～ khí-·âi/-·lâi.
khih 遭受 ～ khit ～ khì ～ khí.
khih-hō͘ 遭受 ～ khit-hō͘ ～ khì-hō͘ ～
khí-hō͘.
khih-hông 遭受人家... ～ khit-hông ～
khì-hông ～ khí-hông.
khióng-liông 恐龍 ～ khéng-lêng.
khit-lâi 上來 ～ khí-lâi.
khit-li̍ 上去 ～ khí-khì.
khiû 團 (毛髮等) ～ kiû.
kho 科 ～ khe.
khó-kǹg 考卷 ～ khó-koàn.
khó-liân 可憐 ～ khó-liân/-lîn.
khò-ta 觸礁 ～ khòa-ta.
khoaⁿ-á 慢慢兒 ～ khoaⁿ-khoaⁿ.
khòaⁿ-·chè 看一下 ～ khòaⁿ-·chi̍t-·ē.
khòaⁿ-ìⁿ 見/發覺 ～ khòaⁿ-kìⁿ.
khòaⁿ-kìⁿ 看見/看到 ～ khòaⁿ-tio̍h.
khòe 擱 ～ khè.
khoe-sìⁿ 扇子 ～ khe-sìⁿ.
khóng-bêng-chhia 脚踏車 ～ khóng-
chhia-á ～ thih-bé ～ kha-ta̍h-chhia
～ tōng-liân-chhia.
khùiⁿ-oa̍h 快活 ～ khòaⁿ-oa̍h.
khùn-tàu 午睡 ～ khùn-tiong-tàu.
kí (用手指) 指 ～ pí.
kî-koài 奇怪 ～ ku-koài.
kî-lîn-lo̍k 長頸鹿 ～ kî-lîn ～ tn̂g-ām-
lo̍k.
kîⁿ 邊緣 ～ piⁿ.
kìⁿ-chāi 任憑 ～ kì-/kù-chāi.
kin-chio 香蕉 ～ keng-chio.
kiǎ 斜坡 ～ kiā-á.
kià-seⁿ-á 寄居蟹 ～ kià-siⁿ-á.
kiaⁿ-íⁿ 唯恐 ～ kiaⁿ-ìⁿ ～ kiaⁿ ～
khióng-kiaⁿ.
kiat 抛/丟棄 ～ hiat ～ tàn.
kiat (朝目標) 丟/擲 ～ tìm ～ khian.
kng 光/亮 ～ kuiⁿ.
ko-ko 哥哥 ～ ko- kǒ ～ kó-koh.
kó-chéⁿ 井 ～ kó-chíⁿ.

522

koˊ-jî 孤兒 ～ koˊ-gî/-lî.
koa-chheⁿ 歌星 ～ koa-chhiⁿ.
kôaⁿ-thiⁿ 冬天 ～ kôaⁿ-·lâng.
koaiⁿ 關/囚禁 ～ kuiⁿ.
koân 高 ～ koâiⁿ.
koân-kiǎ 高蹺 ～ koân-kiảh-á.
koàn-sì 習慣 (性) ～ koàiⁿ-sì.
kòe 過 ～ kè.
kóe-chí 水果/果實 ～ ké-chí.
kòe-khì 過去 ～ kè-khì.
kòe-lâi 過來 ～ kè-lâi.
kòe-lōˊ-lâng 路人 ～ kè-lōˊ-lâng.
koh-chài 再 ～ koh.
koh-kòe 再過去 ～ koh-kè.
kū-kù-kū-·ù 喔, 喔, 喔 ～ kū-kú-kū-·ù.
kúi-ā 好幾/許多 ～ kúi-nā.
kúi-á-hóe 鬼火/磷火 ～ kúi-á-hé.
kûn-thâu-bó 拳頭 ～ kûn-thâu-bú.
·la 啦 ～ ·lah.
la-jí-oh 收音機 ～ la-jí-oˊh/-ioˊh ～ la-í-jioh ～ siu-im-ki.
là-là-tūi 拉拉隊 ～ la-la-tūi.
lǎi (我/咱們) 去 ～ lâi-khì ～ lâi-ì.
lāi-hióh 鳶 ～ bā-hiỏh.
lâi-khì (我/咱們) 去 ～ lâi-ì ～ lǎi.
lāi-té 裡頭 ～ lāi-tóe.
lan (魚) 鱗 ～ lân.
lak 掉落 ～ lauh.
lang-á 籠子 ～ láng-á.
lāng-tāng-tiù-á 雲雀 ～ bāng-tang-tiù-á.
lát-pah 喇叭 ～ lat-pah ～ lah-pah.
lāu-bú 母親 ～ lāu-bó.
lāu-jiȧt 熱鬧 ～ lāu-giȧt/-liȧt ～ nāu-jiȧt.
lāu-su 老師 ～ lāu-sṳ.
lauh 掉落 ～ lak.
·le 呢 ～ ·leh.
…·le … 一…; … 一下 ～ …·chit-·ē.
lê 低 (頭) ～ lôe.
…lé … 著 ～ …leh ～ …teh.
…·le…·le 一… 一… 的 ～ …·chit-·ē…·chit-·ē.
…·leh 著 (表示狀態) ～ …·teh.
leh… 正在… ～ teh….

…leh… … 著…(表示方式) ～ …lé… ～ …teh….
lêng-kéng 龍眼 ～ lêng-géng ～ gêng-géng.
lēng-khóˊ 寧可 ～ liōng-khó ～ lêng-khó.
lêng-têng-kha 騎樓下 ～ liâng-têng-kha ～ têng-á-kha.
·lì 得 ～ ·tit ～ ·chit ～ ·e.
…·lì … 得/… 起來 ～ …·tit.
lí 你 ～ lú.
lí-hêng 旅行 ～ lú-hêng.
liâm-ni 一會兒 ～ liâm-mi/-tiⁿ/-piⁿ.
liàn (繞一) 圈/滾動 ～ lìn.
liân 連 (… 也) ～ liân ～ chham ～ chhām.
liang-á 鈴鐺 ～ giang-á.
liau (布/紙) 條 ～ liâu.
liáu 完 ～ oân.
·lio 呢, 你可知道 ～ ·lioh.
liȯk-tē 陸地 ～ lėk-tē ～ liȯk-tōe.
liú 挖 ～ óe ～ óˊ.
lò (身子) 高 ～ liò.
lòˊ-iâⁿ 露營 ～ lōˊ-iâⁿ.
lòˊ-lê 蝸牛 ～ lōˊ-lê.
loaih 下來 ～ loài ～ lỏh-·lâi.
lòe 下去 ～ lỏh-·è/-·ì/-·khì.
lỏh-bóe 後來 ～ tò-bóe ～ lōˊ-bé.
lỏh-é 下去 ～ lỏh-ì/-khì.
lỏh-ì 下去 ～ lỏh-khì/-é.
lỏh-khì 下去 ～ lỏh-ì/-í/-è/-é ～ lỏe.
lom 套上 (衣服/手套) ～ lôm.
lỏp 蹬/踏 ～ lȧp.
lú 愈/越發 ～ jú ～ ná ～ oȧt-chú.
m̄-bat 不懂/不認識 ～ m̄-pat.
m̄-bat 不曾 ～ m̄-pat.
m̄-bián 不必 ～ bián.
m̄-kò 但是 ～ m̄-koh/-kó/-kú.
m̄-siàn 不信 ～ m̄-sìn.
mā 也/亦 ～ ā ～ iā ～ ảh ～ iȧh.
ma-ma 媽媽 ～ ma-mǎ ～ mā-mǎ ～ má-mah.
mā-sī 也是 ～ mā ～ ā-/iā-sī ～ ảh-/iȧh-sī.
me 抓取 ～ mi.

523

mê 晚上 ～ mî.
mē 罵 ～ mā.
mê-ji̍t 日夜 ～ mê-gi̍t ～ mî-ji̍t/-li̍t.
me-mě 妹妹 ～ me-me ～ mé-meh.
mê-nî 明年 ～ môa-nî.
miáu 貓叫聲 ～ niáu ～ ngiáu.
mi̍h 東西/物品 ～ mn̍gh.
mn̂g 門 ～ mûi.
mn̄g 問 ～ mūi.
mn̂g-kha-kháu 門口 ～ mn̂g-kháu.
mo͘ 毛 ～ mn̂g.
móa 溢/滿 ～ boán.
môa-chhiak 麻將 ～ mâ-/bâ-chhiok.
moâi 稀飯 ～ môe ～ bê.
ná 怎麼/爲什麼 ～ thái ～ thài.
nà (火舌) 閃 ～ nā.
nā 舔/伸 ～ nà.
ná... ná 一面... 一面 ～ kín...kín.
ná-ê 怎麼/爲什麼 ～ ná-ōe ～ thái-ê/-ōe ～ thài-ê/-ōe.
nāu-cheng 鬧鐘 ～ kiò-cheng ～ loān-cheng.
ngeh (豆) 莢 ～ ngoeh ～ keh ～ koeh ～ goeh.
ngeh (用筷子等) 夾 ～ ngoeh ～ goeh ～ koeh.
·ni 裡 ～ ·nih ～ ·e.
nià 你瞧 ～ lí khòaⁿ.
niau 貓 ～ ngiau.
niáu-chhí 老鼠 ～ ngiáu-chhí ～ niáu-chhú.
niau-nǐ 貓咪 ～ niau-mǐ.
nn̂g 軟 ～ núi.
nn̄g (自己) 穿 (過) ～ nùiⁿ.
nn̄g 二 ～ nō͘.
nn̄g 蛋 ～ nūi.
nn̂g-chiáⁿ 軟弱 ～ núi-chiáⁿ.
ó͘ 挖 ～ óe ～ liú.
o͘-ba̍k-kiàⁿ 墨鏡 ～ o͘-káu ba̍k-kiàⁿ.
o͘-pe̍h 胡亂 ～ lām-sám.
o͘-tó͘-bái 機車 ～ o-tó-bái.
óaⁿ-kiang 海碗 ～ óaⁿ-kong.
óaⁿ-phòe 碗盤的破片 ～ óaⁿ-phè.
oa̍t-·kòe 轉過頭 ～ oa̍t-·kè.
oe 椏枒 ～ oāiⁿ.

ōe-tô͘ 繪畫 ～ ūi-tô͘.
oeh (用小鏟子) 挖 ～ uih.
oeh-á 小鏟子 ～ uih-á.
ông-keng 王宮 ～ ông-kiong.
pa-pa 爸爸 ～ pa-pǎ ～ pā-pǎ ～ pá-pah.
pah-hòe 百貨 ～ pah-hè.
pái 次/回 ～ kái ～ mái.
pàng-sak 捨棄; 遺棄 ～ pàng-sat.
pan-bé 斑馬 ～ hoe-bé ～ hoe-pan-bé.
peⁿ 繃/掰 ～ piⁿ.
pêⁿ 平 ～ pîⁿ.
pêⁿ-á... 一樣 ～ pîⁿ-á.
pēⁿ-īⁿ 醫院 ～ pīⁿ-īⁿ.
pêⁿ-té-ê 平底鞋 ～ pîⁿ-tóe-ôe.
peh 八 ～ poeh.
peh-bē-khiàì 起不來 ～ peh-bē-khit-·lâi ～ peh-bē-khí-·âi/-·lâi ～ peh-bōe-khit-·lâi ～ peh-bōe-khí-·âi/-·lâi.
peh-sèⁿ 百姓 ～ peh-sìⁿ.
pêng 邊/面/兩半之一 ～ pâiⁿ.
phah 打 (電話) ～ khà ～ ká.
pháiⁿ 壞 (了) ～ phái ～ hāi.
pháiⁿ-sè 抱歉/不好意思 ～ phái-sè.
phàng-kiàn 遺失 ～ phàng-kìⁿ ～ pha-m̄-kìⁿ.
phe 書信 ～ phoe.
phēⁿ-phēⁿ-chhoán 氣喘如牛 ～ phīⁿ-phēⁿ-chhoán ～ phīⁿ-phīⁿ-chhoán.
phôe 皮 ～ phê.
phōe 被子 ～ phē.
phôe-hu 皮膚 ～ phê-hu.
phōe-té 被窩裡 ～ phē-tóe.
pho̍k-pho̍k-thiàu 蹦蹦跳 ～ phī-pho̍k-thiàu.
phû-tháng 浮筒 ～ phû-thāng.
piⁿ 邊/泮 ～ kiⁿ ～ kîⁿ.
pìⁿ 變 ～ piàn.
piàⁿ-lé-cháu 拔腿就跑 ～ piàⁿ-leh-cháu.
piàn 變 ～ pìⁿ.
piàn-chò 變成 ～ pìⁿ-chò ～ piàn-/pìⁿ-chòe.

524

pô-tô 葡萄 ~ pô-/phô-tô ~ phû-tô/-
　thô.
pǒaⁿ 盤子 ~ pôaⁿ-á.
pòaⁿ-mê 半夜 ~ pòaⁿ-mî.
poe 飛 ~ pe.
pôe 賠 ~ pê.
pȯh-hô 薄荷 ~ pȯh-hò ~ pȯk-hò ~
　poˑⁿ-hòˑⁿ.
puh-íⁿ 長嫩葉 ~ hoat-íⁿ.
pūiⁿ 飯 ~ pn̄g.
put-jû 不如 ~ put-lû/-jî/-gî.
sáⁿ 什麼/任何東西 ~ sàⁿ ~ siáⁿ ~ siàⁿ
　~ sahⁿ ~ siahⁿ.
sáⁿ-hoàiⁿ 什麼東西 ~ sáⁿ-/siáⁿ-mí-
　hoàiⁿ ~ sáⁿ-/siáⁿ-mih-hoàiⁿ ~
　sáⁿ-/siáⁿ-hoàiⁿ ~ sáⁿ-/siáⁿ-hè.
sáⁿ-mí... 什麼 ~ sáⁿ-mih ~ siáⁿ-mí/-
　mih ~ sí-mí/-mih.
sáⁿ-mì 什麼 (東西) ~ siáⁿ-mì ~ sàⁿ-
　/siáⁿ-mih ~ sím-mì/-mih.
sái 駕駛 ~ khui.
sàiⁿ 什麼東西 ~ sáⁿ-/siáⁿ-mí-
　hoàiⁿ ~ sáⁿ-/siáⁿ-mih-hoàiⁿ ~
　sáⁿ-/siáⁿ-hoàiⁿ ~ sáⁿ-/siáⁿ-hè.
sáiⁿ lâng 什麼樣的人 ~ sáⁿ-/siáⁿ-mí
　lâng. ~ sáⁿ-/siáⁿ-mih lâng.
Sam-sun 古以色列士師參孫 (Samson)
　~ Chham-sun.
san-ô·-ta 珊瑚礁 ~ soan-ô·-ta.
sǎn-tá-luh 涼鞋 ~ liâng-ê.
sàu-chiú 掃帚 ~ sàu-chhiú.
sé 洗 ~ sóe.
sè 小 ~ sòe.
sé-ėk 洗澡 ~ sé-seng-khu/-sin-khu/-
　heng-khu/-hun-su　~　sóe-seng-
　khu/-sin-khu.
sè-jī 小心; 客氣 ~ sè-gī ~ sòe-lī.
seⁿ 生/長 ~ siⁿ.
seⁿ-sêng 生來/天生 ~ siⁿ-sêng.
seng-khu 身體 ~ sin-/heng-khu ~
　hun-su.
seng-oȧh 生活 ~ seⁿ-oȧh.
sī-án-nóa... 爲什麼...; 何以... ~ sī-án-
　chóaⁿ....

sī-án-nòa 爲什麼/怎麼了 ~ sī-
　án-noah/-nóa/-chòaⁿ/-choahⁿ/-
　chóaⁿ.
sì-kè 到處 ~ sì-kòe.
sì-sò 蹺蹺板 ~ sì-sò ~ khī-khȯk-pán
　~ thiàu-thiàu-pán.
siáⁿ 什麼 ~ sáⁿ ~ siàⁿ ~ sàⁿ ~ siahⁿ
　~ sahⁿ.
siáⁿ-mí... 什麼 ~ siáⁿ-mih ~ sáⁿ-
　mí/-mih ~ sí-mí/-mih.
siáⁿ-mì 什麼 (東西) ~ siáⁿ-mì ~ siáⁿ-
　/sáⁿ-mih ~ sím-mih.
siâm 蟬 ~ siân ~ ki-siâm ~ am-po·-
　chê ~ kit-lē.
sian (偶像) 個/尊 ~ sin.
siàn 相信 ~ sìn.
sian-ang-á 壁虎 ~ siān-thâng ~ siān-
　thâng-á.
siāng 最 ~ siōng.
siāng-kài 最 ~ siōng-kài.
siāng-khò 上課 ~ siōng-khò.
Siâng-ngô· 嫦娥 ~ Siông-ngô·.
sím-mí... 什麼 ~ sáⁿ-/siáⁿ-mí ~ sím-
　/sáⁿ-/siáⁿ-mih.
sím-mì 什麼 (東西) ~ sáⁿ-/siáⁿ-mì ~
　sím-/sáⁿ-/siáⁿ-mih.
sím-mih 什麼 (東西) ~ sím-/sáⁿ-
　/siáⁿ-mì ~ sáⁿ-/siáⁿ-mih.
sio 互相 ~ saⁿ.
sio-cheⁿ 爭著.../爭奪 ~ sio-/saⁿ-chiⁿ.
sio-chèⁿ 爭辯 ~ sio-/saⁿ-chìⁿ.
sio-chông 相撞 ~ saⁿ-cheng.
sio-kìⁿ 見面 ~ saⁿ-kìⁿ.
sió-mōe 妹妹 ~ sió-moāi/-bē.
sio-tú-tn̄g 相遇 ~ sio-tú.
sit-bōng 失望 ~ sit-bāng.
siūⁿ-boeh 想要 ~ siūⁿ-beh.
siūⁿ-khì 生氣 ~ siū-khì.
siūⁿ-kòe 太/過於 ~ siuⁿ-kè.
sng 痠 ~ suiⁿ.
sng 酸 ~ suiⁿ.
sò 結果 ~ soh ~ soah.
soaⁿ-kheⁿ 山谷 ~ soaⁿ-khiⁿ.
soah 不意/結果 ~ soh ~ sò.
sôe 下垂 ~ sûi.

525

soeh-to-siā 道謝 ~ seh-to-siā.
soh 不意/結果 ~ soah.
su-lít-pah 拖鞋 ~ su-líp-pah ~ thoa-
á-ê ~chhián-thoa-á.
sūn-sī 順暢 ~ sūn-sū.
tá... 哪... ~ tó ~ tah ~ toh.
tà 哪兒 ~ tò ~ tah ~ toh.
tá-chit 哪一 (個) ~ tó-chit ~ tah-chit
~ toh-chit.
tăⁿ 剛剛 ~ taⁿ-á ~ tú ~ tú-tú ~ tú-á.
táⁿ-má-ka 瀝青 ~ tiám-á-ka.
tah 哪裡 ~ tà ~ toh ~ tò.
tâi 輛/架/台 ~ chiah.
tāi-piáu 代表 ~ tài-piáu.
tāi-thè 替代 ~ tāi-thòe.
tȧk-kē 大家 ~ tȧk-ke/-ê ~ tāi-kē/-ke.
tán 等候 ~ thèng-hāu.
tàn 丟擲 ~ hiat ~ kiat.
tang-sî 何時 ~ tiang-sî.
tàu-saⁿ-kāng 幫忙 ~ tàu-kha-chhiú.
té 裡頭 ~ tóe.
té 裝/盛 ~ tóe.
tē-á 袋子 ~ lok-á.
tē-bīn 地面 ~ tōe-bīn.
tē-chiⁿ 地氈 ~ tē-chian.
tē-gȧk 地獄 ~ tē-gėk ~ tōe-gȧk/-gėk.
tē-gû (傳說中支撐土地的) 地牛 ~ tōe-
gû.
tē-kiû 地球 ~ tōe-kiû.
tē tāng 地震 ~ tōe tāng.
tē-pôaⁿ 地盤 ~ tōe-pôaⁿ.
tē-thán 地毯 ~ tōe-thán.
tèⁿ 佯裝 ~ tìⁿ.
tēⁿ 握 ~ tīⁿ ~ gīm.
teh 正在 ~ leh ~ tě ~ tī-teh.
teh-boeh 將要 ~ tih-boeh ~ teh-/tih-
beh.
tēng 硬 ~ tāiⁿ.
tèng-kin 扎根 ~ tèng-kun.
thá-khoh 章魚 ~ thá-khoˑh ~ thah-
khoˑh ~ chiȯh-kī/-kū.
thái 何以 ~ thài ~ ná.
thài-à 輪胎 ~ thài-ià.
thài-khong-i 太空衣 ~ thài-khong-
saⁿ.

tham-thâu 伸出頭; 探頭 ~ thàm-thâu.
thang-á 窗子 ~ thang-á-m̂g.
thang-á-m̂g 窗子 ~ thang-á.
thâu-chang 頭髮 ~ thâu-moˑ/-m̂g.
thâu-m̂g 頭髮 ~ thâu-moˑ/-chang.
thâu-moˑ 頭髮 ~ thâu-m̂g/-chang.
thèⁿ 撐/頂 ~ thìⁿ.
thėh 拿 ~ khėh.
thiaⁿ-íⁿ-kóng 聽說 ~ thiaⁿ-kìⁿ-kóng
~ thiaⁿ-kóng.
thiaⁿ-·kìⁿ 聽見 ~ thiaⁿ-·tiȯh.
thiau-tî 故意/特意 ~ tiau-tî ~ thiau-
kang ~ thiau-ì-kòˑ.
thih-bé 脚踏車 ~ khóng-bêng-chhia ~
khóng-chhia-á ~ kha-tȧh-chhia ~
tōng-lián-chhia.
thit-thô 玩耍 ~ chhit-thô.
thôˑ-chhiah 大鏟子 ~ thôˑ-chhiâm.
thôˑ-chhoah-lâu 土石流 ~ thôˑ-chiȯh-
lâu/-liû.
thoˑ-lák-khuh 卡車 ~ tho-lák-khuh ~
thoˑ-lá-khuh ~ tho-lá-khuh.
thóˑ-tē 土地 ~ thóˑ-tōe.
thóˑ-lī-kong 土地公 ~ thóˑ-tī-kong .
thuh 挑/捅 ~ thà.
thut 禿 ~ thuh.
ti 豬 ~ tu.
tī (已存) 在於 ~ tòa ~ tiàm ~ tàm ~
tě.
tī-é 正在 ~ tī-ě ~ tī-teh ~ tī-leh ~
teh ~ leh ~ tě.
tí-khòng 抵抗 ~ té-khòng.
tī-teh 正在 ~ tī-leh ~ tī-é ~ tī-ě ~
teh ~ leh ~ tě.
tiāⁿ 時常 ~ tiāⁿ-tiāⁿ.
tiàm 在於~ tàm ~ tam ~ tòa ~ tò
~ tě.
tiām-chih-chih 靜悄悄 ~ tiām-chiuh-
chiuh/-chuh-chuh.
tiān-sìⁿ 電風扇 ~ tiān-hong ~ tiān-
sìⁿ-hong.
tiau-phôe 貂皮 ~ tiau-phê.
tih-boeh 將要 ~ teh-boeh ~ tih-/teh-
beh ~ tih-/teh-bóe... ~ tih-/teh-
bé....

tiō 就/於是 ～ tō ～ tiòh ～ tòh ～ chiū.

tiō-sī 就是 ～ tō-/tiòh-/tòh-/chiū-sī.

tiòh 必須 ～ tiòh-ài ～ ài.

tiòh-ài 必須 ～ tiòh ～ ài.

tiòh-hóe-sio 起火燃燒/失火 ～ tiòh-hé-sio.

tiŏng 中間/中央 ～ tiong-ng.

tit-tit 一直的 ～ it-tit.

tńg 轉 ～ túiⁿ.

tńg 回 ～ túiⁿ.

tn̄g 斷 ～ tūiⁿ.

tng-teh 正在 ～ tng-leh.

tō 可; 就 ～ tiō.

tō͘-kún 蚯蚓 ～ tō͘-ún/-kín.

tòa 居住 ～ khiā.

tòa 在於 ～ tò ～ tiàm ～ tàm ～ tam ～ tĕ.

tōa-kha-pô 大腳丫 ～ tōa-kha-pô͘.

tōa-pū-ong 大拇指 ～ tōa-pū-bó ～ tōa-thâu-bó/-bú ～ chéng-thâu-bó ～ tōa-kong-bú.

tōa-sè 大小 ～ tōa-sòe.

tòe 跟/隨後 ～ tè.

tòe 哪兒去了 ～ tài ～ tó/tá khì.

tòe 回去 ～ tò-·khì.

tòng-bē-tiâu 支撐不住 ～ tòng-bōe-tiâu.

tòng-chò 當成 ～ tòng-chòe.

tông-o̍h 同學 ～ tông-ha̍k.

to̍p-to̍p-tih (汁液) 滴個不停 ～ ta̍p-ta̍p-tih.

tú 遇 ～ gū ～ tn̄g ～ pōng.

tú 恰巧 ～ tú-tú ～ tú-hó.

tú-á 剛才 ～ thâu-tú-á ～ tú-chiah ～ tú-á-chiah.

tuh-ka-chē 打瞌睡 ～ tuh-ka-chōe ～ tuh-ku ～ tok-ku.

tuh-ku 打瞌睡 ～ tok-ku ～ tuh-ka-chē/-chōe.

tùi 打從 ～ ùi.

ū-ê 有的 ～ ū-·ê.

ùi 打從 ～ tùi.

527

台 語 字 母

P [po; ㄅ] 筆 *pit*	PH [pʰo; ㄆ] 砲 *phàu*	M [mo; ㄇ] 門 *mn̂g*	B [bo] 帽仔 *bō-á*
T [tə; ㄉ] 豬 *ti*	TH [tʰə; ㄊ] 兔仔 *thò͘-á*	N [nə; ㄋ] 貓 *niau*	L [lə; ㄌ] 挬仔 *loa̍h-á*
K [kə; ㄍ] 狗 *káu*	KH [kʰə; ㄎ] 褲 *khò͘*	NG [ŋə] 撽腳 *ngiau kha*	G [gə] 月娘 *goe̍h-niû*
H [hə] ㄏ 魚仔 *hî-á*	CH [tsi; ㄗ] 鑽仔 *chǹg-á*	CHH [tsʰi; ㄘ] 手 *chhiú*	S [si; ㄙ] 山 *.soaⁿ*
J [dzi] 日 日頭 *jit-thâu*	A [a; ㄚ] 腳 *kha*	Aⁿ [ã] 衫 *saⁿ*	E [e; ㄝ] 蝦仔 *hê-á*
Eⁿ [ẽ] 嬰仔 *eⁿ-á*	I [i; ㄧ] 椅仔 *í-á*	Iⁿ [ĩ] 燕仔 *iⁿ-á*	O [o; ㄛ] 刀仔 *to-á*
O͘ [ɔ] 鼓 *kó͘*	O͘ⁿ [ɔ̃] 嘐 *kō͘ⁿ, kó͘ⁿ* *kō͘ⁿ*	U [u; ㄨ] 厝 *chhù*	Uⁿ [ũ] 羊仔 *iuⁿ-á*

（第一聲） 獅 *sai*	（第二聲） 馬 *bé*	＼（第三聲） 豹 *pà*	（第四聲） 鱉 *pih*
∧（第五聲） 牛 *gû*		─（第七聲） 象 *chhiūⁿ*	│（第八聲） 鹿 *lȯk*
∨（第九聲） 籃仔 *nǎ*	新 ∧（第一 入聲） *siôk-pháng*	新 ／（第二 入聲） *la-khiát-toˑh*	新 F [fo; ㄈ] *fá-khûh-suh*
新/方言 Ė [ə; ㄜ] *tà-ké̤-tá*	新/方言 Ï [i] *chhǐ-phián*	M [m̩] 花莓 *hoe-m̂*	NG [ŋ̩] 扛 *kng*
註 IAN [(i)en; ㄧㄢ] 鏈仔 *liān-á*	註 IAT [(i)et] 蠍仔 *giat-á*	註 ENG [ieŋ] 銃 *chhèng*	註 EK [iek] 竹仔 *tek-á*
註 OA [ɔa] ㄨㄚ 蛇 *chôa*	註 OAⁿ [ɔ̃ã] 碗 *óaⁿ*	註 OE [oe] ㄨㆤ 花 *hoe*	註 UI [ui] 梯 *thui*
註 AH [aʔ] ㆩ 鴨 *ah*	註 AHⁿ [ãʔ] *hiahⁿ*衫 *hiahⁿ saⁿ*	註 OH [oʔ] ㆤ 桌仔 *toh-á*	註 OˑH [ɔʔ] *la-jí-oˑh*

文字/張裕宏 · 圖畫/張晏清 *1995.09*

國家圖書館出版品預行編目資料

阿鳳姨 ê 五度 ê 空間 = A-hōng-î ê Gō͘ Tō͘ ê Khong-kan/
A-hōng(張裕宏) 文；Sherry Thompson 插圖 . -- 二版 .
-- [臺南市]：亞細亞國際傳播社，2023.01
　　　面；　公分
QR code 有聲冊
ISBN 978-626-95728-4-7(平裝)

863.596　　　　　　　　　　　111020492

阿鳳姨 ê 五度 ê 空間 二版 QR Code 有聲冊
A-hōng-î ê Gō͘ Tō͘ ê Khong-kan

作　　者：A-hōng (張裕宏)
策　　畫：社團法人台灣羅馬字協會
　　　　　網站：https://tlh.org.tw/
　　　　　704 台南市北區小東路 147 巷 32 號
　　　　　TEL：(06) 209-6384
編　　務：初版／劉杰岳、楊允言
　　　　　二版／陳理揚、張玉萍
校　　對：初版／C 蔣由信、G 吳秀麗、G 魏維箴、L 林怜利、
　　　　　　　　　NG 吳玉祥、O 王淑珍、T 陳豐惠
　　　　　二版／陳理揚、張玉萍
錄　　音：初版／吳令宜、蔣由信、陳豐惠
　　　　　二版／許珮旻
插　　繪：Sherry Thompson
封面設計：計華設計 Tel：(02) 2211-4225
出 版 者：二版／亞細亞國際傳播社
　　　　　網站：http://www.atsiu.com
　　　　　TEL：(06) 2349881
　　　　　FAX：(06) 2094659

初版一刷 2005 年 1 月
二版一刷 2023 年 1 月
定　價：NT$ 700
ISBN：978-626-95728-4-7